UN HOMME
REMARQUABLE

Cinquième Emploi
Éditions Pierre Tisseyre / Cercle du livre de France
1975

Le lion avait un visage
Éditions Pierre Tisseyre / Cercle du livre de France
1977

L'Objet du scandale
(La Trilogie de Deptford, I)
Payot, 1989
Seuil, « Points Roman », n° R 410

Le Manticore
(La Trilogie de Deptford, II)
Payot, 1990
Seuil, « Points Roman », n° R 442

Le Monde des merveilles
(La Trilogie de Deptford, III)
Payot, 1990
Seuil, « Points Roman », n° R 491

Les Anges rebelles
(La Trilogie de Cornish I)
Payot, 1990
Seuil, « Points Roman », n° R 525

La Lyre d'Orphée
(La Trilogie de Cornish III)
Éditions de l'Olivier, 1993
Seuil, « Points », n° P 190

Fantômes et Cie
Éditions de l'Olivier, 1995
Seuil, « Points », n° P 332

Le Maître des ruses
Éditions de l'Olivier, 1997

Robertson Davies

UN HOMME
REMARQUABLE

ROMAN

Traduit de l'anglais
par Lisa Rosenbaum

Éditions de l'Olivier

TEXTE INTÉGRAL

TITRE ORIGINAL
What's Bred in the Bone
ÉDITEUR ORIGINAL
Viking Penguin

© original : Robertson Davies, 1985

ISBN 2-02-032680-9
(ISBN 2-02-019548-8, 1ʳᵉ publication poche
ISBN 2-87929-025-2, édition brochée)

© Éditions de l'Olivier, 1992, pour la traduction française
© Le Monde, 1992, pour la présentation

PRÉFACE
DE JOHN IRVING

Le révérend Simon Darcourt, « *prêtre universitaire rose et rondelet* », a été chargé par la Fondation Cornish d'écrire la biographie de feu Francis Cornish, milliardaire canadien, amateur d'art éclairé et collectionneur. Et il bute sur deux problèmes. D'abord, à l'issue de dix-huit mois de recherches, il commence à nourrir le soupçon que les prétendus dessins et tableaux des maîtres anciens sont des faux exécutés par Francis Cornish lui-même. Or, si la chose était avérée, elle plongerait la famille Cornish dans un embarras considérable. C'est Arthur Cornish, le neveu du défunt, qui dirige la fondation, créée par le grand-père de ce dernier. Ensuite, Simon Darcourt ne parvient pas à réunir une documentation suffisante sur son sujet. Il est convaincu que la clef du personnage de Francis Cornish se trouve dans son enfance et dans son éducation, mais celles-ci demeurent mystérieuses pour lui ; c'est pourquoi il s'écrie après un entretien avec Arthur Cornish : « *Ce qui a été mis dans la moelle ! Oui, mais qu'est-ce qui a été mis dans la moelle justement ?* », faisant ainsi référence à un proverbe anglais lui-même adapté du latin en 1290 : « *Ce qui a été mis dans la moelle ne sort plus de la chair.* »

Un roman qui prend la forme d'une biographie fictive offre à l'écrivain une perspective délicieuse. Les limites auxquelles se heurte Darcourt ne sont qu'une exagération des lacunes qui entachent la plupart des biographies. Que savons-nous vraiment des morts ? Et si nous voulons écrire leur éloge, que faire des soupçons peu glorieux que nous pouvons entretenir à leur égard ?

I

Mais le professeur Davies n'ignore pas qu'un biographe de roman peut tout savoir de son sujet. En outre, un bon romancier n'est pas en peine de rendre sympathique une franche canaille. Dans de nombreux romans, Robertson Davies s'adonne à l'analyse jungienne sur le mode ludique et allègre. Il fait aussi de fréquentes communications dans des sociétés jungiennes, et écrit régulièrement des articles sur la littérature dans des revues jungiennes. Les lecteurs français qui connaissent la trilogie de Deptford (*L'Objet du scandale, Le Manticore, Le Monde des merveilles*) ont déjà remarqué la malice qui caractérise son auteur, ainsi que le vaste éventail de ses intérêts intellectuels, psychologiques et théologiques. L'intervention divine en elle-même ne lui fait pas peur, et il l'accueille volontiers dans ses romans.

Dans *Un homme remarquable,* deux esprits désincarnés viennent à surprendre les doléances et jérémiades du simple mortel chargé de la biographie. C'est ainsi que Zadkiel le Mineur, assistant de l'Ange des Registres, et le démon Maimas, ange gardien de Francis Cornish, décident de se repasser l'histoire, pour le plaisir cette fois. Et voici Zadkiel narrateur : une biographie omnisciente et omnipotente dont l'auteur n'est même plus seulement un biographe de roman, mais un biographe divin – même s'il ne s'agit que d'une divinité mineure.

Robertson Davies a écrit trois trilogies, et ce qui est admirable, c'est que tous les volumes qui les constituent se suffisent à eux-mêmes et peuvent se lire avec délectation, y compris dans le désordre. Ainsi, *Un homme remarquable* est le second volet de la dernière en date, encadré par *Les Anges rebelles* et *La Lyre d'Orphée* mais on peut tout à fait le lire et l'apprécier isolément. Je forme le vœu que les lecteurs français se voient un jour offrir le régal de la première trilogie écrite par Davies, la trilogie Salterton. L'humour y est si noir, la satire si incisive qu'à côté les œuvres d'Evelyn Waugh font figure de travail d'amateur. Ce sont trois superbes romans à l'humour grinçant, où l'on peut voir des ancêtres élégants et raffinés de l'excellent *Un Anglais sous les tropiques,* de William Boyd.

Quant à la fameuse biographie de Francis Cornish, petit

garçon riche et solitaire d'un trou de l'Ontario... Il a une tante chauve (elle a été attaquée par un grand duc), ainsi qu'un frère contrefait doté d'une cervelle de pois chiche, qu'on cache dans un grenier où les domestiques s'occupent de lui (on le surnomme le Fou). Quoiqu'on ait donné des consignes très strictes pour que l'enfant soit élevé en bon protestant, sa tante chauve déploie tous ses efforts pour lui imprimer son catholicisme : dans sa chambre, il a le portrait d'Une Certaine Personne au-dessus de son lit ; à côté du Christ, il peut voir un tableau mièvre qui représente un garçonnet pleurant devant une porte close – *L'Amour exclu,* puisque tel est le nom de ce chromo. C'est grâce à sa tante chauve, au tableau de sa chambre et au manuel de dessin d'un caricaturiste que Francis Cornish va découvrir son amour du dessin et son talent inné. Il se fait la main sur des portraits de son frère demeuré et des croquis de cadavres que lui montre obligeamment Zadok, l'entrepreneur des pompes funèbres du coin.

Mais Robertson Davies n'écrit jamais de romans linéaires. Même ses personnages secondaires sont dotés d'une histoire complète, et c'est ainsi que les aventures de Francis Cornish s'entrecroisent savamment avec ce qui constituera la force motrice de la suite du récit. Depuis Dickens, on n'avait jamais vu un romancier écrire des contes aussi touffus et aussi stratifiés. Sur la trame de l'amour de l'art, viennent donc s'inscrire une intrigue dans les services secrets lors de la Seconde Guerre mondiale, ainsi que le premier amour malheureux de Francis. Car à Oxford il a l'infortune de tomber amoureux d'Ismay, aventurière rapace et parfaitement odieuse, mais il a aussi la chance de rencontrer le grand Saraceni, célèbre restaurateur de tableaux. Ismay parvient à se faire épouser de Francis alors qu'elle est enceinte d'un autre homme – épisode où l'on verra un recoupement jungien avec le secret bien gardé des origines du fou.

Faux géniaux

Après sa séparation d'avec Ismay, Francis rejoint le grand Saraceni pour restaurer les tableaux Renaissance, post-Renaissance et baroques d'une comtesse, quelque part en basse Bavière. C'est aussi là qu'il va s'adonner à son violon d'Ingres, l'espionnage. Il est censé compter les wagons de marchandises et les wagons à bestiaux qui passent sur une voie ferrée proche ; ces wagons, on s'en doute, emportent des hommes vers des camps de concentration... Mais auprès de Saraceni, il apprend la restauration de tableaux au sens fort : on ajoute des détails, on en arrive à changer l'œuvre du tout au tout. Pour le mettre à l'épreuve, Saraceni lui demande d'exécuter un tableau. Ce tableau, qui est le portrait d'un nain, s'intitule *Drollig Hansel*. Seconde épreuve, Francis exécute un triptyque, *Les Noces de Cana,* où le nain reparaît comme signature codée du peintre. Les faux de Francis sont si géniaux qu'on parvient à les faire passer pour les œuvres d'un des maîtres anciens, et, pour notre plus grand plaisir, les dupes qui en font l'acquisition ne sont autres que les nazis. De médiocres tableaux allemands ont transcendé leur médiocrité : les faux de Francis ont l'air à la fois « intelligents et allemands ».

C'est à cette époque que Francis va connaître une liaison heureuse avec une nanny, elle-même espionne, qui, hélas, va sauter sur une bombe incendiaire. Après la guerre, Francis est nommé à la commission alliée sur l'art qui a pour tâche de restituer les tableaux à leur pays d'origine. Naturellement, ses propres faux font partie des œuvres examinées.

A la mort de Saraceni, Francis hérite d'une fortune considérable, ainsi que de sa collection d'objets d'art. Lorsqu'il rentre au Canada, un autre membre de la commission – le directeur de la National Gallery d'Ottawa – s'engage à acheter son faux le plus magistral, *Les Noces de Cana,* alors qu'il n'a pas les fonds nécessaires pour le faire.

Sa carrière est brisée et il se suicide, sans que Francis lui ait jamais avoué qu'il est l'auteur de cette supercherie fatale.

Ces ironies du sort abondent chez Robertson Davies. On retrouve dans ses romans le secret, l'alchimie, le vrai contre le faux, et la juxtaposition de *l'animus* et de *l'anima* dans toute personne. Enfant, Francis ne se travestissait qu'assez rarement en femme. Le directeur de la National Gallery d'Ottawa, en revanche, est un homme féminin dont Francis s'éprend sans être physiquement attiré par lui. Cet amour restera largement de l'ordre du non-dit, et peut-être de l'indicible, ce qui nous renverrait au tableau de la chambre d'enfant, *L'Amour exclu*.

Robertson Davies n'a que faire des modes et courants littéraires. *Un homme remarquable* explore les domaines psychologique et théologique en une époque d'égotisme sans Dieu et d'individualisme forcené. Alors que de nos jours trop de romanciers et la plupart des cinéastes sont des mégalomanes et des divas, le professeur Davies crée, d'œuvre en œuvre, un univers bien plus grandiose dans son échelle et dans son mystère que n'importe quel individu. Cela dit, les faux inspirés de Francis donnent tout de même à penser que l'ancien ne saurait être remplacé par le nouveau, quand bien même on déploierait dans l'entreprise une habileté ou un talent hors du commun.

Comme de nombreux personnages de ses romans, le professeur Davies est un connaisseur dans le domaine des arts et des lettres. Sa culture et son expérience du monde le placent très au-dessus de la plupart des romanciers. Acteur quelque temps, son niveau lui a permis de jouer dans la troupe anglaise de l'Old Vic. Il est devenu rédacteur en chef de l'*Examiner* de Peterborough, dans l'Ontario, dont il a fini par être l'éditeur. Pendant des années, il a été recteur de Massey College à l'université de Toronto. Il a une grande culture musicale et en sait long sur les faux en art – essentiellement ce qui sépare l'art de la caricature. Il a maintenant près de quatre-vingts ans et une douzaine de romans ainsi que presque autant de pièces publiés à son actif ; il a également écrit des essais et de la critique.

Le professeur Davies est beaucoup plus que le doyen des lettres canadiennes ; on lui reconnaît de plus en plus une stature internationale. C'est à mon sens le plus complexe et le plus divertissant des écrivains vivants. Si l'Académie suédoise avait quelque respect pour la finesse de l'humour dans la littérature sérieuse, elle lui aurait déjà donné le prix Nobel. Robertson Davies n'a rien à envier à tous ceux qui l'ont eu, et il est même plus doué que la plupart d'entre eux.

Traduit par Josée Kamoun

*Robertson Davies est né en 1913 dans l'Ontario.
Acteur à l'Old Vic de Londres, metteur en scène, directeur de journal, recteur de Massey College, il est
l'auteur de deux suites romanesques éblouissantes qui
ont fait de lui l'un des principaux prosateurs en
langue anglaise de son époque. Maître du réalisme
magique, il possède ce « pouvoir d'enchantement »
(shamantsvo) qui, selon Nabokov, caractérise les plus
grands.*

« Ce qui a été mis dans la moelle
ne sort plus de la chair. »

Proverbe anglais traduit du latin,
1290.

PREMIÈRE PARTIE

Qui posa la question ?

« Il faut abandonner ce projet de livre.

— Oh non, Arthur !

— Peut-être pour quelque temps seulement. En tout cas, j'ai besoin de réfléchir. »

Dans le salon du luxueux appartement construit sur le toit de l'immeuble, les trois administrateurs commençaient à élever la voix. L'entretien en perdait son atmosphère de séance de travail, quoique celle-ci n'eût jamais été très prononcée. Pourtant, il s'agissait bien de ce genre de réunion. Les trois personnes en présence étaient les uniques membres de la nouvelle fondation Cornish pour la promotion des arts et des sciences humaines. Arthur Cornish, qui arpentait la pièce, avait incontestablement l'air d'un homme d'affaires. Pour les associés de son entreprise financière, c'était le président-directeur général. Cependant, les choses auxquelles il s'intéressait par ailleurs auraient pu les surprendre, n'eût-il soigneusement comparti-menté sa vie. Rose, rondelet et légèrement ivre, le révérend Simon Darcourt ressemblait exactement à ce qu'il était : un prêtre-professeur coincé dans une situation difficile. Mais la personne qu'on n'aurait jamais prise pour une administratrice, c'était Maria, la femme d'Arthur : pieds nus, dans le style tsigane, elle portait une robe de chambre qui n'échappait au qualificatif de « voyante » que parce qu'elle avait été confectionnée par le meilleur couturier, dans le plus beau des tissus.

On pense à tort que les femmes sont des médiatrices. Maria s'essaya à ce rôle.

« Que deviendra tout le travail que Simon a déjà fait ?

— Nous avons agi trop précipitamment. Je parle de la

11

commande de ce livre. Nous aurions dû attendre de voir quels seraient les matériaux.

— Ils ne sont peut-être pas aussi terribles que tu crois, n'est-ce pas, Simon ?

— Je n'en sais rien. Seuls des experts pourraient trancher cette question et cela leur prendrait probablement des années. Moi, je n'ai que des soupçons. Je regrette d'en avoir parlé.

— Vous soupçonnez mon oncle d'avoir exécuté lui-même certains dessins, attribués à un maître ancien, qu'il a légués à la National Gallery. N'est-ce pas assez grave ?

— Cela pourrait être gênant.

— Gênant ! J'admire votre flegme. Il se pourrait qu'un membre d'une des plus importantes familles de banquiers canadiens soit un faussaire ! Vous vous rendez compte ?

— Tu exagères, Arthur. Dès qu'il s'agit dc ton affaire, ton attitude frôle la névrose.

— En effet, Maria, et j'ai de bonnes raisons pour cela. Aucune affaire n'est aussi névrotique, capricieuse, ombrageuse et carrément cinglée que la finance. Si l'un des Cornish s'avère être un escroc, le monde de l'argent sera persuadé que toute la famille est véreuse. Je vois d'ici les caricatures de moi qui paraîtront dans les journaux : « Achèteriez-vous un tableau de maître ancien à cet homme ? »

— Mais l'oncle Frank n'a jamais été dans votre affaire.

— Peu importe. C'était un Cornish.

— Le meilleur d'entre eux.

— Peut-être, mais si c'était un faussaire, tous ses parents banquiers en pâtiront. Désolé : vous pouvez faire une croix sur ce livre.

— Arthur, c'est du despotisme !

— D'accord, je suis un tyran.

— Parce que tu as peur.

— À juste titre. N'as-tu pas écouté ? N'as-tu pas entendu ce qu'a dit Simon ?

— Je crains d'avoir été très maladroit », dit Darcourt.

Il avait l'air malheureux ; son visage était presque aussi blanc que son col ecclésiastique.

« Je n'aurais pas dû, dès l'entrée en matière, vous faire

part de mes soupçons — parce que ce ne sont que des soupçons, vous comprenez. Voulez-vous savoir ce qui me dérange vraiment ? Ce n'est pas simplement l'habileté avec laquelle l'oncle Frank maniait le crayon. C'est tout le bouquin. Je suis un écrivain discipliné. Je ne traîne pas des jours dans l'attente de l'inspiration ou une fumisterie de ce genre. Je m'assois à ma table de travail et commence tout de suite à produire du texte à partir de mes copieuses notes. Mais ce livre-ci s'est tortillé entre mes mains comme la branche de coudrier d'un sourcier. L'esprit de Francis Cornish s'oppose-t-il à ce que l'on écrive sa biographie ? Francis était l'homme le plus réservé que j'aie connu. Seuls deux ou trois intimes, dont le dernier fut Alwyn Ross, ont réussi à lui faire dire des choses personnelles. Vous savez sûrement que Francis et Ross étaient considérés comme un couple d'homosexuels ?

— Oh, mon dieu ! s'exclama Arthur Cornish. D'abord vous le soupçonnez d'être un faussaire et ensuite, vous me dites que c'est une pédale. Avez-vous encore d'autres petites surprises de ce genre, Simon ?

— Ne sois pas bête et grossier, dit Maria. Tu sais très bien que l'homosexualité est acceptée de nos jours.

— Pas par les financiers.

— Oh ! qu'ils aillent au diable, ceux-là !

— Je vous en prie, chers amis, ne vous disputez pas, surtout au sujet de trivialités pareilles, intervint Darcourt. Je travaille à cette biographie depuis dix-huit mois et je n'arrive à rien. Votre menace de tout arrêter ne me dérange pas, Arthur. J'ai bien envie d'arrêter moi-même. Je ne peux pas continuer, je vous assure. Je ne parviens pas à réunir assez d'informations. »

Arthur Cornish était largement pourvu de cet instinct humain qui consiste à pousser les autres à faire ce qu'ils ne veulent pas faire.

« Cela ne vous ressemble pas, Simon. Vous n'êtes pas homme à jeter l'éponge.

— N'en faites rien ! appuya Maria. Gaspiller dix-huit mois de recherches, vous n'y pensez pas ! Vous êtes un peu déprimé, voilà tout. Prenez un verre. Nous allons essayer de vous remonter le moral.

— Je prendrais volontiers un verre, mais il faut absolument que je vous parle de ma situation. Ce n'est pas simplement que j'aie le trac en tant qu'auteur. Mon problème est beaucoup plus sérieux que ça. »

Arthur était déjà en train de leur préparer des boissons. Il posa devant Darcourt un verre qui contenait beaucoup de whisky et une goutte d'eau gazeuse, puis s'assit sur le canapé, à côté de sa femme.

« Allez-y », dit-il.

Darcourt but une grande gorgée, comme pour s'encourager.

« Vous vous êtes mariés environ six mois après la mort de Francis Cornish, dit-il. Quand sa succession fut enfin réglée, il apparut qu'il avait beaucoup plus d'argent qu'on ne pensait...

— En effet, acquiesça Arthur. Tout le monde croyait qu'il n'avait que sa part de l'héritage de son grand-père et la fortune que lui avait laissée son père, qui peut d'ailleurs avoir été considérable. Il ne s'est jamais intéressé à l'affaire familiale ; la plupart d'entre nous le considérions comme un excentrique — un homme qui préférait s'amuser avec ses collections d'art plutôt que d'être banquier ! J'étais le seul Cornish à avoir une toute petite idée de ce qui le motivait. Le métier de financier n'est pas très drôle s'il ne vous inspire aucun enthousiasme. Moi, il me passionne ; c'est pourquoi je suis devenu président-directeur général. Mon oncle vivait dans l'aisance : il avait quelques millions. Mais, depuis sa mort, d'importantes sommes d'argent sont apparues dans des endroits inattendus. Trois vraiment gros magots dans des comptes suisses numérotés, par exemple. Comment les avait-il obtenus ? Nous savons qu'il touchait des honoraires élevés quand il authentifiait des tableaux de maîtres anciens pour des galeries ou des collectionneurs privés, mais même additionnés, ceux-ci ne représentent pas des millions. Qu'est-ce qu'il a bien pu faire ?

— Tais-toi, Arthur, dit Maria. Tu avais promis de laisser Simon nous parler de son problème.

— Oh, pardon. Allez-y, Simon. Savez-vous d'où provenait cet argent supplémentaire ?

— Non, mais là n'est pas la chose la plus importante que

j'ignore. Pour vous dire la vérité, je n'ai aucune idée de *qui* il était.

— C'est impossible. Il y a des faits vérifiables.

— Certes, mais, mis bout à bout, ils ne me conduisent pas à l'homme que nous connaissions.

— Moi, je ne l'ai jamais connu, dit Maria. Je ne l'ai jamais vu.

— Moi, je ne l'ai pas vraiment connu, dit Arthur. Je l'ai vu quelquefois, dans mon enfance, à de grandes réunions de famille. Mon oncle n'y venait d'ailleurs que rarement : il avait l'air mal à l'aise avec nous. Il me donnait toujours de l'argent. Pas un simple petit billet de dix dollars. Il me glissait une enveloppe en douce et celle-ci contenait parfois jusqu'à cent dollars. Une fortune pour un collégien comme moi, élevé dans le respect de l'argent et dressé à être économe. Et je me souviens d'un autre détail : il ne serrait jamais la main à personne.

— Moi, je l'ai mieux connu qu'aucun de vous deux et il ne m'a jamais serré la main, confirma Darcourt. Nous nous sommes liés d'amitié parce que nous avions une passion commune pour la musique, les manuscrits, la calligraphie et des choses de ce genre, et, bien entendu, il a fait de moi un de ses exécuteurs testamentaires. Mais pour ce qui était de me serrer la main, pas question ! Il m'avoua un jour qu'il détestait ce contact. Après avoir touché la main d'une autre personne, il pouvait sentir l'odeur de la mort sur la sienne. Lorsqu'il était absolument obligé de saluer de cette façon quelqu'un qui n'avait pas compris ses signaux pourtant très clairs, il se précipitait aux toilettes dès qu'il le pouvait pour se laver les mains. Une manie.

— C'est curieux, dit Arthur, il m'a toujours paru assez sale.

— Il prenait rarement des bains. Les trois appartements que nous avons vidés après sa mort comprenaient en tout six salles de bains ; or, toutes les baignoires étaient remplies à ras bord de tableaux, de dessins, de livres et de manuscrits. N'ayant pas servi depuis si longtemps, il est probable que les robinets ne fonctionnaient même plus. Mais il avait gardé un minuscule cabinet de toilette — juste un cagibi près d'une porte d'entrée. C'était là qu'il se livrait à ses sempiternelles purifications. Ses mains étaient d'une blancheur de neige, mais le reste de sa personne sentait un peu.

— Allez-vous mettre cela dans votre livre ?

— Évidemment. Ce n'est pas qu'il sentît mauvais. Il dégageait une odeur de vieux livre relié.

— J'ai l'impression qu'il devait être plutôt sympathique : un escroc qui sentait le papier moisi ! Un homme de la Renaissance, mais sans les beuveries ni les duels caractéristiques de cette époque.

— S'enivrer n'était certainement pas son genre, dit Darcourt. Il ne buvait pas — du moins pas chez lui. Il prenait un verre, ou même plusieurs verres, si quelqu'un l'invitait. C'était un avare, vous savez.

— De mieux en mieux ! s'écria Maria. Un escroc fleurant le vieux bouquin et près de ses sous ! Je suis sûre que vous pourriez écrire une merveilleuse biographie, Simon.

— Tais-toi, Maria, ordonna Arthur. Réprime un peu ta passion romantique pour les escrocs. C'est son sang tsigane qui parle, ajouta-t-il en se tournant vers Darcourt.

— Auriez-vous l'obligeance de vous taire *tous les deux* et de me laisser continuer ? grogna Darcourt. Je n'essaie pas d'écrire un livre à sensation, mais de faire ce que vous m'avez demandé il y a presque deux ans, à savoir préparer une biographie solide, érudite et, de préférence, pas trop rasoir, de feu Francis Cornish en tant que première entreprise de la fondation Cornish pour la promotion des arts et des sciences humaines qui vient d'être créée et dont nous sommes pour l'heure les seuls administrateurs. Et ne dites pas que vous me l'avez « commandée », Arthur. Il n'y a eu ni contrat ni paiement. C'était un geste d'amitié, non pas un marché. Vous pensiez qu'un livre agréable sur l'oncle Frank serait une entreprise agréable pour démarrer une fondation louable consacrée aux choses agréables que ce parent représentait à vos yeux. C'était faire preuve de cette gentillesse un peu suffisante qui caractérise les Canadiens. Mais il se trouve que je n'arrive pas à obtenir les renseignements nécessaires pour mon ouvrage et certains

16

des faits que je n'ai pas encore entièrement élucidés donneraient à cette biographie, comme Arthur le craint à juste titre, un côté scandaleux.

— Et couleraient la fondation ainsi que les Cornish, dit Arthur.

— Je ne sais pas ce qu'il en serait pour les Cornish, mais si la fondation avait de l'argent à distribuer, je ne pense pas qu'il y aurait des artistes ou des savants qui s'inquiéteraient de sa provenance, dit Darcourt. Dès qu'il s'agit de subventions, ces gens-là n'ont aucun scrupule. Ils en accepteraient même d'un bordel d'enfants, comme vous le découvrirez, pauvres innocents.

— Arthur a dû vous donner un whisky drôlement bien tassé, Simon! Vous commencez à nous engueuler. C'est très bien.

— C'était en effet un whisky bien tassé et j'en prendrais volontiers un autre tout pareil. J'aimerais aussi que vous m'écoutiez sans m'interrompre pour que je puisse vous dire ce que je sais et ce que j'ignore.

— O.K., un whisky bien tassé pour le professeur-révérend, dit Arthur en se levant pour préparer la boisson. Continuez, Simon. De quels éléments disposez-vous ?

— Eh bien, commençons par la notice nécrologique parue dans le *Times* de Londres, le lundi qui a suivi le décès de Francis. C'est un assez bon résumé de ce que le monde pense, jusqu'à ce jour, de votre défunt parent, Arthur. Et il s'agit là d'une source au-dessus de tout soupçon.

— Ah oui ? fit Maria.

— Quand le *Times* certifie qu'un Canadien est mort, cela prouve que celui-ci était vraiment une huile, quelqu'un d'important sur le plan international.

— Vous parlez de cette rubrique du *Times* comme si c'étaient les éphémérides de la cour du royaume céleste préparées par l'ange qui tient le registre de nos actes.

— C'est une bonne comparaison. Le *New York Times* a publié un article beaucoup plus long, mais c'est différent. Les Anglais ont quelques talents bizarres dont celui d'écrire des notices nécrologiques. Dans cet exercice, ils se montrent brefs, élégants et francs. Cependant, ou bien ils ignoraient ou bien ils ont choisi de ne pas parler de certains faits de notoriété publique. Écoutez. Je vais prendre une voix dans le style du *Times* :

« M. FRANCIS CHEGWIDDEN CORNISH

« Le dimanche 12 septembre, date de son soixante-douzième anniversaire, Francis Chegwidden Cornish, connu dans le monde entier comme expert en objets d'art et collectionneur, est décédé à son domicile de Toronto, Canada. Il était seul à l'heure de sa mort.

« Spécialisée dans le domaine de la peinture maniériste et de celle du XVIe siècle, sa carrière s'étend sur quarante ans et fut marquée par des découvertes, de brusques volte-face et des querelles. En matière de goût, Francis Cornish était considéré comme un hérétique et, souvent, comme un iconoclaste. Il fondait son autorité sur une connaissance peu commune des techniques picturales et une maîtrise de la méthode relativement récente appelée iconologie. Il semblait également doté d'une remarquable intuition, dont il faisait d'ailleurs étalage, au grand dépit de plusieurs experts célèbres avec lesquels il avait d'incessantes querelles.

« Né en 1909 à Blairlogie, un village isolé de l'Ontario, il jouit toute sa vie de cette liberté que donne la fortune. Son père appartenait à une vieille et distinguée famille de Cornouailles ; sa mère (née McRory) venait d'une famille canadienne qui acquit la prospérité d'abord dans le commerce du bois, ensuite dans la finance. Cornish ne participa jamais à l'affaire familiale. Il en tira cependant de substantiels revenus qui lui permirent de soutenir son intuition d'une manière concrète. On ignore encore quelles sont les dispositions testamentaires qu'il a prises au sujet de ses remarquables collections.

« Francis Cornish alla à l'école au Canada, puis fit ses études à Corpus Christi, Oxford. Ensuite, il voyagea beaucoup et fut pendant de nombreuses années un collègue et élève de Tancrède Saraceni de Rome. On pense que Cornish incorpora certaines excentricités de ce dernier à sa propre personnalité déjà peu amène. Néanmoins, il est indéniable que, pour lui, les arts plastiques ont toujours eu autant de sens que la poésie.

« Pendant et après la guerre de 1939-1945, il joua un rôle important dans le groupe d'experts alliés chargés de chercher et de récupérer des œuvres d'art déplacées durant les hostilités.

« Vers la fin de sa vie, il offrit généreusement des tableaux d'une grande valeur à la National Gallery du Canada.

« Il resta célibataire et ne laisse pas d'héritiers directs. On tient de source sûre que sa mort est due à des causes naturelles. »

— Cette notice me déplaît, dit Maria : dans le fond, elle est prétentieuse.

— Vous n'avez pas idée à quel point une nécrologie du *Times* peut l'être. Je soupçonne qu'une grande partie de cet article a été écrite par Alwyn Ross, qui pensait survivre à Francis et pouvoir bien rigoler à propos de la dernière phrase. En fait, ce texte reflète l'opinion condescendante que Ross avait d'un homme qui lui était de beaucoup supérieur. Il contient une question qui est presque comme une signature de Ross. Je le trouve assez bon, tout compte fait.

— Pourquoi y précise-t-on que mon oncle est décédé de mort naturelle ? s'enquit Arthur. Quelqu'un aurait-il prétendu le contraire ?

— Pas ici, mais certains Européens qui l'ont connu auraient pu se le demander. Ne vous en plaignez pas : de toute évidence, Ross a décidé de supprimer certains faits que le *Times* avait certainement dans son fichier.

— Comme quoi, par exemple ?

— Eh bien, le terrible scandale qui a tué Jean-Paul Letztpfennig et a rendu Francis célèbre dans le monde de l'art. Cette histoire a défait beaucoup de réputations. Même celle de Berenson en a un tout petit peu souffert.

— Malgré tout, vous paraissez parfaitement au courant, dit Arthur. Et tant mieux si mon oncle s'en est bien sorti. Qui était Tancrède Saraceni ?

— Un drôle de zèbre. Un collectionneur qui avait surtout la réputation d'être un fantastique restaurateur de

19

tableaux de maîtres anciens. Tous les grands musées ont fait appel à ses services ou l'ont consulté, à un moment ou à un autre. Mais des toiles très bizarres ont passé entre ses mains avant d'être achetées par des collectionneurs. Il avait la même réputation que votre oncle, celle de savoir trop bien se servir de ses pinceaux. Ross le haïssait.

— Et il n'y a pas eu d'articles plus flatteurs que celui-ci dans toute la presse ? demanda Maria.

— Le *Times* s'est montré généreux à sa façon, répondit Darcourt. Ils ont publié la lettre que je leur ai envoyée aussitôt après avoir lu leur notice. Dans leur numéro du 26 septembre. Je vais vous la lire :

« FRANCIS CORNISH
« *Le révérend Simon Darcourt, professeur, nous écrit :*

« Votre notice nécrologique de mon ami Francis Cornish (13 septembre) est absolument exacte dans les faits, mais elle brosse un portrait sévère de cet homme. Bien que parfois bourru et revêche, il s'est également montré bon et généreux d'innombrables fois dans ses relations personnelles. Parmi ses connaissances, je n'ai rencontré personne qui supposât un seul instant que sa mort eût pu être autre que naturelle.

« Beaucoup de sommités du monde de l'art le considéraient comme un collègue coopératif et très compétent. Son travail avec Saraceni lui a peut-être valu la méfiance de ceux qui avaient essuyé le mépris de ce personnage ambigu, mais son autorité, fondée sur un incontestable savoir, n'appartenait qu'à lui ; il est d'ailleurs de notoriété publique que feu lord Clark lui demanda plusieurs fois son opinion. C'était rarement Cornish qui commençait une dispute, mais il est vrai qu'il ne se hâtait pas d'y mettre fin et avait du mal à oublier une insulte.

« Sa célébrité en tant qu'expert en tableaux éclipsa les résultats fort intéressants qu'il avait obtenus dans l'étude et l'examen scientifique d'enluminures et de calligraphies, domaine négligé par les critiques d'art, mais qu'il considérait comme important en ce sens que celui-ci fournissait des clés permettant de comprendre des œuvres d'une dimension plus grande. Il était également un collectionneur averti de partitions autographes.

« Après son retour au Canada, en 1957, il encouragea les peintres de son pays. Cependant, le mépris qu'il manifestait pour ce qu'il considérait comme de la pacotille psychologique dans certains mouvements modernes suscita beaucoup de querelles. Son jugement esthétique était fondé sur une philosophie mûrement réfléchie.

« C'était certes un excentrique, mais aussi un homme remarquablement doué qui fuyait toute publicité. Quand ses collections auront été examinées, on s'apercevra peut-être qu'il a joué dans le monde de l'art un rôle encore plus important qu'on ne l'a cru jusqu'ici. »

— Voilà qui est nettement mieux, Simon, bien que fort loin d'être dithyrambique, commenta Maria.

— Mon but n'est pas d'écrire des dithyrambes, mais de dire la vérité en tant qu'ami, un ami qui est également un érudit et un homme lucide.

— Eh bien, ne pouvez-vous en faire autant pour la biographie ?

— Pas si cela signifie dénoncer mon oncle comme faussaire, décréta Arthur.

— Écoutez, vous allez un peu loin. Tout ce que vous avez le droit de dire, c'est que mon livre ne bénéficiera d'aucune aide financière des Cornish s'il ne présente pas un portrait impeccable de Francis. Vous oubliez toutefois que je pourrais trouver des éditeurs commerciaux. Je n'écris pas mal et, pour eux, un livre que vous jugeriez scandaleux serait peut-être une affaire intéressante.

— Simon, vous ne feriez pas ça !

— C'est là une chose que je pourrais envisager si vous cherchez à m'intimider.

— Ce n'est nullement dans mes intentions.

— C'est pourtant ce que vous faites. Vous, les riches, vous vous croyez tout-puissants. Si je décidais d'écrire ce livre sous ma seule responsabilité, vous ne pourriez rien faire pour m'en empêcher.

— Nous pourrions vous refuser tout renseignement.

— Oui, si vous en aviez. Mais vous n'en avez aucun et vous le savez.

— Nous pourrions vous poursuivre en diffamation.

— Je prendrais bien soin de ne pas diffamer les Cornish vivants. Or, vous devez savoir que la loi ne punit pas la diffamation des morts.

— Voulez-vous cesser de vous menacer mutuellement comme des idiots, vous, les hommes ? intervint Maria. Si je comprends bien, c'est justement ce manque d'informations et un soupçon grandissant qui arrêtent Simon. Mais vous devez tout de même avoir une certaine quantité de matériaux, cher ami. Dans une certaine mesure, la vie de n'importe qui peut être mise au jour.

— Oui, et utilisée par des écrivaillons qui y ajouteront un tas d'insinuations croustillantes pour en faire un livre creux et malhonnête. Mais moi, je ne suis pas de ceux-là. J'ai ma fierté d'auteur. J'ai même une toute petite réputation. Si je ne peux pas écrire un ouvrage de premier ordre sur Francis, je préfère abandonner.

— Mais vous devez sûrement pouvoir retrouver et étoffer toutes ces anecdotes concernant Saraceni et ces faits que le *Times* passe sous silence — l'histoire de ce gars qui mourut, fut tué ou je ne sais quoi. Cependant, si cela conduit à conclure que Cornish était un escroc, j'espère que vous ferez ce que vous pourrez pour arranger les choses. »

Arthur avait l'air d'en rabattre.

« Oh, ces renseignements-là seraient assez faciles à obtenir, mais ce que je veux, c'est savoir ce qu'ils recouvrent. Comment Francis s'est-il trouvé mêlé à pareille compagnie ? Quelle particularité de son caractère le prédisposait à frayer avec cette partie-là du monde de l'art au lieu de l'éviter comme l'ont fait Berenson ou Clark ? Pourquoi un riche amateur — car pour commencer, c'était bien ce qu'il était — a-t-il fréquenté ce genre d'individu ?

— Par hasard, probablement, dit Arthur. Ce qui arrive aux gens n'est souvent qu'une question de chance.

— Je ne suis pas d'accord avec vous. Ce que nous appelons la chance, c'est la projection, sur le monde extérieur, de notre psyché. Nous provoquons ce qui nous arrive. Je sais que cela paraît horrible et cruel quand on pense au sort de beaucoup de gens, et, sûrement, cela n'explique pas tout. Mais c'est une des raisons principales.

— Comment pouvez-vous dire une chose pareille ? Nous recevons tous un certain nombre de cartes à la naissance. Si le jeu de quelqu'un est affreux, plein de deux et de trois et rien au-dessus du cinq, quelles chances a-t-il de gagner contre un adversaire qui a tous les atouts ? Ne me dites pas que cela dépend de sa façon de jouer. Comme vous n'êtes ni un joueur de bridge ni un joueur de poker, vous n'y connaissez rien, Simon.

— Je ne joue pas aux cartes, c'est vrai, mais je suis théologien — un bon théologien, qui plus est. Par conséquent, mon idée des enjeux est différente de celle qu'en a un banquier comme vous. Certes, tout le monde reçoit certaines cartes, mais de temps en temps, nous avons l'occasion d'en tirer une autre, et celle-ci peut tout changer. Et qu'est-ce qui décide de cette carte-là ? Francis reçut un bon jeu à sa naissance, mais à deux ou trois reprises, il eut l'occasion de tirer une carte supplémentaire. Or, à chaque fois, il semble avoir mis la main sur le joker. Savez-vous pourquoi ?

— Non, pas plus que vous, d'ailleurs.

— Si, moi, je crois le savoir. Parmi les papiers de votre oncle, j'ai trouvé un petit tas d'horoscopes qu'il avait fait faire à divers moments de sa vie. Il était superstitieux, si l'on considère que l'astrologie est une superstition.

— N'est-ce pas votre avis ?

— Je réserve mon jugement là-dessus. L'important, c'est que lui y croyait, dans une certaine mesure. Eh bien, l'anniversaire de votre oncle tombait un jour où Mercure dominait son thème — Mercure au faîte de sa puissance.

— Et alors ?

— Alors ? Maria, elle, comprend. Sa mère n'est-elle pas une cartomancienne très douée ? Mercure est le patron des escrocs, le joker, la plus haute valeur de l'atout, le farceur qui dérange tous les plans.

— Pas que cela, Simon, dit Maria. Il est aussi Hermès, le réconciliateur des contraires, quelque chose qui transcende la morale courante.

— Exactement. Et s'il y a jamais eu un vrai fils d'Hermès, c'est bien Francis Cornish.

— Quand vous vous lancez dans ce genre de discussions, j'ai du mal à vous suivre, dit Arthur. Non pas que je trouve vos propos inacceptables. Ma vie avec Maria m'a donné une vague idée de ce dont vous parlez, mais ce soir, de toute façon, je suis obligé de vous quitter. Je dois prendre un avion à sept heures demain matin, ce qui veut dire se lever à cinq heures pour être à l'aéroport vers six heures — tels sont les agréments du voyage moderne. Je vais donc vous servir un autre verre, Simon, puis me retirer. »

C'est ce qu'il fit. Il embrassa sa femme affectueusement et lui défendit de se réveiller pour lui dire au revoir.

« Arthur vous sert des whiskys vraiment carabinés, dit Darcourt.

— Seulement parce qu'il pense que vous en avez besoin, répliqua Maria. C'est un homme extraordinairement bon et attentionné, même s'il réagit en banquier à propos de ce livre. Vous savez pourquoi, n'est-ce pas ? Tout ce qui pourrait porter atteinte à la parfaite respectabilité des Cornish le met dans tous ses états. C'est parce qu'il a lui-même des doutes secrets à ce sujet. Oh, bien sûr, les Cornish sont aussi irréprochables que peuvent l'être des financiers, mais la banque, c'est comme la religion : vous êtes obligés d'accepter certaines choses peu convaincantes par un simple acte de foi, ensuite, tout le reste s'articule avec une merveilleuse logique. Si Francis était un peu escroc sur les bords, il serait le côté ombre d'une grande famille de banquiers ; or, ceux-ci ne sont pas censés projeter des ombres. Mais Francis était-il un escroc ? Allons, Simon, dites-moi ce qui vous tracasse vraiment.

— Ses années d'enfance, à Blairlogie.

— Où peut bien se trouver cet endroit ?

— Vous commencez à prendre le ton snob du *Times,* ma chère Maria. En fait, je peux vous parler un peu de ce lieu tel qu'il est à présent. En biographe consciencieux, je suis allé là-bas. Blairlogie se trouve dans la vallée de l'Ottawa, à quatre-vingt-quinze kilomètres environ au nord-ouest d'Ottawa. Un pays sauvage. De nos jours, on peut y aller en voiture, mais à la naissance de Francis, beaucoup de gens considéraient cette ville comme un trou perdu car on ne pouvait s'y rendre que par un train assez rudimentaire.

Elle comptait environ cinq mille habitants, en majorité des Écossais. Tandis que je me tenais dans la rue principale, cherchant des indices et espérant des intuitions, je me rendis compte que ce que j'avais sous les yeux n'avait aucun rapport avec ce que le jeune Francis avait vu au début du siècle. La maison de son grand-père, Saint-Kilda, avait été divisée en appartements, celle de ses parents, Chegwidden Lodge, est devenue le Devine Funeral Parlours[1]. Devine, oui, parfaitement, et cela ne fait sourire personne. Le commerce de bois qui est à la base de la fortune des Cornish a complètement changé. L'opéra McRory n'existe plus et des McRory eux-mêmes il ne reste rien, hormis des notices peu instructives dans des histoires de la ville écrites par des amateurs sans talent. Dans le Blairlogie d'aujourd'hui, personne ne se souvient de Francis ni ne s'est montré impressionné quand j'ai dit qu'il était devenu célèbre. Certains tableaux de son grand-père étaient allés à la bibliothèque municipale, mais comme les employés de cet établissement les avaient rangés dans la cave, ils se sont tellement abîmés qu'on voit à peine ce qu'ils représentent. De toute façon, ce n'étaient que des croûtes victoriennes. Je n'ai pratiquement rien tiré de cette visite.

— Mais les années d'enfance sont-elles si importantes ?

— Vous m'étonnez, Maria ! Vos années d'enfance ne l'ont-elles pas été ? Elles sont la matrice qui forme une vie.

— Et tout cela a disparu ?

— Disparu à jamais.

— À moins que vous ne réussissiez à avoir un petit entretien avec l'ange qui tient le grand-livre.

— Je n'y crois pas. Nous tenons tous le grand-livre nous-mêmes.

— Dans ce cas, je suis plus orthodoxe que vous. Je crois à l'ange qui tient le livre. Je connais même son nom.

— Peuh ! Vous, les médiévistes, vous avez un nom pour tout. Il a simplement été inventé par quelqu'un.

— Et pourquoi ne lui aurait-il pas été *révélé* ? Vous êtes

1. « Dépôt mortuaire Devine », nom qui se prononce comme « divine » (divin).

pleins de préjugés, Simon. Cet ange s'appelait Radueriel. Il n'était pas seulement comptable. C'était aussi l'ange de la poésie, le maître des muses. Il avait sous ses ordres tout un personnel, dont l'un des membres importants était un ange biographe appelé le Petit Zadkiel. C'est ce dernier qui intervint au moment où Abraham s'apprêtait à sacrifier Isaac. C'est donc un esprit miséricordieux, à la différence de beaucoup de biographes. Le Petit Zadkiel pourrait peut-être vous tuyauter sur Francis Cornish. »

De toute évidence, Darcourt commençait à être ivre. Il devint lyrique.

« Maria, ma chère Maria, excusez-moi d'avoir été si bête en ce qui concerne l'ange comptable. Il existe, bien sûr. Il existe en tant que métaphore pour décrire l'histoire illimitée de l'humain et de l'inhumain, de la vie inanimée et de tout ce qui a jamais été et qui doit certainement exister quelque part, sinon toute la vie serait réduite à un stupide fichier sans commencement ni fin possible. J'adore parler avec vous, ma chère, parce que vous pensez comme une personne du Moyen Âge. Vous avez une personnification ou un symbole pour toute chose. Vous ne parlez pas d'éthique, mais de saints, de leur sphère de protection et de leur influence. Vous n'employez pas des mots vagues comme « extraterrestre », mais carrément ceux de « ciel » et « d'enfer ». Vous ne mettez pas celui de « névrose » à toutes les sauces : vous vous contentez de dire « démons ».

— Je n'emploie pas un vocabulaire scientifique, c'est vrai, admit Maria.

— Oh, vous savez, la science est la théologie de notre temps. Or, comme les vieux dogmes, c'est un fouillis d'affirmations contradictoires. Ce qui me met vraiment en boule, c'est ce vocabulaire indigent, ces images pâles qu'elle offre à notre foi et à notre édification, à nous, humbles profanes. Le vieux prêtre en soutane nous donnait quelque chose qui semblait avoir une existence concrète. Vous adressiez des prières à la Sainte Vierge et quelqu'un avait peint pour vous une image qui paraissait convenir parfaitement à la mère de Dieu. Le nouveau prêtre dans sa blouse blanche de laborantin ne vous donne rien à part un vocabulaire sans cesse changeant, des mots qu'il est incapable de prononcer car, généralement, il ne connaît pas le grec, mais vous, vous êtes censé avoir en lui une confiance aveugle parce qu'il sait des choses qui dépassent votre pauvre petit entendement. C'est le clergé le plus prétentieux et le plus pompeux que l'humanité ait jamais eu à supporter dans toute son histoire enregistrée ; son manque de symboles et de métaphores et son goût de l'abstraction poussent les hommes vers un pays aride où se meurt l'imagination. Mais vous, Maria, vous parlez la vieille langue qui touche le cœur. Vous parlez de l'ange comptable et de ses subordonnés, et, tous deux, nous savons exactement ce que vous voulez dire. Vous donnez des noms compréhensibles et plaisants à des réalités psychologiques. Que Dieu — une autre réalité psychologique très bien nommée — vous bénisse pour cela.

— Vous commencez à divaguer un tout petit peu, mon chéri. Il est d'ailleurs temps que vous rentriez chez vous.

— Oui, oui, bien sûr. Tout de suite. Si je suis capable de me lever. Ooooh !

— Attendez une minute. Je vous accompagnerai à la porte. Mais, avant que vous ne partiez, dites-moi quels sont les renseignements que vous voulez avoir au sujet de Francis et que vous n'arrivez pas à obtenir.

— Son enfance ! C'est là la clé. Pas la seule, mais la première qui ouvre le mystère de l'être humain. Qui étaient les personnes qui l'ont élevé et quelles étaient leurs croyances ? car celles-ci ont marqué l'enfant, sont restées présentes dans son esprit même quand il pensait les avoir rejetées. Les écoles, Maria, les écoles ! Voyez l'influence que Colborne a eue sur Arthur ! Pas une mauvaise influence — en tout cas, pas dans l'ensemble — mais elle continue d'agir : dans la façon dont il noue sa cravate, cire ses chaussures et écrit d'amusants petits mots de remerciement à des gens qui l'ont invité à dîner. Et un millier d'autres choses de ce genre cachées en lui, comme par exemple la réaction conventionnelle qu'il a eue quand je lui ai dit que Francis était peut-être un faussaire. Eh bien, comment étaient les écoles de Blairlogie ? Francis n'a jamais quitté cette petite ville avant l'âge de quinze ans. Ce sont donc elles qui l'ont marqué. Évidemment, je pourrais inventer. Si seulement j'osais le faire, si seulement j'avais l'indécence d'un si grand nombre de biographes ! Je ne vous parle pas de grossiers mensonges, mais d'une sorte d'affabulation qui peut atteindre à l'art et, d'une certaine manière, correspondre à la vérité. Rappelez-vous ce qu'a dit Browning : « L'art reste le seul moyen possible de dire la vérité, du moins pour des voix comme la mienne. » Je servirais Francis tellement mieux si j'avais la liberté d'expression d'un romancier.

— Oh, Simon, je sais bien qu'au fond vous êtes un artiste !

— Un artiste enchaîné à une biographie qui devrait garder quelque ressemblance avec les faits réels.

— C'est une question de conscience morale.

— Ainsi que de conscience sociale. Mais qu'en est-il de la conscience artistique à laquelle les gens prêtent généralement peu d'attention ? Je veux écrire un livre qui soit vraiment bon. Pas simplement un livre honnête : un livre agréable à lire. En chacun de nous, une de ces formes de conscience prédomine et, chez moi, c'est la conscience artistique : elle semble occulter les deux autres. Savez-vous ce que je pense ?

— Non, mais je suis sûre que vous allez me le dire.

— Je pense que Francis devait avoir un *daimôn*. Chez un homme aussi influencé par Mercure, ou Hermès, cela n'aurait rien d'étonnant. Vous savez ce qu'est un démon au sens grec, au sens mythologique du terme ?

— Oui, mais continuez.

— Évidemment que vous le savez ! J'oublie tout le temps que vous êtes une fille très savante. Depuis que vous êtes devenue la femme d'un richard, j'ai du mal à croire que vous savez quelque chose de vraiment intéressant. Mais vous êtes la fille de votre mère, cette merveilleuse vieille renarde et extraordinaire sibylle ! Bien sûr que vous savez ce que Hésiode appelait des démons : des esprits de l'âge d'or qui servent de génies protecteurs aux mortels. Ce ne sont pas d'ennuyeuses manifestations de la conscience morale, comme les anges gardiens, qui vous incitent toujours à une vertu d'école du dimanche, à être sage comme une image... Non, il s'agit de la conscience artistique qui vous fournit de l'énergie supplémentaire quand vous en avez besoin et attire votre attention sur ce qui ne va pas. Elle n'est pas liée à ce que les chrétiens considèrent comme le bien, mais à votre destin. Elle est le joker de votre jeu de cartes. Votre atout suprême qui domine tous les autres !

— Vous pourriez appeler ça l'intuition.

— Au diable l'intuition ! C'est là un mot psychologique, gris et poussiéreux. Je préfère la notion de démon. Connaissez-vous le nom de quelques bons démons, Maria ?

— Un seul. Je l'ai vu un jour gravé sur une pierre : Maimas. Vous savez, Simon, j'ai l'impression que je suis un peu ronde, moi aussi. En tout cas, si vous pouviez vous entretenir avec le Petit Zadkiel et avec... appelons-le Maimas, vous auriez sur Francis Cornish tous les renseignements que vous voulez.

— En effet ! Cela serait merveilleux ! Je saurais ce qui a été mis dans la moelle de ce bon vieux Francis. Parce que ce qui a été mis dans la moelle ne sort plus de la chair. Nous ne devrions jamais oublier ça. Mais il faut vraiment que je m'en aille maintenant. »

Darcourt vida son verre, embrassa Maria d'une façon maladroite — dans la région du nez — et se dirigea en vacillant vers la porte.

Assez chancelante, elle aussi, Maria se leva et lui prit le bras. Devait-elle lui proposer de le ramener en voiture ? Non, il valait mieux qu'il rentre à pied. L'air frais de la nuit lui ferait du bien. Elle accompagna toutefois son ami jusque sur le palier et le guida vers l'ascenseur.

Les portes de celui-ci se fermèrent, mais tandis que Darcourt descendait, elle l'entendit crier : « Ce qui a été mis dans la moelle ! Oh, qu'est-ce qui a été mis dans la moelle ? »

Attirés par le son de leurs noms, le Petit Zadkiel et le démon Maimas avaient assisté avec amusement à la scène.

« Pauvre Darcourt, dit l'ange biographe. Bien entendu, il ne connaîtra jamais toute la vérité sur Francis Cornish.

— *Même nous, nous ne la connaissons pas, mon frère,* répondit Maimas. *En fait, j'ai déjà oublié une partie de ce que je savais quand je m'occupais exclusivement de Francis.*

— *Aimerais-tu que je te rappelle son histoire, dans la mesure où toi et moi pouvons la connaître ?*

— *Absolument. C'est très généreux de ta part, mon frère. C'est toi qui as le disque, ou le film, ou la cassette, ou ce qu'il faut appeler ce truc. Aurais-tu la gentillesse de le mettre en marche ?*

— *Rien de plus simple »,* dit l'ange.

Ce qui avait été mis dans la moelle

Quand Francis y naquit, Blairlogie n'était pas un trou perdu, à la lisière du monde civilisé. Cette idée aurait d'ailleurs indigné ses habitants. À leurs yeux, la ville était florissante, quant à eux-mêmes, ils étaient le centre de l'univers. Ils entraient avec confiance dans le XXe siècle, certains, comme l'avait dit leur grand Premier ministre, sir Wilfrid Laurier, que celui-ci verrait la gloire du Canada. Ce qui, pour un étranger, pouvait sembler être des défauts ou des lacunes était pour eux des avantages. Les routes environnantes étaient incontestablement mauvaises, mais elles l'avaient toujours été depuis qu'elles existaient et les gens de l'endroit acceptaient la chose sans se poser de questions. Si le monde extérieur désirait venir à Blairlogie, il pouvait très bien le faire par le train. Celui-ci parcourait les quatre-vingt-quinze kilomètres depuis Ottawa sur une voie rudimentaire dont la majeure partie coupait à travers le granit le plus dur du Laurentian Shield, un massif d'une ancienneté mythique. Blairlogie ne voyait pas pourquoi il aurait été facilement accessible.

Presque tout l'argent et les commerces de la ville se trouvaient, comme il se devait, entre les mains des Écossais. Au-dessous des Écossais, en une hiérarchie déterminée par la fortune, venait une fraction plus importante de la population : des Canadiens d'ascendance française dont certains étaient de gros marchands. Tout en bas de cette pyramide financière et sociale, il y avait les Polonais, une masse d'ouvriers et de petits fermiers dans laquelle les rangs supérieurs choisissaient leurs domestiques. A total la ville comptait environ cinq mille âmes soigne différenciées.

Les Écossais étaient presbytériens. Dans ce Canada du début du siècle, leur croyance religieuse et leurs opinions politiques jouaient un rôle prépondérant dans leurs vies. Ils auraient peut-être eu du mal à formuler la doctrine de la prédestination qui se trouvait au cœur de leur foi, mais pouvaient vous dire facilement qui étaient les élus et qui faisait partie des créatures dont l'avenir, dans l'éternité, était moins certain.

Les Français et les Polonais étaient catholiques. Eux aussi connaissaient avec précision leur place par rapport à Dieu et n'étaient nullement mécontents de leur position. Il y avait également quelques Irlandais, catholiques eux aussi, et un petit nombre d'individus d'origines différentes. Ces derniers, tous hybrides, avaient des églises minables conformes à leur excentricité ; la plus misérable d'entre elles était un temple installé dans un magasin vide ; il passait d'un prédicateur fulminant à un autre et exposait dans ses vitrines des bannières criardes représentant la Bête de l'Apocalypse dessinée avec des détails horribles. Il n'y avait ni juifs, ni Noirs, ni autres éléments douteux.

On aurait pu représenter la ville par un gâteau de mariage dont les Polonais auraient constitué la base qui supporte tout le poids, les Français, la couche médiane, plus étroite, mais centrale, et enfin les Écossais, la couche supérieure, plus étroite encore, mais plus richement ornée que les deux autres.

Aucune ville n'est simple à tous égards. Les gens qui aimaient les structures nettes et ordonnées se sentaient déconcertés par ce caprice du sort qui voulait que le sénateur, de loin l'homme le plus riche et le plus influent de Blairlogie, bouleversât complètement les idées reçues : bien qu'écossais, il était catholique, et, bien que nanti, il était libéral ; en outre, sa femme était française.

Il faut commencer par lui car c'était le grand-père de Francis Chegwidden Cornish et la source de l'argent dont vécut Francis jusqu'au moment où il gagna lui-même une mystérieuse fortune.

L'honorable James Ignatius McRory était né aux Hébrides en 1855. En 1857, il avait émigré au Canada avec ses parents qui, comme tant d'autres de leurs compatriotes, mouraient de faim dans leur beau pays. Ils ne réussirent jamais à se débarrasser entièrement du poids de la misère, quoique leur situation dans le Nouveau Monde fût bien meilleure qu'elle ne l'eût été chez eux. Leur fils James, qu'ils appelaient Hamish parce que tel était son nom dans la langue gaélique qu'ils avaient l'habitude de parler entre eux, haïssait la pauvreté et, dès l'enfance, décida d'en sortir coûte que coûte, ce qu'il fit. Très jeune, il fut obligé d'aller travailler dans la forêt, une des richesses du Canada. Grâce à son ambition, à son audace et à une perspicacité innée (sans parler de son habileté à jouer des poings, et de ses pieds quand les poings ne suffisaient pas) il devint bientôt chef d'équipe, puis, peu après, entrepreneur pour le compte de sociétés d'exploitation de forêts et, avant même d'avoir atteint la trentaine, époque à laquelle il était déjà riche, propriétaire d'un commerce de bois.

Une histoire assez banale, en somme, mais comme tout ce qui concernait Hamish, elle avait un cachet spécial. Le jeune homme n'épousa pas la fille d'un exploiteur de forêts pour servir ses intérêts. Au lieu de cela, il fit à vingt-sept ans un mariage d'amour avec Marie-Louise Thibodeau qui en avait vingt, et, à partir de ce jour-là, ne désira plus jamais une autre femme. En outre, la vie dans les camps de bûcherons ne lui endurcit pas le cœur : en tant qu'employeur, il traitait bien ses hommes et, quand il eut de l'argent, il en donna généreusement aux œuvres de charité et au parti libéral.

Car après Marie-Louise — et quelqu'un d'autre encore, le grand amour de sa vie était le parti libéral. Il n'essaya jamais de se faire élire au Parlement, mais dans la mesure où il y avait une section locale de ce parti à Blairlogie, ville où il s'établit dès qu'il ne fut plus obligé de résider près des forêts, il soutint et finança des candidats libéraux. Hamish McRory était le cerveau derrière l'appareil. Aussi, ce ne fut une surprise pour personne quand sir Wilfrid Laurier le nomma au Sénat alors qu'il n'avait pas encore quarante-cinq ans, faisant de lui le membre le plus jeune et, sans aucun doute, le plus capable de la Chambre haute.

En ce temps-là, les sénateurs étaient nommés à vie et certains d'entre eux avaient la réputation d'avoir renoncé à tout effort politique dès l'instant où ils avaient posé le pied sur le tapis rouge de la Chambre haute. Cependant, Hamish, lui, était bien décidé à ne pas relâcher son zèle. Une fois pourvu de ce nouvel honneur, il fut plus que jamais l'homme de sir Wilfrid, et cela dans une région importante de la vallée d'Ottawa.

« *Quand en arriverons-nous à mon bonhomme?* *demanda Maimas, impatient d'apporter sa contribution à l'histoire.*

— *Bientôt, répondit le Petit Zadkiel. Nous devons voir Francis dans le contexte de son milieu et de son ascendance, et, sans remonter au début des temps, il faut au moins parler du sénateur. C'est ainsi que procèdent les biographes.*

— *Ah, je vois. Tu veux décrire le personnage selon le principe hérédité-éducation, et, dans ce cas, le sénateur représente les deux.*

— *Hérédité et éducation sont inextricablement liées. Seuls des savants et des psychologues pourraient penser autrement. Or, nous connaissons bien cette engeance, n'est-ce pas?*

— *En effet, nous les observons depuis l'époque où, simples sorciers tribaux, ils poussaient des cris devant le feu de camp. Continue, mais je t'avertis que je ronge mon frein.*

— *Un peu de patience, Maimas. Le temps est fait pour ceux qui vivent sous son joug. Toi et moi, nous ne sommes pas soumis à sa loi.*

— *Je sais, mais j'aime parler.* »

À part Marie-Louise, et dans un esprit très différent, l'autre grand amour du sénateur était sa fille aînée, Marie-Jacobine. Pourquoi ce nom? Parce que Marie-Louise avait espéré un fils. Jacobine était un dérivé fantaisiste de Jacobus, c'est-à-dire James, et, par conséquent, Hamish. Évoquant James II, le roi malheureux, et son fils, plus malheureux encore, Bonnie Prince Charlie, ce nom suggérait également un attachement familial à la cause des Stuarts. Il avait été proposé avec une implacable modestie par la sœur du sénateur, Mlle Mary-Benedetta McRory, qui vivait avec son frère et sa belle-sœur. Mlle McRory, que tous appelaient Mary-Ben, était un esprit redoutable dissimulé dans le corps menu d'une vieille fille timorée. Romantique, elle était persuadée que, en tant qu'Écossais des Highlands, ses ancêtres avaient nécessairement soutenu les Stuarts ; aucun des livres qu'elle lisait à ce sujet n'indiquait que les beaux et romantiques personnages de James II et de son fils avaient aussi été des têtes de mule et des perdants. On décida donc que ce serait Marie-Jacobine, avec pour diminutif affectueux Mary-Jim.

Il y avait une deuxième fille, Mary-Teresa — devenue inévitablement Mary-Tess. Cependant, née la première, Mary-Jim était aussi la première dans le cœur de son père. Elle menait une vie de princesse de petite ville sans que cela parût nuire beaucoup à son caractère. Elle avait une préceptrice au catholicisme et aux manières irréprochables. À l'âge adéquat, elle partit à Montréal, dans une école religieuse de premier ordre dont la supérieure était une autre McRory : mère Mary-Basil. Les McRory attachaient beaucoup d'importance à l'éducation : la tante Mary-Ben avait été dans le même couvent que dirigeait maintenant mère Mary-Basil. L'éducation et le savoir-vivre devaient aller de pair avec l'argent et même le sénateur, qui n'avait reçu que peu d'instruction, lut beaucoup et intelligemment toute sa vie.

Les McRory avaient largement payé leur dû à l'Église : en plus de mère Mary-Basil, il y avait un oncle, Michael McRory, qui avait toutes les chances de devenir évêque, probablement à l'ouest du Canada, dès que se libérerait un siège convenable. Les autres hommes de la famille avaient moins bien réussi : on avait perdu la trace d'Alphonsus ; la dernière fois qu'on avait entendu parler de lui, il était à San Francisco ; Lewis avait sombré dans la boisson quelque part dans les territoires du Nord et Paul était mort, sans se distinguer de quelque façon que ce fût, dans la guerre des Boers. C'était dans les filles du sénateur que résidait l'avenir de la famille, et Mary-Jim en était pleinement consciente.

Quand il lui arrivait de penser à cette question, elle n'éprouvait aucune inquiétude. Elle réussissait dans ses études, avait un certain charme et, du fait qu'elle était plus jolie que la plupart des filles, se considérait, et était considérée par le reste de la famille, comme une beauté. Rien de tel pour mettre tout le monde à vos pieds.

Le sénateur avait de grands projets pour sa fille. Ce n'était pas elle qui allait croupir à Blairlogie ! Elle devait faire un beau mariage, avec un catholique. Il fallait donc qu'elle rencontrât un plus grand nombre de prétendants acceptables qu'elle n'aurait pu en trouver dans sa ville natale.

L'argent fait tourner le monde. Héritière d'une fortune, Mary-Jim pouvait trouver les meilleurs partis.

Le 22 janvier 1901, alors que Mary-Jim avait seize ans, la reine Victoria mourut et Edouard VII monta sur le trône. Ce prince épicurien ne cacha pas son intention de transformer la structure sociale de la cour. Désormais, décréta-t-il, les jeunes filles de bonne famille seraient présentées à leur souverain non pas à des réceptions sans éclat données l'après-midi, comme sous le règne de sa mère, mais à de grandes soirées, qui étaient en fait des bals ; la cour devait s'ouvrir à des gens qui n'appartenaient pas à la vieille aristocratie, mais avaient du « cran », comme il disait. À condition d'être suffisamment pourvues de cette qualité, même les filles de magnats des dominions pouvaient aspirer à cet honneur.

Le sénateur avait bâti sa fortune grâce au don qu'il avait de profiter d'occasions imperceptibles aux autres. Mary-Jim, décida-t-il, devait être présentée à la cour. Avec doigté, méthode et ténacité, il s'attacha alors à atteindre ce but.

Au début, la chance sembla lui sourire. Le couronnement du roi-empereur dut attendre que se fût écoulée l'année de deuil fixée pour la vieille reine, puis survint une maladie royale, de sorte qu'il n'y eut pas de réception jusqu'au printemps de l'année 1903, date à laquelle la maison du roi s'installa à Buckingham Palace et lança une magnifique saison de bals de cour. Mary-Jim fut présentée à ce moment-là, mais ce fut de justesse, et le sénateur avait dû consacrer tout le temps libre dont il disposait pour mener cette affaire à bien.

Il commença naturellement par écrire au secrétaire du gouverneur général du Canada, lord Minto, lui demandant des conseils et, si possible, de l'aide. Dans sa réponse, qui tarda un peu, lord Minto dit qu'il s'agissait d'une question très délicate et qu'il la soumettrait à Son Excellence à un moment qu'il jugerait propice. Ce moment n'eut pas l'air de se présenter et, plusieurs semaines plus tard, le sénateur écrivit de nouveau. Non, il n'avait pas été possible de parler de cette affaire à Son Excellence, celle-ci étant évidemment très occupée par les cérémonies précédant et suivant le couronnement. On était alors en août. Le secrétaire laissait entendre que cette affaire ne pressait pas réellement, la jeune demoiselle étant encore en âge d'attendre. Le sénateur commença alors à se demander si la Résidence continuait à avoir un peu peur des McRory à cause de ce fâcheux incident survenu une vingtaine d'années plus tôt. Commençant également à se faire une idée du comportement des courtisans, il décida de s'adresser ailleurs. Il demanda au Premier ministre s'il pouvait le recevoir quelques minutes au sujet d'une affaire personnelle.

Sir Wilfrid Laurier était toujours prêt à trouver un peu de temps pour voir Hamish McRory. Lorsqu'il apprit de quoi il s'agissait et qu'on lui demandait d'accélérer poliment les choses au bureau du gouverneur, son visage s'épanouit. Les deux hommes s'entretinrent en français car le sénateur avait toujours parlé la deuxième langue du Canada avec sa femme. Tous deux fervents catholiques, et bien que ne le montrant pas trop, ils se sentaient différents du groupe ultra-anglais qui occupait la Résidence et étaient bien résolus à ne pas se laisser traiter par-dessous la jambe. Comme beaucoup d'hommes qui n'ont pas d'enfants, sir Wilfrid aimait profondément l'idée d'une famille. Le désir d'un père de lancer sa fille dans le monde avec les meilleurs atouts possibles le toucha donc beaucoup.

« Soyez certain, cher ami, que je ferai pour vous tout ce qui est en mon pouvoir », dit-il, et il prit congé de Hamish avec la plus grande amabilité.

Moins d'une semaine plus tard, le sénateur recevait un message lui demandant de revenir voir sir Wilfrid. Celui-ci lui parla sans détour.

« Nous n'arriverons à rien avec Son Excellence, déclara-t-il. Vous devriez écrire à notre représentant de Londres et lui dire ce que vous désirez. Je lui écrirai aussi, aujourd'hui même. Si la présentation est possible, je vous garantis qu'elle se fera. »

Elle se fit, en effet, mais après une longue attente et bien des difficultés.

Le représentant du Canada à Londres portait le titre ronflant de baron Strathcona and Mount Royal, mais le sénateur commença sa lettre par « Cher Donald » : les deux hommes se connaissaient bien grâce à cette franc-maçonnerie des riches qui l'emportait même sur la politique et aussi parce que le baron était président de la Bank of Montreal sous le simple nom de Donald Smith. Sa réponse arriva par retour du paquebot-poste. La chose était faisable et sa femme serait ravie de présenter Mary-Jim à la cour. Cependant, cela prendrait du temps, de la diplomatie et peut-être même faudrait-il forcer un peu la main à ceux qui établissaient les listes car les McRory n'étaient certainement pas les seuls à vouloir paraître à Buckingham Palace.

Les mois suivants, des rapports arrivèrent à intervalles réguliers. L'affaire prenait tournure ; le baron en avait touché un mot à un secrétaire. Les choses traînaient ; le baron espérait rencontrer le secrétaire à son club pour pouvoir lui rafraîchir la mémoire. Les perspectives n'étaient pas très bonnes : le secrétaire avait dit que beaucoup d'autres jeunes filles s'étaient inscrites avant Mary-Jim et que la liste des débutantes ne devait pas être trop longue. Un coup de chance : un magnat de Nouvelle-Zélande s'était étouffé avec une arête et sa fille avait dû, bien à contrecœur, prendre le deuil. Le succès était pratiquement assuré, mais il avait été prématuré d'entreprendre quoi que ce fût avant de recevoir des invitations officielles. Entre-temps, lady Strathcona se livrait à de ⁃⁃⁃ts marchandages en coulisse ; fille d'un ancien fonction- ⁃⁃⁃ Hudson Bay, elle avait d'ailleurs un don inné pour

Les fameuses cartes, très impressionnantes, arrivèrent enfin en décembre 1902. Le sénateur, qui pendant un an avait gardé toute cette affaire pour lui, put faire part de sa victoire à Marie-Louise et à Mary-Jim. Leur réaction ne fut pas tout à fait celle qu'il avait escomptée. Sa femme se tracassa aussitôt au sujet de leur garde-robe et sa fille trouva la nouvelle agréable, mais sans plus. Aucune d'elles ne comprenait l'immensité de son triomphe.

Cependant, les lettres que commença à leur envoyer lady Strathcona leur ouvrirent peu à peu les yeux. Dans celles-ci, la baronne parlait en détail de la question des vêtements : comme il leur fallait non seulement des toilettes pour le bal de la cour, mais aussi pour la saison londonienne que cette fête inaugurait, ces dames devaient sans tarder venir à Londres et se précipiter chez les couturières. Il faudrait leur trouver un logement adéquat ; on s'arrachait déjà toutes les maisons qui étaient à louer dans les parties convenables de la ville. Quels bijoux possédait Marie-Louise ? Marie-Jacobine devait se soumettre à un entraînement rigoureux pour assimiler l'étiquette de la cour ; lady Strathcona l'avait inscrite aux cours donnés par une comtesse ruinée qui, moyennant de substantiels honoraires, expliquait ces rites. Le plus important, c'était la révérence. Il s'agissait de ne pas perdre l'équilibre.

Lord Strathcona se montra plus direct encore. Apportez un gros chéquier et arrivez ici à temps pour vous faire faire une culotte courte — tels furent les principaux conseils qu'il donna au sénateur.

Les McRory firent ce qu'on leur demandait. Ils partirent pour Londres au début de janvier, emportant une montagne de bagages, dont deux de ces énormes malles à couvercle bombé qu'on appelait des « arches de Noé ».

On n'avait pas pu leur trouver une maison acceptable à Londres et habiter en dehors du West End était hors de question. Lord Strathcona leur avait donc loué la meilleure suite au Cecil Hotel, dans le Strand. Si Buckingham Palace était encore plus grandiose que le Cecil, seraient-ils dignes de cet endroit ? se demandèrent les McRory. À cette époque, le personnel masculin de l'hôtel avait trois livrées : gilet à manches longues et plastron blanc, le matin ;

uniforme bleu à boutons de cuivre et cravate blanche, l'après-midi et, le soir, une splendide culotte en peluche, accompagnée d'une veste prune à boutons ouvragés et d'une perruque poudrée. C'était là une magnificence inconcevable à Blairlogie, où avoir une bonne constituait le summum du service domestique. Cependant, débrouillards et intelligents de nature, les McRory étaient bien résolus, dans toute la mesure du possible, à ne pas jouer le rôle ridicule des cousins coloniaux. En attendant de s'initier, ils firent donc preuve d'une grande retenue.

Les séances avec la comtesse ruinée présentèrent d'abord quelques difficultés : la plupart du temps, cette femme se conduisait comme si le canadien inélégant de Mary-Jim la mettait au supplice. Espèce de vieux chameau snob, pensa Mary-Jim. Ancienne couventine, elle savait quelle attitude prendre vis-à-vis de professeurs assommants. « Préféreriez-vous que je parle français, Votre Grâce ? » demanda-t-elle, puis elle se mit à babiller à toute allure dans cette langue que la comtesse ruinée ne parlait que médiocrement. Comprenant qu'elle avait affaire à forte partie, celle-ci changea d'attitude. Après s'être ressaisie, elle laissa tomber une remarque concernant la difficulté de comprendre le « patois », mais personne ne fut dupe.

En mai 1903, la soirée tant attendue arriva. Marie-Louise, encore belle femme, resplendissait dans une robe en mousseline bleu pâle et en lamé, rebrodée de bandes de brillants ; le corsage drapé (porté au-dessus d'un corset neuf des plus compressifs) était fermé par des diamants loués à un bijoutier discret qui faisait couramment ce genre d'affaires. Mary-Jim était modestement vêtue de tulle et de mousseline. Le sénateur portait comme de coutume un habit à queue et un gilet blanc par-dessus ; ce qui sortait de l'ordinaire, c'étaient sa culotte de soie et ses bas noirs. À quatre heures de l'après-midi, la famille se fit photographier en grande toilette dans le salon de leur suite. Les dames, s'étant fait pomponner par le coiffeur entre une heure et deux heures et demie, avaient ensuite dû prendre leur bain avec d'infinies précautions afin de ne pas mouiller ni déranger leurs savantes coiffures. Une femme de chambre experte les avait aidées à passer leurs magnifiques robes. Après le départ du photographe, les McRory prirent une légère collation dans leur appartement, puis ils n'eurent plus rien d'autre à faire que d'attendre nerveusement neuf heures et demie, heure à laquelle arrivait la voiture qui devait les emmener au palais. À pied, ils auraient mis quinze minutes, mais en raison de la foule qui se rendait à Buckingham, ils parcoururent la courte distance en trois quarts d'heure. Pendant le trajet, ils se firent inspecter à chaque arrêt par les nombreux badauds qui s'étaient rassemblés pour regarder les aristos.

Ce qui les tracassait, c'était qu'ils ne connaissaient personne à la cour. Ils étaient persuadés qu'ils allaient faire tapisserie et être obligés de feindre un isolement volontaire. Dans des moments de panique, ils se voyaient heurter des objets, casser des ornements, renverser de la nourriture. Le maître de cérémonie frapperait le sol de sa canne en criant : « Jetez-moi ces péquenauds des colonies dehors ! » Mais ce n'était pas ainsi que recevait le roi-empereur.

Dès qu'ils eurent remis leurs capes à des domestiques, un aide de camp souriant se précipita vers eux : « Ah, vous voilà, sénateur ! Bonsoir madame. Bonsoir mademoiselle. Le haut-commissaire et lady Strathcona sont en haut ; je vais vous conduire jusqu'à eux. Quelle foule, n'est-ce pas ? » Tout en poursuivant son bavardage jovial et rassurant, il resta avec eux jusqu'à ce qu'ils fussent en sécurité sous l'aile protectrice des Strathcona et que Mary-Jim, séparée de ses parents, eût été placée dans le groupe pas trop visiblement défini des jeunes filles à présenter.

Au bout de la salle, sous un dais, il y avait deux trônes — mais quoi, pas de trompettes ? Non, juste l'entrée silencieuse — du moins aussi silencieuse que peut l'être une entrée royale — d'un homme plutôt petit et très corpulent, vêtu d'un uniforme sur lequel flamboyait une panoplie de décorations, et d'une femme d'une grande beauté portant assez de bijoux, pensa le sénateur, pour financer un chemin de fer. Les dames firent les révérences, les messieurs s'inclinèrent. Le roi et la reine s'assirent.

Sans préambule, les dames du groupe spécial commencèrent à faire avancer leurs protégées. Muni d'une liste, un aide de camp murmurait les noms à l'homme aux yeux bleus et à la belle femme sourde qui souriait. Le grand moment arriva : prenant Mary-Jim par la main, lady Strathcona la guida vers les marches du dais. Toutes deux firent la révérence ; l'aide chuchota : « Mademoiselle Jacobine McRory. » C'était fini. La campagne que le sénateur avait menée pendant vingt-deux mois venait d'atteindre son but.

Debout au milieu de la foule, ce dernier avait observé attentivement la scène. Le regard du roi s'était-il éclairé à la vue de Mary-Jim ? C'était un homme qui admirait la beauté — avait-il été impressionné ? Impossible à dire. Toujours est-il que ses yeux bleus proéminents ne s'étaient pas voilés. La jeune fille était si jolie qu'une forte émotion étreignit son cœur paternel. Avec ses cheveux foncés et son teint rose hérité de ses ancêtres écossais, Mary-Jim était incontestablement une beauté.

Les présentations furent bientôt terminées et le couple royal se leva. L'aide de camp se précipita de nouveau vers les McRory.

« Je dois vous faire faire la connaissance de quelques personnes. Puis-je vous présenter le major Francis Cornish ? Il veillera avec moi à ce que vous ne manquiez de rien. »

Le major n'était ni jeune, ni vieux, ni beau, ni particulièrement laid. Si on pouvait qualifier son apparence de distinguée, c'était à cause du monocle qu'il portait à l'œil droit et de sa fine moustache qui défiait toutes les lois régissant les poils faciaux : elle poussait en effet latéralement au lieu de verticalement et se relevait aux deux bouts. Il portait le grand uniforme d'un excellent régiment, qui, cependant, n'était pas celui de la Garde. Il s'inclina devant les dames, tendit l'index de sa main droite au sénateur et dit d'une voix à peine audible : « *Howjahdo ?* » Il resta toutefois avec les McRory tandis que l'aide de camp, murmurant qu'il devait s'occuper d'autres invités, s'éclipsait.

La musique commença : la fanfare des soldats de la Garde, mais que l'ajout de violons transformait en un magnifique orchestre. On dansa. Le major Cornish veilla à ce que Marie-Jacobine eût autant de cavaliers convenables que nécessaire. Lui-même valsa avec elle et avec Marie-Louise. Le temps passa sans que les McRory se sentissent une seule fois mal à l'aise ou négligés. Puis, à la surprise de Marie-Jacobine, il fut bientôt l'heure de souper.

Le roi et la reine dînaient dans un salon privé avec quelques amis intimes, mais un peu de leur magie demeurait dans la grande salle à manger où Marie-Louise s'extasia sur les *Blanchailles à la diable,* la *Poularde à la norvégienne,* le *Jambon d'Espagne à la basque* et les *Ortolans rôtis sur canapés* [1]. Elle mangea tous ces mets, plus les pâtisseries et les deux sortes de glace qui suivirent. La splendeur de ce repas fit fondre les dernières réserves qu'elle pouvait avoir, en tant que Canadienne française, à l'égard des souverains britanniques. Ils s'y connaissaient en nourriture, ces gens-là ! Tout en mastiquant, et sous l'influence d'un xérès 1837, d'un champagne 1892, d'un château-langoa 1874, puis — « Oh, vraiment, je ne devrais pas, major, mais j'ai un faible pour cet alcool » — d'un peu de brandy 1800, elle déclara plusieurs fois à son voisin de table que Sa Majesté savait certainement recevoir. Elle mangea jusqu'à ce que son nouveau corset commençât de la punir de sa gourmandise, car elle n'avait pas l'art de picorer dans son assiette comme le font les femmes élégantes.

Marie-Jacobine, elle, toucha à peine à son dîner : elle avait soudain pris conscience de ce que signifiait pour elle le fait d'être présentée à la cour. Jusque-là, elle avait simplement cru qu'il s'agissait d'une autre étape de sa vie, une étape comportant des leçons à apprendre et à laquelle son père attachait une grande importance. Mais voilà qu'elle se réveillait soudain dans un vrai palais, parmi des gens comme elle n'en avait encore jamais vu, dansant au son d'une musique comme elle n'en avait encore jamais entendu. Cette dame couverte de superbes diamants qui se dirigeait vers le salon privé, c'était la marquise de Lansdowne. La dame en satin noir ? la comtesse de Dundonald. Celle en robe de satin bleu brodée de diamants, la comtesse

---

1. En français dans le texte.

de Powis, une des grandes beautés de la famille Fox ; une joueuse téméraire, à ce qu'on disait. Le major la renseignait sur tout, et lorsqu'elle se fut habituée à son ton de voix confidentiel, elle engagea avec lui ce qui aurait pu passer pour une conversation si celle-ci n'avait pas consisté presque exclusivement en des questions de sa part à elle et des réponses quasi télégraphiques de la part du major. Ce qui était certain, c'était que son compagnon se montrait très attentionné, faisant servir de plus en plus de nourriture à la mère et montrant l'admiration la plus respectueuse, quoique jamais servile, à la fille.

Un murmure parcourut la salle. Le roi et la reine se retiraient. D'autres inclinations et d'autres révérences. « Puis-je vous accompagner à votre voiture ? » Cela devait être la manière dont les courtisans se débarrassaient des invités. Alourdie par le vin et la bonne chère, Marie-Louise se tapota complaisamment l'estomac ; sa fille aurait voulu disparaître sous terre. Une des comtesses avait-elle pu remarquer ce geste ? Enfin, après un moment d'attente, que les aides de camp rendirent aussi agréable que possible, la voiture arriva et un valet de pied cria très fort le nom du sénateur. Le major les aida à monter. Quand Marie-Louise fut bien installée, il se pencha vers elle et murmura quelque chose qui ressemblait à : « Puis-je vous rendre visite ? » Bien sûr, major, quand vous voudrez. Ensuite, retour au Cecil Hotel.

Marie-Louise se débarrassa aussitôt de ses étroites chaussures. La femme de chambre vint la délivrer du corset serré qui la torturait. Le sénateur était mélancolique, mais exalté. Sa fille chérie était lancée dans le monde auquel elle appartenait vraiment. À l'avenir, il taillerait sa barbe de la même façon que le roi-empereur, bien que la sienne fût noire et que sa carrure, développée par le maniement de la hache et de la scie dans sa jeunesse, aurait permis de faire deux rois-empereurs, aussi gros que pût être le monarque. Il souhaita bonne nuit à sa fille et l'embrassa affectueusement.

Mary-Jim se retira dans sa chambre. Tout comme son père, elle se sentait à la fois mélancolique et exaltée. Mais elle était aussi très jeune. Un bal à la cour, sa présentation, des comtesses, des jeunes gens vêtus de magnifiques uniformes — et maintenant, tout cela était terminé, à jamais ! La femme de chambre apparut.

« Est-ce que je vous aide à vous déshabiller, mademoiselle ?

— Oui, ensuite vous demanderez que l'on m'apporte du champagne. »

« Bien entendu, c'est la gourmandise de la mère qui a tout gâté, dit Maimas, le démon.

— Je crains que oui, acquiesça le Petit Zadkiel. Cela mis à part, les McRory s'en sont fort bien tirés. Ils n'avaient pas moins l'habitude de la cour que beaucoup d'autres personnes qui étaient là. Dotés d'un certain bon sens, ils se sont comportés convenablement, sauf pour ce qui était de boire et de manger. Et si nous jetions un coup d'œil au major Francis Cornish maintenant ? »

Selon les critères de son temps et les règles de conduite en vigueur chez les officiers d'un bon régiment, Francis Cornish était un homme du monde. En conséquence, les McRory le trouvaient extrêmement curieux : sa voix basse et traînante, sa réserve, son monocle, son air figé, comme s'il n'était pas tout à fait vivant, étaient des caractéristiques inconnues d'eux. Le major avait besoin de faire carrière : il était en effet le fils cadet d'une bonne famille, sans autre argent, pratiquement, que celui de sa solde. Or, cette source de revenus allait bientôt se tarir. Francis Cornish avait combattu d'une façon honorable, mais non remarquable, dans la guerre des Boers et avait été blessé assez grièvement pour être rapatrié en Angleterre. Sachant que l'armée ne lui réservait pas grand avenir, il avait décidé de quitter son régiment. Il devait donc entreprendre quelque chose, trouver sa place dans le monde pour la prochaine étape de sa vie. Et il en était venu très vite à la conclusion que le mariage constituait la meilleure solution.

C'était là un moyen de faire carrière pour un homme comme lui. Depuis quelque temps, certains Anglais désargentés s'étaient établis en épousant de riches Américaines, et tout le monde connaissait les derniers mariages importants de ce genre. Il n'était pas rare que des fortunes de deux millions de livres, ou plus, franchissent l'Atlantique grâce à de telles unions : celles de la fille d'un roi du chemin de fer ou d'un magnat de l'acier américains, par exemple, avec un aristocrate anglais. Aux yeux du monde, c'était là un échange équitable : le Ciel semblait avoir prédestiné la noblesse et la fortune l'une à l'autre. L'idée du Ciel varie avec les individus, y compris ceux qui jugent surtout selon les critères de noblesse et de fortune. Le major se disait qu'il y avait peut-être une modeste place pour lui-même dans l'univers des riches.

Il n'était pas bête. Il savait ce qu'il avait à offrir : une impeccable généalogie, mais pas de titre de noblesse ; une bonne carrière militaire et un savoir-vivre qui lui servait aussi bien dans le monde que pour affronter les Boers qui, eux, n'avaient pas la moindre idée de ce qu'était se battre en gentilhomme ; une personne raisonnable quoique sans plus d'esprit ni de culture que ce qu'il fallait pour être un honnête homme et un soldat efficace. Par conséquent, il aurait été stupide de sa part d'aspirer à l'une des grandes fortunes américaines. Mais il pouvait peut-être trouver une fortune moindre, quoique encore substantielle, parmi les jeunes filles des colonies. Il avait des amis à la cour, des camarades officiers, qui le préviendraient si jamais une occasion se présentait, pour ainsi dire. Bien qu'elle n'eût pas le prestige d'une duchesse, la jeune McRory, avec sa fortune considérable — quoique non estimée avec précision — et sa beauté, lui conviendrait parfaitement. C'était aussi simple que cela.

À la cour, il y avait, bien entendu, des aides de camp, des gentilshommes servants et un groupe spécial de personnes à qui on pouvait demander de s'occuper des invités quand le roi recevait : on appelait cela « faire l'aimable ». Mais il y avait toujours de la place pour un autre homme présentable, rompu à l'étiquette, qui accomplirait ce devoir auprès de certains de ces solitaires ou laissés-pour-compte

46

toujours présents à ces grandes fêtes. Le major parla à l'un de ses amis qui était aide de camp ; celui-ci en toucha un mot au chambellan. On fit signe au major pour la réception idoine et c'est ainsi qu'il put faire la connaissance des McRory. Le sénateur n'était pas le seul à savoir trouver de bonnes combinaisons.

La saison londonienne qui suivit la présentation de Mary-Jim à la cour fut plus brillante qu'elle ne l'avait été depuis des décades et, même s'ils n'étaient pas au cœur de toutes les réjouissances, les McRory assistèrent néanmoins aux principaux événements mondains. Lady Strathcona se montra d'un grand secours. Guidés par son mari, qui savait quel magnat anglais aurait aimé rencontrer un magnat canadien connaissant de bons investissements à faire dans son pays, les McRory furent invités ici et là, passèrent des week-ends dans des maisons de campagne et s'arrangèrent pour être à Henley et à Ascot sous de bons auspices. Excellente bridgeuse, Marie-Louise se fit une place dans un monde qui raffolait de ce jeu ; aux oreilles de ses hôtesses, son accent franco-canadien, tellement embarrassant pour sa fille, semblait provincial, mais non désagréable. Le sénateur pouvait parler à n'importe qui d'un des multiples aspects de l'argent sans avoir trop l'air d'un banquier ; de plus, sa belle mine et sa galanterie écossaise plaisaient aux dames. Les McRory ne fréquentaient pas la plus haute société, mais ils se débrouillaient fort bien.

Baignant dans la lumière de ce monde peu familier, Marie-Jacobine, quant à elle, s'épanouit et, de jolie, devint presque belle. Avec la réceptivité de la jeunesse, elle modéra considérablement sa façon de parler pour se conformer aux usages anglais et apprit à qualifier de « chou » toutes les choses agréables, comme le faisaient les jeunes filles qu'elle rencontrait. De toute évidence, c'étaient la riche nourriture et le vin auxquels son estomac de couventine n'était pas habitué qui perturbaient sa digestion : elle était parfois malade le matin. Cependant, elle apprit à être une compagne charmante (ce n'est pas un talent inné) et savait très bien danser. Elle se fit des admirateurs.

Bien que loin d'être son favori, le major Francis Cornish

était le plus persévérant d'entre eux. Elle se moquait de lui avec certains de ses cavaliers plus vivants. Déloyaux comme le sont les jeunes gens flirteurs, ceux-ci adoptèrent le surnom qu'elle lui avait donné : « le soldat de bois ». Le major ne réussit pas à aller partout où étaient invités les McRory, mais il n'en avait cure : se montrer trop envahissant aurait été contraire à son plan. Il avait en tout cas les attributs d'un homme relativement élégant, un petit appartement près de Jermyn Street, et il était membre de trois bons clubs dans lesquels il put emmener le sénateur. Ce fut dans l'un d'eux, après un déjeuner, qu'il demanda au sénateur la permission de poser à Marie-Jacobine la question décisive.

Surpris, le sénateur hésita. Il devait y réfléchir, répondit-il. Cela voulait dire en parler à Marie-Louise. Or, sa femme pensait que leur fille pouvait faire beaucoup, beaucoup mieux que le major. Il mentionna l'affaire à Marie-Jacobine. Celle-ci éclata de rire ; elle ferait un mariage d'amour, dit-elle ; papa croyait-il vraiment qu'une jeune fille pouvait tomber amoureuse du Soldat de Bois ? Papa trouva effectivement la chose improbable. Il dit au major que sa fille n'était pas encore mûre pour le mariage ; peut-être devraient-ils différer cette affaire. Malgré sa mine florissante, Marie-Jacobine n'était pas en aussi bonne santé qu'il l'eût souhaité. Pouvaient-ils en reparler plus tard ?

Vint le mois d'août. Pour la bonne société il n'était évidemment pas question de rester à Londres. Elle s'égailla en direction de l'Écosse, et les McRory l'accompagnèrent dans deux ou trois propriétés du Nord. Cependant, ils réintégrèrent leur hôtel de Londres à la fin de septembre. Comme par hasard, le major Cornish se trouvait également en ville et il se montra aussi empressé que le permettaient les bonnes manières.

Les embarras gastriques de Mary-Jim devinrent si fréquents que Marie-Louise se dit qu'ils avaient dépassé le stade de la « crise de foie », comme on appelait ce genre de malaise à Blairlogie. Elle fit donc venir un médecin. Un médecin à la mode, évidemment. L'examen fut rapide et concluant ; quant au diagnostic, il n'aurait pu être pire.

Marie-Louise en informa son époux au lit : c'était là, en

effet, qu'ils avaient l'habitude de conférer des choses importantes. Et pour souligner le sérieux de l'affaire, elle parla français.

« Hamish, j'ai quelque chose d'affreux à te dire. Je t'en prie, ne te mets pas à crier ou à réagir d'une façon stupide. Contente-toi de m'écouter. »

Elle doit avoir perdu quelque bijou loué, se dit le sénateur. L'assurance couvrirait cela. Marie-Louise n'avait jamais rien compris à l'assurance.

« Mary-Jim est enceinte. »

Le sénateur sursauta, puis il se dressa sur un coude et regarda sa femme d'un air horrifié.

« C'est impossible.

— Malheureusement pas. Le médecin est formel.

— Qui a fait ça ?

— Mary-Jim jure qu'elle n'en sait rien.

— C'est absurde ! Elle doit bien le savoir.

— Eh bien, tu n'as qu'à lui parler. Moi, je n'arrive pas à lui tirer la moindre réponse sensée.

— Je vais lui parler tout de suite !

— Hamish, je te l'interdis ! Elle est malheureuse. C'est une pauvre petite innocente. Elle ignore tout de ces choses-là. Tu vas la plonger dans la honte.

— N'est-ce pas ce qu'elle nous a fait à nous ?

— Calme-toi. Laisse-moi arranger ça. Et maintenant, dors. »

On aurait tout aussi bien pu demander au sénateur de dormir sur des charbons ardents. Mais bien qu'il se tournât et se retournât, faisant passer à sa femme la pire nuit qu'elle eût connue hormis celle de leur traversée, il ne dit plus un mot.

Le lendemain matin, après le petit déjeuner, Marie-Louise le laissa seul avec Mary-Jim.

« Qu'est-ce que j'entends ? » dit-il.

Il n'aurait pu être plus maladroit. Sa fille fondit en larmes. Plus il lui demandait de cesser de pleurer, plus elle sanglotait. Il lui fallut donc prodiguer beaucoup de caresses paternelles et jouer du mouchoir (comme Mary-Jim avait quitté son couvent depuis peu de temps, on ne pouvait s'attendre à ce qu'elle en portât un sur elle) avant qu'un semblant d'histoire n'émergeât.

Après sa présentation à la cour, Mary-Jim s'était sentie à la fois exaltée et déprimée. Ayant éprouvé exactement la même chose, le sénateur comprenait fort bien cela. Elle avait bu du champagne pour la première fois de sa vie et y avait pris goût. Tout à fait normal, pensa le sénateur, mais dangereux. Se sentant à plat après toute cette gaieté, la splendeur de la fête, l'empressement des aides, la présence d'aristocratiques beautés, elle avait demandé à la femme de chambre de lui commander un peu de cette merveilleuse boisson. Cependant, au lieu de la camériste, ce fut un des valets de pied du Cecil Hotel, revêtu de sa magnifique livrée, qui la lui avait apportée. Il avait l'air très gentil et, comme elle se sentait terriblement seule, elle lui avait proposé de boire une coupe en sa compagnie. Ensuite, de fil en aiguille... Les larmes recommencèrent à couler.

Le sénateur était rassuré, sinon réconforté. Sa fille n'était pas une dévergondée, mais une enfant qui s'était mise dans une situation qui la dépassait. Convaincu, à présent, que Mary-Jim était une victime, il pouvait agir. Il alla trouver le directeur de l'hôtel, lui dit que, la nuit du bal, sa fille avait été gravement offensée par l'un de ses employés et exigea de voir cet homme. Comment était-il possible que dans un établissement pareil on envoyât un valet de pied dans la chambre d'une jeune fille, tard dans la nuit ? Le directeur promit de faire une enquête immédiatement.

Toutefois, ce ne fut qu'en fin d'après-midi qu'il eut quelque chose à rapporter. Il s'agissait, dit-il, d'une affaire fort malencontreuse : l'homme en question était introuvable. L'hôtel avait l'habitude, les soirs particulièrement chargés — comme lorsqu'il y avait un bal à la cour, justement, avec des clients qui y allaient et d'autres, plus nombreux, qui n'y allaient pas mais désiraient célébrer spécialement cette soirée — d'engager des extra. C'étaient généralement des soldats que leur fournissait un adjudant, dont c'était une activité secondaire. Ils portaient la livrée et ornaient les couloirs et les salons. En principe, ils n'accomplissaient pas de tâches domestiques. Cependant, par un malentendu inexplicable — le sénateur ne pouvait imaginer à quel point il était difficile de maintenir partout une parfaite discipline un soir de fête — l'un de ces militaires avait été chargé d'apporter le champagne à Marie-Jacobine. Comme ces hommes avaient été payés au moment où ils avaient quitté l'hôtel, à trois heures du matin, il était maintenant impossible de mettre la main sur le coupable. Qu'avait-il dit, ou fait, au juste, qui eût tellement offensé la jeune demoiselle ? S'il avait appris la chose plus tôt, le directeur aurait peut-être pu retrouver ce vaurien, mais maintenant, trois mois plus tard, il craignait que ce ne fût irréalisable. Il ne savait quoi suggérer à titre de réparation, mais il s'excuserait certainement, au nom de l'hôtel, auprès de la jeune fille. En fait, il s'était déjà permis de lui faire monter des fleurs.

Le sénateur n'avait aucune envie de lui préciser la nature de l'offense. Il était vaincu et, comme beaucoup d'hommes à qui cela arrive, il fit à sa femme un compte rendu très exagéré de son entrevue avec le directeur.

Marie-Louise n'était pas femme à se lamenter. Elle avait un solide bon sens, dans la mesure où sa religion et son expérience le permettaient.

« Ne nous affolons pas, dit-elle. Il n'y aura peut-être pas de conséquences. »

Elle se mit à réfléchir à ce qui pouvait être entrepris dans ce sens. L'idée d'un avortement ne lui vint jamais à l'esprit : c'était totalement contraire à sa foi. Cependant, dans le Québec rural, un certain nombre de grossesses n'arrivaient pas à leur terme. Pour commencer, il fallait qu'une femme enceinte fût en bonne santé. De cette règle, Marie-Louise tira une ligne de conduite appropriée. Sa fille avait souffert de troubles digestifs ; de toute évidence, c'était une nourriture trop riche qui avait dérangé son système. Une bonne purge arrangerait ça. Malgré ses protestations, Marie-Jacobine, qui maintenant était dans une position où elle ne pouvait plus faire trop d'histoires, fut obligée d'avaler une dose d'huile de ricin qui aurait assommé un bûcheron. Il lui fallut une semaine pour s'en remettre, mais ce traitement n'eut pour résultat que de la faire ressembler au *Réveil de l'âme,* un tableau très en vogue à l'époque, dans lequel une pâle jeune fille lève vers le ciel des yeux caves et ardents.

Bon, on était donc en présence d'un cas difficile. Marie-Louise demanda alors à sa fille, pour son propre bien, de sauter plusieurs fois d'une table. Cela ne fit qu'épuiser et déprimer la pauvre victime. Mais Marie-Louise n'abandonna pas pour autant son projet de donner à la nature le coup de pouce dont celle-ci avait besoin. Cette fois, ce ne fut pas du champagne, mais un grand verre de gin — la quantité maximum que la mère jugeait sans danger — accompagné d'un bain très chaud.

Marie-Jacobine fut encore plus malade qu'après l'huile de ricin, mais l'ennuyeux petit intrus ne bougea pas d'un pouce. Marie-Louise avait maintenant épuisé tous les moyens naturels qu'elle connaissait. Elle avoua son échec à son mari. Qu'allaient-ils faire ?

Pendant une terrible semaine, les parents discutèrent des possibilités. Ils pouvaient emmener leur fille sur le continent, attendre l'accouchement, puis mettre le bébé à l'hospice des enfants trouvés. Ils n'aimaient guère cette idée et, après en avoir parlé à Marie-Jacobine, ils l'aimèrent encore moins. Tout, dans leur éducation — le couvent, le frère et la sœur dans les ordres, un sens élémentaire de l'honnêteté — s'opposait fortement à pareil projet.

Il restait, bien sûr, le mariage.

Tous deux en avaient une haute opinion et c'était le seul moyen de sauver la morale telle qu'ils entendaient celle-ci. Une telle chose était-elle réalisable ?

Homme d'action, le sénateur savait comment va le monde. Cette fois, ce fut lui qui invita le major Cornish à déjeuner, au Savoy.

Un restaurant chic, même hors saison, quand il n'y a vraiment pas un chat à Londres, n'est pas l'endroit idéal pour mener des négociations aussi délicates, mais le sénateur dit ce qu'il avait à dire et demanda au major si, vu les circonstances, il persistait dans ses intentions. Tout en dégustant une glace, le major répondit calmement qu'il aimerait réfléchir à la question. Il prit rendez-vous avec le sénateur pour un autre déjeuner, une semaine plus tard.

Quand le jour arriva, le major semblait avoir grandi de

plusieurs pouces. Oui, dit-il, il était prêt à maintenir son offre de mariage, mais le sénateur comprendrait que les choses n'étaient plus tout à fait pareilles. Il répugnait à parler de son ascendance, mais il devait signaler au sénateur que les Cornish étaient une vieille famille terrienne originaire, comme on pouvait s'y attendre, de Cornouailles. La demeure familiale, Chegwidden (mot qu'il prononça *Cheggin,* expliquant qu'en vieux cornouaillais cela signifiait « maison blanche »), se trouvait près de Tintagel, le lieu de naissance du roi Arthur. Les Cornish avaient vécu si longtemps là-bas (de mémoire d'homme on n'avait jamais eu la preuve du contraire) qu'ils avaient probablement été les voisins de ce souverain légendaire. Quand la Cornouailles était devenue un duché royal, plusieurs Cornish avaient, à différentes époques, été nommés vice-gardiens des mines d'étain par leurs suzerains. C'était là un fait glorieux et s'allier à pareille famille pouvait être considéré comme un honneur.

Cependant, le major était fils cadet et la famille, peu fortunée. Il y avait donc peu de chances qu'il vécût jamais lui-même à Chegwidden ou en devînt le maître. Il n'en était pas moins un Cornish de Chegwidden. Il avait honorablement servi son pays comme soldat, mais maintenant qu'il s'apprêtait à quitter l'armée, il était indéniablement à court.

Le sénateur ne fut pas trop surpris. Il s'empressa d'assurer qu'une union avec sa fille comporterait des arrangements qui ôteraient au futur mari tout souci quant à son avenir.

C'était exprimé d'une façon très généreuse, dit le major, mais il voulait souligner que sa demande en mariage n'avait aucun motif mercenaire. Le sénateur comprendrait que le détail personnel qu'il lui avait confié lors de leur dernier entretien ne pouvait pas lui être entièrement indifférent. Néanmoins, il aimait profondément Mary-Jim et, durant la semaine qui venait de s'écouler, son amour pour elle avait encore grandi du fait qu'elle avait été victime du plus grand malheur qui puisse arriver à une innocente jeune fille. Avec délicatesse, le major fit allusion à l'attitude de Notre Seigneur envers la femme adultère. Le sénateur ne put réprimer quelques larmes devant cette belle manifestation de religiosité, bien qu'il n'eût jamais imaginé le Christ sous les traits d'un Anglais affublé d'un monocle et d'une invraisemblable moustache. Quel esprit de chevalerie ! Et cela de la part du Soldat de Bois ! Alléluia !

Mieux valait que tous deux se comprissent parfaitement, poursuivit le major. Cette déclaration surprit le sénateur : il pensait en effet qu'ils étaient déjà parvenus à un accord. À ce moment, Cornish sortit de la poche intérieure de sa veste deux feuilles de papier qu'il lui tendit en disant : « Ces quelques points devraient être parfaitement entendus. Si vous voulez bien me signer les deux exemplaires de ce document, j'irai voir Marie-Jacobine demain à onze heures pour lui demander de m'épouser. Lisez ce texte à votre aise. Il n'a rien de compliqué, mais je vous assure que j'ai soigneusement réfléchi à ce qui contribuerait le plus à notre bonheur conjugal et il me déplairait d'abréger ce mémorandum de quelque façon. »

Il ne manque pas de sang-froid, se dit le sénateur. En revanche, lui-même faillit bien perdre le sien après avoir lu le texte élégamment calligraphié sur le document — car c'en était bien un.

(1) Il est entendu que je ne souhaite pas contracter mariage chargé de dettes. Or, je me trouve avoir en suspens certaines obligations qui résultent de ma position dans l'armée et dans la société. Par conséquent, dès que Marie-Jacobine aura accepté ma demande, je vous serais obligé de bien vouloir me remettre un effet de dix mille livres (£ 10 000).

(2) Estimant que les frais occasionnés par le mariage, le voyage de noces et le retour subséquent au Canada ne seront pas inférieurs à vingt-cinq mille livres (£ 25 000), je serais heureux d'accepter un effet de ce montant avant la cérémonie nuptiale.

(3) Mon expérience des hommes ainsi que des questions financières acquise en tant qu'adjudant-major de mon régiment semble me qualifier pour une situation dans l'industrie au Canada, pays où ma femme et moi émigre-

rons après notre voyage de noces et la naissance du premier enfant. Comme notre niveau de vie doit correspondre à votre rang et au mien, et ne pas tomber au-dessous de celui auquel Marie-Jacobine est habituée, je propose que vous lui constituiez une dot de cent vingt-cinq mille livres (£ 125 000), somme que je serai seul habilité à investir ou à autrement utiliser. En outre, il y a lieu de prévoir une demeure adéquate pour votre fille et votre gendre et toute famille qu'ils pourraient avoir. Je pense qu'il vaut mieux que cette maison soit spécialement bâtie pour nous, étant entendu que je serais très heureux de superviser moi-même plans et construction, vous soumettant, pour règlement, toutes les factures relatives aux travaux et à l'ameublement. Par ailleurs, je me tiens à votre disposition pour discuter du poste que je serai appelé à occuper dans votre entreprise et du salaire y afférent.

(4) Je m'engage à donner éducation et soins à tout enfant né de cette union, à la condition qu'il soit élevé dans la foi protestante telle qu'elle est professée par l'Église d'Angleterre.

Francis CHEGWIDDEN CORNISH.

Pendant une minute, le sénateur souffla avec bruit par les narines. Devait-il déchirer cet accord et assommer le Soldat de Bois avec une bouteille ? Il avait eu l'intention de se montrer généreux, mais qu'on lui prescrivît cette générosité, et avec de tels chiffres encore, l'atteignait au plus profond de sa fierté d'Écossais. Être lié par un contrat ! Le Soldat de Bois sirotait un verre de bordeaux avec un calme parfait. La lumière qui tombait sur son monocle le faisait ressembler à un Cyclope miniature sur le point de dévorer un mouton.

« Bien entendu, j'ai fait ce document en double exemplaire, dit-il : l'un pour vous, l'autre pour moi. »

Le sénateur continuait à regarder le papier d'un air furieux. Il avait les moyens de payer, quoiqu'il ne lui fût jamais venu à l'esprit qu'il pourrait régler les dettes que son gendre avait faites avant son mariage. C'était la quatrième clause qui lui restait en travers de la gorge. Ses petits-enfants, des anglicans ! Il s'entendait bien avec les protestants, tant qu'il n'était pas question de religion : qu'ils se trompent, se disait-il, qu'ils se damnent, même, si tel est leur pervers désir. Mais sa propre descendance... Puis il se souvint du minuscule et obstiné petit-enfant qui avait déclenché toute cette détestable affaire. Si Marie-Jacobine n'épousait pas le Soldat de Bois, qui d'autre pouvait-elle épouser ? Où, d'ici son accouchement, trouverait-il un catholique qui la prendrait pour femme — un catholique aussi convenable extérieurement, même s'il n'était pas vraiment un bon parti, que le major ?

« Quelque chose vous ennuie ? demanda celui-ci. J'ai établi les conditions financières avec autant de précision que je pouvais. Je ne pense pas qu'il me serait possible de modifier ces chiffres. »

Les chiffres ! Que ces Anglais pouvaient être grossiers ! Au diable, les chiffres !

« Il s'agit de la quatrième clause, dit le sénateur d'une voix légèrement tremblante. J'aurai du mal à persuader ma femme ou ma fille que ceci est souhaitable ou nécessaire.

— Je crains de ne pouvoir faire aucune concession là-dessus. Tous les Cornish ont appartenu à l'Église d'Angleterre depuis la Réforme. »

Tout comme sa fille, le sénateur était sujet à de brusques changements d'humeur. Sa fureur l'abandonna, le laissant désarmé et sans forces. À quoi servait de lutter ? Il était vaincu.

Il sortit son stylo et signa les deux feuillets de son écriture hardie et maladroite.

« Merci, dit le major, je suis heureux que nous soyons tombés d'accord. Voulez-vous avoir l'obligeance de demander à Marie-Jacobine d'être chez elle demain matin à onze heures ? J'aurai l'honneur de rendre visite à ces dames. »

« *Le sénateur aurait pu discuter un peu plus, tout de même, déclara le démon Maimas. Il a cédé bien vite, tu ne trouves pas ?*

— *Non, répondit le Petit Zadkiel. Sa réaction correspondait tout à fait à son tempérament, vois-tu. Sa fille, d'ailleurs, était pareille. Le sénateur et Marie-Jacobine se conduisaient d'une manière parfaite en temps ordinaire, mais ils perdaient pied dès que les sentiments s'en mêlaient. Non pas qu'ils eussent été froids ou indifférents, au contraire. Le problème, c'était qu'ils ressentaient les choses si fort qu'ils en étaient tout déboussolés et, parfois, proches de la panique. Le tempérament celte est un héritage peu commode. Emportés par l'émotion, ils faisaient souvent de terribles erreurs. Sais-tu ce qui arriva plus tard ? Le sénateur devint une sorte de philosophe, ce qui est une très bonne façon d'échapper au sentiment, et Mary-Jim acquit l'art de bannir de son esprit, ou de minimiser, tout ce qui aurait pu l'affecter.*

— *Et que se passa-t-il ensuite, au Cecil Hotel ? demanda le démon.*

— *Oh, il y eut une scène dans le plus pur style celtique. Marie-Jacobine pleura et jura qu'elle préférait mourir plutôt que de se marier avec le Soldat de Bois, mais une demi-heure plus tard, elle flanchait, déclarant que oui, elle l'épouserait. Ce n'étaient pas ses parents qui lui imposaient cette décision : elle était simplement dépassée par les événements. Elle agissait sous l'empire de la panique et du désespoir.*

— *En effet, acquiesça le démon. J'ai lutté contre la même sorte de tempérament chez Francis et, parfois, c'était un rude boulot. Mais lui, il n'est jamais devenu philosophe et n'a jamais essayé de minimiser ce qui lui arrivait : il faisait front à ses ennuis. Plus d'une fois, il a eu de la chance que je me sois trouvé à ses côtés.*

— *Oui, c'est comme ça qu'ils l'appellent : de la chance. C'est intéressant, n'est-ce pas, d'observer les parents ? Il serait tout à fait faux de dire qu'ils ont vendu leur fille pour préserver leur respectabilité ; ils n'auraient jamais fait une chose pareille. Mais tu dois comprendre ce que la respectabilité signifiait pour ces gens-là. C'était bien plus que la simple crainte du qu'en-dira-t-on. C'était : Comment fera cette pauvre enfant pour affronter le monde après un départ aussi* trouble dans la vie ? C'était : Que puis-je faire pour éviter que mon enfant chérie ne souffre ? Sous la fausse apparence de la raison, c'était l'affectivité qui gouvernait le sénateur. Quant à Marie-Louise, elle avait une bonne tête bien dure de Normande sur les épaules, mais l'Église l'avait dispensée de s'en servir pour penser. Elle avait fait tout ce qu'elle jugeait bon pour arranger la situation, et avait échoué. Le sénateur et elle se voyaient confrontés à ce qu'ils considéraient comme un grand malheur. Ce n'était pas Londres qui les tracassait : Londres n'aurait accordé aucune importance à la chose, même si elle l'avait apprise. Le problème, c'était Blairlogie. Comme cette ville se serait réjouie de la chute d'une jeune vierge McRory ! Comme elle aurait fait sentir toute sa vie à la pauvre fille le poids de sa faute ! »

Pendant ce temps, à Blairlogie, la tante Mary-Ben McRory « assurait la permanence » comme elle disait, tandis que son frère, sa belle-sœur et cette chère Mary-Jim se divertissaient dans le beau monde. Elle le faisait volontiers. Elle savait qu'elle était née pour servir, et si le moindre soupçon d'envie ou de jalousie lui venait à l'esprit, elle le chassait aussitôt par la prière. Mary-Ben priait énormément. Dans sa chambre à coucher, elle avait un petit prie-Dieu, rembourré, mais pas trop, à l'emplacement des genoux. Celui-ci était placé sous une très belle oléographie de la Vierge de Murillo et son capitonnage râpé attestait de l'usage fréquent qui en était fait.

Quand Mary-Ben avait à peu près le même âge que celui de Mary-Jim maintenant, Dieu lui avait fait clairement comprendre que servir les autres était son lot. Le docteur J. A. et beaucoup d'autres personnes avaient parlé d'« accident insolite », mais elle, elle savait que c'était la façon dont Dieu avait voulu définir son rôle dans la vie.

Cela s'était passé à une garden-party, à la résidence du gouverneur général, ou Rideau Hall comme on l'appelait familièrement, à Ottawa. C'était durant les derniers mois du mandat de lord Dufferin. Jeune homme plein d'avenir et déjà connu comme figure politique, Hamish avait été invité à cette fête qui se donnait fin juillet. Encore célibataire, il avait demandé à Mary-Ben de l'accompagner. Pour la circonstance, celle-ci s'était acheté un magnifique chapeau couvert de plumes blanches et noires. Comme tout cela avait été romantique ! Enchantée par la merveilleuse atmosphère du lieu, elle s'était promenée dans les bosquets, songeant à la personnalité romantique de Vergile Tisserant, qui se montrait de plus en plus empressé auprès d'elle, lorsque soudain...

Cet incident fait maintenant partie de l'histoire ornithologique et a même droit à une mention dans des manuels de médecine. À cette époque, les grands ducs — une espèce que le naturaliste canadien Ernest Thompson Seton décrit comme « de véritables tigres ailés comptant au nombre des oiseaux de proie les plus caractérisés et les plus sauvages » — faisaient des incursions dans les régions peuplées du pays et, de temps en temps fondaient sur des êtres humains, surtout des dames portant ces chapeaux blancs et noirs alors à la mode qu'ils prenaient pour des putois. Comme Mary-Ben déambulait rêveusement dans le parc du vice-roi, un grand duc s'était abattu sur elle, avait pris son chapeau et s'était envolé, emportant dans ses terribles serres non seulement sa coiffure mais aussi une grande portion de son cuir chevelu.

Mary-Ben était restée des semaines à l'hôpital, la tête bandée et le moral au plus bas. Comment les jeunes filles dont parle la mythologie avaient-elles survécu aux redoutables descentes de Jupiter transformé en oiseau ? Bien entendu, elles avaient été choisies pour une destinée particulière, n'est-ce pas ? Elle-même avait-elle été choisie par le Dieu de sa propre foi et, dans ce cas, pour quoi ? Elle reçut la réponse à sa question quand on ôta graduellement ses bandages et qu'apparut son crâne ravagé où ne subsistaient plus que quelques rares mèches. Mettre une perruque était impossible : devenu très sensible, son cuir chevelu ne l'eût pas supportée. Il fallait qu'elle se contentât de petits bonnets confectionnés dans les tissus les plus doux. Elle n'essaya jamais d'orner ces coiffures, sachant que celles-ci symbolisaient la servitude pour laquelle elle avait été désignée. Elle servit donc, et cela dans la maison de son frère. Et pas même le docteur J. A. n'eut la cruauté de faire remarquer que le dieu-oiseau l'avait prise pour un putois.

Elle avait tenu le ménage de son frère les trois années qui précédèrent le mariage de celui-ci avec Marie-Louise Thibodeau et jamais l'idée n'effleura personne qu'elle pût céder sa place à l'épouse. Non, en fait, elle servit sa belle-sœur, lui évitant toute corvée pénible ; à la naissance du premier enfant, elle apporta à la jeune mère une aide inestimable et ce fut elle qui suggéra le nom romantique de la petite fille. Marie-Louise, qui trouvait les obligations mondaines d'une femme mariée à un homme d'avenir tout à fait agréables, était très contente de laisser Mary-Ben — plus souvent appelée Tante dès que Mary-Jim commença à parler — s'occuper des affaires du ménage.

En outre, Tante avait du goût. Or, celui-ci peut conférer une sorte de pouvoir à ses détenteurs.

Le goût et l'avis de Tante jouèrent un rôle capital quand Hamish décida de bâtir une belle maison et de s'installer sur la colline qui dominait l'horizon sud de Blairlogie. Marie-Louise ne s'y connaissait pas du tout en ce domaine, mais Mary-Ben avait des idées pour trois. Ce fut elle qui indiqua à l'entrepreneur ce qu'il fallait faire, exécuta de petits dessins et dirigea les ouvriers avec douceur mais fermeté. C'était évidemment une maison de briques ; non pas de ces briques ordinaires, mais de celles qui ont une belle surface rose, aussi impénétrable que la tuile. Comme Hamish était un exploiteur de forêts, la finition intérieure comprenait le dernier cri de ce qui se faisait en matière de bois tourné et ajusté, de bois travaillé savamment à la scie à ruban et, dans la pièce appelée bibliothèque, il y avait des lambris, non pas comme ceux qu'on pose d'habitude, mais en forme d'octogones pareils à ceux des planchers en bois dur. Hideux, mais évidemment très difficiles à fabriquer, dit le docteur J. A. qui avait une opinion, généralement désagréable, sur toute chose.

Tante meubla la maison. Tante choisit les papiers peints avec une préférence pour les papiers soufflés sur lesquels se détachaient des motifs faits d'une substance semblable à du velours. Tante choisit les tableaux, dépensant, à la surprise de son frère, d'assez grosses sommes dans les galeries d'art de Montréal. Tante choisit le sujet du vitrail qui éclairait, fort mal d'ailleurs, le palier du premier étage : *The Monarch of the Glen.* Tout ce travail, Tante l'appelait « aider de son mieux sans jamais se mêler de ce qui ne vous regarde pas ».

Le désir de Tante de se montrer discrète influença la forme de la maison. Celle-ci avait une grande véranda orientée vers le nord et qui ne voyait que rarement le soleil. C'était au-dessus de cette galerie que Tante avait son appartement personnel. Comme elle le disait, elle pouvait y monter et fermer la porte derrière elle ; là, dans son petit salon (en fait, il était assez spacieux), elle ne dérangeait personne. Elle avait sa chambre à coucher avec la petite alcôve qui abritait son prie-Dieu et sa salle de bains où elle pouvait s'occuper d'elle, entendant par là les soins délicats qu'elle devait donner à son cuir chevelu endommagé. Ainsi, Hamish et Marie-Louise pouvaient ignorer complètement sa présence dans la maison quand ils recevaient ou désiraient être seuls, comme c'est normal pour un couple.

Débordant d'activité, approuvant de la tête, souriant avec douceur, s'inclinant devant la volonté de chacun, Tante bâtit la maison et en choisit même le nom. 26 Scott Street tout court ne faisait pas l'affaire. Aussi Tante suggéra-t-elle Saint-Kilda, un nom charmant qui avait aussi un lien avec Barra. Comme ni Hamish ni Marie-Louise n'en avaient d'autre à proposer, ce fut celui-là qui apparut sur le vitrail de l'imposte, au-dessus de la porte d'entrée.

Occupé comme il l'était, l'esprit de Tante ne s'égarait jamais du côté de l'introspection ni n'opérait de rapprochements significatifs. L'eût-il fait, Tante se serait demandé pourquoi l'une de ses prières du soir lui était particulièrement chère. Celle-ci disait :

Mon Dieu, Vous qui avez établi les devoirs des anges et des hommes selon un ordre magnifique, faites que notre vie sur Terre soit protégée par ceux qui sont toujours prêts à Vous servir au ciel... Vous qui dans Votre divine pré-voyance Vous plaisez à nous envoyer Vos saints anges pour

qu'ils veillent sur nous, exaucez notre humble prière : faites
que nous soyons en sécurité sous leur protection et puissions
jouir de leur compagnie pour l'éternité.

Tante se voyait-elle comme l'un de ces gardiens et serviteurs désignés par le Seigneur ? À Dieu ne plaise qu'elle se rendît coupable d'un tel orgueil ! Cependant, au-dessous de ce que l'esprit choisit de s'avouer se cachent des convictions qui modèlent nos vies.

Il n'avait jamais été question que Tante accompagnât la famille lors de la grande expédition destinée à lancer Marie-Jacobine dans le monde. Tante ne s'en plaignait pas. Elle savait qu'elle offusquait la vue. Si, si, insistait-elle, et quand Marie-Louise, Marie-Jacobine ou le sénateur lui assuraient qu'il n'en était rien, elle souriait avec douceur et répondait : « C'est gentil de ta part de dire ça, mais je ne me fais aucune illusion sur mon apparence. Toutefois, c'est là une épreuve que j'ai offerte à Dieu. »

Ce genre d'« offrandes » jouait un grand rôle dans la vie religieuse de Tante. Après le terrible accident de Rideau Hall, elle avait fait l'offrande de son attachement à Vergile Tisserant en espérant que ce sacrifice serait agréé par le Trône divin. Avant Vergile, il y avait eu Joseph Crone, mais celui-ci avait choisi de devenir jésuite plutôt que le mari de Tante, et elle l'avait « offert », lui aussi. Elle faisait l'offrande de sa laideur en un acte de soumission et d'humilité. Oh, Tante donnait beaucoup à Dieu et Dieu lui en était peut-être reconnaissant car Il lui avait accordé pas mal de pouvoir dans le petit monde qu'elle habitait.

Des lettres de Marie-Louise et, parfois, de Marie-Jacobine l'informaient de ce qui se passait en Angleterre. Bien qu'aucune de ces dames n'eût un talent d'épistolière, elles essayèrent — la mère en français et la fille en anglais — de tenir Tante au courant, du moins aussi longtemps que cela leur fut possible. Elles étaient toutefois incapables de décrire leur nouveau genre de vie et le nouveau milieu dans lequel elles évoluaient, l'un et l'autre si éloignés de tout ce que Tante avait jamais connu. Aussi les lettres devinrent-elles plus rares et plus courtes.

Tante l'accepta sans se plaindre. L'entretien de Saint-

Kilda et la surveillance des domestiques lui donnaient beaucoup de travail. Il y avait une bonne polonaise, Anna Lemenchick, presque aussi petite qu'une naine, mais extraordinairement grosse, et une cuisinière, Victoria Cameron, toujours sur le point d'être renvoyée à cause de son tempérament écossais très colérique et l'habitude qu'elle avait de « ruer dans les brancards », comme disait Tante Victoria avait tout pour déplaire : pour commencer, elle était protestante et il y avait plein de cuisinières catholiques qu'on aurait pu engager ; en plus, d'un caractère irascible, elle avait une langue acérée et répondait vertement à la moindre observation ; en outre, elle avait des jambes étonnamment arquées, de sorte que lorsqu'elle se déplaçait dans la cuisine comme un grand cheval, on entendait résonner son pas dans toute la maison. Vu tous ces défauts, on ne s'étonnera pas de ce que personne n'eût jamais remarqué qu'elle avait un beau visage de brune, comme une de ces madones espagnoles que Tante admirait tant. Mais qui a jamais entendu parler d'une belle cuisinière ? Le grand atout de Victoria, c'était qu'elle était de loin la meilleure cuisinière de Blairlogie, un génie naturel, et, pour rien au monde, le sénateur ne s'en serait séparé. Ces deux femmes, plus Mme August, une autre Polonaise qui venait deux fois par semaine pour faire les gros travaux, constituaient le personnel de maison.

Le personnel extérieur était représenté par un seul homme : un indésirable ivrogne appelé Old Billy, qui soignait et conduisait les chevaux, pelletait la neige, tondait le gazon, exterminait les fleurs, était censé soulever les lourds fardeaux et servir d'homme à tout faire. Mais, fervent catholique, Old Billy se repentait bruyamment de ses fautes et de ses fréquentes soûleries, de sorte qu'il était impossible de s'en débarrasser, aussi difficile à supporter fût-il.

C'était Tante qui s'occupait de Mary-Tess quand la jeune fille, pensionnaire au couvent, venait à la maison pour les vacances. Cette tâche n'avait rien de difficile, Mary-Tess étant une fille joyeuse qui aimait avant tout faire du patin à glace ou du toboggan. Tante aussi avait ses petits plaisirs. D'abord, la musique : elle jouait du piano et chantait.

Ensuite, la visite hebdomadaire de la belle-mère du sénateur, la vieille Mme Thibodeau, une femme imposante à
l'embonpoint avancé, qui ne savait pas l'anglais mais aimait
cancaner en français, langue que Tante parlait aussi
couramment que son frère. On chargeait Old Billy de
prendre la calèche ou, en hiver, l'élégant traîneau rouge,
pour amener Mme Thibodeau en haut de la colline tous les
jeudis à quatre heures, puis de la redescendre à cinq heures
et demie, considérablement lestée par le copieux thé
qu'elle venait d'absorber. Une fois par mois, Tante recevait
la visite des pères Devlin et Beaudry, de Saint-Bonaventura. En gage d'une totale chasteté, ils allaient voir la
vieille fille ensemble et dévoraient d'énormes repas en un
lugubre silence que ponctuaient parfois quelques bribes
édifiantes des nouvelles de la paroisse. Enfin, il y avait les
visites irrégulières et totalement imprévisibles du docteur
J. A. — le docteur Joseph Ambrosius Jerome, le plus
important praticien catholique de Blairlogie, qui suivait
Tante, celle-ci étant censée être fragile.

Il était de loin son visiteur le plus vif et le plus distrayant.
C'était un petit homme sec, très brun, au sourire ironique,
à l'apparence sombre et aux opinions inquiétantes. Dans le
pays, on lui attribuait des pouvoirs quasi miraculeux. Il
ramenait à la vie des bûcherons qui s'étaient coupé le pied
avec une de leurs redoutables haches et risquaient un
empoisonnement du sang. Il recousait des Polonais qui
avaient réglé une obscure affaire d'honneur à coups de
couteaux. Il rétablissait la santé de gens atteints d'une
double pneumonie avec des sinapismes, des inhalations et
la simple application de son don de guérisseur. Il interdisait
à des femmes d'avoir davantage d'enfants et menaçait leurs
maris de terribles représailles s'ils passaient outre. Il
débloquait les constipés et soulageait leurs hémorroïdes
enflammées avec de la pommade à l'opium. Il pouvait
diagnostiquer des parasites intestinaux au premier coup
d'œil et chasser un ver solitaire de son antre avec d'horribles potions.

Bien qu'il ne fût pas réellement athée, le docteur avait la
réputation d'avoir de sombres croyances que personne ne
voulait examiner de trop près. On disait qu'il était plus

versé en théologie que les pères Devlin et Beaudry réunis. Il lisait des livres qui figuraient à l'Index et dont certains étaient en allemand. Cependant, les gens avaient confiance en lui et Tante plus que quiconque.

Car il comprenait son cas, voyez-vous. Il connaissait ses nerfs mieux que personne. À mots couverts, il lui faisait comprendre qu'être vierge à son âge présentait des risques et, à l'extrême embarras de sa patiente, il demandait parfois à palper ses petits seins pâles et à regarder dans son orifice le plus secret à l'aide d'une torche électrique et d'un tube froid appelé spéculum. Un homme qui fait cela occupe une place très particulière dans la vie d'une pucelle. Et il la taquinait. Il n'arrêtait pas de la taquiner et de se moquer d'elle, et refusait de la prendre au sérieux. Si elle s'était connue d'une manière plus intime, elle se serait rendu compte qu'elle était amoureuse de lui. En l'état des choses, elle ne le voyait que comme un ami très proche et terrifiant en qui elle pouvait avoir une absolue confiance. Il était presque plus qu'un prêtre : un prêtre qui sentait fortement le soufre.

Il fut le premier à qui elle confia la nouvelle contenue dans une lettre de Marie-Louise : Mary-Jim allait se marier ! Oui, se marier avec un Anglais, un certain major Francis Cornish, un vrai gandin, à ce qu'il paraissait. Il était à prévoir que Mary-Jim ne resterait pas longtemps sans mari. Une si jolie fille ! Le jeune couple viendrait vivre à Blairlogie. Nous serons obligés de revoir nos manières pour ce dandy anglais, vous ne croyez pas ? Qu'allait-il bien pouvoir penser d'une vieille tante comme elle ? D'une personne aussi ridicule ?

« J'imagine qu'il ne tardera pas à vouloir savoir ce qui se trouve sous votre bonnet, plaisanta le médecin. Que lui direz-vous alors, Mary-Ben ? S'il est vraiment soldat, il doit avoir vu bien pire, je suppose. »

Là-dessus, le docteur J. A. prit congé, riant et mettant le reste du gâteau dans sa poche. C'était pour des enfants du quartier polonais, mais il prit soin de faire passer son geste pour de la gourmandise.

Lorsqu'il revint, Tante, tout excitée, lui annonça aussitôt la nouvelle. Ils s'étaient mariés ! Quelque part en Suisse, à ce qu'il paraissait. Dans une ville appelée Montreux. Et ils allaient rester quelque temps là-bas, pendant leur lune de miel, avant de venir au Canada. Mme Thibodeau était ravie : pour elle, une lune de miel dans un pays francophone semblait adoucir un peu la terrible « anglicité » du major.

Quand le sénateur et Marie-Louise rentrèrent à Blairlogie à la fin de l'automne, ils se montrèrent moins expansifs que Tante ne l'avait escompté. Mais, bientôt, il fallut évidemment que la vérité sorte, du moins une partie de la vérité. Marie-Jacobine et le major avaient été mariés par l'aumônier anglais de Montreux, à l'église anglicane. Ne le prends pas ainsi, Mary-Ben ; la chose est faite maintenant et l'on n'y peut plus rien. Naturellement, nous pouvons prier pour que le major voie enfin la lumière, mais je ne crois pas qu'il soit un homme susceptible de changer. Bon, et maintenant arrête de pleurer et fais bonne figure car je vais être obligée de le dire au père Devlin, qui le dira au père Beaudry, et Dieu seul sait comment la ville réagira à cette nouvelle. Oui, j'ai fait tout ce qui était en mon pouvoir, mais c'était en pure perte. Il va falloir que je dise également à Mary-Tess ce que sa sœur a fait et, crois-moi, je lui ferai comprendre qu'il n'est pas question que ce genre de choses se reproduise dans la famille. Et, ô Sainte Vierge Marie, il y a aussi mère Mary-Basil à mettre au courant ! Ce sera une lettre difficile à écrire ; il faudra que tu m'aides, Mary-Ben. Hamish se conduit comme une mule : impossible de tirer quoi que ce soit de lui.

Le fâcheux bébé ne fut mentionné ni au cours de cette conversation, ni plus tard. On n'en parla que lorsque les McRory reçurent enfin un télégramme ainsi conçu : « Hier soir, ma femme a donné naissance à un garçon. Salutations. Cornish. » Ce câble arriva suffisamment tard dans l'année suivant le mariage pour apaiser ceux qui comptaient sur leurs doigts, y compris Tante, chaque fois que naissait un premier enfant.

Bien entendu, la ville était au courant et supposait beaucoup de choses que personne n'avait dites. Le *Clarion*, le journal local, avait brièvement annoncé le mariage sans parler de l'aspect protestant de la cérémonie, mais comme le ministre officiant était le révérend chanoine White, cette précision était inutile. Voilà qui montrait bien la malveillance de ce torchon tory ! Ses journalistes savaient que tout le monde comprendrait immédiatement. Dieu merci, la condition numéro quatre était encore secrète, mais pour combien de temps ? Plus tard, le *Clarion* annonça la bonne nouvelle de la naissance de Francis Chegwidden Cornish, fils du major et de Mme Francis Chegwidden Cornish, petit-fils de notre populaire sénateur, l'honorable James Ignatius McRory, et de Mme McRory, et arrière-petit-fils de Mme Jean Telesphore Thibodeau. Ça, c'étaient les faits ; la rumeur publique se chargea de les amplifier. Les tories écossais cancanèrent.

Cette fille aurait tout de même pu trouver un Canadien, vous ne croyez pas ? — Oh, mais personne n'aurait été assez bon pour elle. Le sénateur l'a complètement pourrie. — De quel bord peut-il bien être, à votre avis ? — C'est sûrement un catholique, avec toute cette ribambelle de prêtres et de religieuses qu'ils ont dans la famille et Mary-Ben qui met des images pieuses dans toute la maison (il y en a même dans le salon, une horreur !). Il ne peut être que catholique, quoique je n'aie jamais entendu parler d'un Anglais qui le soit. — S'ils ont une religion, les Anglais sont généralement anglicans. Mais quelqu'un m'a dit qu'elle avait rencontré ce gars à la cour. — Oui, et même que le roi était pour quelque chose dans ce mariage : il n'aurait fait qu'une simple allusion, mais c'est pareil à un ordre, vous savez. — Nous ne tarderons certainement pas à l'apprendre. Non pas qu'ils diraient quelque chose à un tory jusqu'au bout des ongles comme moi. Le croiriez-vous, je vis à Blairlogie depuis soixante-sept ans, et mes ancêtres sont également d'ici, mais jamais un McRory ne m'a salué. — Ils doivent sentir votre sang protestant. — Oui, du sang noir, comme ils disent.

Enfin, plus d'un an plus tard, le major, Mme Cornish et leur petit enfant arrivèrent à Blairlogie par le train de l'après-midi en provenance d'Ottawa. Si jamais la ville paraissait belle, c'était en automne, quand les érables flamboyaient, et des observateurs attentifs rapportèrent que Mary-Jim écrasa une larme alors qu'elle montait dans la calèche conduite par Old Billy. Elle tenait l'enfant, enveloppé d'un long châle, dans ses bras. Sans hésiter, le major prit les deux sièges dans le sens de la marche pour sa femme et pour lui, laissant ceux qui leur faisaient face au sénateur et à Marie-Louise. Les badauds ne manquèrent pas de remarquer ce détail. Sur le quai, les voyageurs abandonnèrent un monceau de bagages qu'Old Billy devait revenir chercher : des cantines d'officier, des boîtes métalliques et des étuis en cuir de forme bizarre qui contenaient peut-être des fusils.

Quand le jeune couple se retira, cette nuit-là, le major posa quelques questions.

« Qui est cette vieille dame en bonnet, au juste ?

— Je t'en ai parlé d'innombrables fois. C'est ma tante, la sœur de mon père, et elle vit ici. C'est sa maison.

— Un drôle de corps, n'est-ce pas ? Elle veut m'appeler Frank. Enfin... il n'y a pas de mal à ça, je suppose. Comment s'appelle-t-elle déjà ?

— Mary-Benedetta, mais tu ferais mieux de l'appeler Mary-Ben, comme tout le monde.

— Vous vous nommez toutes Mary-Quelque-Chose. Comme c'est bizarre !

— C'est une vieille coutume dans les familles catholiques. Et, à propos de bonnet, tu ferais bien de te taire... »

Le major était en train d'appliquer sur ses cheveux une préparation qui sentait la noix ; ensuite, il mettrait un bonnet de laine, celui-ci étant censé presser la pommade contre sa tête et retarder ainsi la calvitie, affection qu'il redoutait beaucoup.

« Elle mange énormément pour un petit bout de femme comme elle.

— Je ne l'ai jamais remarqué. Elle souffre de terribles indigestions et elle est martyrisée par des gaz.

— Cela ne m'étonne pas. J'espère qu'elle ne finira pas comme Jesse Welch.

— Qui était-ce ?

— Je ne connais que son épitaphe :

Here lies the body of Jesse Welch
Who died of holding back a belch :

68

The belch did in his pipes expand
And blew him to the Promised Land.

Ci-gît Jesse Welch
Mort d'avoir retenu un rot :
Celui-ci se dilata dans ses boyaux
Et, dans une grande explosion,
le fit passer de vie à trépas.

— Oui, mais Mary-Ben ne pourrait pas roter, même
pour sauver sa vie. Elle est beaucoup trop bien élevée pour
cela.

— Mais il faut bien que ça aille quelque part, sinon...
BANG !

— Cesse de dire des choses dégoûtantes, Frank, et viens
te coucher. »

Le major exécuta les derniers gestes qu'il faisait toujours
avant d'aller au lit. Il ôta son monocle pour la première fois
de la journée, l'essuya soigneusement et le rangea dans une
petite boîte de velours. Puis il attacha sur sa figure une
bande de filet rose pour maintenir sa moustache en place
durant la nuit et permettre ainsi à son système pileux de
défier les lois de la nature. Il grimpa dans le lit élevé et prit
sa femme dans ses bras.

« Plus vite nous construirons notre propre maison, mieux
cela vaudra, tu ne crois pas, ma chère ?

— Tout à fait d'accord », répondit Mary-Jim et elle
l'embrassa.

Le filet à moustache ne la rebutait pas. Ce fut un baiser
conjugal plutôt que romantique.

Contre toute probabilité, Mary-Jim et le major s'étaient
pris d'affection l'un pour l'autre au cours de l'année qui
venait de s'écouler. En revanche, ils n'éprouvaient aucune
affection pour l'enfant silencieux qui était couché dans son
berceau au pied du lit.

Il ne servait à rien de remettre les choses et, dès le
lendemain, on demanda au docteur J. A. Jerome de venir
examiner le bébé. En consultation, le docteur Jerome
n'avait plus rien à voir avec l'homme jovial et bavard qu'il
était en société. Il se livra à un certain nombre d'opérations

dans le plus grand silence : il frappa dans ses mains près des oreilles de l'enfant, passa une allumette enflammée devant ses yeux, lui enfonça, ici et là, le doigt dans la chair et même le pinça ; puis il le pinça de nouveau pour s'assurer qu'il avait bien entendu un cri bizarre. Il mesura son crâne et sonda sa fontanelle.

« Le médecin suisse avait raison, déclara-t-il enfin. Maintenant il faut voir ce que nous pouvons faire. »

Avec le sénateur, auquel il rendit visite ce soir-là pour boire un verre, il se montra plus expansif.

« Ils ne l'élèveront jamais, celui-là, dit-il. Je vais être franc avec vous, Hamish : cet enfant est idiot, mais, heureusement, il ne vivra pas longtemps. »

Les Cornish ne perdirent pas de temps pour faire construire leur maison. Celle-ci se trouvait sur un terrain visible de Saint-Kilda, au-delà du jardin, de l'autre côté de la route. Bien que de dimensions plus modestes que la demeure du sénateur, elle n'en était pas moins grande et les habitants de Blairlogie disaient en riant que le major avait peut-être l'intention de prendre des pensionnaires. Que voulait faire d'une maison pareille un jeune couple avec un seul enfant ? Elle était moderne, aussi, de la façon qui passait pour telle à l'époque. La rumeur courut que plusieurs des chambres n'étaient pas destinées à être tapissées : la rugosité du plâtre sur les murs semblait indiquer qu'elles seraient peintes. Il y avait aussi beaucoup de fenêtres — comme s'il n'était pas déjà assez difficile de chauffer une maison dans ce climat sans toutes ces vitres ! Malgré son coût élevé, le chauffage était à la vapeur et il y avait un nombre scandaleux de salles de bains — des salles de bains qui jouxtaient les chambres à coucher — et un cabinet de toilette avec des W.-C. au rez-de-chaussée, de sorte qu'il vous était impossible de cacher décemment ce que vous aviez l'intention de faire quand vous vous y rendiez. Les curieux étaient découragés, bien que, selon une coutume locale, on allât visiter n'importe quelle maison pendant sa construction, juste pour voir ce qui se passait.

Cependant, le scandale de la maison n'était rien comparé à celui que causaient le major et sa femme quand ils se rendaient à l'église anglicane, presque tous les dimanches. Quel affront pour les McRory, n'est-ce pas? Un mariage mixte! Mais attendez un peu que le fils grandisse. Il sera catholique, lui. Les papistes ne le lâcheront pas comme ça.

Le fils, cependant, restait invisible. On ne le sortait jamais dans son landau et quand on interrogeait directement Mary-Jim à ce sujet, elle répondait que l'enfant était délicat et avait besoin de beaucoup de soins. Il était probablement né avec un œil de verre, comme son père, plaisantaient les mauvaises langues. Peut-être était-il infirme, disaient les gens, mais ils omettaient d'ajouter qu'il ne serait pas le seul à Blairlogie. On finirait bien par découvrir la vérité.

Ils ne découvrirent rien du tout, même quand la maison fut terminée et meublée. (Avez-vous vu, à la gare, les voiturées de mobilier qui sont arrivées d'Ottawa et même d'aussi loin que Montréal?) Mary-Jim connaissait les règles du savoir-vivre et, finalement, un entrefilet parut dans le *Clarion* annonçant qu'un certain jour de juin Mme Francis Cornish recevrait à Chegwidden Lodge.

Selon la coutume locale, cela voulait dire que quiconque n'était pas positivement polonais pouvait venir boire une tasse de thé et regarder. Ils arrivèrent par centaines, parcoururent toute la maison, palpèrent les tissus, regardèrent subrepticement dans les tiroirs et les armoires, pincèrent les lèvres et murmurèrent entre eux avec jalousie. C'est vraiment insensé! L'argent qu'ils ont dû mettre là-dedans! Enfin, tant mieux pour eux s'ils en ont. Et Chegwidden Lodge — que faut-il penser de ce nom? La femme du receveur des postes dit que son mari songeait à exiger que le courrier fût adressé au 17 Walter Street, comme s'appelait ce terrain avant la construction du manoir. Elle rapporta aussi que les habitants de cette maison postaient des lettres avec Chegwidden Lodge imprimé en toutes lettres sur les enveloppes. Ils avaient leur propre papier à lettres! Et Mary-Jim corrigeait tout le monde sur la manière de prononcer ce nom : elle voulait qu'on dise *Cheggin*. Comme s'ils étaient incapables de lire l'anglais — à supposer que ce mot fût anglais !

Mary-Jim reçut donc Blairlogie pour la première, mais aussi pour la dernière fois : elle n'y avait consenti qu'en raison de la position que son père occupait dans le monde de la politique.

Pas le moindre signe de l'enfant. Selon la coutume, les bébés donnaient audience afin qu'on les admire, petites merveilles qu'ils étaient.

Le petit Cornish avait une nurse, une femme au visage sévère et figé, originaire d'Ottawa, qui ne se liait avec personne. Le bruit courait que le bébé criait d'une manière extrêmement bizarre. Victoria Cameron se fit un devoir de rechercher la source de cette rumeur et, comme elle le soupçonnait, il s'agissait de Dominique Tremblay, la bonne de Chegwidden Lodge. Victoria fondit sur elle et lui dit que si jamais elle osait encore parler d'affaires concernant la famille, elle, Victoria, lui arracherait le cœur. Terrifiée, Dominique ne commit plus d'indiscrétions. Cependant, quand on la questionnait, elle roulait les yeux d'un air tragique et posait son doigt sur ses lèvres, ce qui amplifiait encore la rumeur.

Selon celle-ci, l'enfant était victime de quelque tare héritée de son père (vous savez ce que sont ces vieilles familles anglaises) ou — chut ! — de l'une de ces maladies que les soldats attrapent chez les catins, à l'étranger. Ce serait la raison pour laquelle Mary-Jim n'avait pas d'autre enfant. Était-ce par choix ou par incapacité ? Il paraissait que certaines femmes avaient les entrailles complètement pourries à la suite de maladies que leur avaient transmises leurs époux. De telles conjectures entretinrent agréablement la rumeur pendant quelque temps.

Celle-ci s'arrêta après le mois de février 1909, date à laquelle le docteur Jerome annonça à Mary-Jim qu'elle était à nouveau enceinte. Pour les Cornish, ce fut à la fois une bonne et une mauvaise nouvelle. Le major était ravi à l'idée qu'il aurait un enfant issu de ses reins — un fils, il en était certain — et Mary-Jim était très contente, elle aussi. Bien qu'ils n'eussent pu passer pour un couple de tourtereaux, ils s'entendaient bien et se montraient toujours aussi polis l'un envers l'autre que s'ils n'étaient pas mariés, disait-on à Blairlogie. Cependant, avec ce caractère capricieux qu'ont les domestiques, la femme au visage figé d'Ottawa choisit justement ce moment pour partir. Lorsqu'ils congédient quelqu'un, les employeurs doivent indiquer un motif ; les employés, eux, n'ont pas à expliquer pourquoi ils quittent leur place. Cependant, la femme au visage figé daigna exprimer l'opinion qu'un an de plus à Blairlogie la tuerait. Elle ajouta d'une façon insultante qu'elle avait toujours entendu dire que c'était un trou perdu ; maintenant, elle savait que c'était vrai. Mary-Jim était donc enceinte et devait, en plus, s'occuper de l'enfant malade, avec l'aide que pouvait lui apporter Victoria Cameron. Bien qu'elle n'eût pas encore trente ans, celle-ci semblait en train de devenir le prototype de la « vieille et fidèle servante ». On ne pouvait faire confiance à Dominique Tremblay ; l'accès de la chambre d'enfant lui était interdit.

Cela n'arrangeait pas le sénateur qui désirait avoir sa cuisinière chez lui, dans sa cuisine. Le major était aux petits soins pour sa femme — on aurait dit un jeune marié — et pestait contre le destin quand il la voyait lasse et déprimée. Le docteur Jerome déclara qu'il fallait faire quelque chose. Après l'avoir dit aux Cornish, à Marie-Louise et à Mary-Ben, il le répéta avec une insistance particulière au sénateur, un jour où ils étaient de nouveau assis devant un verre, dans la bibliothèque aux curieux lambris.

« Pour être tout à fait franc, Hamish, je pense qu'il aurait mieux valu pour tout le monde que cet enfant n'ait pas vécu. Il est et restera toujours un fardeau, et il pèsera sur la vie de ce nouvel enfant, car ce n'est pas facile d'avoir un frère aîné idiot.

— À l'arrivée de ma fille et de mon gendre au Canada, vous aviez dit qu'il ne vivrait pas.

— Je sais, et j'avais raison. C'est lui qui a tort. Il n'a pas le droit de continuer à vivre dans l'état où il est. Cinq ans ! C'est contraire à toutes les lois scientifiques.

— Et, bien entendu, il n'y a absolument rien à faire à ce sujet. »

Le docteur mit quelques secondes à répondre.

« Je n'en suis pas certain.

— Joe ! Vous ne suggérez tout de même pas... ?

— Non. Je suis catholique comme vous et un pilier de l'Église, même si je suis un pilier externe. Une vie est sacrée, quelle que soit sa qualité. Cependant, si ce docteur suisse avait eu un peu de jugeote, il ne se serait pas donné tant de mal au moment de la naissance du bébé car, dès les cinq premières minutes, vous êtes fixé. Vous n'invitez pas la mort, mais vous laissez la nature opérer sa sélection. Je l'ai fait moi-même des dizaines de fois sans éprouver le moindre remords. Certains de ces praticiens tiennent trop à montrer leur savoir-faire pour avoir le moindre discernement ou la moindre humanité. Mais moi, je vous le dis sans mâcher mes mots : je souhaiterais que ce garçon disparaisse. Il est mauvais pour Mary-Jim, mauvais pour vous tous.

— Bon, mais qu'aviez-vous derrière la tête, Joe, quand vous avez dit que vous n'étiez pas certain qu'il n'y avait rien à faire ?

— Depuis quelques mois, l'enfant est moins bien. Nous en serons peut-être débarrassés. Espérons que ce sera bientôt. »

Il apparut que le docteur Jerome avait vu juste. En effet, quelques jours plus tard, après une violente dispute avec le major, Marie-Louise convoqua en hâte le père Devlin et fit baptiser l'enfant une deuxième fois, comme catholique. Et seulement un ou deux jours plus tard, l'un des meilleurs ouvriers de la scierie du sénateur fabriqua un beau petit cercueil. Cette nuit-là, un maigre cortège de deux voitures prit le chemin du cimetière catholique — un endroit dénué d'arbres, balayé par le vent et terriblement froid en mars. La cérémonie fut on ne peut plus intime. Old Billy avait creusé la petite tombe avec une pioche et une pelle, cassant le sol gelé ; ensuite, il s'était mis à l'arrière du groupe tandis que le sénateur et Marie-Louise, tante Mary-Ben et le major écoutaient le père Devlin lire l'office des morts. Le sénateur et le major éclairaient la scène avec des lampes à naphte. Et quand le premier petit-fils du sénateur fut finalement enterré dans la concession encore vide de la famille McRory, personne ne versa la moindre larme.

Au printemps, ce fut tante Mary-Ben qui se chargea de mettre une petite plaque de marbre blanc — elle n'avait que trente centimètres de large et ne s'élevait que de sept centimètres au-dessus du sol — sur laquelle était inscrit en relief le mot FRANCIS.

Après cet événement, la grossesse de Mary-Jim se déroula sans problème et, le 12 septembre, naquit le sujet de la biographie de Simon Darcourt. Il fut baptisé à l'église anglicane sous le nom de Francis Chegwidden.

« *C'est donc ici que ton protégé entre finalement en scène, dit le Petit Zadkiel. Je suppose que tu as assisté à sa naissance ?*

— *Évidemment, répondit le démon Maimas. J'étais en fonction, pour ainsi dire, depuis le moment de sa conception, soit le 10 décembre 1908 à vingt-trois heures trente-sept.*

— *Que devais-tu faire exactement ? demanda l'ange biographe.*

— *Obéir aux ordres, bien sûr. À l'instant même où le major avait son fructueux orgasme, Ils m'ont convoqué et m'ont dit : Ce garçon est à toi ; occupe-toi bien de lui, mais n'en fais pas trop.*

— *Et en as-tu trop fait ?*

— *Comme je pense que quelques fioritures ne peuvent gâter une vie, j'ai peut-être exagéré deux ou trois fois. Mais Eux, ils voient les choses différemment. Quand ils m'ont confié Francis, Ils m'ont recommandé de ne pas en faire trop et je me suis efforcé de suivre Leurs instructions. Cette famille avait besoin d'une influence comme la mienne.*

— *Tu la trouvais terne ?*

— *Mon cher Zadkiel, nous n'avons même pas encore effleuré le sujet de Blairlogie. C'était l'endroit le plus morne qu'on puisse imaginer ! Mais je sais d'expérience qu'un début bien terne dans l'existence ne nuit pas à une vie intéressante. Ton bonhomme essaie si fort de s'évader de l'ennui dans lequel il est né que tu peux faire des choses passionnantes avec lui. Plus exactement, tu les lui mets dans la tête pour qu'il les fasse lui-même. Sans moi, Francis aurait* juste été un bon et solide citoyen comme les autres. Naturellement, je savais tout au sujet de l'enterrement du premier Francis. Une chose vraiment bizarre, comme le major le dit à l'époque.

— Tu n'as aucune pitié, Maimas.

— Toi non plus, Zadkiel, et ne prétends pas le contraire. Il y a très très longtemps — en disant les choses comme si le temps avait le moindre sens pour nous — j'ai appris que lorsqu'un esprit tutélaire comme moi est chargé de veiller sur une vie, la pitié gâche tout. Il vaut beaucoup mieux faire sauter le bonhomme par-dessus les obstacles et l'endurcir. Protéger des mauviettes, ce n'est pas mon boulot.

— Maintenant que nous en sommes arrivés à Francis, nous pourrions peut-être poursuivre notre histoire? Il était nécessaire de parler en détail de son ascendance immédiate parce que celle-ci représente ce qui a été mis dans sa moelle, chose que ce pauvre Darcourt essaie désespérément de découvrir.

— Oui, mais maintenant c'est à moi de jouer, moi, le démon Maimas, l'esprit tutélaire, l'essence intime de son être. Car bien que Francis ait été un McRory et un Cornish, avec tout ce que comporte un tel mélange, je suis moi aussi partie intégrante de ce qui a été mis dans sa moelle, depuis l'instant même de sa conception. Et c'est ce qui fait toute la différence. »

DEUXIÈME PARTIE

C'est dans un jardin que, pour la première fois, Francis Cornish devint vraiment conscient de lui-même en tant qu'observateur d'un monde distinct de sa personne. Il avait presque trois ans, et il plongeait son regard dans le cœur d'une magnifique pivoine rouge. Il était particulièrement présent (bien qu'il n'eût pas encore appris à penser à lui-même comme à quelqu'un appelé Francis) et, à sa manière, la pivoine était elle aussi particulièrement présente. Plantés sur leurs égotismes respectifs, fort différents l'un de l'autre, tous deux se regardèrent avec une solennelle assurance. Le petit garçon inclina la tête en direction de la fleur et celle-ci sembla lui rendre son salut. Le petit garçon était très propre et mignon. La pivoine était sensuelle, échevelée comme il faut et à l'apogée de sa beauté. C'était un moment très important : la première rencontre consciente de Francis avec la beauté — cette beauté qui allait faire les délices, le tourment et l'amertume de sa vie — mais hormis Francis et, peut-être, la pivoine, personne ne s'en rendait compte ou ne s'en souciait. Chaque heure est pleine de tels moments, gros de conséquences.

Cela se passait dans le jardin de sa mère. Il aurait toutefois été absurde de dire que celui-ci était une création de Mary-Jim. Mary-Jim ne s'intéressait pas aux jardins ; elle n'en avait un que parce que c'était la sorte de choses qu'une jeune femme de son rang était censée avoir. Son mari aurait protesté si elle n'en avait pas eu car il avait des idées arrêtées sur ce qu'aimaient les femmes. Elles aimaient les fleurs ; en certaines circonstances, on leur en offrait ; en d'autres, on les comparait à elles — quoiqu'il n'eût pas été de bon ton de les comparer à une pivoine, fleur très belle mais de mauvais genre. Non, le jardin était l'œuvre de M. Maidment et il reflétait bien l'esprit géométrique, sans imagination, de son créateur.

Francis était rarement dans le jardin sans surveillance. M. Maidment, en effet, n'aimait pas les petits garçons — tous des piétineurs de plates-bandes et des arracheurs de fleurs — mais en cet instant magique, Bella-Mae avait laissé l'enfant seul parce qu'elle avait été obligée d'entrer dans la maison. Francis savait qu'elle était allée faire pipi, chose qu'elle faisait fréquemment, ayant hérité de sa famille, les Elphinstone, une faiblesse de la vessie. Bella-Mae ne savait pas que Francis savait : une de ses tâches était de protéger Francis contre des contacts brutaux avec la réalité ; or, dans son esprit confus et mesquin, les petits garçons devaient ignorer que les adultes avaient ce genre de besoins naturels. Mais Francis savait, même s'il n'avait pas encore très bien conscience de lui-même, et le fait de savoir lui donnait un léger sentiment de culpabilité. Il n'avait pas encore assez de pouvoir de déduction pour conclure que si Bella-Mae était ainsi soumise aux servitudes physiologiques, ses parents subissaient peut-être le même sort. Leur vie était pour lui aussi lointaine que celle de dieux. De toute évidence, leurs vêtements ne quittaient jamais leur corps, bien qu'ils se changeassent plusieurs fois par jour. En revanche, il avait vu Bella-Mae ôter les siens, ou du moins se contorsionner pour les enlever sous sa chemise de nuit, car elle dormait dans la même chambre que lui. Elle brossait également ses gros cheveux roux cent fois chaque soir ; Francis l'avait entendue compter, mais généralement il s'endormait avant qu'elle n'arrivât au centième coup.

On l'appelait « nanny » parce que le major l'avait décrété ainsi. Toutefois, blairlogienne jusqu'à la moelle des os, Bella-Mae trouvait cela idiot : ce nom-là n'était pas le sien. Elle trouvait le major et sa femme prétentieux et ne retirait aucune fierté de son emploi de nurse. C'était un boulot comme un autre, qu'elle faisait aussi bien qu'elle pouvait, mais elle avait des idées personnelles à ce sujet. Parfois, elle giflait Francis pour des peccadilles, simplement pour protester contre le mode de vie des Cornish, si peu conforme aux conceptions de sa ville natale.

Entre le moment où il rencontra la pivoine et son quatrième anniversaire, Francis en vint à comprendre que Bella-Mae était *horrible*. Sans être franchement laide, elle avait un physique très ordinaire ; or les femmes adultes se devaient d'être belles comme sa mère et de sentir un coûteux parfum, au lieu d'amidon. Bella-Mae l'obligeait souvent à se brosser les dents avec du savon noir, comme elle le faisait elle-même, déclarant que c'était sain ; elle ne croyait pas à la poudre dentifrice qu'il y avait dans la chambre d'enfant. Ça, c'était *horrible*. Encore plus horrible était le manque de respect qu'elle témoignait pour les « icônes » qui pendaient aux murs de la chambre. Il y avait là deux portraits aux couleurs vives du roi Edouard VII et de la reine Alexandra. Une fois par mois, Bella-Mae en nettoyait le verre avec du Bon-Ami, marmottant entre ses dents : « Allez, venez ici, vous deux, que je vous lave la figure. » Si le major l'avait appris, il lui aurait sûrement passé un bon savon. Mais, bien entendu, il ne l'apprit jamais, Francis n'étant pas un cafardeur, sorte de personne que Bella-Mae détestait. Cependant, s'il ne cafardait pas, Francis avait l'esprit observateur et le dossier mental qu'il établit sur sa nurse aurait certainement conduit à son renvoi pour peu que ses parents eussent connu son contenu.

Il y avait, par exemple, l'attitude insolente, exprimée physiquement, mais non en paroles, qu'elle prenait envers l'autre image qui ornait la chambre d'enfant, celle représentant Une Certaine Personne. Bella-Mae désapprouvait les idoles : elle appartenait au petit groupe de l'Armée du Salut de Blairlogie et savait ce qui était bien ou mal. Or, avoir l'image d'Une Certaine Personne dans une chambre d'enfant, c'était mal.

Enlever l'image ou la déplacer était hors de question. Elle avait été mise près du lit de Francis par Tante, Mlle Mary-Benedetta McRory — qu'on aurait dû en fait appeler Grand-tante. Bella-Mae n'était pas la seule à faire des réserves sur les représentations d'Une Certaine Personne : cela déplaisait également au major, mais, plutôt que de se disputer avec Tante, celui-ci tolérait la chose, se disant que les femmes et les enfants avaient une attitude sentimentale envers la religion et que, en grandissant, son fils mettrait fin à toutes ces bêtises. La reproduction restait donc là où elle était. Elle montrait un Jésus peint dans des couleurs très vives qui souriait d'un air mélancolique, comme légèrement peiné par ce que voyaient ses grands yeux marron, ses belles et longues mains blanches écartées de sa robe bleue dans le geste familier de « Venez à moi ». Derrière lui, on apercevait un grand nombre d'étoiles, et il semblait flotter.

De temps en temps, tante Mary-Ben avait un petit entretien à voix basse avec Francis.

« Quand tu dis tes prières, mon chéri, regarde d'abord l'image de Jésus, ensuite, ferme les yeux, mais garde cette image dans ton esprit. Car c'est à Lui que tu adresses tes prières, tu comprends ? Lui, Il connaît bien les petits garçons et les aime tendrement. »

Bella-Mae était certaine que Jésus n'aimait pas voir des petits garçons nus, aussi habillait et déshabillait-elle Francis à toute allure, en prenant certaines précautions pour ne pas offenser la pudeur. « Tu ne veux tout de même pas qu'il regarde ton postérieur nu avec ses grands yeux », disait-elle, parvenant à inclure à la fois Francis et l'image dans sa réprobation. Car celle-ci était immense. Chez elle, la foi de l'Armée du Salut s'exprimait par un répertoire précis de condamnations. Elle vivait fortement sa croyance et murmurait parfois le cri de guerre de son association, *Sang et feu,* avec l'énergie qu'on réserve d'habitude à un serment.

Elle veillait à ce que l'Armée figurât autant que possible dans la vie de Francis, quoiqu'elle n'eût jamais osé l'emmener au temple : le major ne l'aurait pas toléré. Mais deux fois par semaine, au moins, l'enfant pouvait la contempler dans toute la splendeur de son uniforme, et il fut le premier à la voir coiffée de son magnifique chapeau.

L'uniforme de l'Armée du Salut étant assez cher, Bella-Mae achetait le sien par petits bouts, quand elle avait de l'argent. Les chaussures commodes, les bas noirs, la jupe et la veste avec ses merveilleux boutons furent péniblement acquis l'un après l'autre, puis Bella-Mae eut à prendre une importante décision : devait-elle acheter la capote, coiffure habituelle des membres féminins, ou le chapeau à large bord et calotte plate en feutre bleu orné d'un magnifique ruban rouge et or qui ressemblait beaucoup (quoique Bella-Mae ignorât ce détail) aux couvre-chefs portés par les prêtres catholiques du Québec ? Après s'être longuement interrogée et avoir prié Dieu de la guider dans son choix, elle opta pour le chapeau.

Enfin vêtue de sa tenue complète, elle parada pour Francis dans la chambre d'enfant. Dans un style très personnel et en imitant les instruments de la fanfare, elle chanta :

At the Cross, at the Cross
Where I first saw the light
And my heart's great burden roll'd away (tut, tut)
It was there through Blessed Jesus
That I turned to the Right
And now I am happy all the day! (tch, tch, faisaient les cymbales)

At the Cro-s-s-s!
At the Cro-o-o-s!
At the Cross where I first saw the light (boum, boum)
It was there through His mercy
That I turned toward the Right
And now I am happy all the day! (boum, boum)

Devant la Croix, devant la Croix,
Je vis la lumière pour la première fois,
Et un grand poids tomba de mon cœur.
Ce fut là, grâce à Jésus,
Que je me tournai vers le Bien,
Et maintenant, je suis heureux tout le jour.

Devant la Croix ! (bis)
Devant la Croix, je vis la lumière pour la première fois.
Ce fut là, grâce à Sa miséricorde,
Que je me tournai vers le Bien,
Et maintenant, je suis heureux tout le jour.

C'était irrésistible. Francis sauta de son lit et marcha derrière Bella-Mae. Sous la direction de sa nurse, il fut capable de crier « Que Ton Saint Nom soit glorifié ! » et « Béni soit notre Sauveur ! » d'une voix extasiée et aux bons moments. Il se sentait très exalté. Libéré de l'influence répressive d'Une Certaine Personne, il ne prêtait plus aucune attention aux yeux tristes de celle-ci. Bien que n'y comprenant rien, il chantait avec enthousiasme les paroles de la chanson.

Brusquement, la porte de la chambre s'ouvrit. C'était tante Mary-Ben. Toute menue et souriante, elle opinait gentiment de son petit bonnet soyeux. Car elle ne désapprouvait nullement ce qui se passait. Oh non ! Pas elle ! Elle fit signe à Francis de se recoucher, puis elle entraîna Bella-Mae vers la fenêtre où elle lui parla à voix basse pendant quelques minutes, au bout desquelles Bella-Mae se précipita hors de la pièce en pleurant.

Puis Tante proposa : « Veux-tu que nous disions nos prières, Frankie ? Non, voilà ce que nous allons faire : tu vas m'écouter dire les miennes. » Là-dessus, Tante s'agenouilla devant le lit avec le petit garçon et sortit de sa poche une sorte de collier. Frank n'en avait encore jamais vu de pareil : il était fait de perles noires de différentes grosseurs enfilées sur une chaînette d'argent, et tandis qu'elle faisait passer ces grains entre ses doigts Tante murmurait des mots qui ressemblaient à de la poésie. Quand elle eut terminé, elle embrassa respectueusement la croix qui pendait au collier, puis, avec un doux sourire, elle la tendit à Francis, qui l'embrassa aussi. L'enfant aima ce baiser, aima le tranquille respect de ce geste ainsi que l'effet poétique. Tout cela, quoique très différent, était aussi intéressant que la marche de Bella-Mae. Francis tenait la croix dans sa main, répugnant à la lâcher.

« Tu voudrais garder cet objet, n'est-ce pas, Frankie ? demanda Tante. Je suis désolé, mon chéri, mais tu ne peux pas l'avoir maintenant. Un autre jour, je pourrai peut-être t'en donner un tout pareil. Cela s'appelle un rosaire, mon chéri, parce que ces prières sont comme une guirlande de roses tressée pour la Sainte Mère de Jésus. Quand nous les récitons avec ceci, nous sommes très proches d'Elle ; parfois, nous pouvons même voir Son beau visage. Mais ça, c'est notre secret, mon chéri. N'en parle pas à papa. »

Il n'y avait rien à craindre de ce côté-là. Les conversations entre Francis et le major étaient d'une tout autre nature. « Viens ici, Frank, je vais te montrer mon fusil. Regarde dans le canon. Propre comme un sou neuf. Il faut toujours bien nettoyer et graisser son fusil. Un beau fusil mérite d'être soigné. Quand tu seras plus grand, je t'en achèterai un et te montrerai son maniement. Il faut que tu apprennes à tirer comme un sportif et non pas comme un boucher. » Ou bien, il disait : « Viens avec moi, Frank. Je vais t'apprendre à attacher une mouche pour la pêche à la truite. » Ou encore : « R'garde mes bottes, Frank. Elles brillent, hein ? Je ne demande jamais à la bonne de me les cirer. Je le fais moi-même. Tu ne croirais jamais qu'elles ont onze ans, pas vrai ? Voilà ce que c'est que de les entretenir. Tu peux toujours juger un homme d'après ses bottes. Achète-les toujours chez le meilleur fabricant. Seuls les rustres portent des bottes sales. » Ou bien, passant à côté de lui : « Tiens-toi droit, Frank. Ne te voûte jamais, quel que soit ton degré de fatigue. Bombe un peu la poitrine : cela fait de l'effet dans les défilés. Viens me voir demain après le petit déjeuner. Je te montrerai mon sabre. »

C'était un bon père, décidé à faire de son fils un homme valable. Aussi surprenant que cela pût paraître chez quelqu'un comme le Soldat de Bois, le major avait de grandes réserves d'affection. D'affection et de fierté. Mais pas la moindre poésie.

Maman était complètement différente. Elle avait de l'affection, elle aussi, mais, parfois, c'était peut-être un peu forcé. Elle ne voyait pas beaucoup Francis, sauf par hasard, car elle était très occupée. Elle devait distraire papa et veiller à ce qu'il n'y eût pas de rencontres fâcheuses quand les Cornish partaient le dimanche matin pour l'église de Saint-Alban et que la voiture des McRory risquait de se diriger au même moment vers Saint-Bonaventura ; elle devait lire l'un après l'autre trente sortes de romans qui avaient de jolies couvertures et faire marcher le phono-graphe qui jouait des musiques telles que *Les plus beaux*

airs des magiciens du Nil ou une chanson que Francis
adorait et dont les paroles étaient les suivantes :

> Everybody's doing it
> Doing it, doing it
> Everybody's doing it
> Doing what ? The turkey-trot ;
> See that rag-time couple over there,
> See them throw their feet in the air.
> It's a bear, it's a bear, it's a BEAR !

> Tout le monde le fait,
> Le fait, le fait,
> Tout le monde le fait.
> Fait quoi ? Le turkey-trot ;
> Regardez ces danseurs de ragtime là-bas,
> Voyez comme ils lancent leurs pieds en l'air,
> C'est épatant, c'est épatant, c'est é-pa-tant !

C'était absolument merveilleux — meilleur que tout le
reste. Aussi chouette que le sabre de papa ou les mystérieuses perles de Tante et beaucoup mieux que Bella-Mae
dans son uniforme, qu'il ne voyait d'ailleurs plus maintenant. Maman lui prenait les mains et ensemble ils dansaient
le turkey-trot tout autour de son joli salon. Tout cela était
merveilleux !

Aussi merveilleux, à sa façon, que le premier moment
d'extase avec la pivoine ; peut-être pas autant parce que
cette aventure-là était entièrement sienne ; il pouvait la
réitérer en été et se la rappeler en hiver sans que personne
d'autre ne s'en mêle.

Tout fut absolument merveilleux jusqu'à ce terrible
matin de septembre 1914 où Bella-Mae l'emmena à l'école.

Cet événement aurait joué un plus grand rôle dans la vie
de Chegwidden Lodge si le foyer n'avait été désorganisé
par les nombreuses absences, qui allaient de quelques jours
à des semaines, voire des mois, du major et de sa femme.
Le couple passait beaucoup de temps à Ottawa où ils
étaient invités de plus en plus souvent à la résidence du
gouverneur. En outre, il y avait de mystérieux colloques
avec les autorités militaires. Le major servait en quelque

sorte d'intermédiaire au gouverneur général, le duc de Connaught, qui était maréchal et plus versé dans les questions militaires que la plupart des soldats de carrière canadiens. En tant que représentant de la Couronne, le duc ne pouvait pas se mettre trop en avant ni humilier les Canadiens ; il fallait donc qu'un tiers apportât des informations à Rideau Hall et en repartît avec des conseils afin de transmettre ceux-ci, avec le plus grand tact, à l'état-major canadien. Ce tiers, c'était le major Cornish, qui était le tact en personne. Et quand la guerre contre l'Allemagne, et ce qu'on appelait les Puissances de l'Europe centrale, fut enfin officiellement déclarée, le major occupa une fonction à laquelle on ne donna pas tout de suite un nom, mais qui était en fait la direction du service de renseignements, dans la mesure où le Canada disposait d'une telle organisation. Avec Mary-Jim, il partit à Ottawa. Il serait absent de Blairlogie pendant toute la durée de la guerre, mais, selon toutes les prévisions, celle-ci ne serait pas très longue, déclara-t-il au sénateur.

On ne s'était guère préoccupé de l'éducation scolaire que recevrait le petit Francis. Marie-Jacobine pensait avant tout à Ottawa, aux plaisirs et aux intrigues du monde vice-royal ; de plus, elle était de ces mères qui croient que si elles sont heureuses, tout doit aller très bien pour leur enfant. Francis était trop jeune pour être envoyé dans un collège ; en outre, il avait tendance à attraper de gros rhumes et des bronchites. « Pour l'instant, il fréquentera une école locale », décida le major, mais sans en souffler mot à son fils. En fait, personne ne dit rien à Francis jusqu'à la veille de la rentrée des classes. Alors, Bella-Mae annonça : « Tu devras te lever de bonne heure demain matin parce que tu entres à l'école. » Francis, qui connaissait toutes les nuances de sa voix, perçut dans ces paroles une note de jubilation mauvaise.

Le lendemain matin, Francis vomit son petit déjeuner. Bella-Mae l'avertit qu'elle n'admettrait pas ce genre de bêtises car ils étaient très pressés. Tenant fermement l'enfant par la main — plus fermement que d'habitude — elle le traîna à l'école principale de Blairlogie pour le mettre à la maternelle.

Bien que loin d'être une mauvaise école, ce n'était pas un établissement où les gosses se faisaient accompagner par leur nurse ou portaient un costume de marin blanc complété par un bonnet, avec les mots H.M.S. *Renown* inscrits sur le ruban. La maternelle se trouvait dans un vieux bâtiment scolaire auquel on avait adjoint une école plus grande et beaucoup plus moderne. Comme on pouvait s'y attendre, cela sentait l'encaustique, la craie et plusieurs générations de petits Blairlogiens à la vessie facétieuse. La maîtresse, Mlle Wade, était aimable et souriante, mais c'était une inconnue, et Francis n'avait encore jamais vu un seul de la trentaine d'enfants rassemblés là.

« Il s'appelle Francis Cornish », dit Bella-Mae, puis elle partit.

Une partie des enfants pleuraient et Francis eut envie d'en faire autant. Cependant, sachant que son père désapprouverait pareille attitude, il se mordit la lèvre pour s'en empêcher. Sur un ordre donné par Mlle Wade et une étudiante stagiaire qui l'assistait, les enfants s'assirent sur de petites chaises placées à l'intérieur d'un cercle marqué à la peinture rouge sur le plancher.

Pour briser immédiatement la glace, Mlle Wade décida que tout le monde se lèverait à tour de rôle pour dire son nom et indiquer son adresse, de manière à ce qu'elle pût établir une chose mystérieuse appelée liste d'appel. Les enfants firent ce qu'on leur demandait. Les uns criaient leur nom avec assurance ; d'autres déclinaient fermement leur nom, mais hésitaient sur leur adresse ; le troisième enfant qui se leva, une petite fille, perdit son sang-froid et mouilla le plancher. La plupart de ses camarades rirent et se bouchèrent le nez ; l'assistante se précipita vers la malheureuse avec un chiffon humide pour essuyer le sol et un mouchoir pour essuyer les yeux. Quand ce fut son tour, Francis se leva et annonça à voix basse : Francis Chegwidden Cornish, Chegwidden Lodge.

« Quel est ton deuxième prénom, Francis ? demanda Mlle Wade.

— Chegwidden, répondit Francis, prononçant ce mot comme on le lui avait enseigné.

— Pardon ? Est-ce que tu as dit *Chicken*[1] ? fit gentiment Mlle Wade, perplexe.

— Cheggin », répéta Francis, mais beaucoup trop bas pour être entendu dans le vacarme que faisaient les trente autres enfants qui avaient commencé à crier : « *Chicken ! Chicken !* »

Ils étaient ravis. Enfin, ils tenaient là une chose qu'ils pouvaient comprendre. Le gosse qui portait ce drôle de costume s'appelait Poulet ! Ça, c'était fantastique ! Bien plus drôle que la fille qui avait fait pipi.

Mlle Wade rétablit l'ordre, mais pendant les quinze minutes que durèrent la récréation, on n'entendit que « *Chicken ! Chicken !* », et tout le monde s'amusa beaucoup. La maternelle n'était ouverte que le matin. Dès qu'on le libéra, Francis courut chez lui aussi vite qu'il le put, poursuivi par des cris de dérision.

Le lendemain matin, il annonça qu'il ne retournait pas en classe. Oh, que si, dit Bella-Mae. Non, maintint Francis. Veux-tu que je te traîne chez Mlle McRory ? demanda Bella-Mae. En l'absence des parents, tante Mary-Ben avait le droit suprême de lier et de délier quand l'autorité de la nurse ne suffisait plus. Sous la poigne de fer de sa geôlière, Francis partit donc à l'école, et le deuxième jour fut encore pire que le premier.

Des enfants de la grande école avaient entendu dire qu'il se passait quelque chose d'extraordinaire à la maternelle et, à la récréation, Francis se trouva entouré de garçons plus âgés que lui qui voulaient savoir de quoi il retournait.

« Ce n'est pas Chicken, mais Cheggin, expliqua Francis en essayant de toutes ses forces de ne pas pleurer.

— Vous voyez ! Il dit qu'il s'appelle Chicken, cria un garçon qui était déjà un meneur d'hommes en herbe et allait d'ailleurs devenir un politicien connu.

— C'est impossible ! dit un autre qui avait une tournure d'esprit philosophique et voulait approfondir la question. Personne ne s'appelle Chicken. Répète ton nom, petit.

— Cheggin, dit Francis.

— C'est vrai, ç'a bien l'air d'être Chicken, constata le

1. « Poulet ». (N.d.T.)

garçon-philosophe. Pas prononcé très clairement, mais Chicken quand même. Mince alors ! »

Si les garçons se montrèrent moqueurs, les filles furent encore pires. Elles avaient un terrain de jeux à part. Aucun garçon n'avait le droit d'y mettre les pieds, mais il y avait des endroits où la limite n'était qu'une ligne imaginaire, comme l'équateur. Les garçons décidèrent que ce serait très amusant de forcer Francis à franchir la frontière car, de toute façon, quelqu'un appelé Chicken ne pouvait être qu'une fille. Quand il fut de l'autre côté, les filles l'entourèrent et se mirent à faire des commentaires sur lui sans jamais s'adresser directement à l'intéressé.

« Chicken ! Il s'appelle Chicken ! » jubilèrent certaines d'entre elles.

Celles-ci appartenaient au type de femmes que, plus tard, les psychologues définiraient comme étant celui des hétaïres ou prostituées.

« Oh, laissez-le tranquille. Ses parents doivent être cinglés. Regardez, on dirait qu'il va pleurer. C'est pas gentil de se foutre de lui. Après tout, c'est pas sa faute si ses parents sont cinglés. Tu t'appelles vraiment Chicken, petit ? »

Ça, c'étaient les femmes que les psychologues classe-raient dans la catégorie des mères protectrices. Leur pitié était presque plus détestable que la franche moquerie.

Des instituteurs patrouillaient sur les deux terrains de jeux, tenant une cloche par son battant et généralement occupés à scruter le ciel. Gardiens ostensibles de l'ordre, ils réagissaient comme ces policiers qui essaient d'éviter tout problème autre que l'incendie volontaire ou le meurtre. Les eût-on interrogés, ils auraient probablement répondu que le petit Cornish semblait très populaire : il était toujours au centre de quelque jeu.

La vie doit être vécue et, parfois, vivre signifie souffrir patiemment. C'est ce que faisait Francis. Son calvaire s'atténua un peu, bien qu'il reprît toutes les deux ou trois semaines. Bella-Mae n'était plus obligée de l'escorter. Il détestait la maternelle. On y faisait de stupides décou-pages, tout juste bons pour des bébés, indignes de son attention et qu'il exécutait facilement. On y cousait des cartes grossièrement perforées de manière à ce qu'apparaisse une image, généralement celle d'un animal. On y apprenait à lire l'heure, chose qu'il savait déjà faire. On y apprenait aussi le psaume vingt-trois par cœur et un hymne idiot qui commençait ainsi :

Can a little child like me
Thank the Father fittingly ?

Un petit enfant comme moi
Peut-il remercier le Père convenablement ?

et se poursuivait par le refrain suivant, braillé d'une façon traînante et monotone (Mlle Wade ne savait pas diriger un chœur) :

Father we thank Thee (bis)
Father in Heaven, we thank Thee !

Père, nous Te remercions (bis)
Notre Père qui es aux Cieux, nous Te remercions !

Francis, qui avait des dispositions précoces pour la théologie, se demandait pourquoi il remerciait le Père, quel que pût être celui-ci, pour ses souffrances et son terrible ennui.

Ce fut à la maternelle que se forma la base de la misanthropie dont Francis Cornish allait faire preuve toute sa vie. L'échantillonnage humain dans lequel l'avait placé le destin le tourmentait et le raillait, l'excluait des secrets et de presque tous les jeux, se moquait de ses vêtements et, une fois, écrivit CON au crayon indélébile sur son col de marin (ce qui lui valut d'être vertement réprimandé par Bella-Mae).

Il ne pouvait rien raconter de tout cela à la maison. Quand, fort rarement, ses parents revenaient à Blairlogie pour un week-end, sa mère lui recommandait d'être particulièrement sage parce que, papa faisant un travail très important à Ottawa, il fallait lui éviter tout tracas. Et comment ça marche à l'école ?

« Ça va, je crois.

— Tu crois? Tu dois le savoir, tout de même! Ne sois pas bête, Frankie. »

> *Love the Lord and do your part :*
> *Learn to say with all your heart*
> *Father, we thank Thee!*

> Aime le Seigneur et remplis ton rôle.
> Apprends à dire de tout ton cœur :
> Père, nous Te remercions!

« Et ainsi Francis quitta le jardin de l'enfance pour la maternelle, dit le Petit Zadkiel.

— Pour lui, ce fut comme revivre la chute de l'homme, commenta le démon Maimas. La première, c'est évidemment la naissance, quand le petit de l'homme est expulsé du paradis que représente le corps de sa mère; la seconde, quand il quitte son foyer heureux — s'il a la chance d'en avoir un — et se retrouve parmi ses contemporains.

— Quelle idée stupide de l'envoyer à l'école tout en blanc et accompagné d'une nurse!

— Personne ne s'en rendait compte. Les parents ne pensaient qu'au travail que le major faisait à Ottawa et que, bien entendu, on n'expliqua jamais à l'enfant. Mais le major n'était pas bête : il avait flairé l'approche d'une guerre bien avant que ne le fassent des gens beaucoup plus importants que lui.

— Tu as l'air plutôt content de ce qui est arrivé à Francis.

— J'avais une vague idée de la direction dans laquelle j'allais le pousser. J'ai toujours aimé tremper mon acier de bonne heure. Une enfance heureuse a gâté bien des vies prometteuses. D'ailleurs, la sienne, d'enfance, n'a pas été que malheureuse. Continue l'histoire et tu verras. »

À l'approche de Noël, plusieurs choses semblèrent indiquer que la guerre allait durer plus longtemps que prévu. Aussi le major estima-t-il préférable de fermer

Chegwidden Lodge et de s'établir à Ottawa. Il n'aurait pas été raisonnable d'emmener Francis, les deux parents étant très occupés. Mary-Jim était plongée jusqu'au cou dans diverses activités au sein d'associations féminines. Les vêtements sévères qu'elle croyait bon de porter dans son nouveau rôle lui seyaient à ravir. Il fut convenu que Francis franchirait la courte distance qui séparait Chegwidden Lodge de Saint-Kilda pour aller vivre sous la sage protection de ses grands-parents et de la tante Mary-Ben.

Ce déménagement améliora grandement son sort : Tante, en effet, lui acheta tout de suite des vêtements plus conformes à ce que les enfants portaient d'habitude à Blairlogie. Francis se sentit très bien en knickerbockers de velours côtelé et veste à carreaux ; un bonnet de laine remplaça son petit chapeau de velours à oreillettes. Il était également heureux d'avoir une chambre avec des meubles d'adulte, au lieu d'une simple chambre d'enfant. Mais le plus chouette, c'était que Bella-Mae restait à Chegwidden Lodge en tant que gardienne. Tante lui fit gentiment comprendre qu'elle n'avait plus besoin de se casser la tête au sujet de Francis. Cela arrangeait Bella-Mae à merveille : désormais, elle aurait plus de temps à consacrer à son avancement dans sa propre Armée.

Il y eut quelques changements importants. Maintenant, Francis prenait ses repas avec les adultes et les manières qu'il avait apprises de Bella-Mae avaient besoin d'être sérieusement corrigées. Pas de grognements, pour commencer. Bella-Mae était une grosse mangeuse et une grosse grogneuse. Comme Francis n'était jamais à table avec ses parents, personne ne s'était aperçu qu'il mangeait bruyamment. Il dut apprendre à murmurer le bénédicité et à se signer avant et après les repas. Il apprit à manier convenablement sa fourchette et son couteau et n'avait pas le droit de pousser des morceaux de nourriture tout autour de son assiette. Et le plus grand changement, c'est qu'il dut apprendre à parler français.

Cette question avait suscité pas mal de controverses. Grand-père et grand-mère pensaient qu'il serait utile de pouvoir parler à table sans que le garçon comprît leur conversation. À cela, Tante objecta qu'étant donné que l'enfant apprendrait le français de toute façon, il valait mieux qu'il l'apprît correctement. Assis à côté d'elle pendant les repas, Francis apprit donc à demander poliment des choses comme du sel ou de l'eau et, finalement, à faire quelques remarques personnelles dans ce français clair et agréable que Tante avait appris durant sa jeunesse au couvent. Cependant, il apprit aussi le patois (que Tante appelait « français des bois ») auquel ses grands-parents avaient recours quand ils voulaient discuter de quelque secret.

Toute cette histoire de français ouvrit à Francis de nouveaux horizons. Il avait évidemment remarqué que beaucoup de Blairlogiens parlaient cette langue avec des degrés d'élégance variés, mais il découvrait maintenant que le quincaillier Dejordo s'appelait en réalité Émile Desjardins et que, pour les francophones, la famille Legarry était en fait les Legaré. Il fallait faire preuve d'un certain tact dans ce domaine parce que la population anglophone mettait un point d'honneur à estropier tout nom français comme pour blâmer ceux qui avaient la stupidité et, probablement, la fourberie de parler une langue personnelle. Mais, doté d'un esprit vif, Francis apprit non seulement deux sortes de français, mais aussi deux sortes d'anglais. Dans la cour de l'école, une grosse quantité de quelque chose était toujours décrite par les mots « des masses de » et toute distance dépassant ce qui pouvait être parcouru à pied était « un bon morceau de chemin ». Quand deux adultes se saluaient par « Une belle journée, n'est-ce pas ? », la réponse à faire était : « Très belle, vraiment. » Francis maîtrisa toutes ces subtilités avec la même facilité qu'il avait à digérer sa nourriture et à grandir, de sorte que lorsqu'il eut neuf ans, il n'était pas seulement bilingue, mais polyglotte : il pouvait parler à toute personne qu'il rencontrait dans sa langue, fût-ce le français, le patois, l'anglais des Canadiens écossais ou l'idiome des habitants de la Haute Vallée de l'Ottawa. Il apprit également les bonnes manières et n'aurait jamais commis l'impair de *tutoyer*[1] Mme Thibodeau dont le prestige social croissait dans les mêmes proportions que sa graisse.

1. En français dans le texte.

Alors que, jusque-là, il avait surtout été une création de Bella-Mae, il fut maintenant modelé et entouré spirituellement par Tante. Cette tâche donna bien des angoisses à la brave dame. En effet, quand le major avait demandé à ses parents de prendre Francis chez eux pendant quelque temps, il avait rappelé comme en passant, et avec un visible malaise, que Frank était protestant, et, de plus, anglican ; il avait prié le chanoine Tremaine de venir voir le garçon de temps en temps. Cependant, le chanoine, qui était paresseux et n'avait aucune envie de se mettre quelqu'un d'aussi important que le sénateur à dos, n'était venu à Saint-Kilda qu'une seule fois, à l'étonnement de Marie-Louise, qui lui avait répondu que, naturellement, l'enfant allait bien, que, naturellement, il fréquentait l'école protestante et que, naturellement, il disait ses prières. Monsieur le chanoine voulait-il reprendre un morceau de gâteau ? Le chanoine accepta avec plaisir, oubliant qu'il avait eu l'intention de demander pourquoi il ne voyait jamais Francis à Saint-Alban. Ce fut donc à Tante qu'échut la difficile obligation de veiller sur l'âme de l'enfant.

Tante savait tout sur les âmes. Négliger une âme, c'était inviter le Malin à en prendre possession et, une fois celui-ci installé, il était presque impossible de l'en déloger. Francis connaissait une prière — *Maintenant je me couche pour dormir* — et, bien entendu, il savait qui était Jésus à cause de cette image qui avait toujours pendu au mur de sa chambre aussi loin que remontaient ses souvenirs. Mais pourquoi Jésus était quelqu'un d'important, pourquoi Il était toujours présent, en train de vous regarder, et pourquoi, bien qu'Il fût mort depuis longtemps, Il continuait à être là, invisible, était pour lui un mystère. Quant à la Sainte Mère de Dieu, l'amie et la gardienne des enfants, il n'en avait jamais entendu parler. La négligence dont avait souffert cet enfant remplit Tante d'une grande pitié ; elle ne comprenait pas comment cette chère Mary-Jim avait pu se faire dévorer par son protestant de mari au point de permettre une chose pareille. Que devait-elle faire ?

Il était inutile de demander conseil à Marie-Louise. Lorsqu'il avait un semblant d'activité, le cerveau tranquille, pratique, de la femme du sénateur ne se préoccupait plus que de bridge maintenant. À l'église, on faisait de grandes parties de bridge et d'euchre progressif dans le but de réunir des fonds destinés à des œuvres liées à la guerre — tâche difficile car une bonne partie des catholiques blairlogiens étaient aussi des Canadiens français dont l'enthousiasme pour une guerre menée contre les ennemis de l'Angleterre était pour le moins modéré. Mais Marie-Louise, elle, avait mangé la succulente cuisine du roi d'Angleterre et était une ardente royaliste. Mme Thibodeau était encore moins capable d'aider Mary-Ben à sauver Francis : puisque l'enfant avait reçu le baptême protestant, disait-elle, il était forcément damné ; alors à quoi servait de faire des histoires ? Le sénateur, lui, se montra plus coopératif, mais c'était un homme d'honneur : il avait signé l'affreux papier du Soldat de Bois garantissant que Francis serait protestant, et il ne reviendrait pas sur sa parole. Cependant, il n'empêcherait pas Mary-Ben de faire quelque chose de son propre chef. Elle ferait mieux d'en parler au docteur J. A. : le médecin avait beaucoup de jugeote. Ne va pas voir les curés avant d'avoir discuté avec le docteur J. A.

Un excellent conseil ! Le docteur J. A. Jerome savait exactement ce qu'il fallait faire.

« Frank est un petit gars intelligent, dit-il. Il lit beaucoup pour un garçon de son âge. Éclairez-le peu à peu, Mary-Ben. Lui avez-vous jamais parlé de son saint patron, par exemple ? »

Comme il était né le 12 septembre, Francis avait pour seul patron possible le personnage douteux de Guy d'Anderlecht, un Belge qui avait perdu toute sa fortune dans une spéculation malheureuse et s'était tourné vers Dieu au moment de sa banqueroute. Ce n'était pas lui qui pouvait éveiller la dévotion chez un garçon de neuf ans. Cependant, c'était aussi le jour consacré au Saint Nom de Marie, une fête mineure un peu écrasée par celle du Saint Nom de Jésus, mais elle ferait l'affaire pour commencer. Aussi, un jour, Francis trouva une grande oléographie de Marie au mur de sa chambre. C'était une reproduction d'un tableau de Murillo et, contrairement à ce que l'on aurait pu penser, elle lui plut beaucoup. La douce beauté de la madone lui rappela celle de sa mère, qu'il voyait si rarement, et il écouta avec intérêt Tante lui expliquer à quel point la Mère de Dieu était tendre et bonne et avec quel amour elle veillait sur le sort des petits garçons. Le docteur J. A. avait eu raison, comme d'habitude.

« Non pas que j'approuve ce que vous faites, Mary-Ben, dit celui-ci. Mais je dois donner un tas de conseils que je ne songerais pas à suivre moi-même. Il vaut beaucoup mieux qu'il s'intéresse à la Sainte Mère qu'au Fils de Celle-ci. Je n'ai encore jamais connu de garçon digne de ce nom qui aimât vraiment ce type inquiet, quêteur de Vérité.

— Oh, Joe, vous dites cela pour me choquer !

— Peut-être que oui, peut-être que non. La plupart du temps, je ne sais pas ce que je dis. En tout cas, vous semblez être sur la bonne voie. »

Quand il allait à Saint-Alban avec ses parents, Francis n'avait jamais entendu parler de la mère de qui que ce fût. Cependant, il était réceptif à des histoires concernant une personne qui plaignait les êtres en détresse, car, de plus en plus, c'était bien ce qu'il était lui-même.

Il y avait une raison à cela : il avait été sommairement transféré de l'école principale, assez proche de Saint-Kilda, à l'école de Carlyle Rural, à presque trois kilomètres de la maison de ses grands-parents, mais qui incluait celle-ci dans les limites extrêmes de son territoire. Cette mesure était un acte de sournoise malveillance dirigé contre le sénateur par le conseil d'administration de l'école ; en vérifiant ses listes, le secrétaire de celui-ci avait constaté qu'en se déplaçant d'une centaine de mètres pour passer de la maison de son père à celle de son grand-père, Francis Cornish était entré dans la zone de Carlyle. Aussi, un beau matin de septembre, à dix heures, alors qu'il était en troisième année de primaire, lui et deux autres élèves reçurent l'ordre de rassembler leurs livres et d'aller se présenter à Mlle Helen McGladdery, à leur nouvelle école. En l'espace d'une heure, Francis tomba en enfer où il resta pour ce qui lui parut être une éternité.

À cette époque, l'école rurale Carlyle n'était pas particulièrement rurale. Elle se trouvait dans les faubourgs de Blairlogie, partie de la ville où habitaient des ouvriers des diverses scieries et fabriques du sénateur. Ce fut donc avec leurs enfants, et ceux de fermiers qui travaillaient le sol ingrat juste à l'extérieur de la localité, que Francis poursuivit son instruction scolaire et, ce qui le marqua encore bien davantage, son éducation sociale, morale et économique.

Comme il était devenu un peu plus malin, il dit à Mlle McGladdery qu'il s'appelait Francis Cornish. Mais, prévenue de son arrivée, la maîtresse voulut savoir ce que représentait le C. sur le message du secrétaire. Alors, la torture du « Chicken » recommença avec de nouveaux et ingénieux bourreaux.

À la première récréation, un gros garçon s'approcha de lui, lui envoya son poing dans la figure et dit : « Voyons si tu sais te bagarrer, Chicken. » Ils se bagarrèrent et Francis fut lamentablement battu.

Ensuite, il fut obligé de se battre deux fois par jour pendant trois semaines et, à chaque fois, il eut le dessous. Les petits garçons ne sont pas comme les lutteurs professionnels : bien que meurtri et secoué, Francis ne fut jamais sérieusement blessé. Cependant, après les récréations, il restait assis à son pupitre, misérable et endolori, et Mlle McGladdery se fâchait contre lui parce qu'il était distrait. Mlle McGladdery avait cinquante-neuf ans. Elle avançait stoïquement dans sa carrière en espérant qu'à soixante-cinq ans, elle pourrait prendre sa retraite et, avec l'aide de Dieu, ne plus jamais revoir un seul de ses anciens élèves.

Son éducation écossaise et trente ans passés à Carlyle lui avaient appris à imposer la discipline. Petite, grosse, implacable, cette femme menait ses trois groupes — Carlyle n'avait que deux pièces et elle enseignait aux plus grands — non pas à la baguette, mais avec une lanière de cuir que le conseil d'administration fournissait comme dernier recours de justice. Elle s'en servait rarement : il lui suffisait de la sortir d'un tiroir et de la poser sur son bureau pour réprimer toute désobéissance ordinaire. Mais, quand elle s'en servait, elle faisait montre d'une vigueur que même le butor le plus costaud redoutait car non seulement elle fouettait ses mains jusqu'à ce que celles-ci se transforment en pattes rouges et enflées, mais elle le vilipendait avec une virtuosité qui plongeait ses classes dans un ravissement silencieux.

« Gordon McNab, tu es un vrai rejeton de la souche McNab *(chlack!)* J'ai fouetté ton père *(chlack!)*, tes deux oncles *(chlack!)* et même une fois ta mère *(chlack!)* et je proclame que tu es le plus bête, le plus ignorant, le pire vaurien de toute la bande *(chlack!)*. Et c'est dire quelque chose! *(Chlack!)* Maintenant, retourne à ta place. Et si jamais je t'entends piper, sauf si c'est pour répondre à une question, je te fouetterai de nouveau et encore plus fort. Je garde la lanière prête pour toi, ici, sur ma table. Tu m'entends?

— Blououou.

— Quoi? Parle plus fort. Que dis-tu?

— Oui, mademoiselle. »

McNab se glissait sur son banc tandis que ses camarades garçons plaquaient leurs mains sur leurs bouches et que les filles pointaient hardiment leurs doigts sur lui d'un air dédaigneux. Plus tard, McNab avait beau grogner dans la cour que Mlle McGladdery était une vieille vache et que sa culotte puait, il avait irrémédiablement perdu la face. Mlle McGladdery avait la toute-puissance d'un capitaine de bateau pirate.

Bien que sachant ce qui se passait dans la cour de récréation, elle ne voulait pas intervenir. Le grand-père du jeune Cornish était le chef de cet affreux parti libéral, alors qu'elle-même était une conservatrice ou tory convaincue. Si le garçon avait du cran, il le montrerait. Elle ne ferait rien jusqu'à ce qu'il se plaigne. Dans ce cas, elle prendrait des mesures, mais elle le mépriserait parce qu'il avait rapporté.

Francis ne se plaignit pas, mais un jour, un garçon le frappa assez fort à la figure pour lui pocher un œil. L'enfant rentra chez lui, sachant qu'il y aurait des histoires.

Cependant, ce ne fut pas le genre d'histoires auquel il s'attendait.

La tante Mary-Ben, horrifiée, l'emmena aussitôt chez le docteur J. A. Jerome. Un œil au beurre noir, ce n'était rien, dit celui-ci, rien du tout. Puis il ajouta :

« Ils te font des misères, n'est-ce pas, Frank? Tu n'as même pas besoin de me le dire. Je le sais. Je suis au courant de tout ce qui se passe en ville. Ça t'épate, hein? C'est une vraie bande de brutes, à Carlyle Rural. Connais-tu les règles de Queensbury? »

Francis avait entendu son père parler de ce code. Il ne fallait jamais frapper quelqu'un au-dessous de la ceinture.

« Ah non? Écoute-moi, Frank, les règles de Queensbury, c'est très bien sur le ring, mais ils n'en ont jamais entendu parler à Carlyle, ni où que ce soit d'autre à Blairlogie, pour autant que je sache. As-tu jamais vu une bagarre de bûcherons, le samedi soir? Non, évidemment. Eh bien, ces Français savent ce que c'est que de se battre à la dure. Toi, tu as deux poings, mais deux poings qui ne cabosseraient même pas une motte de beurre. Par contre, tu as deux pieds et une bonne paire de bottes. Le truc, c'est donc de laisser l'adversaire approcher, puis tu recules et tu lui envoies ton pied au creux de l'estomac. Ne le frappe pas à l'aine : ça, c'est pour plus tard. Mais coupe-lui la respiration. Si tu t'y prends bien, il tombera probablement par terre. Alors tu lui sautes dessus et tu le bourres de coups de poing. Vas-y de toutes tes forces. Il sera trop occupé à reprendre son souffle pour pouvoir vraiment se défendre. Ne le tue pas, mais flanque-lui une raclée soignée. Attrape-le par les oreilles et tape-lui la tête contre le sol. Tu ne peux pas leur faire mal : ils ont des têtes de bois.

— Oh, Joe, vous allez faire une brute de ce garçon! gémit Mary-Ben.

— C'est exactement le but recherché, ma chère. Quand vous avez un tout petit peu de cervelle, à Carlyle, il faut être une brute pour la conserver intacte. En fait, Frank, c'est un bon principe dans la vie : faire croire aux gens que vous êtes un terrible dur à cuire; alors, ils vous laissent tranquille, ce qui vous permet, en privé, d'être aussi délicat que vous voulez, à la condition de ne pas être démasqué. Bon, voilà de l'arnica à badigeonner sur l'œil. Deux fois par jour suffira. Et gardez Francis à la maison pour le restant de la semaine, Mary-Ben, juste pour fiche la frousse à Mlle McGladdery. Elle se demandera si elle n'a pas poussé le bouchon un peu trop loin. »

Tout se passa à peu près comme le docteur J. A. l'avait prédit. En constatant l'absence de Francis, Mlle McGladdery commença à se tracasser et, quand elle se tracassait, ses hémorroïdes la faisaient cruellement souffrir. Bien entendu, pour rien au monde elle n'aurait consulté un médecin catholique ; toutefois, elle fut incapable de s'échapper quand le docteur J. A. la coinça le samedi matin sur les marches du bureau de poste.

« Il y a toujours autant de violence à Carlyle, à ce qu'on m'a dit. Avez-vous réfléchi à une chose, mademoiselle ? Vous risquez de vous retrouver dans de sales draps, un de ces jours. Ce serait un grand malheur si l'un des élèves était sérieusement blessé. »

L'institutrice comprit l'allusion et, le lundi matin, décréta qu'il y avait eu trop de bagarres dans la cour de récréation. Si jamais il y en avait une autre, elle administrerait une correction aux combattants.

Bien entendu, on accusa Frank d'avoir cafardé. Toutefois, il acquit incontestablement de l'autorité et n'eut plus à se battre. Il n'en devint pas plus populaire pour autant. Quand commença le grand jeu de printemps, il n'y assista qu'en spectateur passif.

La plupart des garçons n'étaient que des spectateurs, mais, à la différence de Frank, ils aimaient le spectacle. Cela satisfaisait quelque besoin enfoui en eux.

En face de l'école, de l'autre côté de la route, dans un champ, il y avait un étang qui, au printemps, se remplissait de grenouilles. Le jeu consistait à en attraper une, à lui fourrer une paille dans le cloaque et à la gonfler comme un ballon. Alors que l'animal grossissait, les enfants étaient remplis d'une délicieuse appréhension : peut-être allait-il éclater ? Mieux encore : le garçon qui soufflait pouvait, si on lui racontait assez d'histoires drôles, s'arrêter un instant et aspirer, et alors... eh bien, il risquait même de mourir, ce qui aurait été encore plus excitant.

Frank contemplait la grenouille, et la façon dont celle-ci se contorsionnait et agitait frénétiquement les pattes lui perçait le cœur. Il avait une conscience très vive des souffrances du Christ que Tante avait commencé à lui décrire. Quand Son Nom servait à jurer, Jésus souffrait, et quand les garçons étaient méchants, ses blessures se rouvraient et recommençaient à saigner. Comme la torture des grenouilles devait Le tourmenter ! Et — horreur ! — qu'avait-Il ressenti le jour où des garnements avaient attrapé un matou, lui avaient coupé les testicules, puis l'avaient relâché, hurlant et ensanglanté ? Francis devenait vaguement conscient de ses propres testicules ; ils étaient associés d'une certaine manière à une chose horrible au sujet de laquelle il n'arrivait pas à obtenir de renseignements précis.

Les animaux la faisaient, cette chose, alors que vous vous dépêchiez de passer à côté d'eux en rougissant de honte. Les garçons qui disaient que les gens faisaient pareil pouvaient-ils vraiment avoir raison ? De penser que vos propres parents... Non, cette idée-là était insupportable. C'était trop affreux et complètement invraisemblable. Toutes ces conjectures malsaines horrifiaient Francis. Et son jeune corps semblait lui aussi conspirer contre lui.

Tante n'était pas sa seule source d'information sur les mystères de la vie. Il trouvait un grand réconfort dans la compagnie de Victoria Cameron, la cuisinière de son grand-père. Tante voyait d'un mauvais œil qu'il passât trop de temps avec cette femme car celle-ci n'était pas seulement protestante, mais encore une presbytérienne des plus extrémistes. Victoria était au courant de ce qui se passait dans la maison du sénateur et elle savait que c'était mal. Mlle McRory essayait d'attirer ce pauvre garçon dans l'abîme du catholicisme, et bien qu'elle, Victoria, une grande artiste culinaire, fût très contente du haut salaire — trente-sept dollars sonnants et trébuchants par mois, logée et nourrie ! — que lui donnait le sénateur, elle considérait que son âme lui appartenait et résistait à Rome aussi résolument que cela lui était possible sans provoquer de disputes. Elle en savait assez sur les McRory pour les faire tous pendre, se disait-elle, mais elle tenait sa langue. Ne juge pas, sinon tu seras toi-même jugée. Il était évidemment impossible d'être calviniste sans juger, mais, en tant que tel, vous connaissiez les commandements divins. Ce n'était donc pas vraiment juger, c'était simplement distinguer le bien du mal.

Comme cela arrive si souvent avec les gens qui tiennent leur langue, Victoria avait de vastes réserves de blâmes refoulés. Cela se sentait à la noirceur de son regard et à cette façon qu'elle avait, par moments, de respirer profondément par le nez avec un bruit que l'on pouvait entendre à une distance considérable.

Tout ce qu'elle pouvait décemment faire en tant que loyale servante qui mangeait le pain du sénateur, c'était de se lier d'amitié avec ce garçon — chose qu'elle fit, à sa façon un peu sévère.

Il l'interrogea sans détour sur le grand mystère : les gens faisaient-ils ce que faisaient les animaux ? Il y avait énormément de Mal dans le monde, répondit-elle, et moins vous en saviez à ce sujet, mieux vous vous portiez. Ne me parle plus jamais de ça.

La tante Mary-Ben, vaguement consciente de l'opposition qu'on faisait dans la cuisine, mais mal informée là-dessus, racontait à Frank de bien merveilleuses histoires sur la compassion de la Mère de Dieu telle qu'elle l'avait vue se manifester dans le monde visible. Tu peux toujours te tourner vers Elle dans les moments de désarroi, Frankie. Tante tint sa promesse : lors de l'épisode de l'œil au beurre noir, elle lui donna un joli petit chapelet qui, lui dit-elle, avait été béni par l'évêque d'Ottawa. Il devait le garder sous son oreiller, et bientôt elle lui apprendrait les poèmes qui allaient avec.

Frank était en grand désarroi, mais il ne pouvait pas lui poser la question qu'il avait posée à Victoria. Tante ne devait pas s'y connaître dans ce domaine ou, si elle s'y connaissait, le fait qu'il fût au courant de ces choses la peinerait. Et puis, il y avait toujours le risque de rouvrir les plaies de Jésus.

Le grand mystère ne le laissait pas en paix. Un jour, une troupe ambulante vint se produire dans le théâtre de son grand-père — l'opéra McRory, principal centre culturel de Blairlogie. Elle joua une pièce dont le titre excita terriblement sa curiosité : *L'enfant qui n'était pas désiré*. Il y avait des matinées spéciales réservées aux femmes, à la fin desquelles une autorité connue faisait une conférence sur le thème de la pièce, sujet qui concernait tout le monde. Sachant que Victoria avait assisté à l'une de ces représentations, Francis la harcela sans répit pour qu'elle lui révélât le contenu de la pièce.

Finalement, la cuisinière céda.

« Frankie, répondit-elle d'un ton solennel, ça parlait d'une jeune fille qui était allée jusqu'au Bout. »

Mais elle refusa d'en dire plus.

Jusqu'au Bout ? Au Bout de *quoi* ?

« *Pauvre garçon ! dit le Petit Zadkiel en interrompant son récit. Est-ce qu'il ne te fait pas de la peine ?*

— *Pas du tout, répondit le démon Maimas. La pitié est un sentiment humain dont je n'ai rien à faire. Tu t'occupes tellement des hommes, mon frère, que tu es contaminé par leurs faiblesses. Ces enfants de Carlyle, par exemple, eh bien, ils étaient simplement ce qu'ils étaient. Or, tu racontes l'histoire de Francis comme si tu les condamnais. Moi, je ne condamne jamais. Ma tâche consistait à faire quelque chose de Francis avec les matériaux dont je disposais. Ceux-ci étaient peut-être grossiers, mais assez bons toutefois pour meuler son esprit et y faire apparaître quelques veines d'or. Le polissage final viendrait plus tard.*

— *Mais cela rendait ce garçon tout maigre, pâle et triste.*

— *Voilà encore un autre de tes jugements remplis de compassion. Écarte la pitié, Zadkiel. Mais j'oubliais : cela t'est impossible. Ce n'est pas dans ta nature. Mais moi, je le peux ; en fait, j'y suis obligé si je veux être celui qui meule, qui forme, qui polit. Nous travaillons comme des sculpteurs classiques grecs, nous deux. Je dois faire sortir ma créature d'un dur morceau de pierre à grands coups de ciseau, puis lui donner une surface lisse. Ensuite, tu lui appliques de riches couleurs, entre autres la Charité et la Pitié, qui sont des pigments très appréciés. Ils semblent donner à ma création une vie que les êtres humains aiment et comprennent, mais une fois que le temps les a effacées, la réalité apparaît au-dessous. Or, je sais que celle-ci a toujours été là depuis le début.*

— *Mais qu'en est-il de cette lutte pour gagner l'âme du*

garçon, comme ils disent ? Un coup pour le diable, un coup pour le boulanger [1] *?*

— *J'espère que tu parles métaphoriquement. Il serait injuste d'identifier la tante Mary-Ben au diable : elle était aussi honnête et bien intentionnée que le sont généralement les êtres humains ; si elle voulait imposer ses vues, c'était uniquement parce qu'elle les considérait comme les meilleures. En revanche, tu peux appeler Victoria Cameron « le boulanger ». D'une certaine manière, cela se justifie. »*

Cela se justifiait, en effet, car Victoria descendait d'une longue lignée de boulangers ; son père et ses frères, Hugh et Dougal, possédaient la meilleure boulangerie de Blairlogie. Un vendredi, Victoria reçut de Tante la permission de réveiller Francis à deux heures du matin et de l'emmener voir les Cameron faire leur pain.

L'énorme masse de pâte se trouvait dans un grand pétrin de bois rond ; au milieu se dressait un grand mât auquel étaient attachées trois longues bandes de toile. Assis avec leurs jambes de pantalon retroussées jusqu'au genou, les trois Cameron se brossaient les pieds dans un évier très bas. Ils frottaient si fort qu'on aurait dit qu'ils allaient s'arracher la peau. Puis ils se séchèrent les pieds avec des serviettes propres, les saupoudrèrent de farine, sautèrent dans le pétrin et, saisissant chacun une bande de toile, commencèrent à exécuter une sorte de danse sauvage dans la pâte. Ils tournèrent et tournèrent jusqu'à ce que les rubans fussent enroulés autour du mât aussi serré que possible ; ensuite, ils firent volte-face et dansèrent dans l'autre sens. « *Heigh, heigh, heigh !* » criaient-ils pendant que se redéployaient les bandes de tissu.

« Vous voulez vous nettoyer les pieds et danser avec nous, jeune maître ? » demanda le vieux Cameron. En un clin d'œil, Victoria lui ôta ses chaussures et ses chaussettes, lui lava et enfarina les pieds, et le mit dans le pétrin avec les

---

1. *Pull Devil, pull Baker :* expression employée pour indiquer qu'une lutte est égale. (N.d.T.)

autres. Il dansa aussi bien qu'il put car la pâte était résistante ; c'était comme piétiner de la chair, mais cela ne faisait que rendre la chose plus amusante. Francis n'oublia jamais cette nuit, la chaleur des fours dans lesquels les hommes avaient jeté d'innombrables fagots de fougères qui, en se consumant, donnaient une fine cendre blanche. Après la danse, la pâte fut découpée en morceaux réguliers qui deviendraient des pains de une livre et remise à lever avant d'être glissée dans les fours de brique, brûlants et parfumés.

Au petit déjeuner, le lendemain matin, Victoria lui assura qu'il mangeait le pain qu'il avait aidé à confectionner.

La vie du garçon n'était pas sombre du tout. Il n'était pas bon élève, mais il attira l'attention de Mlle McGladdery à cause du sérieux et de l'application qu'il montrait pendant la demi-heure consacrée chaque semaine au dessin. Mlle McGladdery enseignait cette matière, comme elle enseignait tout le reste. Elle apprenait aux trois classes réunies l'art mystérieux de dessiner une pyramide et de mettre une ombre sur l'un de ses côtés de manière à ce qu'elle eût l'air d'avoir une troisième dimension — ou, comme elle disait, le côté ombré « s'éloignait », le côté clair « se rapprochait ». Une pyramide, un cercle que l'ombre transformait en sphère et, point culminant de ces leçons, une pomme. On faisait l'ombre en frottant le côté de l'objet du plat de la mine. Mais Frank jugeait que ce n'était pas assez bien ; à la maison, il avait appris la technique de représenter les ombres grâce à de minuscules lignes parallèles tracées avec beaucoup de patience, et même des contre-hachures.

« Si tu passes autant de temps à fignoler ton dessin, tu n'auras pas fini à quatre heures et tu seras obligé de rester ici jusqu'à ce que tu aies terminé », dit Mlle McGladdery. Il resta donc « en retenue » avec une demi-douzaine d'autres coupables qui avaient du travail à terminer avant d'être libérés pour le week-end. Quand, à quatre heures et demie, il montra sa pomme à l'institutrice, celle-ci admit à contrecœur que ce n'était « pas mal ». Elle ne voulait pas encourager le garçon à être « fantaisiste » ni à essayer d'aller au-delà du niveau requis et de ses connaissances à elle. Frank savait dessiner et Mlle McGladdery avait découvert une caricature d'elle-même qu'il avait faite sur la dernière page de son cahier d'arithmétique. Étant quelqu'un d'équitable — sauf quand il s'agissait de politique ou de religion — et dénué d'amour-propre, l'institutrice dut reconnaître que c'était un bon dessin. Aussi n'en soufflat-elle pas mot. Frank était un enfant à part et, en authentique Écossaise, Mlle McGladdery aimait assez les *chiels o'pairts* [1], à condition que leur excentricité n'allât pas trop loin.

Presque chaque samedi après-midi, Frank pouvait s'évader dans le monde de l'imaginaire en allant au cinéma. Celui-ci était en fait l'opéra McRory. Il entrait gratuitement : la fille au guichet le reconnaissait et quand il glissait sa pièce de dix cents vers elle, la fille repoussait l'argent en lui faisant un petit clin d'œil.

Ensuite, il entrait et s'asseyait sur son siège préféré, dans le passage du fond. Il ne s'agglutinait pas avec les autres enfants dans les premières rangées. Toutes sortes de merveilles se déployaient devant ses yeux. D'abord un épisode — ou « ésipode », selon la prononciation locale — d'un feuilleton dans lequel, chaque semaine, un noble cowboy était sur le point d'être tué d'horrible façon par des bandits sans foi ni loi qui essayaient de lui voler sa fiancée, une jeune fille aussi noble que lui. Bien entendu, tout s'arrangeait à la fin du douzième épisode et alors une autre grande aventure était annoncée pour les semaines suivantes. Après le feuilleton, on donnait une comédie. C'étaient parfois les Keystone Komedy Kops qui montraient autant d'impuissance devant le désastre que la fiancée du feuilleton. De temps en temps, il y avait un Charlot, mais Francis n'aimait pas ce personnage. C'était un perdant, et Francis savait trop ce que cela signifiait pour s'attacher à ce genre d'individu. Puis venait le grand film, en plusieurs bobines. Généralement, ceux qui plaisaient à Francis remportait peu de succès auprès des autres enfants. *Lorna Doone,* un film anglais, prouvait que la rumeur dégoûtante selon laquelle les gens faisaient ce que font les

1. « Enfants exceptionnellement doués », en écossais. (N.d.T.)

animaux n'était qu'un mensonge. L'image de la belle Lorna, qui ressemblait tout à fait à la Sainte Vierge, mais qui acceptait l'amour d'un homme vraiment bon — celui-ci l'embrassait alors chastement et l'adorait pour la vie — fit davantage pour former ses idées sur les femmes que les pieuses confidences de Tante. Il était certain qu'une fille comme Lorna ne s'aventurerait jamais à proximité de ce terrible Bout, quoi que pût être celui-ci. Avec ce film en passait un autre intitulé *The Passing of the Third Floor Back*. La vedette en était le grand acteur de théâtre anglais Forbes-Robertson (les publicités insistèrent sur sa célébrité et l'on augmenta légèrement le prix des places pour l'occasion). Il jouait le rôle d'un homme qui montrait à un groupe de personnes peu honorables qu'ils pouvaient être différents. Il avait l'air si noble, si distingué, si totalement incapable de rire ou d'éprouver toute autre émotion un peu vive, qu'il était certainement censé représenter Une Certaine Personne, à la différence qu'il portait une belle cape et un chapeau à large bord au lieu de ces robes fadasses dans lesquelles Elle apparaît d'habitude. On n'avait pas encore emmené Frank à la messe et il avait oublié Saint-Alban, mais au cinéma, il se nourrissait secrètement de toutes ces choses et en était heureux.

Quand il regardait un film, Francis voyait beaucoup plus que l'action : il voyait les décors, les paysages (quand on les examinait avec soin, on s'apercevait d'ailleurs que presque tous étaient peints), les angles de prise de vues ; il voyait même la lumière. C'était à son grand-père maternel qu'il devait cet élargissement de son appréhension visuelle, car le sénateur était photographe amateur. Sa technique n'était pas très élaborée pour l'époque, celle de la Grande Guerre, quand Francis l'accompagnait si souvent : il travaillait avec un grand appareil et un trépied. Chargé de son équipement, il se promenait allégrement dans Blairlogie, photographiant la ville et, parmi ses habitants les plus pittoresques, ceux qu'il pouvait persuader de rester debout ou assis sans bouger pendant le nombre de secondes nécessaires ; il se rendait en voiture dans les chantiers de bois, source de sa fortune grandissante, et y photographiait ses hommes en train de travailler ou posant à côté d'arbres géants fraîchement coupés. Il prit des photos à l'intérieur de ses scieries. Et aussi de jeunes hommes de Blairlogie qui partaient à la guerre avec leur fusil et leur barda, remettant ensuite une épreuve à leur famille. Sans jamais se considérer comme un artiste, le sénateur savait ce qui faisait une bonne photo et recherchait avec enthousiasme la grande variété de lumière que peuvent offrir les saisons au Canada. Il en parlait à Francis comme si le garçon avait son âge. Quand ils partaient ensemble en quête de ce qu'il appelait des « images solaires », il perdait complètement la réserve qu'il montrait d'habitude en tant que grand-père et sénateur.

« Tout cela est une question de lumière, Frank, disait-il. C'est la lumière qui fait tout. » Et il expliquait que les ombres qu'on dessinait, ou qu'on peignait, si soigneusement dans les œuvres d'art servaient à rendre la lumière, chose qui n'était certainement jamais venue à l'esprit de Mlle McGladdery.

Il détestait les photos prises à la lumière artificielle. Aussi avait-il fait construire dans le jardin une sorte d'abri jusqu'auquel on pouvait coltiner des meubles, des draperies et autres décorations et ce fut là — apparemment à l'intérieur, mais en fait dans une forme de lumière solaire — qu'il prit d'innombrables photos de Mme Thibodeau, de Marie-Louise, des enfants de sa deuxième fille, Mary-Teresa, et de son gendre, Gerald Vincent O'Gorman, l'homme d'avenir dans l'empire industriel des McRory. Tante refusa catégoriquement de se laisser photographier. « Oh, Hamish, j'abîmerais ton appareil ! » disait-elle en plaisantant. Mais elle insista pour que le sénateur « tirât le portrait » du père Devlin et du père Beaudry, chacun penché au-dessus d'une table dans une attitude de concentration érudite, feignant de lire un livre relié en cuir, l'index sur leur front manifestement bourré d'un édifiant savoir. Le sénateur persuada même le docteur Jerome de poser pour lui, la main appuyée sur un crâne, possession à laquelle le praticien tenait beaucoup.

Prendre des photos était passionnant, mais pas autant que ce qui suivait quand Francis et Grand-père s'enfermaient dans une salle de bains sans lumière à part celle dispensée par une faible ampoule rouge, plongeaient et agitaient le film dans le lavabo et la baignoire remplis de liquides malodorants et attendaient que chaque image solaire émergeât avec exactement les qualités qu'il fallait pour satisfaire l'œil critique du sénateur.

Ensuite venait le meilleur : avec un crayon extrêmement pointu, Grand-père se mettait à retoucher le négatif. Il accentuait les noirs ou enrichissait certains aspects de la photo en dessinant une ombre élaborée faite parfois de minuscules points, parfois de petits gribouillis hélicoïdaux, parfois de contre-hachures, de sorte que l'apparence du modèle était mise en valeur d'une façon flatteuse.

Il arrivait aussi qu'elle ne fût pas si flatteuse que ça. Gerald Vincent O'Gorman avait la barbe très noire et, quand le sénateur en avait fini avec lui, sa mâchoire rasée de près s'ornait d'une ombre qui lui donnait un petit air criminel. Et la loupe charnue, grande mais pas tellement voyante, que le père Beaudry avait sur la partie gauche de son nez prenait un extraordinaire relief. Le prêtre fut bien surpris quand il reçut l'épreuve qu'il voulait envoyer à sa mère, à Trois-Rivières. Ni la dignité de la soutane ni celle de la barette ne pouvait diminuer l'aspect saillant de cette excroissance. Mary-Teresa, toutefois, qui avait déjà un double menton perceptible, le perdit complètement au cours de ces retouches. Le sénateur ne faisait jamais de commentaires sur ces changements, mais pendant qu'il les exécutait, Francis pouvait le voir sourire. L'enfant apprit ainsi, sans s'en rendre compte, qu'un portrait exprime, entre autres choses, un jugement de l'artiste tout autant qu'il offre une image ressemblante, ce qui est essentiellement ce que tout le monde recherche.

Francis avait la permission de faire quelques retouches lui-même. Il mourait d'envie d'affubler les modèles d'yeux bigleux, de bosses et de rides déformantes, mais ça, c'était interdit. Cependant, un jour que Grand-père s'était absenté un moment, Francis réussit à rendre plus pointue l'une des dents de devant du père Devlin : il avait l'impression que cette petite modification exprimait mieux la personnalité du prêtre que la vérité sans fard. Francis ne sut jamais si son grand-père s'en était aperçu. Le fait est que le sénateur le remarqua, mais un fond d'espièglerie, auquel il pouvait rarement donner libre cours, et la fierté que lui inspirait la pénétration psychologique de son petit-fils le firent se taire et tirer le négatif ainsi amélioré. Le père Devlin n'y comprit jamais rien. Des examens répétés dans le miroir et des explorations linguales lui assurèrent que sa canine n'était pas réellement celle d'un vampire, mais il faisait partie de ces gens simples qui croient qu'un appareil photo ne peut pas mentir ; en outre, il n'aimait pas critiquer le sénateur.

Ainsi, d'une manière ou d'une autre, Francis réussissait à se procurer quelques joies dans la vie en dépit de l'épreuve que constituaient l'école et les brimades que lui faisaient subir la quasi-totalité des autres enfants. Sans qu'il s'en rendît compte, il retint pour toujours dans son esprit un monde en voie de disparition, le monde des communautés isolées comme Blairlogie qui ne connaissaient de l'extérieur que ce qu'elles lisaient dans le *Clarion* ou — c'était le cas de cent ou deux cents familles peu typiques — dans les journaux d'Ottawa. Aucune distraction ne leur parvenait d'ailleurs à part les films, et parfois des spectacles de tournée, donnés à l'opéra McRory. En fait de divertissements, les habitants n'avaient que ceux que leur offraient les associations religieuses et les fraternités, d'innombrables parties de cartes et, bien entendu, les commérages qui étaient souvent d'une nature bizarre et cruelle.

Tout en haut de l'échelle sociale, il y avait quelques familles qui avaient des bonnes, catégorie d'êtres qui, paradoxalement, conféraient de la distinction à leurs patrons, mais étaient eux-mêmes considérés comme de méprisables inférieurs. Quand une bonne achetait un manteau chez Thomson and Howat, par exemple, Archie Thomson téléphonait toujours à son employeur (il y avait environ deux cents téléphones dans la ville) pour demander si la fille « y avait droit » et pour essayer de découvrir le montant de son salaire. Si une bonne avait l'audace d'attirer un amoureux, sa patronne ne manquait jamais de faire irruption dans la cuisine pour voir ce qu'ils fabriquaient. Avoir une bonne, c'était très bien ; être une bonne, c'était se faire dénigrer et mépriser, surtout par les dames qui n'en avaient pas. Les ministres protestants demandaient avec insistance aux employeurs de donner leur dimanche soir aux domestiques pour que celles-ci pussent assister à un office tardif ; cependant, les sermons qu'ils faisaient aux bonnes sentaient le réchauffé.

C'était un monde dans lequel le cheval jouait un rôle capital. Peu de ces animaux avaient l'encolure cambrée et les yeux brillants d'une bonne race. C'étaient, en général, de misérables rosses poussives, boiteuses, souvent infestées de larves d'œstre ou morveuses. Même les superbes percherons qui tiraient les grands traîneaux à bois du sénateur n'inspiraient aucune fierté à leurs conducteurs car ils étaient rarement pansés, et dire à quelqu'un qu'il puait comme un cheval avait une force évocatrice aujourd'hui oubliée. Cependant, toutes ces bêtes étaient de grands producteurs de fumier et, au printemps, quand les routes perdaient graduellement leur couche de neige, le crottin de novembre parfumait l'air d'avril, apparaissant au jour avec les caoutchoucs perdus et les copieux crachats des chiqueurs de tabac qui s'étaient accumulés durant les longs mois de gel.

Là où il y a des chevaux, il y a forcément des maréchaux-ferrants. Francis passa plus d'un bon moment, chose que Tante aurait désapprouvée, chez Donoghue où l'on ferrait les attelages des traîneaux à bois avec des fers à crampons qui permettaient d'accrocher le sol des routes verglacées. Là, réchauffé par les bêtes et le feu de la forge, il apprit de Vincent Donoghue de splendides jurons, découvrit la puanteur qui se répand dans l'air quand le fer brûlant est placé sur le sabot du cheval ou, plus âcre encore, quand une étincelle atterrit sur le tablier du forgeron. Il n'apprit toutefois aucune obscénité. Donoghue était puritain et son rude langage lui servait à parler aux chevaux tels qu'il les comprenait ; il ne permettait pas qu'on racontât des histoires cochonnes dans sa forge.

Le taxi n'existant pas encore, les gens qui avaient besoin d'une voiture pour un enterrement ou une visite à l'hôpital roulaient dans des voitures bringuebalantes comme les *droschkis*. En hiver, on leur ôtait les roues et on les montait sur des patins ; à l'intérieur, elles empestaient le vieux cuir et les peaux de bison mitées qu'on étendait sur les genoux des passagers ; les conducteurs étaient assis sur un siège à l'avant, emmitouflés de manteaux de fourrure d'un âge immémorial.

Il y avait quelques chevaux d'une espèce supérieure et, parmi eux, ceux du sénateur étaient les meilleurs : deux bons bais et un ou deux poneys dansants pour tirer le tonneau dans lequel Marie-Louise et, souvent, Mme Thibodeau faisaient leurs courses. Les entrepreneurs de pompes funèbres avaient eux aussi de beaux chevaux car ceux-ci faisaient partie de la panoplie de la mort et l'attelage noir de Devinney était le plus admiré de tous.

De bons chevaux ont besoin d'être bien soignés, et lorsque l'alcool finit par tuer Old Billy, le sénateur fit l'un de ces vagues arrangements si fréquents à Blairlogic : le conducteur et valet de Devinney s'occuperait également de ses chevaux à lui, et peu après, cet homme, appelé Zadok Hoyle, se mit à passer plus de temps à Saint-Kilda qu'à l'entreprise de pompes funèbres et magasin de meubles de son premier patron.

Perché sur le siège d'une voiture de maître ou d'un corbillard, Zadok Hoyle avait fière allure. C'était un grand gaillard musclé au maintien très droit, aux cheveux noirs et à la peau foncée ; il possédait une moustache qui sortait de dessous son nez en deux fines boucles d'ébène. En l'examinant de plus près, on s'apercevait qu'il était bigleux, qu'il avait le nez écarlate et que son col et son plastron d'une blancheur de neige étaient plus souvent retouchés à la craie que lavés. Les ourlets de sa redingote auraient été blancs s'il ne les avait peints à l'encre. Son haut-de-forme brillait, mais le poil de celui-ci était entretenu avec de la vaseline. Zadok Hoyle avait une voix grave et caressante. On disait que c'était un vieux soldat, un vétéran de la guerre des Boers, et que c'était dans l'armée qu'il avait appris à soigner les chevaux.

Il devint le héros de Francis, juste un cran au-dessous de grand-père McRory. D'origine cornouaillaise, Zadok Hoyle avait gardé le parler de son pays. D'habitude, il appelait Francis « mon p'tit chéri », ce qui, dans sa bouche, paraissait naturel, et parfois « mon pauvre p'tit ver », terme affectueux sans la moindre nuance péjorative. Il parlait de la même façon aux chevaux et ceux-ci l'aimaient, dans la mesure où un cheval peut aimer quelqu'un. Le plus merveilleux, c'était qu'il avait habité près de Chegwidden Hall, en Cornouailles, dans son enfance, et qu'on n'avait pas besoin de lui dire comment prononcer ce nom correctement. Quand Francis lui raconta sa honte d'être appelé Chicken, Zadok dit : « Plains ces ignorants, mon p'tit chéri. Plains ces ignorants et méprise-les. »

Le 11 novembre, peu après le neuvième anniversaire de Francis, se termina la Première Guerre mondiale, si longtemps appelée la Grande Guerre, mais cela ne fit pas revenir le major Cornish et Marie-Jacobine à Blairlogie. Tout le monde sait que lorsqu'une guerre est finie, remettre les choses en ordre et se venger du vaincu prend autant de temps et provoque autant de désaccords que le conflit lui-même. Le major avait eu une bonne guerre ; il resta major parce que c'était là un camouflage assez pratique. Il y avait un grand nombre de majors et le fait que celui-ci semblât particulièrement intelligent, qu'il fût détaché auprès de l'armée canadienne, mais également une figure bien connue au ministère de la Guerre, à Londres, passait ainsi plus inaperçu. « Un personnage haut placé dans le service de renseignements », disait-on de lui, et cela, c'était bien mieux que d'être lieutenant-colonel, par exemple. Alors qu'il y avait tant de travail, un homme pareil ne pouvait être ménagé ; sa femme, une beauté en vogue, et lui durent aller à Londres presque tout de suite et cela pour une durée indéterminée.

Les combats avaient cessé, mais la maladie prit le relais. Provenant sans doute des cadavres en putréfaction qui jonchaient les champs de bataille — les Blairlogiens en étaient persuadés — la Grippe déferla sur le monde et tua vingt millions de personnes supplémentaires avant de se retirer. Mais à Blairlogie, en même temps que la grippe, il y eut de nombreux cas de coqueluche, et, à peine ceux-ci eurent-ils disparu qu'on assista à une offensive de ce qu'on appelait alors la paralysie infantile, cette terrible inflammation de la moelle épinière qui laissa tant d'enfants sur des béquilles, les jambes enfermées dans de cruelles cages ou cloués sur des fauteuils roulants, quand elle ne les tuait pas. Cependant, Francis, qui n'était pas un enfant particulièrement robuste ou délicat, réussit à éviter toutes ces épidémies. En fait, sa première rencontre avec une maladie grave, ce fut la coqueluche, mais seulement quatre ans plus tard. À treize ans, il fut secoué de quintes de toux, faisant autant de vacarme qu' « un Indien sur le sentier de la guerre », comme l'exprima le docteur J. A.

« Pas d'école pour ce jeune homme, au moins jusqu'à Noël, dit-il à Tante qui faisait évidemment office d'infirmière. Nous verrons. Il est très affaibli et nous savons ce qui l'attend s'il retourne trop tôt parmi d'autres enfants. Gardez-le au lit le plus possible et gavez-le de lait de poule. Peu importe s'il le rejette en toussant : il en restera toujours assez dans l'estomac. »

Commencèrent alors pour Francis de longues vacances contemplatives dès l'instant où l'on persuada Mlle McGladdery que cela ne servait à rien de lui envoyer des feuilles de problèmes d'arithmétique à résoudre. L'institutrice voulait empêcher à tout prix que le corps malade n'engendrât un esprit paresseux, et l'arithmétique lui paraissait tout à fait indiquée pour un garçon trop faible pour s'asseoir dans son lit. Francis était en effet très malade et les piqûres que le docteur J. A. lui administrait tous les trois jours au-dessus des reins ne faisaient que l'agiter davantage. En fait, un jour il alla si mal que Tante, prise de panique, envoya chercher le père Devlin. Le prêtre murmura une prière et aspergea l'enfant de quelques gouttes d'eau. Comme il délirait, Francis ne comprit pas ce qui se passait, mais cette cérémonie apporta à Tante un grand réconfort. Quand le garçon parut enfin aller mieux, le médecin le trouva complètement « à plat » et déclara qu'il fallait prendre des mesures pour le « remonter » graduellement.

« C'est toi qui avais manigancé tout cela, je suppose, dit le Petit Zadkiel.

— Évidemment, répondit le démon Maimas, mais, bien entendu, je décline toute responsabilité en ce qui concerne les épidémies. La coqueluche m'a donné l'occasion de soustraire quelque temps notre jeune ami au monde de l'action pour lui faire connaître celui de la pensée et du sentiment. Il avait subi des persécutions trop dures pour qu'elles fussent bénéfiques et les propos insultants à l'égard de sa mère et de sa famille commençaient à le ronger. J'ai donc profité des moyens qui se présentaient à moi pour le mettre provisoirement hors circuit. C'est une chose que nous faisons souvent avec les sujets exceptionnels : ils ont besoin de loisirs que des vacances actives ordinaires ne peuvent pas leur fournir. Une bonne longue maladie peut être une bénédiction. Poursuis ta chronique, et tu verras.

— Tu es cruel, mon frère.

— D'un point de vue strictement humain, c'est en effet l'impression que je peux donner. »

Entre deux quintes de toux, Francis avait tout le temps de réfléchir. Il était heureux d'être à l'abri des tourments, psychologiques plutôt que physiques, que lui infligeait Alexander Dagg.

« Je vais te dire une chose, commençait la brute. Y a du mauvais sang dans ta famille. Ta vieille tante a une tête sanieuse. Tu le savais ? C'est ma mère qui dit ça. Et tu sais d'où ça vient ? Du cerveau qui pourrit. T'as des chances de finir comme elle. »

Une tête « sanieuse » ? À Blairlogie, c'était un mot qu'on employait pour désigner des éruptions croûteuses et purulentes. Les enfants avaient souvent des doigts « sanieux » qu'ils montraient avec fierté ; il s'agissait en fait de panaris mal soignés. Mais une *tête* sanieuse ? Dans la famille, on ne parlait jamais du crâne de Mary-Ben et Francis n'avait jamais vu Tante sans l'un de ses petits bonnets. Il aimait beaucoup sa parente et avait horreur qu'on parlât d'elle ainsi, mais il n'y avait pas moyen d'échapper à ces propos malveillants.

« Je vais te dire une chose. Un de ces jours, ta mère

tombera sur un os et se ramassera une pelle. C'est ma mère qui dit ça. Plus dure sera la chute. La dernière fois qu'elle est venue ici, elle a pas arrêté de prendre de grands airs et de faire toutes sortes de manières comme si elle se croyait supérieure à tout le monde. C'est une sale chichiteuse, qu'elle a dit, ma mère. »

Une chichiteuse ? Pour Francis, sa mère, si belle et si distante, avait une distinction que n'égalait aucune des personnes de sa connaissance. Évidemment qu'elle était supérieure à tout le monde ! Comment Alexander Dagg et sa souillon de mère pouvaient-ils même oser prononcer son nom ? Se ramasserait-elle vraiment une pelle ? Francis était incapable d'arracher les dards qu'Alexander Dagg lui avait plantés dans la chair. Toute sa vie, il allait se montrer désarmé devant les critiques, aussi bêtes et injustes fussent-elles.

« Je vais te dire une chose. Ta maison est bizarre. Des gens y voient briller des lumières qui ne devraient pas y être. Ma mère dit qu'il y a un fou là-bas. Un fou enchaîné quelque part. Est-ce qu'on est obligé d'attacher ta vieille tante quand sa tête va trop mal ? Les gens se posent beaucoup de questions sur vous, tu sais. »

Oui, Francis le savait. Quiconque vit dans la plus belle demeure d'une petite ville canadienne habite une maison d'Atrée au sujet de laquelle une partie de la communauté nourrit les plus noirs et les plus mythiques soupçons. On rencontre également un peu de flagornerie, mais ce qui prolifère, ce sont la jalousie, l'envie, le dénigrement et la moquerie. Dans des maisons plus humbles, il se peut que les gens se battent, se fassent secrètement avorter, brûlent des enfants avec un fer à repasser pour les rendre dociles ; il peut y avoir là tous les aspects imaginables de l'avarice, de l'inceste, une franche et permanente cruauté ; cependant, tout cela n'est rien comparé aux choses terribles qui semblent se passer dans la Demeure. C'est le grand théâtre de la ville ; sur sa scène se jouent des drames qui continuent à enfiévrer les imaginations des années après que les protagonistes sont morts ou ont assumé d'autres rôles. Associée à sa voisine, Chegwidden Lodge, qui abritait le major et sa belle épouse, constituait un magnifique pendant à Saint-Kilda où se produisaient des acteurs plus âgés. Mais seul Francis était obligé d'écouter, jour après jour, ce que Blairlogie, représenté par la mère d'Alexander Dagg, en pensait.

Cependant, la personne qui occupait le plus la pensée de Francis, c'était le docteur Upper. Poussé par Dieu sait quel désir de modernité, le conseil d'éducation de la ville s'était assuré les services du docteur G. Courtney Upper qui était en train de faire une tournée dans cette partie de l'Ontario Cet homme se rendait dans toutes les écoles qui le lui demandaient pour dévoiler aux filles et aux garçons les mystères de la sexualité. La chose prit deux jours. Le premier jour, le docteur parla en termes obscurs et généreux de la nécessité d'aimer et de respecter son corps, celui-ci faisant partie de l'Empire britannique — cet Empire qui venait de montrer sa grandeur morale dans la dernière guerre. Tout fléchissement dans la pureté la plus exigeante du langage et de la pensée, toute négligence des exercices de respiration et de la toilette quotidienne sous les bras équivalaient à le trahir. Si vous racontiez des histoires sales, vous ne tardiez pas à ressembler vous-même à une histoire sale. Les filles étaient les futures mères de l'Empire et, en tant que telles, il leur appartenait d'être des modèles de délicatesse et de raffinement dans tous les domaines possibles ; les garçons seraient les pères de l'Empire ; or, s'ils manquaient de tenue, écorchaient la langue, fumaient des cigarettes et crachaient dans la rue, ils ruineraient l'Empire comme même les Huns n'avaient jamais réussi à le faire.

Le docteur était un petit homme bedonnant vêtu d'un costume noir élimé ; il avait le visage rond et de grosses joues, et il était sans cesse obligé d'essuyer ses yeux chassieux. Mais, dans la rue, son macfarlane trop grand et son chapeau melon lui donnaient une allure impressionnante. Une heure après son arrivée à Blairlogie, son nom était sur toutes les lèvres. Il était en effet allé chez Jim Murphy pour se faire raser. Entendant un client, qui cherchait sûrement à miner l'Empire, proférer un juron, il avait bondi de son fauteuil, réprimandé le blasphémateur étonné et s'était précipité dans la rue, la moitié de sa figure encore couverte de mousse. Fortement émotionnel, son comportement avait un effet hypnotique sur ses jeunes auditeurs.

Ce fut le deuxième jour de son évangile que le docteur entra vraiment dans le vif du sujet. Les filles avaient été amenées dans une autre pièce où une infirmière lunaire les initiait aux mystères lunaires qui leur étaient particuliers, et les garçons étaient restés à la merci du docteur Upper.

Il commença par la maternité. Là, il devint lyrique ; on aurait presque dit qu'il chantait au son d'une harpe. Dans la vie d'un garçon, aucune personne n'était aussi influente, omniprésente, sacrée et généreuse que sa mère. Il lui devait le don de vie car, au moment de sa naissance, elle était descendue aux portes mêmes de l'enfer, son corps déchiré par la douleur, afin que son fils puisse voir le jour. Aucune explication sur ce processus, ce qui rendait le mystère doublement horrible. Mais voilà ce qu'elle avait fait par amour pour cet enfant qu'elle n'avait même pas encore vu. Un garçon, dût-il vivre très vieux, pouvait-il jamais espérer la dédommager de son sacrifice, celui de lui avoir donné la vie au péril de la sienne ?

De toute évidence, c'était impossible, mais il pouvait toujours essayer : pour cela, il devait montrer une parfaite obéissance et un amour constant. Prenant un ton gnangnan et une attitude soumise, le docteur Upper se mit à parler à une mère imaginaire en un monologue où se mêlaient adoration et docilité. Cela aurait fait rougir quiconque n'était pas entièrement sous son charme, mais malgré son côté écœurant, le docteur était un brillant rhétoricien. Fignolée pendant des années, sa grande Apostrophe à maman était un chef-d'œuvre dans son genre.

L'après-midi, il devenait encore bien plus insistant et emphatique. Les garçons avaient le pouvoir d'être les pères d'une grande race, mais ils ne le deviendraient jamais s'ils relâchaient un instant leur résolution d'être purs à tous égards. Pureté de l'esprit : il avait déjà parlé de cela. Pureté des paroles : il leur avait montré combien jurer et tenir des propos obscènes était indigne d'un

119

homme. Mais c'était de la pureté du corps que dépendait tout le reste et, sans elle, la race sombrerait dans la dégénérescence si apparente chez les étrangers.

La pureté de corps exigeait que l'on montrât à ses testicules un respect sentimental à peine moins gnangnan que l'amour qu'on témoignait à maman. Sauf pour d'occasionnels soins de propreté, il ne fallait jamais les toucher ; toutefois, quand ils réclamaient votre attention, vous pouviez leur parler dans le style « amour de maman », mais aussi, dans ce cas, sur un ton de réprimande. Il fallait leur dire de patienter jusqu'au jour où une adorable jeune fille, qui était restée pure, deviendrait votre femme en attendant l'apothéose finale de la maternité. Alliez-vous dilapider un bien qui lui appartenait de droit pour une chose aussi basse que le plaisir solitaire — ou pire ? (Il ne précisa pas ce que c'était.) Il avait connu un garçon si curieux au sujet de ses testicules qu'il les avait ouverts avec un canif pour voir ce qu'ils contenaient et était mort d'un empoisonnement du sang dans ses bras, le suppliant dans un dernier souffle de mettre d'autres jeunes en garde contre ce manque fatal de respect pour son corps.

Si les testicules avaient besoin d'être admonestés de temps en temps, le pénis, lui, exigeait plus de discipline encore. Oui, le docteur recommandait aux garçons d'employer ce terme médical et de ne pas pécher en appliquant des noms dégoûtants à ce précieux bijou. Le pénis pouvait parfois se montrer indépendant et, quand cela se produisait, il fallait lui parler avec douceur mais fermeté (là, le docteur fit un petit monologue qui aurait ramené tout pénis sensé à la raison) et l'envelopper d'une serviette mouillée froide jusqu'à ce qu'il revînt à de meilleures dispositions. En aucun cas, il ne fallait l'encourager par des pensées ou des actions qui conduiraient à trahir votre noble mère, ou la jeune fille presque aussi merveilleuse qui attendait de vous un amour entièrement pur et viril. De telles pensées, de telles actions, s'appelaient masturbation, et ce vice menait rapidement à une totale dégénérescence du corps et de l'esprit. Le docteur avait vu les terribles ravages que provoquait ce péché suprême et il pouvait reconnaître au premier coup d'œil un garçon qui avait succombé à cette détestable pratique.

Détestable, certes, et dangereuse, car l'immense cadeau qu'était la sexualité ne durait pas éternellement. Si vous en abusiez, vous le perdiez, et alors — ce qui suivait était trop épouvantable pour que le docteur en parlât.

Sa péroraison, clou du spectacle, consista, après avoir farfouillé un peu dans son pantalon, à exhiber son propre pénis en tant qu'exemple d'un membre adulte dans toute sa splendeur. Le tenant à la main, il remercia Dieu de l'aider à apporter le grand message de la vie pure aux garçons de Blairlogie.

Pendant les deux jours où il écouta le docteur Upper, Francis couvait déjà sa coqueluche et, peu après, il était au lit, bien au chaud sous les couvertures et gavé régulièrement de lait de poule par sa tante dévouée. Les tourments de sa maladie étaient aggravés par les exigences de son corps, de ces organes, précisément, sur lesquels le docteur Upper avait insisté d'une manière si effrayante. Ils se rebellaient ; ils exigeaient qu'on s'occupât d'eux et Francis avait beau faire, il lui était impossible d'étouffer leurs revendications en pensant à sa mère, à l'Empire, ou à quoi que ce fût d'autre. Il était malade non seulement physiquement, mais mentalement.

Le docteur leur avait révélé une partie, mais non pas la totalité, du grand mystère. Que les garçons eussent le pouvoir de transformer une jeune fille en mère était clair, mais comment ? Ça ne pouvait tout de même pas être à la manière des animaux, processus qu'il avait regardé furtivement et sans vraiment le comprendre. Qu'était donc ce Bout tellement gros de terribles conséquences qu'on y consacrait toute une pièce, avec des matinées réservées aux dames ? Bien entendu, il n'y avait personne à qui il aurait pu le demander. L'atmosphère de Saint-Kilda était rigoureusement catholique, et le docteur Upper n'avait pas été invité à éclairer les enfants catholiques. Francis ne parla jamais du docteur chez lui ; il était persuadé que son savoir était un savoir coupable, que celui-ci risquait même de rouvrir les plaies du Christ. Quant à la Vierge Marie, elle devait être au courant de sa pénible situation, mais ne mettait-il pas sa compassion à trop grande épreuve ? Il était très malheureux et cela ne fit qu'empirer sa coqueluche. Quand, au bout de six longues semaines, la maladie disparut, il resta avec sa vieille ennemie, l'amygdalite, et, comme le lui assura Victoria Cameron, une mine de déterré.

Il y avait des compensations. La meilleure, c'était que son retour à l'école se situait dans un avenir inimaginablement lointain. Même Mlle McGladdery avait renoncé à l'idée que des pages de problèmes d'arithmétique pouvaient lui faire le moindre bien. Un autre avantage, c'était que pendant la journée, on le transférait, à moitié vêtu et emmitouflé dans des couvertures et des châles, dans le salon de Tante.

Celui-ci était de loin la pièce la plus personnelle de Saint-Kilda. En matière de décoration, les idées de Marie-Louise étaient strictement canadiennes-françaises. Les salons du rez-de-chaussée étaient grandioses et froids ; les sièges, recouverts de brocart bleu, étaient presque trop délicats pour qu'un simple mortel osât s'asseoir dessus. En revanche, le salon du premier était un merveilleux bric-à-brac des objets préférés de Tante et il y avait un canapé pour Francis, devant la cheminée, où Zadok Hoyle lui faisait tous les jours un grand feu. Zadok était un visiteur d'un entrain réconfortant, même si les nouvelles qu'il apportait quotidiennement à Francis consistaient à lui annoncer les enterrements où il conduirait le corbillard le matin (pour les catholiques) et l'après-midi (pour les protestants).

« J'emmène Mme V. de P. Delongpré à onze heures, disait-il. Une femme énorme. Pas facile à embaumer, tu peux me croire. Puis je retourne au magasin, j'enlève la croix du toit de la voiture et je la remplace par une urne drapée pour emmener le vieux Aaron Wrong à l'église presbytérienne à deux heures tapantes. Il a atteint quatre-vingt-quatorze ans, tu sais. Il était devenu tout petit, à la fin — quelqu'un d'aussi ratatiné est très facile à embaumer. Entre les deux enterrements, j'aurai juste le temps d'avaler un sandwich, mais Mlle Cameron m'a promis un bon repas pour ce soir. Je reviendrai te voir avant le dîner et t'apporterai encore du bois. Courage, mon p'tit ! »

Zadok tenait toujours sa promesse. Il repassait en fin d'après-midi avec une autre provision de bûches et un rapport sur les divertissements de la journée.

« Mme Delongpré aurait été vexée, disait-il. L'église était à peine pleine au tiers. Il est vrai que c'était une redoutable vieille commère. Aaron Wrong, en revanche, a rempli tout Saint-Andrew. Ça vous montre l'effet que peuvent avoir l'argent et le grand âge. La cérémonie a duré des heures. J'ai eu du mal à rentrer ici à temps pour ramener Mme Thibodeau chez elle après sa partie de cartes. Entre toi et moi, Francis, elle commence à être trop grosse et trop vieille pour le cabriolet à poney. Mais elle joue toujours très bien. Elle a raflé trois dollars cet après-midi. Tu crois qu'elle triche ? » Par ce genre de joyeuses irrévérences, Zadok allégeait l'atmosphère chaude, sereine, mais impitoyablement dévote que Tante créait autour d'elle. La vieille dame apparaissait à huit heures pour dire le chapelet dans son entier avec Francis. À présent, le garçon connaissait les prières par cœur. Ce n'était pas une chose à raconter au major, même s'il arrivait, ce qui était improbable. Mais, maintenant qu'il avait été baptisé par le père Devlin, Francis était incontestablement catholique. En conséquence, la poésie du rosaire ne lui appartenait-elle pas de droit ?

Dans quelle mesure le sénateur et sa femme se rendaient-ils compte que Tante dominait complètement leur foyer ? Elle était si humble, elle se montrait si respectueuse envers Marie-Louise en sa qualité de maîtresse de maison, d'épouse et de mère, elle était si douce et souriante qu'on remarquait à peine que c'était elle, en fait, qui régnait sur Saint-Kilda. Marie-Louise avait l'habitude de dire que cette chère Mary-Ben était son Valet d'Atout, expression empruntée à l'euchre, le jeu favori de Tante. Tante n'aspirait pas au bridge, jeu nouveau très en vogue à Blairlogie, qui dépassait ce que pouvait comprendre une pauvre vieille fille à l'esprit brouillé comme le sien ; non, le bridge, c'était pour des gens intelligents comme Marie-Louise, Mme Thibodeau et le groupe de joueurs enragés avec lesquels ces dames se réunissaient cinq fois par semaine, se montrant étonnamment cupides pour ce qui était des modestes enjeux. Bien entendu, on n'aurait pu dire que ces gens-là jouaient pour de l'argent : les dollars ne servaient qu'à ajouter un peu de sel à l'affrontement des cerveaux, aux commentaires sévères qui suivaient chaque partie et aux astuces parfois discutables qu'on ne pouvait pas encore qualifier de tricherie. Des repas copieux et le tapis vert étaient tout ce que Marie-Louise demandait à la vie maintenant. Quant au sénateur, il avait ses affaires, ses séances à la Chambre, à Ottawa, sa politique et ses images solaires. Que sa sœur dirigeât donc le ménage ; il lui versait une généreuse rente dont la plus grande partie semblait aller à l'Église.

Pas tout, cependant. Mary-Benedetta avait en effet sa propre passion : les tableaux. Elle achetait de coûteuses reproductions à Montréal, quand, deux fois par an, elle allait dans cette ville pour rendre visite à la révérende mère Mary-Basil. Toutes ces images ne pouvaient être mises aux murs de son salon : ceux-ci étaient déjà couverts, du plafond jusqu'à un mètre du sol, de Murillo, d'Ary Scheffer, de Guido Reni et d'autres peintres dont elle aimait la piété sentimentale. Des dizaines de reproductions, non encadrées, étaient rangées dans des cartons à dessins ; quand ils avaient dit leur chapelet et que Francis était installé à ses côtés, emmitouflé dans des châles, elle les contemplait avec un ravissement plein de respect. La collection comprenait des maîtres de la Renaissance comme des artistes du XIXe siècle, et tous les tableaux ne représentaient pas des sujets religieux. On voyait des dames se pâmer sur leur balcon en écoutant un galant leur donner la sérénade dans le jardin au-dessous. Et voici cette délicieuse peinture intitulée *Sir Galahad,* par G. F. Watts, O.M.R.A. — l'ordre du Mérite, mon chéri, et un membre de la Royal Academy, un grand homme, vraiment — dans laquelle la pureté du jeune homme — pas un saint, vois-tu, mais quelqu'un qui aimait beaucoup Notre Seigneur — est subtilement associée à la pureté de son cheval. Regarde, Francis, ici c'est Samuel enfant que l'appel de Dieu tire de son sommeil ; on devine presque les paroles qu'il a sur les lèvres : « Parle car Ton serviteur T'écoute. » Souviens-t'en, Francis, si jamais tu entendais la Voix dans les ténèbres. Oh, regarde, chéri ! Voici *La Vierge de la Consolation* ; elle est en train de réconforter une pauvre femme qui a perdu son bébé ; peint par un Français, mon chéri : William-Adolphe Bouguereau ; oh, il devait avoir une âme tourmentée, Francis, car il a peint quelques épouvantables tableaux païens, mais ici, comme tu vois, il nous donne une image vraiment pieuse, une image qui nous parle de la bonté de la Vierge. Et voilà *Le Médecin* de Luke Fildes ; les médecins sont des hommes merveilleux, Francis, ils viennent tout de suite après les prêtres pour ce qui est de la compassion pour les souffrances humaines ; tu vois comme il regarde ce petit garçon malade, exactement comme l'oncle J. A. était assis et te regardait toi quand tu allais si mal pendant ta coqueluche. Bon, ce tableau-ci a été mis dans ce carton par erreur ; il s'appelle *Juin flamboyant* et l'on peut voir que la jeune fille est endormie, mais je ne comprendrai jamais pourquoi lord Leighton a tenu à mettre le postérieur de son modèle au premier plan ; tu pourrais me demander pourquoi je l'ai acheté, mais maintenant je n'ai pas le cœur de le jeter. Tu ne trouves pas que les couleurs sont belles ?

Francis pouvait regarder des peintures pendant des heures, plongé dans le monde imaginaire qu'elles créaient. Il en tirait la certitude qu'il existait une vie hors d'atteinte de Carlyle Rural et de la sordide mesquinerie de la mère d'Alexander Dagg. Sa convalescence commença environ une semaine avant Noël et, le jour de la fête, Tante lui fit deux cadeaux dont le choix montrait qu'elle le considérait comme une âme sœur.

L'un était une tête de Christ. La reproduction d'Une Certaine Personne était en effet restée dans la chambre d'enfant, à Chegwidden Lodge et, de toute façon, cette image-là était pour un jeune enfant ; celle-ci, en revanche, était incontestablement une grande œuvre d'art. Elle s'appelait *La Serviette de sainte Véronique* parce que tu sais, mon chéri, quand Notre Seigneur trébucha et tomba sur le terrible chemin qui menait au Calvaire, sainte Véronique essuya Sa chère Face avec sa serviette (non pas une serviette de table, mon chéri, plutôt quelque chose comme un mouchoir) et miracle ! Son Image s'y imprima pour toujours. Exactement comme pour le saint suaire de Turin. Quand on regardait cette figure calme, on avait l'impression que les yeux s'ouvraient et plongeaient droit dans les vôtres. C'est l'œuvre d'un grand peintre belge, mon chéri ; nous la mettrons à un endroit où tu pourras la voir de ton lit ; ainsi tu sauras qu'Il te regarde toute la nuit.

L'autre était profane. Quoiqu'il représentât un nu, il n'avait rien de sensationnel : un garçon de l'âge de Francis pleurait devant une porte que l'art du peintre avait fait paraître hermétiquement close en même temps que menant à quelque chose d'absolument délicieux. Il s'intitulait *L'Amour exclu*. Ça a été peint par une femme, Francis — une Américaine — mais elle doit vraiment comprendre l'art comme un homme pour avoir conçu et réalisé un si merveilleux tableau !

L'amour exclu. Francis connaissait bien le sujet. Oh, maman, ma chère maman, pourquoi es-tu si loin ? Pourquoi n'es-tu jamais ici ? Les visites de maman étaient si rares et si brèves. Bien entendu, c'était son travail en Angleterre, dans les hôpitaux pour soldats canadiens, qui la retenait ailleurs. Francis devait être un soldat courageux, lui aussi, et accepter cet état de choses. Des paquets pour Noël et parfois de courtes lettres qui semblaient adressées à un enfant beaucoup plus jeune ne compensaient pas son absence. L'amour exclu... Même un brave petit soldat ne pouvait refouler ses larmes. Cette image donnait une forme extérieure visible à un désir profondément enfoui en lui et qui montait à la surface chaque fois qu'il était triste, seul, que le crépuscule tombait ou que le feu projetait des ombres changeantes sur le mur.

Cette nuit de Noël, alors que Tante le croyait endormi, Francis se tint tout nu contre le mur de sa chambre et, un miroir à la main, regarda par-dessus son épaule l'image que lui renvoyait la grande psyché située à l'autre bout de la pièce. Disposant soigneusement ses membres, il prit la pose du garçon dans le tableau et, avec une tristesse teintée de satisfaction, contempla son reflet. Il était capable de le faire. Il était capable d'entrer dans le tableau, de devenir le tableau. Et il le faisait bien. Il se glissa de nouveau dans son pyjama et retourna au lit, sa mélancolie mêlée d'un plaisir incompréhensible, mais réconfortant. Les jours suivants, il renouvela plusieurs fois cette expérience.

« *J'ai l'impression que tu laisses ce garçon devenir assez bizarre... dit le Petit Zadkiel.*

— Et toi, mon cher collègue, tu te laisses aller à parler comme Alexander Dagg, rétorqua le démon Maimas. Je pousse doucement Francis dans la direction dictée par son destin, et je n'ai pas trente-six moyens de le faire. Il me faut travailler avec ce que j'ai sous la main. Il doit devenir un esthète, un mécène, un homme qui comprend l'art — quoiqu'il y aura des douzaines d'Alexander Dagg, d'un genre plus raffiné, qui affirmeront avec aigreur qu'il n'y connaissait rien. Ne t'attends pas à ce que je fasse une omelette sans casser d'œufs.

— Je pensais plutôt au cassage de cœurs.

— Oh, les cœurs... Personne ne vit toute une vie sans que son cœur soit brisé. L'important, c'est de le briser de telle façon que lorsqu'il se raccommode, il soit plus fort qu'avant. Excuse ma franchise, mon cher Zadkiel, mais vous, les anges, vous tendez souvent à la sentimentalité. Si tu faisais mon boulot, tu saurais à quel point c'est nuisible.

— J'incline parfois à la pitié, si c'est cela dont tu parles.

— Si Francis avait été un garçon ordinaire, il aurait peut-être eu la chance qu'on lui assigne un ange gardien. Celui-ci l'aurait protégé et aurait placé des choses agréables sur son chemin. Mais moi, je ne suis pas un ange gardien, comme tu sais. Je suis un démon et ce que je fais doit parfois sembler brutal. Ce n'est pas la dernière fois que nous voyons Francis devant le miroir et, la prochaine fois, il ne s'y mirera pas de dos.

— Bon, eh bien, continuons notre histoire. »

Comme Tante s'occupait de tout, à Saint-Kilda, son goût transparaissait non seulement dans son petit appartement, mais aussi partout ailleurs, et surtout dans le choix des peintures. Dans la salle à manger, par exemple, pendaient deux grands tableaux de François Brunery. Ils avaient coûté très cher au sénateur, mais Tante lui avait expliqué qu'ils représentaient d'une façon emblématique sa position dans le monde.

Comme l'indiquait un médaillon au bas du cadre, l'un d'eux s'intitulait *La Bonne Histoire*. À une table, dans ce qui était de toute évidence un palais, à Rome, étaient assis cinq cardinaux en robe pourpre et un évêque en robe violette. Oh, quelle ruse, quelle intelligence exprimaient ces figures (trois rondes et deux maigres) penchées vers le sixième personnage, un cardinal dont l'index levé et les yeux pétillants indiquaient qu'il allait révéler à ses auditeurs le mot de la fin. De quoi pouvait-il s'agir ? D'une intrigue au Vatican, d'un subtil revers de fortune dans la curie ou, peut-être, d'un scandale concernant une dame ? L'expression discrètement amusée qu'on voyait sur la figure du majordome, à l'arrière-plan, semblait confirmer cette dernière hypothèse. Et quelle table ! Tous ces objets en or et en argent, ces verres de cristal, ce vin couleur rubis ! (Oh, comme c'était habile de la part du peintre de faire contraster le rouge du vin avec celui des robes sans que ces deux teintes jurent entre elles !) Et quelle promesse de libations supplémentaires ne donnait pas la fastueuse fontaine à vin en argent placée au premier plan, sur le parquet en bois dur magnifiquement représenté ! (Regarde, Hamish, ça, c'est du beau bois !) Un superbe tableau, une véritable œuvre d'art et exactement ce qui convenait pour une salle à manger.

Sur le mur opposé, il y avait un tableau plus gai encore, quoiqu'un peu malicieux. Il s'appelait *Le Modèle fatigué*. Un jeune moine, un dominicain à en juger par son habit, se tient dans son atelier, devant son chevalet sur lequel est posé le portrait d'un vieux et saint cardinal qui presse ses mains contre sa poitrine. Regarde la façon dont la chair délicate du vieillard se détache sur la moire pourpre et ses yeux levés vers le ciel d'où vient la lumière qui l'enveloppe ! Le modèle, cependant, est affalé sur son trône et dort à poings fermés ; l'artiste — un beau jeune homme dont les cheveux bouclent autour de la tonsure — se gratte la tête d'un air perplexe.

La présence de ces tableaux ne témoignait-elle pas d'un grand attachement aux choses de l'Église et, spécialement, à sa hiérarchie, tout en affirmant que leur propriétaire participait de la même humanité que les cardinaux vêtus de pourpre ? C'est là le genre d'images qu'on pouvait s'attendre à trouver dans la salle à manger d'un I.C.L. (comme on appelait, en matière de plaisanterie, un Important Catholique Laïque dans les milieux d'Église), un homme qui connaissait sa place, mais qui connaissait aussi sa valeur — un homme qui pouvait faire redorer une flèche ou offrir une superbe cloche sans avoir à se tracasser au sujet de l'argent que cela lui coûterait. Tante avait veillé à ce que Hamish eût tous les attributs nécessaires. Quand le père Devlin et le père Beaudry dînaient dans cette pièce, ils comprenaient le subtil message : ici, on ne joue pas au prêtre dominateur, messieurs ; veuillez boire votre vin et surveiller vos manières.

Le Canada avait officiellement adopté la prohibition en 1916, afin qu'en rentrant de la guerre, ses braves soldats trouvent un pays purgé d'un de ses plus grands fléaux. Dans des maisons comme celle du sénateur, les caves contenaient des stocks de vins achetés bien avant cette date, et on ne lésinait pas dessus. Cependant, même les grosses réserves diminuèrent, et cela causa quelque gêne. Une bonne cave a besoin d'être réapprovisionnée. À force de petites gorgées, les amis de Marie-Louise arrivaient à descendre une étonnante quantité de vin blanc pendant un après-midi de bridge, avant de s'attabler pour un thé copieux.

Selon les critères de Blairlogie, on recevait beaucoup à Saint-Kilda et là encore, comme pour tout le reste, c'était Tante qui organisait modestement les choses. Modestement jusqu'à ce qu'il fût question de musique ; alors, elle brillait. Tante était une « artiste » dans tous les domaines, et cela sans la moindre trace d'un « bohémianisme » indésirable ou d'un manquement à la stricte morale.

« Si nous écoutions un peu de musique ? » proposait-elle après dîner quand les invités avaient eu une heure pour bavarder et digérer. Il ne serait venu à l'esprit de personne de répondre qu'il serait peut-être plus amusant de continuer à parler ; cela aurait été un affront à l'atmosphère hautement esthétique que Tante avait créée à Saint-Kilda pour la plus grande gloire de son frère et de sa belle-sœur.

Quand tout le monde avait déclaré avec enthousiasme que rien ne pouvait être plus agréable qu'un peu de musique, Tante se mettait au piano et s'il y avait quelqu'un qui n'était encore jamais venu dîner auparavant, elle plongeait immédiatement dans un morceau difficile et bruyant comme la *Rhapsodie hongroise* de Liszt, par exemple. S'il n'était pas complètement insensible, l'invité s'étonnait du rythme endiablé, du vacarme raffiné que produisait Tante. Et sa surprise augmentait encore quand, à la fin, alors qu'il était sur le point de s'exclamer : « Mais mademoiselle McRory, jamais je n'aurais cru... ! », le reste de l'auditoire faisait entendre des applaudissements moqueurs et que Tante, secouée de rire, se tournait sur son tabouret.

Le piano était en effet un Phonoliszt (« des pianistes de renommée internationale à votre service »... pas de pédales à enfoncer, pas de leviers à mémoriser). C'était la petite plaisanterie de Tante. La pianiste qu'on avait entendue était la célèbre Teresa Carreno, instrumentiste musclée, emprisonnée à jamais dans un rouleau de papier perforé.

« Mais si vous voulez m'entendre chanter... » disait-elle alors, et tous les invités s'empressaient de répondre que cela leur ferait le plus grand plaisir.

Tante chantait en anglais et en français et tout le monde s'accordait pour dire que son répertoire était très chaste.

Ce qui l'était beaucoup moins, c'était le son qu'elle émettait. Elle avait une belle voix, un authentique contralto ample et bien timbré qui étonnait chez une femme aussi menue. Elle avait toujours chanté et pris douze leçons de « perfectionnement » à Montréal, chez maestro Carboni. La méthode du maestro était simple et efficace. « Tout son émouvant est basé sur un cri d'enfant, mademoiselle, disait-il. Produisez celui d'un enfant qui pleure, non pas de colère, mais pour réclamer de l'amour, raffinez là-dessus et tout le reste se mettra en place. » Tante avait suivi son conseil. Elle chantait bien et d'une façon qui surprenait car elle touchait et troublait même des gens complètement incultes en matière de musique.

D'une façon ou d'une autre, les chansons de son répertoire étaient toutes des cris réclamant de l'amour. Des chansons en français, de la plume de Guy d'Hardelot, ou en anglais, de Carrie Jacobs-Bond. Des chansons à forte charge émotionnelle. En fait, même si Tante ne s'en rendait pas compte, ces airs avaient quelque chose d'orgasmique dans la manière dont ils montaient lentement vers leur point culminant.

Cependant, il ne faisait aucun doute que sa plus belle réussite, son infaillible cheval de bataille, c'était *Vale* de Kennedy Russell. Bien que Francis pût voir clairement sur la partition que ce morceau s'appelait *Vale,* Tante et tous les gens cultivés prononçait ce mot « Wally » parce que c'était du latin et signifiait « Adieu ». En deux courts couplets écrits par Burgh d'Arcy (de toute évidence, quelque aristocrate), cette chanson s'emparait de l'âme de Tante et de la plupart de ses auditeurs.

Il s'agissait d'un mourant. Il suppliait quelqu'un (sa femme ? sa maîtresse ? — oh, non, sûrement pas sa maîtresse, pas quand on agonise !) de demeurer près de lui pendant ces heures silencieuses.

Mourn not my loss, you lov'd me faithfully

Ne me pleure pas, tu m'as aimé fidèlement

(De toute évidence, une épouse dévouée.) La fin était magnifiquement dramatique :

Then, when the cold grey dawn breaks silently,
Hold up THE CROSS... and pray for me !

Puis, quand poindra silencieusement l'aube froide et grise,
Élève LA CROIX... et prie pour moi !

Au moment de « Élève LA CROIX », Tante faisait beaucoup de bruit pour une moribonde, puis quand elle arrivait à « et prie pour moi ! » sa voix s'évanouissait presque entièrement, comme si elle était vraiment en train de passer l'arme à gauche. On obtenait cet effet en « étirant le son », comme disait maestro Carboni, mais cette excellente astuce italienne était difficile à acquérir.

Tante chantait souvent cette chanson. On la lui demandait toujours quand Saint-Bonaventura donnait un concert pour ses œuvres. Le père Devlin avait dit, en des termes qui auraient pu être mieux choisis, que lorsque Mlle McRory chantait *Wally,* nous étions tous aussi près de la mort que nous ne le serions jamais avant que sonne réellement notre heure.

Mais Tante avait également des chansons plus légères, non pas pour les réceptions, mais pour ces calmes soirées où il n'y avait qu'elle, le sénateur, Marie-Louise et le docteur J. A. qui passait souvent après ses visites de l'après-midi, épuisé et désireux de se détendre.

« Chantez *Damn Stupid* [1], Mary-Ben, disait-il en tendant ses jambes vers le feu.

— Oh, Joe. ce que vous pouvez être taquin ! » s'écriait Tante, puis elle chantait cette ballade extraite de *Merrie England* :

> Dan Cupid hath a garden
> Where women are the flowers...

> Daniel Cupidon a un jardin
> Dont les fleurs sont des femmes...

On apprenait ensuite que la fleur préférée de Cupidon, c'était la ravissante rose anglaise. Elle, la vieille fille typiquement écossaise, et lui, le vieux célibataire typique-

1. « Sacré imbécile ».

ment irlandais, trouvaient l'essence de leur propre histoire d'amour inconsciemment refoulée dans cette chanson très anglaise d'Edward German Jones, né à la limite du pays de Galles. Comme Tante le disait souvent à Francis, la musique n'a pas de frontières.

Francis entendait tout cela. Parfois, il était assis dans le salon, déjà en pyjama, mais enveloppé dans des couvertures, parce qu'il avait supplié Tante de le laisser écouter, et quelle chanteuse peut refuser pareil hommage, si manifestement sincère ? Parfois, quand il y avait des invités et qu'il était censé être au lit, il s'installait sur l'escalier, en pyjama, mais sans couvertures. À la peinture, il réagissait avec sa tête et avec son cœur, non seulement désireux de comprendre ce que les tableaux avaient à dire, mais aussi d'apprendre comment ils étaient faits ; la musique, il ne l'écoutait qu'avec le cœur.

Il était en train de découvrir deux ou trois choses au sujet de la peinture. Il avait libre accès à la collection de reproductions de Tante et à un certain nombre de ses livres, dont l'un, par exemple, s'intitulait *Les Trésors des grands musées du monde*. Il était probablement le seul garçon dans un périmètre de huit cents kilomètres à savoir ce qu'était le Pitti ou ce qu'étaient des *putti*. Mieux encore : il commençait à comprendre comment les tableaux étaient composés.

Il avait un professeur assez invraisemblable. Parmi les livres de Tante, il y en avait un qu'elle avait acheté des années plus tôt, regardé, puis décidé qu'il ne l'intéressait pas. Il s'intitulait *Le Dessin à la plume et à l'encre* et avait été écrit par Harry Furniss. En fait, celui-ci vivait toujours et allait vivre encore cinq ans après que Francis eut découvert son ouvrage. Furniss était un remarquable caricaturiste, mais comme il le disait lui-même d'une façon vivante et enjouée, pour faire des caricatures, il fallait d'abord être capable de dessiner des personnes. Or, si vous vouliez dessiner des personnes, le mieux était de vous faire la main en dessinant tout et n'importe quoi. Vous ne pouviez pas faire ressembler M. Gladstone à un vieil aigle si vous ne saviez pas dessiner M. Gladstone et un vieil aigle d'une façon non humoristique. Vous deviez développer votre vision, percevoir toute chose en termes de lignes et de formes. Andrea del Sarto n'était pas un Raphaël, mais il pouvait corriger les dessins de Raphaël ; vous pouviez aspirer à dessiner comme del Sarto même si vous n'aviez pas la moindre chance d'être quelque chose de mieux qu'un Harry Furniss — ce qui n'était pas tellement facile, non plus.

Francis pouvait disposer d'une abondance de crayons et de papier : il lui suffisait de les demander à Tante. Il ne parla pas de Harry Furniss à sa parente. Celle-ci l'avait rejeté, le trouvant inintéressant et grossier dans ses méthodes Cependant, un homme qui, dans sa jeunesse, avait été capable d'assister à un incendie, à Londres, d'en faire de rapides croquis, puis de réaliser une gravure pleine page pour le *London Illustrated News* à partir de ces esquisses, était précisément le genre de personne qui frappait l'imagination de Francis. Un homme capable de faire des caricatures aussi évocatrices de gens dont Francis n'avait jamais entendu parler, mais dont il sentait l'essence dans les dessins, était exactement l'antidote qu'il fallait aux idées de Tante, à savoir que toute œuvre valable devait être exécutée par des génies, de préférence étrangers, dans des ateliers et sous la direction de la Madone, quand ce n'était pas sous celle d'Une Certaine Personne. Harry Furniss était une bouffée d'air frais dans le domaine de l'art. Et il faisait de l'art une possibilité — lointaine, mais réelle — pour quelqu'un comme lui.

Ayez toujours du papier dans votre poche, disait Harry Furniss. Ne sortez jamais sans carnet. Ne ratez jamais une silhouette intéressante dans la rue, au théâtre ou au parlement. Notez chaque mouvement de tête, chaque lueur dans l'œil. Vous ne saurez pas dessiner de jolies jeunes filles si vous ne savez pas dessiner de vieilles prostituées. S'il vous est impossible de classer vos croquis, laissez tomber ; de toute façon, une fois que votre main et votre œil auront appris à saisir chaque détail, chaque nuance, vous n'aurez peut-être plus besoin de classeurs : votre cerveau et votre main auront déjà tout enregistré.

C'était exactement le genre de brise marine dont on avait besoin pour chasser l'odeur de sainteté. Francis était conscient que son carnet de croquis le désignait aux autres comme un artiste. Cependant, alors que plus d'un garçon aurait fait étalage de son activité et attiré l'attention d'adultes curieux, il acquit l'art de rester assis en silence et d'exécuter discrètement de rapides croquis.

Quelques semaines après Noël, il put aller faire de courtes promenades, mais il n'avait pas envie d'attirer l'attention d'indiscrets qui lui auraient demandé pourquoi il était dans la rue alors que tous les garçons comme il faut étaient soit à l'école, soit à la maison avec la poliomyélite ou simplement des ganglions. Ne pas se faire remarquer est un talent acquis, tout comme l'est son contraire. Francis étudia l'art de se rendre invisible et fit des croquis partout où il allait.

Un jour de février, il était assis sur une balle de paille, dans l'écurie, en train de dessiner des chevaux qui mangeaient quand Zadok Hoyle lui dit : « Frank, il fait beau aujourd'hui et je dois aller au Portage cet après-midi. Demande donc à ta tante si tu peux m'accompagner. » Après avoir hésité un moment, Tante finit par donner son consentement, à condition, dit-elle, que Francis fût bien couvert.

En fait, quand il s'assit sur le siège du cocher, à côté de Zadok, Francis était si bien couvert qu'il pouvait à peine bouger. La voiture n'était pas l'une de son grand-père, mais une charrette bizarre dont l'arrière, assez bas, était fait d'un long coffre. On ne devinait pas tout de suite son usage. Ils firent environ sept kilomètres dans l'air vif, puis arrivèrent à un hameau situé au bord d'une rivière. Cet endroit avait un vrai nom, mais de tout temps on l'avait toujours appelé le Portage. Avec son fouet, Zadok désigna le lointain, de l'autre côté de l'eau. « Tu vois, Frankie ? C'est le Québec, là-bas. Et je peux te dire qu'il se passe de drôles de choses sur cette rivière. »

Ils s'arrêtèrent sur la berge, devant un hangar. Un gros homme aux joues ombrées d'une barbe noire en sortit. Il fit un signe de tête à Zadok, rentra dans la remise et revint peu après, une caisse dans les bras ; lui et Zadok chargèrent six de ces caisses dans la charrette. Les deux hommes n'échangèrent pas un mot pendant toute l'opération. Puis la charrette repartit.

« Ça, c'était la visite agréable, dit Zadok. Maintenant, nous allons faire la visite triste. »

Agréable ? Qu'avait-elle eu d'agréable ? Pas une seule parole n'avait été prononcée ; le gros type semblait avoir un œil malade et Francis regretta de ne pas avoir pu le dessiner. Que serait la visite triste, alors ?

Après avoir parcouru un peu plus d'un kilomètre, ils arrivèrent devant une ferme. Là, Zadok parla brièvement à une femme en noir ; une autre femme, en noir elle aussi, se tenait dans le fond de la pièce. Un homme sortit d'une grange et aida Zadok à porter un grand paquet hors de la maison, un long paquet enveloppé d'une grossière toile bise. De toute évidence, c'était un corps humain. Ils le mirent à l'arrière de la charrette, avec les caisses. Zadok dit quelques mots gentils à l'homme qui hocha la tête et cracha. Puis le cheval reprit la direction de Blairlogie.

« Est-ce un mort, Zadok ? Pourquoi transportons-nous un cadavre ?

— Qu'est-ce que tu crois, Frankie ? C'est le métier de M. Devinney. Je vais les chercher et je les prépare. Et je conduis le corbillard. M. Devinney s'occupe de l'aspect commercial. Il fait mettre la notice nécrologique dans le *Clarion,* il commande et envoie les faire-part. Il marche dans le cortège coiffé de son haut-de-forme. Il présente ses condoléances, ce qui n'est pas facile, mais il trouve parfois des expressions très poétiques. Et, bien entendu, il établit les factures, compte le nombre de plumes sur le corbillard, et tout ça. Le gars couché là-derrière, c'est le vieux McAllister — un méchant vieux péquenaud, mais un client à présent. Il faut que je le prépare pour l'enterrement, le ramène dans sa ferme, puis de nouveau en ville pour les funérailles, vendredi. On fait beaucoup de va-et-vient dans ce métier. Nous roulons dans la charrette des morts, Frankie, tu ne le savais pas ? Ah, mais il est vrai qu'on cache beaucoup de choses à un garçon comme toi. »

En arrivant à Blairlogie, ils remontèrent Dalhousie Street, l'artère principale et la seule rue commerçante de la ville, et s'arrêtèrent devant une porte latérale de l'entreprise de pompes funèbres et magasin de meubles de Devinney. Zadok sauta prestement à terre, ouvrit la porte du magasin, sortit une table légère montée sur des roues de caoutchouc, glissa le vieux dessus et recouvrit celui-ci d'un drap. Environ quinze secondes plus tard, le cadavre était à l'intérieur.

« Faut faire vite. Les gens n'aiment pas voir comment ces choses-là sont faites. Un enterrement est une œuvre d'art, vois-tu, mon garçon, et tout le travail préparatoire doit rester caché. »

Tout en parlant, Zadok poussait le chariot à travers le magasin de meubles vers l'arrière-boutique. Celle-ci était séparée de la première pièce par une cloison et une double porte garnie de rideaux. Une fois de l'autre côté, Zadok alluma l'électricité — une faible lumière dispensée par deux ampoules de modeste puissance — et ouvrit une autre double porte, très lourde et munie de gros gonds. Il en sortit un souffle froid, humide et qui sentait le renfermé : l'odeur de glace qui fond. Zadok fit rouler rapidement McAllister à l'intérieur et referma la porte.

« Faut pas que ça fonde trop vite, dit-il. M. Devinney est toujours en train de pleurer sur le montant de ses factures de glace.

— Mais Zadok, que vas-tu faire de lui ? demanda Francis. Est-ce que tu le laisseras là jusqu'à l'enterrement ?

— Penses-tu ! Je vais le rendre plus beau qu'il ne l'a jamais été. C'est tout un art, Frankie, et bien que n'importe qui puisse en apprendre les rudiments, l'art véritable est inné. Tu ne savais pas que j'étais un artiste, hein ? »

Ce fut alors que Francis lui fit son grand aveu.

« Zadok, je crois que moi aussi j'en suis un. »

Il fouilla dans son manteau et en sortit son carnet de croquis.

« Par le grand Melchisédec ! jura Zadok. Mais c'est vrai, mon cher garçon ! Ça ne fait pas l'ombre d'un doute ! Voici Mlle McRory. C'est elle tout craché. Ah, Frankie, tu as été un peu dur pour son bonnet. Ne sois jamais cruel, mon p'tit. En tout cas, même si c'est rosse, c'est drôlement ressemblant. Et voici Mlle Cameron. On dirait presque une de ces images bizarres de ta tante. Mais c'est bien elle. Et me voilà, moi ! Dire que je passais pour un bel homme autrefois ! Ah, petit diable ! Je reconnais mon gros nez rouge ! Ah, Frankie, petit coquin ! Tu arrives à me faire rire de moi-même. Oh oui, tu es bien un artiste. Que penses-tu faire à ce sujet ?

— Zadok... Zadok, promets-moi que tu ne le diras à personne. Ils m'embêteraient tous, et Tante m'obligerait sûrement à prendre des leçons, ce que je ne veux pas faire tout de suite. Il faut que je trouve d'abord ma manière à moi, vois-tu. C'est Harry Furniss qui le dit : trouvez d'abord votre propre style, ensuite prenez des leçons avec quiconque peut vous apprendre quelque chose, mais gardez toujours votre manière personnelle.

— Voici Mme Thibodeau. Ah, petit polisson, regarde-moi la façon dont tu as fait déborder son gros derrière de sa chaise. Elle te tuerait si elle voyait ça !

— Mais ça correspond à la vérité, Zadok ! Il faut que j'apprenne à voir ce que j'ai sous les yeux. C'est ce que dit Harry Furniss : la plupart des gens ne voient pas ce qu'ils ont sous les yeux. Ils ne voient que ce qu'ils croient devoir voir.

— C'est tout à fait exact, Frankie, et j'en sais quelque chose ! Parce que, dans mon art, je dois encourager les gens à voir ce qu'ils croient devoir voir. Mais partons, maintenant. Il faut que je te ramène, et puis le cheval va prendre froid. »

Sur le chemin de Saint-Kilda, Francis supplia Zadok de lui dire ce qu'il allait faire avec le vieux McAllister. S'il s'agissait d'une quelconque forme d'art, n'avait-il pas le droit, en tant que collègue, de savoir en quoi consistait celle-ci ? Finalement, il fut convenu que Francis rejoindrait Zadok après le dîner, Tante devant se rendre à Saint-Bonaventura — quelque réunion concernant les pauvres. Il verrait alors Zadok pratiquer son art. Ensuite, Zadok le ramènerait à temps pour qu'il pût se mettre au lit sans que personne, pas même Mlle Victoria Cameron, se doutât qu'il était sorti.

La première chose que fit Zadok en arrivant dans l'écurie, ce fut de décharger les six caisses restées dans la charrette des morts et de les enfermer dans un box vide.

« Qu'est-ce que c'est, Zadok ?

— Oh, quelque chose que ton grand-père reçoit d'un homme de confiance du Québec. M. Devinney en touche une petite part pour l'usage de sa charrette. C'est un de ses petits commerces supplémentaires, mais nous n'en parlons jamais. Tout le monde a son secret, Frankie. Tu as le tien, M. Devinney a le sien. »

Et alors que Zadok hissait la dernière caisse dans la stalle, Francis crut l'entendre dire : « Et moi, j'ai le mien. »

« Je doute que ç'ait été une bonne chose d'introduire un garçon de treize ans dans une entreprise de pompes funèbres dirigée par un bootlegger, dit le Petit Zadkiel.

— Je ne suis pas de ton avis, répondit le démon Maimas. Francis avait été beaucoup trop influencé par sa vieille tante. Il avait besoin d'un homme dans sa vie. Or, où était le Soldat de Bois ? De l'autre côté de l'océan, en train de sauver l'Empire. Et sa mère se dévouait magnifiquement à des soldats blessés, mais n'avait pas de temps à consacrer à son fils. Quant à son grand-père, il était bien trop brisé pour être davantage qu'une autre présence sans vigueur dans la vie du garçon, quoiqu'il se montrât très bon pour l'enfant, quand il y pensait.

— Brisé, le grand-père ?

— Oui, il ne s'est jamais remis de la destruction de son idole. Après que Marie-Jacobine eut les ennuis que l'on sait et dut être mariée au premier venu, pour ainsi dire, et à un protestant de surcroît, il ne crut vraiment plus à rien. C'était un homme fort dans le domaine des affaires et celui de la politique, mais ce sont là des choses extérieures : seul un imbécile y investit son âme. Il était comme vidé de sa substance. Et regarde Marie-Louise : une femme vieillissante qui se laisse aller, une joueuse. Regarde Mary-Ben : elle adorait son frère, mais elle ne le comprenait qu'à moitié. À Saint-Kilda, comme tu le sais fort bien, l'homme le plus fort, c'était Zadok.

— Un rustre, mon cher collègue, un rustre.

139

— Certes, mais un rustre au grand cœur, un rustre honnête qui se trouvait au beau milieu de la vie et de la mort. Il m'a fallu travailler avec ce que j'avais sous la main, tu sais.

— Comme tu dis, je n'ai pas eu à faire ton boulot. Par conséquent, je ne dois pas critiquer tes méthodes.

— Exactement. De plus, Zadok était un artiste dans son genre, comme nous le verrons si tu veux bien poursuivre ton récit. À propos, sais-tu comment ça finit ?

— Comment veux-tu que je me souvienne de toutes ces vies en détail ? Je suis dans la même situation que toi : la vie de Francis Cornish m'est simplement remise en mémoire. »

Dans l'atelier de M. Devinney, la lumière était pareille à celle des tableaux de Rembrandt, se dit Francis : deux misérables ampoules pendues au-dessus de l'étroite table inclinée sur laquelle Zadok avait maintenant posé son paquet, tout ce qui restait du « méchant vieux péquenaud » qu'avait été McAllister. Devant le lavabo, Zadik se brossait vigoureusement les mains.

« La propreté est essentielle, dit-il. Par respect pour les morts et par précaution à l'égard des vivants. On ne sait jamais exactement de quoi ces gens sont décédés. Aussi je vais asperger mon bonhomme d'un peu de phénol. Et toi, tu resteras bien tranquille dans ton coin, hein, mon p'tit ? »

Bien tranquille dans son coin, perché sur deux caisses de cercueils pour avoir une meilleure vue de la scène, Francis sortit son carnet et son crayon.

Du respect pour les morts. Zadok déroula avec des gestes très doux la toile qui enveloppait le vieux McAllister. Celui-ci semblait avoir trépassé dans le long sous-vêtement qui le recouvrait comme une seconde peau plissée et couleur de foie. Zadok coupa rapidement le tissu avec un couteau courbe — une serpette, en fait, comme Francis s'en rendit compte — et bientôt McAllister fut tout nu, spectacle peu impressionnant, mais une mine d'or pour Francis.

C'était là une chance inespérée. Il allait pouvoir dessiner un nu, condition indispensable — après celle consistant à voir ce qu'on avait sous les yeux — pour devenir un artiste. Même Harry Furniss insistait sur ce point.

McAllister était à moitié chauve et décharné. Sa figure et ses mains étaient tannées par soixante-six ans de vie en plein air dans la vallée de l'Ottawa, mais le reste de son corps était d'un blanc bleuâtre. Ses jambes ressemblaient à des allumettes et ses pieds étaient tournés vers l'extérieur. Zadok avait coupé son sous-vêtement car, selon la coutume locale, on l'avait cousu dedans pour l'hiver. Francis connaissait cette habitude : à Carlyle Rural, la plupart des enfants étaient ainsi caparaçonnés et puaient terriblement.

« Un bain, pour commencer, dit Zadok. Mais, tout d'abord, un bon rinçage. » À l'aide d'une grande seringue et d'un seau, il nettoya habilement le rectum du cadavre. Puis, avec un filet d'eau sortant d'un court tuyau d'arrosage et un tampon imbibé de phénol, Zadok lava le mort. L'eau tombait sur le sol en ciment et disparaissait dans un égout. Zadok frotta les mains de McAllister avec une abondante mousse de savon jaune et lui cura les ongles avec son canif.

« Ça, c'est toujours un problème, commenta-t-il pour Francis qui griffonnait avec ardeur. Ces gars ne se nettoient jamais les ongles sauf pour le jour de Pâques, mais, pour l'exposition du corps, il faut que leurs mains soient aussi soignées que celles d'un barbier. Ça fait partie de notre art, ça, tu vois. À la fin, les morts doivent être aussi beaux et propres qu'ils l'auraient été le jour de leurs noces, ou plus. Probablement plus. »

Zadok rasa McAllister avec beaucoup de mousse et d'eau chaude.

« Heureusement que j'ai travaillé comme valet de chambre, dit-il. Mais, évidemment, un valet ne pourrait pas se permettre pareil geste. » Il fourra adroitement un doigt dans la bouche du cadavre et repoussa ses joues creuses. Le raclement du rasoir témoignait de la dureté de sa barbe. « Il ne devait pas se raser plus d'une fois par semaine, reprit Zadok. Bon, qu'est-ce que j'ai bien pu faire du rouleau de coton hydrophile ? J'en ai besoin pour les orifices. »

Les orifices, c'étaient les oreilles, les narines et, à la surprise de Francis, l'anus. Zadok fourra dans chacun d'eux un tampon d'ouate d'une grosseur adéquate. Puis il en mit un grand morceau dans la bouche et, avant de refermer celle-ci, y ajouta une boule de cire. Ensuite, il maintint les mâchoires serrées l'une contre l'autre jusqu'à ce qu'elles fussent bien scellées.

« Cette astuce-là ne pose pas de problèmes en hiver, dit-il, mais en été, c'est une autre paire de manches. J'ai vu des enterrements où la cire fondait et où le mort ouvrait brusquement la bouche. Tu peux imaginer les cris et les évanouissements que ça provoquait ! Mais toi, tu ne vas pas me faire ça, hein, mon vieux ? fit Zadok en tapant amicalement sur l'épaule de McAllister. Bon, maintenant que nous en avons fini avec la toilette, nous passons à l'art. Si tu as mal au cœur, petit, il y a un seau à côté de toi. »

Francis n'avait pas mal au cœur. Il avait dessiné la main droite de McAllister — une véritable étude de bosses et de nodosités ! Il avait dessiné les deux pieds, avec cors et oignons au complet. À présent, il était occupé à esquisser le corps dans toute sa longueur, dans une perspective difficile. Gravé dans sa mémoire, un tableau des *Trésors* que Tante n'aimait pas qu'il regarde trop longtemps — s'appelait-il *La Leçon d'anatomie* ? — vint à son secours. Formidable ! Ça, c'était vivre !

Zadok avait approché de sa table une machine posée sur un chariot : une sorte de réservoir d'où sortait un tuyau. Avec une petite lancette, il souleva une veine du bras de McAllister, y introduisit une grosse aiguille fixée au tuyau et, d'un mouvement lent et précautionneux, se mit à actionner le levier de la pompe qui se trouvait sur le dispositif. Tout en pompant, il chantait, d'une belle voix de basse, mais *sotto voce* :

> Yes ! let me like a soldier fall
> Upon some open plain,
> This breast, expanding for the ball
> To blot out every stain.

> Oui ! Que je tombe comme un soldat
> Dans quelque vaste plaine,
> Ma poitrine s'offrant à la balle
> Pour effacer toute souillure.

Ceci dura un bout de temps, assez longtemps pour que Francis pût faire un autre croquis qui incluait la silhouette sombre de Zadok debout près du cadavre. Fier de son savoir-faire, il indiqua simplement les organes génitaux de McAllister par six lignes rapides et une ombre, comme Rembrandt. Cela n'avait aucun rapport avec la crudité des dessins que les garçons font de ce genre de choses sur les palissades. Mais, évidemment, ce n'étaient pas des artistes.

« Et maintenant, en avant pour la grande opération. »

D'un coup de lancette, Zadok entailla le nombril de McAllister, y planta une aiguille encore plus grosse — qu'il appelait trocart — et pompa de nouveau. Suivit une intervention très délicate dans le coin de l'œil.

« Voilà, mon vieux. Comme ça, tu te conserveras une ou deux semaines. Et maintenant, tu vas voir l'art véritable, Frankie. »

Tout en travaillant, Zadok, qui était toujours de bonne humeur, devint franchement gai.

« Faut que je me dépêche, sinon ce gars va durcir avant que j'aie terminé, dit-il alors que, dans une sorte de lutte, il passait au cadavre les chaussettes, le pantalon et la chemise qu'il avait amenés de la ferme. Allez, enfile tes souliers de bal, poursuivit-il en enfonçant les énormes pieds déformés dans des pantoufles en chevreau très souple. Bon, et avant de te mettre le col et la cravate, je vais faire le travail le plus délicat.

— Où étais-tu valet de chambre, Zadok ?

— Oh, avant la guerre — je veux parler de la guerre des Boers — j'ai été un tas de choses. Valet de pied pour un temps. Une très bonne expérience pour n'importe quel futur boulot. Et ensuite, valet de chambre parce que, durant la guerre, j'étais l'ordonnance de mon jeune maître : j'avais été valet de pied dans la maison de son père et nous sommes partis à l'armée ensemble, sauf que lui c'était en tant qu'officier et moi en tant que simple soldat, évidemment. Mais nous ne nous sommes jamais quittés, pour ainsi dire. Veiller à ce qu'un jeune officier reste élégant sur le champ de bataille, avec tous ces foutus Boers qui surgissaient de partout où on ne les attendait pas, c'était pas facile, crois-moi. Sais-tu que ces Boers ne portaient pas d'uniformes ? Ils se battaient dans leurs habits de fermier. C'était pas une vraie guerre, ça. Mais j'ai appris à habiller un gentleman de manière à ce qu'il ressemble à ce qu'il est, mort ou vivant. Alors tu peux comprendre qu'un type comme celui-ci ne me donne aucun mal.

— Mais où as-tu appris tout ça — je veux dire cette histoire de coton hydrophile, d'aiguilles, etc. ?

— J'ai toujours eu du goût pour ce métier. Je me souviens de l'enterrement de mon grand-père, quand je n'étais pas plus haut que trois pommes. Je bassinais ma mère : « Je veux voir grand-père, je veux voir grand-père. » Elle, elle croyait que c'était par amour ; en fait, c'était par curiosité. Il était atteint de paralysie agitante, tu vois, et je n'en croyais pas mes yeux de voir qu'il avait cessé de trembler. Je croyais que c'était grâce à un truc du vieux Smout, le croque-mort. Bien entendu, Smout n'était qu'un entrepreneur de pompes funèbres d'un village de Cornouailles, un fabricant de cercueils, à vrai dire, qui ne disposait pas des avantages scientifiques qu'on a aujourd'hui. Mais, à mon point de vue, grand-père était dans un état épouvantable, ficelé dans un linceul bon marché, les cheveux peignés du mauvais côté. Ça, ce furent mes débuts. Puis, durant la guerre, nous devions enterrer les morts. L'équipe dont je faisais partie était dirigée par un maître maréchal-ferrant qui n'avait ni formation ni idées en la matière, mais qui voulait du boulot bien fait. C'est alors que mon talent s'est vraiment manifesté. Nous n'avions pas beaucoup de moyens. Pas question d'embaumer les corps, bien sûr, mais au moins nous pouvions leur donner l'aspect de soldats de la reine, à ces pauvres gars. Quand il y en avait un qui avait été blessé à la figure, nous pouvions toujours lui mettre un bon morceau de sparadrap. J'aurais reçu une médaille pour mon travail s'il n'y avait eu un malentendu pour lequel je n'en veux à personne, plus maintenant. D'autres équipes copièrent nos méthodes, mais elles allèrent trop loin. Il y eut un salaud qui se mit à faire un affreux commerce de cœurs. Comme c'était un officier, son courrier n'était pas censuré — un gentleman ne lit pas une lettre de son égal, tu comprends. Ce type écrivait à des femmes en Angleterre : « Chère Madame, veuillez recevoir mes condoléances pour la mort de votre fils qui est mort en brave, avec le respect de tout son régiment. Avant d'expirer, il a exprimé le souhait que son cœur retourne en Angleterre et repose dans l'église où, enfant, il apprit à être un homme. Je peux vous livrer ledit cœur, convenablement conservé, à mon retour dans ma patrie, moyennant une modeste rétribution. Veuillez agréer… » Un trafic dégoûtant, mais quelle mère pouvait résister à une offre pareille ? Maudit soit ce sale individu, où qu'il soit maintenant. Puis, de retour en Angleterre, j'ai reçu une certaine formation professionnelle ; c'est alors que j'ai appris tous ces trucs. Mais l'art véritable, celui du maquillage, ne me vient pas d'une entreprise de pompes funèbres. Je le tiens d'un de mes copains qui jouait des rôles secondaires de clowns dans des spectacles de Noël. De la poudre. C'est ça, le grand secret. »

Zadok fit voler un nuage de *poudre de riz* [1] parfumée à la violette autour de la tête du cadavre.

« Ça, c'est la base », expliqua-t-il.

Il badigeonna rapidement la face livide de McAllister d'une couleur saumon clair, et avec une brosse, passa du fard cramoisi sur les pommettes. Ensuite, il massa douce-ment les lèvres grises, pincées, du mort pour leur donner un sourire qu'elles n'avaient sans doute jamais eu et les maquilla avec une pommade rouge que même une prosti-tuée aurait jugée trop vive. Enfin, il enduisit les cheveux clairsemés d'un peu de vaseline et les peigna en avant.

« Comment se coiffait-il, à ton avis — quand il lui arrivait de se coiffer ? Comme nous n'avons pas la moindre indication, nous opterons pour le style classique. »

Zadok traça une raie à gauche, puis enroula les cheveux du côté droit sur son doigt pour former une mèche ondulée sur le front, donnant au vieux un air coquet, presque de dandy. En un clin d'œil, il mit au mort col et cravate ; il lui enfila le gilet et drapa une énorme chaîne de montre en argent, dont on avait ôté la montre, sur son ventre creux.

1. En français dans le texte.

La veste. Il glissa dans la poche de poitrine un morceau de carton sur lequel on avait cousu un peu de batiste (McAllister n'avait jamais employé, ni même possédé de mouchoir). Enfin, il croisa les mains du mort, en un geste de résignation chrétienne, sur sa poitrine, et l'œuvre d'art fut terminée.

Puis vint l'autre surprise de cette extraordinaire, de cette exaltante soirée : Zadok prit la main droite de McAllister dans la sienne et la serra cordialement. « Adieu, mon vieux », dit-il. Remarquant l'étonnement de Francis, il expliqua : « Je fais toujours ça. Je suis celui qui leur fournis un dernier et très intime service, tu vois ; le prêtre, c'est une tout autre affaire. C'est pourquoi je leur serre toujours la main et leur souhaite bon voyage. Tu ferais bien d'en faire autant, Frankie, vu que tu étais ici avec moi, que tu as fais des dessins de lui, et tout ça. »

Avec timidité, mais courage, Francis serra la main glacée de McAllister.

« Voilà, mon vieux, on va te remettre au frigo et je te livrerai demain matin, à la première heure, bien à temps pour l'exposition du corps. Quant à toi, Frankie, mon garçon, il faut que je te ramène dare-dare avant que quelqu'un ne s'aperçoive de ton absence. »

À l'étonnement de Francis, Zadok ne le ramena pas seulement à Saint-Kilda, mais monta avec lui et, quand la porte de la chambre à coucher se fut refermée, alla... Alla où ? Le bruit de ses pas n'était pas celui de pieds descendant l'escalier, mais plutôt de pieds grimpant au troisième étage, vers l'appartement privé de Victoria Cameron dont l'accès était interdit à Francis sous peine des pires châtiments. Tu ne dois jamais, jamais monter là-haut, Francis. Alors pourquoi Zadok le faisait-il ? Une autre surprise à la fin d'une journée étonnante qui lui avait ouvert de nouveaux horizons. Une journée mémorable dans sa trajectoire vers la carrière d'artiste, vers une vie d'homme mêlé aux grands événements de ce monde, comme Harry Furniss.

Dans les semaines qui suivirent, Francis passa bien des heures enchantées dans l'arrière-boutique de M. Devinney à observer Zadok et à dessiner avec ardeur. Une variété de sujets s'offrit à son regard et à son crayon. Les vieux prédominaient, bien sûr, mais, de temps à autre, arrivait le corps d'une personne qu'un accident ou une maladie inexplicablement virulente avait fauchée dans la fleur de l'âge. Un jour, il y eut une jeune fille de seize ans. Francis ne la connaissait pas vraiment, mais il l'avait rencontrée dans la rue et à l'opéra McRory.

Avec les sujets féminins, Zadok se comportait d'une manière exemplaire. Quand il les déshabillait sur la table, il étendait une serviette sur leur pubis, de sorte que, à sa grande déception, Francis ne put jamais voir une femme complètement nue.

« C'est une question de discrétion professionnelle, explique-qua Zadok. Pas de curiosité inconvenante avec les dames. C'est pourquoi nous recouvrons toujours leurs Parties avec une serviette, vois-tu, mon p'tit. Car aucun homme n'a de raison de regarder les Parties d'une femme à laquelle il a affaire à titre purement professionnel. »

Cependant, comme le pauvre Francis brûlait de voir ces Parties au sujet desquelles il se perdait en de si pénibles conjectures ! Qu'est-ce que cela pouvait bien être ? Les quelques nus qui figuraient dans la collection de Tante ne semblaient pas en avoir, ou alors ils se tournaient de manière à les dissimuler au regard du spectateur, ou encore posaient leur main dessus. À quoi pouvaient bien ressembler ces fameuses Parties ? Avec beaucoup de tact, il posa la question à Zadok : étant un artiste, lui, Francis, ne devait-il pas connaître tout ce qui concernait le corps humain ?

« Il faudra que tu découvres cela par toi-même, Francis, répondit Zadok d'un ton solennel. Les seins, on les voit souvent ; en fait, c'est la première chose que chacun de nous voit dans la vie, mais les Parties d'une femme, c'est une autre affaire. »

Une nuit de mars, alors qu'il emmenait Francis chez Devinney, Zadok parut très déprimé.

« J'en suis tout retourné, mon garçon, vraiment retourné. »

Quand il ouvrit le frigo, il apparut que ce qui le retournait, c'était le corps de François-Xavier Bouchard, un tailleur nain que les habitants anglophones de Blairlogie connaissaient sous le nom de Bushy.

Sa boutique se trouvait dans un misérable bâtiment à un étage au bout de Dalhousie Street. En été comme en hiver, on pouvait voir Bushy sur le seuil de sa porte, attendant le client. Il ne devait pas faire beaucoup d'affaires : peut-être recousait-il de temps en temps un bouton ou retournait-il un costume pour quelque personne économe ; cependant, il semblait gagner sa subsistance même si, comme beaucoup de tailleurs, il était fort mal vêtu. Il souriait en permanence d'une sorte de sourire canin qui semblait implorer la tolérance, le respect dépassant ses espoirs.

Et le voilà qui était maintenant étendu sur la table de M. Devinney, avec son énorme tête et son torse pareil à une barrique ; ses bras étaient si courts que les coudes semblaient tout près des épaules, et les mains des coudes ; ses parties sexuelles, qui auraient été d'une dimension ordinaire chez un homme de taille normale, paraissaient énormes au-dessus de ses minuscules jambes. Sa tête reposait sur la table avec un angle bizarre.

« Il s'est pendu, dit Zadok. On l'a trouvé ce matin. Il a dû se zigouiller il y a deux ou trois jours. Pauvre, pauvre petit bonhomme ! Nous devons faire tout ce que nous pouvons pour ce vieux F.-X., Francis, quoique rien ne puisse le dédommager pour l'existence qu'il a eue. »

Telle que Zadok la décrivit, la scène qui précéda celle de la mort de Bushy stupéfia Francis. Il n'avait encore jamais rien connu de pareil, hormis ces terribles quarts d'heure dans le terrain de jeux de Carlyle Rural, quand les garçons gonflaient des grenouilles et torturaient des chats. Cette histoire avait certainement rouvert les plaies du Christ.

« Les hommes de l'une des loges… Je ne te dirai pas laquelle, Francis. Sais-tu ce que c'est qu'une loge ? C'est un tas de types qui se réunissent pour pratiquer une sorte de religion qui n'est pas exactement une vraie religion. Ils ont des autels et tout un bazar, ils mettent un genre de déguisement et échangent des paroles qui n'ont aucun sens. Tout cela est très secret, mais, en fait, le premier venu que cela intéresse peut découvrir ce qu'ils font. De temps en temps, ils organisent une grande cérémonie pour accueillir les nouveaux membres. Ensuite, faut qu'ils s'amusent. Tu sais comment c'est : après un moment très solennel, tu as besoin de te distraire. Comme aux réceptions qui suivent les enterrements, par exemple : les gens plaisantent et se disputent. Eh bien, il y a quelque temps déjà, ces gars ont pensé que ce serait amusant d'enivrer Bushy, de l'emmener à la loge située au-dessus de la quincaillerie De Marche et de lui donner un bain. Ils ont fait ça plusieurs fois. Chacun d'eux l'empoignait, lui fourrait le savon dans la figure ou essayait de lui arracher la peau en le frottant avec une serviette. Puis ils le fouettaient avec des serviettes mouillées et le faisaient courir d'un côté à l'autre de la pièce pour voir s'agiter ses petites jambes et bringuebaler son gros machin. Ils lui ont fait subir une de ces séances il y a trois jours ; je suppose que le pauvre petit gars ne l'a plus supporté. Il est rentré chez lui et s'est pendu. Avec une paire de bretelles, à ce qu'on m'a dit. Bon sang, Frankie, je ne sais pas si je dois pleurer ou vomir. J'ai connu des humiliations, moi aussi, mais ce pauvre vieux F.-X... »

Zadok ne put continuer. Il se pencha au-dessus du tailleur avec une douceur particulière. Oui, que je tombe en soldat dans quelque vaste plaine.

Francis avait vu dans les livres de Tante des tableaux appelés *La Mise au tombeau*. Quelle dignité, quelle compassion étaient peintes sur les figures de ceux qui tenaient le corps du Sauveur ! Il avait regardé ces images, mais ce n'est qu'en voyant travailler Zadok qu'il les comprit, les sentit vraiment. Il dessina comme un homme et un artiste, mais ne put s'empêcher de renifler de temps en temps. Le souvenir de cette heure-là ne le quitta jamais.

Quand tout fut terminé, Zadok et Francis souhaitèrent bon voyage à Bushy. Puis, comme d'habitude, car Zadok y tenait beaucoup, Francis se lava soigneusement les mains.

La nuit, quand il était censé être au lit et dormir, Francis était parfois tout ce qu'il y avait de plus éveillé et absorbé dans... oui, dans quoi, exactement ? Il serait difficile de parler de jeux et lui-même aurait été incapable de décrire ce qu'il faisait si quelque adulte indigné, ou atterré, le lui avait ordonné.

Des pensées et des désirs sexuels l'assaillaient plusieurs fois par jour et même le remède du docteur Upper, celui de la serviette froide, se révéla inefficace ; Francis l'essaya une ou deux fois, puis décida que c'était absurde : il n'avait pas envie de réprimander son pénis pour l'insistance qu'il mettait à se faire remarquer, et cela non seulement quand Francis laissait errer ses pensées au sujet des mystérieuses Parties féminines, mais aussi quand il songeait à quelque chose d'aussi inoffensif que la nourriture ou bien se demandait ce qu'il avait bien pu faire de son tube de blanc de Chine. Était-il mauvais ? Cette malignité, toutefois, était excitante. Se pouvait-il qu'il fût anormal ou malade pour être ainsi tourmenté par une partie incontrôlable de son corps ? Dans son entourage, il n'y avait personne à qui il eût pu le demander.

Quoi qu'il en fût, les exigences de son pénis étaient fréquentes et, ce qui l'inquiétait beaucoup, délicieuses. Bien que sachant que c'était mal, il les provoquait parfois en regardant sa petite collection de revues de cinéma. Il avait acheté celles-ci à intervalles dans un magasin local appelé *The Beehive* qui vendait non seulement des journaux, mais aussi des masques, des bagues en forme de serpent, serties de morceaux de verre rouge étincelant à l'endroit des yeux, et des livres qui vous apprenaient à être prestidigitateur ou ventriloque. Dans les revues de cinéma, il y avait les photos des vedettes en vogue à l'époque : Mae Murray, Margarita Fisher, Gladys Walton. Elles portaient des maillots de bain qui découvraient leurs jambes jusqu'au genou, ou des jupes courtes avec des bas roulés ; sur une photo extraite de quelque film dont l'action se déroulait à une époque où les gens étaient insensibles à l'impudeur (ou bien l'appréciaient), on voyait Gloria Swanson montrer l'une de ses cuisses presque jusqu'à la hanche. Contempler cette image était extrêmement excitant. Tellement plus excitant que les rares nus qu'il pouvait trouver dans les livres de Tante ! La plupart du temps, c'étaient des personnages monumentaux de Thorvaldsen ou de quelque artiste du XIXe siècle qui avait une attitude très « uppérienne » à l'égard du sexe. Ils n'offraient aucun intérêt. Les vedettes de cinéma, elles, étaient vivantes, et excitantes. Mais les photos les plus excitantes, c'étaient celles de Julian Eltinge.

Francis avait vu cet acteur, interprète très connu de rôles féminins, au théâtre de son grand-père, dans le film intitulé *The Countess Charming*. Eltinge était un homme grassouillet d'aspect tout à fait ordinaire qui, à l'aide d'un déguisement, pouvait se transformer en une femme pleine de charme et d'élégance ; dans le film, on voyait la lingerie à dentelle, le corset et la perruque qui permettaient cette métamorphose. Avec quelques bouts de rideaux et de petits morceaux de soie qu'il cachait dans un tiroir de sa commode, Francis essaya d'imiter Eltinge. L'effet obtenu, qui n'aurait guère impressionné un spectateur, le satisfit pleinement. Il lui fallait comprendre la silhouette humaine : il fourra assez de chiffons dans le haut de son pyjama pour créer une poitrine analogue à celle d'Eltinge. Les jambes étaient un élément important des photos de vedettes : Francis disposa les siennes à la manière de Gloria Swanson. N'ayant pas de perruque, il entoura sa tête d'une écharpe. L'image que lui renvoya le miroir le combla et l'excita au plus haut point. Qu'avait fait Eltinge au sujet des Parties ? À en juger par les siennes propres, ç'avait dû être le point le plus délicat du déguisement.

Les fantasmes du coucher avaient pour pendants des horreurs nocturnes. Dans ses rêves, Francis était assailli par des succubes qui ne ressemblaient en rien à Gloria Swanson ou à la piquante Clarine Seymour ; non, dans ses cauchemars, de vieilles sorcières et des femmes qui ressemblaient affreusement à celles qu'il avait vues chez Devinney le tourmentaient et chuchotaient à son oreille ; un flot de liquide chaud sur ses cuisses le réveillait, le faisant bondir du lit, tamponner les draps avec un linge humide et nettoyer du mieux qu'il pouvait son pantalon de pyjama. Et si quelqu'un s'en apercevait ? Et si Anna Lemenchick, qui faisait les lits, en parlait à Victoria Cameron ? Que se passerait-il ? Il ne pouvait l'imaginer, mais sa honte serait certainement pire que tout ce que le riche vocabulaire du docteur Upper avait pu décrire. Il était toutefois incapable d'arrêter : prendre des poses à la manière de Julian Eltinge avait un attrait irrésistible.

« *Que penses-tu de cela, mon ami ? demanda le démon Maimas.*

— Tu ferais mieux de me dire ce que toi, tu en penses, répondit le Petit Zadkiel, car je te soupçonne d'être à l'origine de ces jeux.

— En effet, et je veillais à ce que personne ne surprît Francis pendant qu'il s'y livrait. Le garçon avait raison : ils auraient suscité une pieuse indignation. Mais tu vois sûrement ce qu'il était en train de faire ?

— De toute évidence, il cherchait quelque chose que la vie lui refusait. Il essayait de venir à bout d'un problème auquel son existence à Blairlogie n'offrait ni solution ni consolation. Il semble n'avoir connu aucune fille, sauf de très loin, et les photos qu'il regardait ne ressemblaient à rien de ce qu'il aurait pu connaître, même s'il avait fréquenté ses petites camarades d'école.

— Heureusement, car ce n'était pas une fille en chair et en os qu'il essayait d'évoquer devant son miroir, et ce n'était certainement pas non plus Julian Eltinge. Ce qu'il cherchait — bien entendu, il n'en savait rien — c'était la Jeune Fille enfouie en lui, l'idéal féminin qui existe sous une forme ou sous une autre chez tous les hommes de quelque envergure, et c'est bien ce qu'était mon Francis. Rien à voir avec l'efféminement, chose dont l'eût accusé toute personne qui l'aurait surpris. Ce n'était sûrement pas de l'homosexualité : chez Francis, cette tendance n'a jamais été plus prononcée que celle qui existe chez tout un chacun. Il cherchait obscurément en lui-même le Mariage Mystique, l'union du principe masculin et du principe féminin sans laquelle il n'aurait pas valu grand-chose dans sa future vie d'artiste et d'amateur d'art. Tout comme n'importe quel homme destiné à voir un peu plus loin que le bout de son nez a du mal à s'épanouir s'il ne réalise pas cette union. Le jeu du déguise-

ment marquait le début de cette recherche du Mariage Mystique, l'une des grandes quêtes de la vie. Comme c'est toujours le cas, elle s'avéra plus longue et plus importante que la découverte à laquelle elle mène.

— Je vois. Et je suppose que c'est cette quête que le pauvre Simon Darcourt appréhende vaguement, mais sans vraiment la cerner, quand il peine sur la biographie de Francis ?

— N'exagérons pas. Et, surtout, ne sous-estimons pas Darcourt, encore qu'il ne penserait pas à décrire la quête de Francis comme un désir de connaître l'aspect féminin de sa propre nature de manière à pouvoir devenir un être humain psychiquement complet. Une idée pareille, abordée de front, dépasse généralement l'entendement des hommes. Ils commencent par voir des êtres qu'ils ne comprennent pas et, bien entendu, finissent par conclure qu'il doit s'agir de monstres.

— Comme toi-même, mon cher Maimas ?

— Oui, comme moi. Regarde-moi, Zadkiel. Que vois-tu ?

— Un très beau corps. Des seins splendides que n'importe quelle Vénus pourrait t'envier ; un teint éclatant, des yeux lumineux et une superbe chevelure d'un noir de jais. Jusque-là, une femme. Mais tu as aussi d'élégantes hanches étroites et des jambes nerveuses, de beaux organes génitaux masculins qui bougent chaque fois que tu changes de position ou de pensée. Hermès et Aphrodite merveilleusement réunis en une seule forme. Le simulacre d'une créature humaine complète, quoique, bien entendu, tu ne pourrais être ce que tu es — un démon — si tu n'étais pas infiniment supérieur à l'homme tel qu'il existe maintenant. Peut-être es-tu une créature du futur ?

— Seulement en tant que symbole, mon frère. Si l'humanité prenait cette forme, elle aurait beaucoup de mal à se reproduire.

— Revenons à la quête. En tant qu'ange biographe, c'est ce que je dois enregistrer — en fait, ai enregistré, car ce que nous sommes en train de regarder est un document du passé. Cependant, comme je l'ai déjà dit, je ne peux me rappeler toutes ces vies en détail. A-t-il poursuivi sa quête jusqu'au bout ? Peu d'humains le font.

— Non, mais toute personne qui cherche trouve des indications, des intuitions très précieuses qui éclairent brus-

quement sa vie. Et je suppose que tu as remarqué ce signe évident, ce présage que nous distinguons au moment où Francis se mire dans la glace, ridiculement déguisé en femme.

— *Je crains d'être trop obtus, dit l'ange.*

— *Eh bien, regarde derrière le garçon couvert de ses pitoyables oripeaux, regarde l'image qui est au mur — cette reproduction que Tante avait mise là dans la bonté de son cœur prude et avide de pouvoir. Savait-elle que c'était une prophétie ? Pas consciemment, mais c'en était bien une et aussi l'essence de la vie que menaient tous les habitants de Saint-Kilda. L'image de l'amour exclu.*

— *Francis ne trouvera-t-il jamais l'amour ?*

— *C'est toi qui déroules cette histoire, cher ami. Continue donc, je t'en prie. »*

Cependant, il est impossible de continuer sans parler, en ce point, d'un événement avec lequel Francis n'avait rien à voir, mais qui influença son avenir d'une manière décisive : la chute — seulement temporaire, comme nous le verrons — de Gerald Vincent O'Gorman qui, en tant que mari de Mary-Tess, était l'oncle du garçon.

G. V. O'Gorman était un homme d'affaires extraordinairement doué, et le sénateur, qui savait discerner le talent, lui avait donné un avancement rapide. Gerry, comme l'appelait tout le monde, ne tarda pas à devenir le bras droit de son beau-père ; il s'occupait de toutes les affaires courantes, donnant son avis quand on le lui demandait — et parfois quand on ne le lui demandait pas — mais laissant les décisions importantes au sénateur.

C'était un grand et corpulent Canadien irlandais, bel homme, une nature joyeuse et bonne, un mari aimant pour Mary-Tess et un père attentif pour leurs fils, Gerald Lawrence et Gerald Michael. C'était aussi un fervent catholique et, après le sénateur, le I.C.L. le plus en vue de Blairlogie et des environs.

Les O'Gorman venaient dîner à Saint-Kilda tous les dimanches et le spectacle de leur amour réchauffait le cœur de Tante. Une de leurs spécialités conjugales, c'était une sorte de chevalerie macabre où chacun déclarait en public qu'il avait le droit absolu de « partir le premier » dans l'autre monde.

« Oh, Mary-Tess, si tu pars la première, je ne te le pardonnerai jamais car une vie sans toi n'en serait pas une, ma chérie.

— Ne dis pas des choses pareilles, Gerry ! Tu sais que cela me tuerait si tu partais avant moi. Pour l'amour de Dieu, mon cœur, laisse-moi te précéder ! Ce sera la dernière des mille et une joies que tu m'as données !

— Eh bien, que Dieu fasse que ce jour-là soit encore loin ! Mais je ne te promets rien. »

Ces paroles étaient suivies d'un baiser, à la table même, après que Gerry se fut galamment essuyé les lèvres avec sa serviette. Tante rayonnait, Marie-Louise approuvait de la tête et le sénateur baissait les yeux vers son assiette.

Aurait-on pu imaginer couple plus parfait ? Arriva pourtant le jour affreux où Mary-Tess, se trouvant non loin du siège de la société à cinq heures de l'après-midi, eut la malencontreuse idée de s'y rendre pour rentrer à pied avec son cher Gerald et surprit celui-ci en train de faire énergiquement l'amour à sa secrétaire, Blondie Utronki, sur sa table de travail.

Oh, les larmes ! Oh, les protestations ! Oh, la terrible chute ! Car les hurlements de Mary-Tess avaient attiré une des femmes de ménage et celle-ci s'empressa de répandre l'histoire dans toute la couche polonaise du gâteau aux fruits ; de là, elle monta rapidement dans la couche française et, en un clin d'œil, atteignit le sommet, la couche écossaise, où elle causa une vertueuse jubilation.

On aurait dû s'en douter. Blondie Utronki était exactement la fille à ça ! D'ailleurs, Gerry O'Gorman ne l'avait-il pas pistonnée chaque fois qu'il l'avait pu pour la faire chanter à l'opéra McRory — à cinq gros dollars la roulade — juste avant le grand film, quand celui-ci était particulièrement bon ? *I'm Forever Blowing Bubbles*[1], *Smile Awhile*,

1. « Je ne cesse de faire des bulles ».

I'll Kiss You Sad Adieu[1] et tout ça ! Eh bien, elle a fait sa dernière bulle à Blairlogie et elle va donner à Gerry un triste baiser d'adieu, je vous en fiche mon billet !

Commentaire de la mère d'Alexander Dagg : cette famille a du sang mauvais dans les veines, je l'ai toujours dit ! D'abord on se donne des airs et ensuite on fait des cochonneries sur un bureau ! La chute des McRory est proche ! Ils ont le cerveau pourri ! Regardez la vieille tante !

Mais il y avait pire. Tante, qui œuvrait infatigablement en coulisse pour arranger les destinées, s'était décarcassée pendant deux ans pour réaliser le dernier coup qu'elle avait fait à Saint-Bonaventura. Le père Devlin était devenu monseigneur Devlin, et c'était Tante qui avait pressé, importuné l'évêque pour qu'il lui fît accorder ce titre. Elle avait même offert au père Devlin ses deux premières paires de chaussettes violettes, un des attributs de sa nouvelle dignité. Mais là n'était pas son plus grand succès.

Saint-Bonaventura s'était distinguée pendant la guerre par ses œuvres de bienfaisance, et Gerald Vincent O'Gorman, un peu trop vieux pour être mobilisé et conscient de ce que son beau-frère, le major Francis Chegwidden Cornish, soutenait brillamment l'honneur de la famille dans l'armée, avait trimé comme un nègre dans ce domaine. Les tournois de whist, les concerts, les dîners de volaille, c'était lui ! Sa réussite était telle que Saint-Bonaventura laissa toutes les communautés protestantes loin derrière elle pour ce qui était du montant des contributions. Rappelez-vous le Fonds de cigarettes : un vrai triomphe sur le plan de l'organisation et du résultat ! Et tout le monde savait, parce que Tante le racontait en douce, que Gerry faisait d'innombrables bonnes œuvres et avait payé beaucoup d'embellissements de l'église de sa propre poche sans jamais en souffler mot à personne. Un dévouement pareil ne méritait-il pas une récompense ?

Et récompense il y eut, car Tante harcela l'évêque, qui harcela le cardinal des brefs apostoliques jusqu'à ce que Gerry fût honoré par le pape lui-même. Monseigneur

1. « Souris-moi un instant, je vais te donner un triste baiser d'adieu ».

Devlin annonça un dimanche matin à la grand-messe que désormais Gerry était chevalier de Saint-Sylvestre en reconnaissance de son travail pour l'Église, le Saint-Siège et la société en général.

Mary-Tess se montra exactement modeste. Ce n'était tout de même pas le titre de commandeur ou de grand-croix, simplement celui de chevalier de Saint-Sylvestre. Non, absolument aucune part de cet honneur ne revenait à l'épouse : c'était une affaire purement masculine, mais elle était très fière, bien sûr. Si ce titre avait des signes distinctifs ? Eh bien, à l'avenir, lors de grandes occasions comme, par exemple, une visite de l'évêque à la grand-messe le jour de la fête de Saint-Bonaventura, le 15 juillet, Gerry serait obligé de porter une veste aux boutons dorés, avec des broderies d'or sur le col et les manchettes en velours, un pantalon à bande d'or et un bicorne orné de la cocarde papale. Et la médaille de l'Ordre d'où pendait l'Éperon d'or. Et, bien entendu, l'épée. Il lui faudrait arborer cette arme, que cela lui plût ou non, et elle, elle aurait pour tâche de veiller à ce que sa tenue fût correcte car vous savez comment sont les hommes. Oui, admettait Mary-Tess quand on insistait, oui, tout cela était fort agréable.

Puis cette affreuse histoire de Blondie Utronki !

Monseigneur Devlin, dont la vie était loin d'être un lit de roses, trouva que la tâche la plus difficile qu'il ait jamais eu à accomplir fut d'informer Gerry que sa conduite était indigne d'un chevalier papal et que l'évêque avait ordonné une enquête. Lui, Devlin, serait obligé de rédiger un rapport officiel pour l'évêque qui enverrait d'urgence ce document à Rome. Le chevalier perdrait son titre. Tout malheureux dans ses chaussettes violettes, monseigneur Devlin fit tout ce qu'il put pour lui dorer la pilule, mais Gerry n'était pas disposé à l'avaler.

« Ce que je voudrais savoir — que j'exige de savoir, mon père — c'est qui a cafardé ?

— Voyons, Gerry, nous n'avions pas besoin de cafard. Toute la ville parlait de cette histoire.

— Juste quelques commérages locaux. Qui m'a dénoncé à l'évêque ? C'est cela qui m'intéresse.

— Écoutez, Gerry, vous savez que je dois écrire ce rapport personnellement, même si ma main se desséchait en le rédigeant.

— Vous ne pouvez pas vous dérober à votre devoir. Mais qui m'a dénoncé à vous ?

— Toute la ville, je vous dis. Les presbytériens jubilent. J'ai rencontré M. McComas à la poste, et il m'a dit : « Je suis navré d'apprendre vos ennuis. » Moi, me faire plaindre par un ministre presbytérien ! Ils se moquent secrètement de nous.

— Et ouvertement aussi, je peux vous l'assurer ! Hier, au bureau, un plaisantin a collé sur le tableau d'affichage une note qui disait : « Toutes les épées à retourner à Rome doivent être déposées dans le porte-parapluies avant vendredi. »

— Comme c'est mesquin ! Traitez-les par le mépris.

— Savez-vous qui je soupçonne ? Ne vous fâchez pas. Comme vous le savez, je n'ai jamais éprouvé de sympathie pour lui. Le père Beaudry ! Je parie que c'est sa lettre qui vous a mis l'évêque sur le dos !

— Taisez-vous, Gerry, je ne peux pas écouter ce genre de propos.

— Ah non ? Eh bien, il a beau être prêtre, c'est un mouchard et vous pouvez être sûr qu'il ne portera jamais de chaussettes violettes si je peux l'empêcher !

— Gerry, vous savez bien que l'Ordre exige un « caractère irréprochable », ce n'est pas plus compliqué que ça. N'en parlons plus. Où est Blondie ?

— Partie à Montréal.

— Ce n'est pas une mauvaise fille. J'espère que vous l'avez dédommagée. Vous avez ruiné sa réputation, vous savez.

— Oh, Mick, ne dites pas de bêtises ! Elle savait parfaitement ce qu'elle faisait ! C'est la mienne, de réputation, qui est ruinée. »

Outre beaucoup d'autres paroles dans ce style, monseigneur Devlin dut écouter les lamentations et les supplications de sa bienfaitrice, Mary-Ben.

Cette histoire fut vécue comme un grand drame

par les McRory, sauf peut-être pour le sénateur que des affaires gouvernementales retenaient à Ottawa.

Comme il n'allait pas à l'école, Francis ignorait tout des problèmes domestiques et publics que connaissaient les O'Gorman, et l'atmosphère morose qui régnait à Saint-Kilda ne l'affectait pas. Il avait son propre scandale.

Il avait maintenant la certitude que plusieurs soirs par semaine Zadok Hoyle gravissait l'escalier interdit qui menait à l'appartement de Victoria Cameron. Que se passait-il là-haut ? Quelle sorte de rapports entretenaient ces deux personnes qui jouaient un rôle si important dans sa propre vie ? Si tout cela était parfaitement innocent, pourquoi Zadok ôtait-il ses bottes et montait-il en chaussettes ?

Et puis on entendait des bruits. Des rires que Francis pouvait identifier comme étant ceux de Zadok et de Victoria. Quelqu'un qui chantait, de toute évidence Zadok. Parfois des coups sourds et le frottement de pieds sur le plancher. Rarement, mais assez souvent pour l'intriguer, une sorte de miaulement très fort, plus fort que celui que pourrait émettre un chat. Il répugnait à en parler à Tante : on aurait pu croire qu'il rapportait. Et, manifestement, il ne pouvait interroger Zadok et Victoria car s'ils faisaient quelque chose d'interdit — quelque chose qui avait peut-être un rapport avec le grand mystère et le monde ténébreux à moitié révélé par le docteur Upper —, ils se fâcheraient contre lui ; alors ses longues conversations philosophiques avec Victoria et ses visites au salon funéraire, si nécessaires à ses études de dessin, prendraient fin. Toutefois, il fallait absolument qu'il sût ce qui se passait.

Aussi, une nuit, au début du carême, il monta doucement l'escalier, en pyjama, cherchant son chemin à tâtons dans l'obscurité. Soudain, il se rendit compte que les murs étaient couverts de quelque chose de doux au toucher, comme un tissu de laine. Sur le palier, il put voir à la lueur de la lune qui entrait par une fenêtre haut placée, que c'était en effet du tissu et qu'un épais rideau de couvertures pendait juste devant lui. Cela lui parut curieux car il savait que la chambre de Victoria se trouvait de l'autre côté et que la partie de l'étage située au-delà de ce rideau, vers l'avant de la maison, se trouvait au-dessus de la vaste chambre à coucher de ses grands-parents. D'une façon malencontreuse, il trébucha. Un garçon pieds nus ne fait pas beaucoup de bruit, mais soudain, il y eut de la lumière. Une porte s'était ouverte, encadrant la silhouette de Zadok.

« Vous voyez, mademoiselle Cameron, je vous avais bien dit qu'il monterait un de ces jours. Entre, mon p'tit chéri.

— Est-ce que vous prenez la responsabilité de ce que vous êtes en train de faire ? demanda la voix de Victoria. Vous connaissez les ordres que j'ai reçus.

— Tout dépend des circonstances : à pantalon plus court il faut des bretelles plus longues, répondit Zadok. Il est ici, et si vous le renvoyez maintenant, vous le regretterez. »

Il fit signe à Francis d'entrer. La porte était pourvue d'un capitonnage rudimentaire, mais efficace.

Grande et nue, la pièce suggérait une chambre de malade car on y voyait une table couverte d'une toile cirée blanche sur laquelle se trouvaient une cuvette et un broc. Un linoléum très épais recouvrait le sol. Une seule ampoule, qui pendait du plafond sous un abat-jour d'opaline, dispensait une lumière crue. Mais ce que Francis vit en premier, et qui le fascina pendant un long moment, ce fut le lit.

C'était un lit d'hôpital pourvu de montants qu'on pouvait relever, de sorte qu'en cas de besoin il devenait une sorte de cage sans toit. Dans cette cage se trouvait un être bizarre, plus petit que Francis, vêtu d'un pyjama de flanelle froissé ; sa tête était minuscule comparée à son corps, et son crâne, s'il ne se terminait pas vraiment en pointe, formait une sorte d'arrondi étroit surmonté de cheveux noirs. Le resserrement de la partie supérieure de sa figure faisait paraître la partie inférieure plus grande, le nez plus long, la mâchoire plus large et, au milieu, deux petits yeux scrutaient le monde d'un air hébété.

« Approche-toi, Francis, et serre la main à ton frère

aîné », dit Zadok. Puis s'adressant à l'être qui se trouvait dans le lit : « C'est ton frère, Franko. Il est venu te voir. »

Francis avait appris à obéir. Il marcha vers la cage, la main tendue, mais l'étrange créature se laissa retomber sur ses oreillers en pleurnichant.

« Je te présente Francis Iᵉʳ, dit Zadok. Il faut être gentil avec lui : il ne va pas très bien. »

Relevant d'une longue maladie, Francis II était encore faible. Il s'évanouit.

Quand il revint à lui, il était dans son lit. Assise près de lui, Victoria lui tamponnait le front avec une serviette humide.

« Écoute, Frankie, tu dois me promettre, comme si tu jurais sur la Bible, que tu ne diras jamais où tu as été et ce que tu as vu. Mais je suppose que tu veux savoir ce qui se passe. Je répondrai à quelques-unes de tes questions, mais pas à toutes.

— Victoria, c'est vrai que c'est mon frère ?

— Oui, c'est Francis Chegwidden Cornish Iᵉʳ.

— Mais il est au cimetière. Tante m'a montré sa tombe.

— Comme tu as pu t'en rendre compte, il n'y est pas, là-bas. Cela fait justement partie des choses que je ne peux pas t'expliquer. Peut-être en découvriras-tu la raison quand tu seras plus grand.

— Mais il ne ressemble pas à un être humain.

— Ne dis pas ça, Frankie. Il est malade et il n'ira jamais mieux. N'empêche que c'est un être humain.

— Pourquoi est-il là-haut ?

— Parce que ce serait très dur pour tout le monde s'il habitait en bas. Il y a des problèmes. Ça serait désagréable pour tes grands-parents. Ou pour tes parents. Il mourra peut-être bientôt. En fait, personne ne s'attendait à ce qu'il vive aussi longtemps.

— Vous et Zadok, vous passez beaucoup de temps avec lui.

— Il faut bien que quelqu'un le fasse. C'est ton grand-père qui m'a demandé de m'en occuper. Mais il y a une chose que je ne fais pas très bien : le distraire. C'est

Zadok qui s'en charge. Il est merveilleux pour ça. Ton grand-père a confiance en lui. Bon, et maintenant tu ferais mieux de dormir.

— Victoria...

— Oui ?

— Est-ce que je pourrai revenir le voir ?

— Je ne pense pas que cela soit très indiqué.

— Victoria, je suis tellement seul ! Je pourrais parfois venir vous rejoindre, Zadok et toi. J'arriverai peut-être à le distraire, moi aussi.

— Je ne sais pas.

— Oh, je t'en prie !

— Bon, on verra. Et maintenant, dors. »

Les adultes croient toujours que les enfants peuvent dormir sur commande. Une heure plus tard, quand Victoria regarda de nouveau dans la chambre, Francis était encore éveillé et elle fut obligée de prendre une mesure extraordinaire : lui donner, en guise de somnifère, un verre de lait chaud corsé avec un peu de rhum appartenant au sénateur.

Pendant cette heure-là, son esprit était resté fixé de façon obsédante sur sa découverte. Il avait un frère. Son frère était un être étrange. Ça devait être ce fou que, selon l'odieuse maman d'Alexander Dagg, les McRory gardaient enfermé dans leur grenier. Un fou ! Il ne pouvait pas se faire à cette idée. Mais une autre idée s'imposait avec force à son esprit : il voulait dessiner le Fou.

Aussi, dès le lendemain soir, il monta au troisième étage avec son carnet de croquis et son crayon. Victoria Cameron était furieuse : avait-il l'intention de se moquer de ce pauvre garçon, d'exhiber son malheur ? Non, absolument pas ; il ne voulait rien faire de plus que ce qu'il avait fait chez Devinney : simplement suivre le conseil de Harry Furniss, celui de dessiner tout et n'importe quoi. Mais, au fond de lui, Francis savait que son désir de faire le portrait du Fou était plus que le zèle d'un étudiant des beaux-arts : dessiner était sa façon d'assimiler les choses ; il ne pouvait espérer comprendre le Fou, l'accepter comme un être ayant un rapport avec lui s'il ne pouvait le dessiner encore et encore, et saisir ses caractéristiques sous tous les aspects possibles.

Francis n'aurait su dire si Victoria comprenait quoi que ce fût à ses explications, mais la révélation de ses visites chez Devinney lui fit écarquiller les yeux, souffler bruyamment de l'air par les narines et jeter un regard féroce à Zadok. Le cocher, toutefois, resta impassible.

« Vous admettrez, miss Cameron, que Francis n'est pas n'importe qui. Or, comme je le dis toujours, tout dépend des circonstances. Je n'emmènerais pas le premier galopin venu chez Devinney, mais, pour Francis, cela fait partie de son éducation. Ce n'est pas qu'il soit bêtement curieux : il est de ces gens qui observent et qui enregistrent, une espèce rare. Francis est profond et ce genre de personne a besoin de quelque chose de plus profond qu'une tasse à thé pour nager dedans. Or, c'est exactement ce que nous avons ici : Francis II, malin comme un singe, en bas ; Francis Ier en haut, et le docteur J. A. qui donne toutes sortes d'instructions pour qu'on veille convenablement sur lui. Pourquoi les deux frères ne se rencontreraient-ils jamais ? N'ont-ils pas quelque chose à se donner mutuellement ? Franchement, miss Cameron, vous ne trouvez pas ? »

Francis n'aurait pu dire si Victoria était convaincue, mais il était clair qu'elle avait une grande confiance dans le cocher-embaumeur.

« Je ne sais pas, Zadok. Je sais simplement quels sont les ordres que j'ai reçus. Il m'a déjà été difficile de convaincre le patron qu'il serait bon que vous montiez de temps en temps — ce dont vous avez profité pour venir presque tous les soirs.

— Oui, mais le sénateur a toute confiance en moi. M'enverrait-il au Portage sinon ?

— Peut-être. Vous êtes soldat et vous avez voyagé. J'espère simplement que vous savez ce que vous faites.

— Oui, je le sais. Francis Ier a besoin d'une nouvelle tête pour le distraire. Si nous chantions un peu ? »

Zadok entonna *Frère Jacques*, qu'il chantait en français, assez bien d'ailleurs. Mais Victoria chanta :

> *Are you sleeping, are you sleeping*
> *Brother John ? Brother John ?*

parce qu'elle ne parlait pas français, ne savait pas *parley-vous the ding-dong*, comme disaient les habitants anglophones de Blairlogie, et se refusait à l'apprendre. Mais Francis se mit à chanter la troisième voix et ils exécutèrent une version bilingue acceptable de ce canon.

Le Fou était ravi. Il serait inexact de dire que sa figure s'éclaira, mais il se tenait debout, accroché au montant de son lit, et dévisageait les chanteurs tour à tour de ses petits yeux.

Puis Zadok chanta *Oui, que je tombe comme un soldat*. De toute évidence, c'était sa chanson préférée. Il en chantait la plus grande partie d'une manière extrêmement virile, mais, comme il l'expliqua à Francis, il mettait « toujours beaucoup de sentiment » dans le passage suivant :

> *I only ask of that proud race*
> *Which ends its blaze in me,*
> *To die the last, and not disgrace*
> *Its ancient chivalry !*

Tout ce que je demande à cette fière race
Qui finit de brûler en moi,
C'est de mourir le dernier et de ne pas déshonorer
Sa vieille chevalerie !

« C'est comme ça que le capitaine est mort en Afrique du Sud », déclara Zadok d'un ton solennel, mais il ne révéla pas qui était ce personnage.

Cet air-là était le joyau de son répertoire dont Francis fit le tour complet en quelques soirées. Zadok était un chanteur très « personnel ». Quand il chantait

> *There ain't a lady*
> *Livin' in the land*
> *As I'd swap for my dear old Dutch...*

Il n'y a pas de femme
Dans tout le pays
Que j'échangerais contre ma bourgeoise...

il regardait Victoria d'un air langoureux. Victoria faisait semblant de ne pas s'en apercevoir, mais elle rougissait comme il convenait. Il y avait aussi de bruyantes chansons de music-hall datant de la guerre des Boers et *Good-bye, Dolly Gray*. Et d'autres qui devaient être des bribes de chants folkloriques très anciens, mais les paroles que chantait Zadok étaient celles qu'il avait entendues enfant, dans le vrai peuple, et non pas les versions épurées et savantes que connaissait la Société anglaise du chant folklorique.

> *The cock sat up in the yew-tree,*
> *King Herod come riding by,*
> *If you can't gimme a penny*
> *Please to gimme a mince-pie.*
> *God send you a happy (ter)*
> *A Happy New Year.*

> Le coq était perché dans l'if,
> Quand le roi Hérode passa à cheval.
> Si vous ne pouvez pas me donner un penny,
> Veuillez me donner un *mince-pie*.
> Que Dieu vous envoie une bonne (ter)
> Une bonne et heureuse année.

Et il y avait une version rudimentaire de *The Raggle-Taggle-Gypsies-O* qui faisait sautiller le Fou dans son lit. Pendant cet exercice, il lui arrivait souvent de péter avec bruit; Victoria disait alors, presque machinalement : « Allons, allons, pas de ça ou je m'en vais. » Mais Zadok protestait : « Voyons, miss Cameron, vous savez bien que ce garçon est un innocent. » Puis, d'un ton cordial, il s'adressait au Fou : « Mieux vaut une maison vide qu'un mauvais locataire, pas vrai, mon p'tit Franko ? » Ces paroles semblaient réconforter le pauvre idiot qui ne comprenait pas ce qu'il avait fait de mal. Comprenait-il quelque chose à l'histoire de la dame bien née qui quittait son noble mari et son lit de plume pour rejoindre les vagabonds aux yeux brillants ? Personne n'aurait su dire dans quelle mesure il saisissait quoi que ce fût ; cependant, il réagissait au rythme, et sa chanson favorite, qui terminait chaque concert, était un air très joyeux dont Zadok et Francis battaient la mesure en frappant dans leurs mains :

Rule Britannia !
God Save The Queen !
Hard times in England
Are very seldom seen !
Hokey-pokey, penny a lump,
A taste before you buy,
Singing O what a happy land is England !

Règne, Britannia !
Vive la reine !
L'Angleterre connaît rarement des temps difficiles !
Crème glacée, un penny la boule,
Vous pouvez goûter avant d'acheter.
Chantons : Oh, quel heureux pays que l'Angleterre !

Après cela, Victoria demandait des divertissements moins bruyants, sinon, disait-elle, Certaines Personnes ne pourraient pas s'endormir.

Parfois, il y avait des pique-niques impromptus : Victoria montait toutes sortes de victuailles de la cuisine et tous mangeaient, le Fou avec bruit et entrain. Francis voyait son plaisir manifeste comme une parodie de l'avidité raffinée de Tante et de Grand-mère. Dans une de ses caricatures à la Harry Furniss, il les représenta tous trois à table. Oui, Grand-mère, et Tante, et le Fou, en train d'attaquer un énorme pâté. Zadok trouva le dessin merveilleux, mais Victoria s'en empara, le déchira et gronda Francis pour sa « méchanceté ».

Comme le Fou était muet, c'étaient Zadok et Victoria qui parlaient. De temps à autre, ils lui adressaient un petit signe de tête pour l'inclure dans leur conversation. Zadok agitait son tuyau de pipe dans sa direction et lançait : « N'ai-je pas raison, mon vieux ? » comme si le Fou se taisait par choix et réfléchissait profondément. Francis ouvrait rarement la bouche. Il dessinait furieusement. Bientôt, il eut des carnets pleins de croquis de la scène. Les deux adultes, personnages ni à la mode ni élégants qui auraient pu appartenir à n'importe lequel des cinq siècles précédents, Victoria en train de tricoter ou de raccommoder et Zadok penché en avant, les mains sur les genoux. Zadok s'asseyait comme un paysan de l'ancien temps : son dos ne touchait jamais le dossier de la chaise. Et, bien entendu, il y avait d'innombrables esquisses de Francis Ier ; grotesques au début, elles devinrent de plus en plus pénétrantes et montraient une compréhension et une pitié qui étonnaient chez un artiste aussi jeune.

« Est-il vraiment si malade, Victoria ? Ne pourrait-il pas descendre de temps en temps ?

— Non, Francis, jamais. C'est impossible. Tu ne le connais pas encore assez bien. Il est indécent.

— Il est bizarre, c'est vrai, mais en quoi est-il indécent ? »

Victoria hocha la tête.

« Si tu devais veiller tous les jours sur lui, tu comprendrais. Il a l'esprit purulent. »

L'esprit purulent ? S'agissait-il de ce fameux cerveau pourri que la mère d'Alexander Dagg avait attribué aux McRory ?

L'explication ne vint que quelques semaines plus tard. Un soir, au début de la semaine de Pâques, le Fou se montra anormalement troublé par un hymne de circonstance que lui chantait Zadok : *Qui est cet homme aux vêtements ensanglantés ?* Il se mit à haleter et à agripper l'entrejambe de son pyjama.

« Du calme, Franko. Du calme, mon vieux », dit Zadok.

Victoria, elle, fut plus sévère.

« Frank, arrête ça, tu m'entends. Tu veux que j'aille chercher ta ceinture ? Hein ? »

Le Fou ne prêta aucune attention à ses paroles. Soufflant et glougloutant, il se masturbait. Un spectacle à remplir de honte Francis II.

Zadok se leva rapidement et le maîtrisa. D'une commode, Victoria sortit un étrange assemblage de fil de fer et de lanières. Tandis que Zadok descendait le pantalon de pyjama du Fou, elle attacha cet objet autour de la taille du malade, glissa une cage de fil de fer sur ses organes génitaux tressautants, fit passer une des lanières entre ses jambes et ferma le tout dans son dos avec un petit cadenas.

Le Fou tomba sur son matelas, pleurnichant de sa voix de chat.

« Tu n'aurais pas dû voir ça, mon p'tit, dit Zadok. C'est ça, le problème : il faut qu'il se tripote. Pendant la journée, quand miss Cameron doit travailler en bas, nous sommes obligés de lui mettre ce machin, sinon Dieu sait ce qui pourrait arriver. C'est triste, et cette cage est horrible, mais le docteur J. A. dit qu'il doit en être ainsi. Bon, et maintenant toi et moi nous ferions bien de descendre et laisser miss Cameron préparer ce garçon pour la nuit. »

C'était donc ça ! Francis avait maintenant la preuve que le docteur Upper avait dit la vérité. La masturbation, l'esprit purulent et le secret honteux du Fou faisaient partie d'une conception de la vie qui recommença à le tourmenter juste au moment où il pensait s'en être libéré.

Il fit d'affreux cauchemars. Couché dans son lit, regardant sans la voir l'image de *L'Amour exclu*, il rumina d'effrayantes pensées. Parfois, il pleurait, quoique les larmes fussent quelque chose de honteux chez un garçon de son âge. Mais que devait-il penser de cette terrible maison où le pieux raffinement de Tante cohabitait avec la volupté animale du Fou, où la douce musique que Tante jouait dans le salon contrastait avec le chant de Zadok dans le grenier, un chant si vigoureux, si passionné qu'il semblait parler de quelque chose de dangereux — de quelque chose que le docteur Upper aurait désapprouvé ? Cette maison où l'on se préoccupait tellement de son bien-être, mais où on ne lui donnait pas l'amour dont il avait besoin, sauf ces deux domestiques, qui, pour être précis, l'aimaient moins qu'ils ne l'acceptaient comme un semblable. Cette maison où, lui, l'enfant choyé, savait que dans une sorte d'hôpital-prison il y avait un autre enfant qu'on ne mentionnait et, pour autant qu'il le sût, ne visitait jamais, sauf la cuisinière-infirmière presbytérienne dont il entendait parfois l'opinion sur le sujet, quand, à contrecœur, elle en parlait.

« Il nous est interdit de juger, Frank, mais quelque chose comme ce qu'il y a là-haut n'arrive pas simplement par hasard. Rien n'arrive par hasard. Tout est écrit quelque part, tu sais, et nous devons vivre les vies qu'on nous a destinées bien avant le commencement du monde. Par conséquent, tu ne dois pas considérer ton frère comme un jugement sur quiconque. Mais je pense que ça pourrait servir d'avertissement — de mise en garde contre la fierté, peut-être.

> *In Adam's Fall*
> *We sinned all.*

> La chute d'Adam est notre péché à tous.

Ma grand-mère a brodé ces mots quand elle était jeune et son canevas pend toujours au mur, chez nous.

— Sommes-nous tous des pécheurs, Victoria ?

— Tous, Frank, quelle que soit la peine que se donne ta tante pour donner le change avec ses images saintes et ses belles prières. Ça, c'est la manière catholique de se raconter des histoires, comme si la vie était un bal costumé avec des chaussettes violettes et tout ça. La vie n'est pas faite pour le plaisir, tu sais.

— Mais n'avons-nous pas le droit d'être parfois heureux ?

— Montre-moi l'endroit dans la Bible où l'on dit que nous trouverons le bonheur dans ce monde. Le bonheur pour les pécheurs, c'est de pécher. Pas moyen de sortir de là.

— Es-tu une pécheresse, Victoria ?

— La pire de toutes, peut-être. Comment le savoir ?

— Pourquoi alors es-tu si bonne avec le gars, là-haut ?

— Nous, les pécheurs, nous devons nous serrer les coudes, Frank, et faire ce que nous pouvons dans notre état de déchéance. C'est cela, la religion. Ce n'est pas moi qui décide de ce qui est bien ou mal, mais malgré toute votre argenterie, vos épais tapis et vos tableaux — et même tes dessins, aussi bons soient-ils — cette maison est celle du Péché.

— Mais c'est affreux, Victoria! Et cela ne répond pas à ma question. Si tu es une pécheresse, pourquoi ne pèches-tu pas?

— Je suis trop fière pour ça, Frank. Dieu m'a faite pécheresse et je ne peux rien y changer. Mais je ne suis pas obligée de céder et je ne céderai pas, même à Lui. Me tuerait-il que je continuerais à L'adorer. Je ne jetterai pas l'éponge, même s'Il me damne. »

Ainsi, en plus d'un peu d'anglicanisme tiède et de beaucoup de catholicisme brûlant et sucré, Frank s'imprégna d'un calvinisme austère et impitoyable. Cela ne l'aidait en rien à résoudre ses difficultés personnelles. Mais il aimait Victoria et la croyait, tout comme il croyait Tante. La seule personne qui ne semblait pas avoir un Dieu qui voulût sa peau, c'était Zadok.

La religion de Zadok, si on pouvait l'appeler ainsi, se résumait ainsi : « La vie est une drôle d'affaire, mon p'tit chéri. Je suis bien placé pour le savoir! »

À sa manière, la Maison du Péché était magnifique. Frank tirait de la satisfaction de sa richesse sans avoir une idée très claire de sa laideur. Le salon, tellement bleu argent, tellement encombré de meubles « Louis » inconfortables où le seul contraste était apporté par le poli éclatant du Phonoliszt en acajou et par le corpulent Victrola, réceptacle de superbes musiques, dont plusieurs disques de l'homme-dieu Caruso. La salle à manger, champ de bataille de deux grandes indigestions, celle de Tante qui se manifestait par des gaz sévèrement réprimés, et celle de Grand-mère qui prenait la forme de crises de foie à répétition. Aucune de ces dames ne songeait jamais à modifier son régime. « Je peux manger de la crème », disait Tante, comme si beaucoup d'autres luxes lui étaient refusés ; elle mangeait de la crème à chaque repas. « Oh, je sais que je ne devrais pas, mais, tant pis, je cours le risque », disait Grand-mère en reprenant un morceau de la succulente pâtisserie de Victoria, généralement une tourte aux fruits. La salle à manger, avec son papier rouge velouté et ses tableaux pleins de cardinaux, ressemblait à un agrandissement extérieur de deux estomacs férocement surchargés. Et puis le cabinet de travail de Grand-père avec ses lambris si compliqués, si tourmentés, où les livres les plus intéressants étaient de loin les nombreux albums d'« images solaires » du sénateur. Une Maison du Péché ? À coup sûr une maison de frustrations et de déceptions, tout à fait en dehors de celles qui tourmentaient Francis.

Tard dans la soirée du vendredi saint, après le dîner de saumon au cours duquel il s'était privé de vin par respect pour Mary-Ben et Marie-Louise (c'est un jour d'abstinence et de jeûne, tu sais), le sénateur était assis dans son hideux bureau en train de se remonter avec un peu de son excellent whisky de contrebande quand on frappa légèrement à la porte. Celle-ci s'ouvrit juste assez pour permettre au docteur Joseph Ambrosius Jerome de se glisser à l'intérieur. Il souriait de toutes ses dents, mais moins joyeusement que d'habitude.

« Entre, Joe. J'espérais que tu viendrais me voir. Prendras-tu un petit verre ?

— Volontiers, bien que ce soit vendredi saint. Et je voudrais te parler du gars de là-haut.

— Pas de changement ?

— Il vieillit simplement, comme nous tous. Comme tu le sais, Hamish, je ne lui en donnais pas pour longtemps, quand nous l'avons installé là-haut, il y a des années de cela. Je me suis trompé.

— C'était une mauvaise décision, Joe.

— J'en sais quelque chose ! Mais rappelle-toi : nous avions longuement discuté de la chose et pensé que pour Mary-Jim et pour l'enfant à naître, c'était ce que nous pouvions faire de mieux.

— D'accord, mais prétendre qu'il était mort ! Même vis-à-vis de Mary-Jim ! Et cet épouvantable faux enterrement... Si Mick Devlin avait su qu'il n'y avait rien dans le cercueil à part quelques cailloux, il nous aurait tués !

— Marie-Louise et Mary-Ben nous approuvaient. Elles étaient sûres que c'était ce qu'il fallait faire. Cela leur arrive-t-il d'en parler maintenant ?

— Elles n'y ont pas fait allusion depuis des années.

171

Personne ne monte là-haut à part Victoria Cameron et, parfois, Zadok, je crois. Moi, je n'y vais jamais. Je ne supporte pas la vue de cette créature. Mon petit-fils ! Pourquoi, Joe, pourquoi ?

— Pour des raisons qu'il vaut mieux ne pas chercher à comprendre.

— Ce n'est pas une réponse, ça. As-tu une idée là-dessus ? Qu'est-ce que la science dit à ce sujet ?

— As-tu lu le livre que je t'ai prêté ?

— De ce type, Krafft-Ebing ? Quelques pages. Quand j'ai lu l'histoire de ce gars qui aimait manger le cérumen des oreilles de sa maîtresse, j'ai cru que j'allais vomir. Tu peux l'emporter en partant. Qu'est-ce que tout cela a à voir avec Marie-Jacobine McRory, une belle et pure jeune fille qui s'est attiré des ennuis qui auraient pu arriver à n'importe quelle autre jeune fille, vu les circonstances ?

— Ah, mais quelles étaient-elles, ces circonstances ? Je te l'avais dit à l'époque : si tu cours après les Anglais et une vie élégante, tu le regretteras. Et c'est bien ce que tu as fait depuis lors.

— Évidemment, Joe, nous savons que tu as toujours raison. Mais à quoi cela t'a-t-il servi ? Tu es un vieux garçon excentrique, à moitié fou, et ma sœur est une vieille fille tout aussi excentrique, qui a la folie religieuse, et quel que soit le dégoût que t'inspirait son cuir chevelu déchiré, vous auriez été mieux ensemble que ce que vous êtes maintenant — c'est-à-dire ensemble mais cruellement séparés. Alors, ne me fais pas la leçon.

— Calme-toi, Hamish. Ne te laisse pas aller à une de tes crises d'hystérie masculine dite de Hielan. Il y a eu des côtés positifs dans cette histoire. La dernière fois que j'ai vu Mary-Jim, elle avait l'air assez heureuse.

— Assez heureuse n'est pas *pleinement* heureuse. J'ai peut-être eu tort, mais j'ai essayé de faire ce qui était le mieux pour mon enfant.

— Bon sang, Hamish, personne ne peut faire ce qui est *le mieux* pour quelqu'un d'autre. C'est rare que les gens puissent faire ce qui est le mieux pour eux-mêmes. Mary-Jim n'est pas une grande lumière, mais Dieu sait si elle est belle, et c'est cela qui t'a fait perdre tout bon sens. Les bonnes intentions peuvent faire énormément de mal, mais tant que dure l'amour, elles durent, elles aussi, voilà. Tout compte fait, tu n'as pas trop mal réussi. Tu as décroché ton Anglais.

— Je ne cherchais aucun Anglais. Ma fille devait se marier et où ici, et même à Ottawa, aurait-elle rencontré quelqu'un d'assez bien pour elle ?

— Le vieux problème de la riche jeune fille catholique : où peut-elle trouver un mari digne d'elle ?

— J'ai rencontré quelques très bons catholiques en Angleterre.

— Très bons ? Tu veux dire bien nés, riches et cultivés ? C'est important, j'en conviens. Mais tu as fini avec Cornish.

— Et qu'est-ce qu'il a qui ne va pas, Cornish ?

— Allons, ne fais pas l'idiot, Hamish. Tu sais fort bien ce qui ne va pas avec lui. Et ce papier qu'il t'a fait signer ?

— Il m'a roulé, c'est vrai, mais, pour finir, il n'est pas si mal que ça. Écoute, Joe, garde ce que je vais te dire pour toi : nous allons bientôt avoir des nouvelles intéressantes le concernant.

— Qu'est-ce qu'il fabrique maintenant ?

— Ce qu'il fabriquait pendant toute la guerre : un travail très secret et parfois carrément dangereux, à ce qu'il paraît. Eh bien, lorsque sera publiée la prochaine liste des Honneurs, il deviendra un K.B.E. [1] — sir Francis — et ma fille, lady Cornish. Que dis-tu de cela ?

— Je suis très content pour toi, Hamish, et pour Mary-Jim. Peut-être un peu moins content pour Gerry O'Gorman et Mary-Tess. Perdre un titre de chevalier pour en voir surgir un autre dans la même famille ne va pas leur faire tellement plaisir.

— Oh, mais le leur n'était qu'un titre papal. Celui-ci est autrement plus substantiel !

— Tu m'étonnes, Hamish ! « Qu'un titre papal ! » J'ai presque l'impression d'entendre parler un protestant.

— Dans ce pays, si tu es dans la finance, tu dois apprendre à t'asseoir à la même table que les protestants.

1. Knight of the British Empire.

173

C'est eux les décideurs. Inutile d'essayer si tu es catholique ou juif. Or, je pense sérieusement à entrer dans ce monde.

— Tu as pourtant tout ce qu'il te faut.

— Les besoins et les désirs d'un homme, ça fait deux. N'oublie pas que je viens d'une famille très pauvre ; j'ai la haine de la pauvreté dans le sang. Le commerce du bois n'est plus ce qu'il était. Il change, et je ne veux pas changer avec lui. J'ai envie d'autre chose.

— À ton âge ?

— Que veux-tu dire ? Je n'ai que soixante-sept ans. Je dois penser à d'autres personnes. Tu sais que cela fait plusieurs années que des gens — des veuves, des personnes âgées, etc. — viennent chez moi et me demandent de m'occuper de leur argent.

— Tâche que tu as acceptée et exécutée. Tu as fait fructifier leur argent. Le mien aussi, d'ailleurs.

— Oui, mais il y a quelque chose qui me dérange. Tu me fais confiance, et j'en suis très heureux, mais gérer des biens sur un plan privé n'est pas une façon de faire des affaires ; dans les affaires, personne ne devrait avoir l'entière responsabilité pour l'argent d'un autre. Je songe donc à abandonner le commerce du bois et à créer une banque de gestion de patrimoine.

— À Blairlogie ? Est-ce que ça en vaudrait la peine ?

— Non, pas à Blairlogie : à Toronto.

— À Toronto ? Tu es fou ? Pourquoi pas à Montréal, là où se trouve l'argent ?

— Parce qu'il y a aussi de l'argent ailleurs, dans l'Ouest, et Toronto en sera le centre. Il ne l'est pas encore, mais il faut toujours être en avance sur son temps.

— Tu es très en avance sur moi.

— C'est normal. Tu es médecin et tu t'occupes de ma santé. Moi, je suis financier et je m'occupe de ton argent.

— Eh bien, quand prendras-tu la grande décision ?

— Je l'ai prise. Peu de gens le savent encore, mais des événements récents me poussent en avant. Gerry O'Gorman et Mary-Tess veulent quitter Blairlogie : après l'humiliation qu'ils ont subie avec cette histoire de titre de chevalier de Saint-Sylvestre, ils ont pris cette petite ville en horreur. Ils vont s'installer à Toronto où Gerry mettra la société sur pied.

— Seigneur ! Gerry est-il capable de s'occuper d'une affaire aussi importante ?

— Absolument. Gerry a des talents qui n'ont jamais été éveillés. Et il est honnête.

— Honnête ? Que fais-tu de l'histoire de Blondie Utronki ?

— Il est honnête en affaires. Les femmes, c'est autre chose. J'ai d'ailleurs dit à Gerry que je ne voulais plus qu'il fasse de bêtises et, maintenant, Mary-Tess le tient sous sa coupe pour toujours. Gerry est tout à fait capable de diriger cette entreprise. Il est très doué pour l'organisation et les gens le trouvent sympathique.

— Mais il n'est pas protestant.

— Pas encore. Mais Gerry est loin d'être aussi bon catholique qu'il ne l'était avant que ce sale hypocrite de Beaudry ne lui joue un tour de cochon. Donne-lui du temps, donne-lui Toronto, et nous verrons ce que nous verrons. Inutile de le clamer sur les toits. Ne t'ai-je pas dit que Cornish allait devenir chevalier ?

— Je ne te suis pas du tout.

— C'est très simple : la banque Cornish aura Gerry comme directeur et moi comme président-directeur général (je garderai le vrai pouvoir entre mes mains, tu peux me croire) ; sir Francis Cornish en sera le directeur général et la superbe façade. Or Cornish est un protestant zélé, comme je suis bien placé pour le savoir.

— Acceptera-t-il ?

— Absolument. Il ne cesse de m'embêter pour que je lui trouve une place dans mon affaire et maintenant il y en a justement une qui est faite pour lui.

— Sera-t-il capable de remplir cette fonction ?

— Cornish est loin d'être un imbécile. Pendant la guerre, il a eu de brillants états de service, et ça, ça compte beaucoup. Et il ne veut pas revenir à Blairlogie. En tant que directeur général, il n'aura aucun pouvoir que je n'aurai choisi de lui donner, et, de toute façon, Gerry le surveillera de près. C'est du cousu main, Joe.

— Hamish, je t'ai toujours dit que tu étais un petit malin, mais là tu bats tous les records.

— Je suis assez content, j'en conviens. Soudain, tout semble s'articuler à la perfection.

— Toutes les choses concourent au bien pour ceux qui aiment le Seigneur.

— Ne sois pas cynique, Joe. Toutefois, si tu étais sincère, tu aurais tout à fait raison. Même l'avenir de la troisième génération est assuré. Les fils de Gerry sont intelligents ; en grandissant, ils deviendront tout naturellement des banquiers et des financiers.

— Et qu'en est-il du jeune Francis ? Cornish te laissera-t-il exclure son fils de ce grand jeu ?

— Francis est un garçon merveilleux. Je le préfère à tous les autres et je ne l'écarterai pas. Mais il n'a pas précisément les qualités que je cherche chez un garçon destiné à devenir banquier. Toutefois, ce ne sera pas un grand problème. Mary-Jim vient d'écrire à sa mère qu'il y a un autre petit Cornish en route. Si c'est un garçon — et tu dis toujours à tes patientes qu'il y a cinquante pour cent de chances que c'en soit un — il pourra exercer le commerce de sa famille, celui de l'argent — un excellent commerce, en vérité.

— J'espère simplement qu'il sera normal.

— Que veux-tu dire, Joe ?

— Oublies-tu le gars de là-haut ?

— Ce n'est pas le fils de Cornish. Cornish est un homme sain. Le père de cette pauvre créature doit être un dégénéré.

— Je te rappelle qu'il est aussi le fils de Mary-Jim.

— Je ne comprends pas.

— Écoute, Hamish, tu sais que je déteste dire des choses désagréables...

— Je ne sais que trop bien que tu adores dire des choses désagréables, Joe.

— Comment peux-tu donner un aussi vilain coup de griffe à un vieil ami comme moi ? Tu dois te rappeler que je suis un scientifique ; or, la science doit accepter les faits,

176

aussi déplaisants soient-ils. Il faut être deux pour faire un enfant. Si celui-ci est déficient, qui des deux parents en est responsable ? Tu m'as dit que le père de ce pauvre idiot était un inconnu, un soldat...

— Dieu sait ce qu'il était. Pourri de maladies, probablement.

— Non, tout à fait improbable, au contraire : Mary-Jim n'a jamais manifesté le moindre symptôme de ce qu'on pourrait attendre d'une telle association. Par conséquent, tu ne peux pas rejeter toute la faute sur cet homme.

— L'attribues-tu à ma fille ?

— Du calme, Hamish, du calme ! Donne-moi encore un petit verre de cet excellent whisky, et je t'expliquerai. Parce que j'ai beaucoup réfléchi à cctte affaire, crois-moi. J'ai lu tous les livres susceptibles de m'éclairer là-dessus que j'ai pu me procurer. Je t'ai prêté celui de Krafft-Ebing, espérant que tu en tirerais une indication. Manifestement, ce n'est pas le cas.

— Ce livre est plein de cochonneries stupides.

— La vie aussi en est pleine. En tant que médecin, je te parle en connaissance de cause. Si tu avais lu cet ouvrage dans un esprit scientifique, tu aurais compris ce qu'il dit. Krafft-Ebing reste une autorité dans ce domaine, tu sais, bien qu'il soit mort depuis un bout de temps. Mais j'ai aussi lu Kraepelin, son successeur, l'homme le plus en vue actuellement dans cette sorte de médecine ; or Krafft-Ebing et lui sont entièrement d'accord sur certains points. Eh bien, si tu avais lu ce livre au lieu de sauter les pages et de ne t'intéresser qu'aux histoires de cérumen, tu aurais appris un fait qui se rapporte directement à la question dont nous discutons : une jeune femme saine et bien élevée n'a pas le moindre désir sexuel. Certes, elle a peut-être quelques idées romantiques puisées dans des livres, mais elle ne connaît pas la chose véritable. Elle en ignore tout, même si elle sait vaguement comment on fabrique un bébé. Alors, suis mon raisonnement : une jeune fille catholique, très surveillée et de bonne éducation, se trouve dans une chambre d'hôtel seule avec un inconnu. Un domestique dressé à se concentrer sur son travail, à ne jamais montrer la moindre émotion. La viole-t-il ? Non, du moins pour autant que nous le sachions. Mary-Jim t'a dit qu'une chose en avait entraîné une autre. Quelle était cette chose initiale, Hamish ?

— Ça suffit, Joe. Tu ferais bien de partir.

— Non, ça ne suffit pas. Tu joues les autruches, mon vieux. Et ne me congédie pas car je te parle en tant que vieux médecin de famille. Ce que je te dis est une potion très amère que je t'administre pour te guérir. Je n'accuse pas Mary-Jim d'être une femme légère. Que ce whisky m'empoisonne si j'ai jamais pensé une chose pareille ! Cependant, même la femme la plus pure peut être victime d'une maladie mentale...

— Joe ! Tu ne vas tout de même pas me dire que Mary-Jim est toquée !

— Il ne s'agit pas d'un état permanent, Hamish, pour autant que je le sache. Mais cette maladie existe et elle attaque les jeunes. Dans notre métier, nous l'appelons *furor uterinus*.

— Tu sais que je ne comprends pas le latin. Qu'est-ce que cela signifie ?

— Eh bien, je le traduirais par « fureur utérine ». Un désir effréné. Je l'ai vu chez quelques femmes — des prostituées, dans les bas quartiers de la ville — et que Dieu te préserve de jamais rencontrer une chose pareille. Le désir, vois-tu... Certes, une femme mariée, habituée à la vie conjugale, peut parfois ressentir quelque chose. Par une chaude nuit de juillet, par exemple. Mais beaucoup de femmes ne connaissent jamais ce genre d'ennui. Alors, que devons-nous en penser quand il se produit chez quelqu'un comme cette pauvre Mary-Jim ?

— Mon Dieu ! Mais c'est terrible, ce que tu me dis là !

— La science connaît beaucoup de choses terribles, Hamish. Et il est certain que quelques individus terribles les exploitent à des fins personnelles. Freud, par exemple, ce type dont on commence à beaucoup parler depuis que nous pouvons de nouveau nous procurer des livres de médecine en allemand. Mais personne ne le prend au sérieux. Il va bientôt passer de mode ou être chassé de la profession. Cependant, pour ce qui est de la connaissance médicale dûment vérifiée et fondée sur l'expérience, on ne peut la contester.

— Tu as l'air de croire que le monde est dominé et pourri par le sexe.

— Je ne le crois pas, je le sais. Pour quelle raison suis-je resté célibataire, à ton avis ? Bien que je sache que Mary-Ben m'aurait épousé il y a des années et peut-être même encore maintenant. J'en ai trop vu dans ce domaine, j'ai donc décidé de ne pas me marier. La science a ses célibataires, tout comme la religion. Maintenant, la mode, c'est de parler de sexe à tort et à travers et n'importe où. Comme cette fripouille d'Upper qui faisait des conférences dans les écoles, ici, et racontait Dieu sait quoi à d'innocents enfants ! Francis vous en a-t-il jamais parlé ?

— Je ne l'ai jamais entendu mentionner ce nom.

— Alors, il a peut-être échappé à ce fléau. C'est un garçon fragile. Je ne pense pas que ce genre de choses ait commencé à le préoccuper. Le moment venu, je ferais bien d'avoir une petite conversation avec lui. Mets-le en garde.

— Oui, je verrai. Mais, Joe, es-tu en train de me dire que... que cette maladie dont, d'après toi, Mary-Jim était affligée, pourrait affecter l'enfant à naître ?

— Sincèrement, je n'en sais rien. Comme cela fait maintenant beaucoup d'années qu'elle mène une vie de femme mariée, il est possible qu'elle soit débarrassée de ces accès. Espérons-le.

— Un autre comme le gars là-haut, et je suis un homme fini. Joe, ne peut-on faire quelque chose ?

— Hamish, je t'ai déjà dit une fois que je ne tuerai pas ; je te le répète aujourd'hui. En fait, je suis tenu par un serment sacré de garder cet idiot en vie. C'est pourquoi j'ai fait faire ce truc en fil de fer pour réprimer sa luxure. Sans ce dispositif, il pourrait se déchaîner au point de se détruire, mais ce n'est pas moi qui encouragerais une chose pareille ou fermerais les yeux si cela se produisait. Tout ce que nous pouvons faire, c'est attendre. Mais écoute, Hamish, si les affaires de la famille sont transférées à Toronto, pourquoi ne mets-tu pas Francis à l'école là-bas ? Mary-Tess et Gerry veilleraient sur lui. J'ai entendu dire que les Christian Brothers avaient une très bonne école. Fais-le sortir d'ici. Éloigne-le de toutes ces femmes. Supposons que, par malchance, il découvre le secret du grenier. Quel frère pour lui ! »

Le docteur Jerome termina son troisième verre, serra chaleureusement la main à son vieil ami et partit avec la satisfaction d'avoir rempli son devoir qui, bien que douloureux, avait pour but le bien de tous les intéressés.

« Toujours pas de pitié pour Francis, mon frère ? demanda le Petit Zadkiel en interrompant son histoire.

— Je te l'ai déjà dit à plusieurs reprises : la pitié ne fait pas partie des instruments qu'utilisent les agents comme moi, répondit le démon Maimas. Au stade où en est Francis maintenant, ma pitié n'arrangerait rien ; elle ne ferait qu'émousser sa perception et le priver des avantages que je lui ai préparés.

— Un peu dur pour les témoins, tu ne trouves pas ?

— Les témoins ne m'intéressent pas. Je suis le démon de Francis, pas le leur. Il a déjà fait la connaissance de son Frère Ténébreux. Tout le monde en a un, mais la plupart des gens vivent toute leur vie sans jamais le reconnaître ni éprouver le moindre amour ou la moindre compassion pour lui. Ils l'aperçoivent de loin et le haïssent. Mais Francis abrite le sien dans son carnet de croquis. Plus encore : il l'a dans sa main, dans sa sensibilité d'artiste.

— Je ne voudrais pas te critiquer ou avoir l'air de t'apprendre ton métier, mon cher collègue, mais est-il bon de cacher à tout le monde qui est ce Frère Ténébreux ou quelle en fut l'origine ?

— Dans la vie de Francis, le Frère Ténébreux, au sens évident, concret du terme, résultait de l'ingérence bien intentionnée de Marie-Louise à Londres, quand elle obligea sa fille à faire toutes les choses qui, à sa connaissance, pouvaient provoquer un avortement. Ces gens pensaient qu'un bébé ne vivait pas vraiment avant d'être poussé dans le monde extérieur ; ils ne savaient rien de la vie intra-utérine, la période la plus agréable, la plus protégée de la vie d'un

être. Si tu secoues et échaudes un fœtus, si tu l'agresses avec des purges et l'assommes avec du gin, tu risques de le tuer, ou, s'il est très fort — et Francis Ier l'était, sinon il n'aurait pas survécu à tous ces mauvais traitements — tu peux te retrouver avec un enfant anormal sur les bras. Cependant, le Frère Ténébreux de Francis est beaucoup plus que cela. C'est un précieux cadeau que je lui ai fait et je pense avoir eu raison de profiter de l'occasion qui m'était offerte d'attirer l'attention de Francis sur lui à un si jeune âge.

— Je suppose que tu en es le meilleur juge, mon frère.

— En effet. Continuons, donc, et voyons quelles sont les conséquences de mon cadeau. Pour commencer, il le fait sortir de Blairlogie. »

TROISIÈME PARTIE

En lui disant qu'il projetait de créer une banque d'affaires, le sénateur avait un peu menti au docteur J. A. : cela faisait en effet cinq ans qu'il pensait à ce projet et déjà trois ans qu'il essayait de le mettre sur pied. L'histoire du titre de chevalier papal avait quelque peu précipité les choses, du moins en ce qui concernait les O'Gorman. Gerry et Mary-Tess avaient déjà acheté une maison dans une rue chic de Toronto, St George Street. Le major et Mary-Jim discutaient avec un architecte des plans d'une maison à Rosedale, banlieue qui était en train de monter et opportunément proche de la résidence du lieutenant-gouverneur. La conversation entre le sénateur et le docteur J. A. eut lieu à Pâques ; à peine un mois plus tard, les O'Gorman déménageaient à Toronto où ils se présentèrent aussitôt à la cathédrale anglicane de Saint-James.

« Cela ne sert à rien d'essayer de monter une banque de gestion de patrimoine si l'on n'a pas vu ni compris où se trouve l'argent », dit Gerald Vincent à sa femme. Elle acquiesça parce que son mari connaissait Toronto mieux qu'elle : n'y avait-il pas fait de fréquentes visites depuis dix-huit mois ? Mais elle se demanda à haute voix si dans une ville qu'on appelait parfois « la Rome du méthodisme », il ne valait pas mieux s'allier avec l'une des Églises méthodistes où la richesse et la sainteté de John Wesley formaient un mélange typiquement torontonien. Cependant, quand elle découvrit que les dames méthodistes portaient le soir une robe caractéristique qui, cachant la poitrine, montait presque jusqu'au menton et aucun bijou à l'exception de quelques gros diamants (un bon investissement), elle choisit les anglicans : ces derniers étaient tout de même beaucoup plus accommodants. Durant les trois premiers mois qui suivirent leur installation à Toronto, avant l'ouverture de la banque au public, les O'Gorman réussirent à se faire remarquer dans la bonne société de la ville. Et cela, favorablement.

On se demandait évidemment s'ils étaient Fortune Ancienne ou Fortune Récente. Bien qu'elle parût subtile à la vaste population des Désargentés, cette différence était très grande. Les Fortunes Anciennes remontaient généralement à l'époque coloniale et certaines étaient dues au loyalisme à l'Empire ; elles étaient tories et d'un conversatisme qui eût pu faire passer pour timoré le premier duc de Wellington ; elles cherchaient à préserver et à renforcer ce qu'elles estimaient être le meilleur du corps social et savaient exactement où trouver cette essence rare : en elles-mêmes et dans tout ce qui se rapportait à elles-mêmes. Encore au début des années vingt de ce siècle, les Fortunes Anciennes restaient attachées à leurs voitures à chevaux, du moins pour les dames qui allaient en visite, et avaient d'autres coutumes tribales qui dénotaient une distinction sans équivoque. Les grands prêtres des Fortunes Anciennes portaient souvent un haut-de-forme les jours de semaine quand ils devaient accomplir quelque rite financier. Les Fortunes Anciennes s'opposaient énergiquement au veston court pour l'habit du soir et au gilet blanc sous une queue-de-pie. Elles avaient parfois des maîtresses et celles-ci étaient tellement mal fagotées qu'on aurait pu les prendre pour des épouses. Pour elles, le XIXᵉ siècle n'était pas encore tout à fait terminé.

Les Fortunes Récentes, en revanche, avaient pris exemple sur Edouard VII qui respectait la richesse quelle que fût son origine et aimait les gens avec du « cran ». Elles aspiraient à devenir de Grosses Fortunes et le fait que les salons des Fortunes Anciennes ne s'ouvrissent que difficilement à elles ne les touchait guère. Elles portaient des smokings, qu'elles appelaient des *tuxedos,* et fumaient de gros cigares dont elles ôtaient la bague avant de les fumer — une terrible hérésie car vous risquiez de vous retrouver avec une tache de tabac sur votre gant blanc. Les O'Gorman savaient qu'ils étaient Fortune Récente, mais comprenaient qu'une banque de gestion de patrimoine qui n'était pas en bons termes avec les Fortunes Anciennes pouvait rencontrer d'inutiles obstacles. Le sénateur posait un problème, lui aussi. Ses manières agréables et sa belle prestance prévenaient en sa faveur dans n'importe quel milieu ; cependant, il était impossible de dissimuler à la vigilance toujours en éveil des Fortunes Anciennes qu'il était catholique et libéral. La famille Cornish permit d'éviter une situation difficile, exactement comme le sénateur l'avait prévu.

Tout se mit en place le 3 juin, quand on publia les honneurs du Jour d'anniversaire et que le major Francis Cornish, directeur général de la banque Cornish, une société sur le point d'entrer en activité, devint sir Francis Cornish, K.B.E. Comment avait-il obtenu cette récompense ? On murmurait qu'il avait fait un magnifique travail dans le service de renseignements pendant la guerre, et pas simplement celui du Canada, qui était assez insignifiant. Les civils, et même beaucoup de militaires, pensent qu'un agent secret est nécessairement pourvu d'une intelligence hors du commun, d'une audace et d'une ingéniosité extraordinaires, du talent de déchiffrer des codes que l'ennemi a mis des années à établir et du pouvoir de dominer de belles et séduisantes espionnes. Bien entendu, cela peut être parfaitement vrai, mais personne n'en sait rien : il ne s'agit que de conjectures. Avec les années, le Soldat de Bois avait acquis un air distingué : cheveux grisonnants, traits figés, comportement réservé. Des secrets réprimés faisaient briller son monocle ; sa moustache parlait d'une nature soumise, apprivoisée. C'était exactement l'homme auquel on pouvait confier son argent, exactement l'homme qu'on invitait à dîner. Et sa femme ! Quelle beauté ! Pourrait-elle avoir été espionne, vous pensez ?

C'est ainsi que le nom de Cornish donnait du lustre à la solide infrastructure des McRory et des O'Gorman. Bien avant qu'on annonçât l'anoblissement de son directeur général, et avant que ses portes s'ouvrissent officiellement, la société Cornish se trouva être une valeur financière sûre. Aucune banque de gestion de patrimoine ne démarre vraiment avant d'avoir déjà fait un grand nombre d'affaires solides et profitables et que des engagements aient été pris de part et d'autre. Le titre de sir Francis conférait une sérieuse garantie à ce qui était déjà une réalité.

En aucun cas ceci ne devait être considéré comme une preuve que la bonne société et les milieux d'affaires de Toronto étaient snobs. Ses membres vous assuraient, avant même d'être interrogés, qu'ils étaient des pionniers et des démocrates. Mais c'étaient des pionniers et des démocrates de très bonne famille, et s'ils surveillaient de près les catholiques et les juifs, ce n'était pas par préjugé, mais parce que les catholiques et les juifs — il y a des gens formidables parmi eux, remarquez! — ne s'étaient pas beaucoup manifestés pendant la période où la colonie commençait sa longue montée vers l'indépendance. Leur heure viendrait, bien sûr. Mais, pour le moment, il était plutôt dans l'intérêt des Fortunes Anciennes, et des Récentes qui s'en montraient dignes, de maintenir un équilibre. Et quelle meilleure assurance d'équilibre pouvait-il y avoir qu'un directeur général de banque qui avait bien servi son pays pendant la guerre, dont l'intelligence était de celles qui sont garanties respectables et qui *avait l'air* si digne de confiance?

Ce que sir Francis en pensait, personne ne le sut jamais. Il croyait probablement une partie de ce que les gens disaient de lui. Il ne faisait aucun doute qu'il comprenait le langage de la finance et avait le bon sens de laisser la direction des opérations à son beau-père et à son beau-frère et d'empocher sa généreuse rétribution sans essayer de mettre son grain de sel.

Dans ces circonstances, l'idée ridiculement provinciale du docteur J. A., à savoir que la troisième génération de la famille devait aller à la grande école dirigée par les Christian Brothers, ne joua aucun rôle. Les jeunes O'Gorman, Gerald Lawrence et Gerald Michael furent mis à Colborne College, une citadelle des Fortunes Anciennes. Par la même occasion, on laissa discrètement tomber le « Gerald » de leurs noms. Mary-Tess sentait que la coutume familiale d'attacher la même étiquette dynastique à plusieurs enfants était peut-être bonne pour Blairlogie, mais ne convenait plus du tout à leur nouvelle situation.

Sir Francis choisit lui aussi Colborne pour son fils. Les cousins ne se virent pas beaucoup dans leur nouvelle école : les O'Gorman étaient dans les petites classes en raison de leur âge ; de plus, comme leurs parents vivaient à Toronto, ils étaient externes. Sir Francis et sa femme (qui avait cessé d'être Mary-Jim pour tout le monde sauf pour les McRory et que l'on connaissait maintenant sous le nom de Jacko, c'est-à-dire celui par lequel l'appelait son mari) savaient qu'ils ne seraient pas à Toronto une grande partie de l'année. Sir Francis s'arrangea pour faire savoir que les relations suivies (jamais spécifiées) qu'il entretenait avec des Gens Très Importants en Angleterre l'obligeraient à se rendre souvent en Europe, et Jacko était bien décidée à l'accompagner. Francis devint donc pensionnaire et entra dans un monde qui semblait nouveau ; cependant, sous plusieurs aspects importants pour lui, ce monde n'était pas aussi nouveau qu'il pouvait y paraître.

Depuis le séjour de Francis à Colborne, il y a eu un flot de livres écrits par des hommes qui détestaient leurs internats et dont les natures sensibles furent contrariées et faussées par cette expérience faite dans leur enfance. Il n'en alla pas ainsi de Francis. La vie qu'il avait eue jusque-là l'avait rendu philosophe et ingénieux — pour ne pas dire retors — dans ses rapports avec ses supérieurs et ses camarades. À Colborne, il garda la même attitude. Il n'était pas brillant, du moins pas sous l'angle des prix et de la réussite aux examens qui vous assure une magnifique carrière scolaire, mais il n'était pas sot du tout. Il prenait la vie comme elle venait, et une partie de ce qui vint ressembla étrangement à ce qu'il avait déjà connu à Carlyle Rural.

On peut apprendre beaucoup de choses au sujet de n'importe quelle société en étudiant le comportement et les idées reçues de ses enfants. Les enfants, en effet — et parfois les adultes — sont les ombres de leurs parents : ce qu'ils croient et ce qu'ils font est souvent ce que leurs parents croient secrètement et feraient si la société l'admettait. Le groupe dominant, qui ne représentait en aucun cas la majorité des garçons de Colborne, se composait de fils de Fortunes Anciennes, ce qui se reflétait clairement dans leur conduite. C'étaient des conservateurs de la tradition, et cette tradition, ils l'imposaient sans discrimination ni merci. La coutume la mieux conçue pour réduire un « nouveau » au dénominateur commun le plus bas, c'était le *fagging*.

Le premier jour du trimestre d'automne, chaque « grand » se voyait attribuer par les préfets un « petit » qui allait le servir pendant toute l'année. Il était clairement entendu que ce dernier serait l'esclave et la créature de son maître à toute heure du jour ou de la nuit. Il était également entendu que si un petit était sérieusement maltraité, il pouvait se plaindre aux préfets, mais cela équivalait à rapporter et lui attirait le mépris. Comme tous les systèmes de ce genre, celui-ci était conditionné par les gens qui le pratiquaient, de sorte que quelques « esclaves » se la coulaient douce ; il arrivait même qu'un « maître » aidât son « serviteur » à faire ses devoirs. Quelques grands étaient des brutes et quelques petits vivaient un véritable enfer. La plupart d'entre eux, comme toutes les classes opprimées, prenaient plaisir à se moquer de leurs maîtres quand ils en avaient l'occasion, se montraient respectueux quand ils y étaient obligés, ciraient les bottes et rangeaient le linge aussi mal qu'ils le pouvaient sans s'attirer de châtiment. Si le système leur apprenait quelque chose, c'était que toute autorité est capricieuse mais peut être apaisée par une démonstration de zèle que n'accompagne aucun travail effectif.

Francis fut affecté au service d'un grand garçon nommé Eastwood, qui venait de Montréal. Dans l'ensemble, celui-ci faisait preuve d'un bon caractère que ne troublait aucune intelligence. Il était officier dans le bataillon scolaire et un des devoirs de son serviteur, c'était d'astiquer soigneusement les boutons de l'uniforme ainsi que l'épée chaque dimanche soir, en prévision du défilé du lundi. Francis ne se montra jamais insolent ; il laissait Eastwood penser qu'il l'admirait et prenait grand soin de son apparence pendant la parade, truc très efficace pour avoir la paix. En son for intérieur, il considérait Eastwood comme un imbécile.

Si le *fagging* avait été assez bon pour votre père, c'était assez bon pour vous. Un peu de servitude et d'humiliation vous aidait à devenir un homme. Il pouvait même y avoir eu une certaine vérité dans cette croyance. Tout le monde devrait, dans une certaine mesure, savoir ce que c'est que d'être domestique : c'est utile pour comprendre ce que représente une autorité presque illimitée pour ceux qui y sont soumis.

Francis travaillait assez bien pour ne pas se faire remarquer : il était toujours dans la première moitié de sa classe, respectable mais sans se distinguer. Il était capable de se maintenir à ce niveau tout en ayant beaucoup de temps pour étudier les professeurs dont le caractère était souvent plus instructif que l'enseignement.

C'était le jour de la distribution des prix qu'ils offraient le spectacle le plus intéressant, quand ils apparaissaient sur l'estrade de Prayer Hall vêtus de leurs toges sous lesquelles ils portaient parfois une jaquette démodée datant de quelque lointain mariage. Environ la moitié d'entre eux étaient anglais et un peu plus de la moitié étaient des anciens combattants de la guerre qui venait de se terminer. Ils arboraient leurs décorations dont certaines étaient très importantes. Un ou deux boitaient. M. Ramsay avait une jambe de bois et marchait d'un pas pesant ; M. Rivière cachait une main artificielle sous un gant noir ; M. Carver avait une plaque d'argent dans la tête ; on disait qu'il avait eu des crises pendant lesquelles il avait grimpé aux conduites d'eau, dans sa classe, et fait son cours du haut de ce perchoir. Leurs chaperons étaient usés et froissés, mais certains d'entre eux provenaient de vieilles universités et témoignaient d'un prestige qui n'avait rapporté aucune récompense hormis une place de professeur de collège. Aux yeux de la plupart des garçons, les professeurs étaient superbes. Francis, cependant, leur trouvait quelque chose de mélancolique, mais il était peut-être la seule personne de Prayer Hall à voir ce qui se trouvait sous son nez, à remarquer la façon dont ils se tenaient et ce que leurs figures disaient réellement. Bien entendu, il gardait tout cela pour lui.

Sa vie recelait bien des secrets — des choses dont il ne pouvait parler à personne, bien qu'il eût des amis et jouît d'une certaine popularité. La religion du collège, par exemple : une sorte d'anglicanisme bourgeois pas trop accentué parce que l'école comprenait des élèves de toutes les confessions, dont plusieurs juifs et quelques garçons très basanés d'Amérique du Sud qui étaient probablement papistes. Les cantiques étaient généralement de bruyantes et irréprochables exhortations à mener une vie décente et honorable et la musique qui les accompagnait sortait du recueil d'hymnes des grandes écoles : du Holst, du Vaughan Williams et des airs dépourvus de sentimentalité que Luther n'aurait pas reniés. Chaque dimanche soir, le directeur faisait un petit sermon improvisé, et comme c'était un homme dont l'enthousiasme l'emportait sur le bon sens, il était capable de dire des choses qu'un homme plus discret aurait tues. Un jour qu'il méditait sur le thème du péché, oubliant peut-être où il était, il cita Nietzsche : « Le péché est nécessaire à toute société organisée sur une base ecclésiastique ; il constitue la seule arme efficace du pouvoir ; le prêtre vit du péché ; il a besoin que les hommes pèchent. » Heureusement, presque personne n'écoutait et, parmi les garçons qui le faisaient, il y en avait peu qui comprenaient ce qu'il disait. Parmi ces derniers, Francis fut peut-être le seul à apprécier cette pensée. Mais, dans l'ensemble, la religion du collège le déconcertait. Elle semblait manquer de cœur. Elle n'avait rien du mystère, de la chaleur enveloppante, de l'onctuosité qu'offrait celle de Mary-Ben. C'était une religion taillée sur mesure pour les Fortunes Anciennes et pour les sycophantes de celles-ci. C'était une religion qui « n'allait jamais trop loin ».

Jamais trop loin. Voilà ce que prêchaient en permanence les Fortunes Anciennes et leurs sycophantes. Ceux qui avaient la moindre prétention à une culture classique comparaient cet avertissement à la doctrine grecque : de la mesure en tout. Certains, qui avaient un peu étudié Shakespeare, pouvaient dire : « Veille à ne pas outrepasser la modestie de la nature. » De l'éclatante immodestie de la nature, ils ignoraient tout. Mais Francis, lui, la connaissait : il l'avait sentie dans l'abîme ouvert à ses pieds, à Carlyle Rural, et dans ce qu'il avait vu des exactions et de la vengeance de la vie parmi les cadavres qu'on embaumait chez Devinney. Francis savait au fond de lui que la vie était plus vaste, plus profonde, plus haute, plus terrifiante et plus merveilleuse que tout ce que les Fortunes Anciennes pouvaient concevoir. Un collégien n'est pas censé savoir de telles choses et c'est à peine si lui-même admettait qu'il les savait. Mais elles émergeaient parfois dans ses dessins.

Vu les conditions de vie dans un grand internat, il est impossible d'y dessiner sans se faire remarquer. En sa qualité de « serviteur », il fut chargé d'un assez gros travail, celui de décorer un grand nombre d'imperméables, des cirés jaunes. Il devait dessiner dessus une tête comique ; celle-ci était ensuite laquée pour la conserver. Ces imperméables étaient très prisés. Deux ou trois de ces têtes frisèrent dangereusement la caricature identifiable. L'une d'elles, en particulier, qui représentait un visage sévère d'Écossais avec des sourcils proéminents et une forêt de poils sortant du nez ne pouvait être que M. Dunstan Ramsay, le prof d'histoire. Un soir après la prière, M. Ramsay fit venir Francis dans son bureau.

« La caricature est un don très beau et très rare, Cornish, mais vous devriez y réfléchir soigneusement avant qu'elle ne vous accapare complètement. La caricature, c'est l'exagération des traits les plus caractéristiques d'une personne, n'est-ce pas ? Mais si vous ne voyez comme caractéristique que ce qui est laid, vous deviendrez un homme qui n'apprécie que la laideur, parce que c'est son métier. Or cela fera de vous un petit bonhomme cynique et railleur, ce que furent la plupart des caricaturistes, même les meilleurs. Il y a quelques bons livres d'art dans la bibliothèque. Feuilletez-les et découvrez une dimension différente de celle de la caricature. N'oubliez pas cette forme d'art, mais élargissez votre talent au-delà. »

Tout content de ne pas recevoir de correction de canne pour *lèse-majesté*[1] et insolence, Francis promit à M. Ramsay de suivre son conseil. Et, à la bibliothèque, dans une collection qui n'était ni complète ni remarquable, il trouva ce qui lui manquait dans la religion du collège.

Comme cela se produit souvent (chez des gens qui ont un démon) cette découverte coïncida avec un autre événement

---

1. En français dans le texte.

qui ne semblait pas avoir avec elle de rapport évident. Quand on les rassemblait pour passer le grand rouleau sur le terrain de cricket ou balayer la neige de la piste de hockey, il arrivait souvent aux « esclaves » de chanter. Ils chantaient ce qui leur plaisait, et non pas ce que le prof de musique leur faisait chanter en classe ; lui, il aimait *Searching for Lambs* et d'autres chants folkloriques qu'il appréciait parce qu'ils étaient à cinq quarts et exigeaient une certaine habileté musicale. Mais les « esclaves » chantaient une chanson sentimentale, une valse, que quelques-uns d'entre eux connaissaient et que les autres apprirent rapidement.

> *To the knights in the days of old,*
> *Keeping wath on the mountain height,*
> *Came a vision of Holy Grail*
> *And a voice in the silent night,*
> *Saying —*
> *Follow, follow the gleam,*
> *Banners unfurled, o'er all the world ;*
> *Follow, follow the gleam*
> *Of the chalice that is the Grail.*

> Aux chevaliers du temps passé
> Qui montaient la garde en haut de la montagne,
> Apparut la vision du Saint-Graal
> Et, dans le silence de la nuit, une voix dit :
> Suivez, suivez cet éclat,
> Vos étendards déployés, dans le monde entier ;
> Suivez, suivez l'éclat
> Du calice qu'est le Saint-Graal.

Peu d'entre eux, sans doute, savaient ce qu'était le Graal ou pourquoi il brillait, mais cela n'avait pas d'importance. Francis le savait parce qu'il l'avait lu dans un livre qui, bien entendu, appartenait à la tante Mary-Ben. Le Graal était la coupe dans laquelle Jésus avait bu lors de la Cène, et toute personne qui avait la chance de l'apercevoir était sûre de connaître ensuite, et pour toujours, une vie très particulière.

Parmi les livres d'art recommandés par Buggerlugs[1] — surnom que les garçons avaient donné à M. Ramsay — il y en avait un sur les œuvres des préraphaélites et les illustrations — Francis ne s'occupa guère du texte — avaient quelque chose du Graal dans la lumière qui émanait des yeux des hommes et dans la beauté évanescente et raffinée des femmes. C'était une lumière qui apaisait la soif qui le tourmentait, une soif due à la pauvreté, à l'aspect purement formel de la religion qui se pratiquait au collège. Cette peinture luxuriante de la nature faisait contrepoids au monde des bureaux abîmés, des taches d'encre, de la poussière de craie, de la nourriture constipante et des incessants propos obscènes, dénués d'imagination et comme machinaux, que tenaient ses camarades. C'était une trouée qui ouvrait le monde des sports obligatoires et du corps des fusiliers à une lumière provenant de quelque région extérieure à l'école. Puis un jour, le directeur, qui laissait traîner ses oreilles, s'empara du chant des « esclaves » et lors d'un de ses sermons dominicaux prit pour thème le Graal — le Graal en tant que vision, en tant qu'aspiration inextinguible — et avec son merveilleux manque du sens des réalités, exhorta les garçons à lire immédiatement Malory et à introduire la quête du Graal dans leur propre vie.

Après beaucoup de recherches, Francis finit par découvrir un exemplaire du *Morte d'Arthur* dans la bibliothèque du collège, mais il fut bientôt obligé de reconnaître que c'était un livre dense, difficile, impénétrable, et il ne put en lire assez pour trouver le Graal ou quoi que ce fût d'autre qu'il désirait. L'encyclopédie ne l'aida pas davantage : elle ne lui donnait que d'ennuyeuses explications sur l'origine de certaines parties de la légende et rejetait d'une manière sèche et scolastique tous les beaux passages concernant Joseph d'Arimathie et le roi Arthur — ceux, précisément, qui nourrissaient son imagination et faisaient du Graal une resplendissante réalité. Il s'attacha donc au livre de la bibliothèque sur les préraphaélites et le garda beaucoup plus longtemps qu'il n'aurait dû, bien que personne d'autre

1. « Enculeur d'oreilles ».

ne l'aurait demandé. Il envisagea même de le voler, mais un sentiment très fort appartenant à son passé de Blairlogie lui dit que cela déplairait à Une Certaine Personne — que cela pourrait même rouvrir Ses plaies — et qu'une vie noble ne pouvait être fondée sur un crime, surtout un crime si facile à détecter.

Tous les garçons étaient censés se montrer « zélés ». La forme de zèle la plus admirée, ce n'était pas tant réussir que se mesurer à quelque compétition scolaire dans laquelle vous n'aviez guère de chances de gagner, mais où vous pouviez montrer et faire admirer votre qualité de « beau joueur ». Pour Francis, ce fut le concours d'éloquence.

Bien entendu, personne ne s'attendait à quelque chose qui pût être sérieusement appelé de l'art oratoire. Exceller dans l'expression verbale était d'ailleurs un don suspect. Mais un assez grand nombre de garçons se forçaient chaque année à se présenter devant un auditoire composé de professeurs et de camarades et à maîtriser leur peur pendant les dix minutes où ils parlaient d'un sujet qui leur avait été remis, écrit sur un bout de papier, par le directeur. Celui-ci avait organisé les choses de manière à ce que chaque candidat restât seul pendant dix minutes dans une pièce fermée — évidemment pas la bibliothèque — pour rassembler les idées qu'il pouvait avoir. Sur le papier qu'on lui remit, Francis lut : « Le don de la vue. »

C'est pourquoi Francis monta sur l'estrade et, avec une assurance considérable, se lança dans une critique des portraits qui ornaient les quatre côtés de Prayer Hall. Tout le monde, au collège, voyait ces tableaux tous les jours, dit-il, mais personne ne les percevait vraiment, sauf, peut-être, comme des interruptions du mur. Ils étaient mauvais en tant qu'œuvres d'art et, s'ils étaient mauvais, avaient-ils leur place dans un établissement d'enseignement ? Étaient-ils dignes de la meilleure école du Canada ? (Francis pensait que c'était là une remarque habile qui plairait certainement à son auditoire.) Il fit remarquer leur bas niveau artistique et demanda, uniquement pour la forme, si un membre de l'assistance pouvait nommer un seul de leurs auteurs. Deux ou trois de ces toiles, qui, pourtant, ne devaient pas avoir plus de cinquante ans, étaient déjà en train de s'écailler; il était clair qu'on avait utilisé des couleurs de mauvaise qualité. Francis rapporta d'un ton légèrement sarcastique que la vaste barbe de l'un des directeurs du XIXe siècle virait rapidement au vert. De toute évidence, déclara-t-il, les artistes qui avaient peint ces portraits étaient des tâcherons ou des amateurs. Enfin, il passa ses trois dernières minutes à expliquer comment un peintre au génie reconnu comme Michel-Ange ou Bouguereau aurait représenté ces graves personnages : il ne se serait pas contenté d'enregistrer les traits des directeurs du passé, mais en aurait fait de vivants symboles d'intelligence et de force de caractère de manière à réjouir quotidiennement la vue des habitants de l'école. Francis s'assit dans un silence pesant.

Lorsqu'il jugea les discours, le directeur loua l'évidente sincérité de Cornish. Mais ce fut un garçon qui peina sur le thème de « L'observance du sabbat : pour ou contre », et se prononça catégoriquement pour la fermeture dominicale, à Toronto, qui remporta la coupe.

Un peu plus tard, le directeur dit : « Vous avez fait un bon discours, Cornish. Inattendu et conforme à la vérité, je suppose. Mais vous avez manqué de tact. Il y avait deux ou trois membres du conseil d'administration dans l'auditoire, et vos paroles leur ont déplu. Il faut être très prudent avec des mots comme « tâcheron »; le monde est plein de tâcherons, malheureusement. Vous devez apprendre à rentrer vos griffes. Mais un des membres du conseil d'administration a jugé que vous méritiez une récompense. Vous allez donc vous rendre à la librairie de l'école avec un mot que je vous donnerai et vous achèterez un livre sur l'art. Mais ne dites à personne comment vous l'avez obtenu. C'est un ordre. »

Ce fut le début de la vaste collection de livres d'art de Francis, une des choses de valeur qu'il laissa à sa mort. Le libraire, un homme bienveillant, lui trouva *Histoire de la Renaissance en Italie* de Burckhardt pour quatre dollars — étant illustré, le livre était cher — auquel il ajouta un exemplaire d'occasion et, en plusieurs volumes, de *Vies des plus excellents peintres, sculpteurs et architectes* de Vasari. Cet ouvrage valait un dollar cinquante, mais il en réduisit le prix pour faire plaisir à un jeune homme plein d'avenir.

Obéissant à l'ordre reçu, Francis ne parla pas de son prix spécial, mais il ne put éviter la réputation qu'il avait acquise de s'y connaître en peinture et d'être un « ESSthète » comme le disaient les professeurs hostiles en faisant siffler le *s* d'un ton réprobateur. Francis n'avait encore jamais entendu ce mot, bien qu'il connût celui d'« esthétique » ; cependant, vu la façon dont on prononçait ce vocable, il était clair qu'un « ESSthète », c'était un gars passablement faible, qui perdait son temps à s'occuper d'art alors qu'il aurait dû s'employer à forger son caractère et à affronter les réalités de la vie — telle que les professeurs hostiles, tous des ratés, entendaient celle-ci. Cependant, tous les professeurs ne partageaient pas cette opinion et M. Mills, le professeur de grec et de latin des grands, se mit à considérer Francis avec sympathie.

Ses camarades eurent le même genre de réaction. La plupart d'entre eux pensaient que la peinture, c'était bon pour les filles, et pas même pour la sorte de filles qu'ils connaissaient : des filles qui étaient simplement comme eux, mais sous un emballage biologique différent. Des filles Fortunes Anciennes, en fait. Mais il y en avait d'autres, dont la plupart étaient des juifs, qui comprenaient et voulaient parler art avec Francis. L'art tel qu'ils l'entendaient, bien sûr.

Depuis quelques années, un certain nombre de peintres canadiens, qui en vinrent à être appelés le groupe des Sept, essayaient de montrer le paysage canadien d'une nouvelle façon, en le voyant d'un œil neuf et non pas comme il serait apparu à un artiste obnubilé par l'idée qu'un paysagiste anglais du XIXe siècle pouvait se faire de la nature. Bien entendu, ils étaient l'objet de beaucoup de railleries et passaient pour outrageusement modernes, opinion que n'aurait pas partagée un critique européen ou américain. Les enfants répétaient comme des perroquets ce que disaient leurs parents, et Francis était assailli par ce genre de propos : « Qu'est-ce que tu penses du groupe des Sept ? Ma mère dit que cela ressemble à ce que notre cuisinière suédoise avait l'habitude de peindre quand elle avait son jour de congé. Mon père dit qu'il pourrait en faire autant, s'il en avait le temps. Enfin... regardez-moi ça ! Est-ce que vous reconnaissez Georgian Bay là-dedans ? Mon père dit qu'il parcourt cette région chaque automne depuis son enfance ; il la connaît mieux que tous ces zèbres ; eh bien, il n'a jamais rien vu qui ressemble à ça. De la neige bleue ! Vous vous rendez compte ! »

Francis donnait des réponses prudentes, non pas parce qu'il s'intéressait à la peinture moderne, mais parce que le monde qu'il voulait peindre n'était pas celui de la nature : c'était celui de son imagination dominée par la légende du Graal. Car c'était cela, maintenant, qui nourrissait son esprit et, dans la mesure où il avait gardé en lui la moindre trace du catholicisme que la tante Mary-Ben avait introduit en contrebande dans son monde soi-disant anglican, celle-ci était liée à ce qu'il savait de la quête du Graal. Ces connaissances, il les avait presque entièrement tirées de Tennyson ; quand il tombait sur un texte quelconque qui associait cette grande légende avec le monde préchrétien, il ne le lisait pas ; ce qu'il voulait, c'était le monde de Rossetti, de Burne-Jones, de William Morris. Ce n'était pas facile d'être un préraphaélite dans le Canada de la troisième décade du XXe siècle, dans une école où l'on ignorait allègrement tout de l'art (quoique certainement pas des études), mais dans la mesure où une telle chose était possible, Francis y parvint.

Cet exploit exigeait quelques acrobaties mentales et même quelque chose qui ressemblait à un dédoublement de la personnalité. Pour ses camarades, il était simplement Cornish, un brave type, mais qui avait la marotte des tableaux. Pour ses professeurs, il était Cornish, un gars légèrement au-dessus de la moyenne sauf en grec et en latin, matières pour lesquelles il montrait des dons. Aux uns comme aux autres, Francis payait son dû ; il était médiocre aux jeux d'équipe, mais il jouait, et il prenait part à suffisamment d'autres activités scolaires pour éviter d'être traité de tire-au-flanc ; il étudiait consciencieusement, était toujours le premier en français (mais de ceci, le collège faisait peu de cas étant donné que Francis avait été, dès son plus jeune âge, entraîné à parler cette langue que le collège considérait moins comme la clé ouvrant à une autre culture que comme une course d'obstacles, une gymnastique mentale) et il était bon en grec et en latin, matières qui entraient dans la même catégorie. Personne ne savait combien les héros de Virgile et de Homère frappaient son esprit et combien les auteurs classiques devenaient faciles quand vous vous intéressiez à ce qu'ils disaient. Il fut un temps où les pédagogues croyaient que le cerveau pouvait être fortifié comme un muscle ; il suffisait pour cela de s'attaquer à toute matière jugée de prime abord difficile. L'algèbre, la géométrie et le calcul étaient les meilleurs agents de développement du muscle mental ; les maîtriser, c'était comme faire des haltères ; mais les humanités, ce n'était pas mal non plus — en fait, elles rebutaient suffisamment la majorité des garçons pour être considérées comme un sujet d'étude de premier ordre. Mais au plus profond de l'esprit de Francis régnait le Graal tel qu'il le concevait : comme quelque chose de beau, quelque chose de meilleur que ce que sa vie présente pouvait lui offrir, qu'il fallait chercher ailleurs, et qui faisait de soudaines et fugaces apparitions chez lui, à la maison.

Que les parents de Francis aient, ou non, négligé leur enfant est une question qui peut prêter à controverse. Ils l'avaient laissé pour de longues périodes à la garde de ses grands-parents et de la tante Mary-Ben, mais pouvait-on parler de négligence ? Ils n'avaient pas remarqué que son instruction scolaire à Blairlogie était en contradiction avec la vie qu'il menait à Saint-Kilda. Ils l'avaient mis à Colborne College parce que c'était le genre d'établissement que sir Francis comprenait sans tenir compte de la sorte d'école qui aurait convenu à Francis. Ils avaient fait pour lui tout ce que l'argent peut procurer et qu'ils étaient capables d'imaginer, mais ils ne l'avaient pas beaucoup vu et n'avaient même pas beaucoup pensé à lui. Bien entendu, ils avaient leurs raisons : la guerre, le rôle que sir Francis y avait joué en qualité de ce que, plus tard, lors d'une autre guerre, on appellerait « gars de l'arrière », et la nécessité pour Marie-Jacobine de se consacrer à tout ce qui pouvait contribuer à la réussite et au renforcement de la position sociale de son mari. Bien après que la guerre fut officiellement finie, ces besoins semblèrent l'emporter sur toute attention sérieuse à leur enfant.

Celui-ci se sentait-il négligé ou rejeté pour autant ? Éprouvait-il de l'amertume ? Loin de là. Cela lui permettait d'idéaliser ses parents, de les aimer comme des personnages lointains et magnifiques qui n'appartenaient pas à son quotidien. Au collège et dans les camps de vacances coûteux où il passait l'été, il avait toujours avec lui une chemise dans laquelle il gardait des photos de son père, l'air distingué, et de sa mère, très belle. C'étaient là ses saintes icônes ; elles le réconfortaient et le rassuraient quand il doutait de lui. Et quand le Graal commença à dominer sa vie intérieure, Francis y associa ses parents, non pas directement, bêtement, mais comme la sorte de personnes qui rendaient possible une telle splendeur et la perpétuaient dans le monde moderne.

Quand l'ouverture de la banque Cornish obligea sir Francis à être au Canada une grande partie de l'année, son fils le vit chaque semaine. Il discutait avec lui, était parfois emmené faire de merveilleux déjeuners à son club et avait souvent l'honneur de regarder ses médailles. Mais, comme le lui expliqua le major, les décorations ne donnaient pas la mesure des services rendus par un homme ; c'était ce que les gars du ministère de la Guerre et des Affaires étrangères pensaient de vous qui comptait vraiment. C'était votre degré d'intimité avec Ceux Qui Étaient Au Courant. Ces gens-là, il ne les nommait jamais, non pas parce qu'ils n'existaient pas — en ce qui concernait sa profession, le major ne faisait jamais de chiqué — mais parce qu'ils n'avaient pas la vedette même si, dans un sens très réel, ils contrôlaient les projecteurs et décidaient sur quelles personnalités il fallait les braquer. Ils n'étaient pas tous soldats, loin de là. Certains d'entre eux étaient savants, d'autres explorateurs, d'autres encore professeurs d'université. Bien que la chose ne fût jamais exprimée, il était clair que le major avait d'une façon ou d'une autre des rapports avec ce qu'on appelait encore les services secrets.

Quant à sa mère, c'était une beauté, et cela à une époque où les « beautés » n'étaient pas encore devenues complètement professionnelles. Ç'aurait été vulgaire et indigne du Graal de le dire, mais c'était une beauté mondaine.

Être une beauté signifie toujours qu'on cristallise quelque idéal lié à la période historique à laquelle celui-ci apparaît, et Marie-Jacobine, maintenant connue sous le nom de Jacko Cornish, était une beauté des années vingt. Elle n'avait rien de languide. Elle dansait vigoureusement et joyeusement. Elle n'était pas enveloppée de broderies ; elle portait des fourreaux qui arrivaient à peine à ses jolis genoux. Elle avait un corps de jeune garçon, mais sans être plate ou musclée. Elle fumait beaucoup et avait toute une collection de longs fume-cigarette pour ses cigarettes turques. Elle buvait des cocktails en quantité suffisante pour la faire rire d'une manière délicieuse, mais jamais assez pour la faire hoqueter. Elle avait les cheveux coupés court dans des styles dont le nom changeait chaque année, mais qui étaient tous « à la garçonne ». Elle se maquillait, mais son teint naturel étant coloré, les fards lui servaient d'ornement plutôt que de camouflage. Elles portaient peu de sous-vêtements et bien que ceux-ci fussent magnifiquement brodés, ils restaient sobres pour ne pas gâter la merveilleuse fluidité de ses robes. Son parfum venait de Paris et seul quelqu'un comme le directeur général de la banque Cornish avait les moyens de les lui offrir. Elle flirtait avec tout le monde, même avec son fils aîné.

Car il y avait à présent un second fils qui était déjà en âge de fréquenter les petites classes, à Colborne : Arthur, le frère de Francis. Il y avait une différence de plus de dix ans entre les deux garçons. Arthur ne jouait pas un très grand rôle dans la vie de Francis, mais comme c'était un gosse sympathique, l'aîné se montrait gentil avec lui. Arthur était tout le contraire de Francis : un enfant vigoureux, bruyant, exubérant, qui réussissait bien à l'école. Si Francis ne l'avait pas remis de temps en temps à sa place, pour le propre bien du gamin, Arthur l'aurait traité avec condescendance. Avec l'instinct des garçons comme lui, il sentait que Francis n'était pas du genre à devenir jamais capitaine des sports dans les grandes classes, but qu'Arthur s'était fixé pour lui-même et qu'après le nombre d'années requises, il atteignit effectivement. Francis ne sut jamais —

et il n'eût pas été convenable qu'il l'apprît — que le major avait une plus haute opinion de lui que d'Arthur. Le cadet était du type à faire un jour un bon soldat, s'il avait le malheur d'être mêlé à une guerre, mais pas de celui qui faisait un bon agent secret. Or, le major pensait que Francis en avait l'étoffe.

Ce fut en mai 1929, alors que Francis allait sur ses vingt ans, que plusieurs choses qui couvaient se manifestèrent au grand jour.

Il y eut tout d'abord l'accident qui se produisit alors qu'il s'entraînait à la course à pied, sur la piste qui entourait le principal terrain de cricket du collège. Francis courait assez bien, mais ce n'était pas une vedette. Ce jour-là, il parcourut quelques mètres, perdit haleine, continua dans la meilleure des traditions du collège, et s'évanouit. Sensation ! Ses camarades l'entourèrent ; le moniteur accourut et cria : « Reculez, reculez, donnez-lui de l'air ! » et quand Francis reprit connaissance, ce qui se produisit au bout de quelques secondes, il chargea quatre garçons de le porter à l'infirmerie. Là, Mlle Grieve, l'infirmière, mit aussitôt Francis au lit. C'était un jeudi, jour de visite du médecin. Celui-ci écouta le cœur de Francis, prit l'air grave pour cacher sa perplexité et déclara qu'il arrangerait immédiatement une visite chez un spécialiste.

Le lendemain matin, Francis se sentit parfaitement bien et, comme d'habitude, se rendit à Prayer Hall. À sa surprise, le directeur lut une liste de récompenses dans laquelle Francis figurait comme le gagnant du prix de grec et de latin. Son nom fut mentionné une autre fois parmi ceux de garçons qui devaient se présenter tout de suite au bureau de la secrétaire.

« Ah, Cornish, dit Mlle Semple, vous n'assisterez pas aux cours ce matin. Vous devez aller à l'hôpital voir le docteur McOdrum. Comme votre rendez-vous est à dix heures, vous feriez bien de vous dépêcher. »

Le docteur McOdrum était quelqu'un de très important, mais il travaillait dans une minuscule pièce férocement surchauffée et sans fenêtre située au sous-sol du grand hôpital. Il était lui-même si pâle et si courbé, il avait l'air tellement écrasé de travail, qu'il constituait une piètre réclame pour sa profession. Il demanda à Francis de se déshabiller, de sautiller sur place, de faire semblant de courir, de monter sur une chaise, d'en redescendre et, finalement, de se coucher sur une table de consultation froide et sentant le médicament. Ensuite, il l'ausculta soigneusement avec un stéthoscope.

« Ah », fit-il, puis ayant émis cette opinion, il laissa Francis, profondément perplexe, retourner au collège.

Comme c'était un vendredi et que Francis avait gagné un prix, il reçut l'autorisation spéciale de rentrer tout de suite chez lui pour le week-end. D'ordinaire, il aurait dû attendre jusqu'au samedi matin. Il arriva donc vers cinq heures dans la nouvelle maison de Rosedale et se dirigea vers le salon, espérant qu'il resterait un peu de thé. Là, il trouva sa mère en train d'embrasser Fred Markham.

Ils ne sursautèrent pas comme des coupables pris en flagrant délit. En souriant, Markham offrit à Francis une cigarette, que celui-ci accepta, et sa mère dit

« Bonjour, mon chéri, qu'est-ce qui t'amène à la maison ce soir ?

— Un congé spécial. J'ai gagné le prix de grec et de latin.

— Quel garçon intelligent ! Embrasse-moi, chéri ! Il faut fêter ça !

— Absolument, approuva Fred Markham. Un White Lady, Francis ?

— Oh, Fred, vous croyez que c'est sage ? Il ne boit jamais de cocktails.

— Alors, il est temps qu'il commence. Tenez, mon cher. »

Le White Lady était délicieux, surtout la partie qui se composait de blanc d'œuf. Francis but, bavarda et se sentit très mondain. Puis il monta dans sa chambre, tomba sur son lit et se mit à pleurer. Maman ! Était-ce possible ? Avec Fred Markham qui avait un inlay d'or dans une de ses dents de devant et qui devait bien avoir la quarantaine ! Maman... Elle ne valait pas mieux que la reine Guenièvre. Mais cela donnerait à Fred Markham le rôle de Lancelot, ce qui était ridicule. Fred était tout au plus une basse canaille ou, peut-être, un misérable manant. De fait, il était courtier, et qui se croyait-il pour oser prendre des libertés avec lady Cornish ? Mais on aurait dit que maman participait à ce baiser ; elle ne résistait pas, en tout cas, et peut-être n'était-ce pas le premier. Maman ! Bonté divine, elle devait être presque aussi vieille que Markham ! Il avait toujours pensé à elle comme à une femme jeune. Plus âgée que lui, bien sûr, mais sans chronologie précise.

La porte s'ouvrit et sa mère entra. Elle vit ses larmes.

« Mon pauvre Francis, dit-elle, cela t'a choqué, n'est-ce pas, mon chéri ? Il n'y a vraiment pas de quoi, tu sais. Cela ne veut rien dire. C'est comme ça que les gens se conduisent de nos jours. Tu ne peux pas savoir combien les choses ont changé depuis que j'avais ton âge. Pour le mieux, en fait. Fini toutes ces ennuyeuses formalités et l'obligation d'être si vite vieux. Maintenant, personne n'a besoin d'être vieux, à moins de le vouloir. L'année dernière, quand nous étions à Londres, j'ai rencontré un homme qui s'était fait faire l'opération de Voronoff — les glandes de singe, tu sais — et il était vraiment étonnant.

— Ressemblait-il à un singe ?

— Bien sûr que non, bêta ! Maintenant, donne-moi un petit baiser, chéri, et ne te tracasse pas. Tu as presque terminé le collège et il serait temps que tu mûrisses dans certains domaines très importants. Tu as aimé le White Lady ?

— Oui, assez.

— Les cocktails vous paraissent toujours curieux au début. Bientôt, tu les aimeras. Pas trop, j'espère. Bon, et maintenant, tu ferais bien de te passer un peu d'eau sur la figure et de descendre parler à papa. »

Francis ne se pressa pas. Pauvre papa, trompé comme le roi Arthur ! Comment Shakespeare appelait-il cela ? Un cocu. Un cocu complaisant. Francis n'était pas content du rôle qu'il avait joué dans la conversation avec sa mère : il aurait dû lui faire une scène, comme Hamlet dans la chambre à coucher de sa mère. Qu'est-ce que Hamlet avait accusé Gertrude de faire ? De « miauler et vomir dans l'ignoble porcherie » ? Non, ça, c'était dans une autre pièce. Elle avait permis à son amant de lui pincer impudiquement la joue, lui avait donné des baisers nauséabonds, avait laissé ses doigts infâmes fouiller dans son décolleté.

Dieu! Shakespeare avait vraiment un esprit dégoûtant! Il devait relire *Hamlet*. Cela faisait un an que M. Blunt l'avait fait étudier à sa classe, pendant son cours spécial de littérature ; il avait eu l'air de se repaître du péché de Gertrude. Car c'était bien un péché. La reine n'avait-elle pas rendu les vœux du mariage aussi faux que ceux d'un joueur de dés ? Bon, il devait faire un brin de toilette et aller parler à son père.

Sir Francis était très satisfait du prix de grec et de latin. Il ouvrit une bouteille de champagne. Pauvre innocent qui ne savait pas que sa maison s'écroulait et que l'adorable femme assise à table avec lui était adultère. Francis but deux coupes de champagne alors que le White Lady n'avait pas encore tout à fait disparu de son estomac novice. C'est ainsi que lorsque Bubbler Graham téléphona après dîner, il fut davantage disposé à accepter sa suggestion d'aller au cinéma qu'il ne l'eût été autrement.

On l'obligeait encore à dire où il allait le soir et ce qu'il allait faire.

« Bubbler Graham veut aller au cinéma, bredouilla-t-il.

— Et toi, tu ne veux pas ? Oh, Francis, tu n'as pas besoin de nous raconter d'histoires, à papa et à moi ! Bubbler est charmante.

— Maman, est-ce convenable que Bubbler m'appelle ? Je croyais que c'était le garçon qui devait faire ça.

— Oh, chéri, où as-tu pris des idées aussi démodées ? Bubbler se sent probablement seule. Frank, donne cinq dollars à notre lauréat. Il sort ce soir.

— Euh… quoi ? Ah oui, bien sûr. Veux-tu la voiture ?

— Bubbler a dit qu'elle viendrait avec la sienne.

— Tu vois ? Une fille tout à fait gentille. Elle ne veut pas que tu aies à faire tous les frais. Passe une merveilleuse soirée, mon chéri. »

Bubbler voulait voir un film avec Clara Bow intitulé *Dangerous Curves,* et c'est donc ce qu'ils firent. Bubbler avait pris Clara Bow comme modèle et, en ce qui concernait son énergie frénétique et ses boucles folles, elle ressemblait beaucoup à son idole. Pendant la séance, elle laissa sa main errer assez près de Francis pour que celui-ci la prît dans la sienne. Pas qu'il en eût spécialement envie, mais il se trouvait un peu dans la situation d'un homme auquel un prestidigitateur impose une carte. Ensuite, ils allèrent chez un glacier et, assis au comptoir, sur des tabourets, ils absorbèrent d'écœurantes masses de glace au sirop et à la chantilly, surmontées de fondant et de noix. Puis, sur le chemin du retour, alors qu'ils passaient par un de ces beaux ravins de Toronto — qui n'était certainement pas sur leur route — Bubbler arrêta soudain la voiture.

« Quelque chose ne va pas ? demanda Francis.

— Panne sèche.

— Quelle blague ! La jauge à essence indique que le réservoir est plus qu'à moitié plein.

— Tu ne sais pas ce que cela veut dire ? demanda Bubbler en riant.

— Quoi ? Panne sèche ? Qu'il n'y a plus d'essence, évidemment.

— Oh, quel nigaud ! » s'écria Bubbler.

Puis d'un geste habile, elle jeta ses bras autour du cou de Francis et l'embrassa, donnant une version tout à fait respectable de la manière dont le faisait Clara Bow. Mais, surpris, Francis ne sut comment réagir.

« Je vais te montrer, dit Bubbler qui avait le sens pratique. Détends-toi, Frank. Cela ne va pas te faire mal. Doucement. »

Francis se montra bon élève. Une demi-heure plus tard, il en savait nettement plus qu'avant. À un certain moment, Bubbler déboutonna sa chemise et lui mit la main sur le cœur. Un prêté pour un rendu : Francis ouvrit sa blouse et après avoir laborieusement déplacé son soutien-gorge, déchirant accidentellement une bretelle de sa combinaison, il mit sa main sur son cœur à elle. Son scrotum (si les connaissances biologiques d'un collégien étaient exactes) envoya à son cerveau le message le plus excitant qu'il eût jamais connu : le cœur de Bubbler se trouvait en effet sous sa poitrine et celle-ci était opulente, bien qu'en vraie fille des années vingt, Bubbler la comprimât avec une bande d'étoffe. Francis sentit que ses baisers étaient maintenant aussi experts que ceux de n'importe quel acteur de cinéma.

« Ne souffle pas comme un cheval », lui dit la prosaïque

Bubbler. Quand elle le déposa devant sa maison, Francis demanda avec lenteur et gravité :

« Cela veut dire que nous sommes amoureux l'un de l'autre, je suppose ? »

Bubbler s'esclaffa.

« Mais pas du tout, andouille ! C'est simplement agréable. N'est-ce pas que c'était agréable, Frank ? »

Là-dessus, elle lui donna un autre de ses baisers à la Clara Bow.

Simplement agréable ? Frank se prépara à aller au lit, très conscient d'être « en ébullition » comme l'aurait dit Victoria Cameron. C'était Bubbler qui l'avait mis dans cet état et, pour elle, c'était simplement agréable. Est-ce que les filles faisaient vraiment tout ça — se laisser toucher sous leur blouse et donner des baisers passionnés — simplement parce que c'était agréable ?

Lauréat d'un prix de grec et de latin, Francis se rappela un vers de Virgile, un vers que M. Mills lisait avec une triste insistance :

> *Varium et mutabile semper*
> *Femina*

Même dans son esprit, il veilla à le disposer correctement. « Volage et changeante, telle est la femme. »

Énervé, plein de regrets et de désirs, mais furieux d'avoir été utilisé pour le plaisir d'autrui, Francis se coucha. Il mit toutefois un bout de temps à s'endormir.

« Frank, je voudrais que tu déjeunes au club avec moi aujourd'hui », dit sir Francis quand il vit son fils au petit déjeuner.

Son club était un endroit spacieux, triste, vierge de toute trace de goût moderne et extraordinairement confortable. Les femmes n'y étaient pas admises, sauf en certaines occasions et avec toutes sortes de restrictions. Le major commanda deux verres de xérès — pas trop sec — et Francis se dit que, pour quelqu'un d'aussi sobre que lui, il était en train de passer un week-end extrêmement alcoolisé.

« Bon, voyons le menu. Que penserais-tu d'une assiette de soupe à la queue de bœuf, suivie de côtelettes grillées ? Tiens, ils ont du pudding de tapioca aujourd'hui. Comme je le dis toujours, je n'en ai jamais trouvé d'aussi bon qu'ici. Nous prendrons donc ça comme dessert et — garçon — deux verres de bordeaux. C'est pour fêter ton prix de grec et de latin, Francis.

— Oh, merci, papa.

— C'est un prix assez prestigieux, n'est-ce pas ?

— Eh bien, beaucoup de mes camarades dédaignent les humanités. Même certains des professeurs se demandent à quoi ça peut servir.

— Ne fais pas attention à eux. Les humanités sont une très bonne matière. Tout ce qui est enraciné dans le passé est bon. On ne peut comprendre le présent si on ignore le passé, s'pas ? Je suppose qu'à Spook tu étudieras le grec et le latin ? Ou veux-tu laisser cela jusqu'à Oxford ?

— Oxford ?

— J'ai toujours pensé que tu irais à Oxford après avoir été à l'université ici. Bien entendu, il faut que tu y ailles d'abord ici, et je suppose que Spook est ce qu'il y a de mieux pour toi. Tu comprends bien qu'étant à la tête d'une grosse affaire canadienne, cela serait mal vu si je te faisais faire toutes tes études à l'étranger. Spook, puis Oxford. Cela te donne beaucoup de temps.

— Ne devrais-je pas m'y mettre tout de suite ?

— À quoi ?

— Je ne le sais pas encore. Mais au collège, tout le monde pense qu'on devrait se mettre à faire ce qu'on a l'intention de faire le plus vite possible.

— Je ne crois pas que, pour ce que tu feras, tu aies besoin de te presser.

— Ah ? Et que vais-je faire ?

— Qu'as-tu envie de faire ?

— Ce que j'aimerais vraiment faire, c'est être peintre.

— Parfait. Je n'y vois pas d'inconvénient. Ce type qui a fait le portrait de ta mère — il s'appelle de Laszlo, je crois —

a l'air de très bien gagner sa vie. Il a du talent, remarque. En as-tu, toi ?

— Je ne sais pas. C'est une chose que je dois découvrir.

— Parfait.

— Je pensais que tu voulais peut-être me voir entrer dans l'affaire.

— Ton grand-père estime que tu n'es pas fait pour ça. Je suis de son avis, en fait. Arthur aura peut-être un penchant pour la finance. Il en a plus le type que toi. Je pensais que tu pourrais être dispensé de l'affaire familiale et envisager le Service.

— Que veux-tu dire ?

— Ma profession. Parlons franchement. Tu sais, ou tu as sans doute deviné, que depuis un bon bout de temps déjà j'ai des rapports assez étroits avec le service de renseignements. C'est un monde fascinant. Tu ignores ce que j'ai fait et tu continueras à l'ignorer. Il va sans dire que c'est une question d'honneur de ne jamais mentionner le fait que j'aie été mêlé à ce genre de travail. Le vrai travail, je veux dire. Les gens se font de drôles d'idées à ce sujet. Mais je pense que tu as les qualités requises et ce prix de latin et de grec est plus près de ce qui est demandé dans ce domaine qu'il ne le serait dans celui de la finance. Cependant, aux yeux du monde, certains des meilleurs agents secrets doivent avoir l'air de faire autre chose — quelque chose qui semble absorber tout leur temps. Être peintre serait une très bonne couverture. Un artiste peut fréquenter toutes sortes de gens et personne ne serait surpris si tu voyageais ou si tu étais un peu bizarre.

— Je n'y avais jamais pensé.

— Tant mieux. Les gens qui rêvent de le devenir ne valent rien dans ce métier. Trop de zèle. Au mieux, ils ne sont que des flics. Sais-tu que tu as des troubles cardiaques ? Ah, je vois que le docteur McOdrum ne t'a rien dit. Oui, ton cœur n'est pas très solide, à ce qu'il paraît. Rien de grave, mais tu dois éviter de faire trop d'efforts. Eh bien, c'est l'idéal pour la profession. À toute personne qui veut savoir pourquoi tu flânes dans la vie, tu diras que tu as le cœur fragile ; la plupart des gens penseront que tu es un peu infirme. Tu flânes et tu peins. Ça ne pourrait être mieux. Les gens croyaient que j'étais simplement soldat. Et ils le croient encore. Comme chacun sait, les militaires sont bêtes. Un peu comme les artistes.

— Veux-tu dire que je serais... un espion ?

— Bon sang, Frank, n'emploie pas ce mot ! Ça, c'est bon pour Phillips Oppenheim. Non, juste un gars très observateur qui va n'importe où, fait ce qui lui plaît et rencontre toutes sortes de gens. Pas question que tu te colles des moustaches, t'enduises la figure de brou de noix et essaies de te faire passer pour Abdul le porteur d'eau. Sois simplement toi-même et ouvre l'œil. Entre-temps, va à Spook, puis à Oxford et remplis-toi la tête de tout ce qui te paraît intéressant, et surtout n'écoute pas les imbéciles qui veulent te faire faire quelque chose qui leur paraît important. Tu as une déficience cardiaque, tu comprends.

— Mais qu'aurais-je à faire ?

— Je ne sais pas. Simplement écrire des lettres, peut-être. Des lettres amicales sur toutes sortes de sujets à des gars que tu connais. Mais là je m'avance un peu. Tu n'auras peut-être rien à faire pendant quelque temps. Toutefois, tu devrais rencontrer certaines personnes le plus tôt possible. J'arrangerai ça pour cet été, quand tu seras en Angleterre.

— Ah bon, parce que je vais en Angleterre ?

— Tu ne veux pas ?

— Oh si ! Simplement, je n'y avais pas pensé.

— Il est temps que tu fasses la connaissance d'une partie de ma famille. Je ne t'ai jamais rien dit à ce sujet, Frank, parce que c'est la famille de ta mère, après tout, mais tu es plus que ces gens de Saint-Kilda. La vieille Mary-Ben avec ses curés et ses manies, et ta grand-mère, une femme très gentille, mais qui finira comme la vieille Mme Thibodeau. Il y a d'autres personnes dans ta vie : ma propre famille. Tu devrais la rencontrer. Nous représentons l'autre moitié de toi, tu sais. Et cette autre moitié, tu la trouveras peut-être plus attirante que cette curieuse bande de Blairlogie.

— Détestais-tu Blairlogie, papa ?

— Pas vraiment. Je ne me permets pas de détester un endroit où je suis obligé de rester. Mais un peu de Blairlogie m'a suffi. Pourquoi me poses-tu cette question ?

— Je me souviens de cette soirée d'adieu que tu as

donnée à l'hôtel de Blairlogie. Toi et Grand-père, vous étiez les seuls hommes à porter un habit de soirée et Alphonse Legaré s'est approché de toi, à moitié soûl, t'a ri au nez et a frotté une allumette sur ton plastron.

— Je m'en souviens.

— Tu n'as pas bronché, mais cette attitude-là était pire que si tu l'avais frappé : elle montrait que tu ne le considérais pas du même monde que le tien, qu'il ne pouvait pas t'atteindre. J'ai trouvé ça admirable. Tu avais vraiment beaucoup de classe.

— Quel mot affreux.

— C'est celui que nous employons pour dire « d'une très grande qualité ».

— Merci, mon garçon. Cela fait partie de ma profession, tu comprends. Ne jamais perdre son sang-froid. Ne jamais faire de choses stupides.

— Pas même quand ton honneur est en jeu ? Pas même si quelqu'un en qui tu avais une totale confiance se révèle indigne de cette foi ?

— Tu ne fais confiance aux gens que lorsque tu as appris à bien les connaître. De toute évidence, tu penses à quelqu'un de précis. Qui est-ce ?

— Que penses-tu réellement de Fred Markham, papa ? »

Le Soldat de Bois se mit à rire, phénomène extrêmement rare.

« Il n'est pas mal pour ce qu'il fait, ce qui n'est pas grand-chose. Je crois savoir ce qui te tourmente, Frank. Oublie Fred Markham : c'est quelqu'un d'ordinaire. Il amuse les femmes, mais il n'a pas ce que tu appelles « la classe ».

— Mais, papa, je l'ai vu...

— Je sais. Ta mère me l'a dit. Elle pense que tu as interprété ça complètement de travers. Les gens ont besoin de récréations, tu sais. De changement. Cependant, passer une journée sur un terrain de golf, ce n'est pas s'enfuir à l'autre bout du monde. Alors, ne t'inquiète pas. Ta mère est capable de prendre soin d'elle-même. Et aussi de moi.

— Mais je pensais que les vœux du mariage...

— Tu veux parler de fidélité? Tu découvriras que la fidélité peut varier et changer d'aspect, mais cela ne veut pas dire qu'elle diminue en essence. Ne te tracasse pas pour ta mère et pour moi.

— Cela veut-il dire que maman est simplement une autre forme de ce que tu appelles une « couverture »?

— C'est à la fois vrai et faux. Je suppose que tu ne t'y connais pas trop en femmes? »

Qui est prêt à admettre qu'il ne s'y connaît pas en femmes? Tout homme aime à penser qu'il s'y connaît mieux que son père. Frank aurait parié qu'il avait vu plus de femmes nues que son père aurait jamais pu en rêver, quoiqu'il ne se serait pas vanté de leur qualité. Ces corps livides, chez Devinney, n'étaient guère des beautés. Mais depuis longtemps Francis n'était plus aussi ignorant qu'il l'avait été à Blairlogie : il savait ce que les gens *faisaient*. Ils faisaient la même chose que les animaux, mais l'amour transfigurait l'acte. Il pensa avec condescendance à ce pauvre Woodford, au collège, qui avait avoué à ses camarades qu'il croyait que les enfants étaient conçus par le nombril d'une femme ! À dix-sept ans ! Comme ils l'avaient mis en boîte et avaient ri en imaginant ce que serait sa nuit de noces ! Francis savait tout ce que l'encyclopédie et beaucoup de biologie scolaire pouvaient lui apprendre sur le sexe féminin. De plus, il connaissait l'anatomie et pouvait dessiner une femme écorchée, en la copiant d'un livre. De toute évidence, papa parlait de la connaissance intime d'une femme et Francis se rendait bien compte que, même s'il savait dessiner convenablement une écorchée, il n'avait jamais touché une femme chaude et vivante jusqu'au jour ou Bubbler Graham lui avait facilité la tâche.

« Moi, j'ai souvent eu affaire à des femmes, poursuivait le Soldat de Bois. Sur le plan professionnel comme sur le plan personnel. Elles peuvent être très utiles pour le Service. J'ai même rencontré plusieurs fois la célèbre Mata Hari, tu sais. Une beauté. Des yeux superbes, mais un peu plus dodue qu'on ne les aime aujourd'hui. Quand ils l'ont finalement fusillée, elle avait quarante et un ans, l'âge qu'a ta mère maintenant, et elle était exactement aussi belle que ta mère. Mais leur utilité est limitée parce que, pour elles, tout est une question d'affaires : elles cherchent toujours les meilleures conditions. Tandis que les hommes — beaucoup d'entre eux sont des mercenaires, bien sûr, mais certains des meilleurs travaillent pour une cause ou par amour de leur patrie. J'ai parfois l'impression qu'une femme n'a pas de patrie, seulement une famille. Et, bien entendu, il y a des hommes qui ne peuvent pas résister à l'aventure. Ce n'est jamais vrai pour les femmes, bien qu'on les appelle souvent des aventurières. Comme elles travaillent avec leur corps, elles voient les choses différemment. J'ai cependant rencontré quelques femmes étonnantes dans le Service. Elles sont fantastiques pour tout ce qui concerne les codes et les chiffres, mais elles appartiennent à une espèce très différente : elles ont des cerveaux qui savent résoudre les énigmes. Ce sont les bas bleus de la profession. Pas très intéressantes comme femmes, généralement. Les aventurières sont des garces. Toujours à l'affût d'une proie. Enfin... je ne t'ai pas demandé de déjeuner avec moi pour te parler de ça. Simplement des femmes en général. Je vais te donner un conseil : évite celles, qu'elles soient de basse ou de haute condition, qui s'attendent à être rémunérées. Ce sont toutes des escrocs en jupon et, à moins de payer très cher, tu risques de te retrouver avec quelque chose que tu n'as jamais voulu acheter. Pas d'argent : c'est une bonne règle. Tiens-t'en aux veuves. Il y en a beaucoup, surtout depuis la guerre. Ainsi tu n'auras pas besoin de sortir de ta classe, ce qui est important quand on respecte vraiment les femmes. Sois généreux, honnête et franc, et tout ira bien. C'est tout, je crois. Bon, qu'as-tu l'intention de faire ?

— Je ne connais aucune veuve.

— Oh, tu en connaîtras certainement. Mais ce n'est pas de cela que je voulais te parler. Iras-tu en Angleterre cet été ? Et à Spook cet automne ?

— Oui, papa. Cela me paraît formidable.

— Parfait. Et, quand tu seras en Angleterre, tu ferais bien de rencontrer un ou deux de nos gars. Je t'arrangerai une entrevue. »

« *Frank a raté l'occasion de questionner son père au sujet du Fou, fit remarquer le Petit Zadkiel.*

— Crois-tu qu'il avait la moindre chance? Tout en donnant l'impression d'être le contraire d'un fin causeur, le major se débrouillait toujours pour diriger les conversations. Il a submergé Francis de suggestions : service secret, voyage en Angleterre pour faire la connaissance des Cornish, comment se conduire avec les femmes. Avec un verre de xérès et un autre de vin dans son estomac novice, Francis n'était pas en mesure d'aborder un nouveau sujet ou de poser des questions sur le vieux secret familial. Tu sais comment sont les secrets : ils deviennent de plus en plus mystérieux, puis, brusquement, ils s'effondrent et tout le monde se demande pourquoi ils furent jamais considérés comme des secrets. Celui du Fou appartenait à son passé de Blairlogie et Francis était un peu dépassé par les choses extraordinaires que lui disait son père : que cela lui était égal que sa femme embrassât Fred Markham, qu'il avait vraiment été dans le service de renseignements, que les veuves étaient les femmes à rechercher. Le major avait l'habitude des entretiens importants. »

Assis dans les ruines du château de Tintagel, Francis essayait de penser au roi Arthur. Il était sur une terre sacrée, à l'endroit même où Uther Pendragon avait engendré Arthur avec la belle Ygraine, femme du duc de Cornouailles. C'était l'enchanteur Merlin qui avait rendu cette union possible. Cependant, malgré ses efforts pour évoquer cette grande légende, tout ce que Francis pouvait faire, c'était de regarder au nord-ouest, vers la mer scintillante et houleuse d'où semblait provenir toute la lumière de Cornouailles. Cette clarté, réfléchie vers le ciel comme si quelque source de lumière se trouvait sous l'eau, l'avait déconcerté, l'avait obsédé, pendant tout le mois qu'il venait de passer avec les Cornish de Chegwidden. Elle avait donné une signification nouvelle aux légendes qu'il avait apportées comme viatique approprié pour son séjour en ce lieu. Ce n'était pas la lumière des tableaux préraphaélites, cette clarté lunaire qui baignait des hommes invraisemblablement nobles et des femmes d'une perverse beauté : c'était une lumière omniprésente, comme illimitée, que la mer, tel un terne miroir, émettait sous une forme si diffuse qu'elle se répandait dans toute la péninsule et défiait les ombres — car il y en avait malgré tout — en ayant l'air de se projeter sur tous les côtés des objets.

Dans cette étrange lumière — étrange pour Francis qui n'avait jamais vécu près de la mer — il devait tout de même être possible de se plonger dans le monde du mythe ! Regardant l'eau du haut de ce promontoire, ne pouvait-on s'imaginer voir les voiles peintes du bateau qui emmenait Tristan et Iseut à la cour du roi Marc ? Cependant, malgré ses efforts pour se mettre dans un état d'esprit poétique, Francis ne pouvait penser qu'aux Cornish de Chegwidden. Comme ils étaient bizarres !

Bizarres parce que, vivant dans ce pays enchanté, ils semblaient complètement insensibles à l'enchantement. Bizarres parce qu'ils habitaient un lieu où les saints de l'ancienne Église celtique avaient prêché l'évangile du Christ d'une voix vraiment celtique avant que les missionnaires basanés d'Auguste n'arrivassent de Rome avec leur catholicisme méditerranéen pour répandre et imposer la foi avec tout le fanatisme des gens de leur espèce. Les Cornish de Chegwidden n'avaient jamais entendu parler du christianisme celtique ou bien, s'ils en avaient entendu parler, ils ne comprenaient pas que cela pouvait être quelque chose de plus intéressant que la foi Basse Église de Saint-Ysfael, paroisse où ils demeuraient et étaient des personnages en vue. Le nom de Saint-Ysfael était certainement assez vieux et assez celtique pour éveiller même chez les plus indifférents un sens de l'histoire. L'église, sous une forme ou sous une autre, était à cet endroit depuis le VIe siècle. Les Cornish savaient cela, mais ce qui les intéressait vraiment, c'était qu'au XIXe siècle, à l'apogée du style néo-gothique victorien, un membre dévot de leur famille avait fait don de l'énorme somme de cinq cents livres pour restaurer Saint-Ysfael, et ils étaient bien résolus à s'opposer à ce que l'on changeât le moindre ornement de cuivre ou le moindre carreau de céramique. On racontait dans la famille qu'au moment de ces grands travaux de réfection, ce pieux Cornish avait fait arracher et brûler comme des vieilleries sans valeur une grande quantité de lambris datant du xvᵉ siècle, ou quelque chose de ce genre.

Bizarres parce qu'ils ne semblaient pas se rendre compte que le roi Arthur avait probablement chevauché sur ce qui était maintenant leurs prés et leurs bois, et que certains de leurs plus vieux arbres avaient peut-être poussé à partir d'un gland tombé d'un chêne sous lequel le grand roi — le *dux bellorum* des plus anciennes chansons de geste — avait arrêté sa monture pour se reposer et regarder autour de lui, dans la mystérieuse lumière de la péninsule cornouaillaise. Quand Francis avait mentionné cette possibilité, son oncle — qui portait l'incroyable nom d'Arthur Cornish — l'avait regardé d'un air curieux. Il y avait effectivement dans le parc un arbre planté là pour célébrer le couronnement de la reine Victoria, dit-il ; il atteignait maintenant une belle maturité, si l'on considérait qu'il avait déjà survécu à deux graves épidémies de rouille.

Ce qui intéressait vraiment l'oncle Arthur, c'était le tribunal régional où il siégeait en tant que magistrat, comme l'avaient fait tous les Cornish depuis qu'il en existait un, et où, à son grand déplaisir, il devait maintenant frayer avec des commerçants, et même un socialiste. Tous ces gens étaient incapables de comprendre que l'essence de la justice locale résidait dans le fait de connaître les habitants du lieu — quels étaient les citoyens respectables ou les ivrognes invétérés, qui faisaient partie de la plus basse racaille — et de les traiter en conséquence. L'oncle Arthur possédait d'assez grandes propriétés composées de terres et de fermes, et c'était du loyer de ces dernières que dépendait Chegwidden et toute sa vieille gloire. Si l'oncle Arthur avait peut-être entendu parler d'Oscar Wilde comme d'un type épouvantable que le tribunal régional aurait condamné sans appel, il n'avait sûrement jamais entendu le commentaire que cet écrivain avait fait au sujet de la terre : que celle-ci vous donnait une position, mais vous empêchait de la maintenir. L'oncle Arthur aurait reconnu que là, au moins, le bougre savait de quoi il parlait. Les impôts dont le gouvernement écrasait les propriétaires terriens étaient son cheval de bataille, et si un membre de sa famille avait connu le mot « paranoïa », il aurait admis que, sur ce chapitre, l'oncle Arthur était nettement paranoïaque. Il était persuadé que le gouvernement moderne complotait pour le ruiner et, avec lui, tout ce qu'il y avait de meilleur dans l'Angleterre rurale.

Son épouse, la tante May, se serait décrite modestement comme une femme religieuse : les œuvres de la paroisse et les offices à Saint-Ysfael étaient en effet sa principale préoccupation. Quant à ce qu'elle croyait exactement, personne ne le savait car elle ne se départait jamais d'une grande réticence pour tout ce qui touchait à sa vie intérieure. À l'église, on la voyait prier, mais qui elle priait et quel était le contenu de ses prières restait un mystère. Il y avait de fortes chances pour qu'elle priât pour son fils Reginald, qui était aux Indes avec son régiment, pour son fils Hubert, qui était dans la marine et espérait être bientôt nommé à un commandement, et pour sa fille Prudence, qui avait épousé Roderick Glasson, un autre propriétaire terrien opprimé qui vivait à proximité. Elle priait aussi, sans aucun doute, pour sa tribu de petits-enfants, mais l'efficacité de ses prières était sujette à caution : ces gosses étaient de vrais sauvages et causaient à Francis beaucoup de tracas.

Durant son séjour à Chegwidden, il n'avait jamais réussi à les classer correctement par familles : ils arrivaient et repartaient d'une façon inexplicable, se précipitaient dans la maison et en ressortaient bruyamment avec des battes de cricket, des bicyclettes et de petits fusils, si c'étaient des garçons. Les filles, elles, mettaient tout en œuvre pour se tuer — c'était du moins l'impression qu'en retirait le tranquille Canadien : montées sur des poneys, elles faisaient des parties d'une horrible parodie de polo dans une prairie criblée de terriers de lièvres, de sorte que les chevaux n'arrêtaient pas de trébucher, expédiant leurs cavalières par terre, sous les sabots des autres. Tous trouvaient Francis ridicule, même quand il essayait de les impressionner en faisant du feu sans allumettes (truc qu'il avait appris dans un des coûteux camps de vacances où ses parents l'envoyaient l'été). À cause de ce talent, ses cousins l'appelaient le Dernier des Mohicans ; quant à son enthousiasme pour le roi Arthur, ils le voyaient comme une sorte de douce folie américaine. Francis n'était jamais sûr de qui étaient les enfants de Reginald et qui étaient ceux de Hubert, bien qu'il sût que deux des filles devaient appartenir à Prudence parce qu'elles lui assuraient tous les jours que si seulement leur sœur aînée, Ismay Glasson, pouvait faire sa connaissance, elle aurait vite fait de le remettre au pas. Elles étaient très fières d'Ismay parce que c'était une terreur, même pour les cinglés de Chegwidden. Ismay, cependant, était à l'étranger. Elle séjournait dans une famille française pour améliorer son accent et devait certainement terroriser les Français.

À la table familiale, devant de la mauvaise nourriture servie en quantité restreinte, Francis avait essayé d'introduire un sujet qui aurait révélé si les Cornish de Chegwidden savaient quel grand homme était son père et combien il connaissait bien les Gars Informés, là-bas, à Londres. Cependant, il découvrit que pour l'oncle Arthur, sir Francis n'était qu'un frère cadet et que la tante May trouvait dommage que, si lady Cornish il y avait, ce fût justement une Américaine — car les Cornish s'étaient mis dans la tête que la prétention qu'avaient les Canadiens de ne pas être des Américains était pure affectation, attitude qu'il fallait décourager chaque fois que c'était possible. Quant à la fortune que le Soldat de Bois avait acquise par son mariage et sa valeur en tant que directeur honoraire d'une banque, c'étaient de toute évidence des choses mal vues à Chegwidden : être le fils cadet et avoir de l'argent, alors que l'aîné luttait désespérément pour joindre les deux bouts, témoignait d'un intolérable toupet. On fit donc sentir à Francis que non seulement il était le Dernier des Mohicans, mais aussi un Riche Américain. Il était persuadé que les Cornish de Chegwidden ne le faisaient pas par méchanceté : simplement, leurs excellentes manières n'étaient pas assez fortes pour réprimer entièrement leur jalousie.

À table, Francis levait parfois les yeux de dessus son assiette de ragoût de mouton en train de se figer pour regarder les portraits de famille accrochés au-dessus des lambris. Sans aucun doute, ils étaient épouvantables. Pires, parce que plus vieux, plus noircis et plus abîmés, que les portraits qui ornaient Prayer Hall, au collège. Mais, dans tous ces tableaux, quoique sous des formes variées, la même sorte de figure scrutait le spectateur : une figure longue, chevaline, aux yeux globuleux, et qui, parfois, montrait de la distinction, de l'intelligence et de l'autorité. Promenant son regard autour de la table, sur l'oncle Arthur et ses petits-enfants (bien entendu, tante May ne comptait pas, n'étant, dans la grande lignée des Cornish, qu'une simple machine à faire des enfants), il voyait cette figure, déçue et sévère chez l'oncle Arthur, transparaissant au travers des rondeurs de l'adolescence ou des traits ingrats du collégien, se répéter dans divers styles, mais fondamentalement la même par sa forme et ses particularités. Et, quand il montait se coucher dans sa chambre glacée, il constatait dans le miroir que, même sous les cheveux noirs hérités des McRory, c'était sa propre figure, et que celle-ci, avec sa chevelure sombre et ses yeux globuleux, lui donnait une apparence qui serait très frappante un jour.

Chegwidden, en fait, l'avait déçu. Après tout ce qu'il avait souffert à cause de ce nom impossible, qui n'était pas seulement bizarre mais difficile à prononcer, il s'était au moins attendu à trouver une demeure imposante et, comme le suggérait le nom, un bâtiment blanc. Eh bien, pas du tout : Chegwidden était un grand manoir bas, d'aspect sale, en pierre gris brun, pourvu d'une porte d'entrée peu accueillante, de petites fenêtres étroites et d'un toit d'ardoise couvert de plaques de mousse. Vieux, il l'était incontestablement : il fallait au moins quatre siècles pour parvenir à ce degré d'inconfort. Ainsi que malodorant car la plomberie victorienne maintes fois rafistolée n'avait jamais pu faire face à ce qu'on exigeait d'elle. Comme la famille semblait avoir l'habitude de ne rien jeter, la maison était encombrée de meubles et d'ornements, la place d'honneur étant réservée à des objets que divers Cornish avaient rapportés de leur service militaire à l'étranger. Cependant, l'ensemble donnait une impression de défraîchi, d'usure, d'inconfort. Au collège, Francis s'était habitué à un cadre miteux, au manque de confort et aux mauvaises odeurs, mais l'idée qu'il se faisait d'une maison familiale correspondait à la riche demeure, d'une laideur veloutée, de Saint-Kilda, ou à la maison résolument chic de sa mère à Toronto. Comment les Cornish supportaient-ils de vivre dans une maison où, en plein été, les fauteuils vous enserraient comme un bain de siège froid et où les lits étaient gorgés d'humidité marine ?

Pourtant, son père lui avait assuré qu'au moins la moitié de ses racines se trouvaient ici.

Malgré ses efforts, il ne parvint pas à évoquer le roi Arthur, même dans les ruines de Tintagel. Il enfourcha sa bicyclette et rentra à Chegwidden via Camelford, tout heureux à la pensée que le lendemain il retournerait à Londres et, quelques jours plus tard, s'embarquerait pour le Canada.

« Comment s'est passé votre séjour en Cornouailles ?

— Bien, merci, monsieur. C'était très intéressant.

— Mais pas très agréable ?

— Oh si, très agréable, mais je pensais que les gens, là-bas, seraient plus conscients de l'histoire de leur pays.

— Les Cornish *sont* l'histoire de leur pays. Ils pensent sans doute que l'histoire, c'est une chose qui se passe ailleurs. Était-ce un peu provincial ?

— J'hésite à dire une chose pareille.

— Vous êtes quelqu'un de très prudent, Francis.

— Je n'aime pas porter des jugements hâtifs. C'est la première fois que je viens en Angleterre, vous comprenez.

— Mais ce ne sera certainement pas la dernière, d'après ce que me dit votre père. Vous finirez vos études à Oxford ?

— C'est ce qui est prévu.

— À ce moment-là, vous pourriez être très utile. Votre père me dit que vous entrerez peut-être dans le Service. »

Ah, c'était donc ça ! C'était pour cela que le colonel Copplestone l'avait invité à déjeuner à l'Athenaeum, un imposant club du West End, bien qu'en matière de cuisine il ne fût guère plus raffiné que Chegwidden. Francis s'était attendu à une chose de ce genre. Le colonel Copplestone devait être l'un des Gars Informés.

« Papa m'en a effectivement parlé.

— Et cette idée vous a plu ?

— J'étais flatté.

— Je ne peux rien vous promettre, bien sûr. Suivez votre instinct. En tout cas, il est vrai que nous sommes toujours à la recherche de jeunes hommes pleins d'avenir. Quand leur avenir nous semble assez prometteur, il nous arrive, plus tard, de leur faire des promesses.

— Merci monsieur.

— Êtes-vous un bon épistolier ?

— Pardon ?

— Aimez-vous écrire des lettres ? Si la profession vous intéresse vraiment, je voudrais que vous m'en écriviez quelques-unes.

— Sur quel sujet ?

— Sur ce que vous faites, ce que vous voyez, ce que vous pensez. Je voudrais recevoir de vous au moins deux lettres par mois. Envoyez-les-moi à cette adresse : c'est ma maison de campagne. Et, dans vos lettres, appelez-moi oncle Jack : je suis un vieil ami de votre père, et puis c'est approprié puisque je suis votre parrain.

— Ah bon ? Je l'ignorais.

— Moi aussi, jusqu'à ce que je fasse votre connaissance, aujourd'hui. Mais c'est ce que je serai à partir de maintenant. Vous m'écrivez donc comme si j'étais votre parrain, ce qui est une excellente relation car elle peut n'avoir aucune signification comme elle peut, au contraire, en avoir une très grande. Une seule chose : ne laissez jamais entendre à quiconque que votre père ou votre parrain ont quoi que ce soit à voir avec le Service.

— Je ne sais même pas très bien ce que c'est.

— Évidemment. Pour l'instant, c'est simplement le métier de gens qui suivent leur instinct et voient ce qu'il y a à voir. Je ne crois pas que nous prendrons du blanc-manger, qu'en pensez-vous ? Allons boire cet horrible café en haut. »

Mon cher oncle,

La Cornouailles, c'était vraiment très bien, mais j'ai préféré Londres. Je n'avais encore jamais vu de tableaux pareils. Notre musée, à Toronto, est petit et pas très bon parce que nous manquons d'argent pour acheter des œuvres de premier ordre. Cela changera peut-être un jour. À présent, j'essaie d'explorer la peinture contemporaine et, à Londres, j'ai visité autant de galeries que j'ai pu. J'y ai vu un tas de toiles qui m'ont déconcerté. Autant vous le dire : les personnes qui dirigent ces galeries, ou peut-être devrais-je dire les jeunes gens qui mettent des peintures en valeur pour d'éventuels acheteurs, étaient aussi intéressants que les tableaux eux-mêmes. Ils sont si « raffinés », ils parlent avec tant d'aisance de « valeurs tactiles », de *nouvelle vague*[1] et d'un tas d'autres choses qui me dépassent complètement ! Je ne me savais pas si plouc.

J'ai lu quelques livres sur l'art contemporain. Un grand nombre, en fait. Et je crois comprendre qu'un tableau ne doit pas avoir de vrai sujet. À la différence de ces affreuses toiles qui racontent une histoire ou montrent des enfants de l'aristocratie en train de nourrir des rouges-gorges dans la neige, l'Espoir, l'Éveil de l'âme ou un autre thème censé vous donner un sentiment religieux, ou vous faire rêver. Non, une toile, ce n'est qu'un ensemble de lignes et de couleurs disposées sur une surface plane. Car il est impossible de prétendre qu'elle ne l'est pas, plane, n'est-ce pas ? La perspective, c'est très bien d'un point de vue mathématique, mais si elle essaie de vous faire croire que vous êtes en train de regarder en profondeur, c'est malhonnête. Les tableaux ne sont que formes et couleurs. En tout cas, c'est ce que disent ces nouveaux livres, et c'est certainement ce que disent ces types raffinés des galeries. Émotion, zéro. Peut-être même signification, zéro. Rien que ce que vous avez sous les yeux.

L'ennui, c'est que dans quelques-unes de ces toiles

1. En français dans le texte.

modernes, l'émotion et la signification apparaissent quand même. Comme dans celles de ce type, Picasso. J'ai vu un certain nombre de ses œuvres dans l'une des galeries et si elles ne sont que formes et couleurs sur une surface plane, je veux bien être pendu. Elles déclarent quelque chose. Non pas que je puisse vous dire quel est le message, mais je suis certain qu'il y en a un et qu'avec un peu de persistance je finirais par en découvrir la teneur.

Et les Vieux Maîtres ! Bien entendu, j'ai fait de mon mieux pour la peinture contemporaine, mais j'avoue que ce sont les Vieux Maîtres que j'ai préférés. Je crois savoir pourquoi. Comme vous le savez, j'ai été élevé dans la foi catholique — enfin, peut-être pas exactement *élevé*, mais une bonne mesure de catholicisme m'a été inculquée clandestinement dans mon enfance par une grand-tante et, à moins que je puisse m'en débarrasser complètement — et je semble avoir beaucoup de mal à le faire — ces Nativités, Adorations, Crucifixions et Transfigurations ne pourront jamais être pour moi un simple assemblage habile de lignes, de volumes et de couleurs. Ils transmettent des messages dont certains sont très forts, d'autres moins, d'autres fantaisistes ou terriblement clairs. Ces gars du passé avaient-ils tort ? J'essaie de m'en persuader, mais je n'y arrive pas.

C'est en partie votre faute, parrain. Vous m'avez dit de suivre mon instinct, mais si je le faisais, celui-ci m'entraînerait dans des directions fort peu modernes et fort peu en vogue. Si je devais regarder des tableaux de la seule façon moderne, je serais probablement obligé de le réprimer, mon instinct.

Or, je n'en ai nullement l'intention, pas plus que de rejeter mes vieux amis. Connaissez-vous un caricaturiste et illustrateur appelé Harry Furniss ? Je lui dois beaucoup, ou plutôt, je dois beaucoup à l'un de ses livres qui a été pour moi une véritable bible pendant quelque temps. L'autre jour, dans un magasin qui vend des dessins et des tableaux, j'ai trouvé une esquisse originale de H. F., le portrait d'un acteur nommé Lewis Waller (jamais entendu parler de lui), et je l'ai acheté, en souvenir du bon vieux temps, pour dix livres. C'est une grosse somme pour moi, mais je n'ai pas pu résister. Juste pour avoir quelque chose que H. F. avait touché. Comme ces gars des galeries mépriseraient ce dessin ! Pourtant c'est une merveille d'économie artistique.

J'ai mal aux pieds d'avoir tant marché dans ces musées. Tous regorgent de merveilles. Et figurez-vous que j'ai un tableau préféré ! Je sais que je ne devrais pas : tomber amoureux d'une œuvre d'art, c'est faire preuve du pire amateurisme, mais celle-là est vraiment étonnante ! C'est un grand tableau de la National Gallery, intitulé *Allégorie de l'Amour* et peint par un certain Bronzino. Le cadre indique 1502-1572, sinon je ne sais rien de cet artiste. Mais quel message ! Quel est-il, et quelle est l'allégorie ? J'ai beau regarder la toile, je n'arrive pas à le découvrir.

Connaissez-vous cette œuvre ? Ce qui vous frappe en premier, c'est le corps d'une belle femme, superbement ronde et complètement nue, à part un diadème de pierres précieuses. Je veux dire : sa nudité est beaucoup plus frappante que pourrait l'être celle d'un corps sur la table d'un embaumeur. Un adolescent d'environ quatorze ans, situé à gauche, se penche vers elle et l'embrasse. Il est clair que sa langue à elle se glisse entre ses lèvres — c'est ce qu'on appelle *French kissing,* parrain. Si ces deux personnages sont vraiment mère et fils, la situation est assez bizarre. De plus, la main droite du garçon repose sur le sein gauche de la femme ; le mamelon apparaît entre son index et son majeur, ce qu'il ne ferait pas si le baiser signifiait simplement bonjour, ou quelque chose comme ça. De sa main gauche, le garçon attire la tête de la femme vers lui. À droite, un gros bébé au sourire entendu s'apprête à lancer sur eux quelques roses. Jusque-là, ça va. Mais un vigoureux vieillard, qui n'a pas l'air de beaucoup apprécier ce qui se passe, est soit en train de tirer un rideau bleu sur cette scène, soit de la dévoiler. Ce n'est pas clair. Une femme l'assiste dans cette tâche ; on ne voit que sa tête, mais au-dessous d'elle, juste derrière le postérieur projeté en avant de Cupidon, on découvre une autre femme dont la figure semble ravagée par la douleur — ou bien s'agit-il de jalousie ? Derrière le gros bébé, il y a une curieuse créature : elle a un visage

225

enfantin, mais non pas innocent, et le corps qui s'y rattache se termine par une queue de serpent et de redoutables pieds de lion. Deux masques, l'un jeune, l'autre vieux, gisent sur le sol.

Comment interprétez-vous ce chef-d'œuvre ? Pour l'heure, Dieu seul sait ce que ce tableau veut dire, mais je m'efforcerai de le découvrir car il nous transmet un message, tout comme cette affreuse, quoique habile toile, de ma grand-tante — qui montre des cardinaux en train de plaisanter et de boire — nous en transmet un. Les cardinaux nous disent que l'Église est puissante et chic, mais Bronzino nous parle d'un monde complètement différent, un monde que je voudrais apprendre à connaître. Qu'on ne vienne pas me dire que c'est juste un assemblage de formes et de couleurs. C'est ce que ma grand-tante appellerait « une bonne leçon ».

J'apprends très vite. Je me suis déjà rendu compte que Bouguereau n'était pas vraiment un grand artiste, bien qu'il ait été un remarquable technicien. Acheté un autre dessin hier, juste quelques éraflures représentant la Vierge et l'Enfant et un gribouillis qui pourrait être l'un des Rois mages. M'a coûté vingt-cinq livres. Je ne dînerai pas au café Royal ce soir, je peux vous l'assurer. Mais je suis sûr que c'est un Tiepolo. Peut-être l'école de.

Je m'embarque demain. J'ai été extrêmement heureux de vous voir. Vous écrirai de nouveau très bientôt.

Affectueusement,
Votre filleul,
Frank.

Pas mal pour un garçon de dix-neuf ans, pensa le colonel John Copplestone, alors qu'il rangeait la lettre dans un dossier nouvellement ouvert.

Quand Francis eut terminé ses quatre années d'études au collège de Saint John and the Holy Ghost (irrévérencieusement appelé Spook[1] par tous les étudiants et par certains professeurs quand ils n'étaient pas obligés de se surveiller), à l'université de Toronto, le dossier qui se trouvait dans le bureau du colonel John Copplestone avait considérablement grossi. Mais il y avait là un autre dossier encore, un dossier moins épais. Il contenait quelques rapports rédigés par un vieil ami du colonel et membre honoré du Service, qui signait simplement J. B., sur des choses que Francis n'avait peut-être pas dites à son parrain.

Officiellement, J. B. était le président de l'Association des étudiants à l'université de Toronto, mais c'était un grand épistolier et bien que la plupart de ses lettres fussent adressées filialement à sa chère vieille mère, à Canterbury, un assez grand nombre d'entre elles atterrissaient sur le bureau du colonel Copplestone, et quelques-unes montaient jusqu'aux Gars Informés. Même dans un dominion auquel on faisait confiance, à défaut de l'aimer, il pouvait se passer des choses sur lesquelles le service secret de la métropole souhaitait avoir des renseignements à la source, et J. B. fournissait une bonne partie de ceux-ci.

Résumés, ses commentaires sur Francis auraient présenté peu d'intérêt sauf pour ceux qui étaient justement en train de recruter de nouveaux agents. Francis était assez aimé, mais ce n'était pas l'un des étudiants les plus populaires : il n'avait rien d'une vedette de campus. Il n'avait pas l'air de fréquenter assidûment les filles, bien que celles-ci ne lui fussent pas indifférentes. Par ailleurs, on ne lui connaissait pas d'amitiés intenses avec des garçons. Il avait joué dans deux ou trois pièces montées par le théâtre universitaire : c'était un acteur raide, exécrable ; ses cheveux noirs et ses yeux verts produisaient un étrange effet sur scène. Il ne se distinguait guère en dehors de ses études, mais c'était un membre étonnamment utile du comité artistique de l'Association : il pouvait repérer une œuvre de qualité et insister pour qu'on l'achetât alors que les autres étudiants qui travaillaient avec J. B. n'auraient su

---

1. *Saint John and the Holy Ghost :* « Saint Jean et le Saint-Esprit », mais *ghost* veut également dire « fantôme », « revenant », d'où *spook,* mot humoristique donnant ce deuxième sens. (N.d.T.)

distinguer un Picasso d'un trou dans le sol. Francis achetait déjà pour lui-même des tableaux de peintres canadiens qui coûtaient de vingt-cinq à cent dollars. Bien que fils de famille, il n'avait pas beaucoup d'argent à gaspiller. Un jour que J. B. lui demandait pourquoi il se promenait sans pardessus par une température inférieure à zéro, il lui répondit qu'il avait mis ce vêtement au clou pour s'acheter un Lawren Harris auquel il ne pouvait résister. Il économisait tout l'argent qu'il avait pour acquérir des tableaux. Il ne dépensait rien pour lui-même et avait la réputation d'être assez pingre, ce qui expliquait probablement son manque de contact avec les filles qui, elles, aiment boire et manger. Il dessinait beaucoup et était nettement doué pour la caricature, mais, pour une raison inconnue, il n'exploitait pas ce talent. Cependant, la lueur sarcastique du caricaturiste s'allumait souvent dans son œil quand il pensait que personne ne le regardait. Réussissait assez bien dans ses études et surprit tout le monde à la fin de sa quatrième année en remportant le Chancellor's Prize en latin et en grec, bien que les humanités ne fussent guère en vogue. Cela lui serait très utile à Oxford et J. B., qui avait de l'influence là-bas, veillerait à ce que l'on tînt compte de cette distinction.

Un bon candidat pour le Service ? Peut-être. Les années d'études à Oxford le montreraient, pensa le colonel Copplestone. Après tout, ce garçon n'avait encore que vingt-trois ans.

Pendant l'été précédant son départ pour Oxford, Francis alla rendre visite à sa famille de Blairlogie. L'idée ne lui serait peut-être pas venue si sa mère ne l'avait pressé de faire cet effort. Ils se font vieux là-bas, dit-elle. Tu vois ton grand-père de temps en temps, mais Grand-mère et Tante ne t'ont pas vu depuis — oh, plus de dix ans. C'est la moindre des choses, mon chéri. Aussi, en pleine canicule d'août, il partit.

Une fois qu'il eut quitté la grande ligne et pris le train qui allait au nord, vers Blairlogie, Francis eut brusquement l'impression de remonter le temps. De l'excellent train moderne dans lequel, parce que ses parents lui avaient payé le billet, il avait voyagé en première classe où tous les sièges étaient pourvus d'écouteurs, il passa à un train extrêmement primitif où une locomotive poussive tirait un fourgon à bagages et une voiture à la vitesse majestueuse de trente kilomètres à l'heure. La voiture était vieille sans être vénérable ; on y voyait beaucoup d'ornements en bois qui avaient dû être vernis autrefois, mais les sièges de peluche verte étaient miteux, le plancher, mal balayé, et cela puait la poussière de charbon et l'usure. À cause de la chaleur, les fenêtres qui consentaient à s'ouvrir étaient ouvertes et, de temps à autre, de la suie et de la fumée provenant de la locomotive traversaient la voiture. Le train stoppait à de minuscules gares en pleine cambrousse, généralement pour décharger quelques colis. Il y avait d'autres arrêts pour permettre aux boîtiers d'essieux de se refroidir, le train étant prédisposé à cette maladie de vieux matériel roulant.

À midi, le train fit halte en pleine lande rocailleuse où il n'y avait pas un seul toit en vue. « Si vous n'avez pas apporté de casse-croûte, vous pouvez déjeuner chez la vieille dame, là-haut sur la colline. Ça vous coûtera un *quarter* », dit le chef de train. Il prit la tête du petit cortège qui gravissait la pente. Dans la cuisine de la vieille dame, des assiettes remplies de lard et de frites étaient posées en attente sur la cuisinière à bois. Au-dessus de la viande, il y avait un morceau de tarte à la rhubarbe. Francis vit que, selon l'étiquette, il fallait ôter délicatement le gâteau (de façon à ne pas le casser) et le poser sur la table de pin, à côté de l'assiette, jusqu'à ce que celle-ci ait été vidée et nettoyée avec un bout de pain. Ensuite, on remettait le *pie* dessus et on le dévorait avec une fourchette bien léchée. On faisait descendre le tout avec du café bouillant, mais pas très fort. Vous aviez un quart d'heure pour manger et quand le chef de train se leva, tout le monde l'imita et mit un *quarter* dans la main de la vieille dame qui n'avait pas prononcé une parole ni souri une seule fois. Le chef de train ne paya pas ; il ramena ses pèlerins en file indienne au bas de la colline où attendait le train. Le mécanicien et le chauffeur (qui faisait aussi office de serre-frein) avaient mangé à côté de la voie le frugal repas qu'ils avaient apporté dans leurs cantines. Ils remontèrent dans leur cabine en rotant allégrement, et le train reprit sa lente et majestueuse course.

En fin d'après-midi, le chef de train traversa la voiture, l'air important, et cria : « Blairlogie ! Terminus ! Blairlogie ! » comme si un voyageur aurait pu avoir le moindre doute à ce sujet. Puis il sauta du train le premier et avait déjà remonté une partie de la rue principale en direction de sa maison avant que Francis n'eût pu descendre sa valise du filet et poser encore une fois le pied sur le sol de sa ville natale.

À la différence du vieux train, celle-ci avait changé. On voyait peu de chevaux et certaines rues avaient été pavées. Beaucoup de magasins portaient des noms différents et le Ladies' Emporium où Grand-mère avait toujours acheté ses chapeaux (parce que les demoiselles Sim, quoique protestantes, n'avaient pas leur pareille en ville pour ce qui était du goût et de leur habileté à utiliser des cerises et des roses artificielles) avait complètement disparu, laissant la place aux mauvaises herbes. Il y avait aussi un cinéma : une façade tape-à-l'œil collée sur une épicerie qui avait dû faire faillite. Un peu plus loin, le théâtre McRory était fermé ; on aurait dit qu'il avait l'air vexé. Les arbres étaient plus grands, mais les maisons plus petites. La forge de Donoghue n'était plus là, mais le changement le plus important, c'était qu'un camion chargé de troncs d'arbres remontait la rue et que le nom inscrit sur le côté du véhicule n'était pas celui du sénateur.

Cependant, quand Francis s'éloigna du centre et gravit la colline, il vit que Saint-Kilda était inchangé et, quand il sonna, ce fut incontestablement Anna Lemenchick, quoique plus grosse et plus petite, semblait-il, qui lui ouvrit. Elle ne dit rien — elle ne disait jamais rien en ouvrant la porte — mais Francis entendit un bruit de galopade au premier étage. La tante Mary-Ben dévala l'escalier — prouesse que les marches cirées rendaient assez dangereuse — et se jeta contre lui. Elle était si petite ! Avait-il vraiment grandi à ce point ?

« Francis ! Mon cher, cher Francis ! Comme tu as grandi ! Oh, et que tu es beau ! Oh, Vierge Sainte, que je suis heureuse ! As-tu pris le taxi ? Nous t'aurions bien envoyé quelqu'un, mais nous n'avons personne en ce moment : Zadok est à l'hôpital. Oh ! que dira Grand-mère quand elle te verra ! Viens tout de suite la saluer, Frankie, mon petit chéri. Cela lui fera plus de bien que tout le reste ! »

Grand-mère était au lit, énorme tas de chair jaune à l'odeur sure. La conversation avec elle se déroula en français parce que l'anglais lui demandait désormais trop d'efforts. Elle était considérablement plus jeune que le sénateur — qui, comme d'habitude, était à Ottawa, à Montréal ou à Toronto, pour quelques affaires — mais la chronologie n'avait rien à voir avec sa maladie ; elle aurait pu avoir dix ans de plus que son âge véritable, c'est-à-dire soixante-huit ans.

« Les pronostics du docteur J. A. pour cette chère Marie-Louise sont assez réservés, dit la tante Mary-Ben alors que Francis et elle faisaient un exécrable dîner le même soir. Nous craignons quelque chose de grave, mais J. A. ne veut pas dire les choses clairement. Tu te rappelles comment il est. On ne peut pas effacer près de soixante-dix ans de gloutonnerie, dit-il. Mais un bon coup de fourchette peut-il vraiment causer ça ? Je prie pour elle, bien sûr, mais le docteur J. A. dit que l'ère des miracles est révolue. Oh, Frankie, c'est terrible, mais nous devons tous partir un jour, n'est-ce pas, et ta chère grand-mère a été si bonne toute sa vie — elle n'a pas une seule chose à se reprocher. Aussi, bien que ce soit très dur pour nous, nous devons accepter Sa volonté. »

Comme Francis s'en aperçut, la passion dominante de la maison n'avait pas faibli. Ce soir-là, il joua pendant trois heures aux cartes avec Tante et Grand-mère qui retrouva alors tout son entrain. Ils jouèrent à l'euchre. Quand Francis et Tante montèrent, le paquet de trente-deux cartes était déjà prêt ; presque sans parler, ils firent inexorablement une partie après l'autre. Étant le moins expérimenté des trois, Francis ne cessait de perdre. Il ne put s'empêcher de remarquer que la main de sa grand-mère disparaissait souvent sous les couvertures, probablement pour la presser contre un point douloureux de son corps et pour desserrer sa robe de chambre et, lorsqu'elle réapparaissait — pouvait-il avoir vu en un éclair une carte qui n'était pas dans le jeu auparavant ? Il repoussa cette pensée indigne, mais elle ne le quitta pas tout à fait. Mary-Ben acceptait facilement de perdre, mais Francis n'était pas encore assez mûr pour comprendre que gagner n'était pas toujours une question de levées.

Alors qu'ils se séparaient pour aller se coucher, il murmura à Tante :

« Et comment va Mme Thibodeau ?

— Elle ne sort presque plus, Francis. Elle est devenue si grosse, tu comprends. Mais elle est formidable. Sourde comme un pot. Ça ne l'empêche pas de jouer aux cartes trois fois par semaine. Et de gagner ! Elle a quatre-vingt-sept ans maintenant. »

Où était Victoria Cameron ? Qui s'occupait du Fou ?

Il apparut que Tante avait été obligée de se débarrasser d'elle. Victoria avait été insolente une fois de trop et Tante l'avait renvoyée pour de bon, sans la remplacer. C'était Anna Lemenchick qui faisait ce qu'elle pouvait à la cuisine, aidée par la fille cadette de la vieille Mme August, une personne pleine de bonne volonté quoique pas très intelligente. Les capacités d'Anna étaient des plus limitées, mais comme la pauvre Marie-Louise était réduite à un régime d'aliments liquides, Tante n'avait pas le cœur de chercher une autre cuisinière de premier ordre, malgré l'insistance de son frère. Cela semblait cruel, n'est-ce pas, d'engager quelqu'un pour confectionner des plats que Grand-mère n'avait pas le moindre espoir de pouvoir goûter ?

Francis était toujours incapable de dire à Tante qu'il connaissait le secret du Fou. Cependant, la première nuit qu'il passa à Saint-Kilda, il monta subrepticement l'escalier pendant que Tante, comme il le savait, faisait ses dévotions. Tous les rideaux qui, autrefois, amortissaient les sons avaient disparu. Personne ne dormait là-haut : Anna Lemenchick rentrait chez elle le soir. Il essaya d'ouvrir la porte de la chambre qui avait été un hôpital, un asile de fous et une prison : elle était fermée à clé.

Dans son ancienne chambre d'enfant, qui semblait avoir perdu sa substance, comme tout le reste à Saint-Kilda, Francis, en se déshabillant, s'aperçut dans le grand miroir devant lequel il avait autrefois posé, travesti tant bien que mal en femme. Il vit un jeune homme avec des poils sur la poitrine et les jambes, et une abondante toison noire autour des parties. Mû par une impulsion qu'il aurait pu réprimer, mais à laquelle il céda, il se drapa une fois encore dans le couvre-lit et regarda son reflet — chercha avidement des yeux la fille qui aurait dû être derrière la glace. Où était-elle ? Il ne l'avait trouvée dans aucune des filles chez lesquelles il l'avait cherchée, à Spook. Elle devait pourtant être quelque part, cette fille de l'univers des mythes, de la vraie Cornouailles de son imagination. Il se refusait à croire qu'il pût en être autrement. Cependant, la contemplation de son reflet l'excita tellement qu'il fut obligé d'« étrangler Popaul » — ainsi que l'appellent les collégiens. Comme d'habitude, cet acte solitaire lui apporta à la fois soulagement et dégoût ; il s'endormit de mauvaise humeur. Il ne voulait pas de ces béguins, liaisons et amusements estudiantins dont il entendait tant parler à Spook. Ce qu'il voulait, c'était de l'amour. Il avait vingt-trois ans et jugeait que c'était très vieux pour vivre sans amour. Il se demandait ce qui pouvait clocher en lui, ou dans son destin, ou quelles que fussent les forces qui déterminaient ces choses. Merde !

Le lendemain matin, il n'eut aucun mal à trouver Victoria Cameron. Elle était au milieu de la rue principale, dans un petit magasin qui annonçait au-dessus de sa porte : PÂTISSERIE CAMERON. L'ex-cuisinière du sénateur se tenait derrière le comptoir, entourée d'une profusion de ses meilleurs gâteaux.

« Tu ne croyais tout de même pas que quitter la maison de ton grand-père serait ma fin, hein, Frankie ? En fait, ç'a été tout le contraire. Papa et les garçons continuent à faire leur pain, comme d'habitude, et moi je confectionne des pâtisseries ici. Entre tous, nous faisons des affaires d'or. Non, je ne suis pas mariée, et je ne me marierai jamais, quoique ce ne soient pas les prétendants qui me manquent, crois-moi. J'ai mieux à faire que de trimer pour un homme.

Zadok ? Ça, c'est une triste histoire. Il voulait m'épouser, tu t'imagines ? Je lui ai répondu carrément : tant que tu fais ce boulot chez Devinney, il n'en est pas question ; mais ne le quitte pas, parce que même alors je ne deviendrais pas ta femme. J'aime trop ma liberté, ai-je dit. Mon refus l'a blessé. Ça se voyait, tu sais. Je ne dis pas que c'était la seule raison, mais ç'a dû compter. Je crois que c'est la mort de ce pauvre garçon qui l'a le plus touché. Ah, tu n'en avais pas entendu parler ? Évidemment, il n'y avait personne pour te le dire. Zadok se sentait responsable de ce décès, dans un sens. »

À ce moment, ils furent interrompus par un groupe de clients qui regardèrent Francis avec curiosité. Victoria leur servit une demi-douzaine de tartelettes au citron, une demi-douzaine de tartelettes aux framboises, deux tartes au citron promises pour un anniversaire de mariage et un grand sac de gâteaux feuilletés — sans parler de deux pains blancs croustillants, deux pains complets et deux pains aux raisins. Quand la presse des affaires se fut calmée, Victoria reprit :

« Zadok a toujours aimé la bière, tu te souviens, et après mon refus de l'épouser, il a pris l'habitude d'apporter sa boisson dans la chambre du haut et de la siroter pendant qu'il chantait des chansons à Frankie — l'autre Frankie. Il adorait ce garçon, tu sais, Francis. On aurait presque pu croire que c'était son fils. Zadok avait beaucoup de cœur, il faut lui accorder ça. Cela me déplaisait qu'il apporte sa bière, mais le lui interdire aurait créé plus de problèmes que cela n'en valait la peine. Et je crois qu'il le faisait exprès, pour m'ennuyer. Les hommes sont bizarres, tu sais. Je crois que Zadok essayait de me montrer que si je ne voulais pas de lui, il se perdrait, espérant que je changerais d'avis pour le sauver. Mais on ne m'a pas élevée dans l'idée qu'on peut sauver les gens. S'ils ne peuvent se sauver eux-mêmes — dans la mesure où c'est possible — personne ne peut le faire à leur place. Nous devons tous vivre notre destin et je savais que le mien n'était pas de sauver Zadok. Il buvait donc beaucoup, se mettait à dire des bêtises et portait des toasts au garçon. Frankie comprenait que Zadok était joyeux et amical et il riait, à sa façon à lui. Mais je restais très ferme sur un point : Zadok ne devait pas donner à Frankie une seule goutte de sa bière. C'est probablement cela qui a causé la catastrophe. Au lieu de bière, Frankie a bu une grande quantité d'eau. Quel mal cela pouvait-il lui faire ? dois-tu penser. Il pisserait dans sa couche et voilà tout. Mais une nuit, Zadok et moi avons eu une affreuse dispute parce qu'il buvait plus que d'habitude et faisait trop de bruit. Finalement, je les ai abandonnés tous les deux en disant à Zadok de se débrouiller tout seul pour préparer Frankie pour la nuit. Bien entendu, je savais qu'il en était incapable. Le garçon comptait sur moi pour ça et je ne l'aurais pas laissé tomber. Aussi, au bout d'une heure environ, après avoir entendu Zadok partir, je suis retournée dans la chambre et j'ai installé Frankie pour la nuit. Mais j'ai trouvé qu'il avait l'air bizarre et était lourd à soulever. Le lendemain matin, il était mort. Et tu sais de quoi ? *D'asphyxie !* Il a fallu que j'aille chercher la vieille tante qui, elle, a envoyé chercher le docteur J. A. Après avoir examiné Frankie, le docteur a dit que c'était ça. Asphyxié ! Ce pauvre garçon n'était pas comme les autres, tu vois. Il avait une glande au sommet de la tête qui ne fonctionnait pas normalement et pendant sa bringue avec Zadok, il a bien dû boire — je ne sais pas, moi — plusieurs litres d'eau. Il ne l'a pas supporté. Le docteur a dit qu'une partie du liquide avait dû entrer dans son sang, puis dans ses poumons, et il est mort noyé. Le docteur a appelé ça un œdème pulmonaire. Je m'en souviens très bien parce que… enfin, comment pourrais-je oublier une chose pareille ? Il y a donc eu un autre enterrement nocturne, mais sans prêtre cette fois, et maintenant Frankie repose réellement sous cette pierre tombale qui était restée factice pendant si longtemps. Non, ils n'ont rien dit à tes parents. En fait, ta mère n'a jamais su ce qu'il y avait dans le grenier pendant toutes ces années. Mais ton grand-père était au courant, bien sûr ; lui et le docteur J. A. — enfin, c'est difficile de dire ce qui s'est exactement passé. Ils étaient bien soulagés, tous les deux, mais cela n'aurait pas été convenable de le montrer. Je sais qu'on a versé de l'argent à Zadok pour s'assurer son silence. Et je suppose que c'était aussi par une affreuse sorte de gratitude. Cet argent a été sa perte.

Zadok s'est mis à boire de plus en plus et son boulot chez Devinney en a souffert. Deux ou trois fois, les résultats de son travail ont effrayé les parents du défunt quand ils ont regardé dans le cercueil : le mort avait la figure toute gonflée et un teint bizarre. Devinney a donc été obligé de se séparer de lui. La conséquence de tout ça, c'est qu'une nuit d'hiver, il est tombé, complètement ivre, dans l'allée qui se trouve derrière Devinney — parce qu'il se sentait attiré d'une façon anormale vers cet endroit — et il a presque gelé. Les médecins ont été obligés de l'amputer des deux jambes, et même avec ça, ils ne semblent pas avoir été capables d'arrêter la gangrène. Oui, je vais le voir une fois par semaine à l'hôpital. Je lui apporte quelques tartes et d'autres friandises. La nourriture de cet endroit est pire que celle d'Anna Lemenchick. Après que le pauvre Frankie eut été enterré pour la deuxième fois, on ne m'a pas gardé une semaine de plus à Saint-Kilda. Un matin, la vieille tante et moi, on a eu une prise de bec terrible dans la cuisine et elle m'a dit de partir. Partir ? j'ai dit. C'est vous qui partirez si je quitte cette cuisine ! Vous et madame qui vous goinfrez à chaque repas ! Vous êtes pires que Zadok avec sa bière ! Ne croyez pas que c'est vous qui me renvoyez ! C'est moi qui renvoie ici ! Vous allez voir comment vous vous débrouillerez sans moi, vous et madame. Vous n'êtes que deux vieilles bâfreuses ! Ça, c'était vulgaire de ma part, Francis, mais j'étais furieuse. Après cette scène, même ton grand-père n'a pas pu me persuader de passer l'éponge. Comment aurais-je pu rester dans un endroit où je m'étais montrée vulgaire ? »

Francis savait qu'il devait dire quelque chose et, bien que les jeunes gens aient du mal à faire ce genre de déclarations, il s'exécuta.

« Victoria, je suppose que personne ne saura jamais ce que tu as fait pour ce garçon — Francis Ier, comme je l'appelle. Tu as été merveilleuse. Je te remercie en son nom et au nom de tout le monde. Tu as été un ange.

— C'est pas la peine de devenir sentimental pour ça. J'ai fait ce que j'avais à faire. Quant aux remerciements, je dois dire que ton grand-père s'est montré très généreux au moment de mon départ. Cet homme-là voit plus loin que la plupart des gens. Qui paie les frais d'hôpital pour Zadok, à ton avis ? Et c'est l'argent qu'il m'a donné en cadeau qui m'a permis d'ouvrir ce magasin.

— Je suis bien content. Tu peux jouer les presbytériennes inflexibles tant que tu veux ; moi, je continuerai à te considérer comme un ange ! »

Là-dessus, Francis lui donna un gros baiser.

« Frank, pour l'amour du Ciel ! Pas dans le magasin ! Et si quelqu'un nous voyait ?

— Eh bien, il penserait que toutes les cocottes de ta boutique ne sont pas en chocolat ! » répondit Francis, et il se glissa dehors tandis que Victoria, outragée, criait derrière lui :

« Veux-tu te taire ! Tu es pire que Zadok. »

Un peu plus tard, ce même jour, Francis rendit visite à Zadok. Le pauvre homme semblait au bout du rouleau. Il faisait très chaud dans la salle et cela sentait le renfermé Comme les deux lits voisins étaient inoccupés, Francis put parler librement au tronc ravagé couché sur le lit le plus proche de la fenêtre avec une sorte de cage qui soulevait le drap à l'emplacement des jambes disparues. Il régnait une odeur oppressante de désinfectant et les bouffées pestilentielles qui émanaient de temps en temps du lit de Zadok ne présageaient rien de bon.

« C'est la gangrène, comme ils l'appellent, Frankie. Je la sens dans tout mon corps. Bon Dieu, j'en ai même le goût dans la bouche. Bien qu'ils m'aient coupé les jambes, ils semblent incapables de l'arrêter. C'est comme une plaie dévorante, tu sais. Le docteur J. A. dit qu'il n'a encore jamais vu une chose pareille, pourtant il a soigné des cas très graves dans les camps de bûcherons. Il ne comprend pas que je sois encore en vie, qu'il dit, parce que je ne suis plus qu'une masse de pourriture. Il peut me parler comme ça parce que je suis un ancien soldat, mon p'tit. Il sait que j'en ai vu d'autres. Ce n'est pas qu'il soit dur, mais pour lui le monde est pareil à une vaste maladie. Or, nous en faisons tous partie, n'est-ce pas ?

— C'est vraiment de la poisse, Zadok.

— De la poisse, j'en ai eu dans la vie, mon p'tit ! Je l'ai regardée droit dans les yeux, cette garce. Oui, de drôles de choses peuvent arriver à un homme. Je ne t'ai jamais parlé de l'Afrique du Sud, pas vrai ?

— Je sais que tu y as fait la guerre.

— Oui, je m'y suis battu, et bien battu. J'étais sur le point d'avancer en grade et d'être décoré, mais tout ça, c'est tombé à l'eau à cause d'un amour. Ça t'étonne, hein ? Mais c'était bien de l'amour, et je n'en ai pas honte aujourd'hui. J'étais dans un régiment levé en Cornouailles et commandé par un jeune homme qui était le fils de la plus grande famille de mon pays natal. Son père était duc, donc lui, c'était un lord. Dieu, qu'il était beau, Frankie ! Nous avions quasiment été élevés ensemble parce que je l'avais suivi partout pendant presque toute ma vie : nous allions chasser, pêcher, canoter ensemble et partagions toutes les autres activités que peuvent avoir les garçons. Alors, évidemment, je me suis engagé sous ses ordres. J'étais son ordonnance. Avant ça, j'avais travaillé deux ou trois ans dans la maison de son père comme domestique. J'étais valet de pied, pour être précis. Il semblait donc tout à fait normal que je continue à m'occuper de ses vêtements et même de lui couper les cheveux, et des choses comme ça. Nous étions amis, de grands amis, de la manière dont le sont un maître et son valet. Et je jure devant Dieu qu'il ne m'a jamais touché, ou inversement, d'une façon malhonnête et déshonorante. Ce n'était pas ça du tout. J'ai vu des relations de ce genre dans l'armée, et hors de l'armée, et je jure qu'il ne s'agissait pas de ça. J'aimais le capitaine, mais de la manière dont on aime un héros. C'en était d'ailleurs un. Un homme très courageux et bon. Et, comme beaucoup de héros, il fut tué. D'une balle tirée par un Boer. Nous l'avons donc enterré et j'ai fait ce que j'ai pu pour lui jusqu'à la fin. Je l'ai habillé et lui ai lavé les cheveux. Il était très beau dans le pauvre cercueil dont nous disposions. *Oui, que je tombe comme un soldat.* Tu te souviens de cette chanson ? J'ai bien cru mourir, moi aussi. La nuit, je me glissais dehors après le couvre-feu pour aller m'asseoir sur sa tombe. Un soir, une sentinelle m'a vu couché sur la tombe en train de sangloter. Elle m'a dénoncé et cela a fait un foin terrible. Je suis passé en jugement et le colonel m'a dit qu'une telle conduite était indigne d'un soldat et pouvait nuire au moral des troupes, qu'il fallait décourager sévèrement ce genre de relations indécentes. Puis on m'a renvoyé chez moi sans honneurs. Voilà comment j'ai perdu ma médaille et une grande partie de ma vie. Le colonel n'était pas cornouaillais, aussi il ne me comprenait pas. Je me demande s'il a jamais aimé quelqu'un ou quelque chose dans la vie. Ça, ç'a été une très grande malchance pour moi.

— Une terrible malchance, Zadok. Mais je comprends. Ton amour était pareil à celui qui unissait les chevaliers du Graal ainsi que les gens qui les servaient avec un pur dévouement.

— Oh, je ne connais pas grand-chose à tout ça, tu sais. Mais c'est vrai, tu as du sang cornouaillais dans les veines, toi aussi. Je ne dirais pas que les Cornouaillais sont des gens très aimants, dans l'ensemble, mais au moins ils sont fidèles.

— Qu'as-tu fait en Angleterre ?

— Tout ce que j'ai pu. J'ai surtout travaillé comme domestique et j'ai fait quelques boulots pour des entrepreneurs de pompes funèbres. Mais il m'est arrivé quelque chose de très beau. On aurait presque dit que c'était pour me dédommager de cette autre affaire, et là aussi il s'agissait d'amour, d'une certaine manière. C'était exactement comme un rêve. C'est ainsi que je le vois maintenant. Je connaissais un adjudant-chef, un brave type, qui m'aidait de temps en temps. Il avait une activité secondaire bizarre. Il fournissait des hommes, surtout des soldats, à des gens qui avaient besoin de domestiques pour de grandes réceptions, juste pour la décoration, en fait. Tout ce que les gars avaient à faire, c'était porter la livrée, avoir l'air imposant et digne de confiance. Et moi, j'avais été valet de pied, n'est-ce pas ? De cette façon, je me faisais quelques shillings pour une soirée de boulot facile. Une nuit, il y avait la presse dans l'un des grands hôtels, et moi j'étais là, tiré à quatre épingles avec une culotte, un habit à queue de morue en velours et une perruque poudrée. Pas

239

de moustache à cette époque, évidemment. Un domestique devait être imberbe. Nous avons fait notre boulot et j'étais sur le point d'enlever mes frusques de fantaisie quand un type — l'un des serveurs — s'est précipité vers moi et m'a dit : « Écoute, nous sommes débordés. Monte ça au numéro deux cent quarante-deux, veux-tu, et donne-le au client avant de partir. » Il m'a tendu un plateau sur lequel il y avait une bouteille de champagne et des verres, puis il m'a quitté en courant. Je suis donc monté, j'ai frappé à la porte, très doucement, comme on me l'avait appris au château, et je suis entré. Il y avait une fille dans la pièce. Seule, pour autant que je pouvais en juger. Une très belle jeune fille, je me souviens, bien que maintenant je serais incapable de décrire sa figure. Elle était magnifiquement vêtue et un domestique n'est pas censé fixer ceux qu'il sert, ni même les regarder dans les yeux, à moins qu'on ne le leur demande. « Ouvrez-la-moi, s'il vous plaît », a-t-elle dit. Une voix douce. La fille pourrait être française, ai-je pensé. J'ai donc ouvert la bouteille et versé le champagne. « Ce sera tout, madame ? » ai-je demandé parce que nous avions l'ordre d'appeler ainsi toutes les dames, et non pas de leur dire *miss*. « Attendez un instant, a-t-elle dit. Je voudrais vous regarder. » Moi, j'ai continué à baisser les yeux, Frankie. Je ne sais pas combien de temps elle m'a examiné. Peut-être une minute, peut-être deux. Puis elle m'a demandé, très doucement : « Allez-vous jamais au théâtre ? — Ce n'est pas tellement mon genre, madame. — Oh, mais vous devriez ! Moi, j'y ai été et c'est merveilleux ! Vous n'avez pas vu *Monsieur Beaucaire* ? — Je ne connais pas ce monsieur, madame. — Évidemment, il n'existe pas. C'est le personnage d'une pièce. C'est un valet qui, en réalité, est un prince. Et l'acteur qui joue M. Beaucaire est le plus bel homme du monde. Il s'appelle M. Lewis Waller », a-t-elle dit. Alors, là, j'ai compris. J'avais entendu parler de Lewis Waller. Une idole des matinées, comme on l'appelait en ce temps-là. Un acteur de première classe. Puis elle m'a dit une chose qui m'a vraiment étonné et j'ai été obligé de la regarder. « Eh bien, vous êtes son portrait tout craché dans *Monsieur Beaucaire*. Le costume, la perruque. C'est étonnant ! Prenez un verre de champagne. — C'est formellement contraire aux ordres que j'ai reçus, *miss,* ai-je dit, oubliant, dans ma confusion, de l'appeler madame. — Mais formellement conforme aux miens, a-t-elle déclaré sur un ton de petite princesse. Je n'aime pas boire seule. Vous devez donc prendre un verre avec moi. »

« Je savais qu'elle crânait. Elle n'avait pas l'habitude de boire du tout, seule ou pas. Mais je lui ai obéi. Moi, j'ai fait durer mon verre, mais elle, elle en a bu trois. Nous avons parlé. Du moins, elle. Moi, je me taisais. Elle avait quelque chose de bizarre. Je ne sais pas ce que c'était. Elle était tout excitée, mais malheureuse à la fois, comme si elle avait perdu un shilling et trouvé un *sixpence,* si tu vois ce que je veux dire. Eh bien, je n'ai pas tardé à comprendre. J'avais pas mal d'expérience de la vie et j'avais connu des femmes de toutes les sortes. Elle en avait envie. Tu comprends ce que je veux dire ? Pas comme une femme âgée folle de vanité et qui a peur de la vieillesse. Elle en avait envie et je te jure, Frankie, que je n'ai pas abusé d'elle. J'ai simplement vécu dans l'instant, pour ainsi dire. Elle a parlé encore un peu et, ensuite, j'ai fait ce qu'elle voulait — pas qu'elle me l'eût demandé directement ou même qu'elle sût très bien comment cela se passait. Je te jure que je l'ai fait très respectueusement parce que c'était une enfant charmante et pour rien au monde je n'aurais voulu lui faire du mal. C'était merveilleux, absolument merveilleux ! Et une fois que ç'a été fini, elle ne s'est pas mise à pleurer ou un truc comme ça. Elle avait l'air d'avoir sommeil, c'est tout. Alors je l'ai portée dans sa chambre, je l'ai couchée sur son lit, je lui ai donné un bon baiser, puis je suis parti. C'est la plus belle chose qui me soit arrivée dans la vie, Frank ! Un rêve ! Ce serait difficile à raconter à la plupart des gens. Ils souriraient d'un air entendu et jugeraient mal cette jeune fille. Or, ça serait complètement injuste, parce qu'elle n'était pas du tout comme ça. De retour dans le corridor, j'ai passé devant un grand miroir et je m'y suis vu en livrée et perruque poudrée. Je me suis regardé attentivement. Peut-être bien que j'étais M. Beaucaire, quel que fût ce personnage. En tout cas, il a fait quelque chose de merveilleux pour moi. Après ça, j'ai pu oublier mon renvoi déshonorant de l'armée et essayer de réussir dans le monde. Non pas que j'y sois arrivé, du moins pas vraiment. Au bout d'un certain temps, j'ai décidé de tenter ma chance au Canada et je suis arrivé ici. Et voilà comment je finis. Non, je ne l'ai jamais revue. Je n'ai jamais appris son nom. Une drôle d'affaire, mon p'tit, c'est tout ce qu'on peut dire, une drôle d'affaire. »

Zadok était fatigué et Francis se leva.

« Puis-je faire quelque chose pour toi, Zadok ?

— Personne ne peut faire quoi que ce soit pour moi, mon p'tit. C'est foutu.

— Cela ne te ressemble pas de parler comme ça. Tu guériras, tu verras.

— Tu es gentil, Francis, mais je sais bien que non. Et supposons que je guérisse ? Cul-de-jatte. Que veux-tu que je fasse ? Jouer de l'harmonica dans les rues ? Pas question ! Alors, c'est bye-bye, mon p'tit. »

Sous son nez rouge, Zadok eut un sourire édenté, mais sa moustache, autrefois impeccablement teinte et maintenant d'un gris jaunâtre, se retroussait encore fièrement.

Avant d'avoir eu le temps de réfléchir, Francis se pencha vers le lit et embrassa le pauvre homme sur la joue. Puis il quitta précipitamment la salle de crainte que Zadok ne vît qu'il pleurait.

Le petit hôpital se trouvait à une certaine distance de la ville. Alors que Francis en sortait, un des deux taxis de Blairlogie, qui venait de déposer un client, s'apprêtait à démarrer. Mais, soudain, le chauffeur s'arrêta près de lui et cria :

« Eh, Chicken ! Tu veux un taxi ? »

C'était Alexander Dagg.

« Non, merci. J'ai envie de marcher.

— Où étais-tu ?

— Cela fait beaucoup d'années que je ne vis plus ici.

— Je sais. J't'ai demandé où t'étais. »

Francis ne répondit pas.

« T'as vu quelqu'un à l'hôpital ? Ce bon à rien de Hoyle, je parie. Il est en train de crever, pas vrai ?

— C'est possible.

— C'est certain. Je vais te dire une chose : son accident

n'a surpris personne. Ma mère dit que c'est un avertissement pour tous les soulôts. »

Durant les années passées à Colborne College et à Spook, Francis avait appris au gymnase quelques trucs qu'il ne connaissait pas à l'époque de Carlyle Rural. Il mesurait plus d'un mètre quatre-vingts à présent, et il était fort. Il s'approcha du taxi, passa les bras par la fenêtre du conducteur, saisit Alexander Dagg par le devant de sa chemise et le tira brusquement vers la portière.

« Eh ! doucement, Chicken ! Ça fait mal !

— Ça te fera encore plus mal si tu ne fermes pas ta sale gueule, Dagg. Écoute-moi bien : je me fous éperdument de ce que tu penses ou de ce que pense ta tordue de mère. Bon, et maintenant file ou je te fiche une raclée ! »

Francis repoussa brutalement Alexander contre le volant, puis il s'essuya les mains avec son mouchoir.

« Ah ! c'est donc comme ça ! Désolé, monsieur Cornish, tout à fait désolé, Votre Majesté. Mais tu sais ce que dit ma mère ? Elle dit que les McRory sont une bande de sangsues. Vous saignez cette ville à blanc. Tous des sangsues ! »

Jetant rageusement ces paroles par sa vitre baissée, Alexander Dagg démarra. Comme il tournait la tête, il ne voyait pas où il allait et faillit heurter un arbre. Ayant remporté une incontestable victoire, Francis aurait dû conserver sa dignité, mais il était encore trop jeune pour ça. Il ramassa une pierre et la lança contre la voiture qui s'éloignait rapidement. À sa grande satisfaction, il entendit le projectile frapper la cible avec force. Il devait certainement avoir endommagé la peinture.

« Oh, mon Dieu ! Je t'avais promis un canard pour ton dernier dîner ici, Francis. Mais ceci ne ressemble à rien. Ce que je t'ai dit était donc *un canard*[1].

— Incontestablement, Mary-Ben, et cet oiseau est *un*

---

1. En français dans le texte.

malard imaginaire [1]. Regardez-moi ça ! Le sang suit la lame du couteau à découper.

— Je crains que vous n'ayez raison, J. A. Ne le mange pas, Francis. Tu n'es pas obligé d'être poli.

— C'est vous qui m'avez appris à être poli, ici même, à cette table, ma tante. Je ne peux plus changer maintenant.

— Mais ta politesse n'ira tout de même pas jusqu'à te faire manger du canard cru ! Qu'est-ce qui a bien pu se passer, J. A. ?

— À vue de nez, je dirais que ce qui est dans nos assiettes s'est approché du four en se prenant pour un chapon, dit le médecin. Mary-Ben, vous ne pouvez pas continuer ainsi. Anna Lemenchick ne sait pas faire la cuisine, c'est aussi simple que ça.

— Mais elle croit être cuisinière.

— Alors, vous devez détruire ses illusions avant qu'elle ne vous tue, Marie-Louise et vous-même. J'insiste là-dessus. Il y va de la santé de mes patientes. Ah ! quel triste jour que celui où Victoria Cameron a quitté cette maison !

— Il n'y avait pas d'autre remède, J. A. ! Victoria était devenue un terrible tyran. Elle se montrait insolente chaque fois que je lui faisais la plus petite observation...

— Mary-Ben, apprenez donc à vous connaître avant qu'il ne soit trop tard ! Vous n'arrêtiez pas de l'asticoter parce qu'elle était protestante et que vous n'aviez pas la largeur d'esprit de voir que ses qualités d'artiste la plaçaient au-dessus de simples questions de secte...

— Oh ! Joe, vous êtes dur ! Comme si j'avais l'habitude d'asticoter les gens !

— Vous les asticotez avec douceur, ce qui est la pire façon de le faire. Mais ne nous disputons pas le dernier soir où Francis est ici. Bon, qu'est-ce qui suit cet horrible canard ou quelle que soit cette bestiole ? Une tarte ? Pourvu que la pâte ne soit pas crue, elle aussi ! »

Elle l'était. Flegmatique et indifférente à la quantité de nourriture non mangée qu'elle desservit, Anna Lemenchick apporta ensuite un plateau sur lequel se trouvait un bol de panade pour la malade d'en haut. Tante s'excusa et

1. En français dans le texte.

monta rapidement l'escalier avec le dîner de Marie-Louise. Celle-ci aimait avoir de la compagnie pendant qu'elle absorbait ses soupes. Le docteur J. A. se leva et alla prendre dans le buffet une bouteille de porto appartenant au sénateur. Puis il s'assit à côté de Francis.

« Dieu merci, Anna ne peut mettre ses mains de criminelle sur cet alcool, dit-il en remplissant deux grands verres. Cette maison est en pleine décadence, comme tu peux t'en rendre compte toi-même.

— Je me fais du souci, oncle docteur. Tout cloche ici. Et je ne parle pas seulement de la nourriture.

— C'est à cause de l'avarice. De la parcimonie sénile de Mary-Ben. Elle roule sur l'or, mais elle se croit pauvre et se refuse à engager unc cuisinière convenable. Ta grand-mère ne peut pas manger ces choses infectes, alors Mary-Ben les avale rien que pour prouver qu'elle a raison.

— Répondez-moi franchement, oncle docteur : Grand-mère va-t-elle mourir ?

— Oh, oui, elle finira par mourir, comme nous tous. Mais quand, je l'ignore. Elle n'a pas le cancer, si c'est ça qui te tracasse. Simplement, un système digestif complètement délabré et des calculs biliaires gros comme des ballons de base-ball. Cependant, elle et Mary-Ben se lamentent comme si la punition pour une vie passée à se goinfrer des mets les plus riches possible était un fait unique dans les annales de la médecine. Bon sang, elles en font presque quelque chose de religieux : « Voyez ! Peut-il y avoir acidité pareille à la mienne ? » Ce qui est bizarre, c'est que Mary-Ben a mangé exactement la même chose que sa belle-sœur et qu'elle continue ses excès. Quel coup de fourchette elle a, ta tante Mary-Ben ! Sais-tu qu'elle rend tous les jours visite à Mme Thibodeau à l'heure du thé ? Par charité chrétienne ? Penses-tu ! C'est parce que Mme Thibodeau achète tous ses gâteaux chez cette mécréante de Victoria Cameron, voilà pourquoi ! C'est ça, la logique féminine, Francis.

— Alors Grand-mère n'est pas aussi malade qu'elle en a l'air ?

— Non, elle est *juste* aussi malade qu'elle en a l'air, mais si elle continue à observer son régime de pain et de lait et à prendre ma potion à la menthe, elle pourrait durer encore un bon bout de temps. C'est cependant Mary-Ben qui vivra le plus longtemps. Les McRory sont une race solide. Alors soigne-la en toi. C'est un fantastique héritage.

— Est-il entièrement bon ?

— Que veux-tu dire ?

— N'y a-t-il aucune trace de folie ? D'anomalie ? Je suis au courant pour le garçon qui vivait au grenier. Comment l'expliquez-vous, lui ?

— Ce n'est pas à moi de te le dire, Francis. Il peut s'être agi d'un hasard — d'un *lusus naturae*, comme ils disent. Ou de quelque chose d'héréditaire.

— J'aimerais beaucoup le savoir. Si je me mariais et avais des enfants, quel serait le risque pour moi d'avoir des enfants anormaux ?

— Pas très élevé, je pense. Regarde-toi et regarde ton frère Arthur : vous êtes tous deux parfaitement sains. Évidemment, cela pourrait se reproduire. Mais laisse-moi te donner un conseil...

— Oui ?

— Vis ta vie. Si tu veux des enfants, prends-en le risque. Ne reste pas célibataire ou infécond à cause d'un quelconque principe. Suivre son instinct est toujours une bonne chose. Regarde-moi et Mary-Ben. Tu peux peut-être en tirer une leçon. Oui, Francis, j'ai maintenant atteint l'âge où je suis moins un maître ou un conseiller que l'objet d'une leçon.

The sin I impute to each frustrate ghost
Is — the unlit lamp and the ungirt loin —

Le péché que je reprocherais à tout esprit frustré
C'est de n'avoir pas allumé sa lampe ni déceint ses reins

Tu connais Browning ?

— Pas très bien.

— Mary-Ben et moi, nous lisions souvent ses poèmes autrefois, il y a bien longtemps. C'est un type très intelligent. Il était bien en avance sur tous ces soi-disant psychologues dont on parle aujourd'hui. »

Quand les interminables et ennuyeuses parties d'euchre dans la chambre de Grand-mère furent finies, la tante Mary-Ben demanda à Francis de venir dans son salon pour un dernier petit entretien. Francis partait tôt le lendemain. Le salon n'avait presque pas changé, sauf que l'usage et le passage du temps l'avaient rendu un peu miteux.

« Pourquoi Grand-père est-il si peu ici maintenant, Tante ?

— Que veux-tu que je te dise ? Il a tant d'affaires dont il doit s'occuper. Et j'imagine qu'il s'ennuie ici.

— Son absence n'aurait-elle pas un rapport avec la cuisine d'Anna, par hasard ?

— Oh, Francis ! Ce n'est pas gentil !

— Tu as entendu ce qu'a dit l'oncle docteur : cela finira par vous tuer.

— Penses-tu ! Le docteur J. A. ne peut s'empêcher de plaisanter. La vérité, Frank, c'est que je ne peux pas blesser cette pauvre Anna. Tous nos autres vieux domestiques sont partis, et c'est la seule qui ne m'a jamais causé un seul moment de malaise. Old Billy, si tu te souviens, buvait comme un trou et Bella-Mae s'est complètement consacrée à l'Armée du Salut. Sais-tu que ces gens-là ont parfois le culot de venir jouer devant l'église, juste avant la grand-messe ? Quant à Zadok, je ne lui ai jamais vraiment fait confiance. Quand il conduisait la voiture, il avait une drôle d'expression, comme s'il avait des pensées inadmissibles. Un jour, je l'ai surpris en train d'imiter le père Devlin. Dans la cuisine ! Une nappe sur les épaules, les mains jointes, il s'inclinait et se redressait en psalmodiant : « Nous pouvons battre les Juifs aux dominos ! » Il faisait semblant de dire la messe, tu vois. Et Victoria Cameron pouffait de rire, une main sur la bouche ! Je me moque de ce que disent ton grand-père et l'oncle docteur : cette femme était foncièrement mauvaise ! »

En ce qui concernait Victoria Cameron, Tante se montra implacable. Et avec les salaires que les domestiques réclamaient de nos jours, ajouta-t-elle — salaires qui pouvaient aller jusqu'à quarante dollars par mois ! — il fallait veiller à ne pas se faire exploiter. Francis tourna donc la conversation vers son avenir auquel Tante s'intéressait passionnément.

« Tu vas devenir peintre ! Oh, Frankie, mon cher garçon, pour moi c'est comme la réalisation d'un rêve ! Quand tu étais si malade, dans ton enfance, et que tu restais assis dans cette pièce à regarder des reproductions et à dessiner toi-même, je priais pour que ton goût artistique puisse s'épanouir et devenir une merveilleuse vocation !

— Ne dis pas « merveilleuse », Tante. Je ne sais même pas encore si j'ai du talent. Une facilité, peut-être, mais le talent va bien au-delà de ça.

— Ne doute pas de toi. Demande à Dieu de t'aider, et Il t'aidera. Ce qu'Il a commencé, Il ne l'abandonnera pas. La peinture est la vocation la plus merveilleuse — après la vocation religieuse, bien sûr — à laquelle un homme puisse aspirer.

— Tu as toujours dit ça, Tante, mais je me demande pourquoi. Pourquoi la peinture, plutôt que la musique, par exemple, ou la littérature ?

— Oh, la musique, c'est très bien. Tu sais que je l'adore. Et tout le monde peut écrire : cela ne demande que du travail. Mais peindre, c'est aider les gens à *voir*. A voir réellement l'œuvre de Dieu.

> *... we're made so that we love*
> *First, when we see them painted, things we have passed*
> *Perhaps a hundred times, nor cared to see :*
> *And so they are better, painted.*

Nous sommes ainsi faits
que nous ne commençons à aimer les choses
à côté desquelles nous sommes passés
une centaine de fois,
sans les voir, que lorsqu'elles sont peintes.
Elles sont plus belles et meilleures ainsi.

C'est de Browning — *Fra Filippo Lippi*. Autrefois, je lisais beaucoup de ses poèmes avec un grand ami à moi, et à ces

vers-là, je m'écriais toujours : Oh oui ! comme c'est vrai !
Le peintre est une grande force morale, Frankie. Un
véritable don de Dieu.

— Euh... je l'espère.

— N'espère pas. Aie confiance. Et prie. Continues-tu à
prier, Francis ?

— Parfois. Quand ça va mal.

— Oh, mon chéri, prie aussi quand ça va bien. Et ne te
contente pas de demander. Donne ! Donne à Dieu remerciements et louanges ! Tant de gens Le traitent comme un
banquier, tu sais. C'est donne, donne, donne tout le temps,
et ils ne comprennent pas qu'en réalité c'est prête, prête,
prête. Frankie, tu n'as jamais oublié ce qui s'est passé
quand tu étais si malade, n'est-ce pas ?

— Est-ce que ce n'était pas simplement une mesure prise
dans un moment de panique ?

— Oh, Frank ! Tu n'as pas honte ? Le père Devlin t'a
baptisé. Tu es à jamais catholique. Ce n'est pas quelque
chose dont on peut se débarrasser en fréquentant une école
chic ou en vivant parmi des gens irréfléchis comme ton
père, quoiqu'il soit certainement un homme bon, dans la
mesure où il comprend le bien. As-tu toujours ton chapelet ?

— Oui, je dois l'avoir quelque part.

— Ne parle pas comme ça, mon cher garçon ! Écoute-
moi : mon chapelet t'a toujours plu, et c'est vrai qu'il est
beau. Je veux que tu le prennes — non, non, j'en ai
d'autres ! — et je veux que tu t'en serves et l'emportes
partout avec toi. Promets-le-moi, Frank !

— Comment voulez-vous que je vous promette une
chose pareille, Tante ?

— En me faisant cette promesse maintenant. Une promesse solennelle faite par amour. Une promesse que tu me
fais à moi, personnellement. Car je suis sûre que tu es mon
enfant, en partie du moins, le seul que j'aurai jamais. »

Aussi, après quelques autres faibles protestations, Frank
prit le chapelet et fit sa promesse. Et le lendemain matin, il
quitta Blairlogie, pour toujours, comme il le crut alors.

« *Ainsi, ce pauvre Fou était le fruit d'une rencontre fortuite entre la romantique Marie-Jacobine et l'ex-soldat Zadok ?*

— *Si tu tiens à employer ce mot de « fortuit », répondit le démon Maimas. Mais toi et moi, nous savons combien cette notion de hasard — l'événement complètement imprévu, inexplicable — peut être trompeuse en tant qu'explication ultime de quoi que ce soit.*

— *Bien sûr, mais je tiens compte du fait que les habitants de la Terre y sont très attachés. Ils ont une vision de myope. Enlève-leur le hasard et tu portes atteinte à l'idée qui leur est si chère de libre arbitre. Ils ne vivent pas assez longtemps pour se rendre compte que le hasard peut avoir ses limites, tout comme le libre arbitre a les siennes. N'est-il pas étrange qu'ils acceptent volontiers de leurs savants la preuve qu'il existe une structure organisée dans le reste de la nature, mais refusent de se voir partie intégrante de cette nature ? Ils semblent persuadés que, dans toute la création, ils sont les seuls à ne pas être influencés par l'Anima Mundi.*

— *Nous veillons à ce qu'ils aient un certain choix à l'intérieur de cette structure, mais celle-ci est forte et, de temps à autre, elle apparaît de façon très claire. Alors il arrive des choses de ce genre : contre toute probabilité, Marie-Jacobine choisit Zadok parce qu'elle a le béguin pour un acteur. Zadok engendre un enfant dans une seule union avec une vierge — contre toute probabilité, de nouveau — parce que c'est un homme compatissant et malheureux. Appelons-nous cela le hasard ? Mais ensuite, Mary-Jim ne reconnaît pas son amant d'un soir quand il arrive à Blairlogie et lui ne la reconnaît pas non plus parce qu'ils sont dans un monde qu'ils voient comme le Nouveau Monde. Et Marie-Louise abîme un enfant dans le ventre de sa mère, ce qui est très probable étant donné sa personnalité. Zadok ne reconnaît pas son propre fils — comment aurait-il pu le faire ? Ici, il s'agit simplement du mélange habituel de hasard et de vraisemblance, conclut le démon.*

— *Sans doute appelleraient-ils cela coïncidence.*

— *C'est un mot utile pour les gens qui ne peuvent*

supporter l'idée que leur vie fasse partie d'un ensemble structuré. Cela leur permet d'occulter le problème.

— Ils appellent coïncidence toute structure dans laquelle ils ne peuvent discerner quelque chose qui, d'après eux, aurait un sens, dit le Petit Zadkiel.

— Mais ce sens, nous le voyons, n'est-ce pas, mon frère ? Bien sûr que si. Le Fou a ramené l'amour dans la vie de Zadok, car seul l'amour peut expliquer son attitude envers le pauvre idiot, et il a apporté l'amour maternel dans la vie de Victoria Cameron qui avait choisi — peut-être par peur — de ne pas le trouver par les voies habituelles.

— Et pour votre Francis, mon cher collègue ?

— Pour Francis, l'existence du Fou fut quelque chose qui lui rappela toute sa vie que la primitivité la plus inadmissible peut côtoyer la plus grande culture ; elle l'incita à une constante pitié, lui montra que les êtres humains peuvent à tout moment tomber dans le désordre et l'abjection. Et elle lui conseilla de s'arranger au mieux de son destin.

— Et bien sûr, elle dut également lui rappeler sans cesse l'humilité ? fit l'ange.

— Tout à fait. Et je pense que, même si je n'ai rien eu à voir avec la conception du Fou, je me suis bien servi de lui dans la formation de Francis. Ainsi donc, le Fou n'aura pas vécu en vain.

— Oui, tu as fait du bon boulot, mon frère. Et pour où mettons-nous le cap maintenant ?

— Pour Oxford.

— Oxford ne renforcera certainement pas en lui son hérédité blairlogienne, dit l'ange.

— Oxford renforcera ce qui a été mis dans sa moelle, et j'ai veillé à ce que le Fou, sous tous ses aspects, fasse partie de cette formation. À Oxford, Francis aura besoin de toute son intelligence et de toute sa pitié », déclara le démon.

QUATRIÈME PARTIE

Qu'est-ce qui ne voulait pas sortir de la chair ?

« Tout le monde s'accorde à dire que ta première année à Oxford a été un triomphe, assura Basil Buys-Bozzaris.

— Eh bien, c'est très gentil de leur part », répondit Francis.

Il sentait que ce gros plouc de Buys-Bozzaris le traitait avec condescendance et se demandait combien de temps il allait supporter cette attitude.

« Pas de fausse modestie, je t'en prie. Tu t'es fait une bonne petite réputation comme orateur à l'Association et une place au comité de l'O.U.D.S.[1]. Et il paraît que tes caricatures de Personnalités Oxoniennes parues dans *Isis* sont ce qu'il y a de mieux dans le genre depuis Max Beerbohm. On sait que tu es un « esthète », mais que tu n'en as pas les manières affectées. Avoue que ce n'est pas mal.

— Tout ça, ce ne sont que des passe-temps. Je suis venu à Oxford pour travailler.

— Pourquoi ?

— Selon une idée généralement répandue, on vient ici pour apprendre.

— Apprendre quoi ?

— Les bases de ce qu'on a l'intention de faire dans la vie.

— C'est-à-dire ?

— Je n'en sais rien encore.

— Dieu merci ! Pendant un moment, j'ai eu peur que tu ne sois l'un de ces Américains sérieux qui ont une carrière toute tracée devant eux. C'est vraiment trop petit-bour-

---

1. Oxford University Dramatic Society. (N.d.T.)

geois ! Mais d'après ce que m'a dit Roskalns, tu veux devenir peintre. »

Roskalns ? Qui était-ce ? Ah oui : ce type crado qui traînait à l'O.U.D.S. et donnait des leçons particulières de langues modernes. Francis s'était-il confié à lui ? Sans doute en avait-il parlé à quelqu'un d'autre alors que Roskalns tendait l'oreille — comme cela semblait être son habitude. Francis décida qu'il en avait plus qu'assez de Buys-Bozzaris.

« Bon, il faut que je m'en aille, dit-il. Merci pour le thé.

— Attends un instant. Je voudrais bavarder encore un peu avec toi. Je connais quelques personnes qui risquent de t'intéresser. On me dit que tu aimes jouer aux cartes.

— Je joue un peu.

— Pour de gros enjeux ?

— Assez gros pour rendre la partie intéressante.

— Et tu gagnes presque toujours ?

— Assez souvent pour équilibrer mes pertes.

— Oh, tu fais mieux que ça ! Ta modestie est charmante.

— Il faut vraiment que je m'en aille.

— Bien sûr, mais je voulais te dire encore ceci. Je connais quelques personnes qui jouent régulièrement — de vraiment bons joueurs. Je pensais que tu aimerais peut-être te joindre à nous. Nous ne jouons pas pour quelques pennies.

— Me demandes-tu d'adhérer à une sorte de club ?

— Rien d'aussi officiel. Et nous ne faisons pas que jouer : nous parlons aussi. Il paraît que tu aimes parler.

— De quoi parlez-vous ?

— Oh, de politique. Des événements internationaux. Nous vivons des temps agités.

— Plusieurs personnes sont parties en Espagne pour voir ce qu'elles pouvaient faire là-bas. D'autres, plus nombreuses, disent qu'elles se précipiteraient en Espagne si elles pouvaient avoir une idée plus claire de la situation. Est-ce de ce genre de choses que vous parlez ?

— Non, ça, c'est du romantisme juvénile. Nous sommes beaucoup plus sérieux.

— Je pourrais peut-être vous faire une courte visite un de ces jours.

— Bien sûr.

— Ce soir ?

— Parfait. Je reçois à partir de neuf heures. »

Quelques jours plus tard, Francis écrivit une de ces lettres au colonel Copplestone.

Cher oncle Jack,

La deuxième année à Oxford est beaucoup plus agréable que la première. Je sais où se trouvent les choses qui pourraient m'intéresser et où sont les gens dont je suis certain qu'ils ne m'intéresseront pas et que je veux éviter. Un des grands attraits de Corpus Christi, c'est que c'est un petit collège. Mais cela veut dire que seuls les étudiants de première année et quelques cas spéciaux peuvent y habiter. Je loge donc chez un particulier, dans un très joli appartement qui se trouve pratiquement à l'entrée du collège. La maison s'appelle Canterbury House parce qu'elle est près de la porte Canterbury de Christ Church. J'occupe le dernier étage : un vaste séjour et une petite chambre à coucher ; une vue superbe sur Merton Street qui doit être la plus jolie rue d'Oxford. Le seul désavantage, c'est qu'au moment où Great Tom sonne ses cent un coups, à minuit, j'ai l'impression que c'est directement dans ma chambre. Je songe à écrire au doyen pour lui demander si l'on ne pourrait pas changer cette vieille coutume. Croyez-vous qu'il satisfera à ma requête ?

J'ai fait quelques nouvelles connaissances. Le rez-de-chaussée — l'appartement le plus cher et qui a la moins bonne vue — est occupé par un certain Basil Buys-Bozzaris — un vrai nom d'illusionniste, vous ne trouvez pas ? Il l'est d'ailleurs un peu, illusionniste : il y a quelques jours, je montais en courant l'escalier qui se trouve à côté de sa porte, quand il a passé la tête par l'entrebâillement et a crié : « Une Vierge ! Je devine votre signe à votre pas ! » Assez impressionné, je me suis arrêté pour bavarder avec lui. Il a parlé un moment d'astrologie, d'une manière intéressante d'ailleurs. Je ne suis absolument pas un mordu d'astrologie, mais j'ai constaté que celle-ci pouvait parfois fournir des indications générales utiles sur les gens. Quoi qu'il en soit, BBB voulait que je vienne prendre le thé avec lui, ce que j'ai fait hier.

Entre-temps, j'ai mené une petite enquête sur le personnage. Notre propriétaire s'est empressé de me renseigner : riche, m'a-t-il dit ; un comte bulgare. Il reçoit beaucoup et chaque fois qu'il invite des gens à déjeuner, il se fait servir le même repas, la veille, y compris le vin, pour pouvoir rectifier les erreurs de cuisine ou le choix des boissons ! Ce perfectionnisme d'amphitryon impressionne terriblement notre propriétaire, et j'admets qu'il y a de quoi.

Une autre personne qui le connaissait un peu m'a dit que c'était un original. Il doit avoir dans les trente-cinq ans et étudie ostensiblement le droit international. Vous savez sûrement combien cela peut être vague ; très pratique pour quelqu'un qui veut traîner dans une université. BBB semble s'intéresser à la Contradiction entre les lois, ce qui est évidemment une matière encore plus obscure. Selon mon informateur, c'est l'un de ces éternels étudiants qu'on trouve dans toutes les facultés. Quant à son titre de comte, j'ignore si celui-ci existe, ou a jamais existé en Bulgarie, mais il permet d'indiquer une supériorité vis-à-vis de la classe paysanne. J'avais donc une petite idée sur lui avant de me rendre à ce thé.

J'ai eu droit aux questions polies habituelles faites pour sonder le terrain. Qu'étudiais-je ? À des flatteries au sujet de quelques portraits d'universitaires en vue que j'ai faits au printemps dernier pour *Isis*. Il m'a demandé d'une voix douce si je voulais lui donner ma date et mon heure de naissance car il serait ravi d'établir mon thème. J'ai cédé. Pourquoi pas ? D'ailleurs, je suis incapable de résister à l'envie de me faire tirer mon horoscope. Et toi, à quoi t'intéresses-tu ? ai-je demandé. Je suis un *connaisseur,* m'a-t-il déclaré. Cela m'a surpris parce que sa chambre n'indiquait rien de pareil : je n'y voyais que les meubles cossus et très ennuyeux du propriétaire et quelques photographies encadrées d'argent de gens qui avaient bien l'air d'habitants d'Europe centrale — cols droits et gros favoris pour les hommes, énormes chevelures et chairs « opulentes » pour les femmes. Pas un seul bel objet. Dans un coin, une icône de la Vierge dans le style le plus atrocement mièvre du XIXe, avec une *riza,* faite d'une manière qui n'était certainement pas du vrai argent, passée sur tout le tableau, à l'exception de la figure et des mains. BBB a souri car il a dû remarquer mon étonnement. Pas un amateur d'art, m'a-t-il précisé, mais d'idées, de positions, de politique, au sens large. Puis il a parlé un peu de la situation actuelle en Europe, de Hitler, en Allemagne, de la détresse qui régnait en Espagne, tout cela d'une manière très distante comme s'il s'agissait simplement d'idées, de quelque chose qui ne touchait pas des êtres humains. M'a demandé de revenir pour jouer aux cartes. J'ai accepté, non pas parce qu'il me plaît, mais parce qu'il me déplaît.

La séance de jeu de cartes, quand j'y suis retourné, s'est révélée assez intéressante pour me dédommager d'une soirée que, normalement, je n'aurais pas choisi de passer dans des conditions aussi inconfortables. De l'alcool en abondance et de coûteux cigares, mais on se concentrait surtout sur ce qui se passait aux deux tables de bridge — tout ce que la pièce pouvait raisonnablement contenir. L'atmosphère était très sérieuse pour une partie entre amis. BBB dirigeait l'une des tables et un type crado nommé Roskalns, qui donne des leçons particulières de latin à des étudiants de première année et de diverses langues modernes à ceux que ça intéresse (il n'est pas employé par l'université ; c'est un répétiteur indépendant), se chargea de la deuxième. Le reste des joueurs changeait de temps en temps de table, mais ces deux-là restaient à leur place. Un jeu assez nerveux avec des enjeux bien au-dessus de ce qui est la coutume ici, où, quand on a perdu une livre dans une soirée, on a l'impression d'avoir vécu dangereusement. Il y avait là un autre homme qui m'intéressait particulièrement parce qu'il est canadien, bien qu'il ait vécu longtemps en Angleterre : un étudiant de deuxième année de Christ Church nommé Fremantle.

Il avait ce regard un peu fou du joueur. La vie avec ma mère, ma grand-mère et mon arrière-grand-mère m'a appris pas mal de choses sur les cartes. Or la première règle, c'est : garde ton sang-froid, *ne désire pas* gagner parce que les cartes, ou les dieux, ou quoi que ce soit qui régente la table de jeu se moquera de toi et te dépouillera de ton dernier penny. Seule une « indifférence intelligente et attentive », comme disait ma mère, peut vous aider à mener votre affaire à bien. Si vous voyez une lueur brûlante, avide, briller dans les yeux d'un joueur, vous saurez que c'est quelqu'un qui s'est perdu lui-même et qui perdra probablement son argent tant qu'il restera assis devant le tapis vert. À la fin de la soirée, quand arriva le moment de compter les points, Fremantle devait environ douze livres à BBB, ce qui avait l'air de l'atterrer. J'ai gagné exactement sept shillings, en partie par chance, en partie à cause de mon habileté de quatrième génération de tapeur de carton. Quiconque a joué au skat avec ma grand-mère et mon arrière-grand-mère sait au moins battre les cartes sans en faire tomber une seule.

Il connaît aussi quelques autres petits trucs. J'ai donc ouvert l'œil, mais je n'ai rien vu d'anormal à part le fait que Roskalns avait une légère tendance à donner les cartes situées au bas du paquet. Cependant, dans la mesure où je pouvais en juger, il n'abusait pas de cette pratique. J'aime risquer de petites sommes d'argent, aussi irai-je de temps en temps aux soirées de BBB, bien que je puisse jouer aux cartes beaucoup plus agréablement dans plusieurs autres endroits.

Pourquoi aller chez lui, alors ? Vous connaissez ma curiosité, mon cher parrain. Pourquoi BBB a-t-il un double nom : l'un hollandais, l'autre authentiquement bulgare ? Finance-t-il sa dispendieuse hospitalité avec ce qu'il gagne à la table de jeu ? Charles Fremantle est-il vraiment aussi décidé à se ruiner qu'il le paraît ? Et pourquoi, au moment où je partais, BBB m'a-t-il remis une enveloppe qui contenait un assez bon horoscope ? J'y ai relevé la phrase suivante : « Vous avez le don de percer à jour ce qui est caché aux autres. » On dirait presque que BBB me fait des avances. Pour ma part, je n'ai jamais trouvé quoi que ce soit dans mon horoscope qui suggérât une perspicacité sortant de l'ordinaire — au-delà de celle que peut avoir un caricaturiste, bien sûr.

Conformément à votre conseil, je n'écris pas cette lettre sur du papier à l'en-tête du collège. J'ai chipé celui-ci l'autre jour quand je suis allé à l'Old Palace présenter mes respects à l'aumônier catholique, monseigneur Knollys, comme ma tante Mary-Benedetta m'en avait strictement chargé. L'aumônier est un drôle de zèbre. Il se montre assez dédaigneux envers les Canadiens qu'il qualifie allégrement de « coloniaux ». Je vais lui en faire voir, moi, des « coloniaux », si jamais j'en ai l'occasion.

> Affectueusement,
> Votre filleul,
> Frank.

Deux jours après cette soirée chez Buys-Bozzaris, Francis était en train de travailler dans son séjour quand on frappa quelques coups brefs et forts à la porte. Sans attendre la réponse, une fille fit irruption dans la pièce.

« Tu es Francis Cornish, n'est-ce pas ? s'informa-t-elle en jetant une brassée de livres sur le canapé. Je me suis dit que je devais aller voir à quoi tu ressemblais. Je suis Ismay Glasson, ta cousine, en quelque sorte. »

Depuis qu'il avait été en Cornouailles, à Chegwidden House, il y avait cinq ans, Francis avait oublié qu'il avait une cousine prénommée Ismay. Mais il se rappela maintenant que c'était cette redoutable sœur aînée dont les insupportables petites Glasson lui avaient dit que si elle avait été à la maison, elle lui en aurait fait voir de toutes les couleurs. À cette époque, il avait peur des filles, mais entre-temps il avait gagné de l'assurance. C'était donc lui qui allait commencer par lui en faire voir de toutes les couleurs.

« Sacredieu ! Tout doux, mon indigne cousine ! » dit-il. Est-ce que tu n'attends jamais qu'on te dise d'entrer avant de te précipiter dans une pièce ?

— Pas souvent. « Sacredieu ! Tout doux, mon indigne cousine ! » — c'est une citation, ça, n'est-ce pas ? J'espère que tu ne fais pas de littérature anglaise.

— Pourquoi « j'espère » ?

— Parce que les gars qui en font sont généralement d'affreux pédés. J'espérais que toi, tu serais sympa.

— Je suis sympa, mais, comme tu as pu t'en rendre compte, je suis également enclin à être pointilleux sur les formes avec les gens que je ne connais pas.

— Oh, foutaises ! Tu pourrais peut-être m'offrir un verre de xérès ? »

Pendant sa première année, Francis s'était fait à l'habitude oxonienne de s'imbiber de cet alcool. Il avait également découvert que cette boisson n'était pas aussi inoffensive que l'imaginaient les naïfs.

« Lequel prendras-tu ? Le pâle ou le foncé ?

— Le foncé. Qu'étudies-tu alors, si ce n'est pas la littérature anglaise ?

— Je fais une licence de lettres modernes.

— Pas trop mal. Mais les gosses m'avaient parlé de classiques.

— J'y ai pensé, mais je voulais élargir un peu mon horizon.

— Tu en avais probablement besoin. Les gosses m'ont dit que tu t'étais complètement entiché de la légende du roi Arthur. À ce qu'il paraît, tu avais la ridicule habitude de déclarer que la Cornouailles était une terre sacrée.

— Si tu me juges d'après les critères de tes détestables et incultes jeunes parents, je devais effectivement être ridicule.

— Flûte ! On ne peut pas dire que notre premier contact soit très amical.

— Ça t'étonne ? Comment veux-tu que je me montre amical si tu fais irruption chez moi pendant que je travaille, que tu m'insultes et poses tes pieds sales sur mon canapé ? Je t'ai donné un verre de xérès. J'estime que tu ne mérites même pas cette courtoisie.

— Oh, arrête ! Je suis ta cousine, tout de même !

— Qu'est-ce que j'en sais ? As-tu des papiers d'identité ? À dire vrai, ils ne constitueraient pas une preuve plus évidente que ta figure : tu as incontestablement celle des Cornish.

— Toi aussi. Je t'aurais reconnu n'importe où. Une figure chevaline, tu veux dire ?

— Non, je suis beaucoup trop bien élevé et aussi trop mûr pour me laisser aller à ce genre d'agression verbale. Et tant pis si, pour toi, cela veut dire que je suis un imbécile voire un pédé. Dans ce cas, tu n'as qu'à aller jouer avec les gens grossiers de ton espèce. »

Francis s'amusait beaucoup. À Spook, il avait appris l'art d'intimider les filles. La règle, c'était : rudoie-les le premier ; de la sorte, elles n'en viendront peut-être pas à te rudoyer toi, ce qu'elles feront certainement si tu leur en donnes la moindre occasion. Cette fille-ci jouait aux dures, mais en fait elle manquait d'assurance. Elle était mal habillée et négligée. Ses cheveux nécessitaient un bon brossage et son béret était froissé et poussiéreux, tout comme le reste de sa tenue. De jolies jambes, mais les bas avaient besoin d'être lavés. Chez elle, cependant, le visage des Cornish était distingué et plein d'ardeur. Comme plusieurs autres filles qu'il avait vues à Oxford, elle aurait pu être une beauté si elle avait eu quelque notion précise de la beauté et avait relié celle-ci à sa personne, mais ce qui dominait en elle, c'était une certaine version très anglaise de laisser-aller féminin.

« Nous n'allons pas nous disputer, tout de même. Ce xérès était excellent. Je peux en avoir un autre ? Parle-moi de toi.

— Non, les dames d'abord. Parle-moi de toi.

— Je suis en première année, à Lady Margaret Hall. J'ai une bourse pour étudier les langues modernes. Tu connais Charlie Fremantle, n'est-ce pas ?

— Je crois que oui.

— Il dit qu'il t'a rencontré à une soirée où l'on jouait aux cartes. Il a beaucoup perdu et toi, tu as beaucoup gagné.

— J'ai gagné sept shillings. Est-ce que Charlie se prend pour un vrai joueur ?

— Il adore prendre des risques. Cela lui fouette le sang, dit-il. Il adore le danger.

— C'est un danger qui coûte cher. J'espère qu'il a un portefeuille bien garni.

— Pas tellement, quoique plus que le mien. Moi, je suis

pauvre mais méritante. Ma bourse s'élève à soixante-dix livres par an. Avec d'affreux gémissements, ma famille m'aide aussi, ce qui porte mes revenus à deux cents livres.

— Ce n'est pas si mal que ça. De nos jours, les boursiers de la fondation Cecil Rhodes ne touchent que trois cents livres.

— Oui, mais ils reçoivent toutes sortes d'allocations supplémentaires pour voyager, etc. Et toi, de combien disposes-tu ?

— Moi, je gère mon propre argent, dans une certaine mesure.

— Je vois : tu ne veux pas me donner de chiffres. Ça, c'est ton côté écossais. Charlie m'a parlé de toi, je suis donc au courant. Il paraît que ta famille est bourrée de fric, quoiqu'un peu ordinaire. Les gosses m'ont dit que tu étais pingre comme tout. Tu ne leur offrais même pas une glace.

— S'ils voulaient des glaces, ils n'auraient pas dû mettre une vipère dans mon lit.

— C'était une vipère morte.

— Je n'en savais rien quand j'ai mis mon pied dessus. Pourquoi es-tu à Oxford ? Serais-tu un peu bas-bleu, par hasard ?

— Cela se pourrait. Je suis très intelligente. Je compte faire de la radio ou travailler dans le cinéma. Que voudrais-tu que je fasse, à part des études ? On n'est plus à l'époque où les filles allaient à des bals et attendaient le prince charmant.

— C'est ce qu'on dit. Bon, est-ce que je peux faire quelque chose pour toi ?

— Ça n'en a pas l'air, n'est-ce pas ?

— Si tu n'as rien d'autre à me suggérer, je pourrais toujours t'inviter à déjeuner.

— Formidable ! Je meurs de faim.

— Mais pas aujourd'hui. Demain. Cela te donnera le temps de te pomponner un peu. Je t'emmènerai à l'O.U.D.S. Tu y es déjà allée ?

— Non. J'adorerais y aller. Mais pourquoi dis-tu O.U.D.S. et pas OUDS comme tout le monde ?

— Pour être sûr que tu comprennes. Bref, c'est mon club et les femmes y sont admises pour le déjeuner.

— Est-ce que cet endroit n'est pas plein d'aristos qui portent des noms impossibles comme Reptilian Cork-Nethersole ? Et d'affreux pédés ?

— Non. Je dirais qu'il n'y en a pas plus d'un sur quatre. Et je te ferais remarquer que les affreux pédés, comme tu dis, apprécient la bonne chère et ont généralement des manières exquises. Alors, je t'en prie, pas de bataille à la mie de pain ou d'autres stupidités de ce genre qu'on adore dans les collèges féminins. Je te donne rendez-vous ici, en bas, devant la porte marquée Buys-Bozzaris, à midi et demi. J'aime être ponctuel. Ce n'est pas la peine de mettre un chapeau. »

Francis jugea qu'il avait suffisamment rabattu le caquet à sa jeune cousine pour le moment.

Le conseil au sujet du chapeau n'était pas simplement une insulte gratuite. Quand, le lendemain, Ismay se trouva dans la salle à manger de l'O.U.D.S., il y avait là, à la table du président, deux dames fort élégantes qui en portaient. C'étaient des actrices, toutes deux très belles, et leurs coiffures étaient dans le style en vogue à l'époque : larges, hautes, avec un voile de mousseline qui en pendait jusqu'à l'épaule. Leurs chapeaux, leur aisance et leur assurance professionnelles, les séparaient irrévocablement des cinq Oxoniennes nu-tête, dont Ismay faisait partie, qui dînaient là avec des amis. L'O.U.D.S. n'admettait pas de membres féminins.

Ismay n'était plus la môme agressive de la veille. Elle se montrait plus accommodante, mais Francis voyait rouler dans ses yeux la méchanceté du poney qui fait semblant d'être sage avant de vous envoyer dans un fossé.

« Ces dames chapeautées, ce sont miss Johnson et miss Gunn, l'informa-t-il. Elles jouent dans *The Wind and the Rain* au New Theatre, de l'autre côté de la rue. La semaine prochaine, la troupe va à Londres. Elles sont drôlement élégantes, tu ne trouves pas ?

— Ouais. Ça fait partie de leur métier, après tout. »

Cependant, cette indifférence n'était que feinte. Ismay

réagit exactement comme une collégienne lorsque, après le déjeuner, un beau jeune homme s'approcha de leur table et dit :

« Francis, je voudrais vous présenter à nos invitées, ta sœur et toi. »

Quand on en eut fini avec les présentations et les compliments polis aux deux actrices, Francis précisa :

« Au fait, Ismay n'est pas ma sœur, mais ma cousine.

— Eh bien, on peut vraiment dire que vous avez un air de famille ! s'écria miss Johnson, apparemment dans un sens flatteur.

— Est-ce que ce type est vraiment le président du club ? demanda Ismay quand les célébrités furent parties.

— Oui, et, par conséquent, un des grands manitous d'Oxford. Jervase Featherstone. Tout le monde s'accorde à dire qu'il ira loin. L'as-tu vu l'hiver dernier dans le *Peer Gynt* monté par le club ? Bien sûr que non : tu n'étais pas ici. Les critiques de Londres l'ont porté aux nues.

— Il est vraiment très très beau.

— Possible. Ça fera partie de son métier, après tout.

— Jaloux ! »

Francis était devenu maître dans l'art très oxonien de prétendre ne rien faire tout en abattant pas mal de travail. Il avait appris à étudier à Colborne, où il fallait réussir, et amélioré sa technique à Spook. À Oxford, il donnait plus que satisfaction à son directeur d'études, fréquentait l'O.U.D.S. en participant un peu à l'élaboration des décors pour les pièces montées par le club, faisait parfois des caricatures pour *Isis* et trouvait encore le temps de passer de longues heures à l'Ashmolean. Là, il découvrit les magnifiques collections de dessins de maîtres anciens, de maîtres moins anciens, et d'artistes du XVIIIe et du XIXe siècle que personne ne considérait comme des maîtres, mais qui, à ses yeux, avaient produit des chefs-d'œuvre.

À cette époque, l'Ashmolean n'était pas un musée particulièrement beau ou bien organisé. Dans la bonne tradition universitaire, il se proposait d'être utile aux étudiants sérieux et rejetait avec horreur l'idée américaine, qui pour lui équivalait à de la prostitution, selon laquelle il fallait attirer et intéresser un large public. N'était-il pas, après tout, l'un des plus vieux musées de l'Ancien Monde ? Pendant sa première année, Francis mit un certain temps à persuader la direction du musée qu'il étudiait l'art sérieusement ; une fois sa cause gagnée, il put explorer assez librement les richesses substantielles de cet établissement. Il n'avait pas la vanité de penser qu'il pourrait dessiner comme un maître, mais c'étaient les maîtres qu'il désirait imiter. Il passa donc d'innombrables heures à copier des dessins anciens, à analyser leurs techniques, et découvrit avec étonnement que des pensées, des intuitions et même des émotions fugaces, qui émanaient davantage de ces œuvres que de sa propre personne, lui traversaient l'esprit. Il se méfia de ces murmures venus du passé jusqu'au jour où il fit la connaissance de Tancrède Saraceni.

Cette rencontre eut lieu parce que Francis était membre — un membre peu actif — de l'Oxford Union. Il n'aurait jamais adhéré à cette association si on ne lui avait assuré, pendant sa première année, que c'était indispensable. Il assistait parfois à des débats et, en deux ou trois occasions, il intervint brièvement sur des questions d'art ou d'esthétique sur lesquelles il avait quelque chose à dire. Comme il s'y connaissait et exprimait ses convictions en un langage simple et direct, il se fit une modeste réputation d'homme d'esprit, ce qui l'étonna beaucoup. Il ne s'intéressait pas à la politique, principale préoccupation de l'Union ; ce qui l'attirait le plus, dans leur local, c'était la salle à manger.

Cependant, durant sa deuxième année d'études, un comité de gestion qui cherchait quelque chose d'intéressant à faire, décida qu'il fallait remédier à l'état lamentable dans lequel se trouvaient les fresques qui ornaient la bibliothèque de l'Union. Ses membres, tous des politiciens en herbe, n'y connaissaient pas grand-chose en peinture, même s'ils se rendaient compte de la nécessité d'avoir un goût quelconque pour pouvoir orner sa chambre de reproductions telles que *Les Tournesols* de Van Gogh ou — ce qui était bien plus osé — *Les Chevaux rouges* de Franz Marc. Ils savaient que les fresques de la bibliothèque avaient de la valeur : elles avaient en effet été peintes de la main des chefs de l'école préraphaélite. C'était justement là le genre de choses que les membres de l'Union aimaient et comprenaient car ils pouvaient en faire un débat : fallait-il redonner vie à ces reliques d'un passé mort ou bien l'Union devait-elle s'aventurer courageusement dans l'avenir et faire faire d'autres fresques par des artistes d'une incontestable réputation mais d'une modernité tout aussi certaine ?

La première chose à faire était évidemment de découvrir si, en fait, ces fresques pouvaient être restaurées et, à cette fin, le comité de gestion, conseillé par des professeurs qui avaient quelques connaissances en matière d'art, invita le célèbre Tancrède Saraceni à venir les regarder.

Le grand homme arriva et exigea une échelle en haut de laquelle il examina les peintures avec une lampe de poche et les gratta avec un canif. Quand il descendit, il se déclara prêt à déjeuner.

Bien que ne faisant pas partie du comité de gestion, Francis fut invité à ce repas parce que, en raison de ces trois ou quatre brèves allocutions, il était considéré comme un spécialiste. En outre, n'était-il pas l'auteur de ces dessins, proches de la caricature, parus dans *Isis* ? Et l'on disait qu'il avait mis des dessins originaux — et non pas des reproductions — aux murs de son appartement. Exactement la personne qu'il fallait pour discuter avec Saraceni. Quand on le sollicita, Francis se réjouit de rencontrer l'homme qui avait la réputation d'être le meilleur restaurateur de tableaux du monde. Même les musées français, qui répugnaient tant à consulter des experts étrangers, avaient fait appel à lui à plusieurs reprises.

Saraceni était petit, très brun et tiré à quatre épingles. Il n'avait pas particulièrement l'air d'un artiste. La seule chose qui étonnait un peu dans son aspect, c'était une paire discrète de favoris qui descendaient le long de ses oreilles et s'arrêtaient modestement au point exact où l'on pouvait commencer à les considérer comme tels. Il souriait presque constamment, non pas avec gaieté, mais avec ironie. Derrière ses lunettes, erraient des yeux bruns imparfaitement synchronisés, de sorte qu'il donnait parfois l'impression de regarder dans deux directions à la fois. Il parlait d'une voix douce et son anglais était parfait. Trop parfait, car il trahissait une origine étrangère.

« Il y a deux choses à déterminer, dit le président de l'Union qui se voyait comme un ministre en herbe et se plaisait à souligner l'évidence : premièrement, ces fresques peuvent-elles être restaurées et, deuxièmement, valent-elles la peine de l'être ? Pouvez-vous répondre franchement à ces questions, monsieur ?

— En tant qu'œuvres d'art, leur valeur peut être matière à controverse, déclara Saraceni en accentuant l'ironie de son sourire. Si je les restaure, ou supervise leur restauration, elles retrouveront l'aspect qu'elles avaient quand les artistes enlevèrent leur échafaudage, il y a soixante-quinze ans, et, sous leur nouvelle forme, elles dureront deux ou trois siècles, si on en prend soin. Mais, bien entendu, ce seront des peintures de moi, ou de mes élèves, exécutées exactement comme Rossetti, Burne-Jones et Morris les avaient conçues, mais avec des couleurs supérieures aux leurs, sur des surfaces préparées comme il faut et fixées avec des substances qui préserveront ces peintures de l'humidité, de la fumée et des autres agents qui les ont transformées en de grandes taches où l'on ne distingue presque plus rien. Bref, je ferai d'une manière professionnelle ce que les peintres originaux ont fait en amateurs. Ils ne connaissaient rien à l'art de la fresque. C'étaient des enthousiastes. »

Il prononça ce dernier mot avec un petit rire.

« Mais n'est-ce pas toujours ainsi quand on restaure un tableau ? demanda un autre membre du comité.

— Pas du tout. Une toile endommagée par la guerre, ou par un accident, peut être réparée, réentoilée et repeinte aux endroits où il ne reste plus rien de l'original. Elle n'en reste pas moins l'œuvre du maître, ressuscitée avec amour et savoir-faire. Ces fresques sont complètement détériorées parce qu'elles ont été peintes avec la mauvaise technique et les mauvaises couleurs. Il en reste comme de vagues ombres qui, pour revenir à la vie, exigeraient d'être entièrement repeintes, et non pas restaurées.

— Est-ce là une chose que vous pourriez faire ?

— Absolument. Comprenez-moi : je ne prétends pas être un artiste au sens romantique de ce mot vague et galvaudé. Je suis un bon artisan — le meilleur du monde dans mon domaine, à ce qu'il paraît. Je m'appuierais sur ce que peut faire l'artisanat ; je ne ferais pas appel à la Muse, mais à beaucoup de produits chimiques et d'habileté. Ce qui ne veut pas dire que la Muse ne se manifesterait pas de temps à autre. On ne sait jamais.

— Je ne comprends pas, monsieur.

— Eh bien, c'est là un aspect de mon travail dont je parle très peu. Quand vous êtes en train de restaurer un tableau avec tout votre savoir-faire, toute votre sympathie et tout votre amour, même si vous êtes obligé de le réinventer en partie — ce qui serait le cas, avec ces fresques — il se peut qu'un peu de l'inspiration originale de l'auteur vous vienne en aide. »

À ce moment-là, Francis, qui avait écouté avec beaucoup d'attention, eut l'impression de recevoir un coup de marteau, sec mais stimulant, entre les deux yeux.

« Si je comprends bien, signor Saraceni, pendant votre travail, vous pourriez être animé par l'esprit des préraphaélites ?

— Ah ! Voilà pourquoi j'évite ce genre de sujet d'habitude. Des gens comme vous, monsieur Cornish, risquent d'interpréter mes paroles d'une façon poétique, de présenter ce que je ressens comme une sorte de possession. J'ai trop d'expérience pour tenir des propos aussi hardis. Mais pensez à ceci : les hommes qui ont peint les tableaux dont nous parlons étaient des poètes ; ils étaient du reste meilleurs en poésie qu'en peinture, à l'exception de Burne-Jones. Et comme vous devez le savoir, ce dernier écrivait très bien. Les fresques illustrent la quête du Graal, thème qui convient beaucoup plus à un poète qu'à un peintre. Vous ne croyez pas qu'on peut évoquer l'esprit du Graal d'une manière beaucoup plus efficace en mots qu'en images ? Je ne pense pas proférer une hérésie en disant que chaque art exerce sa suprématie dans un domaine donné et que, s'il en envahit un autre, il risque d'en pâtir. Un tableau qui illustre une légende a moins d'intérêt que la légende elle-même. Les images qui racontent une histoire sont sans valeur parce que figées : il leur manque le développement, la possibilité de changement qui sont l'essence de la narration. Je suppose qu'il n'est pas extravagant de penser que les poètes qui se sont ridiculisés avec ces vieilles peintures, sales et à moitié effacées, ont peut-être quelque chose à dire à quelqu'un qui serait essentiellement un peintre habile, même s'il n'était pas poète.

— Une telle chose vous est-elle déjà arrivée ?

— Certainement, monsieur Cornish, et elle n'a rien de mystérieux ou d'inquiétant, je vous assure.

— Notre bibliothèque pourrait donc retrouver ces fresques comme Morris, Rossetti et Burne-Jones les aurait peintes s'ils avaient connu la technique de la peinture murale ?

— Qui sait ? Ce qui est certain, c'est qu'elles seraient meilleures d'un point de vue artisanal. Et l'on y retrouverait l'inspiration qui anima les peintres originaux.

— Eh bien, voilà qui répond à toutes nos questions, déclara Francis.

— Ah non, absolument pas, protesta le ministre en herbe. Excusez-moi, mais il y en a une de la plus haute importance dont nous n'avons pas parlé : combien cela nous coûterait-il ?

— Je ne peux pas vous le dire car je n'ai pas examiné sérieusement le support de ces fresques ni même mesuré la surface qu'elles couvrent, dit Saraceni. Mais vous connaissez sûrement l'histoire de ce millionnaire américain qui demande à un autre millionnaire américain à combien lui revient l'entretien de son yacht. Et le premier millionnaire de répondre : « Le fait que vous posiez cette question montre que c'est au-dessus de vos moyens. »

— Que voulez-vous dire ? Que votre facture pourrait s'élever à un millier de livres ?

— À plusieurs milliers. Ce serait idiot de ne pas faire ce travail de la meilleure manière possible ; or, la meilleure manière est toujours très chère. Une fois ma restauration terminée, vous auriez quelques illustrations pleines d'un naïf enthousiasme de la légende du Graal, si c'est cela que vous désirez. »

Cette déclaration eut pour effet de clore la conversation, bien qu'il y eût encore quelques échanges de politesse et d'assurances d'estime réciproque. Le comité de gestion était loin d'être mécontent. Il avait fait une chose qu'aucun comité précédent n'avait faite. Il pourrait présenter un rapport sur son initiative. En ce qui concernait les fresques, cela lui était égal qu'elles fussent restaurées ou non. Après tout, l'Union était une fantastique école pour de futurs politiciens et fonctionnaires, et c'était ainsi que ceux-ci procédaient : ils consultaient des experts, faisaient des déjeuners de travail et se donnaient l'autosatisfaction d'agir avec un grand sens pratique. Or, le sens pratique s'opposait à des dépenses importantes en matière d'art.

Francis, cependant, était dans un état d'intense excitation et avec la bénédiction du président — qui ne demandait pas mieux que d'être débarrassé de Saraceni une fois l'affaire des tableaux réglée — il invita le petit homme à dîner avec lui, ce soir-là, au Randolph Hotel.

« Cher monsieur Cornish, j'ai tout de suite vu que vous étiez le seul membre du comité à vous y connaître un peu en peinture. Vous avez également montré un vif intérêt quand j'ai parlé de l'influence que le peintre original pouvait avoir sur le restaurateur. Je vous répète que je n'entendais rien de mystique par là. Je ne suis pas spirite ; les morts ne guident pas mon pinceau. Mais pensez à ceci : dans le monde de la musique, beaucoup de compositeurs, quand ils ont terminé un opéra, en esquissent l'ouverture et confient cette ébauche à quelque assistant plein de talent. Celui-ci l'écrit dans un style si semblable à celui du maître que les experts sont incapables de distinguer les auteurs l'un de l'autre. Combien de passages, dans l'œuvre tardive de Wagner, sont en réalité de Peter Cornelius ? Nous le savons d'une façon assez précise, mais non pas parce que la musique nous l'a révélé. C'est pareil en peinture. Tout comme tant de grands maîtres confièrent de grandes parties de leurs tableaux à des assistants ou à des apprentis, qui peignaient si bien les draperies, les arrière-fonds ou même les mains que nous ne pouvons dire où commence et finit leur travail, il m'est aujourd'hui possible — je ne dis pas que ce soit vrai pour tous les restaurateurs — de servir d'assistant à un maître mort et de peindre dans son style d'une manière convaincante. Vous savez, certains de ces assistants exécutaient des copies pour des gens qui les voulaient sans que le maître insistât sur ce détail au moment de présenter sa facture. Or, aujourd'hui, il est très difficile de distinguer certaines de ces copies des originaux. Qui les a peintes ? Le maître ou l'assistant ? Les experts n'en finissent pas de se quereller à ce sujet. Je suis l'héritier, non pas des maîtres — remarquez ma modestie — mais de ces assistants doués dont certains devinrent eux-mêmes des maîtres. Voyez-vous, à l'époque qu'aujourd'hui nous appelons respectueusement celle des « maîtres anciens », l'art était également commerce. Les grands artistes avaient des ateliers qui étaient en effet des magasins dans lesquels on pouvait acheter ce qui vous plaisait. C'est le romantisme du XIXe siècle qui éleva le peintre au-dessus du commerce et lui fit mépriser le côté « boutique » de la profession : il devint un enfant des Muses. Un enfant assez négligé, en fait, car les Muses ne sont pas maternelles au sens courant du terme. Et tandis qu'il s'élevait au-dessus de ces basses contingences, le peintre, dans beaucoup de cas, se sentit également au-dessus des exigences matérielles de son art, comme ces pauvres types qui ont peint les fresques que nous avons regardées tout à l'heure. Ils n'avaient que le mot Art à la bouche, mais ils ne s'étaient pas donné la peine d'en maîtriser les techniques. Résultat : ils ne pouvaient réaliser leurs idées d'une manière satisfaisante pour eux-mêmes et leur travail s'est transformé en quelques murs sales. C'est triste, dans un sens.

— Vous n'avez pas l'air de beaucoup apprécier les préraphaélites.

— Ceux qui avaient les meilleures idées, comme Rossetti, savaient à peine dessiner — et ne parlons même pas de peindre ! C'est comme D. H. Lawrence, à notre époque. Il avait plus d'idées qu'une demi-douzaine de peintres modernes admirés, mais il ne savait ni dessiner ni peindre. Bien entendu, il y a des imbéciles qui disent que cela n'a

pas d'importance, que la conception est tout. Foutaises !
Un tableau, ce n'est pas une conception bâclée.

— Est-ce cela qui ne va pas dans l'art moderne, alors ?

— Qui a dit que quelque chose n'allait pas dans l'art
moderne ? Les meilleurs tableaux contemporains sont très
beaux.

— Mais beaucoup d'entre eux sont tellement déconcer-
tants. Et certains sont de purs barbouillages.

— Ils sont l'aboutissement logique de l'art de la Renaissance. Pendant les trois siècles, en gros, que nous appelons
la Renaissance, l'esprit de l'homme civilisé subit un changement radical. Un psychologue dirait peut-être qu'il passa
de l'extraversion à l'introversion. L'exploration du monde
extérieur s'accompagna d'une nouvelle exploration du
monde intérieur, du monde subjectif. Or celle-ci ne pouvait
s'appuyer sur la vieille carte de la religion. Ce fut elle qui
donna naissance à *Hamlet*, au lieu de *Gorboduc*. L'homme
se mit à chercher en lui-même tout ce qui était noble et
grand, et s'il était honnête, ce qui est rare, il y cherchait
également tout ce qui était vil, bas, mauvais. Si l'artiste
avait de l'envergure, du génie, il trouvait Dieu et Son
œuvre en lui-même et il les peignait pour que le monde
puisse les reconnaître et les admirer.

— Mais les modernes ne peignent pas Dieu et Son
œuvre. Parfois je n'ai pas la moindre idée de ce qu'ils
veulent représenter.

— Ils représentent leur monde intérieur et, s'ils sont
honnêtes, ce que tous ne sont pas, loin de là, ils travaillent
très dur pour y parvenir. Mais ils ne dépendent que d'eux-
mêmes ; ils ne sont plus aidés par la religion ou par les
mythes, et ce que la plupart d'entre eux découvrent n'est
une révélation que pour eux-mêmes. De plus, ces quêtes
solitaires peuvent mener facilement à des mystifications.
Rien n'est plus aisé que de donner le change pour ce qui
concerne la vision intérieure, monsieur Cornish. Prenez ces
fresques dégradées que nous avons examinées ce matin.
Leurs auteurs — Rossetti, Morris et Burne-Jones — avaient
tous associé leur vision du monde intérieur avec la légende
et choisi de l'habiller de représentations du Graal et de
beautés sexy aux yeux de biche qui étaient à moitié la

Vierge Marie et à moitié les plantureuses maîtresses de Rossetti. Mais les modernes, traumatisés par une horrible guerre mondiale et comprenant ce qu'ils peuvent des théories de Sigmund Freud, veulent à tout prix être honnêtes. Ils en ont marre de ce qu'ils pensent être Dieu ; dans la vision de leur monde intérieur, ils trouvent quelque chose de tellement personnel que, pour la plupart des gens, cela ressemble au chaos. Mais c'est plus que ça. Ce sont des morceaux saignants de la psyché exposés sur une toile. Ce n'est pas très joli et pas très soucieux de communication, mais ces artistes doivent parvenir à transcender cela pour atteindre les autres, quoique je doute que leurs œuvres seront nécessairement jolies.

— C'est très dur pour quelqu'un qui veut devenir un artiste.

— Comme vous ? Vous devez trouver votre vision intérieure.

— C'est ce que j'essaie de faire. Mais elle n'apparaît pas sous une forme moderne.

— Je comprends ça. Moi aussi, je suis un peu brouillé avec les formes modernes. Mais je vous mets en garde : n'essayez pas d'imiter le style contemporain s'il n'est pas le vôtre. Découvrez votre légende. Découvrez votre mythe personnel. Quelle sorte de choses faites-vous ?

— Puis-je vous les montrer ?

— Volontiers, mais pas maintenant. Je dois partir demain à l'aube. Mais je reviendrai bientôt à Oxford. Exeter College veut me consulter au sujet de sa chapelle. Je vous préviendrai suffisamment à l'avance et vous réserverai un moment. À quelle adresse dois-je vous écrire ?

— J'étudie à Corpus Christi. C'est là que je reçois mon courrier. Puis-je vous offrir un autre cognac avant que vous ne partiez ?

— Certainement pas, monsieur Cornish. Quelques maîtres buvaient comme des trous, mais nous, les assistants et les apprentis, même trois siècles plus tard, nous devons veiller à ce que nos mains restent fermes. Je ne reprendrai pas de cognac et vous non plus — à moins que vous ne soyez certain d'être un maître. Nous devons être austères, nous les artistes de second rang. »

Saraceni prononça ces paroles avec un sourire ironique, mais Francis, nourri, du moins en partie, de la foi sévère de Victoria Cameron, les prit comme un ordre.

À la fin de l'automne, peu de temps après avoir fait la connaissance de Saraceni, Francis fut surpris et, sur le coup, pas tellement heureux de recevoir la lettre suivante :

Mon cher petit-fils,

Je ne t'ai encore jamais écrit à Oxford jusqu'ici. C'est parce que j'avais l'impression de n'avoir rien à dire à un jeune homme plongé dans des études avancées. Comme tu le sais, j'ai reçu assez peu d'instruction parce que j'ai dû gagner ma vie très jeune. L'instruction apporte dans les familles un changement encore plus grand que l'enrichissement. Qu'est-ce que ce grand-père inculte peut avoir à dire à son petit-fils cultivé ? Il y a cependant deux ou trois langues que nous avons en commun, je l'espère.

La première, à laquelle il m'est impossible de donner un nom, c'est celle que nous partagions quand tu étais enfant et que tu m'accompagnais l'après-midi dans mes expéditions photographiques. C'était la langue de l'œil et aussi, principalement, la langue de la lumière, et penser que tes dispositions et ton intérêt pour la peinture viennent de là, ou du moins y ont trouvé un encouragement, me procure la plus vive satisfaction. À présent tu parles cette langue mieux que je ne l'ai jamais fait. Je suis fier de ton penchant pour l'art et j'espère que celui-ci t'accompagnera tout le long d'une vie heureuse.

Une autre, c'est quelque chose que je n'appellerai pas religion parce que, toute ma vie, j'ai été fermement catholique sans pour autant vraiment accepter tout ce qu'un catholique devrait croire. Il m'est donc impossible de t'exhorter avec sincérité à rester attaché à la foi. Mais ne l'oublie pas. N'oublie pas cette langue et évite de devenir un de ces types sans repères qui ne croient à rien. Il existe un monde splendide inconnu de nous et la religion est une tentative d'explication de ce monde. Malheureusement, pour atteindre le plus grand nombre, la religion a besoin, pour beaucoup de ses prêtres, d'être une organisation et un commerce ; pis encore : elle doit être réduite à une croyance que la grande masse acceptera et sera susceptible de comprendre. Ce que je dis là est bien sûr une hérésie. Je me souviens de ma colère quand ton père a exigé que tu sois élevé dans la religion protestante. Mais ça, c'était il y a longtemps. Depuis, j'ai commencé à me demander si les protestants étaient vraiment tellement plus bêtes que les catholiques. Avec l'âge, la religion devient une expérience vécue dans la solitude.

Notre troisième langue commune, c'est l'argent. Et c'est la raison pour laquelle je t'écris aujourd'hui. L'argent est une langue que je parle mieux que toi, mais tu dois apprendre quelques éléments de sa grammaire sinon tu seras incapable de gérer ce que la chance t'a apporté en tant que mon petit-fils. Cette question me préoccupe beaucoup en ce moment car les médecins m'ont dit que je n'en avais plus pour très longtemps. Des ennuis cardiaques.

Quand on exécutera mon testament, tu verras que je t'ai laissé une somme substantielle pour ton usage exclusif en plus des biens que tu partageras avec mes autres descendants. La raison que je donne dans mon testament, c'est que, par nature, tu ne sembles pas fait pour notre entreprise familiale qui s'occupe de banque et de gestion et que, par conséquent, tu ne dois pas y chercher d'emploi. On pourrait croire que je veux t'exclure, mais il n'en est absolument rien. Entre toi et moi : cette somme te libérera, je l'espère, de bien des anxiétés et d'une activité qui, j'en suis presque certain, te déplairait, mais cela seulement si tu maîtrises la grammaire de l'argent. Dans ce domaine, l'analphabétisme est un aussi gros handicap que dans tous les autres. Ton frère Arthur promet d'être un bon banquier et, en tant que tel, il aura des occasions de faire de l'argent dont tu ne profiteras pas. Ta chance à toi sera d'un autre ordre. J'espère que ces arrangements te conviendront.

Ne réponds pas à cette lettre. Bientôt je serai peut-être incapable de m'occuper personnellement de ma correspondance et je ne veux pas que quelqu'un d'autre lise ce que tu pourrais m'écrire. Cependant, si tu veux m'envoyer un mot d'adieu, cela me ferait plaisir.

Affectueusement,
James Ignatius McRory.

Francis écrivit aussitôt dans ce sens. Il se donna beaucoup de mal, mais il n'était pas meilleur épistolier que son grand-père ; en fait, il lui manquait la simplicité que le vieil homme avait apprise tout seul. Cependant, un télégramme lui annonça que sa lettre arrivait trop tard.

Qu'était-il censé faire ? Il écrivit à sa grand-mère, à la tante Mary-Ben ainsi qu'à sa mère. Il envisagea d'aller voir le père Knollys au Vieux Palais et lui demander de célébrer — contre paiement — une messe de requiem pour son grand-père. Cependant, à la lumière de la lettre de celui-ci, il pensa que ce serait hypocrite et ferait rire le vieux colon, s'il le savait.

Son deuil était-il hypocrite ? Le chagrin luttait dans son cœur avec une impression de soulagement, de liberté nouvelle, de joie devant la perspective de pouvoir faire ce qu'il voulait de sa vie maintenant. La peine que lui causait la mort du vieux bûcheron écossais se transforma vite en exaltation et en gratitude. Hamish était le seul membre de sa famille qui l'eût jamais vraiment regardé et qui eût réfléchi à ce qu'il était. Le seul, peut-être, de toute la bande, qui eût aimé l'artiste en lui.

Noël approchait et Francis jugea que son devoir le rappelait au Canada. Après une de ces pénibles traversées hivernales de l'Atlantique, il se retrouva de nouveau dans le décor dernier cri de la maison de sa mère et, petit à petit, il commença à comprendre ce que son grand-père avait représenté pour les Cornish, les McRory et les O'Gorman. Chez les banquiers, une réelle estime pour le vieil homme était grandement tempérée par le plaisir que leur procurait l'administration de ses affaires. Le sénateur semblait plus superbe dans la mort qu'il ne l'avait jamais été dans la vie. Gerald Vincent O'Gorman, en particulier, louait bruyamment la façon dont le vieillard avait distribué ses biens. Tout le monde recevait quelque chose. Un vrai Noël, en effet !

On pouvait comprendre que Gerry O'Gorman fût plus satisfait que sir Francis Cornish car Gerry succédait maintenant à son beau-père en tant que président-directeur général tandis que sir Francis gardait son honorable mais moins puissante place de directeur général. Par ailleurs, lady Cornish reçut une grosse part d'héritage, ce qui fit grand plaisir à sir Francis et adoucit beaucoup les larmes que versa sa femme. Même le frère cadet de Francis, Arthur, qui avait juste douze ans, parut grandi par la mort de son grand-père car, bien qu'il eût toujours été certain, son avenir dans la société Cornish était devenu encore plus clair et, à l'école, Arthur prenait des airs de jeune financier, beau, élégant et plein d'adresse dans ses rapports avec ses camarades et ses aînés.

Bien entendu, c'étaient Grand-mère et Mary-Ben qui souffraient le plus de la disparition du sénateur, mais même elles en tiraient certains avantages : la révérende mère Mary-Basil de Montréal et monseigneur Michael McRory, évêque dans l'Ouest, étaient venus à l'enterrement à Blairlogie ; ils restèrent un peu pour rendre visite aux deux vieilles femmes et prodiguer des paroles de réconfort et des bons conseils d'autant plus affectueux que le sénateur s'était généreusement souvenu de son frère et de sa sœur dans son testament.

Le testament ! On aurait dit qu'ils ne parlaient que de cela. La place qu'y occupait Francis, singularisé comme il l'était par le plus important de tous les legs particuliers (sa mère et Mary-Tess bénéficiaient d'un fidéicommis spécial), surprit et déconcerta sa famille. Gerry O'Gorman commenta la chose d'une façon brève et brutale : « Je n'aurais jamais pensé que Francis avait besoin des revenus d'un bon million de dollars pour étudier les beaux-arts. »

Non pas que Francis n'en toucherait que les intérêts : le vieil homme lui avait carrément laissé toute la somme. Que pouvait bien savoir Francis sur la façon de manier une telle fortune ? Mais Francis se rappela ce que son grand-père avait dit au sujet de la grammaire de l'argent et, avant d'entreprendre son affreux voyage de retour à Oxford, il donna des instructions quant au placement de cet héritage, et même Gerry dut reconnaître que son neveu s'était montré intelligent.

Donc, quand Francis retourna à Corpus Christi, à Canterbury House et aux cabinets de dessins de l'Ashmolean, il était un homme riche. Riche par rapport à ce qu'il était et aux responsabilités qu'il avait, et avec la perspective de le devenir encore plus : son grand-père l'avait fait actionnaire de la société familiale qui, pour le moment, comprenait Grand-mère, Tante, sa mère et Mary-Tess, mais à mesure que celles-ci mourraient sa part grandirait. « Te voilà bien pourvu, mon garçon », dit Gerry ; quant à sir Francis, il déclara avec toute la dignité d'un directeur général que l'avenir de son fils était assuré.

Les gens ont vite fait d'affirmer que l'avenir de quelqu'un est assuré alors qu'ils veulent simplement dire que cette personne a assez d'argent pour vivre ! Quel jeune homme de vingt-quatre ans croit son avenir assuré ? Sous un certain rapport, Francis savait que son avenir était douloureusement incertain.

À Spook, il avait fait la connaissance de quelques filles et les avait pelotées un peu pendant des soirées. Cependant, les filles de cette époque se montraient prudentes au sujet de ce que Francis continuait à appeler le Bout. Il avait goûté à celui-ci dans un bordel de Toronto, avec une femme aux jambes épaisses, originaire de la campagne. Pendant le mois qui suivit, il s'était beaucoup tracassé et avait cherché sur son corps des signes de syphilis jusqu'à ce qu'un médecin lui eût assuré qu'il n'avait absolument rien. Se fondant sur ces maigres expériences, il était persuadé d'en savoir long sur le sexe, mais de l'amour il ignorait tout. Or, il était amoureux de sa cousine Ismay Glasson et, de toute évidence, celle-ci ne partageait pas son sentiment.

Elle était peut-être amoureuse de Charlie Fremantle.

Francis les rencontrait souvent ensemble et, quand il était avec Ismay, celle-ci parlait beaucoup de Charlie. Charlie trouvait Oxford terriblement limité ; il voulait partir dans le monde et, de gré ou de force, changer celui-ci. Il avait des idées politiques avancées. Il avait lu Marx — pas grand-chose en fait car il considérait que les gros bouquins au texte dense entravaient l'essor de son intellect. Il avait fait quelques discours marxistes à l'Union et jouissait de l'admiration de quelques autres esprits libres comme lui. Son marxisme se résumait à croire que tout ce qui existait était mauvais et que la destruction de l'ordre établi était l'inévitable préambule à la naissance d'une société juste ; l'espoir de l'avenir résidait dans les ouvriers ; ceux-ci avaient absolument besoin de dirigeants comme lui car il les comprenait et avait percé à jour l'hypocrisie, la stupidité et la méchanceté de la bourgeoisie, classe dans laquelle lui-même était né. En tout cela, Ismay était sa docile disciple. En fait, elle se montrait encore plus véhémente que lui au sujet des « vieux » (les gens au-dessus de trente ans) qui avaient créé un tel merdier. Bien entendu, les jeunes gens enveloppaient leurs idées dans un langage qui avait une plus grande résonance politique que ce qui précède et ils avaient quantité de livres — du moins Ismay en avait — pour étayer leurs émotions qu'ils appelaient des principes.

Charlie avait tout juste vingt et un ans et Ismay, dix-neuf. Quand il écoutait ces deux-là, Francis, qui en avait vingt-quatre, se sentait mûr et rassis. Bien que n'ayant pas une tête politique et manquant de vivacité dans la discussion, il était convaincu que quelque chose clochait dans la philosophie de Charlie. Charlie n'avait pas passé trois ans à Carlyle Rural, sinon il aurait eu une autre opinion des aspirations et des potentialités ouvrières. Le grand-père de Charlie ne s'était pas frayé à coups de hache un chemin qui allait le conduire de la forêt au poste de président-directeur général. Donnez de l'instruction aux ouvriers, disait Charlie, et en trois générations, le monde sera transformé. Se souvenant de Mlle McGladdery, Francis doutait que les ouvriers pussent prendre goût aux études ou à n'importe quel changement qui allât au-delà de l'amélioration immédiate et flagrante de leurs conditions de vie. Charlie était canadien comme lui, mais sa famille était une Fortune Ancienne. Francis avait connu assez de représentants de cette classe à Colborne pour savoir qu'elle était aussi hypocrite, stupide et perverse que Charlie l'affirmait. Il était affligé de la faculté, pas très grande mais réelle, de voir les deux aspects d'une question. Il ne lui vint jamais à l'esprit qu'avec trois ans de plus Charlie changerait peut-être de point de vue et que lui-même avait un tempérament d'artiste qui lui faisait détester les extrêmes et ne demander qu'une chose : qu'on le laissât poursuivre son travail en paix. Charlie, c'était la grande bourgeoisie qui se jetait dans la lutte pour la justice au nom des opprimés ; c'était Byron résolu à libérer les Grecs sans avoir une idée très claire de ce qu'étaient les Grecs ; c'était un chevalier du Saint-Graal de la justice sociale.

Francis se moquait de ce qui pouvait arriver à Charlie, mais il se tracassait pour Ismay. Il avait l'intuition que Charlie exerçait une mauvaise influence sur elle et plus il voyait Charlie aux séances de jeu chez Buys-Bozzaris, plus cette intuition se renforçait. Les habitués qui venaient à ces soirées étaient maintenant devenus trop nombreux pour qu'on jouât au bridge ; on était donc passé au poker. Charlie n'avait aucune aptitude pour ce jeu-là. Non seulement c'était un joueur téméraire, mais il se plaisait dans ce rôle. On aurait presque dit qu'il râtissait ses jetons avec des doigts crochus ; il jetait ses cartes sur la table d'un air de défi ; il prenait des risques stupides — et perdait. Il ne payait pas. Il signait des reconnaissances de dettes que Buys-Bozzaris glissait dans la poche de son gilet d'un air distrait. Francis connaissait suffisamment les règles de la grammaire de l'argent pour savoir qu'une reconnaissance de dettes est un morceau de papier très dangereux. Le pire, c'était que dans les rares occasions où il gagnait, Charlie exultait d'une manière indécente comme si, en pillant les Oxoniens autour de lui, il défendait les déshérités. Francis se tourmentait au sujet de Charlie sans voir clairement que Charlie était un imbécile et un jobard. Car Charlie avait quelque chose qui ressemblait à du panache romantique — qualité dont Francis se savait totalement dépourvu.

Il voyait beaucoup Ismay car sa cousine était attirée par

les verres gratuits de son excellent xérès, les repas au George, les sorties au cinéma et au théâtre que Francis pouvait lui offrir, et était heureux de lui offrir. Ismay lui permettait même de l'embrasser et de la peloter (c'était le terme qu'elle employait quand elle en avait assez) en guise de remerciement pour les luxes qu'il dispensait. Cela plongeait Francis dans une angoisse encore plus grande : si elle lui accordait de telles faveurs, qu'accordait-elle à Charlie ?

Il souffrait comme seul peut le faire un amoureux inquiet. Cependant, son amour avait encore un autre aspect, un aspect plus heureux : Ismay consentait à poser pour lui et il fit toute une série de croquis d'elle.

Alors qu'il venait d'en terminer un qui était particulièrement réussi, elle demanda :

« Oh, est-ce que tu me le donnes ?

— Ce n'est guère plus qu'une étude. Laisse-moi essayer d'en faire un qui soit vraiment bon.

— Non, celui-ci est fantastique. Il plaira beaucoup à Charlie. »

Charlie ne l'apprécia aucunement. Il se mit en colère et le déchira. Il fit pleurer Ismay — qui ne pleurait pourtant pas facilement — en lui disant qu'il ne permettrait pas que cet imbécile de Cornish la regardât de cette façon, c'est-à-dire comme un amoureux, un adorateur. Le dessin montrait cela très clairement.

Ismay, cependant, trouva cet accès de dépit assez agréable : il témoignait d'un sentiment tellement plus ardent que la jalousie léthargique et pudibonde de Francis, déguisée par celui-ci en sollicitude. Les choses continuèrent donc comme avant et quand Francis réussit à rassembler suffisamment de courage pour lui demander de poser nue, Ismay accepta. Cela le rendit fou de joie. Son bonheur fut un peu gâté quand sa cousine ajouta : « Mais pas question de jouer au vieux truc parisien du peintre et de son modèle. » Ces paroles faisaient injure à son attitude détachée, objective, d'artiste envers un corps dénudé. Il s'avoua qu'Ismay avait un côté grossier — mais cela faisait partie de son irrésistible attrait. Elle était grossière comme certaines de ces superbes aristocrates de la Renaissance.

Il dessina donc Ismay, allongée, nue, sur le canapé de son séjour, au dernier étage de Canterbury House, où la lumière était excellente et où un feu de charbon chauffait agréablement la pièce. Il la dessina ainsi dévêtue encore maintes fois par la suite, mais bien que l'expérience acquise dans le salon d'embaumeur de M. Devinney lui donnât beaucoup d'habileté, il ne pensa jamais à tous ces corps usés par le travail qui lui avaient jadis servi de modèles.

Un jour, après avoir terminé un bon croquis, il jeta son bloc et son crayon sur la table et, s'agenouillant près d'Ismay, se mit à lui embrasser les mains en essayant de refouler les larmes qui lui venaient aux yeux.

« Qu'est-ce que tu as ?

— Oh, tu es si belle et je t'aime tellement !

— Flûte ! Je savais qu'on en arriverait à ça.

— À quoi ?

— À une déclaration d'amour, andouille.

— Mais je n'y peux rien : je t'aime. Et moi, te suis-je complètement indifférent ? »

Ismay se pencha vers lui, de sorte que la figure de Francis se trouva enfouie dans ses seins.

« Oui, répondit-elle, je t'aime — mais je ne suis pas amoureuse de toi, si tu comprends ce que je veux dire. »

C'est là une subtile distinction chère à certaines femmes que des gens comme Francis sont incapables de saisir. Mais il était heureux : n'avait-elle pas dit qu'elle l'aimait ? Elle tomberait peut-être amoureuse de lui plus tard.

Ainsi, quand il eut accepté ses conditions — de ne plus parler d'amour — Ismay décida qu'elle continuerait de temps en temps à poser nue pour lui. Elle aimait ça. Cela lui donnait l'impression de vivre pleinement et les yeux pleins d'adoration de Francis la réchauffaient en des endroits où la flamme du généreux feu de charbon ne pouvaient l'atteindre — des endroits dont Charlie semblait ignorer l'existence.

« Qui vous a appris à dessiner ? »

Dans l'une des chambres réservées aux invités, à Exeter,

Saraceni regardait les croquis et dessins que Francis lui avait apportés.

« Harry Furniss, je pense.

— Ça alors ! Enfin, c'est tout juste possible. Voyons... Cela fait sûrement plus de dix ans qu'il est mort ?

— Oui, mais j'ai appris dans un de ses livres : *Comment dessiner à la plume*. C'était ma bible quand j'étais enfant.

— Eh bien, vous avez sa vigueur, mais pas la vulgarité — cette gouaille complètement superficielle — de son style.

— Bien entendu, comme vous pouvez le voir, j'ai fait beaucoup de copies depuis ce temps-là. Chaque semaine, je copie des dessins de maîtres anciens à l'Ashmolean Museum. J'essaie de capter leur esprit autant que leur manière. Comme vous disiez le faire quand vous restaurez un tableau.

— Oui, mais ce n'est pas Harry Furniss ni les artistes que vous copiez qui vous ont appris l'anatomie.

— Ça, je l'ai appris dans le salon d'un embaumeur.

— Sainte Vierge Marie ! Vous êtes beaucoup plus intéressant qu'il n'y paraît, monsieur Cornish !

— J'espère bien. Mon apparence n'a rien de très frappant, je crains.

— Voilà l'amoureux qui parle. L'homme qui éprouve un amour malheureux pour le modèle de ces études de nu que vous avez essayé de me faire prendre pour quelques-unes de vos copies de maîtres anciens. »

Saraceni posa la main sur une série de dessins d'Ismay pour lesquels Francis s'était donné beaucoup de mal. Il avait recouvert le coûteux papier artisanal de blanc de Chine mélangé d'une quantité suffisante d'argile pour obtenir une teinte ivoire ; sur les feuilles ainsi préparées, il avait développé quelques-uns de ses croquis à la pointe d'argent — ce qui lui était revenu très cher. Pour finir, il les avait rehaussés à la craie rouge.

« Je n'avais nullement l'intention de vous tromper.

— Oh, vous ne m'avez pas trompé, monsieur Cornish, mais vous pourriez tromper bon nombre de gens.

— Je ne voulais tromper personne. J'avais simplement envie de travailler dans le style authentique de la Renaissance.

— C'est bien ce que vous avez fait. Vous avez admirablement imité la manière. Cependant, vous n'avez pas été aussi minutieux en ce qui concerne le sujet. Regardez bien votre modèle : c'est une fille d'aujourd'hui. Toute sa forme le proclame. Elle est mince et grande pour une femme, elle a de longues jambes. Ce n'est pas une femme de la Renaissance. Déjà ses pieds la trahissent : ce ne sont ni les grands pieds d'une paysanne ni ceux, déformés, d'une femme de bien. Quand ils ne copiaient pas les artistes de l'Antiquité, les maîtres anciens dessinaient des femmes comme on n'en voit plus aujourd'hui. Cette fille, par exemple : regardez sa poitrine. Elle n'allaitera sans doute jamais un enfant, ou alors elle le fera pour peu de temps. Les femmes de la Renaissance, elles, allaitaient leurs enfants et les peintres aimaient leurs grandes mamelles maternelles ; dès que ces femmes avaient perdu leur virginité, elles semblaient toujours avoir un enfant au sein et, à trente-cinq ans, elles avaient des espèces d'outres plates qui leur pendaient jusqu'à la taille. Les nombreux accouchements leur déchiraient le sexe et je suppose que, pour les mêmes raisons, beaucoup d'entre elles avaient des hémorroïdes. On vieillissait vite à cette époque. La chair, si rose et opulente à dix-huit ans, perdait bientôt son éclat et de la graisse pendait des os beaucoup trop petits pour la soutenir convenablement. Votre jeune amie, elle, sera belle toute sa vie. Et sa beauté, vous l'avez captée avec une tendresse qui trahit un amoureux. Je ne prétends pas être clairvoyant. Analyser des tableaux est mon métier. Il n'est pas très difficile de voir que le modèle est une femme d'aujourd'hui et l'attitude du peintre envers son sujet transparaît toujours dans une œuvre. Un tableau est plusieurs choses : ce que voit l'artiste, mais aussi ce qu'il pense de ce qu'il voit et, de ce fait, c'est dans une certaine mesure un portrait de lui-même. Tous ces éléments se trouvent dans votre dessin. Ce qui ne veut pas dire qu'il soit mauvais. Mais pourquoi vous êtes-vous donné autant de peine pour travailler dans le style de la Renaissance ?

— J'ai l'impression qu'avec lui on peut — ou plus exactement je peux — dire tellement de choses qui semblent impossibles à exprimer sous une forme moderne.

— Oui, et cela vous permet également de rendre hommage à votre modèle — j'espère qu'elle vous en est reconnaissante — et de montrer que vous la voyez comme une femme située au-delà du temps et du lieu. Vous dessinez bien. De nos jours, le dessin est moins en vogue qu'autrefois. Un artiste moderne peut être bon dessinateur sans dépendre beaucoup de son habileté. Vous aimez le dessin pour lui-même.

— Oui. Cela paraît exagéré, mais c'est une chose qui m'obsède.

— Plus que la couleur ?

— Je ne sais pas. Je ne m'en suis pas beaucoup préoccupé jusqu'à présent.

— Je pourrais vous y initier, vous savez. Mais je me demande quel est votre niveau en tant que dessinateur. Accepteriez-vous de passer un test ?

— Je serais flatté si vous pensiez que ça en vaut la peine.

— Bon, vous avez votre bloc ? Tracez une ligne droite du haut en bas de la page. Une ligne *droite,* dessinée à main levée. »

Francis obéit.

« Maintenant tracez la même ligne du bas de la page vers le haut en faisant coïncider exactement les deux. »

Ce n'était pas si simple que ça en avait l'air. En un point, la deuxième ligne de Francis s'éloignait un tout petit peu de la première.

« Pas facile, hein ? Maintenant tracez une ligne qui coupe cette ligne — ou plutôt ces deux lignes superposées — à angle droit. Bien. Et maintenant faites passer une autre ligne par le point d'intersection. Dessinez-la de manière à ce que je ne puisse pas voir le moindre triangle au point central. Ce n'est pas trop mal. »

Ensuite, Saraceni lui fit tracer, à main levée, divers cercles : dans le sens des aiguilles d'une montre et dans le sens inverse, concentriques et excentriques. Francis s'en sortit honorablement, mais sans atteindre à la perfection.

« Vous devriez travailler ce genre de choses, dit Saraceni. Vous avez des aptitudes, mais vous ne les avez pas affinées dans la pleine mesure de vos possibilités. Voulez-vous passer un dernier test ? Il s'agira moins de montrer votre maîtrise du crayon que votre compréhension des volumes et de l'espace. Je resterai assis sur cette chaise et vous me dessinerez aussi bien que vous pourrez en cinq minutes. Toutefois, vous me dessinerez tel que vous me verriez si vous étiez assis derrière moi. Prêt ? »

Complètement pris au dépourvu, Francis eut l'impression d'avoir tout raté. Cependant, quand Saraceni regarda le résultat, il se mit à rire.

« Si jamais ma profession vous attire, monsieur Cornish — et je peux vous assurer qu'elle est pleine d'intérêt — écrivez-moi ou venez me voir. Voici ma carte. Comme vous pouvez le voir, mon domicile est à Rome, bien que j'y sois rarement. Mais si vous m'envoyez une lettre à cette adresse, elle me parviendra. Venez me voir de toute façon. J'ai des choses intéressantes à vous montrer...

— Que voulez-vous dire ? Que je pourrais devenir un restaurateur de peintures anciennes ?

— Vous en seriez certainement capable après avoir travaillé avec moi. Mais je vois que vous ne prenez pas cette suggestion comme un compliment : elle sous-entend que votre talent n'est pas éclatant. Vous m'avez demandé mon opinion, eh bien, je vous la donne. Vous avez un grand talent, mais il n'est pas de premier ordre.

— Qu'est-ce qui ne va pas ?

— Vous manquez d'une certaine énergie très importante. Votre inspiration ne vient pas d'assez profond. Dans ce pays, il y a des douzaines d'artistes considérés qui sont très loin de dessiner aussi bien que vous et qui n'ont certainement pas un œil aussi exercé que le vôtre ; cependant, ils expriment quelque chose de très individuel dans leurs œuvres, même si celles-ci semblent grossières et stupides à des spectateurs inéduqués. Ils puisent à une source au plus profond d'eux-mêmes. Êtes-vous catholique ?

— Euh... en partie, oui.

— J'aurais dû m'en douter. Il faut être soit catholique, soit non catholique. Les demi-catholiques ne sont pas destinés à être des artistes, pas plus que n'importe quelles demi-autres choses. Bonne nuit, monsieur Cornish. J'espère que nous nous reverrons. »

« Qu'est-ce que tu veux pour ton anniversaire ?

— De l'argent, s'il te plaît.

— Mais Ismay, l'argent, ce n'est pas un cadeau. Je voudrais t'offrir quelque chose de réel.

— Qu'est-ce que l'argent a d'irréel ?

— Me promets-tu de t'acheter quelque chose dont tu as vraiment envie ?

— Frank, que diable veux-tu que j'en fasse d'autre ? »

Francis lui fit donc un chèque de dix livres. Lorsque, deux jours plus tard, Charlie arriva avec dix livres à la soirée de poker de Buys-Bozzaris, Francis en conçut aussitôt des soupçons.

« As-tu donné mes dix livres à Charlie ?

— Oui, il était dans le pétrin.

— Mais cet argent était pour toi !

— Charlie et moi croyons à la communauté des biens.

— Ah oui ? Et qu'est-ce que Charlie partage avec toi ?

— De quel droit me demandes-tu ça ?

— Bon sang, Ismay, je t'aime ! Je te l'ai dit d'innombrables fois.

— Et alors ? Le portier d'Examination Schools m'aime aussi : il rougit chaque fois qu'il m'adresse la parole. Mais cela ne lui donne pas le droit de me questionner sur ma vie privée.

— Ne dis pas de bêtises.

— O.K. Tu penses que je couche avec Charlie, n'est-ce pas ? Si c'était vrai — et je ne dis pas que ça l'est — en quoi est-ce que ça te regarde ? Tu ne pousses pas notre cousinage un peu loin ?

— Il ne s'agit pas de ça.

— Te souviens-tu des premières paroles que tu m'aies jamais dites ? « Tout doux, mon indigne cousine. » J'ai dit que j'en chercherais la source, et je l'ai fait. Un type de littérature anglaise l'a trouvée pour moi. Cela vient d'une vieille pièce : « Sacredieu ! Tout doux, mon indigne cousine ; des filles comme toi, il peut en avoir par douzaines. » Est-ce cela que tu veux dire, Frank ? Tu me prends pour une putain ?

— C'est la première fois que j'entends ça. Je croyais que cette phrase, on la disait à des personnes sans gêne. Or tu l'étais beaucoup, sans gêne, et tu l'es toujours. Mais pas une putain, non, certainement pas.

— Non, je ne suis pas une putain. Mais Charlie et moi avons des idées autrement plus larges que les tiennes. Tu es terriblement rétrograde, Frank. En tout cas, il faut que tu comprennes une chose : je ne tolérerai pas d'être questionnée ni sermonnée par toi. Si tu persistes, c'est fini entre nous. »

Des excuses. L'assurance qu'il n'agissait que par amour et pour son bien à elle — ce qui la fit rire. Un coûteux dîner au George. Un après-midi, alors qu'elle lui servait de nouveau de modèle, Ismay prit quelques poses indécentes qui le tourmentèrent et la firent se moquer de lui. Et, au moment de son départ, il lui donna un autre chèque de dix livres parce qu'elle devait absolument avoir son cadeau. Si tu l'aimes vraiment, n'aide surtout pas Charlie à jouer au poker parce que ça sera sa fin.

Francis ne sut jamais ce qu'Ismay acheta avec ce chèque car il n'osa pas le lui demander, mais son relevé de banque lui apprit qu'il n'avait pas été encaissé. Sans doute le gardait-elle dans l'attente de quelque chose dont elle eût vraiment envie.

Les désirs de Buys-Bozzaris, en revanche, devenaient de plus en plus évidents. Après les séances de poker, il demandait toujours à Francis de rester un peu pour bavarder. Comme il habitait la même maison, Francis n'était pas obligé de partir tôt : il n'était pas soumis à la règle selon laquelle tous les étudiants devaient rentrer dans leur appartement ou leur collège avant minuit s'ils ne voulaient pas se faire expulser. Roskalns restait lui aussi. N'étant pas membre de l'université, il pouvait aller et venir à sa guise. Et quel était le but de toutes ces conversations ?

Francis le comprit bien avant que Buys-Bozzaris ne se rendît compte qu'il avait été percé à jour. Le comte (si c'en était un) bulgare (si la Bulgarie était bien son pays d'origine) avait ce qu'il appelait des idées politiques avancées. Bien qu'elles ne fussent pas aussi naïves que celles de Charlie, elles allaient dans la même direction. À Oxford, il était facile d'aborder ce genre de sujet : on était en effet à une époque où grand nombre d'étudiants affirmaient que le monde politique était, selon l'expression en vogue, « polarisé ». La démocratie avait échoué et on devait s'attendre à ce que ses formes de gouvernement s'effondrent à tout moment. Qu'il formulât ou non cette pensée, tout individu doté de bon sens se rendait compte qu'il était soit fasciste soit communiste, et, s'il était intelligent, qu'il n'y avait qu'un seul choix possible. Ne pas prendre parti, c'était être un « indifférentiste » et lorsque le jour de la grande confrontation arriverait, ces gens-là s'en mordraient les doigts. Buys-Bozzaris savait de quel côté tournerait le vent.

Or, il ne tournerait certainement pas vers le fascisme, pour l'essentiel un concept bourgeois, sous l'égide de gens comme Hitler et Mussolini qui voulaient fonder des nations fortes — voire des empires — sur les bases impossibles de quelque version du capitalisme. Seul un monde marxiste, c'est-à-dire un monde où les doctrines originales de Marx auraient été affinées et confirmées par l'expérience, avait une chance de survivre. N'était-il pas temps pour tout observateur avisé de soutenir le camp qui dominerait le monde civilisé, probablement dans moins de dix ans ? N'était-il pas du devoir de tout homme intelligent de pousser à la roue ?

Francis pouvait être utile, peut-être même très utile, mais il devait d'abord choisir nettement son camp avant que Buys-Bozzaris pût lui dire exactement de quelle façon. Comme Buys-Bozzaris le savait — oh oui, il était bien davantage que le simple étudiant en droit international pour lequel il passait d'ordinaire — Francis appartenait à un certain milieu. Il avait de l'argent ; quand on s'y connaissait en ce domaine, c'était évident. Or, Buys-Bozzaris s'y connaissait. Francis possédait la nationalité canadienne et un passeport canadien, deux choses très précieuses car elles lui permettaient d'aller presque partout sans éveiller de soupçons. Francis devait savoir que les passeports canadiens étaient très appréciés dans le monde de l'espionnage international. Un article authentique, capable de résister à tout examen, était un don des dieux. S'il le voulait, Francis pouvait être extrêmement utile et, avec le temps, son aide recevrait sa juste récompense. Francis avait-il la moindre idée de quoi il parlait ?

Francis admit qu'il devinait vaguement à quoi son interlocuteur voulait en venir. Mais c'était une idée tellement neuve pour lui qu'il avait besoin d'y réfléchir. *Jesus !* on ne lui avait encore jamais présenté les choses tout à fait sous ce jour. (Francis se félicita pour le *Jesus !* : c'était exactement l'exclamation que quelqu'un comme Buys-Bozzaris devait attendre d'un Canadien quand le paradis de l'entrée en politique lui était soudain ouvert.) Pouvaient-ils en reparler ? Il fallait qu'il débrouille tout ça et, pour ce genre d'affaires, il avait l'esprit plutôt lent.

« Prends tout ton temps », dit Buys-Bozzaris.

C'est ce que fit Francis. Il voulait éviter d'attirer l'attention du comte bulgare, qui semblait surveiller ses allées et venues, en faisant quelque chose d'inaccoutumé. Il attendit donc les vacances de Pâques pour rencontrer le colonel Copplestone et lui raconter tout ce qu'il savait. Ils déjeunèrent de nouveau à l'Athenaeum. Francis comprit que, pour le colonel, une pièce pleine de gens et de bruit était le meilleur endroit pour faire des confidences. Deux personnes penchées au-dessus d'une table et parlant aussi doucement que possible n'attiraient pas l'attention. Le colonel écouta son histoire.

« Votre bonhomme est bien connu de nos services, dit-il quand Francis eut terminé. Ce n'est pas quelqu'un de sérieux. Un imbécile, en fait. Il n'a pas vraiment de contact avec les gens dont il parle, ni de réelle influence. Il aime simplement faire croire qu'il en a. Bien entendu, il méprise les étudiants qui sont des communistes déclarés. Lui, il aime la subtilité, le secret. Ce qui l'attire, c'est l'espion plein de classe. Il n'en est pas un, croyez-moi. Votre compatriote, en revanche, est bien plus intéressant. Des têtes brûlées comme lui peuvent révéler beaucoup de choses par ce qu'ils font, ou essaient de faire, plutôt que par ce qu'ils savent. Tenez-moi au courant.

— Désolé de ne pas avoir pu vous être plus utile », dit Francis.

C'était la première fois qu'il essayait de montrer qu'il était digne du Service et il était déçu de voir qu'il n'avait pas vraiment découvert quoi que ce soit.

« Oh, mais vous l'avez été ! assura le colonel. Vous avez confirmé certains renseignements, et ça, c'est toujours utile. Mon boulot requiert énormément de travail dont la plus grande partie n'a rien de spectaculaire. Ne vous laissez pas influencer par les romans qui vous racontent que des choses tout à fait extraordinaires sont faites par de merveilleux agents travaillant en solitaires.

— Est-ce qu'il n'y a pas de merveilleux agents ?

— Il y en a peut-être quelques-uns. Mais la plupart d'entre eux bossent tranquillement, remarquant quelque chose ici, quelque chose là, et confirmant un fait pour la quinzième fois.

— Papa n'était-il pas merveilleux ?

— Vous devriez le lui demander. Je devine ce qu'il vous répondrait. Le meilleur travail qu'il ait accompli, c'était de comprendre et de collationner les informations qu'il recevait de douzaines de gars qui faisaient ce que vous faites. Il était merveilleux pour ce qui était de rapprocher des faits, puis d'en tirer des conclusions.

— Est-ce qu'il y a des chances que je continue à faire encore longtemps la sorte de travail que je fais actuellement ?

— Oui.

— Dans ce cas, deviendrai-je un agent permanent ?

— Un agent rémunéré, vous voulez dire ? Mon cher ami, ne soyez pas bête. Des gars avec des revenus comme le vôtre ne sont pas payés pour le genre de choses que vous faites.

— Je vois. Ça semble être une coutume anglaise. Il y a quelque temps, j'ai demandé au conservateur en chef de l'Ashmolean Museum s'il pourrait m'embaucher une fois que j'aurais passé mon diplôme. « Quel est le montant de vos revenus ? » m'a-t-il aussitôt répondu. Écoutez, mon oncle, supposons que BBB m'offre un travail — un travail rémunéré — ne serait-ce pas une tentation ?

— Pas si vous avez la moindre lueur de bon sens. Il ne le fera pas, vous savez, mais, s'il le faisait, vous devriez me le dire immédiatement. Parce que nous ne laisserions jamais passer ça, vous savez. Vous n'êtes pas aussi seul, ou aussi inconnu, que vous pourriez le croire. Mais pourquoi faites-vous toutes ces histoires pour un peu d'argent ? N'en avez-vous pas assez ?

— Si, mais tout le monde a l'air de penser qu'on peut m'avoir pour pas cher. Tout le monde pense que je suis un richard. Est-ce que je n'ai pas d'autre valeur, à part mon argent ?

— Bien sûr que si ! Serais-je en train de vous parler s'il en était autrement ? Mais personne ne s'enrichit dans cette profession. Et tout individu qui s'y est engagé une fois — même si ce n'est pas très loin, comme vous — ne peut jamais en sortir complètement. Croyez-vous un seul instant que votre bonhomme dispose de grosses sommes d'argent, provenant de son camp, destinées à être distribuées à des gens comme vous ? Je suppose qu'on exerce une pression sur lui et ça, ça peut être très inconfortable. Bon, continuez simplement à faire votre boulot et si jamais le jour venait où nous devrions discuter argent, c'est moi qui mettrais cette question sur le tapis.

— Excusez-moi, mon oncle.

— N'en parlons plus. »

Le colonel Copplestone avait eu un regard qui surprit et mortifia Francis. L'oncle bienveillant avait soudain montré sa main de fer.

C'était la quatrième semaine du trimestre d'été, le trimestre de la Trinité comme on l'appelait selon une vieille tradition d'Oxford, c'est-à-dire la semaine des régates universitaires. Prenant exemple sur le colonel Copplestone, Francis avait avec Ismay une conversation très importante alors qu'ils étaient confortablement assis, en plein air, sur la péniche de Corpus Christi, dans un vacarme de cris et d'applaudissements. Les deux jeunes gens regardaient les rameurs haletants et couverts de sueur, tout en dégustant des fraises à la crème.

« J'ai reçu une lettre bizarre de ma banque il y a quelques jours.

— C'est tout ce que je reçois jamais de la mienne : des lettres bizarres.

— Vu ce que tu fais, ça ne m'étonne pas.

— Que veux-tu dire ?

— Tu me comprends parfaitement. Je veux parler d'un chèque à ton nom, signé par moi, de cent cinquante livres. »

Ismay sembla mâcher une fraise particulièrement dure.

« Qu'est-ce qu'ils ont dit, à ta banque ?

— Ils m'ont convoqué pour me le montrer et me poser quelques questions.

— Qu'as-tu répondu ?

— Oh, nous avons simplement bavardé. Entre banquier et client, tu vois.

— Frank, il faut que tu comprennes une chose : ma banque a encaissé le chèque, mais je n'ai pas l'argent.

— C'est bien ce que je pensais. C'est Charlie qui l'a, n'est-ce pas ?

— Faut-il que nous parlions de ça ici ?

— Pourquoi pas ? Tu n'as qu'à baisser la voix et si tu as quelque chose de très important à dire, murmure-le-moi au moment où je crie : « Bravo ! Bien ramé, Corpus ! » Je t'entendrai. J'ai une excellente ouïe.

— Oh, pour l'amour du Ciel, cesse de faire des plaisanteries stupides. Me prends-tu pour une faussaire ?

— Oui. Et si tu tiens à le savoir, je te soupçonne depuis un moment. Crois-tu m'avoir eu quand, soudain, tu t'es mise à admirer mon élégante écriture italique et que tu m'as demandé comment je l'obtenais ? Tu es une affreuse scribouillarde, Ismay. Si tu voulais apprendre l'italique, c'était pour pouvoir imiter mon écriture. Suffisamment bien, en tout cas, pour modifier un chèque, par exemple. Et pourquoi aurais-tu voulu faire ça, petit escroc en jupon ?

— Pourquoi la banque t'a-t-elle posé des questions, au fait ?

— Parce qu'elle a un accord avec l'université : quand un étudiant encaisse un très gros chèque, elle avertit les censeurs. C'est une façon de surveiller les joueurs. Je suppose que cet argent a servi à payer les dettes que Charlie avait envers Buys-Bozzaris ?

— Il servira à ça. Comprends-moi : Charlie était menacé.

— Quoi ? Par le gros comte ? Ne me fais pas rire.

— Non, par d'autres gars — de vrais gangsters. Buys-Bozzaris est un escroc, Frank.

— Tu m'en diras tant ! Je suis entouré d'escrocs, ma parole ! Tu me fais peur.

— Sois sérieux, je t'en prie !

— Mais je le suis. Ces courses vous fouettent le sang. Écoute cette foule qui crie : « Bravo, Balliol ! » Ça ne t'excite pas, toi ?

— Des gangsters sont venus voir Charlie et l'ont menacé. Ils avaient toutes les reconnaissances de dettes que Charlie avait données à Buys-Bozzaris. Ce gros con les avait vendues !

— Surveille ton langage. Nous sommes sur la péniche du collège de Corpus Christi ; ne déshonorons pas notre nom sacré. Cela te surprend que BBB ait vendu ces reconnaissances de dettes ? Il devait avoir besoin de liquide et les a bazardées à vil prix.

— Je n'ai jamais entendu parler d'une chose pareille !

— Oh, mais ça ne saurait tarder, Ismay. Quand tu te seras enfoncée un peu plus dans le monde du crime, tu entendras parler de choses étonnantes. Les conversations, en prison, sont des plus instructives, à ce qu'il paraît.

— Sois sérieux, Frank. Je t'en prie !

— Je t'assure que je peux devenir extrêmement sérieux au sujet de cent cinquante tickets. « Ticket » est d'ailleurs un terme qu'emploie la pègre. Tu apprendras bientôt cet argot.

— Qu'as-tu dit à la banque au sujet de ce chèque ?

— Comme elle l'avait payé, j'ai pensé qu'il n'y avait pas grand-chose à dire. Ils ont pris cet air effarouché qu'ont les banquiers quand ils pensent que tu es un garçon terrible.

— Tu ne leur as rien dit, alors ?

— Qu'aurais-je gagné à les embarrasser ? Tu avais fait un si beau travail avec ce chèque d'anniversaire de dix livres ! Comment auraient-ils pu me regarder en face si je leur avais dit qu'il avait été trafiqué ?

— Oh, Frank, tu es un ange !

— Un ange ou une parfaite poire ?

— Charlie était vraiment dans une mauvaise passe, tu sais. Je te dédommagerai de tout ça, honnêtement.

— Honnêtement ? Que pourrais-tu faire honnêtement, Ismay ? Coucher avec moi, peut-être ?

— Si c'est cela que tu veux.

— Tu sais parfaitement que c'est ce que je veux, mais pas s'il y a un prix dessus. Ça manquerait singulièrement de romantisme, tu ne crois pas ? À moins que... Voyons un peu : une femme se donne à son riche soupirant pour sauver l'honneur de son amant. C'est pas mal. Sauf que je n'aime pas la distribution des rôles : ou bien je suis l'amant et Charlie le méchant, ou bien je ne marche pas. Veux-tu une autre portion de fraises ? »

Francis était impatient de voir Buys-Bozzaris. Le désarroi et la faiblesse physique qui, à Carlyle Rural, le rendaient incapable de réagir convenablement à un coup de poing dans la figure ou un coup de pied dans le postérieur appartenaient au passé. Il était prêt, si nécessaire, à se montrer assez dur avec le gros comte. Son sang de banquier, que, jusque-là, il ignorait avoir, bouillait dans ses veines. Il voulait récupérer son argent. Après avoir dîné à Corpus Christi, il parcourut à pied la courte distance qui le séparait de Canterbury House et frappa à la porte qu'il connaissait bien.

« Tiens, Cornish. Content de te voir. Tu veux un verre ?
Se pourrait-il que tu te sois décidé à joindre nos rangs ? Tu
peux parler librement. Roskalns, ici présent, est l'un des
nôtres, et comme ce n'est pas une soirée de poker,
personne d'autre ne risque de venir nous déranger.

— Je viens pour ces reconnaissances de dette que Charlie
Fremantle t'a données.

— Oh, ne t'inquiète pas pour ça. C'est fini. Charlie a
payé, comme un bon petit gars.

— Ne me raconte pas d'histoires, Basil. Tu as vendu ces
billets.

— Eh bien, ça revient au même, non ? Charlie ne doit
plus rien.

— C'est foutrement inexact. L'argent du remboursement
provient d'un chèque à moi qui a été truqué. Je veux que tu
me donnes cent cinquante livres.

— Cent cinquante livres ! Voyons, Cornish ! Charlie me
devait exactement quatre-vingt-dix-sept livres, quatorze
shillings et onze pence et je ne les ai pas encore reçus.
J'attends une visite des encaisseurs. Ce soir, en fait. Alors,
ce vilain garçon a falsifié un de tes chèques ? Ce n'était pas
très honnête de sa part.

— Non, et il n'était pas très honnête de ta part à toi de
donner ces billets à des encaisseurs, comme tu les appelles.
Ils vont lui faire cracher cent cinquante livres sur lesquels tu
recevras sans doute tes quatre-vingt-dix-sept livres et des
poussières. Je veux connaître le nom de ces types. Je vais
les dénoncer aux censeurs.

— Allons, allons, Cornish, ne t'emporte pas. Tu ne
ferais pas une chose pareille ! Entre gentlemen, il y a des
règles non écrites au sujet de ce genre de dettes. Ne pas y
mêler les censeurs serait presque la règle numéro un si
celle-ci n'était pas avant tout : paie ce que tu dois.

— Mais pas avec mon fric.

— Et mon fric à moi, alors ? Pourquoi est-ce à moi que tu
t'adresses ? Parles-en à Charlie. C'est lui le coupable.

— Je lui en parlerai certainement, mais j'ai perdu cent
cinquante livres et je pensais que tu avais peut-être déjà été
payé.

— Je n'ai pas encore reçu un penny. Comme je te l'ai

déjà dit, j'attends. Ah ! ils vont m'entendre, ces encaisseurs ! Cent cinquante livres pour une dette de quatre-vingt-dix-sept livres, quatorze shillings et onze pence ! C'est scandaleux !

— Pas plus scandaleux que de vendre des reconnaissances de dettes. Pourquoi ne les as-tu pas encaissées toi-même ?

— Oh, Cornish, tu es impossible. J'ai une certaine position, tout de même. Je ne me vois pas frappant aux portes avec un petit carnet crasseux à la main. Ou est-ce que c'est comme ça qu'on fait chez toi ?

— Ne t'occupe pas de ce qu'on fait chez moi. »

La conversation aurait pu tourner à l'aigre si, à ce moment-là, quelqu'un n'avait frappé à la porte. Roskalns alla ouvrir. Après avoir jeté un coup d'œil par l'entrebâillement, il essaya de refermer la porte, mais il fut rejeté en arrière et deux hommes résolus firent irruption dans la pièce. À Oxford, on trouve plusieurs couches de la société : les professeurs et les étudiants dans toute leur diversité, les assistants et les domestiques des premiers, dans toute leur diversité à eux, et des gens sans aucun lien avec l'université, qui eux aussi sont très variés, mais ne ressemblent pas du tout aux membres des deux autres classes. Les nouveaux venus appartenaient de toute évidence à la troisième catégorie.

« Écoutez, monsieur Booze-Bozzaris[1], ça marche pas comme ça. Votre type, Fremantle, il a mis les bouts.

— Je ne comprends pas.

— Eh bien, je vais vous expliquer. Nous lui avons rendu visite, comme convenu, et il nous a dit : Laissez-moi un petit délai pour pouvoir réunir l'argent, et on lui a répondu : O.K., mais pas de blague, hein ? Et puis nous voulons ce fric en liquide. Parce que nous savons très bien qu'il peut y avoir de drôles d'entourloupettes dans ces histoires d'encaissement. Alors on l'a surveillé. Il allait et venait, normalement. Il est dans un des collèges du coin : New College. Quand on se renseignait, le portier nous disait : Oui, oui, il est là. Mais ces gars, ils vous raconte-

---

1. *Booze :* « alcool », « gnôle ».

raient n'importe quoi. Hier, on l'a pas vu, alors on est montés en douce dans sa chambre et c'est comme ça qu'on s'est aperçus qu'il s'était barré.

— Est-ce que ça veut dire que vous ne pouvez pas me payer ?

— Comment ça, vous payer, monsieur Booze-Bozzaris ? Nous vous avons déjà filé cinquante livres en acompte sur ces reconnaissances de dettes avec l'assurance que nous vous verserions le reste des quatre-vingt-dix-sept livres, quatorze shillings et onze pence après les avoir reçus de Fremantle.

— Cent cinquante livres, vous voulez dire, fit Buys-Bozzaris.

— Ça, ça n'a rien à voir. Faut bien que nous touchions quelque chose pour la peine et le risque que nous prenons, pas vrai ? Mais maintenant, nous sommes obligés de vous réclamer ces cinquante tickets parce que nous avons été roulés.

— Oui, mais pas par moi.

— On s'en fout. Le pèze.

— C'est absurde !

— Écoutez, monsieur Booze-Bozzaris, nous ne voulons pas d'ennuis. Vous devez nous rembourser maintenant sinon mon collègue va être obligé d'utiliser d'autres moyens de persuasion. »

Le collègue en question, qui n'avait pas dit un mot, se racla doucement la gorge et fléchit ses poignets, un peu à la manière d'un pianiste. Pour la première fois, l'encaisseur qui parlait s'adressa à Francis :

« Vous feriez bien de partir, monsieur. Il s'agit d'une affaire privée.

— Pas en ce qui me concerne, dit Francis. Il me doit de l'argent à moi aussi, ce Charlie.

— Ça devient vraiment trop compliqué, dit l'encaisseur. Nous n'avons pas de temps à perdre. Restez complètement immobile, monsieur Booze-Bozzaris, et vous, messieurs, restez à l'écart pendant que mon collègue se livre à une petite fouille. Tout cela se passera dans les formes et en douceur, à la condition qu'il n'y ait pas de résistance. »

Les mains tendues comme s'il s'apprêtait à le chatouiller,

le « collègue » se dirigea lentement mais fermement vers Basil. Celui-ci recula vers un coin de la pièce et, ce faisant, porta la main à la poche de sa veste.

« Hé là ! Pas de blague ! » cria l'encaisseur qui parlait.

Son collègue saisit le bras que Buys-Bozzaris était en train de relever brusquement. Le revolver se prit dans le haut de la poche du Bulgare et partit dans un bruit de tonnerre. Buys-Bozzaris tomba par terre avec un cri encore plus fort.

« Bon Dieu ! Il s'est tué ! dit l'encaisseur.

— Y s'est tiré une balle dans les balloches ! » éructa le collègue, ouvrant la bouche pour la première fois.

Les deux hommes se précipitèrent vers la porte, traversèrent en courant la petite entrée et disparurent dans la rue.

À Oxford, les coups de feu sont rares. D'ailleurs, ils sont formellement interdits. Quelques secondes plus tard, M. Tasnim Khan du premier étage, M. Westerby, du second, M. Colney-Overend qui vivait de l'autre côté de l'entrée et le propriétaire étaient tous dans la pièce, en train de crier des conseils contradictoires. Ce fut Francis qui hissa Buys-Bozzaris sur un fauteuil. À ce moment-là, il apparut que le comte ne s'était blessé qu'assez légèrement au pied.

Une demi-heure plus tard, Roskalns l'avait emmené en taxi, beuglant comme une vache en gésine, à l'infirmerie Radcliffe. Francis était allé en compagnie du propriétaire chez les censeurs. Dans son compte rendu de l'affaire, il déclara simplement que deux individus étaient venus voir le Bulgare, avaient exigé de l'argent relatif à une dette, que personne n'avait tiré sur personne et que la blessure était purement accidentelle. L'adjoint du censeur, qui avait écouté le rapport, haussa les sourcils au mot « purement ». Il nota les noms, avertit Francis qu'il ne devait pas quitter Oxford avant qu'il y ait eu une enquête et appela l'hôpital pour dire aux responsables de garder Buys-Bozzaris jusqu'à ce que celui-ci ait été interrogé.

Francis alla à Lady Margaret Hall. Comme il restait un quart d'heure avant la fermeture des portes, il put échanger quelques mots avec Ismay.

« Oh oui, Charlie a mis les bouts. Je savais qu'il le ferait.

— Où est-il allé ?

— Je suppose que je peux te le dire parce qu'il ne reviendra pas et qu'il est introuvable. Il est parti en Espagne se battre pour la Cause.

— Laquelle ?

— Celle des loyalistes, évidemment, étant donné ses convictions.

— En tout cas, ton nom n'a pas été mentionné et ne le sera jamais si tu as le bon sens de la boucler.

— Merci, Frank. Tu es vraiment très gentil.

— C'est bien ce que je crains. »

Même si très gentil pouvait vouloir dire être poire, il y avait des compensations. La tante Prudence Glasson avait invité Francis à passer deux semaines à Saint Columb Hall, la demeure familiale des Glasson, à la fin du trimestre d'été. Il semblait qu'il fût devenu un grand copain d'Ismay, disait la tante, et ils seraient ravis de le recevoir car cela faisait bien longtemps qu'il n'était venu dans la région. Quand il séjournait tout près, à Chegwidden, se rappela Francis, les Glasson ne s'étaient jamais donné la peine de l'inviter chez eux, bien que la tante Prudence fût la sœur de son père et que ses exécrables jeunes enfants l'eussent souvent vu et considéré comme un objet de railleries. Cependant, Francis voulait oublier toute rancœur : l'idée d'avoir Ismay près de lui pendant quinze jours sans Charlie et sans les plaisirs d'Oxford pour la distraire était irrésistible.

Ces affreux jojos d'enfants étaient devenus plus supportables depuis la dernière fois qu'il les avait vus. Les deux filles, Isabel et Amabel, étaient de grosses collégiennes qui rougissaient désespérément quand il leur adressait la parole, pouffaient et se tortillaient quand il leur rappelait l'épisode de la vipère morte dans son lit. Leur frère aîné, Roderick, dix-sept ans, était à ce stade un pur produit de Winchester et semblait être devenu un fonctionnaire sans jamais avoir été un adolescent. Cependant, on le voyait peu étant donné qu'il passait beaucoup de temps à bûcher pour un examen, en vue d'obtenir une bourse. Seule Ismay gardait un peu de cette sauvagerie qu'il avait toujours associée à ses cousins Glasson.

Elle se montrait brusque et désinvolte avec sa mère et contredisait son père en tout. Il était vrai que Roderick Glasson senior provoquait la contradiction : il était de la même nuance politique que l'oncle Arthur Cornish — son conservatisme tory était prudemment passéiste — et bien qu'il ne tombât jamais assez bas pour dire qu'il se demandait où on allait, il employait souvent les mots « de nos jours » d'une façon qui montrait qu'il n'attendait rien d'un monde devenu fou, d'un monde qui avait oublié la grande époque d'avant 1914. Ce point de vue s'appliquait même à la beauté féminine.

« Tu aurais dû voir ta mère quand elle a épousé ton père, dit-il à Francis. Elle était éblouissante. Il n'y a plus de femmes comme ça de nos jours. Ils ont cassé le moule.

— S'il avait vu sa mère quand son père l'a épousée, cela aurait fait un beau scandale, non ? déclara Ismay.

— Ismay, ma chérie, ne reprends pas papa sur tout ce qu'il dit, intervint la tante Prudence, ce qui relança une discussion familière.

— Pourquoi les gens ne peuvent-ils pas parler clairement au lieu de blablater ?

— Le sens de ce que je disais était parfaitement clair, simplement tu ne peux pas résister au plaisir de montrer combien tu es devenue futée, à Oxford.

— Si vous ne vouliez pas que je devienne futée à Oxford, vous n'auriez pas dû me pousser à demander cette misérable bourse. J'aurais pu rester à la maison et étudier la stupidité. Au moins cela aurait eu l'avantage de ne pas coûter cher.

— Comme tu es trop vieille pour être renvoyée de la table, il ne me reste pas d'autre recours que de la quitter moi-même. Francis, veux-tu un cigare ?

— De toute façon, nous avons terminé. Et puis, je t'en prie, papa, ne te réfugie pas dans le martyre chrétien. Ce n'est pas un argument.

— Je garde un souvenir si vif du mariage de ta mère, dit la tante Prudence pour ramener la paix. Mais j'y pense, Francis, n'avais-tu pas un frère aîné ? Je crois me souvenir d'une lettre que ton père m'avait envoyée de Suisse.

— En effet, j'en avais un. Il s'appelait Francis, lui aussi. Mais il est mort. »

C'était le souvenir de cet autre Francis qui adoucissait le jugement que Francis portait sur Ismay et sur ses parents. Dans un monde qui contenait d'aussi formidables secrets que celui du Fou, ce genre de discussions paraissait trivial. Que disait Wordsworth à ce propos ? La secrète et triste musique de l'humanité — pour mortifier et rendre humble ? Quelque chose comme ça. Ce courant de souffrances profondes sous-jacent à toute réalité humaine. Il faut essayer d'être compréhensif, tolérant. Bien entendu, il prenait le parti d'Ismay, mais certainement pas d'une façon active. Les parents de sa bien-aimée étaient ternes et ennuyeux et elle, elle était trop jeune, trop rayonnante et pleine de vie pour avoir appris la patience. Elle n'avait probablement jamais eu à se montrer patiente pour quoi que ce fût. Sans le savoir, Francis voyait la vie familiale un peu comme Shakespeare : à moins qu'ils ne fussent des vedettes comme le roi Lear, les parents étaient des emplois mineurs, des personnages comiques qui entravaient l'action et auxquels il ne fallait pas prêter trop d'attention. Seul Coriolan tint compte de sa mère et voyez ce qui lui arriva !

Si Francis n'avait pas Shakespeare à l'esprit, la légende du Graal, en revanche, y avait fait un retour en force. Il foulait de nouveau le sol sacré de la Cornouailles et le point d'orgue de sa passion pour Ismay, c'était l'histoire de Tristan et Iseut, et une autre légende encore plus primitive et magique.

Car c'était indéniablement une passion. Comme il avait vingt-quatre ans, il ne soupirait et ne rêvassait pas comme un adolescent : il désirait Ismay et souhaitait ardemment la voir heureuse et satisfaite de la vie. Il avait cette foi tout à fait injustifiée de l'amoureux que l'amour engendre l'amour. Il ne pouvait pas aimer Ismay aussi fort sans que celle-ci fût contaminée par son sentiment. Il n'avait pas mauvaise opinion de lui-même, ne se considérait pas comme inférieur à d'autres jeunes gens. Cependant, face à la splendeur d'Ismay, son seul espoir était que la jeune fille lui permît de la servir, de lui consacrer sa vie, à elle et à ses désirs.

Ismay savait tout cela. De ce fait, il est peut-être surprenant qu'elle se soit laissé persuader par Francis de passer une journée avec lui à Tintagel. Elle le tourmenta, bien sûr. Ne devraient-ils pas emmener Isabel et Amabel qui avaient si rarement l'occasion de sortir ? Il fallait penser aux autres, n'est-ce pas ? mais cette fois, Francis avait l'intention d'être totalement égoïste.

Pour leur pique-nique, ils eurent droit à du beau temps, dans la mesure où il peut faire beau en Cornouailles. Comme Ismay n'avait jamais été à Tintagel, Francis disserta sur l'histoire de cc licu : le château du Prince Noir et, avant cela, la communauté religieuse qui s'était rassemblée autour de l'ermitage de Saint-Juliot et, très loin dans la nuit des temps, Arthur, ce mystérieux personnage du Ve siècle qui fut peut-être le dernier gardien d'un ordre roman et d'une culture romane dans une Bretagne envahie par de sauvages nordiques ou — mieux encore — le grand héros de la légende celte.

« Vivait-il ici ? demanda Ismay que la nature de l'histoire et l'esprit du lieu semblaient adoucir un peu.

— Il est né ici, et bizarrement, a été engendré ici.

— Pourquoi bizarrement ?

— Sa mère était une très belle princesse, la femme du duc de Cornouailles. Elle s'appelait Ygraine. En la voyant, un très grand chef celte, Uther Pendragon, se mit à la désirer si fort qu'il en perdit le sommeil. Il demanda donc conseil à l'enchanteur Merlin. Merlin entoura ce château d'un cercle magique de sorte que, lorsque le mari était absent, Uther Pendragon pouvait y venir sous l'apparence de celui-ci et ce fut ici qu'il engendra ce merveilleux enfant qui allait devenir Arthur.

— Est-ce que le duc ne découvrit jamais le pot aux roses ?

— Le duc n'eut pas de chance. Il fut tué et cocufié la même nuit — par deux hommes différents. Arthur fut élevé par un autre chevalier, sir Ector, et éduqué par Merlin.

— Quel veinard !

305

— Oui. N'as-tu jamais appris cela à l'école ? Toi, une Cornouaillaise, une princesse cornouaillaise ?

— Mon école considérait qu'il n'y avait qu'une seule mythologie : la grecque.

— Rien à voir avec la grande tradition nordique et celte. »

Ainsi Francis commença à jeter un sort qu'il avait préparé depuis longtemps dans son esprit et cela avec un succès tel qu'Ismay y céda : elle devint plus tendre, plus complaisante qu'il ne l'avait jamais connue. Enfin, dans l'enceinte de ce qui avait peut-être été une partie du château du Prince Noir, ou l'un des ermitages des compagnons de saint Juliot, voire les restes du château du duc Gorlois (qui fait piètre figure dans la légende, comme il se doit pour un cocu) dans lequel Arthur fut conçu, il posséda Ismay et eut l'impression que le monde n'avait jamais pu être aussi beau, un bonheur aussi parfait, depuis l'époque du célèbre mythe.

Alors qu'ils retournaient vers la voiture de la famille Glasson, qui avait presque quelque chose de mythique, elle aussi, Ismay, tout alanguie, parut marcher avec difficulté.

« Qu'as-tu ? s'inquiéta Francis.

— Rien de grave. Mais il y avait quelques pierres sous la couverture. Tu connais ce limerick, Francis ?

There was a young fellow named Dockery
Who was screwing his girl in a rockery;
Oh what did she wail
As they thumped on the shale ?
« This isn't a fuck — it's a mockery ! »

Il y avait un jeune homme nommé Dockery
Qui tringlait son amie dans une rocaille.
Alors qu'ensemble ils martelaient la pierre, elle cria :
« C'est pas du baisage, c'est plutôt une sale blague ! »

Francis baignait tellement dans la beauté de cet après-midi qu'il ne vit dans ces vers que le rude franc-parler d'une princesse celte des temps légendaires.

Francis avait pris au sérieux le conseil de Saraceni, celui de cesser de flirter avec la couleur et de découvrir ce qu'elle était vraiment. Cela voulait dire travailler à l'huile. Or, à part quelques essais complètement ratés, il n'avait jamais beaucoup utilisé la peinture à l'huile et se disait qu'il devait s'y mettre sérieusement. Quand il quitta la Cornouailles, à regret mais conscient qu'il ne pouvait prolonger son séjour, il alla à Paris. Là, pendant l'été, il travailla presque tous les jours à la Grande Chaumière, un atelier dirigé à l'époque par Othon Friesz. Il achetait les tickets vendus par le concierge, arrivait tôt et partait tard, gâcha un nombre important de toiles et réalisa quelques affreux barbouillages ; enfin, un jour, il fut capable de mettre en pratique les quelques préceptes que Friesz lui avait lancés d'une voix presque inaudible et comme dédaigneuse.

Il faut toujours commencer par le gras. Mettez toujours vos couleurs chaudes par-dessus vos couleurs froides. Pour la couche de base, utilisez de la peinture bien diluée avec de la térébenthine ; ensuite, appliquez votre peinture non diluée mélangée avec du mastic. Ne malaxez pas vos peintures sur votre palette : c'est toujours la peinture fraîche qui donne les meilleurs résultats. Ne mettez jamais plusieurs couches d'une même couleur. Peignez toujours les teintes chaudes sur les teintes froides et, après votre couche de base, chaque couche successive doit être de plus en plus fine. Il faut toujours commencer par le gras.

Des conseils tout simples, comme les quelques notes que Mozart inscrivit au dos d'une lettre et donna à son élève Susmayer pour lui expliquer les règles de la composition. Mais ils n'étaient pas faciles à suivre. Ce furent ses dons pour le dessin qui sauvèrent Francis d'un lamentable échec. À l'atelier, il y avait beaucoup d'étudiants qui étaient nuls dans ce domaine et, parfois, Friesz se détournait de leurs chevalets en murmurant : « Quelle horreur ! » Mais le maître n'apparaissait pas souvent. Après avoir donné son opinion, il laissait l'élève se débattre tout seul jusqu'à ce qu'il ait gagné ou abandonné la partie.

Friesz fournissait un lieu de travail, une ambiance, un nom et de bons, quoique rares conseils. C'était suffisant.

Après avoir travaillé dur pendant dix semaines, Francis estima qu'il avait droit à des vacances. Il irait à Rome. Il visiterait cette ville et découvrirait si Tancrède Saraceni avait parlé sérieusement quand il lui avait dit de venir le voir.

Saraceni n'aurait pu être plus sérieux. Il voulut absolument que Francis restât chez lui et lui permît de faire le cicérone. Il y avait bien assez de place dans son appartement.

Celui-ci était magnifiquement encombré. Depuis trente ans, Tancrède Saraceni n'avait jamais pu résister à une bonne affaire, à l'achat d'un bel objet — tableau, meuble, tapisserie, broderie ou sculpture — chaque fois qu'il en voyait un qu'il avait les moyens de s'offrir et, dans sa vie, ces occasions étaient nombreuses. Ce n'était pas un capharnaüm : chaque pièce, précieuse en son genre, était disposée avec goût et efficacité, dans la mesure où l'espace disponible le permettait. Cependant, malgré les généreuses dimensions de l'appartement, il y avait des limites, et même si Saraceni refusait de l'admettre, celles-ci avaient été franchies depuis longtemps. L'effet général était écrasant.

Pourquoi écrasant ? Parce que l'ensemble était beaucoup plus que la somme de ses parties. Bien que comprenant des genres variés, cette collection était cohérente en ce qu'elle représentait le goût d'un amateur d'art avide et extrêmement brillant. C'était Saraceni démesurément agrandi. C'était l'esprit d'un homme de la taille d'une maison.

L'appartement lui-même se trouvait dans un vieux palais qui donnait sur ce qui avait été autrefois une charmante petite place où murmurait une fontaine. Mais cela, c'était avant que l'automobile ne dégrade Rome comme elle a dégradé tant d'autres villes. Maintenant, la petite place regorgeait de voitures garées qui venaient et repartaient, abandonnant leur puanteur dans l'air lourd de septembre. La fontaine coulait toujours, mais son bassin était plein de papiers gras et d'ordures qu'on n'enlevait que rarement. À cause de la pollution, Saraceni, comme on peut le comprendre, n'ouvrait jamais ses fenêtres, mais ceci ne contribuait pas à alléger l'atmosphère oppressante qui régnait chez lui. On y percevait, littéralement, une certaine senteur du passé.

Saraceni vivait seul. Une femme venait tous les matins et faisait autant de ménage qu'il le lui permettait. Lui-même époussetait tous les objets d'art, cirait et polissait ceux qui en avaient besoin. Oui, il avait été marié à une merveilleuse Anglaise qui avait fini par estimer qu'elle ne pouvait continuer à vivre dans ces conditions. Ils s'étaient séparés bons amis. Tancrède, avait-elle dit, il faut que tu choisisses entre ta collection et moi. Il n'avait pas mis longtemps à se décider. Ma chérie, avait-il répondu, ma collection est éternelle alors que toi hélas ! tu es prisonnière du temps. Elle avait ri d'un façon si charmante qu'il avait été tenté de changer d'avis, mais, pour finir, il n'en avait rien fait. Une femme extraordinaire ! Chaque fois qu'il allait en Angleterre, ils se voyaient et leurs rencontres étaient toujours extrêmement agréables. Il avait également une fille, mariée, qui vivait à Florence, où, de temps en temps, il lui rendait visite. Mais elle refusait obstinément de revenir dans l'appartement paternel, ne fût-ce qu'un instant.

Saraceni prenait sa solitude avec philosophie. Il avait choisi. Sa préférence était allée à l'art plutôt qu'aux relations humaines.

C'était un hôte admirable. Il emmena Francis partout et lui montra des choses que même un touriste privilégié n'aurait pu voir. Au Vatican, peu de portes lui restaient fermées. Il y avait, par exemple, des palais cardinalices où l'on n'admettait pas le public, mais où le chambellan savait que Saraceni était un ami privilégié de la maisonnée. Et dans beaucoup d'églises, de chapelles et de palais célèbres, il faisait comprendre avec modestie que telle ou telle splendide œuvre d'art avait retrouvé sa beauté grâce à son travail.

« Vous êtes le gardien et le réparateur de la Renaissance », dit Francis en matière de plaisanterie.

Saraceni, cependant, ne sourit pas.

« C'est vrai, déclara-t-il, et c'est là une tâche qu'il faut prendre très au sérieux. Mais il ne s'agit pas de réparation.

Appelons ce que je fais de la re-création. Cela demande un savoir spécial et des techniques précises. Si vous voulez en apprendre plus là-dessus, il faudra que vous veniez travailler avec moi. »

Il prononça ces dernières paroles en regardant fixement Francis.

« Tout d'abord, je dois décrocher mon diplôme. Ce serait absurde d'avoir étudié pendant deux ans pour laisser tout tomber maintenant. J'ai encore une troisième année devant moi. Ensuite, je serai à votre entière disposition, si vous voulez encore de moi.

— À ce moment-là, je serai plongé jusqu'au cou dans une tâche longue et difficile : la restauration d'une collection privée que les propriétaires ont laissée se dégrader d'une façon épouvantable. Mais je pense qu'on peut en sauver une grande partie. J'aurai besoin d'un assistant. Je vous assure que cela vous permettrait d'apprendre beaucoup de choses.

— J'ai tout à apprendre. À Paris, j'ai découvert l'étendue de mon incompétence en tant que peintre.

— Mais non ! Vous avez appris quelques règles de base ; leur assimilation demande un certain temps. Tout ce que vous me dites au sujet du gras sur le maigre, etc., est très bien. De plus, vous le faisiez avec des couleurs modernes. Si vous venez travailler avec moi, vous apprendrez à le faire avec des couleurs anciennes, ce qui est plus difficile sous certains aspects, plus facile sous d'autres.

— Des couleurs anciennes ? D'où viennent-elles ?

— Je les fabrique moi-même. Selon les méthodes des vieux maîtres. Ils n'achetaient pas leurs couleurs en tube, vous savez. Ils faisaient leurs propres mélanges et une grande partie du travail du restaurateur consiste à découvrir quelles matières premières ils employaient et comment ils les combinaient. Saviez-vous que, pour ses merveilleuses miniatures élisabéthaines, Nicholas Hillyard utilisa du cérumen ? Qu'est-ce que le cérumen quand vous avez laborieusement rassemblé la récolte produite par maintes oreilles ? Je connais le secret : c'est une question de chimie. Vous ne pouvez pas remettre en état un vieux tableau d'une manière satisfaisante avec des couleurs qui sont trop différentes de celles employées par le peintre. Et une fois que vous avez fait ça… Eh bien, vous verrez ce qui suit, ce qui doit suivre s'il s'agit d'une véritable restauration et non pas d'un médiocre rafistolage. »

Le soir, ils restaient assis dans l'impressionnant appartement à siroter du whisky, la boisson préférée de Saraceni. Quand l'alcool commençait à agir, Francis parlait de ses propres goûts en art. Il tendait à déplorer le fait que, malgré ses efforts, il préférait la peinture des siècles passés à la peinture contemporaine. Qu'allait-il devenir ? Comment pouvait-il espérer être un artiste, même le plus modeste, si sa vie et ses sentiments n'étaient pas en accord avec son temps ? Si les tableaux qui l'avaient le plus frappé n'avaient rien de moderne, ni par le style ni par le goût ? Ce Bronzino, par exemple…

« Ah oui, le soi-disant *Allégorie de l'Amour*. Je me demande qui lui a donné un titre aussi plat. Il ne nous parle pas de l'amour noble, mais de luxure, de l'assouvissement des appétits. Malgré son splendide érotisme et les plaisirs des sens qu'il évoque, c'est un tableau profondément moral. Ces peintres d'autrefois étaient de grands moralistes, vous savez, même quelqu'un comme Angelo Bronzino que tant de critiques obtus ont qualifié de froid et d'insensible. Je suppose que vous avez vu la morale qui se dégageait de cette œuvre ?

— Je l'ai regardée littéralement pendant des heures, mais plus je la regarde, moins je sais ce qu'elle veut exprimer.

— Alors, regardez-la de nouveau. Vous qui, autrefois, avez remporté un prix de latin et de grec !

— Le thème du tableau n'est pas vraiment classique. Vénus et Cupidon en sont les principaux personnages, mais ils ne font rien que je puisse associer avec une des références classiques connues de moi.

— Vous devez comprendre les classiques comme le faisaient les hommes de la Renaissance, ce qui est très différent de la compréhension scolaire. Vous devez entrer dans le monde classique, qui est loin d'être mort, croyez-moi, et retrouver sa morale, son esprit. Vénus pousse son fils Cupidon à lui manifester un amour qui, c'est très clair, n'est pas simplement filial. N'est-ce pas ce que font beaucoup de mères ? Depuis Freud, on a beaucoup parlé dans les cocktails du complexe d'Œdipe et de l'amour qu'un fils porte à sa mère, mais qui a jamais osé aborder le thème dangereux du rôle que la mère joue dans cette affaire ? Voyons, Francis, votre mère, dont je vous ai entendu vanter la beauté, n'a-t-elle jamais flirté avec vous ? Ne vous a-t-elle jamais caressé d'une manière qui n'était pas strictement maternelle ?

— Elle n'a jamais mis sa langue dans ma bouche ni ne m'a incité à lui tripoter le bout du sein, si c'est cela que vous voulez dire.

— Oui, mais enfin, cette possibilité ne s'est-elle jamais présentée ? Si vous aviez appartenu au monde païen, que vous ayez été quelqu'un de très sensuel et n'ayez pas été terrifié par les préceptes chrétiens, auriez-vous pu reconnaître cette possibilité ?

— J'ai beaucoup de mal à vous suivre, maestro.

— Parfois, je m'interroge à ce sujet. Depuis le docteur Freud, on a tellement parlé de pères qui éveillent des sentiments érotiques chez leurs filles et jamais des mères qui éveillent des sentiments érotiques chez leurs fils. Une telle asymétrie est-elle vraisemblable ?

— Dans la région où je suis né, il y avait beaucoup d'incestes. J'ai connu un gars, le fils d'un bûcheron tué dans la forêt, qui dès l'âge de douze ans dut satisfaire sa mère au moins cinq fois par semaine. La dernière fois que j'ai entendu parler de lui, il avait deux frères, probablement ses fils. Il ne s'est jamais marié. Il n'en avait pas besoin, je suppose. Mais cela se passait dans des conditions que la Renaissance aurait qualifiées d'extrêmement primitives.

— On ne peut pas être certain de quoi la Renaissance les aurait qualifiées. Mais moi, je vous parle de possibilités, et non pas d'actes réellement accomplis. Les possibilités — ces choses qui sont dans l'air sans jamais se concrétiser — peuvent avoir une énorme influence. C'est le privilège de l'artiste de s'en emparer et de les transformer en tableaux. Ces œuvres-là comptent parmi les plus puissantes que nous ayons. Qu'est-ce qu'une représentation de la Madone — et nous en avons vu beaucoup cette semaine — sinon une représentation de la Mère et de son Fils ?

— Une Mère Sainte et le Fils de Dieu.

— Dans les mondes du mythe et de l'art, toutes les mères sont saintes : c'est ainsi que nous le ressentons au fond de notre cœur. Non, pas notre cœur : ce sont les hommes modernes qui ont fait de cet organe le siège des sentiments. Pendant la Renaissance, on aurait parlé du foie. Ce sont les tripes, en fait. La vénération de la Mère, réelle ou mythique, vient des tripes. Ne vous êtes-vous jamais demandé pourquoi, dans un si grand nombre de ces tableaux, Joseph, le père terrestre, a l'air tellement niais ? Dans les meilleurs d'entre eux, il n'a même pas le droit de figurer. C'est là une des pierres fondamentales de notre puissante foi, Francis : cette histoire d'amour entre Mère et Fils, et, selon les Écritures, aucune autre femme n'a jamais disputé à Marie sa suprématie. Cependant, ces madones n'ont rien de franchement érotique. Contrairement à Bronzino. Dans le tableau dont nous parlons, il brise ses chaînes chrétiennes et nous montre la vérité, telle qu'il la voit, de l'amour dédaigné et rejeté. L'avez-vous vraiment bien regardé ? Vous avez examiné la façon dont il était exécuté, mais avez-vous compris ce que disait l'artiste ? Vénus tient une pomme d'une main, une flèche de l'autre. Qu'est-ce que cela veut dire ? Je te tente et je te réserve une blessure. Et voyez les personnages secondaires : derrière Cupidon, la figure grimaçante de la Jalousie qui parle si clairement de désespoir, d'amour dédaigné et rejeté ; le petit personnage du Plaisir qui s'apprête à jeter des pétales de roses sur les amants. Avez-vous remarqué, à ses pieds, la présence d'épines et de masques marqués par l'amertume de l'âge qui figurent la dissimulation et la fourberie du monde ? Et qui est cette créature qui se trouve derrière le Plaisir hilare ? Un visage mélancolique et attirant, une robe superbe qui nous empêche presque de voir ses pieds de lion, son dard de serpent et ses mains qui tendent un rayon de miel et quelque chose de dégoûtant. Ça doit être la Tromperie qui peut si facilement transformer l'amour en folie. Qui sont ce vieillard et cette jeune femme en haut de

313

la toile ? De toute évidence, le Temps et la Vérité qui lèvent le voile pour montrer au monde ce qu'implique un amour de cette nature. Le Temps et sa fille, la Vérité. Un tableau très moraliste, vous ne trouvez pas ?

— D'après votre interprétation, il l'est certainement. Comme je n'ai jamais entendu quelqu'un d'autre l'expliquer, il m'est impossible de vous contredire. Mais ce qui m'horrifie, c'est que Bronzino voyait l'amour de cette façon.

— Je vous comprends, mais, en fait, il ne pensait pas du tout comme ça. Le tableau qui vous a tellement plu à la National Gallery de Londres n'était que la moitié d'un dessin destiné à faire deux tapisseries. L'une d'elles fut achevée et on peut la voir à Florence, au musée Arazzi. Elle s'intitule *L'Innocentia del Bronzino* et montre l'Innocence menacée par un chien (l'Envie), un lion (la Colère), un loup (l'Avidité) et un serpent (la Traîtrise). Cependant, l'Innocence est protégée par la puissante Justice, un personnage féminin armé d'une énorme épée, et l'on revoit de nouveau ici le Temps avec son sablier et ses ailes : il ôte une cape des épaules d'une jeune fille nue qui, bien entendu, est sa fille, la Vérité. Ainsi, ces deux tableaux devraient en fait être appelés Allégories de la Vérité et de la Luxure ; ce sont de magnifiques sermons de l'époque de la Renaissance. Tous deux nous en disent long sur la vie et sur l'amour tels que ceux-ci apparaissaient à un esprit chrétien stimulé par le classicisme qui venait d'être redécouvert.

— Vous me rappelez ma très chère tante Mary-Ben, maestro. Elle a toujours affirmé que les tableaux étaient des leçons de morale et racontaient des histoires. Mais vous auriez dû voir les œuvres qu'elle me montrait pour me le prouver !

— Je suis certain d'en avoir vu une grande partie. Leur morale appartient à leur temps et les histoires qu'elles racontent sont jolies et mièvres. Elles étaient faites pour les gens qui voulaient un art joli, inoffensif. Cependant, elles s'insèrent dans une longue tradition qui est très différente de ces innombrables paysages et portraits, de ces toiles abstraites peintes par des hommes qui ne voulaient rien dire à quiconque, à part ce que leur vision personnelle découvrait dans des choses facilement accessibles. La tradition que votre tante et moi admirons chacun à notre manière n'est pas à écarter dédaigneusement, et ces œuvres ne devraient pas être critiquées comme si elles appartenaient à l'autre tradition, celle qui est purement objective. Que peut-il y avoir de mal à avoir quelque chose à dire et à le dire du mieux possible, même si l'on est peintre ? Les meilleurs artistes modernes le font souvent, vous savez. Picasso, par exemple. Pensez à lui. »

Francis fut bien incapable de penser à Picasso ou à quoi que ce fût d'autre en dehors de ses problèmes personnels après qu'il eut lu une lettre qu'on lui avait envoyée de Corpus Christi et qui lui parvint deux jours avant son voyage de retour en Angleterre.

Cher Frank,

Je t'annonce que je suis bel et bien en cloque. Cela fait déjà deux mois maintenant. J'avais bien l'intention de cacher la chose à mes parents jusqu'à ton retour en Angleterre, mais cela m'a été impossible. Non pas que je sois devenue énorme et me traîne partout pieds nus et titubante comme Tess d'Uberville. Ce sont mes bruyants vomissements matinaux qui ont fait découvrir le pot aux roses. Il y a donc eu un grand conseil de famille. Une fois que papa eut débité son long et lugubre sermon et que maman eut pleuré, il s'est agi de savoir ce qu'on allait faire. J'ai dit que je pouvais aller à Londres et demander à un médecin vraiment compétent de liquider le petit intrus. Mais ma proposition a provoqué des cris d'indignation. Papa est bedeau et prend cette affaire très à cœur. Ce qu'ils veulent, c'est un mariage. Ne t'affole pas. Ils ne te considèrent pas du tout comme un vieux bélier noir qui a carambolé leur petite brebis blanche (ha, ha, ha!). À deux ou trois remarques désagréables qu'ils m'ont faites, j'ai d'ailleurs compris qu'ils pensent que leur petite brebis blanche était tout à fait consentante. En fait, ils te considèrent comme un très beau *parti* [1], comme on disait du temps de maman. Quand je leur ai dit que je ne savais pas si tu voulais m'épouser, ils m'ont répondu que le sang était plus épais que l'eau (plus sale, aussi), que nous étions cousins (ce qui, en d'autres circonstances, aurait constitué pour eux un obstacle) et qu'une telle solution offrait beaucoup d'avantages autres que le simple fait de sauver la face. Comme tu l'auras deviné, les Glasson ont énormément de face, mais c'est à peu près tout. Alors, qu'en dis-tu ? Réfléchis-y bien et donne-moi vite ta réponse. Si je dois suivre mon plan à moi, je n'ai pas de temps à perdre.

Je t'embrasse.
Ismay.

Après avoir réfléchi toute une matinée, Francis envoya le télégramme suivant :

PRÉPARE MARIAGE IMMÉDIATEMENT STOP ARRIVE-RAI DANS UNE SEMAINE AMITIÉS À TOUT LE MONDE. FRANK.

L'empressement que le jeune homme montrait dans son câble ne venait pas du cœur. Il n'avait pas envie d'épouser Ismay ni une autre femme ; il découvrit que ce qu'il voulait vraiment, c'était être amoureux, mais non pas lié par le mariage qui, d'après ce qu'il avait pu en voir autour de lui, n'avait rien de très appétissant. Il avait contre l'avortement une insurmontable objection catholique et celle-ci s'accompagnait d'une tout aussi insurmontable objection calviniste due à la fréquentation de Victoria Cameron. Comment cela était-il arrivé ? Pourquoi n'avait-il pas pris de précautions ? Parce qu'il avait jugé que prendre des précautions était prosaïque ; or, avec Ismay, à Tintagel, il avait voulu que tout fût romantique. Une verge dressée n'a pas de conscience. C'était là une triste sagesse qu'il avait acquise au collège de Colborne, et ce serait certainement ainsi que les

1. En français dans le texte.

Glasson verraient la chose. Il ne pourrait pas leur expliquer qu'il n'avait pas du tout agi dans cet esprit-là et, de toute façon, cela n'avait pas de rapport avec la situation. Que fallait-il faire ? Il lui était impossible d'envisager un seul instant de laisser Ismay en plan, mis à part le fait que les Glasson et ses propres parents ne manqueraient sans doute pas de le pourchasser et de le tuer si jamais il leur jouait un tour pareil. Sa carrière, au sujet de laquelle il n'avait pas de plans déterminés, mais de vastes et vagues espoirs, serait ruinée car Ismay n'entrait dans ce cadre que comme La Bien-Aimée Idéale et pas du tout comme épouse et mère. Il voulait être un chevalier de la Table Ronde qui ne retournait auprès de sa dame qu'entre deux aventures. Mais après avoir repassé plusieurs fois en revue toutes les pensées de ce genre, il commença à avoir le sentiment insidieux et torturant qu'il n'était en réalité qu'un jeune homme stupide, vu qu'il avait vingt-six ans et passait pour futé.

Revoir les Glasson dans son nouveau personnage lui causait plus d'appréhension que d'être uni à une Ismay enceinte. Il n'avait pas encore réussi, et d'ailleurs ne réussirait jamais, à se libérer complètement du docteur Upper : il pensait au fond de lui qu'il avait commis un acte dégoûtant pour lequel il recevrait certainement un châtiment approprié. Cependant, lorsqu'il arriva à la gare la plus proche de Saint Columb Hall, les parents Glasson l'accueillirent avec plus de chaleur qu'ils ne lui en avaient jamais montré jusque-là. Sa tâche la plus difficile fut finalement d'embrasser Ismay avec le genre d'affection approprié — comme un prétendant accepté plutôt que comme un séducteur trop heureux. Personne n'aborda le sujet qui les préoccupait tous jusqu'à ce qu'ils eussent pris le thé. Avec une terrible nonchalance, Roderick Glasson suggéra ensuite à Francis de faire une promenade.

Tout ce qu'il lui dit pendant leur petite marche, il le répéta des dizaines de fois par la suite, ses intentions devenant plus claires à chaque fois. C'était dommage que les choses aient été un peu prématurées, mais Francis devait se rendre compte qu'on était en 1935 et non plus à l'époque rigoriste de la reine Victoria ; avec un peu d'adresse, on pouvait tout arranger. Le mariage aurait lieu dans une quinzaine de jours ; les bans avaient déjà été publiés dans l'église paroissiale. Ce serait une cérémonie discrète : pas plus de soixante à soixante-dix personnes. Puis Ismay et Francis partiraient quelque part en un voyage de noces prolongé et quand ils reviendraient, environ un an plus tard, qui se douterait de quelque chose ? Et qui cela regardait-il, d'ailleurs, à part la famille ?

Francis se rendit compte que c'était là une voie qui avait déjà été empruntée dans l'histoire de sa famille, mais Roderick Glasson n'aurait pu savoir pourquoi elle lui glaça à ce point le sang. Victoria Cameron lui avait en effet révélé autrefois que ses parents étaient rentrés d'un voyage de noces similaire avec le Fou ! Oh, mon Dieu ! Cet enfant serait-il un monstre, lui aussi ? Serait-il porteur de cette lourde hérédité ? La raison lui disait que non, mais le côté mystificateur de son esprit remettait la raison à sa place. Le Fou représentait-il le châtiment d'un péché ? Il n'osa imaginer ce que celui-ci pouvait être car il était certain que ses parents ne s'étaient pas fourrés dans le même pétrin qu'Ismay et lui. Tout ce qu'il savait d'eux contredisait pareille hypothèse. En tout cas, il était incontestablement le fils de son père : sa figure, celle des Cornish, le prouvait clairement. Le Fou devait avoir été une sorte de malchance. Oui, mais de quelle sorte ?

Bien qu'incohérentes, superstitieuses, irrationnelles, toutes ces torturantes conjectures n'en étaient pas moins réelles. Et que voulait dire ce télégramme qui lui parvint du Canada ?

REÇU NOUVELLES DE RODERICK ENVOYONS FÉLICITATIONS ET MEILLEURS VŒUX IMPOSSIBLE ASSISTER AU MARIAGE SOIS TRÈS PRUDENT POUR TOUTES LES QUESTIONS D'ARGENT. PAPA.

Les questions d'argent ? On lui avait déjà fait quelques allusions à ce sujet. Les Glasson, lui avait expliqué Roderick lors d'une autre promenade, tiraient le diable par la queue, comme tous les autres propriétaires terriens. Des loyers qui n'avaient pas suivi l'augmentation des dépenses ; des impôts écrasants ; impossibilité de survivre sans de gros investissements dans l'équipement agricole. Il fallait absolument remettre de l'argent dans l'exploitation si l'on voulait éviter d'avoir à vendre de vastes portions de terre qui faisaient partie du patrimoine des Glasson depuis des générations. Non pas que ces ventes combleraient pour longtemps le déficit. Roderick avait courageusement scruté l'avenir et il ne voyait qu'un seul espoir pour Saint Columb Hall et son domaine : un apport d'argent frais. Il n'y avait qu'un seul choix : c'était un refinancement substantiel maintenant... ou la ruine à plus ou moins longue échéance.

Francis avait-il jamais pensé à l'agriculture ? Non, jamais, en fait. Il n'avait pas envie d'être propriétaire terrien ou fermier.

Roderick éclata d'un rire quasi musical. Il n'était pas question de ça. Il léguerait la propriété à Roderick, son unique fils. Non pas qu'il y fût obligé par la loi, mais c'était la tradition. Cependant, le jeune Roderick avait décidé de faire carrière à Whitehall et il semblait d'ailleurs avoir des dons pour cela. Bon, mais si Francis et Ismay vivaient dans une très belle dépendance — une simple supposition, bien sûr — et si Roderick et Prudence habitaient le manoir jusqu'à ce qu'ils fussent inévitablement obligés de quitter cette terre (ici Glasson père fit montre d'une acceptation virile de la vieillesse et de la mort, presque à la manière d'un médiocre acteur du répertoire), il serait possible de refinancer complètement le domaine ; ainsi, ce bien familial — Francis était déjà un cousin et bientôt il ferait doublement partie de la famille — connaîtrait un renouveau dans les meilleures conditions possibles. Francis n'aurait pas à se tracasser au sujet de la ferme ; Roderick connaissait l'agriculture comme sa poche et ils avaient en outre un très bon régisseur qui, avec l'appui de réelles ressources financières, aurait vite fait de mettre les affaires parfaitement en ordre. Un jour, le jeune Roderick reviendrait à Saint Columb et, de toute façon, il pourrait toujours compter sur le domaine. Francis pouvait faire ce qu'il voulait. Peindre, s'il en avait envie. Ou s'amuser à étudier l'histoire et les légendes de Cornouailles. Il serait ce que

Roderick pensait s'appeler un associé commanditaire. Cependant, il ne fut pas précisé ce qu'y gagnerait ce dernier, à part une satisfaction morale.

Peu à peu, Francis commençait à comprendre. Voilà donc pourquoi les Glasson se montraient si philosophes au sujet du faux pas d'Ismay pour lequel, autrement, ils auraient fait un esclandre. Ismay lui coûterait un million de dollars canadiens, avec des intérêts cumulés, car Francis n'avait que peu touché à ses revenus. Bien entendu, les Glasson savaient tout cela ; les Cornish de Chegwidden devaient avoir bavardé et, probablement, exagéré. Un million de dollars canadiens était une somme beaucoup plus importante que deux cent mille livres sterling qui, pour des gens comme les Glasson, représentaient une richesse illimitée.

Ça, c'était une partie du prix à payer. Ensuite, il y aurait l'esclavage d'une vie dans une dépendance, à l'ombre de Saint Columb et de Chegwidden, libre de peindre et de rêver aux mythes s'il était assez bête pour vouloir faire une chose pareille. Il aurait le rôle de bailleur de fonds, c'était clair. D'autres enfants, sans doute. Mais un tel destin pouvait être évité. Les Glasson ne pouvaient pas le piéger dans ce domaine. Après avoir douloureusement et honnêtement réfléchi, Francis dut reconnaître que c'était vraiment l'argent qui comptait le plus et il parvint à la honteuse conclusion qu'il voulait Ismay, mais pas à ce prix-là.

Toutefois, comme aimait à le dire grand-père McRory, personne n'a votre argent tant qu'il est dans votre poche. Roderick Glasson semblait penser que cet argent lui serait donné en un paiement unique. Francis lui fit comprendre que tout ce qu'il lui était possible de faire, en l'état actuel des choses, c'était de lui verser quatre mille livres par trimestre pendant la première année. C'était un mensonge, car non seulement il avait le substantiel héritage de son grand-père mais il recevait aussi suffisamment de fonds du fidéicommis qui comprenait ses tantes et sa mère pour constituer en eux-mêmes de confortables revenus. Mais tandis que, assis dans sa chambre, Francis faisait ses calculs, il fut surpris de découvrir à quel point il aimait l'argent et combien il répugnait à en lâcher la moindre parcelle. Quand il annonça ses conditions à son oncle, le visage de celui-ci s'allongea, mais comme Roderick n'avait aucun moyen de savoir quelle était la fortune réelle de Francis, il fallait qu'il se contentât de ce qu'on lui offrait. Après tout, fit remarquer Francis, il aurait aussi à entretenir Ismay et probablement la tante Prudence quelque part sur le continent pendant près d'un an, et cela aussi grèverait ses revenus. Il ne fallait jamais entamer son capital, expliqua-t-il. À ceci, Roderick répondit en hochant solennellement la tête : il ne savait que trop bien que lui-même avait entamé le sien au point de le rendre presque inexistant et que c'était cela qui l'avait mis dans la situation présente. Il resta néanmoins optimiste ; après la première année, les choses pouvaient changer.

Ismay et Prudence sur le continent ? fit Roderick quand son cerveau eut enregistré. Mais où serait Francis ? À Oxford, répondit ce dernier. Il était bien décidé à ne pas sacrifier son diplôme ; or, il avait une autre année d'études devant lui. Mais pourquoi avait-il besoin d'un diplôme ? Celui-ci ne lui servirait à rien s'il menait la vie d'un propriétaire terrien. Roderick n'en avait pas, lui ; il avait quitté la Navy pour assumer les splendeurs et les misères de Saint Columb quand il en avait hérité et il n'avait jamais éprouvé le besoin d'avoir une formation universitaire. Ismay intervint alors dans cette courtoise dispute : elle aussi voulait terminer ses études et obtenir quelque peau d'âne. Francis avait également réfléchi à cette question. Ismay ne pouvait pas retourner à Oxford : les collèges n'aimaient pas les étudiants mariés, ce qui se comprenait. Cependant, elle pouvait aller sur le continent et continuer ses études de langues modernes d'une façon très efficace à Lausanne et vivre non loin de la ville, à Montreux. Les universités continentales accordaient moins d'attention individuelle à leurs étudiants qu'Oxford. Pareil séjour à l'étranger permettrait de dissimuler l'arrivée prématurée de l'enfant, ce qui était un autre avantage. Il paierait tous les frais — dans les limites du raisonnable.

« Tu as vraiment tout prévu, lui dit Ismay à un moment où ils étaient seuls. Pour ce qui est de la tactique, tu les as battus à plate couture. »

Il y avait de l'admiration dans sa voix.

« Ce n'est qu'un projet à court terme, répondit-il, mais il nous donne un an pour réfléchir à ce que nous voulons faire. Je n'ai aucune envie de m'installer ici et de devenir « Francis Cornish qui peint des paysages pleins de sensibilité dans la lignée de B. W. Leader. »

En fait, Francis pensait au service de renseignements. Il n'avait pas soufflé mot de cette possibilité à Ismay et était bien décidé à ne pas en parler s'il pouvait l'éviter. Dans son cœur et dans son esprit, Ismay la Promise, pour ne pas dire l'Inévitable, était en train de remplacer Ismay la Désirée et il y avait certaines choses qu'il devait lui cacher. Elle était pire qu'une femme indiscrète : elle faisait des allusions. Elle aimait éveiller la curiosité au sujet de choses dangereuses.

Ces délibérations familiales avaient lieu le soir après que la tante Prudence et, dans une moindre mesure, l'oncle Roderick avaient trimé toute la journée à organiser le mariage. Il y avait tant à faire ! Et tout cela avec très peu d'argent. Les Glasson, en effet, avaient déclaré que ce serait inexcusable, voire malheureux, si Francis participait aux frais de la cérémonie. Ils adoraient l'excitation de ces préparatifs tout en disant qu'ils ne savaient pas comment ils allaient survivre à une autre journée comme celle qu'ils venaient de passer.

Deux soirs avant le mariage, Francis et Ismay réussirent à échapper au tohu-bohu et à aller se promener. C'était le crépuscule. Le ciel, dont la couleur rappelait à Francis celle du manteau que le Temps et la Vérité déploient si efficacement dans l'*Allégorie* de Bronzino, était en train de s'obscurcir.

« Tu te sens piégé, n'est-ce pas ? demanda Ismay.

— Et toi ?

— Oui, mais moi je suis piégée physiquement, à cause de ce gosse. Je ne peux rien faire avant qu'il soit né. Toi, tu n'es pas piégé de cette façon.

— En effet, mais j'ai une obligation. C'est évident, non ? En dehors du fait que je t'aime et que je veux t'épouser, bien sûr.

— Oh, Frank ! Ce que tu peux être vieux jeu et collet

monté ! Je frémis à la pensée de l'éducation que tu as dû recevoir dans ton enfance. Il te reste encore une chance.

— Que veux-tu dire ?

— Tu peux encore te défiler.

— Quoi ? T'abandonner ? Maintenant ?

— Ce ne serait pas la première fois qu'on verrait une chose pareille.

— Cela me serait impossible. J'aurais l'impression d'être un parfait salaud.

— Moi, je ne te jugerais pas.

— Cela ne changerait rien.

— Eh bien, comme tu voudras, mon cher. Il s'agit de ta vie.

— Je suis très surpris que tu puisses me croire capable de te laisser tomber.

— Ne viens pas me dire plus tard que je ne t'ai pas donné ta chance.

— Tu es vraiment une dure à cuire, Ismay.

— Et pas la princesse celte de tes rêves ? Peut-être que je ressemble plus à une princesse celte, telles qu'elles existaient dans la réalité, que tu ne le crois. D'après ce que j'ai cru comprendre, elles pouvaient être très dures, elles aussi. »

Le jour du mariage, des voisins arrivèrent de tous les coins de la région : des familles de propriétaires terriens, des notables, des métayers de Saint Columb (que le régisseur avait pour ainsi dire forcés à offrir au jeune couple une pendule gravée de quelque devise féodale dûment modifiée pour la circonstance), le genre de vieilles femmes qui assiste à tous les mariages et à tous les enterrements sans distinction de classe, et l'évêque de Truro, qui ne célébra pas l'office, mais donna sa bénédiction à la fin de la cérémonie. Exceptionnellement propre et soignée, vêtue d'un blanc virginal, Ismay était si jolie que Francis en fut tout remué. Le pasteur local qui les unit appartenait à l'échelon le plus bas de la Basse Église. Il insista sur l'exhortation rituelle qui demande aux époux de s'engager par les liens sacrés du mariage non pas dans un esprit impudique à seule fin de satisfaire les appétits charnels de l'homme comme des bêtes dénuées de raison, mais dans l'intention d'engendrer des enfants. Il débita tout ceci d'un air si dégoûté qu'il effraya les deux sœurs d'Ismay, Isabel et Amabel, toutes de blanc vêtues pour symboliser la virginité sous sa forme la plus charnelle et la plus crue, et fit se demander aux Glasson et à Francis si le brave homme ne se doutait pas de quelque chose. Cependant, la cérémonie fut bientôt terminée. On chanta *The Voice That Breathed o'er Eden* et l'évêque fit son petit discours. Désormais, Francis et Ismay pouvaient coucher légitimement ensemble.

Si Francis n'avait pas trop souffert de la cérémonie religieuse, il eut du mal à supporter l'épreuve du repas de noce. Comme il faisait assez beau, celui-ci eut lieu sur la pelouse de Saint Columb. Roderick Glasson junior, l'un des garçons d'honneur, en assumait la direction. Il mena son affaire comme quelqu'un qui ambitionne un poste à Whitehall, exigeant une grande précision dans le protocole et ne manifestant de l'enthousiasme que dans la mesure où celui-ci était compatible avec la notion qu'il avait de l'élégance, c'est-à-dire fort peu.

On pouvait déjà se faire une très bonne idée de ce qu'il serait à quarante-cinq ans. Il lut, comme un fonctionnaire communiquant à un supérieur quelque note épineuse, un certain nombre de télégrammes de félicitations dont la plupart venaient du Canada et deux ou trois d'amis oxoniens. Ces derniers messages exigèrent une certaine censure. L'oncle Arthur Cornish porta un toast à la mariée. Il décrivit Ismay en des termes qui firent pouffer la jeune fille d'une manière inconvenante et glacèrent Francis qui y détecta des allusions à sa fortune et la satisfaction que celle-ci restât dans la famille. Francis répondit brièvement. Il fit des protestations insincères d'humilité et de gratitude envers les parents de la mariée qui apprécièrent beaucoup cette partie de son discours, mais jugèrent qu'il aurait pu exprimer ces choses avec encore plus de force. Pendant qu'il parlait, Francis eut à dominer des murmures parmi les invités qui ne le connaissaient pas. « C'est un Américain ? chuchota quelqu'un. Personne ne m'avait dit qu'il était américain. » « Il n'est pas américain, mais canadien. » « Quelle est la différence ? » « Ils sont plus susceptibles. »

« Il paraît qu'il est très riche. » « Ah bon, c'est donc pour ça. » Puis le garçon d'honneur porta un toast aux demoiselles d'honneur. Il déclara d'un ton espiègle que puisque c'étaient ses petites sœurs il ne pouvait pas en dire trop de bien, mais espérait qu'elles s'amélioreraient. Les demoiselles d'honneur prirent ces plaisanteries avec un visage cramoisi et de fréquents murmures : « Oh, arrête, Roddy. » Roderick relata l'histoire de la vipère morte que ses sœurs et lui avaient mise dans le lit du marié. Le vieux George Trethewey, un cousin pas très aimé, cria alors d'une voix avinée qu'ils y avaient mis quelque chose de drôlement plus agréablement maintenant — remarque indécente qui fut aussitôt condamnée par des regards sévères dans sa direction. Finalement, le métayer de la plus grande ferme de Saint Columb but à la santé du jeune couple ; il se montra quelque peu indiscret en faisant entendre que l'apport de sang nouveau (il ne dit pas « argent frais ») à la famille augurait bien pour l'avenir de l'agriculture dans le domaine. Enfin, ce fut terminé. Le gâteau de mariage avait été entamé et distribué, toutes les mains avaient été serrées. Debout à la porte d'entrée, la mariée avait lancé son bouquet avec une telle force qu'Amabel le reçut en pleine figure. Puis, dans une voiture de location, le couple partit en hâte vers Truro où il devait prendre un train.

À Lausanne, Ismay n'eut aucun mal à s'inscrire à l'université et à obtenir des équivalences pour l'année qu'elle avait déjà faite à Oxford. À Montreux, ils trouvèrent facilement une pension qui offrait un séjour et une chambre à coucher ; cette dernière contenait un canapé sur lequel Ismay ou la tante Prudence pouvait dormir quand elles occupaient cette habitation ensemble. Mais tout ceci coûtait de l'argent et Francis, scandalisé par cette lente hémorragie nouvelle pour lui, — cela, en outre, pour des motifs peu conformes à ses désirs — connut déjà quelques-unes de ces crises d'avarice qui se reproduiraient souvent par la suite. La pingrerie n'embellit pas et Ismay lui fit remarquer qu'il commençait à avoir une figure en lame de couteau.

Sa vie avec Ismay était agréable, mais elle n'avait plus du

tout le lustre d'autrefois. Ismay était plus belle que jamais ; le peu de soin avec lequel elle s'était toujours vêtue semblait être à présent un noble dédain pour les futilités. Seul un œil très exercé aurait pu discerner qu'elle était enceinte. Nue, elle avait cependant une opulence nouvelle et Francis la dessinait aussi souvent que possible. Un corps de femme vraiment beau devrait avoir la forme d'un violoncelle, disait-il, en caressant le ventre gonflé de son épouse d'un geste appréciateur. Cependant, tout en continuant à aimer Ismay, il avait cessé de la vénérer. Parfois ils se disputaient car le langage cru d'Ismay, qui lui avait paru si charmant autrefois, lui tapait sur les nerfs maintenant.

« Si tu n'aimais pas ma façon de parler, tu n'aurais pas dû me mettre en cloque.

— Je déteste t'entendre employer des expressions pareilles, comme si nous étions le genre de personnes à qui cela est naturel. Si tu veux être obscène, sois-le, mais pour l'amour du Ciel, ne sois pas vulgaire. »

Irritée, Ismay répondait à cette sorte de remarques en chantant la chanson d'Ophélie avec l'accent cockney :

> *B'Jeez and by Saint Charity,*
> *Alack and fie for shame !*
> *Young men will do't, if they come to't ;*
> *By cock, they are to blame.*
> *Quoth she, before you tumbled me,*
> *You promised me to wed,*
> *So would I ha'done, by yonder sun,*
> *An thou hadst not come to my bed.*

> Par la très Sainte Charité
> Et tant pis pour la honte !
> Garçon le fera s'il en est tenté
> Mais pour elle c'est grand mécompte.
> Dit-elle : avant de me trousser
> Vous promîtes de m'épouser.

Alors lui :

> Je n'ai pas commis de délit :
> Tu m'as précédé dans le lit.

« Ça, il devrait l'accepter, murmurait-elle en aparté. C'est du Shakespeare. Ce bon vieux Shakes, le chouchou de l'OUDS. Jamais vulgaire, lui. Pour avoir de la classe, il en avait, le vieux Shakes ! »

Francis ne pouvait s'attarder à Montreux. Il devait retourner à Oxford, et c'est ce qu'il fit, au dernier moment, juste avant le début du trimestre d'automne. Il avait tout gâché avec Ismay, se disait-il. Non pas qu'il regrettât de l'avoir épousée, mais cette union aurait dû venir plus tard. Maintenant il devait la quitter alors qu'elle avait sûrement besoin de lui — quoiqu'elle eût été assez calme au moment de son départ. Et puis, la tante Prudence allait venir la rejoindre dans quelques semaines. Il ne connaissait rien à la chose, mais il avait la vague impression qu'une femme enceinte avait besoin que son mari fût près d'elle pour courir lui chercher des conserves au vinaigre ou de la glace s'il lui prenait l'envie d'en manger au beau milieu de la nuit ou pour s'extasier sur la nouvelle vie qui se formait dans son ventre. Quand il lui avait expliqué qu'il devait rentrer en Angleterre, le médecin de Montreux avait pris la nouvelle avec philosophie et assuré que tout irait très bien. Il fallait que tout aille bien. Francis était résolu à obtenir son diplôme et cela avec la meilleure mention dont il serait capable. Ce n'était pas cet incident de parcours qui allait l'en priver. Il se mit donc au travail et bûcha très dur, renonçant presque entièrement au dessin et à la peinture et résistant à la tentation d'aider un décorateur de renom à préparer une représentation en plein air de *La Tempête* pour l'O.U.D.S.

Il put passer Noël avec Ismay. Elle était maintenant visiblement enceinte et encore plus visiblement une étudiante européenne : elle s'était habituée à parler français plutôt qu'anglais et était plongée jusqu'au cou dans l'étude de l'espagnol. À partir du moment où elle avait réussi à convaincre sa mère de rentrer en Angleterre et de cesser de se tracasser pour elle, elle s'était beaucoup amusée. La sorte de vie qu'elle menait à présent lui convenait bien mieux que le formalisme d'Oxford. Ils passèrent une grande partie de leurs vacances, très paisibles dans l'ensemble, à étudier et à fumer d'innombrables cigarettes malodorantes dans le séjour d'Ismay. Ils ne conversaient qu'en français. Ismay aimait l'accent traînant de Francis. Elle jugeait que celui-ci était « populaire », ce qui, dans sa bouche, était un compliment.

Il revint auprès d'elle en février, au moment de la naissance de l'enfant. Les pensions n'étant pas équipées pour des accouchements, Ismay était dans une petite clinique privée très chère. La tante Prudence était là, elle aussi. Il en résulta une cohabitation assez gênante dans les chambres de la pension. Francis traîna le canapé de la chambre à coucher dans le séjour pour dormir dessus et la tante Prudence, quoique parfaitement consciente que le privilège d'avoir un lit était dû à son sexe et à son âge, ne s'en accusait pas moins tous les jours d'embêter son gendre.

L'enfant naquit sans incident, mais sa grand-mère et son père manifestèrent le genre d'anxiété qui accompagne généralement cet événement. En fait, Francis fut malade d'appréhension jusqu'à ce qu'il vît la petite fille et reçût du médecin l'assurance que l'enfant était parfaite à tous les points de vue. Aurait-on pu s'attendre à autre chose ? Francis ne précisa pas les craintes qu'il avait eues.

« C'est le portrait craché de son père, déclara la tante Prudence en souriant à Francis.

— Oui, elle ressemble à son père », acquiesça Ismay en ne souriant à personne.

Pour Francis, le bébé était pareil à tous les nouveau-nés qu'il avait jamais vus, mais il se garda de le dire.

Le problème d'un nom pour l'enfant se posa presque tout de suite. Francis n'avait pas d'idées à ce sujet. Ismay avait peut-être un instinct maternel plus développé qu'elle ne voulait l'admettre. Alors qu'elle allaitait sa fille, elle suggéra :

« Appelons-la Charlotte.

— D'accord, mais pourquoi ?

— D'après le nom de son père. »

Francis parut surpris.

« Frank, cela fait longtemps que j'essaie de te le dire, mais cela ne semblait jamais être le bon moment. Eh bien, voilà : cette petite est l'enfant de Charlie. »

Francis avait toujours l'air aussi étonné.

« Je t'assure. C'est une certitude. Nous étions très intimes avant qu'il ne foute le camp.

— Et tu m'as embobiné pour donner un père légitime à l'enfant de Charlie ?

— C'est un peu ça, mais je l'ai vraiment fait à contre-cœur, crois-moi. Tu es si gentil et tu t'es conduit admirablement. Cependant, il y a une différence fondamentale entre Charlie et toi ; lui, c'est le genre d'homme qui crée les événements, tandis que toi, tu les subis. Entre vous deux, mon choix est fait. N'oublie pas qu'avant le mariage je t'ai donné l'occasion de t'échapper, mais tu as décidé de ne pas en profiter. Ce bébé est l'enfant de Charlie.

— Est-ce que Charlie est au courant ?

— Je ne crois pas qu'il le soit et, même s'il l'était, je suppose qu'il s'en foutrait. Comme tu le sais, cela commence à chauffer en Espagne. Donc, même s'il était au courant, il ne pourrait rien faire à ce sujet. Il a d'autres chats à fouetter.

— Ismay, cette histoire, c'est vraiment le bouquet !

— Je pensais bien que tu serais fâché et je voulais vraiment te le dire avant, mais tu vois ce qui s'est passé. Je voulais être franche avec toi, et maintenant, j'ai fini par l'être.

— Ah bon ? Tu appelles ça être franche, Ismay ? Eh bien, qu'est-ce que ça doit être quand tu ne l'es pas ! »

Il retourna à Oxford, malheureux et vaincu en ce qui concernait son mariage, mais animé, en compensation, de l'ambition féroce de passer brillamment ses examens au mois de juin. Personne ne peut préparer les examens de dernière année en se mettant à bûcher comme un fou dix semaines avant la date fatidique ; il faut avoir commencé au moins deux ans plus tôt. C'est ce qu'avait fait Francis. Il put donc consacrer le dernier trimestre à se perfectionner au lieu d'avoir à acquérir des connaissances de base. Son directeur d'études était content de lui — dans la mesure où un directeur d'études admet une chose pareille — et entreprit de parachever sa formation. Résultat : quand Francis eut passé les épreuves et attendu le temps nécessaire à la lecture et à l'appréciation des copies, il eut la satisfaction de lire son nom dans la colonne des mentions « très bien ». Il envoya un télégramme au Canada et, le lendemain, reçut la réponse suivante : « Félicitations. Baisers pour Ismay et pour Charlotte. » Ses parents, apparemment, les voyaient comme un heureux trio, une Sainte Famille dotée d'un adorable bébé Cadum qui ignorait tout du succès remporté par son père.

Ismay et l'enfant étaient à Saint Columb, la tante Prudence ayant déclaré qu'une nourriture saine et l'air de la campagne étaient exactement ce qu'il leur fallait. Ce fut donc à l'adresse du manoir que Francis envoya son second télégramme annonçant sa réussite universitaire. Le lendemain, il eut la surprise de recevoir un coup de fil. Le téléphone n'était pas le moyen de communication préféré des Glasson et Oxford, avec sa large population d'étudiants et sa pénurie de téléphones, n'était pas un endroit facile à joindre. Néanmoins, l'oncle Roderick appela et le portier de Corpus Christi parvint à trouver Francis. Et ce fut dans la loge, pendant qu'un jeune étudiant achetait un timbre et qu'un autre demandait où se trouvait sa bicyclette, que Francis entendit la voix lointaine et piaulante de son oncle lui dire qu'Ismay n'était pas à Saint Columb ; elle leur avait dit qu'elle allait quelques jours à Oxford pour le voir. Il y avait déjà une semaine de cela. N'était-elle pas avec lui ?

Le lendemain, Francis reçut la lettre suivante de Lausanne :

Cher Frank,

Cela ne sert à rien de faire semblant de croire que quelque chose marchera alors qu'on sait pertinemment que c'est impossible. Quand cette lettre te parviendra, je serai en Espagne. Je sais où est Charlie et je vais le rejoindre. N'essaie pas de me retrouver : tu n'y arriverais pas. Mais ne t'inquiète pas : tout ira bien pour moi. Dans le cas contraire, cela voudra dire que je me suis lourdement trompée sur une cause qui compte plus pour moi que toute considération personnelle. Tu es le meilleur des hommes, je le sais. Tu ne laisseras pas tomber la petite Charlotte. Bien entendu, quand je reviendrai (si je reviens), je m'en occuperai de nouveau. Désolée pour l'argent, mais je pense que tu es vraiment trop attaché à tes sous. C'est mauvais pour toi. T'embrasse.

Ismay.

L'argent dont elle parlait était une certaine somme qu'il avait mise pour elle sur un compte. Il découvrit qu'elle l'avait entièrement tirée.

« Je voudrais tabasser une femme avec mes poings. Si cela vous intéresse, quel serait votre prix ? »

Francis avait posé cette question à huit prostituées de Picadilly et reçu huit refus qui allaient de l'amusement à l'indignation. De toute évidence, il n'avait pas choisi le bon quartier. Ces filles, dont la plupart étaient jolies et fragiles, étaient des putains de luxe ; elles n'avaient pas assez faim pour accepter sa proposition. Il s'enfonça dans le dédale des rues de Soho et là, à sa quatrième tentative, il fut plus heureux.

C'était une femme dans la quarantaine, plutôt corpulente, aux cheveux mal teints, vêtue d'une robe bordée de fausse fourrure. Sous son épais maquillage, elle avait une figure stupide mais bonasse.

« Je ne sais pas quoi vous dire. Évidemment, j'ai déjà eu des messieurs qui avaient des goûts spéciaux, mais d'habitude, c'est eux qui veulent être battus. Quelques coups et des paroles dures. Mais là, je ne sais vraiment pas. Avec les poings, vous dites ?

— Oui, les poings.

— Il faut que je réfléchisse, ou, plutôt, que j'en parle à mon ami. Vous avez un instant ? »

De son profond décolleté, elle tira un crucifix qui, lorsqu'elle le porta à ses lèvres, se révéla être un petit sifflet suspendu à une chaîne. Elle siffla discrètement deux fois.

Peu après, Francis vit apparaître un petit homme brun habillé d'une manière discrète et coiffé d'un feutre noir de chef d'État. La femme lui murmura quelque chose.

« Est-ce que vous frapperiez très fort ? demanda l'homme.

— Difficile à dire d'avance.

— Cela pourrait revenir très cher. Des dents cassées, par exemple. Ou des bleus. Cela pourrait l'empêcher de travailler pendant quinze jours. Non, il nous est impossible de donner suite à votre demande, du moins à un prix abordable.

— Est-ce qu'un seul coup de poing vous arrangerait ? demanda la femme qui semblait compatissante. Un bon coup de poing pour dix livres, disons.

— Vingt », rectifia l'homme en toute hâte.

Ils se rendirent dans l'appartement de la femme situé non loin de là.

« Comme vous le comprendrez, il faut que je reste ici, dit l'homme. Vous n'êtes pas un client ordinaire. Vous risquez de vous laisser emporter, de perdre le contrôle de vous-même. Ma présence ici est nécessaire, pour votre bien à tous les deux. »

Avec des gestes rapides et professionnels, la femme commençait à se déshabiller.

« Ce n'est pas la peine, déclara Francis.

— Oh si, je pense que c'est mieux, dit l'homme. Je dirais même que c'est nécessaire, puisque vous payez. C'est plus professionnel, vous comprenez. Le costume d'Ève, c'est son vêtement de travail, pas vrai ?

— O.K. Je suis prête », dit la femme, maintenant nue, en s'arc-boutant sur ses jambes épaisses.

Avec un œil d'embaumeur, Francis vit qu'elle avait une cicatrice due à une opération de l'appendicite, une de ces cicatrices à la mode d'autrefois qui ressemblent à un cafard aux pattes étendues.

Francis leva le poing. Pour attiser sa colère, il pensa très fort à Ismay. À Ismay dans son attitude la plus agressive, la plus narquoise, dans son aspect le plus débraillé. Mais rien ne vint. C'était le Fou qui dominait ses émotions, non pas en tant qu'image, mais en tant qu'influence. Il était incapable de frapper. Soudain, il s'assit sur le lit et, à sa grande honte, éclata en sanglots.

« Oh, le pauvre garçon ! compatit la femme. Tu ne peux pas, chéri ? » Elle poussa une boîte de mouchoirs en papier dans sa direction. « Ne te tracasse pas pour ça. Il y en a beaucoup qui ne peuvent pas, physiquement, je veux dire. Et ils ont de bonnes raisons pour ça.

— Il a besoin d'un verre, déclara l'homme.

— Non, d'une tasse de thé, le contredit la femme. Branche la bouilloire, Jimsie. Allez, calme-toi, chéri, et raconte-moi tout. » Elle s'assit sur le lit et attira la tête de Francis sur sa volumineuse poitrine parfumée. « Qu'est-ce qu'elle t'a fait, hein ? Parce qu'elle t'a sûrement fait quelque chose. Allez, dis-le-moi. »

Francis se trouva donc assis à côté de la femme, qui avait passé un peignoir de soie garni d'une bordure de cygne assez mitée, et de son souteneur, ou mac, ou quel que fût le terme approprié pour désigner Jimsie, en train de boire un thé fort et brûlant et de donner à ses compagnons une version abrégée et édulcorée de ce qu'Ismay avait fait. La femme fit entendre des bruits réconfortants, mais ce fut Jimsie qui parla.

« C'est pas pour vous vexer, mais j'ai bien l'impression qu'elle vous a fait une drôle de crasse, dit-il. Pour quelle raison ? C'est ça qu'il faut se demander. Parce qu'il y a toujours une raison et, parfois, elle n'est pas évidente. Pourquoi a-t-elle agi ainsi, d'après vous ?

— Parce qu'elle en aime un autre, répondit Francis.

— L'amour, c'est de la merde ! affirma Jimsie. C'est un truc complètement vaseux qui ne fait que vous causer un tas de problèmes. »

Et tandis que le souteneur se mettait à disséquer l'amour tel qu'il le voyait à la fois en tant qu'homme et en tant que marchand de satisfaction sexuelle, Francis crut entendre la voix de Tancrède Saraceni en train de lui expliquer l'*Allégorie* de Bronzino. Alors qu'il pensait au tableau, le personnage qui lui apparut le plus nettement, ce fut celui de la bête à tête de femme, griffes de lion et queue de dragon qui, de ses mains tendues, offre à la fois la douceur et l'amertume. Le personnage appelé la Tromperie. Il dut avoir murmuré ce nom car la femme s'écria :

« Une tromperie ? Je veux, oui ! C'était vraiment une saloperie de t'abandonner comme ça, avec le bébé. »

Quand enfin Francis fut en état de repartir, il offrit à la prostituée deux billets de dix livres.

« Oh, non, mon petit, protesta-t-elle, je ne peux pas accepter. Tu ne l'as jamais donné, ton coup de poing. Si tu m'avais flanqué une beigne, j'aurais trouvé ça normal, remarque.

— Non, non, un accord est un accord, même si les conditions ne sont pas réalisées, fit Jimsie en prenant les billets d'un geste rapide, mais délicat. Et puis il faut tenir compte du temps passé avec vous. Je vous dirai toutefois une chose, monsieur. Votre comportement, ce soir, est à votre honneur. Vous vous êtes conduit comme un gentleman.

— Être un gentleman, c'est de la merde », dit Francis, puis il regretta ses paroles.

Là-dessus, il serra la main à l'homme et à la femme et dévala l'escalier.

Les locaux de sir Geoffrey Duveen and Company étaient d'une élégance intimidante. Francis n'aurait jamais osé y entrer si le colonel Copplestone ne lui avait donné rendez-vous en ce lieu. Les termes de son message suggéraient qu'il s'agissait d'une affaire importante. C'était exactement ce dont Francis avait besoin. Il ne s'était pas senti aussi insignifiant, aussi diminué, aussi exploité depuis l'époque de Carlyle Rural. Il se présenta chez le célèbre marchand d'art londonien dans une tenue chic et avec une grande ponctualité. Le colonel l'attendait dans une petite pièce lambrissée dans laquelle pendaient trois tableaux. Francis les regarda, les yeux écarquillés. C'était là le genre de toiles que seuls pouvaient s'offrir de très riches collectionneurs.

« Mais vous avez été reçu à votre examen. Avec une

mention très bien, en plus. Je l'ai lu dans le *Times*. Rappelez-moi donc la nature exacte de ce diplôme. »

Le colonel semblait enclin à considérer les déboires conjugaux de Francis comme une affaire d'importance secondaire. Ce que ces vieux bonshommes pouvaient être insensibles !

« On l'appelle licence de lettres modernes, bien que son nom officiel soit Philosophie, Politique et Économie. J'ai surtout fait de la philosophie. Comme j'avais déjà un diplôme de grec et de latin, j'avais un certain avantage sur les étudiants qui travaillaient avec des traductions. Vous commencez avec Descartes, mais il est très utile de savoir ce qui s'est passé avant. Et des langues modernes : le français et l'allemand, en ce qui me concerne. En politique, nous avons surtout étudié le droit constitutionnel britannique. J'ai fait aussi peu d'économie que possible. Ce n'est pas exactement ma tasse de thé.

— Ah. Eh bien, vous n'avez pas perdu votre temps à Oxford. Ne vous laissez pas démoraliser par les ennuis d'ordre intime que vous avez actuellement. C'est douloureux, bien sûr, mais je vais vous proposer un travail qui vous les fera oublier, ou presque.

— Dans le Service ?

— Oui. Pas en plein dedans, bien sûr. Ça, c'est pour des gars très différents de vous, mais quelque chose de légèrement en marge que vous pouvez faire très bien, je pense. En tout cas, mieux que toutes les autres personnes dont nous disposons actuellement. Je voudrais que vous travailliez avec Tancrède Saraceni.

— Est-il... ?

— Absolument pas. Et surtout ne lui laissez jamais deviner que vous l'êtes ou vous auriez de sérieux ennuis. Non, Saraceni joue un petit jeu bien à lui et auquel nous nous intéressons en ce moment. À propos, pas mal de gens, qui croient à ce genre de choses, pensent qu'il a le mauvais œil. Personnellement, je pense que ce n'est pas impossible, alors, faites attention à vous. Vous m'avez dit qu'il vous avait proposé de travailler avec lui pour apprendre son art ?

— Oui, mais je ne suis pas sûr de vouloir le faire. Je

veux être peintre et non pas un artisan qui rafistole des tableaux qu'on a laissés s'abîmer.

— Oui, mais le Service veut que quelqu'un soit avec Saraceni pendant le travail qu'il fait actuellement. Avez-vous entendu parler de la collection Düsterstein ?

— Non, jamais.

— Elle n'est pas très connue. Ici, chez Duveen, on la connaît, bien sûr, mais cela fait partie de leur métier. Il s'agit d'un grand nombre d'œuvres de la Renaissance, de la post-Renaissance et de la Contre-Réforme. Bien qu'elles ne soient pas toutes de première qualité, elles n'en sont pas moins remarquables et elles se trouvent à Schloss Düster-stein, dans la Basse Bavière, à une centaine de kilomètres de Munich. Elles appartiennent à la Gräfin von Ingelheim. Celle-ci veut les faire parfaitement restaurer en vue de les vendre. Il ne s'agit pas d'une braderie, vous comprenez, mais de ventes graduelles et très exclusives qui devraient rapporter beaucoup d'argent. Nous aimerions savoir à qui vont ces tableaux. La Gräfin a persuadé Saraceni de se charger de leur restauration. Il est censé exécuter ce travail discrètement, sans pour cela en faire un secret. Saraceni a besoin d'un assistant et nous aimerions que celui-ci soit un membre du Service. Vous êtes tout désigné pour remplir ce rôle, mon garçon.

— Est-ce à vous que j'aurai à rendre compte ? Mais que vous dirai-je ? Et comment ?

— Non, vous ne m'enverrez pas de rapports écrits, à moins qu'il ne se passe quelque chose d'absolument extraordinaire. Mais vous reviendrez en Angleterre de temps en temps, n'est-ce pas ? Vous voudrez rendre visite à la petite Charlotte pour voir comment elle se développe. Sinon, quelle sorte de père seriez-vous ? Il y aura des rapports écrits, mais sous une autre forme. Cet après-midi, vous feriez bien d'aller à Harley Street. Sir Owen Williams-Owen vous prendra en consultation. Il examinera votre cœur et vous dira comment vous devrez lui écrire pour lui donner des nouvelles de votre santé. »

De toute évidence, oncle Jack prenait plaisir à faire des mystères. Francis jugea que la meilleure tactique, pour lui, était de jouer les comparses et d'attendre ses instructions.

« Williams-Owen est un excellent cardiologue. Il vous prescrira un régime et certaines règles de vie. Celles-ci comprendront des rapports réguliers sur le fonctionnement de votre cœur. Combien de battements à la minute après un effort physique — ce genre de choses. En fait, il s'agira d'une clé relative à des observations que nous voulons que vous fassiez sur certains trains. Schloss Düsterstein se trouve dans un immense domaine qui comprend des pâturages et un grand nombre de fermes. À moins de un kilomètre de la maison, du château ou comment vous voudrez l'appeler, il y a un embranchement. De là, une voie conduit à un vaste ensemble de baraquements — un camp de concentration, comme l'appelle lord Kitchener — vers lequel on amène de temps en temps, pas de façon régulière, mais toujours tard la nuit, une certaine quantité de wagons de marchandises et à bestiaux. On peut déterminer le nombre de voitures parce que le train roule très doucement — c'est ce qu'ils appellent un *Bummelzug*. À un moment donné, il traverse un croisement, produisant un bruit de roues très caractéristique. En tendant l'oreille, vous comptez le nombre de fois où vous entendez ce son, vous divisez ce chiffre par deux, et vous obtenez le nombre de fourgons qui ont passé ce point de jonction et se dirigent donc forcément vers le camp. Et c'est cela que, chaque quinze jours, vous rapportez à Williams-Owen, selon un plan qu'il vous expliquera, dans une lettre où vous pourrez vous plaindre et jouer les hypocondres autant qu'il vous plaira. Williams-Owen se chargera de transmettre le renseignement à qui de droit.

— C'est toujours mieux que de rester ici, à pleurer sur mon sort, je suppose.

— Beaucoup mieux. C'est votre premier travail professionnel. Je ne sais pas si vous vous en êtes rendu compte, mais vous avez une sacrée veine de l'obtenir.

— Oui, mais... Au diable la délicatesse ! Désolé d'être aussi sordide, mon oncle, mais... serai-je payé ?

— Comme je vous l'ai dit, ce boulot est un peu en marge et nous n'avons pas de poste budgétaire pour cela. Mais je pense que, dans quelque temps, vous recevrez une petite rémunération. Quoi qu'il en soit, n'essayez pas de me faire croire que vous avez besoin d'argent. J'ai entendu parler du testament de votre grand-père. Votre père l'a mentionné dans une de ses lettres.

— Je vois. Je suis stagiaire, en quelque sorte?

— Non, c'est un vrai travail, mais écoutez mon conseil, Francis : ne faites pas d'histoires au sujet de l'argent. Le Service n'a qu'un minuscule budget et il y a déjà des tas de gens qui se battent pour toucher trois sous. Quand il sera question de vous payer, je vous le dirai, vous pouvez compter sur moi. Mais, à défaut d'argent, je peux au moins vous offrir quelques renseignements. Nous savons où se trouve Charlie Fremantle.

— Est-elle avec lui?

— Je suppose que oui. Il est dans un coin très dangereux. Si ces deux jeunes gens comptent sur une vieillesse paisible, ils se font des illusions. Ah oui, et puis votre ami Buys-Bozzaris est mort.

— Quoi? Comment?

— Par imprudence. En fait, c'était un agent totalement inefficace. Son recrutement n'était pas sérieux. Charlie Fremantle est le seul poisson qu'il ait jamais ferré et même Charlie — qui est un idiot — a réussi à le duper au sujet d'une dette de jeu. Basil s'est donc trouvé dans une situation que nous pourrions qualifier d'intenable et, d'après toutes les apparences, il s'est tué avec son revolver.

— J'ai du mal à le croire. Je doute qu'il ait pu se blesser à mort, du moins volontairement.

— Vous avez peut-être raison. Quelqu'un l'a peut-être aidé. D'autres questions?

— Juste par curiosité, mon oncle : ces wagons de marchandises, que contiennent-ils?

— Des gens. »

« *Ton gars a de la chance d'être débarrassé d'Ismay, dit le Petit Zadkiel.*

— *Mon gars a eu de la chance de la rencontrer, rétorqua le démon Maimas. Ismay ne fait pas bonne figure dans l'histoire de Francis : elle apparaît comme une petite allu-*

meuse sans scrupules et un escroc en jupon. Si elle était restée avec lui, quelle sorte de vie conjugale auraient-ils eue ? Ils se seraient entre-déchirés comme chat et chien et Ismay n'aurait pas tardé à le tromper. Elle se croyait libre et cette idée-là crée inévitablement des problèmes.

— Certes. En fait, elle n'était qu'une auxiliaire de Charlie Fremantle, un aspect de son destin à lui. Des fous téméraires et écervelés comme Charlie trouvent toujours quelque femme prête à supporter n'importe quoi pour le servir lui et sa folie. C'est étrange, n'est-ce pas ? Ce phénomène se répète sans cesse dans mes biographies.

— Qu'est-ce qui l'attend en Espagne ? La fuite d'un taudis à un autre, toujours en danger, souvent sous les balles, en s'imaginant servir la cause du peuple — que ni elle ni Charlie n'auraient été capables de définir — alors qu'en réalité elle n'est que la femme et l'esclave de Charlie. Si la pitié était dans ma nature, je crois que je la plaindrais.

— Mais ce n'est pas le cas, n'est-ce pas, mon frère ? Tu ne plains même pas ce pauvre Francis à qui elle a brisé le cœur.

— Non, absolument pas. Un cœur n'est jamais vraiment solide jusqu'à ce qu'il ait été brisé et se soit raccommodé au moins une fois. Francis peut m'être reconnaissant de lui avoir trouvé une briseuse de cœurs aussi intéressante. Beaucoup d'hommes se laissent briser le cœur par des femmes totalement insignifiantes.

— Il savait pourtant qu'elle ne valait rien ou, plutôt, qu'elle ne lui valait rien. Que représentait-elle pour lui ?

— Tu te souviens sûrement de cette période dans la vie de Francis où il posait devant le miroir de sa chambre déguisé tant bien que mal en femme ? Bien qu'il n'en sût rien, il cherchait le Mariage Mystique. Il cherchait la femme en lui, pour pouvoir se réaliser complètement, et il pensait l'avoir trouvée en Ismay. Il ne fait aucun doute qu'il en trouva effectivement une partie en elle car elle était tout le contraire de lui. Elle avait des qualités qu'il ne posséderait jamais ; en outre, elle avait une beauté et un irrésistible charme débraillé qui lui firent aimer tout ce qu'elle faisait et tout ce qu'il savait d'elle. Je crois que j'ai bien fait d'élargir son horizon avec Ismay.

— *Comme lorsqu'elle lui a dit qu'il était le type d'homme qui subissait les événements au lieu de les provoquer ?*

— *Voyons, mon frère, tu ne t'es tout de même pas laissé prendre à cette vieille histoire ? Tu sais aussi bien que moi que, quand ils y sont contraints, les êtres humains peuvent parfois opérer un renversement étonnant de ce qui semble être leur nature fondamentale. Tu m'étonnes, mon cher collègue ! je ne voudrais pas te vexer, mais nous voilà, deux Immortels mineurs, en train de regarder défiler la vie de Francis telle que tu l'as classée dans tes archives et pourtant, tu parles parfois comme si nous n'avions pas plus de sagesse que deux terriens qui regardent une émission de télévision d'où l'inattendu, l'imprévisible sont rigoureusement bannis. Nous ne sommes pas soumis aux lois d'un tel mélodrame, mon frère. Tu as typé Francis et tu parles d'Ismay comme si elle avait disparu à jamais. Et moi, tu me réduis au rang de cette horrible invention théologique qu'est l'ange gardien ! Allons, allons !*

— *Ne te fâche pas, mon frère. Excuse-moi si j'ai semblé sous-estimer ton rôle démoniaque dans cette histoire. Mais j'ai tant affaire aux mortels que j'ai parfois l'impression qu'un peu de leur sentimentalité déteint sur moi.*

— *Ne te laisse pas distraire par des trivialités*, fit le démon Maimas. *Que disent les théologiens ? Circoncis-toi le cœur et non pas le prépuce. Et n'oublie jamais ce qui a été mis dans la moelle. Crois-tu que Francis était destiné à rester une victime toute sa vie ? De quoi aurais-je l'air s'il en était ainsi ? Comme un grand mortel le disait à un ami sentimental : Débarrasse ton esprit des clichés ! On continue ?* »

CINQUIÈME PARTIE

Clic-clac... Clic-clac... Ce son se répéta vingt-quatre fois, puis on entendit un sifflement mélancolique comme si c'était un Bummelzug parfaitement innocent qui traversait la jonction. Mais un Bummelzug innocent aurait-il circulé dans la campagne bavaroise à onze heures et demie du soir alors que tous les trains de marchandises convenables reposaient sur leurs voies de garage ? Vingt-quatre clic-clacs signifiaient douze voitures. Douze voitures, peut-être chargées d'hommes et de femmes, se dirigeaient vers le camp d'internement caché dans la vallée voisine.

Francis inscrivit une note dans le carnet qu'il portait en permanence dans la poche de poitrine de sa veste. Demain, il écrirait à sir Owen Williams-Owen, Harley Street, pour lui parler de son rythme cardiaque dans des moments de tension.

C'était la première observation de ce genre qu'il faisait depuis son arrivée à Schloss Düsterstein, une semaine plus tôt. Par chance, sa chambre à coucher se trouvait dans l'aile la plus proche de la voie ferrée.

La demeure l'avait surpris et continuait à le surprendre même après une semaine d'exploration. Tout d'abord, en dépit de son nom, elle n'avait rien de particulièrement mélancolique. Incontestablement vieille et très vaste, même pour une maison de campagne, sa principale caractéristique était néanmoins d'être le centre d'une région agricole : sur la propriété et dans les métairies adjacentes, la Gräfin von Ingelheim dirigeait une énorme exploitation avec une efficacité exemplaire. Chaque semaine, des camions emmenaient des légumes, de la volaille, du veau et du porc à la gare où des trains les emportaient à Munich.

Là, des grossistes les distribuaient à un certain nombre d'hôtels, de restaurants et de bouchers. Dans une des ailes du château, il y avait un bureau d'où l'on administrait les fermes et organisait l'expédition des denrées, probablement dans certains de ces wagons de marchandises qui se rendaient de temps à autre au camp situé dans les collines. Dans la mesure où une exploitation agricole peut l'être, Schloss Düsterstein était une grosse affaire.

Bien que qualifié de château, il n'avait rien de la forteresse médiévale. On y trouvait des restes du XVIIe siècle et une grande tour carrée considérablement plus ancienne, mais son aspect et son agencement étaient typiques de la deuxième partie du XVIIIe siècle. Bien que certains de ses détails et de son ameublement eussent un côté minable — cette sorte de pauvreté qui dénote une indifférence aristocratique pour les choses nouvelles plutôt qu'un manque d'argent — il était confortable et aussi agréable que peut l'être une demeure aussi vaste. Ce n'était pas un intérieur à la façon anglaise, mais ce n'était pas non plus une imitation confortable d'un château français. Bien que remplie de meubles, la chambre à coucher de Francis, par exemple, était si vaste que son énorme lit semblait placé au hasard, plutôt qu'au centre. Il comprenait en outre des fauteuils, un secrétaire, beaucoup d'espace pour ranger son attirail de peinture et, dans un coin, un très grand et très beau poêle de porcelaine. Il est vrai que Francis se lavait dans un minuscule cabinet dissimulé dans l'un des murs auquel on apportait de l'eau chaude par un couloir intérieur, de sorte qu'il ne voyait jamais le domestique qui l'approvisionnait. Toutefois, le broc et la cuvette, les deux grands pots de chambre et le seau à eaux sales étaient dans une coûteuse porcelaine du XVIIIe siècle marquée aux armes des Ingelheim. Les eaux sales disparaissaient chaque jour de la même manière mystérieuse grâce au couloir intérieur. On prenait des bains dans une grande pièce garnie de meubles Empire et d'une baignoire de marbre. D'aspect presque romain, celle-ci était pourvue d'énormes robinets de cuivre d'où s'écoulait une eau rouillée. Cette salle de bains était assez éloignée de la chambre à coucher, mais en tant qu'Oxonien, Francis était habitué à ce genre d'inconvénients.

Sa chambre se trouvait à l'arrière du château. La famille Ingelheim habitait une autre aile dans laquelle il ne pénétrait jamais. Il rencontrait toutefois ses membres dans les appartements domestiques. Ceux-ci comprenaient une série de grands salons et une salle à manger situés derrière des salles de réception maintenant inutilisées où l'on exposait la collection de tableaux qui, pendant deux siècles, avait rendu Düsterstein et la famille Ingelheim célèbres parmi les amateurs d'art. Non pas que les toiles qui ornaient les pièces privées fussent insignifiantes : c'étaient des portraits de famille peints par divers artistes qui n'étaient pas tous de premier ordre, mais dont la plupart étaient incontestablement connus et estimés.

Depuis son arrivée, Francis avait promené un regard étonné des tableaux qui ornaient les murs aux deux représentantes de la famille assises au-dessous d'eux : la comtesse Ottilie et sa petite-fille, Amalie, dont les portraits réfléchissaient les traits dans une époustouflante, mais reconnaissable variété. Elles avaient bien le visage de la famille Ingelheim : celui de la comtesse, carré et résolu comme il convient à une grande propriétaire terrienne et à une exploitante agricole extrêmement douée ; celui d'Amalie, ovale, pas encore marqué par l'expérience et empli d'une magnifique espérance. La comtesse n'avait pas encore soixante ans, Amalie en avait probablement quatorze. Francis conversait avec elles en anglais, la comtesse tenant beaucoup à ce qu'Amalie se perfectionnât dans cette langue.

Ces soirées n'étaient jamais longues. Commencé à huit heures, le dîner ne se terminait qu'à neuf car, bien que ce fût un repas relativement léger, on le servait, semblait-il à Francis, avec une extraordinaire lenteur. Saraceni s'entretenait avec la comtesse. Francis était censé parler avec miss Ruth Nibsmith, la gouvernante. Amalie n'ouvrait la bouche que lorsque sa grand-mère s'adressait à elle. Après le dîner, ils passaient encore une heure assis ensemble, la comtesse faisant durer sa tasse de café et son verre de cognac jusqu'à la fin. À dix heures précises, Amalie embrassait sa grand-mère, faisait une petite révérence à Saraceni et à Francis, et se retirait, accompagnée de miss

Nibsmith. Puis la comtesse allait dans ses appartements, où, comme Saraceni l'apprit à Francis, elle travaillait aux comptes de la ferme jusqu'à onze heures. Ensuite, elle se couchait, de manière à pouvoir se lever à six heures et passer un long moment à l'extérieur à diriger ses ouvriers avant de prendre son petit déjeuner, à huit heures.

« Une vie très réglée, commenta Saraceni.

— Est-ce qu'il ne se passe jamais rien d'autre ici? demanda Francis.

— Jamais. Sauf le dimanche, quand le curé vient dire la messe, à sept heures. Vous n'êtes pas obligé d'y assister, mais cela sera certainement bien vu si vous le faites et, de toute façon, vous devriez visiter la chapelle : c'est un petit chef-d'œuvre baroque. Mais que voulez-vous dire par : « Est-ce qu'il ne se passe jamais rien d'autre? » Que se passe-t-il ici, à votre avis? On y fait de l'argent, pour commencer. Cette famille a été pratiquement ruinée par la guerre, mais le père de la comtesse, et maintenant la comtesse elle-même, l'ont rendue presque aussi riche qu'elle l'était autrefois, grâce au veau qui, comme vous le savez, constitue l'aliment de base des gens d'ici. On prépare Amalie à faire un brillant mariage avec quelqu'un qui n'a pas encore été choisi mais qui devra répondre à des critères extrêmement exigeants. Les grandes fortunes ne vont pas à des imbéciles — pas à Düsterstein, en tout cas. Et puis, il y a cette collection qu'il faut restaurer d'une manière impeccable. Vous et moi, nous travaillerons comme des nègres. C'est ce que la comtesse attend de nous. Cela ne suffira-t-il pas à apaiser la soif d'activité de votre tempérament américain?

— Désolé d'aborder ce sujet, mais serai-je payé?

— Absolument. Tout d'abord, vous avez l'honneur de travailler avec moi. Il y a des centaines de jeunes artistes qui donneraient n'importe quoi pour obtenir pareil privilège. Ensuite, vous avez l'occasion d'étudier l'une des rares collections de valeur se trouvant encore entre les mains d'un particulier. Cela veut dire que vous pourrez vous livrer à l'étude quotidienne, et à votre guise, de tableaux que même les directeurs de musées célèbres ne voient qu'après avoir pris soigneusement rendez-vous. Les plus beaux sont au musée de Munich, à titre de prêt, mais il y a des choses splendides ici, des choses que n'importe lequel de ces musées serait heureux de posséder. Vous avez la chance de vivre sur un plan d'intimité avec des aristocrates — aristocrates par le sang, comme les Ingelheim, et par le talent, comme moi — dans une région magnifique. Tous les jours, on vous donne de la vraie crème fraîche et la meilleure viande de veau. Vous jouissez de la conversation cultivée de la Nibsmith et des délicieux silences d'Amalie. Vous pouvez garer votre petite voiture dans l'écurie. Cependant, pour ce qui est d'une rémunération financière, la réponse est non. Vous payer serait ajouter du sucre à du miel. La comtesse vous reçoit ici comme mon assistant. Moi, on me paie, bien sûr, mais vous, non. Vous n'avez pas besoin d'argent. Vous êtes riche.

— Je commence à craindre que ma fortune ne m'empêche de devenir un artiste.

— Il y a des handicaps bien pires. Le manque de talent, par exemple. Vous, vous en avez, et je vous apprendrai à vous en servir. »

Au début, on eût dit que cet enseignement consistait à lui faire faire un tas de travaux sales pour l'exécution desquels Saraceni se montrait tyrannique et moqueur. L'expert affable que Francis avait rencontré à Oxford et le patricien amateur d'art auquel il avait rendu visite à Rome se transforma, dans l'atelier, en un maître exigeant et sans merci. Les premiers jours, Francis ne travailla pas du tout. Il explora le château pour en humer l'atmosphère, comme l'exprima Saraceni.

Cependant, le premier dimanche, il se produisit un changement brutal. Francis se leva à temps pour aller à la chapelle qui, comme le lui avait dit Saraceni, était une curiosité baroque. À première vue, elle semblait pourvue d'un superbe dôme sur lequel un Dernier Jugement était peint dans un mouvement enveloppant ; cependant, quand on l'examinait attentivement, on s'apercevait qu'il s'agissait d'un tableau en trompe l'œil exécuté sur un plafond plat et qui ne créait une illusion que si le spectateur ne s'approchait pas trop de l'autel ; vu de cet endroit, le soi-disant dôme était déformé et les personnages *sotto in su* de la Trinité ressemblaient à des crapauds. Un fidèle qui s'avançait pour communier avait intérêt à ne pas lever les yeux quand il retournait à sa place : en effet, il aurait vu un Dieu le Père et un Dieu le Fils terriblement tordus en train de l'épier du haut du dôme factice. Bien que petite, la chapelle semblait grande. Plutôt corpulent, le prêtre devait se glisser dans la minuscule chaire surélevée comme s'il enfilait un étroit pantalon. L'ensemble de la salle était un prodige de dorures et de ces stucs peints en bleu et en rose qui ont l'air de pâtisseries aux yeux du critique qui refuse de reconnaître leur charme. Francis fut surpris de se trouver seul dans la chapelle avec Saraceni : la comtesse et sa petite-fille étaient assises derrière, dans une loge surélevée, comme à l'opéra, soustraites au regard des fidèles moins distingués qui se tenaient en bas. C'étaient elles qui avaient la meilleure vue du plafond magique.

Après la messe, Saraceni et Francis prirent leur petit déjeuner seuls.

« Et maintenant au travail, dit Saraceni. Avez-vous apporté une salopette ? »

Non, Francis n'en avait pas. Saraceni lui fournit un vêtement qui avait dû être une blouse blanche de laborantin, mais était complètement tachée d'huile et de peinture à présent.

« Et maintenant, à l'atelier ! dit Saraceni. Quand nous y serons, vous feriez mieux de m'appeler Meister. Maestro n'est pas tout à fait approprié dans ce cadre. Et pendant que nous travaillons, moi, je vous appellerai Cornish, et non pas Francis. Corniche. Oui, vous serez Corniche. »

Qu'arrivait-il au Meister ? Dans l'atelier, il était plus petit, plus vif et plus nerveux dans ses mouvements et son nez paraissait plus crochu qu'ailleurs. Au travail, Saraceni n'était pas l'homme policé de la vie mondaine. Francis se rappela ce que l'oncle Jack avait dit au sujet de son mauvais œil, mais, bien entendu, il ne croyait pas à ce genre de choses.

La seule chose qui fît ressembler la pièce où ils travaillaient à un atelier était une belle lumière septentrionale qui pénétrait par une série de fenêtres ouvrant sur le parc. Ce lieu, expliqua Saraceni à Francis, ébahi, avait été l'un de ces caprices architecturaux qu'affectionnait l'aristocratie du XVIIIe siècle. C'était une longue salle dont les murs étaient incrustés de coquillages de toutes sortes. Ceux-ci étaient encastrés dans le plâtre de telle manière qu'on voyait la face interne de certains et la face convexe de certains autres. Ils formaient des motifs compliqués sur des panneaux, des piliers et des guirlandes baroques. Non seulement des coquillages, mais aussi divers minéraux avaient été utilisés pour décorer les murs, constituant des pilastres de marbre blanc, rose et doré et — était-ce possible ? — de lapis-lazuli, entre lesquels pendaient des tresses serrées de coquillages, chacune d'elles se terminant par un superbe et énorme morceau de corail. Neuf, aimé et admiré, ce lieu avait dû être une magnifique folie, un pavillon rococo qui élevait le cœur et aiguisait les sens. Mais à présent les coquillages étaient défraîchis et poussiéreux, le bassin de la fontaine fixée au mur était sale et taché de rouille et les quelques miroirs qui ornaient la pièce ressemblaient à des yeux recouverts d'un voile de cataracte. Les bancs à coquillages avaient été poussés pêle-mêle à un bout de la pièce. Ce qui maintenant frappait la vue, quand on entrait, c'étaient plusieurs chevalets, une paillasse à laquelle l'eau parvenait par un tuyau apparent et laid qui traversait le plancher et dans lequel on se prenait les pieds, et un gros objet métallique, un four apparemment, raccordé à la faible dynamo du château avec la même indifférence pour le caractère de la pièce.

« Que d'amour et d'habileté on a dû mettre dans la réalisation de cette salle, dit Francis.

— Certes, mais l'œuvre mineure doit céder la place à l'œuvre majeure. À présent, c'est mon atelier. Ce pavillon était un jouet ingénieux et ceux qui y jouèrent sont tombés en poussière. C'est notre tâche à nous qui est la plus importante. »

En quoi consistait-elle, cette tâche ? Francis ne l'apprit jamais directement de la bouche de Saraceni : avec une incrédulité croissante, il le découvrit par lui-même par déduction. Après le petit déjeuner et jusqu'à quatre heures de l'après-midi, quand la lumière changeait trop pour les besoins de Saraceni, et avec une courte pause pour manger des sandwiches et boire une chope de bonne bière munichoise, il accomplissait les corvées les plus variées. Cela dura de début septembre à la mi-décembre. Il apprit à pulvériser des minerais dans un mortier et à les mélanger avec diverses huiles ; cette dernière opération était fastidieuse. Il apprit à employer et à préparer des couleurs et des gommes minérales : vermillon, bioxyde de manganèse, terre d'ombre brûlée et gomme-gutte. Il apprit à casser des petits morceaux des parties les moins visibles des superbes pilastres en lapis et à en écraser les éclats dans le mortier, ajoutant ensuite à cette poudre de l'huile de lilas pour produire un superbe outremer. Il prit un plaisir particulier à découvrir la guède, la *iastis tinctoria,* du jus de laquelle on pouvait extraire un bleu très foncé. À la table de manipulations, il apprit à fabriquer un composé d'acide phénique et de formaldéhyde (dont l'odeur lui rappela d'une façon poignante les nuits qu'il avait passées avec Zadok dans le salon funéraire de Devinney) et à le mettre soigneusement en bouteille pour l'empêcher de s'évaporer.

« Je parie que vous n'avez jamais pensé que la peinture pouvait comprendre toute cette cuisine, dit Saraceni. Vous êtes en train de fabriquer les vraies couleurs qu'utilisaient les maîtres anciens, Corniche. Ces superbes teintes ne pâlissent pas avec l'âge. De nos jours, vous pouvez acheter des couleurs un peu semblables dans les magasins, mais, en fait, elles sont complètement différentes. Elles vous épargnent du travail et du temps, mais vous et moi disposons exactement de la même quantité de temps que les maîtres anciens, soit vingt-quatre heures chaque jour. Ni plus ni moins. Pour réaliser un vrai travail de restauration sur un vieux panneau ou sur une toile, vous devez employer les mêmes couleurs que l'artiste original. L'honnêteté de votre art l'exige. De plus, vos retouches passeront ainsi inaperçues. Oh, bien sûr, certains experts futés seront capables, grâce à des rayons X et des produits chimiques, de dire quelles parties du tableau ont été restaurées — en fait, je préfère dire « revivifiées ». Cependant, notre tâche est de faire un travail qui n'incitera pas des gens bêtement curieux à recourir à ces moyens de contrôle. Le but d'un tableau n'est pas d'éveiller des soupçons sordides, mais de donner du plaisir, d'inspirer une respectueuse admiration, des sentiments religieux, ou simplement d'évoquer avec maestria le passé et l'infinie profondeur et variété de la vie. »

Tout cela avait de magnifiques accents de morale et de probité esthétique — Saraceni faisant revivre le passé — mais dans la réalité, il y avait certaines choses que Francis ne comprenait pas.

Si l'on voulait recouvrer le passé, pourquoi ne recouvrait-on pas ce que celui-ci avait de meilleur ? Certains tableaux, à Schloss Düsterstein, avaient manifestement besoin des soins d'un restaurateur, des tableaux signés par des artistes célèbres — un Mengs, un Van Bylert et même un Van Dyck, tous trois très sales — mais ceux-là ne parvenaient pas au pavillon des coquillages. Au lieu de cela, on y trouvait plusieurs tableaux, presque tous peints sur des panneaux, dont quelques-uns étaient très endommagés et qui tous nécessitaient un nettoyage. L'une des tâches de Francis était de les laver aussi bien que possible avec des chiffons doux et humides, puis — mais pourquoi ? — de rincer ces morceaux de tissu dans très peu d'eau qu'ensuite on faisait évaporer jusqu'à ce que la poussière du tableau redevînt de la poussière ; puis, on aspirait celle-ci dans la casserole avec une seringue et on la mettait dans une petite bouteille numérotée.

La plupart de ces tableaux, de dimensions réduites, ne représentaient aucun personnage important : ce n'étaient, dans toute leur ennuyeuse vérité, qu'aristocrates, marchands, bourgmestres, érudits, et leurs épouses respectives aux airs suffisants. Cependant, Saraceni plaçait ces croûtes inintéressantes, mais bien faites, sur son chevalet et les étudiait soigneusement pendant des heures. Il en enlevait ensuite certaines parties avec un solvant, de manière à estomper la peinture au-dessous ou à faire apparaître la couche de fond. Puis il repeignait le visage avec les mêmes traits qu'avant, mais en y ajoutant de la distinction : un œil aristocratique plus vif, un air nouveau d'astuce bourgeoise (*bürgerlich*), une barbe plus fournie ; les femmes, quand elles avaient des mains, étaient gratifiées de bagues, modestes mais coûteuses, et d'un plus joli teint. Parfois Saraceni plaçait dans le coin supérieur gauche du panneau un petit signe héraldique susceptible d'indiquer le rang du modèle ; dans un des tableaux, plus grand que les autres, il introduisit une chaîne ornementale : le collier et l'emblème du Saint-Esprit. Il embellit tous ces balourds quatre fois centenaires, pensa Francis, mais pourquoi, et pour qui ?

C'était la première fois qu'il voyait quelqu'un peindre comme Saraceni. Celui-ci étalait sur sa palette les couleurs que Francis avait si soigneusement préparées, mais en quantités très réduites, presque parcimonieuses ; dans un autre coin, il y avait un peu du mélange phénol-formaldéhyde lié avec de l'huile. Avant de mettre de la peinture sur son pinceau, Saraceni trempait d'abord celui-ci dans cette gomme résineuse qui lui servait de médium. Une étrange méthode. À la fin du mois de novembre, Francis jugea que le temps était venu de poser une question.

« Vous verrez bientôt pourquoi je fais cela, répondit le Meister. En fait, vous ne pourrez pas faire autrement que de le voir. Quand on peint par-dessus un tableau restauré — ou revivifié — cela se voit, même à l'œil nu. Quand une toile vieillit et que la peinture sèche — cela prend une cinquantaine d'années — elle craque selon un certain dessin. C'est ce qu'on appelle des *craquelures*[1]. Elles sont aussi fines que des cheveux ; seul un tableau mal peint se met à avoir une peau de crocodile. Toutefois, ces minuscules lignes traversent toutes les couches de peinture, jusqu'à celle du fond. Donc, dans le nouveau travail que je viens de faire, comment est-ce que je produis des craquelures qui se confondent avec celles de l'original ? Comme vous voyez, j'utilise une peinture qui sèche vite, ou plutôt ce mélange phénolé que j'emploie comme médium. Demain, je vous montrerai comment je provoque des craquelures. »

C'était donc à cela que servait le four électrique ! Francis avait cru que c'était peut-être pour chauffer leur pièce, aussi froide et humide qu'une grotte. Toutefois, leur seul source de chaleur était un brasero, c'est-à-dire un simple bassin de métal rempli de charbons ardents et posé sur un trépied qui, à l'avis de Francis, émettait autant de chaleur

1. En français dans le texte.

que le dernier souffle d'un bébé mourant. Le lendemain de leur conversation sur les craquelures, Saraceni alluma le four. Au bout d'un moment, avec force grondements et gémissements, celui-ci atteignit une température nullement élevée, mais qui surchargeait le système électrique primitif du château où la lumière électrique était rare et faible et ne dépassait pas le rez-de-chaussée.

Quand Saraceni jugea que le four était suffisamment chaud, lui et Francis y introduisirent avec précaution les panneaux peints et, au bout de cinquante minutes d'une lente cuisson, les tableaux en ressortirent striés, effectivement, de fines craquelures qui satisfirent le Meister. Alors qu'ils étaient encore chauds, Saraceni dit, à la surprise de Francis :

« Avant qu'ils ne refroidissent, prenez un pinceau de martre et recouvrez-les autant que vous pourrez avec la poussière qui était dessus à l'origine. Efforcez-vous en particulier de l'introduire dans les petites craquelures des parties nouvelles. N'exagérez pas, mais veillez à couvrir tout le tableau et surtout mon travail. Et, bien entendu, vous utiliserez la poussière contenue dans la bouteille qui porte le numéro du tableau. Nous ne devons pas insulter le Bürgermeister A avec la poussière que le temps a répandu sur le portrait de la femme du Bürgermeister B. Dépêchez-vous. La poussière doit adhérer. Au travail, monsieur la doublure du Temps. »

Le lendemain, Saraceni était au comble de l'excitation.

« À présent, tout doit attendre jusqu'à mon retour de Rome. Je dois aller voir mon appartement avant Noël. Je ne supporte pas d'être séparé plus longtemps de mes chéris : mes tableaux, mes meubles — pas même des rideaux de mon lit qui appartinrent autrefois à l'impératrice Joséphine. Anthée devait toucher la terre avec ses pieds pour prendre des forces, moi je dois toucher et voir mes beaux objets si je veux avoir l'énergie dont j'ai besoin pour accomplir ce travail. Vous me regardez bizarrement, Corniche. La passion que j'éprouve pour ma collection vous surprend-elle vraiment autant?

— Non, Meister, ce n'est pas cela. Mais... Qu'est-ce que vous faites au juste ici?

— À votre avis?

— Je ne voudrais pas être présomptueux, mais cette restauration, ou revivification, ou ce que vous voudrez l'appeler, me semble aller un peu plus loin qu'il n'est nécessaire.

— Allons, Corniche, dites ce que vous avez sur le cœur. Le mot que vous aimeriez employer est « falsification », n'est-ce pas?

— Je n'emploierais jamais ce mot à votre propos, Meister.

— Bien sûr que non.

— Mais la chose me paraît assez louche.

— Écoutez, Corniche, dans quelque temps vous apprendrez tout ce que vous avez besoin de savoir. En fait, vous en apprendrez beaucoup quand le prince Max viendra nous rendre visite. Il arrive à Noël, et moi je serai de retour bien avant pour lui montrer tous ces panneaux que j'ai grandement améliorés. Le prince Max parle beaucoup plus librement que je ne le fais, moi. Mais, bien entendu, il en a le droit. Entre-temps, pendant la quinzaine de jours que durera mon absence, vous aurez une petite récompense. Une récompense et des vacances. Vous avez vu ma façon de travailler et j'avais promis de vous enseigner autant de choses que vous seriez susceptible d'en assimiler. Pendant mon absence, je veux que vous me fassiez un tableau. Vous voyez ce petit panneau? La peinture a presque disparu, mais le support est encore bon, ainsi que le cuir qui le recouvre. Peignez-moi un tableau qui soit très personnel, mais qui s'intégrerait dans la série des autres panneaux.

— Quel doit en être le sujet? Un autre portrait de bourgeois satisfait?

— Ce qui vous semblera convenir le mieux. Faites travailler votre imagination, cher ami. À la condition que le tableau s'harmonise avec les autres. Je veux voir ce que vous êtes capable de faire. Et, à mon retour, nous passerons un magnifique Noël à montrer ces jolis gâteaux bien cuits au prince Max. »

Faire travailler son imagination ? Eh bien, si c'était cela que voulait Saraceni, Francis satisferait son désir. Et il étonnerait le Meister qui semblait penser que son imagination était limitée. Saraceni partit pour Rome le lendemain du jour où il avait indiqué à Francis à quoi il devait passer son temps et Francis s'assit à sa table, dans la grotte aux coquillages glaciale, pour préparer sa surprise.

Saraceni ne fut pas le seul à quitter le château. La comtesse et Amalie partirent le même jour. Elles allaient à Munich pour profiter avant Noël des plaisirs que cette ville avait à offrir. Ainsi, Francis et miss Ruth Nibsmith restèrent maîtres des lieux.

Miss Nibsmith était, en fait, une compagne très agréable. En l'absence de la comtesse, elle s'ouvrit considérablement. Francis ne la voyait pas durant la journée, mais ils se rencontraient au dîner, servi au même rythme majestueux que d'habitude. Pour passer le temps entre les plats, ils buvaient de grandes quantités de l'excellent vin de la comtesse et, après le repas, enchaînaient avec le cognac.

« Je n'arrive pas à m'installer vraiment confortablement dans ces pièces allemandes, déclara miss Nibsmith en ôtant ses grosses chaussures et en posant ses pieds sur le côté du magnifique poêle de porcelaine placé au milieu du salon familial. Elles n'ont pas de centre, de *focus* au sens latin. Vous voyez ce que je veux dire ? Il n'y a pas de foyer. J'ai la nostalgie d'une cheminée. Il n'y a rien de mieux qu'un feu ou un chien pour animer une pièce. Ces poêles allemands sont superbes et tout à fait pratiques. Il fait beaucoup plus chaud dans ce salon que s'il y avait une cheminée, mais où chercher le centre de la pièce ? Où se tenir pour faire une déclaration ? Où se chauffer le postérieur ?

— Je suppose que le centre se trouve là où se tient la personne la plus importante, dit Francis. Quand la comtesse est ici, le centre, de toute évidence, c'est elle. À propos, en tant qu'intime de Düsterstein, vous devriez savoir ce genre de chose : il paraît qu'à Noël nous recevrons un certain prince Max. Sera-t-il le centre ? Ou est-ce que la comtesse éclipse tout le monde dans son château ?

— Le prince Max sera le centre, mais pas seulement à cause de son rang. C'est bien l'homme le plus dynamique que j'aie jamais rencontré. Avec sa façon de rire et sa faconde, il est partout le centre d'intérêt. La comtesse l'adore.

— Sont-ils parents ?

— C'est un cousin — plutôt éloigné. Un Hohenzollern, mais pauvre. C'est-à-dire, pauvre pour un prince. Mais Maxi n'est pas homme à se lamenter et à se plaindre du sort. Pas du tout. C'est quelqu'un qui se remue. Il vend du vin, sur une grande échelle, surtout aux Anglais et aux Américains. Maxi est ce que nos ancêtres victoriens auraient appelé une lime sourde, un vieux finaud. Il sera le *focus*, vous verrez. L'air qu'il brasse nous tiendra chaud, peut-être même trop chaud. »

Que faisait miss Nibsmith toute la journée ? s'enquit poliment Francis.

« J'écris des lettres pour la comtesse. En français, anglais et allemand. En ce moment, je surveille un peu l'affaire. Je tape assez bien à la machine. Je donne des leçons à Amalie, surtout des leçons d'histoire. Elle lit beaucoup et nous faisons la conversation. L'histoire est ma spécialité. J'ai fait un diplôme dans cette matière à Cambridge. J'ai été au collège de Girton. À mes moments de loisirs, je travaille sur mes propres notes. Un jour, j'en ferai peut-être un livre.

— Un livre ? Sur quel sujet ?

— Vous allez rire. Non, vous ne rirez pas : vous êtes trop intelligent pour cela. Quelqu'un qui travaille avec Tancrède Saraceni doit avoir l'habitude des entreprises bizarres. J'étudie l'astrologie en Bavière, surtout aux XVIe et XVIIe siècles. Que dites-vous de cela ?

— Rien. J'attends que vous m'en disiez un peu plus.

— L'astrologie fait partie de la science du passé et, bien entendu, la science moderne la rejette parce qu'elle est enracinée dans une notion déconsidérée de l'univers et

356

avance un tas d'idées néo-platoniciennes qui n'ont guère de sens — jusqu'à ce que vous viviez avec pendant un certain temps.

— Dois-je déduire de cette remarque que, personnellement, vous y croyez ?

— Certainement pas en tant que véritable science, mais en tant que psychologie — ce qui est tout à fait différent. L'astrologie est fondée sur une idée que notre monde occidental merveilleusement rationnel refuse d'accepter, à savoir que la position des étoiles au moment de notre naissance gouverne notre vie. « Comme au ciel, tel sur terre » résume ce principe. De toute évidence, c'est complètement fou. Des tas de gens doivent être nés sous la même configuration astrale, mais n'en ont pas pour autant le même destin. Bien entendu, il faut tenir compte de l'endroit précis où vous êtes né, ce qui peut changer considérablement les choses pour ce qui est de votre thème. Toutefois, si l'astrologue connaît la date, l'heure et le lieu de votre naissance, il peut établir votre horoscope, ce qui est parfois très utile — et parfois ne sert à rien.

— On dirait que vous y croyez à moitié, Ruth.

— À moitié oui et à moitié non. L'astrologie ressemble au *Yi-King* : pour l'interpréter, vous devez faire appel à votre intuition autant qu'à votre raison. En astrologie, c'est l'intuition de l'astrologue qui compte.

— Êtes-vous quelqu'un de très intuitif ?

— Bien que diplômée de Girton, et malgré ce que me dit ma raison, je suis obligée de répondre oui. Quoi qu'il en soit, ce que j'étudie en ce moment, c'est l'extension et l'influence de l'astrologie dans cette partie du monde à l'époque de la Réforme et de la Contre-Réforme, quand la plupart des habitants de cette région étaient de farouches catholiques et étaient censés laisser toutes les questions spirituelles — et cela voulait dire aussi toutes les questions psychologiques — à l'Église. Bien entendu, celle-ci savait ce qui était bon pour vous. Et elle veillait sur vous à condition que vous fussiez bien sage. Cependant, beaucoup de gens n'avaient pas envie d'être sages. Ils étaient incapables de réprimer leurs tendances innées, de les transcender pour devenir soit un contemplatif soit autre chose qui fût acceptable pour l'Église. Aussi allaient-ils voir des astrologues. Or, ceux-ci avaient généralement de sérieux ennuis avec l'Église. Le même phénomène, plus ou moins, se produit dans notre monde moderne : nous sommes censés tout laisser aux mains de la science, même quand celle-ci est aussi fantasmatique que la psychanalyse. Mais les gens ne le font pas. L'astrologie est une affaire florissante dans un pays aussi extraverti et aussi opprimé par la science que les États-Unis par exemple. Les Yankees sont toujours en train de nous bassiner avec le libre arbitre et croient dur comme fer que chaque homme crée son propre destin, mais ils sont tout aussi superstitieux que pouvaient l'être les Romains.

— Vous faites une drôle d'historienne, Ruth.

— Oui, n'est-ce pas ?

— Mais comme le disait un sage que je connais — ou connaissais, car il est mort, le pauvre homme : la vie est une drôle d'affaire.

— En effet ! Comme cette pièce, dans un sens. Confortable au possible, même si elle n'a pas de *focus*. Pourquoi nous sentons-nous si bien au chaud ?

— À cause du poêle, évidemment.

— Oui, mais vous êtes-vous jamais demandé comment ce poêle chauffait ?

— Très juste. Comment est-il alimenté ?

— C'est là un des détails intéressants qu'on trouve dans ces vieux châteaux. Entre toutes les pièces principales, il y a des couloirs terriblement étroits : certains d'entre eux n'ont pas plus de quarante centimètres de largeur et il y fait noir comme dans un four. Et c'est dans ces boyaux que se glissent des domestiques chaussés de pantoufles pour fourrer du bois à l'arrière de ces poêles. Invisibles et silencieux. Nous ne leur accordons pas la moindre pensée, mais ils sont là. Ils empêchent que la vie en hiver ne devienne insupportable. Nous écoutent-ils ? Je parie que oui. Ils nous empêchent d'avoir froid, ils nous sont nécessaires et ils savent probablement beaucoup plus de choses sur nous que nous ne le trouverions agréable. Ils sont la vie secrète de la demeure.

— Une idée inquiétante.

— Tout l'univers est une idée inquiétante. Et, dans chaque vie, il y a des personnes — et d'autres êtres — invisibles, qui nous empêchent d'avoir froid. Vous a-t-on jamais fait votre horoscope ?

— Dans mon enfance, j'ai un jour envoyé de l'argent à une société américaine qui faisait de la publicité pour ses horoscopes dans un illustré pour garçons. J'ai reçu un truc complètement idiot écrit dans un style épouvantable et imprimé sur du mauvais papier. Un vrai torchon. Et, à Oxford, un type bulgare que je connaissais a absolument tenu à établir mon thème, mais il était évident que ce qu'il a trouvé dans les étoiles était plus ou moins ce qu'il voulait me faire faire, à savoir entrer dans un réseau d'espionnage communiste à la noix qu'il croyait diriger. Vous allez certainement me dire que c'est là une connaissance très superficielle de l'astrologie.

— Non, quoique l'histoire du Bulgare me paraisse familière. Beaucoup d'horoscopes étaient faits de cette manière, et le sont toujours, bien sûr. Mais moi, je vous en ferai un, si vous voulez, un vrai horoscope sans motifs cachés. Ça vous intéresse ?

— Évidemment. Comment peut-on refuser quelque chose d'aussi flatteur pour l'*ego* ?

— Vous avez absolument raison. C'est là un autre aspect. Faire établir son thème, cela veut dire que quelqu'un vous accorde vraiment de l'attention, et ça, c'est plus rare que vous pourriez le croire. Où et quand êtes-vous né ?

— Le 12 septembre 1909, à sept heures du matin, à ce qu'il paraît.

— Et où ?

— Dans une ville appelée Blairlogie, au Canada.

— Un vrai bled, je parie. Il faudra que je consulte le répertoire géographique pour obtenir la position précise. Parce que les étoiles dans le ciel de Blairlogie n'étaient pas exactement pareilles qu'ailleurs.

— Oui, mais supposons qu'un autre enfant soit né juste au même moment, à Blairlogie. Ne serait-il pas mon frère jumeau en tout ce qui concerne le Destin ?

— Non. Et maintenant, je vais vous faire une révélation. Voilà ce qui me différencie de vos charlatans de l'illustré pour enfants et de votre charlatan de coco bulgare. C'est ma grande découverte historique que les vrais astrologues gardaient secrète au prix de leur vie, et si vous en soufflez mot à quiconque avant la publication de mon livre, je vous poursuivrai dans le monde entier et vous tuerai d'une façon très imaginative et cruelle. Quand avez-vous été conçu ?

— Comment voulez-vous que je le sache ? À Blairlogie, ça, j'en suis certain.

— La réponse habituelle. Les parents se montrent terriblement pudibonds à ce sujet. Ils n'en parlent jamais à leurs enfants. Bon, ça ne fait rien : il me suffira de compter à rebours et de fixer une date approximative. Quand avez-vous été baptisé ?

— Ça, je peux vous le dire d'une façon assez précise : trois semaines plus tard. Le 30 septembre, en fait, à environ quatre heures de l'après-midi. Selon le rite de l'Église d'Angleterre. Oh, et maintenant que j'y pense, j'ai été baptisé de nouveau, comme catholique cette fois. Avec un petit effort, je suis sûr que je pourrais me rappeler la date. Mais en quoi est-ce que cela joue ?

— De toute évidence, le moment de votre conception est important. Comme vous me semblez être un jeune homme très sain, je suppose que vous êtes né à terme. Je peux donc calculer la date d'une façon assez précise. La date d'entrée sur la scène du Grand Théâtre du Monde est importante et c'est la seule que les astrologues ordinaires prennent en compte. Mais la date à laquelle vous avez été officiellement accueilli dans ce que votre communauté considérait comme le monde de l'esprit et avez reçu votre nom est importante aussi parce qu'elle permet de nuancer votre thème central. Et être baptisé deux fois !... Quel luxe, spirituellement parlant ! Mettez-moi tout ça sur un bout de papier et donnez-le-moi demain au petit déjeuner. Et maintenant, juste un autre petit cognac avant que nous allions nous étendre sur nos couches immaculées. »

Les jours passés seul dans la grotte aux coquillages et les soirées passées en compagnie de Ruth Nibsmith aidèrent beaucoup Francis à retrouver l'estime de soi que les événements de sa vie avaient sérieusement entamée. Son départ d'Angleterre avait été une expérience très éprouvante. Il avait dû expliquer aux parents d'Ismay ce qui s'était passé et supporter leur opinion évidente, quoique inexprimée, que tout cela était probablement sa faute à lui. Puis il y avait eu le problème des dispositions à prendre pour la petite Charlotte — Charlie, comme tout le monde, à part Francis, l'appelait — parce que les Glasson voulaient pouvoir décider des modalités de son existence, mais n'avaient pas envie d'être dérangés par elle. Ils n'avaient plus l'âge d'élever des enfants, disaient-ils avec raison. Devaient-ils maintenant s'occuper d'un bébé qui avait besoin de soins constants? Ils se tracassaient, et à juste titre, pour Ismay qui était Dieu sait où avec Dieu sait qui dans un pays au bord de la guerre civile. Leur fille, admettaient-ils, était folle, mais cela n'entamait en rien leur conviction que Francis était responsable de tous ces ennuis. Quand, poussé à la dernière extrémité, il leur dit que la petite Charlie n'était pas sa fille, la tante Prudence pleura et l'oncle Roderick jura, mais ils ne lui témoignèrent pas plus de sympathie pour autant. Les cocus sont condamnés à jouer des rôles ignominieux et généralement comiques.

Jamais Francis ne s'était senti aussi déprimé que le jour où il finit par trouver un arrangement avec les Glasson : en plus de l'argent déjà promis pour maintenir la propriété à flot, il accepta de payer entièrement les frais d'entretien de la petite Charlie — frais très élevés car l'enfant devait avoir une nurse de premier ordre —, de donner de l'argent pour tous ses autres besoins — et les Glasson étaient bien décidés à ne priver leur petite-fille de rien — ainsi qu'une somme allouée indéfiniment, mais fixée d'une manière très précise, pour toutes dépenses imprévues. Tout cela pouvait se justifier, mais Francis avait le sentiment d'être exploité et, alors que son honneur et ses attachements étaient gravement attaqués, il fut surpris de découvrir combien l'assaut donné à son compte en banque l'affectait également. C'était ignoble, en ces circonstances, de penser autant à l'argent, mais c'est bien ce qu'il faisait. Que lui importait

Charlotte qui, pour l'heure, n'était qu'un petit paquet de chair baveux, brailleur et somnolent ?

Dans ces conditions, il n'y eut donc rien de surprenant à ce qu'il sautât sur l'offre de l'oncle Jack : cela lui donnait quelque chose à faire, un endroit où aller, une tâche nécessaire à accomplir. Mais tout cela s'était soldé par trois mois de corvées sales pour le compte de Tancrède Saraceni : il n'avait pas cessé de broyer des substances dans un mortier, de faire bouillir cette résine dégoûtante et malodorante qui entrait dans la composition de l'« huile noire » dont le peintre avait besoin pour son travail et, d'une façon générale, de jouer les hommes à tout faire et les apprentis sorciers.

Et le sorcier, que faisait-il ? Il fabriquait des faux ou, pour le moins, il améliorait des tableaux sans valeur déjà existants. Se pouvait-il que le grand Saraceni fût tombé dans le pire des péchés artistiques ? C'en avait tout l'air.

Eh bien, si c'était là le jeu dans lequel on l'avait entraîné, se dit Francis, autant le jouer à fond. Il montrerait à Saraceni qu'il était tout aussi capable que n'importe qui de barbouiller une toile dans la manière allemande du XVIe siècle. Il était censé peindre un tableau qui, par la qualité et par le style, s'harmoniserait avec les panneaux déjà achevés et qui maintenant étaient disséminés dans toute la grotte aux coquillages, fixant sur lui le regard interrogateur des morts inconnus Alors que Francis s'asseyait pour concevoir son tableau, il éclata de rire. Il n'avait pas ri depuis des mois.

Il fit de nombreuses études et, simplement pour montrer quel faussaire consciencieux il était, il les fit sur une partie du vieux et précieux papier soustrait à de vieux livres et à des chutes de matériaux d'artistes anciens qu'il avait acquis quand il était à Oxford. Il recouvrit celui-ci d'une base terre de Sienne, puis exécuta ses minutieuses études (car ce n'étaient pas des esquisses au sens moderne du terme) avec une pointe d'argent. Oui, le travail allait bien. Oui, le résultat répondait à son attente et surprendrait le Meister. Avec des gestes rapides et sûrs, il commença à peindre sur le minable vieux panneau dans le style soigneux de Saraceni avec des couleurs absolument authentiques, chaque touche étant mélangée avec la mixture magique de phénol et de formaldéhyde.

À sa surprise, il constata qu'il était heureux. Et, dans son bonheur, il chantait.

Beaucoup de peintres ont chanté pendant qu'ils travaillaient. C'est une forme d'incantation, de sortilège évocateur. Pour un tiers, ce qu'ils chantent peut paraître sans rapport avec ce qu'ils peignent. Francis, lui, chantait une chanson d'étudiants oxoniens sur l'air de l'hymne national autrichien d'une époque plus heureuse et révolue, *Gott erhalte Franz den Kaiser* :

> *Life presents a dismal picture,*
> *Home is gloomy as the tomb :*
> *Poor old Dad has got a stricture,*
> *Mother has a fallen womb ;*
> *Brother Bill has been deported*
> *For a homosexual crime,*
> *And the housemaid's been aborted*
> *For the forty-second time.*

> La vie paraît vraiment sinistre.
> La maison est triste comme une tombe :
> Ce pauvre vieux papa a une hernie
> Et maman, un collapsus.
> Mon frère Bill a été déporté
> Pour crime d'homosexualité
> Et la bonne s'est fait avorter
> Pour la quarante-deuxième fois.

Et il recommençait. Le Faussaire Heureux, pensa-t-il. Pendant que je fais ce travail, personne ne peut m'atteindre.

« Tu es heureux ? Moi, je suis très bien. »

Ruth Nibsmith tourna sa tête sur l'oreiller pour regarder Francis. Elle n'était pas belle, ni même jolie, mais elle était bien faite et incontestablement joyeuse. C'était bien là le

363

qualificatif adéquat. Une femme fraîche, pleine de vivacité et, comme il s'avéra, une femme ardente. Ce n'était pas du tout elle qui avait attiré Francis dans son lit, mais elle avait accepté joyeusement la proposition qu'il lui avait faite d'orienter leur amitié dans cette direction.

« Oui, je suis heureux. Et c'est gentil de ta part de me dire que tu es bien. Je n'ai pas souvent réussi à rendre une femme heureuse de cette façon-là.

— Mais c'est bien agréable, n'est-ce pas? Quelle note universitaire donnerais-tu à notre performance?

— Un B⁺.

— C'est un très bon second rang. Mais, je ne sais pas... moi, je nous donnerais plutôt un A. C'est modeste et nous maintient bien au-dessous du niveau de Roméo et Juliette. Quoi qu'il en soit, cela m'a donné beaucoup de plaisir pendant ces quelques jours.

— Tu en parles comme si c'était terminé.

— C'est terminé. Demain, la comtesse ramène Amalie de Munich et je dois reprendre mon rôle de modèle de vertu et de discrétion. Ce que je fais sans regrets, ou sans trop de regrets. Il faut jouer franc-jeu avec ses employeurs, tu sais. La comtesse me fait confiance. Par conséquent, je ne peux pas m'envoyer en l'air avec un autre domestique supérieur du château alors que je veille sur Amalie. Oh, si Amalie pouvait nous voir en ce moment, elle en ferait une jaunisse de jalousie!

— Quoi? Cette gamine?

— Gamine mon œil! Amalie a quatorze ans et elle brûle comme un de ces poêles de porcelaine. Elle t'adore, tu sais.

— C'est à peine si je lui ai jamais parlé.

— Bien sûr. Tu es distant, inaccessible, mélancolique. Tu sais comment elle t'appelle? Le Beau Ténébreux. Elle se meurt d'amour pour toi. Elle serait au désespoir si elle apprenait que tu te contentes de sa gouvernante.

— Oh, arrête de parler de « gouvernante » et de « domestique supérieur »! Je ne suis le domestique de personne.

— Quelle blague! On peut s'estimer heureux si l'on n'est que cela. La comtesse, elle, n'est pas une domestique, mais une esclave. L'esclave de cette propriété et de sa détermination de rétablir la fortune de sa famille. Toi et moi, nous ne sommes que des aides rémunérés ; nous pouvons partir quand nous voulons. J'aime assez être une domestique supérieure. Un tas de gens très bien l'ont été. Si Haydn a accepté de porter la livrée des Esterhazy, de quel droit me plaindrais-je ? Connaître sa place n'est pas une mauvaise chose.

— C'est ce que disait toujours Victoria Cameron.

— Est-ce une des femmes de ton tumultueux passé ?

— Non. Quelque chose comme ma gouvernante. Mon passé est plutôt terne, comme tu as dû le lire dans les astres. C'est d'ailleurs ce que ma femme ne cessait de me reprocher.

— Ta femme ? Ah, c'est donc elle, la femme de ton horoscope ?

— Elle y figure donc ?

— Une femme qui t'a terriblement blessé.

— C'est bien Ismay, oui. Elle disait toujours que mon innocence me jouerait des tours.

— Tu n'es pas innocent, Frank. Pas d'une manière stupide, en tout cas. Ton thème le montre très clairement.

— Quand vas-tu me révéler mon destin, alors ? Il faudrait que ce soit bientôt si la comtesse revient demain.

— Ce soir sera le grand soir. Et maintenant, nous devons quitter ce nid d'amour coupable. Nous devons nous habiller et faire un brin de toilette.

— J'avais pensé prendre un bain. Nous sentons très fort — d'une manière tout à fait justifiée, d'ailleurs.

— Non, surtout pas de bain. Les domestiques devineraient tout de suite ce qui s'est passé. Dans le dictionnaire bavarois, un bain dans l'après-midi signifie rapports sexuels. Il faudra que tu te contentes d'une toilette minutieuse, dans la mesure où ta ration d'eau chaude de l'avant-dîner te le permet.

— O.K. « Un tendre baiser avant de nous séparer. »

— « Et puis adieu, hélas, pour toujours. »

— Oh, Ruth, pas pour toujours tout de même !

— Bien sûr que non. En tout cas, jusqu'au dîner. Et maintenant, debout et dehors !

— J'espère qu'il y aura quelque chose de bon à manger.

— Qu'est-ce que ça sera, d'après toi ?

— Quelque chose d'inouï à Düsterstein. Du veau, par exemple ?

— Vous avez gagné ! J'ai vu le menu ce matin. *Poitrine de veau farcie*[1].

— Bon, tant pis. Au pays du veau, tout est veau.

> *I'm wearin' awa', Jean*
> *Like snow-wreats in thaw, Jean*
> *I'm waerin' awa'*
> *In the land o' the veal*[2].

> Je m'étiole, cher Jean
> Comme guirlandes de neige au soleil, cher Jean
> Je m'étiole
> Au pays du veau sempiternel.

— Nous avons de la chance d'avoir ça. Je pourrais dévorer un bœuf.

— La faim est le meilleur des condiments.

— Bravo, Frank ! Quel concentré d'expérience universelle ! Elle est de toi, cette belle phrase ? »

En riant, Francis fit mine de lui donner un coup de poing et retourna dans sa chambre pour y faire une minutieuse toilette.

Après le dîner, l'horoscope. Ruth portait une grosse liasse de feuillets dont certains étaient des thèmes astraux sur lesquels elle avait ajouté d'abondantes annotations dans une belle écriture italique.

« L'écriture ne doit pas jurer avec le contenu, vois-tu. C'est pourquoi j'ai appris à écrire ainsi.

— Très joli, en effet. Le seul ennui, c'est qu'elle est extrêmement facile à imiter.

1. En français dans le texte.
2. Dans le poème original, le dernier vers est le suivant : « To the land of the leal », *leal* signifiant « loyal » en écossais. Référence aux partisans des Stuarts à l'époque où les Hanovriens montèrent sur le trône d'Angleterre. (N.d.T.)

— Ah oui ? Je suis sûre que tu verrais tout de suite qu'on a imité ton écriture.

— Oui, ça m'est arrivé.

— Ça ne m'étonne pas puisque tu es le Beau Ténébreux. Qui était la coupable ? Cette Jeune Fille Idéale qui apparaît si clairement dans ton thème ?

— Oui, tu as deviné. C'est très perspicace de ta part.

— Une grande partie de ce travail consiste à faire des suppositions. À faire coller des indications du thème avec des indications données par le sujet. Cette fille est un personnage important dans ta vie.

— Elle en est sortie, Dieu merci.

— Mais elle reviendra.

— Que se passera-t-il alors ?

— Cela dépendra de la façon dont tu la verras. Tu devrais prendre conscience de certaines choses qui se passent en toi, Francis. Si elle t'a joué des tours, c'est en partie ta faute. Quand les hommes transforment une fille en chair et en os en une Jeune Fille Idéale, cela a un effet terrible sur la fille. Certaines d'entre elles se laissent prendre à cette idée et essaient d'incarner le rêve, mais cela débouche sur quelque chose d'horriblement faux et presque toujours sur des ennuis. D'autres deviennent de terribles garces parce qu'elles ne supportent pas cette projection. Ta femme est-elle une garce ?

— De la plus belle espèce !

— Elle n'est probablement qu'une imbécile. Les imbéciles créent plus d'ennuis que tout un tas de garces réunies. Mais voyons l'ensemble de ton thème. Asseyons-nous par terre, comme ça je pourrai étaler mon papier. Mets quelques livres sur les coins pour le maintenir à plat. Très bien. »

C'était un beau thème astral, beau comme peuvent l'être les zodiaques, et aussi soigneusement annoté que peut le faire une gouvernante.

« Je ne vais pas te submerger de jargon astrologique, mais simplement regarder les principaux faits. Le plus important, c'est que ton Soleil se trouve au milieu du Ciel, ce qui est fantastique. Et ton horizon oriental — l'ascendant — est en conjonction avec Saturne. L'influence de cette planète est généralement mal interprétée; dès qu'on la mentionne, les gens pensent : Ah oui, le sujet est donc saturnien ou morose ; mais en fait, ce n'est pas ça du tout. Ta Lune se trouve au Nord, dans le milieu du Ciel inférieur. Et, fait très significatif, ton Soleil est en conjonction avec Mercure. À cause de la très grande puissance de ton Soleil, tu as énormément de vitalité et tu en as besoin, crois-moi, car la vie t'a déjà donné quelques coups et ce ne seront pas les derniers. Mais ce Soleil puissant te garantit d'être en plein dans le courant de l'énergie psychique. Tu as de l'audace spirituelle et beaucoup d'intuition. Et ce merveilleux Mercure, si rapide et plein de ressort ! D'un point de vue psychologique, tu es extrêmement vif, Francis. Bon, et ici, tu as un Saturne très puissant et influent. C'est le destin. Te souviens-tu de Saturne ? Il en a vu de dures parce qu'il était châtré, mais il a lui-même pratiqué quelques castrations. Les modes de comportement se répètent forcément. Toutes sortes d'obstacles, de fardeaux à supporter, d'anxiétés; des dépressions et de grandes fatigues — ça, c'est la personnalité du Beau Ténébreux — mais aussi certaines compensations : un sens très fort des responsabilités qui te permet de persévérer et, enfin, après une lutte, un sens aigu des réalités — une belle qualité, même si elle n'est pas toujours confortable. Ton Mars soutient ton Soleil, tu vois, et cela te procure une énorme endurance. Ah, et ça, c'est important aussi, ton Saturne a le même rapport à la Lune que ton Mars à ton Soleil, mais cela te donne de l'énergie spirituelle et t'emmène au plus profond du monde souterrain, le monde du rêve, ce que Goethe appelait le royaume des Mères. De nos jours, on préfère parler d'archétypes parce que ce mot paraît très cultivé et savant. Mais celui de Mères traduit beaucoup mieux la chose. Les Mères sont les créatrices, les matrices de toute expérience humaine.

— C'est sûrement le monde de l'art, non ?

— C'est plus que cela. L'art peut être un symptôme, une forme perceptible de ce que sont les Mères. Remarque qu'il est tout à fait possible d'être un très bon artiste sans avoir la moindre notion de ce genre de choses. Saturne en l'ascendant et le Soleil au milieu du Ciel. C'est là une configuration très rare qui suggère une vie peu ordinaire. Peut-être même quelque protection céleste. As-tu jamais eu conscience d'une chose pareille ?

— Non.

— Tu es vraiment quelqu'un, Francis.

— Tu me flattes.

— Là, tu te gourres complètement ! Je ne plaisante pas avec l'astrologie, moi. Je ne gagne pas ma vie d'une façon précaire en faisant des horoscopes pour des clients payants. J'essaie de comprendre de quoi il s'agit et j'ai eu la chance de découvrir ce vieux secret astrologique dont je t'ai parlé. Je ne te raconte pas d'histoires, Francis.

— Je dois dire que mon côté remarquable met du temps à se déclarer.

— Il se déclarera bientôt, s'il ne l'a pas déjà fait. Ce ne sera pas une célébrité mondaine ; il s'agit peut-être d'une célébrité posthume. Si j'étais clairvoyante de métier, je te dirais certaines choses indiquées ici. Ton séjour à Düsterstein est très important : ton thème le montre clairement. Et travailler avec Saraceni l'est aussi, bien que le Meister n'apparaisse que comme une influence de Mercure. En outre, il y a dans ton passé toutes sortes de choses qui ne sont pas manifestes dans ton présent. Qu'est devenue toute cette musique ?

— Quelle musique ? Je ne me suis jamais beaucoup occupé de cet art. Je n'ai aucun talent.

— La musique de quelqu'un d'autre. Dans ton enfance.

— J'avais une tante qui chantait et jouait du piano. Des choses épouvantables, je suppose.

— C'est elle, la fausse mère qu'on voit dans ton thème ? Il y en a deux, à vrai dire. L'une d'entre elles était-elle la gouvernante ?

— La cuisinière de mon grand-père, en fait.

— Une influence très dure. Granitique. Mais l'autre femme semble avoir eu un côté sorcière. Avait-elle un aspect bizarre ? Était-ce elle, la chanteuse ? Peu importe que ce qu'elle chantait n'ait pas été au goût du jour. Les gens sont si bêtes, tu sais : ils ne tiennent aucun compte de l'influence des musiques qui ne sont pas de premier ordre. Si celles-ci n'ont pas la qualité Salzbourg ou Bayreuth, elles ne peuvent avoir le moindre pouvoir. Pourtant, une chanson sentimentale peut parfois ouvrir des portes auxquelles Hugo Wolf a frappé en vain. Ça doit être pareil en peinture. Le bon goût ne s'accompagne pas toujours d'un effet puissant. Si ta tante mettait tout ce qu'elle avait dans ses chansons, cela pourrait t'avoir marqué pour la vie.

— C'est possible. Je pense souvent à elle. Elle va très mal, à ce qu'il paraît.

— Et qui est ce personnage bizarre, ici ? Quelqu'un qui ne paraît pas tout à fait humain. Cela peut-il avoir été un animal domestique très aimé ?

— J'avais un frère affligé d'une grave maladie.

— Étrange. Cela ne ressemble pas à un frère. Mais une forte influence, quoi qu'il en soit. Elle t'a donné une grande compassion pour les malheureux et les déshérités, et c'est très bien, ça, Francis, à condition de ne pas en perdre le bon sens. Je ne pense pas que ça soit possible avec le puissant Mercure que tu as. En tout cas, une compassion immodérée te détruirait plus vite que du cognac. Et le royaume des morts — qu'y faisais-tu ?

— Je crois réellement que j'y apprenais à connaître la fragilité et l'aspect poignant de la vie. J'avais un maître remarquable.

— Oui, il figure dans ton thème. Une sorte de Charon qui transporte les morts dans l'autre monde. Si j'écrivais une étude universitaire, ce qui, Dieu merci, n'est pas le cas, je l'appellerais un psychopompe.

— Un très beau mot. Il aurait sûrement aimé être appelé ainsi.

— Était-ce ton père, par hasard ?

— Non, pas du tout. Un domestique.

— Curieux. On dirait un père ou un parent. Au fait, où est-il, ton père ? Dans le thème, je vois un personnage de Polyphème, mais je n'arrive pas à discerner si c'est ton père. »

Francis rit.

« Polyphème ? Oui, c'est bien ça. Il porte toujours un monocle. Un type gentil.

— Voilà qui prouve à quel point on doit être prudent dans l'interprétation d'un thème. Polyphème n'était pas gentil du tout. Ce qui est certain, toutefois, c'est qu'il n'avait qu'un œil. Mais était-ce ton vrai père ? Qui est ce vieil homme ?

— Un vieil homme ? Mon grand-père peut-être.

— Oui, c'est probable. L'homme qui a véritablement aimé ta mère.

— Ruth, qu'est-ce que tu racontes ?

— Ne te fâche pas : je parle d'inceste. Pas du sordide inceste physique, mais de l'inceste spirituel, psychologique. Il a une sorte de noblesse. Il aurait même conféré de la dignité à l'inceste physique si celui-ci s'était produit. Je n'insinue pas du tout que tu es l'enfant de ton grand-père par le sang ; tu l'es plutôt par l'esprit. Tu es l'enfant qu'il aimait parce que tu étais né de sa fille adorée. Et où est ta mère ? Elle n'apparaît pas très clairement. L'aimes-tu beaucoup ?

— Je crois que oui. C'est toujours ce que je me suis dit. Mais elle n'a jamais été aussi réelle que ma tante ou la cuisinière. Je n'ai jamais vraiment senti que je la connaissais.

— Un enfant perspicace connaît son père, mais seulement un enfant sur un million connaît sa mère. C'est une race mystérieuse, les mères.

— À ce qu'il paraît. Elles descendent aux portes mêmes de l'enfer afin de nous donner la vie.

— C'est très saturnien, ça, Francis. On dirait presque que tu leur en veux pour ça.

— C'est normal, non ? Qui a envie de supporter l'écrasant fardeau que représente la gratitude qu'on leur doit ? J'ai l'impression que la mienne ne pensait pas beaucoup aux profondeurs de l'enfer lors de ma conception.

— Non, ça m'a plutôt l'air d'avoir été un moment très gai, si ton premier thème est juste. Lui as-tu parlé de ta femme ? Lui as-tu dit qu'elle s'était enfuie avec un intrépide aventurier ?

— Non. Pas encore.

— Ou de l'enfant ?

— Bien sûr, elle connaît son existence. « Oh, mon vilain chéri, voilà que tu m'as rendue grand-mère ! » m'a-t-elle écrit.

— L'as-tu rassurée en lui révélant qu'elle n'était pas vraiment grand-mère ?

— Bon sang, Ruth, ton truc devient vraiment trop indiscret ! Tu as vraiment vu ça dans tes petits dessins cabalistiques ?

— Je vois les cornes du cocu avec une terrible netteté. Mais n'en fais pas une histoire. C'est arrivé à des gens très bien. Prends le roi Arthur, par exemple.

— Merde pour le roi Arthur, pour Tristan et Iseut, pour le foutu Saint-Graal et tout le bazar celtique. Je me suis rendu ridicule avec tout ça.

— Tu aurais pu te rendre ridicule pour des choses beaucoup plus insignifiantes, remarque.

— Écoute, je ne voudrais pas être désagréable, mais toute ton histoire d'astrologie est vraiment trop vague, trop mythologique. Franchement, tu prends ça au sérieux ?

— Je te le répète : c'est une façon de canaliser des intuitions et des choses auxquelles il est impossible d'accéder par les avenues larges et illuminées de la science. Ce n'est pas parce que tu ne peux pas les expliquer qu'il faut les rejeter. Tu ne peux pas parler aux Mères en leur téléphonant, tu sais. Elles ne figurent pas dans l'annuaire. Oui, je prends ça au sérieux.

— Mais tout ce que tu as raconté à mon sujet est favorable. Ce sont des choses susceptibles de me faire plaisir. Si tu voyais dans mon thème que je mourrai cette nuit, me le dirais-tu ?

— Probablement pas.

— Eh bien, quand mourrai-je ? Allez, donne-moi quelque information choc venue tout droit des planètes.

— Aucun astrologue doté de bon sens ne dira jamais à quelqu'un quand il mourra. Quoiqu'une fois un sage astrologue ait prédit à un roi très coléreux qu'il mourrait le lendemain de sa mort à lui. Cela lui permit d'atteindre un âge avancé. Mais je te dirai ceci : tu vivras longtemps. La guerre t'épargnera.

— La guerre ?

— Oui, la prochaine guerre. Voyons, Francis, on n'a pas besoin d'être astrologue pour savoir qu'il va y avoir la guerre. D'ailleurs, toi et moi ferions bien de quitter ce charmant et pittoresque château avant qu'elle n'éclate, sinon nous risquons de nous retrouver dans le Bummelzug qui passe derrière la maison tous les quelques jours.

— Tu es au courant?

— Ce n'est pas un grand secret. Je donnerais cher pour jeter un coup d'œil à cet endroit, mais la première règle pour des étrangers, c'est de ne pas se montrer trop curieux. J'espère que tu ne t'approches pas trop de ce lieu quand tu vas te balader dans ta petite voiture. Tu dois sûrement savoir que nous vivons sous l'emprise de la plus grande tyrannie qu'on ait connue depuis mille ans et certainement la tyrannie la plus efficace de l'histoire. Or, là où il y a tyrannie, il y a forcément traîtrise. Parfois, celle-ci peut prendre des formes très raffinées. Sais-tu ce que fait Saraceni?

— Je commence à me le demander.

— Il faudra que tu le saches bientôt. Vraiment, Francis, pour un homme si fortement influencé par Mercure, tu mets du temps à piger. J'ai dit que tu n'étais pas bête, mais tu es lent. Tu ferais bien de découvrir dans quelle affaire tu t'es engagé, mon garçon. Peut-être que Max te le dira. Écoute, Mercure est l'esprit de l'intelligence, n'est-ce pas? Et il est aussi la ruse et la tricherie. Quelque chose de très important va bientôt se présenter à toi. Une décision. Je t'en prie, Francis, sois un escroc si tu ne peux pas faire autrement, mais pour l'amour du Ciel, ne sois pas un escroc stupide. Toi, avec un thème dominé par Saturne et par Mercure! Tu voulais que je te parle des choses sombres, désagréables de ton thème: eh bien, les voilà! Encore une chose: l'argent. Tu l'aimes beaucoup trop.

— Parce que tout le monde essaie de m'en extorquer. On dirait que je suis le banquier de tout un chacun, et, sans qu'on me paie un sou, leur homme à tout faire, leur espion et leur larbin...

— Leur espion? C'est donc pour cela que tu es ici! Eh bien, je suis soulagée d'apprendre que tu n'es pas simplement un Américain perdu qui erre dans le brouillard.

— Je ne suis pas américain, bon sang! Je suis canadien. Vous, les Anglais, vous êtes incapables de faire la différence!

— Mes excuses les plus plates. Bien sûr que tu es canadien. Sais-tu ce que c'est que le Canada ? Un vrai gâchis psychologique ! Pour un tas de bonnes raisons, y compris quelques fortes influences planétaires. Le Canada est un pays introverti qui essaie désespérément de se comporter comme un extraverti. Réveille-toi ! Sois toi-même et non pas une mauvaise copie de quelque chose d'autre !

— Ruth, c'est étonnant, mais je n'ai jamais connu quelqu'un qui puisse dire autant de bêtises que toi !

— O.K., tête de bois. On verra bien. La consultation astrologique est terminée. Il est minuit et nous devons être frais et dispos demain pour accueillir nos supérieurs lorsqu'ils arriveront de Munich, de Rome et de Dieu sait d'où peut venir l'ineffable prince Maximilien. Alors, donne-moi un dernier cognac, puis ce sera bonne nuit ! »

« Heil Hitler ! »

Les paroles du prince Maximilien éclatèrent comme un coup de fusil.

Saraceni sursauta. Son bras droit se leva à demi pour répondre au salut nazi. Mais la comtesse, qui avait à moitié plongé par terre pour faire une révérence, se releva lentement, pareille à un personnage de pantomime sortant d'une trappe.

« Oh, Max ! Est-ce vraiment nécessaire ?

— Ma chère cousine, excusez ma petite plaisanterie. Vous permettez ? » Il l'embrassa affectueusement sur la joue. « Saraceni, mon vieux ! Ma chère petite cousine, tu es plus jolie que jamais. Miss Nibsmith, comment allez-vous ? Et vous, je ne vous connais pas encore, mais vous devez être Cornish, le bras droit de Tancrède. Enchanté. »

Il était difficile de placer un mot avec le prince Max. Francis serra la main qu'il lui tendait. Max enchaîna :

« C'est si gentil de votre part de m'inviter à passer Noël avec vous, ma cousine. En Bavière, on ne le célèbre plus aussi joyeusement qu'autrefois, quoique j'aie vu quelques signes de réjouissances sur la route. Je suis venu par

Oberammergau, pensant que là, au moins, on rendrait un hommage plein de gratitude à la naissance de Notre Seigneur. Après tout, cette ville doit vendre et exporter des kilomètres de crèches, de crucifix et d'images pieuses chaque année et même eux ne peuvent complètement oublier pourquoi. En ce moment, en Suisse, Noël bat son plein. Paris est *en fête*[1] comme si le Christ avait été français. Et à Londres, des gens qui d'ordinaire sont relativement normaux pataugent dans la neige fondue et dévalisent Fortnum de ses tourtes, puddings, papillotes à pétard et de tous les autres accessoires nécessaires à leur saturnale nationale. Et ici... je vois que vous avez mis quelques branches de sapin...

— Bien sûr. Et demain, nous irons à la messe, comme d'habitude.

— J'y assisterai ! J'y assisterai, complètement à jeun depuis minuit. Je ne me brosserai même pas les dents, de crainte qu'une goutte luthérienne ne descende par mégarde dans mon gosier. Qu'est-ce qu'on va s'amuser ! Ou devrais-je dire « Quelle partie de rigolade ! » avec l'accent cockney, hein, Cornish ?

— Pardon, monsieur ?

— Je vous en prie, pas de « monsieur » ! Appelez-moi Max. « Quelle rigolade ! » à cause de Dickens. Vous devez être un vrai protestant dickensien, non ?

— J'ai été élevé dans la religion catholique, Max.

— Tiens, vous n'en avez pas l'air.

— Et quel air, exactement, a un catholique ? demanda la comtesse, légèrement irritée.

— Oh, un air très seyant, ma cousine : ses yeux ont une expression éthérée qu'on ne voit jamais chez un luthérien. N'ai-je pas raison, miss Nibsmith ?

— Oui, mais dans nos yeux à nous brille la lumière de la vérité, monsieur.

— Bravo ! Elle ne se laisse pas faire, la gouvernante, hein ? Cette lumière brille-t-elle aussi dans les tiens, Amalie ? »

La jeune fille rougit comme chaque fois que quelqu'un

1. En français dans le texte.

portait son attention sur elle, mais ne répondit pas. Ce n'était d'ailleurs pas nécessaire. Le prince continua à bavarder.

« Ah, un vrai Noël bavarois, comme dans notre enfance ! Combien de temps cela pourra-t-il durer, hein ? Tant que nous ne sommes pas juifs, nous serons sans doute autorisés à célébrer cette fête selon nos traditions, du moins en privé. Vous n'êtes pas juif par hasard, Tancrède ? C'est une chose que je me suis toujours demandée.

— Que Dieu m'assiste, répondit Saraceni en se signant. J'ai déjà assez de problèmes comme ça. »

Amalie retrouva soudain sa langue.

« Je ne savais pas que les juifs fêtaient Noël, dit-elle.

— Les pauvres ! Je crains qu'ils n'aient guère l'occasion de fêter quoi que ce soit. Pendant le dîner, nous boirons à des temps meilleurs, d'accord ? »

Le prince était arrivé dans une petite voiture de sport toussotante, crachotante et pétaradante chargée de paquets et de grosses valises en cuir. Quand tout le monde se rassembla pour dîner, il apparut que ces bagages contenaient des cadeaux qui tous fleuraient nettement les magasins chics de Bond Street. Pour la comtesse, une caisse de bordeaux et une autre de champagne. Pour Amalie, une photo du prince Max en grand uniforme dans un cadre coûteux provenant de chez Asprey. Pour miss Nibsmith, un agenda très beau, quoique peu pratique, relié de cuir bleu et muni d'un cadenas doré et d'une clé — pour ses notes astrologiques, dit le prince Max d'un air entendu. Pour Saraceni et Francis, des agendas de poche qui provenaient manifestement de chez Smythson. Et, pour les domestiques, un panier rempli de toutes sortes de luxueuses victuailles achetées chez Fortnum.

Bien entendu, il y eut d'autres présents. La comtesse offrit à Francis un livre qu'un érudit avait laborieusement écrit sur la collection de tableaux de Düsterstein. En rougissant beaucoup, Amalie lui donna six mouchoirs sur lesquels elle avait brodé ses initiales. Saraceni distribua à tout le monde des livres de poésie reliés à Florence. Francis se distingua en donnant à la comtesse et à Amalie des portraits d'elles-mêmes esquissés dans le style des maîtres anciens et dans lesquels il avait pris soin d'accentuer la ressemblance familiale. Il n'avait rien pour les hommes ou pour miss Nibsmith, mais cela semblait sans importance. Quand la distribution des cadeaux fut terminée, ils s'attablèrent pour un dîner encore plus long que d'habitude qui comprenait du gibier, une oie rôtie et une carpe farcie qui s'avéra plus agréable à regarder qu'à manger. Après le fromage, la comtesse annonça qu'en honneur de Francis, ils termineraient le repas avec un plat traditionnel anglais que le cuisinier, un Suisse italien, appelait *Suppe Inglese*. Il s'agissait d'une imitation audacieuse d'une charlotte au xérès ; elle était un peu trop humide, mais c'était l'intention qui comptait.

Pendant le repas, il y eut moins une conversation qu'un numéro du prince Max — monologue rempli de références faites comme en passant et nullement inévitables à « mon cousin Carol, le roi de Roumanie » et de deux ou trois histoires au sujet de « mon ancêtre Frédéric le Grand (quoique nous appartenions à la branche souabe de la famille) » et d'un assez long compte rendu sur la façon dont, adolescent, il avait étudié le droit canon « pour que les prêtres ne puissent pas nous tromper — nous avions plus de cinquante paroisses, vous savez ». Enfin, quand arriva le moment des toasts et qu'on eut bu à la santé de la comtesse, d'Amalie, de miss Nibsmith, aux merveilles de l'art italien « représenté ici par notre cher maestro Tancrède Saraceni » et au roi d'Angleterre, le prince insista pour qu'on portât également un toast au « prétendant au trône d'Angleterre, mon cousin, le prince Rupert de Bavière, qui descend des Stuarts, comme vous le savez, bien entendu ». Ensuite, Francis tint absolument à casser son verre (s'étant assuré qu'il n'était pas trop précieux) afin qu'il ne pût jamais servir à un toast moins grandiose que celui-là.

Francis sortit un peu trop brusquement de son personnage de Beau Ténébreux : il sentait l'alcool envahir ses veines. Quand Amalie, soudain téméraire, lui demanda s'il était vrai qu'il y avait beaucoup d'ours au Canada, il répondit que, dans son enfance, un petit garçon avait été dévoré par une de ces bêtes, à cinq kilomètres seulement de Blairlogie. C'était vrai, mais, comme si cela ne suffisait pas, il ajouta que, plus tard, on avait vu l'ours marchant sur ses pattes de derrière, coiffé de la toque de l'enfant et portant son cartable, qui se dirigeait vers Carlyle Rural. Même Amalie refusa de le croire.

« Ma chère Amalie, l'esprit anglais tend toujours vers la *fantaisie*[1] », dit la comtesse avec une solennité d'aïeule.

Ensuite, le prince Max reprit la parole et raconta une chasse au sanglier à laquelle il avait autrefois eu le plaisir de participer en compagnie de plusieurs membres haut placés de sa famille.

« Qu'est-ce que le prince Max fait à présent ? demanda Francis à Ruth Nibsmith après le dîner.

— Il travaille pour le compte d'un négociant en vins qui a son siège social à Londres, murmura-t-elle. Il vit de ses gains, qui sont assez élevés, mais ce n'est quand même pas le Pérou. Max est un véritable aristocrate, un débrouillard increvable, joyeux et sans complexes. Hitler n'arrivera jamais à abattre quelqu'un comme lui. As-tu remarqué le petit bidule avec les armes des Wittelsbach sur la portière de sa voiture ? Max, c'est de l'authentique, mais il n'a pas la langue dans sa poche, comme nos aristos anglais pleins de morgue. »

Le matin de Noël. Les habitants de Düsterstein allèrent à la messe et prirent leur petit déjeuner, puis, sans que le sujet ait été mentionné — le prince Max avait parlé sans arrêt d'autres choses — un petit cortège se rendit à l'atelier-grotte. Saraceni marchait devant, suivi par la comtesse, le prince et Francis. Les panneaux sur lesquels le Meister avait travaillé tout l'automne étaient appuyés contre les tables, les murs et les piliers de lapis-lazuli.

Le prince fit lentement le tour de la pièce pour les regarder.

« C'est magnifique, dit-il. Vraiment, Tancrède, vous surpassez votre réputation. Comment avez-vous fait pour

1. En français dans le texte.

transformer ainsi ces épouvantables croûtes ? Si je n'en avais pas la preuve sous les yeux, je n'aurais jamais cru cela possible. Selon vous, donc, ce travail est impossible à détecter ?

— Un critique résolu, armé d'acides variés et de rayons spéciaux qui révèlent l'inévitable manque d'uniformité des coups de pinceau, verrait probablement ce qui s'est passé, mais je doute que, même alors, il en serait absolument sûr. Toutefois, comme je l'ai répété tous les jours à notre ami Corniche, nous devons nous efforcer de faire notre travail si parfaitement qu'il n'éveillera aucun soupçon et n'incitera pas des enquêteurs curieux à l'examiner avec les moyens techniques dont ils disposent. Comme vous pouvez le constater, ces tableaux sont assez sales. Et la crasse qui les recouvre leur appartient. Il n'y a pas de crasse d'Augsbourg là où l'on pourrait s'attendre à trouver de la crasse de Nuremberg. On leur fera certainement subir un bon nettoyage avant de les accrocher dans le grand musée.

— On fera peut-être appel à vous pour superviser cette opération. Ce serait assez drôle, non ?

— Cela m'amuserait certainement beaucoup.

— Vous savez, certaines de ces toiles sont tellement bonnes que je les convoite presque pour moi-même. Vous avez vraiment créé l'illusion que des portraitistes extraordinairement habiles et tout à fait inconnus ont travaillé dans un style authentiquement allemand parmi les riches marchands des XVe et XVIe siècles qui habitaient dans cette région. La seule chose que vous n'ayez pas réussi à camoufler, c'est votre talent, Meister.

— Vous êtes trop aimable.

— Regardez celui-ci. Le bouffon des Fugger. C'est incontestablement l'un de ces fous que les Fugger avaient toujours dans leur entourage après qu'ils furent devenus comtes, mais lequel ? Croyez-vous que cela puisse être Drollig Hansel, le favori du comte Hans ? Regardez-le. Quelle figure !

— Le pauvre homme, dit la comtesse. Être né nain et servir de fou. Enfin... je suppose que c'est mieux que d'être un nain pauvre et solitaire.

— Ce tableau-là enchantera sûrement nos amis quand ils le verront, déclara le prince Max.

— Désolé, mais il n'est pas inclus dans le lot, dit Saraceni.

— Pas inclus ? Mais c'est le plus beau de tous ! Pourquoi n'est-il pas inclus ?

— Parce que ce n'est pas un tableau retouché. C'est un faux entièrement peint par notre jeune ami Corniche. Je lui ai enseigné la technique employée dans cette sorte de peinture, puis je l'ai laissé produire une œuvre tout seul, à titre d'exercice, pour montrer qu'il avait bien maîtrisé son art.

— Mais c'est superbe !

— Oui. Un superbe faux.

— Quelqu'un pourrait-il s'en apercevoir ?

— Pas sans examen scientifique. Le panneau est vieux et tout à fait authentique et le cuir qui le recouvre date de la même époque. Les peintures sont les bonnes : elles ont été fabriquées selon la recette de cette époque. La technique est impeccable, mis à part le fait qu'elle est un peu trop parfaite pour un peintre totalement inconnu. Et cet ingénieux coquin de Corniche a même veillé à ce que les craquelures contiennent un peu de poussière authentique. Je crois que pas un spectateur sur mille pourrait avoir le moindre soupçon.

— Mais, Meister, cet observateur repérerait sûrement le vieux *Firmenzeichen* des Fugger, la fourche et le cercle, qu'on parvient à peine à distinguer, là, dans le coin supérieur gauche du tableau. Il serait très fier de l'avoir détecté et identifié malgré le fait que ce symbole est devenu si noir qu'il se distingue à peine du fond.

— Oui, mais je le répète : c'est un faux, mon cher Max.

— Peut-être matériellement, mais pas dans l'esprit. Réfléchissez, Meister : ceci n'est pas une imitation de l'œuvre de quelque peintre connu — ça, ça serait un faux, bien sûr. C'est simplement un petit tableau peint dans le style du XVIe siècle. Alors, en quoi se différencie-t-il des autres ?

— Seulement par le fait qu'il a été peint le mois dernier.

— Allons, allons, là vous faites preuve d'une morale

presque aussi pointilleuse que celle des luthériens! On ne peut pas être esclave de la chronologie. Qu'en pensez-vous, cousine? Ce tableau n'est-il pas un petit joyau?

— Il me parle de l'inéluctable souffrance que doit engendrer le fait d'être nain, d'avoir à se rendre ridicule pour être toléré, de sentir que Dieu ne vous a pas rendu justice. S'il m'évoque si fortement ces choses, c'est qu'il doit être d'une qualité exceptionnelle. J'aimerais le voir partir avec les autres.

— Bien sûr, cousine. Voilà exactement la sorte de bon sens que j'attendais de vous. Allons, Tancrède, laissez-vous fléchir.

— Si vous insistez... Mais c'est vous qui prenez le plus grand risque.

— Ça, c'est mon problème. Est-ce que tout est prêt pour le voyage, cousine?

— Les six grands tonneaux sont dans le vieux grenier à blé.

— Alors, mettons-nous tout de suite au travail. »

Francis, Max, la comtesse et Saraceni passèrent les trois heures suivantes à envelopper les panneaux — dix-huit en tout, y compris le tableau représentant le bouffon — dans du papier huilé. Après cette opération, les toiles furent cousues dans de la soie huilée et les coutures calfatées avec du goudron que Saraceni faisait chauffer sur le brasero. Ensuite ils lestèrent ces paquets d'un certain nombre de petits plombs et les portèrent dans le vieux grenier où, en raison de la fête, il n'y avait pas d'ouvriers ce jour-là. Ils ôtèrent le couvercle des six grands fûts qui s'y trouvaient et plongèrent soigneusement les colis dans le vin blanc qu'ils contenaient — cinquante-deux gallons par baril. Quand le prince Max remit le dernier couvercle en place en tapant dessus, dix-huit tableaux avaient été ainsi immergés, bien au sec dans leur enveloppe. Maintenant, ils étaient prêts à partir pour l'Angleterre et à terminer leur voyage dans l'entrepôt d'un très respectable marchand de vins londonien. Cela avait été une bonne matinée de travail et même la comtesse abandonna un peu de sa réserve habituelle : elle invita les conspirateurs à boire un verre de madère avec elle, dans son salon privé où Francis n'avait encore jamais mis les pieds.

« J'ai vraiment l'impression d'avoir accompli quelque chose de très important, dit le prince Max en reniflant le contenu de son verre. L'ampleur et l'ingéniosité de notre stratagème me ravit. Je me demande si je vais pouvoir résister à la tentation de piquer le petit bouffon des Fugger pour moi-même. Mais non — ça ne serait pas professionnel. Ce tableau doit accompagner les autres. Savez-vous une chose ? Je trouve drôlement curieux que notre ami Francis n'ait pas dit un mot — pas un seul — au sujet de ce que nous avons fait de sa toile.

— J'avais une bonne raison de me taire, répondit Francis. Mais il est certain que j'aimerais bien savoir ce qui se passe, si c'est possible. Le Meister m'a tellement opprimé pendant ces quatre derniers mois que j'ai l'impression de n'avoir plus le droit de poser la moindre question. C'est sans doute cela, l'apprentissage : ouvre les yeux et tais-toi.

— Tancrède, quel vieux tyran vous faites ! dit le prince Max. Cousine, pensez-vous que nous devrions expliquer les choses à notre ami, du moins un tout petit peu ?

— Absolument, quoique je doute que vous puissiez expliquer, ou faire quoi que ce soit d'autre, « un tout petit peu » seulement. M. Cornish est maintenant mêlé à nos affaires — vous lui direz lesquelles — beaucoup plus qu'il ne le sait et il serait tout à fait incorrect de ne pas lui dire à quoi il s'expose.

— Eh bien, voilà, mon cher Cornish. Vous savez que notre Führer est un grand amateur d'art ? C'est normal, puisqu'il a lui-même été peintre dans sa jeunesse, avant que ne se déclare sa haute destinée. Résolu à ce que toute la gloire du *Volk* allemand soit montrée au monde entier comme au *Volk* lui-même, il désire acquérir et rapatrier toute œuvre d'art allemande qui se trouve à l'étranger. C'est ce qu'il appelle « le rapatriement de notre patrimoine ». Ça ne sera pas facile. Beaucoup d'objets d'art religieux ont été dispersés pendant la Réforme. Qui avait envie de choses aussi absurdes ? Certainement pas les luthériens. Mais un grand nombre de ces œuvres partirent dans d'autres pays, et même aussi loin que l'Amérique, d'où elles ne reviendront probablement jamais. Néanmoins, les tableaux restés en Europe se laisseront peut-être ramener. Il y a eu une autre dispersion d'art allemand durant le XVIIIᵉ et le début du XIXᵉ siècle, quand tout jeune homme anglais qui faisait le Grand Tour se sentait obligé de ramener chez lui quelques jolis objets. Or, ceux-ci n'étaient pas seulement acquis en Italie. Quelques très belles œuvres gothiques quittèrent ainsi ce pays. Le Führer veut rassembler tout cela, les œuvres de premier et de second ordre — quoique le Führer ne considérerait jamais une œuvre authentiquement allemande comme de second ordre — pour le mettre dans un futur grand Führermuseum à Linz.

— Linz ? Mais cette ville se trouve en Autriche.

— Oui, et pas trop loin du lieu de naissance du Führer. Quand les tableaux seront réunis, l'Autriche sera heureuse d'avoir le Führermuseum. Ce pays est prêt à être cueilli. Vous commencez à piger ?

— Oui, mais est-ce que le Führer veut vraiment le genre de tableaux sur lesquels nous avons travaillé, le Meister et moi ? Ils n'ont pas grande valeur. Et pourquoi les envoyer en Angleterre ? Ne pouvez-vous pas les proposer ici ?

— C'est une histoire très compliquée. D'abord, le Führer veut tout ce qui est allemand ; une fois les œuvres acquises, quelqu'un séparera les bonnes des médiocres. Et laissez-moi vous dire que vous et ce cher Tancrède avez élevé ces tableaux au-dessus de la médiocrité. Ce sont des portraits d'un très grand intérêt. Comme ces bourgeois ont l'air intelligents et allemands maintenant ! Ensuite, le Führer, ou plus exactement ses agents, sont prêts à conclure des marchés avec des marchands d'art étrangers. Ils aiment faire du troc. Contre un tableau allemand, ils peuvent échanger un tableau étranger d'une valeur plus ou moins équivalente accroché dans un musée allemand. Sous la pression discrète des conseillers artistiques du Führer, le Kaiser Friedrich Museum de Berlin et la Alte Pinakothek de Munich ont déjà donné un Duccio di Buoninsegna, un Raphaël, quelques Fra Filippo Lippi et Dieu sait quoi encore contre des œuvres allemandes rendues disponibles. Il y en a des tas en Angleterre, vous savez.

— Je suppose que oui.

— Et nous sommes sur le point d'en expédier d'autres là-bas pour le troc. Des tableaux qu'on a peut-être découverts dans des maisons de campagne anglaises. De petites choses, mais le principal agent du Führer aime la quantité aussi bien que la qualité.

— Il a également l'œil pour la qualité, dit la comtesse avec une sorte de reniflement dédaigneux.

— En effet, et il lorgne les tableaux qui sont ici, à Düsterstein, reprit le prince Max. Comme vous le savez peut-être, le principal agent artistique du Führer, c'est le Reichsmarschall Göring. Il a déjà rendu visite à ma cousine pour voir si elle voudrait offrir sa collection de famille au Führermuseum en tant que gage de sa fidélité aux idéaux allemands. Le Reichsmarschall adore les tableaux et il possède lui-même une collection enviable. »

Max se tourna vers la comtesse.

« Il paraît qu'il a demandé au Führer de remettre en usage, à son bénéfice, le titre que le landgrave Wilhelm III de Hesse donna à son conseiller en art : Directeur Général des Délices de Mes Yeux.

— Quelle effronterie ! s'écria la comtesse. Son goût est très vulgaire, comme on peut s'y attendre.

— Eh bien, voilà, mon cher Cornish, maintenant vous savez tout, dit le prince Max.

— Si j'ai bien compris, vous entreprenez tout cela comme une sorte d'action anti-Hitler donquichotesque ? demanda Francis. Simplement pour lui jouer un tour ? Mais le risque doit être énorme !

— Nous sommes donquichotesques, mais pas tellement que ça, répondit le prince. Ce travail qui, comme vous le dites, est dangereux, reçoit une certaine récompense. Les sociétés anglaises amies sont extrêmement généreuses. Certains marchands de tableaux sont mêlés à cette affaire. Ils arrangent les trocs, puis vendent les trésors italiens qui vont en Angleterre en échange de la sorte de toiles dont nous nous sommes occupés ce matin. Un ensemble d'œuvres mineures comme celles-ci peut être échangé contre une toile unique : un Tiepolo ou même un Raphaël. Ce travail est donquichotesque, certes, mais pas totalement désintéressé. Il y a une rétribution effective. Elle dépend du degré de notre réussite. »

Francis regarda la comtesse et, quoiqu'il sût assez bien contrôler ses traits, son visage dut exprimer l'étonnement. La comtesse resta impassible.

« On ne rétablit pas une grande fortune sans prendre de risques, monsieur Cornish », dit-elle.

« *Cette fille a fait un bon horoscope pour Francis, dit le Petit Zadkiel. Elle a même fait allusion au rôle que vous jouez dans son destin, mon frère. Cela a dû vous étonner.*

— Je ne m'étonne pas si facilement, répondit le démon Maimas. À l'époque où les gens connaissaient l'existence et l'influence de démons comme moi, nous étions souvent reconnus et évoqués. Mais c'est vrai, cette Ruth Nibsmith a fait du bon travail. Elle a prévenu Francis de l'imminence d'une crise et l'a mis en garde contre le fait qu'il pense de plus en plus à l'argent.

— Il a de bonnes raisons pour ça. Comme il le dit, tout le monde l'exploite et il se laisse exploiter. Prends ce gang de Düsterstein ! Le prince Max suppose que Francis sera ravi de participer à leur mystification — pour employer un euphémisme — parce qu'il la considère comme une farce aristocratique et que Francis sera honoré d'être l'un de ces farceurs. Au fond d'elle-même, la comtesse pense qu'un bourgeois comme Francis a de la chance de partager un secret aristocratique et de gagner sa croûte en contribuant à l'opération. Quant à Saraceni, il a le mépris bienveillant du maître pour le néophyte. Cependant, si jamais le stratagème était découvert, ce serait Francis qui en souffrirait le plus : c'est en effet le seul qui ait fabriqué un faux.

— Je ne suis pas d'accord, mon frère. Francis a peint un original dans un style extrêmement personnel et si jamais un expert se trompait sur la date de son exécution, ce serait uniquement par bêtise. Ce sont le prince Max et la comtesse qui font passer cette œuvre pour ce qu'elle n'est pas. Ce sont des aristocrates et, comme tu le sais, ces gens-là n'ont pas toujours atteint la position qu'ils occupent grâce à une

vétilleuse scrupulosité. Quant à la question de l'argent, tout n'est pas encore dit à ce sujet.

— Je me tais : tu connais l'affaire mieux que moi, mon cher Maimas. *Ce qui me fait plaisir, c'est que François-Xavier Bouchard, le tailleur nain de Blairlogie, va enfin se présenter aux yeux du monde et être admiré sous les traits de Drollig Hansel, le bouffon des Fugger. Et tout cela parce que, sous l'influence de Harry Furniss, Francis a appris à observer et à mémoriser.*

— Ce sont là les petites blagues qui égaient la tâche fastidieuse d'un Immortel mineur », déclara le démon Maimas.

« Croyez-vous que la Nibsmith comprendra la grosse allusion du prince Max ? demanda Saraceni. Vous avez entendu ce qu'il lui a dit quand il lui a donné ce carnet : pour vos notes astrologiques. Il meurt d'envie qu'elle lui fasse son horoscope.

— Et elle ne veut pas ? s'enquit Francis.

— On dirait que non. Cela fait des mois que Max la supplie — dans la mesure où un aristocrate peut supplier quelqu'un. Ruth est capricieuse. C'est son bon droit. Ce n'est pas une astrologue professionnelle, mais elle est très bonne. Elle a un vrai don de voyance. Car, bien entendu, l'établissement d'un horoscope dépend beaucoup des dons psychiques de l'astrologue. Les Allemands sont tout aussi friands de ce genre de choses que les Américains. Le Führer a son astrologue personnel.

— Ce n'est pas comme ça que j'imagine une voyante.

— Ça ne m'étonne pas. Les vrais voyants sont souvent des gens très terre à terre. Vous a-t-elle déjà fait votre horoscope ?

— Euh… Oui, je l'avoue.

— Avez-vous un bon destin ?

— Un destin curieux, à ce qu'il paraît. Plus curieux que je ne l'aurais cru.

— Moi, ça ne m'étonne pas. Je vous ai choisi comme apprenti parce que vous étiez bizarre. D'ailleurs, vous n'avez pas cessé de montrer de nouveaux traits bizarres depuis lors. Ce tableau, par exemple, que vous avez peint pendant que j'étais à Rome. C'était un portrait, n'est-ce pas ?

— Oui.

— Je ne veux pas être indiscret, mais il a la qualité indéniable d'un portrait, cette chose inimitable qui passe entre un sujet et son peintre — inimitable, du moins à mes yeux. Où sont vos esquisses ? »

Francis les sortit d'un carton à dessins.

« Vous êtes quelqu'un de très méticuleux, ma parole ! Même vos esquisses sont faites sur le papier approprié, dans le style approprié ! Pas dans votre style Harry Furniss. Néanmoins, je parie que la première fois que vous avez dessiné votre modèle, c'était à la manière de Harry Furniss.

— En effet. Ce nain était mort et j'ai fait quelques croquis de lui pendant qu'on le préparait pour l'enterrement.

— Quand je vous disais que vous étiez bizarre… Comme vous avez profité de ce livre de Harry Furniss ! N'oubliez rien ; apprenez à vous souvenir par l'intermédiaire de votre main. Je serai très curieux d'apprendre ce qu'ils pensent de ce tableau à Londres.

— Qui sont ces « ils », Meister ? N'ai-je pas le droit de savoir à quelle histoire je suis mêlé du fait de travailler ici avec vous ? Cela doit sûrement comporter un risque. Pourquoi me laisse-t-on dans l'ignorance ?

— « Ils », c'est un nombre restreint d'éminents marchands de tableaux qui font tous les arrangements dans ce petit jeu qui, comme vous dites, comporte un risque.

— Ils troquent ces toiles sans valeur, ou, du moins, banales, pour des œuvres d'une qualité infiniment supérieure ?

— Ils échangent certaines toiles contre d'autres pour des raisons compliquées.

— D'accord. Mais n'est-ce pas plus que ce que m'en a dit le prince Max ? N'est-ce vraiment qu'un tour élaboré joué au Reich ?

— Il faudrait être bien téméraire pour essayer de jouer un tour au Reich.

— Pourtant quelqu'un a bien l'air de le faire. Est-ce une action gouvernementale ? Une sorte de blague des services secrets ?

— Le gouvernement britannique est au courant et, très vraisemblablement, le gouvernement américain aussi — mais il ne s'agit que d'une poignée de gens qui nieraient savoir quoi que ce soit si l'on découvrait le pot aux roses.

— C'est pour le profit personnel, alors ?

— L'argent joue un rôle dans ces négociations. Nous recevons une petite récompense pour le travail que nous faisons.

— Une petite récompense ! Le bel euphémisme ! Vous voulez dire que vous, la comtesse et le prince Max êtes grassement payés !

— Pour services rendus. La comtesse fournit les tableaux sur lesquels nous travaillons. Où, si ce n'est dans un endroit comme celui-ci — pour chaque tableau accroché au mur, il y en a deux ou trois entassés dans ces innombrables couloirs de service — trouverait-on des toiles de l'âge et du caractère appropriés et, qui plus est, tout à fait authentiques ? Moi, je fournis une technique artisanale qui permet de rendre ces tableaux plus désirables aux yeux des agents du grand Reichsmarschall qu'ils ne l'étaient dans leur état de délabrement antérieur. Le prince Max veille à ce que les tableaux arrivent en Angleterre et parviennent chez les marchands, ce qui comporte de gros risques. De tels services reviennent assez cher, mais ce que nous recevons est peu de chose comparé à ce que touchent les marchands londoniens. Ceux-ci, en effet, obtiennent un chef-d'œuvre italien en échange de tableaux allemands assez médiocres, et, bien entendu, ils le vendent à un prix faramineux.

— Il s'agit donc d'une vaste supercherie à l'échelle internationale.

— Si supercherie il y a, elle n'est pas du genre que vous semblez croire. Puisque les experts allemands trouvent nos tableaux si désirables qu'ils sont prêts à échanger des tableaux italiens d'une grande valeur contre eux, devons-nous dire qu'ils ne savent pas ce qu'ils font ? Il n'est pas question d'argent — du moins, pas à ce stade. Le Reich n'a aucune envie de faire sortir de grosses sommes d'argent du pays, même pour des œuvres d'art nationales : c'est la raison pour laquelle on a choisi ce système de troc. Les experts allemands ont une tâche : rassembler la plus belle, la plus complète et la plus impressionnante collection d'art allemand du monde. Pour cela, ils ont besoin à la fois de la quantité et de la qualité. Le travail que nous faisons ici ne vise pas à la qualité suprême : pas de Dürer, de Grünewald ou de Cranach. Pour fournir de tels tableaux, nous devrions avoir recours à la falsification — chose que, bien entendu, je repousse avec horreur. Nous transformons simplement de vieux tableaux qui ne présentent rien de remarquable en de vieux tableaux d'une certaine valeur artistique.

— À l'exception de *Drollig Hansel*. Ce tableau-là est un faux et il est parti en Angleterre.

— Ne vous laissez pas emporter, cher ami, ou vous pourriez dire des choses que vous regretteriez par la suite. *Drollig Hansel* est un exercice qu'un étudiant a fait dans le style ancien pour prouver son habileté. Il a passé brillamment son épreuve. C'est moi le juge et je sais ce que je dis. Si un expert qui voit cette toile parmi les autres ne s'aperçoit pas qu'elle est moderne, quelle meilleure preuve pouvez-vous avoir de ma réussite ? Mais vous, vous n'avez rien à vous reprocher. Vous n'avez pas peint ce tableau pour tromper, vous ne l'avez pas signé du nom d'un autre et vous ne l'avez pas expédié personnellement en Angleterre.

— C'est de la casuistique.

— Une grande partie de ce qui se dit dans le monde de l'art est de la casuistique. »

Casuistique : étude de l'éthique dans ses rapports avec les problèmes de conscience. C'était dans ce sens que l'Église employait ce mot. Mais dans l'esprit de Francis, il était associé au protestantisme et signifiait : couper les cheveux en quatre, danser sur une corde raide au-dessus d'un abîme. Sa conscience se mit à le tourmenter cruellement. La comtesse avait en effet reçu du prince Max une lettre dans laquelle celui-ci lui racontait comment un tableau nouvellement découvert causait pas mal de sensation chez une vingtaine d'experts londoniens.

On connaît un certain nombre d'œuvres représentant un nain et on a pu identifier quelques-uns des modèles. Van Dyck peignit la reine Henriette-Marie avec son nain, sir Jeffrey Hudson ; Bronzino montra le nain Morgante nu : de face et de dos pour qu'on voie bien tous les détails ; le Prado abrite le portrait de la naine Eugenia Martinez Vallego, habillée et nue. Nous connaissons les nains de Rizi et de Vélasquez — ces avortons qui, l'air absent, semblent observer les fastes royaux à partir d'un monde intérieur semi-conscient — non pas par leur nom, mais par l'intensité de la douleur qu'expriment leurs regards. À des époques où les gens étaient moins délicats, on raffolait des nains et certains d'entre eux servaient à des amusements très semblables à ceux qui avaient poussé F.-X. Bouchard de Blairlogie à passer sa tête dans un nœud coulant.

La comtesse lut la lettre de son cousin à Saraceni et à Francis en montrant autant d'excitation que cette dame réservée pouvait se le permettre. Les experts avaient un peu nettoyé le tableau et qu'avaient-ils trouvé ? Que ce qui avait ressemblé au *Firmenzeichen* des Fugger, à leur sceau familial, était peut-être plus que cela. Certes, cela avait l'air d'être une fourche, ou un chandelier à trois branches avec un O à côté, mais cela pouvait également être une potence d'où pendait un nœud coulant ! Les experts étaient ravis de leur découverte et de la devinette qu'elle proposait. Le nain avait-il été bourreau ? Par ailleurs, ils choisirent d'accepter qu'il s'agissait bien de Drollig Hansel, connu comme un obscur personnage historique mais jamais vu représenté jusque-là. C'était vraiment une trouvaille pour le Führermuseum. Cela évoquait une Allemagne ancienne, dont l'esprit intrépide n'avait pas peur des réalités, même quand celles-ci étaient grotesques.

Le prince Max choisissait soigneusement ses mots. En lisant cette lettre qu'un noble allemand adressait à son aristocratique cousine, aucun agent de la police secrète n'aurait pu comprendre autre chose que les faits qu'elle exposait. Mais à Düsterstein, on jubila.

Francis ne partagea pas l'allégresse générale. Il n'avait jamais pensé que son projet de commémorer, de commenter le sort du nain qu'il avait connu serait un jour dévoilé. Son tableau était quelque chose de très privé, presque un ex-voto, une sorte de monument à la mémoire d'un homme auquel il n'avait jamais parlé et dont il n'avait fait la connaissance qu'après sa mort. Incapable de contenir sa consternation et son tourment, il en parla à Saraceni.

« Cela vous surprend vraiment, cher ami ? Il y a très peu de secrets en ce monde, comme vous devez l'avoir découvert à votre âge. Et l'art est une façon de dire la vérité.

— C'est ce que disait Browning. Ma tante citait tout le temps ce poète.

— Eh bien, votre tante devait avoir été quelqu'un de très sage et Browning, un bon psychologue. Vous ne voyez pas que c'est la sincérité, la profondeur de sentiment exprimées dans votre tableau qui a impressionné tous ces savants messieurs ?

— Mais c'est une supercherie.

— Je vous ai soigneusement expliqué qu'il ne s'agissait pas de ça. Cette toile révèle plusieurs choses sur son modèle et sur vous, mais ce n'est pas une supercherie. »

Si Francis regrettait de voir son commentaire privé sur l'imprévisibilité et la fréquente méchanceté du destin acclamé comme l'évocation d'un nain mort depuis longtemps, il ne pouvait s'empêcher d'être heureux de recevoir des éloges en tant que peintre, même s'il demeurait anonyme. Il se croyait subtil en donnant à Saraceni des occasions de faire des commentaires sur *Drollig Hansel,* sa qualité picturale, la façon dont le tableau évoquait une époque passée, sa couleur et l'impression qu'il donnait d'être grand alors que, par ses dimensions, il était en fait assez petit. Mais son stratagème ne trompa pas l'Italien. Celui-ci se moqua de lui, disant qu'il quêtait des compliments.

« Mais je ne demande pas mieux que de vous les faire, ajouta-t-il. Pourquoi ne les demandez-vous pas comme un vrai artiste au lieu de tourner autour du pot comme une vieille fille qui a peint quelques aquarelles de son jardin ?

— Je ne voudrais pas surestimer cette petite chose.

— Ah, je vois : vous ne voulez pas commettre le péché d'orgueil. Mais n'évitez pas l'orgueil pour tomber dans l'hypocrisie. Vous avez eu une vie de chien, Corniche, avec votre éducation mi-catholique mi-protestante dans cet épouvantable bled où vous avez reçu le pire de ces deux systèmes de tromperie.

— Minute, Meister ! Je me suis rendu compte que vous étiez un bon catholique, vous.

— Peut-être, mais quand je travaille comme artiste, je bannis tout cela. Le catholicisme a engendré beaucoup de grandes œuvres artistiques, le protestantisme aucune — pas un seul tableau. Mais le catholicisme a nourri l'art en dépit du christianisme. Le Royaume du Christ, si jamais il arrive, ne contiendra aucun art : le Christ n'a jamais manifesté le moindre intérêt pour cela. Son Église en a inspiré beaucoup, mais pas à cause de ce que le Maître a dit. Qui, alors, fut l'inspirateur ? Un être terriblement calomnié : le diable, croit-on. C'est lui qui comprend la partie charnelle et intellectuelle de l'homme et pourvoit aux besoins de celle-ci ; or, l'art est charnel et intellectuel.

— Vous travaillez donc sous l'égide du diable ?

— J'y suis bien obligé, si je veux travailler. Le Christ ne se serait pas intéressé à un homme comme moi. Avez-vous remarqué, dans les Évangiles, qu'il évite soigneusement toute personne qui pourrait être soupçonnée de la moindre intelligence ? Voyez ses disciples : des nigauds dotés d'un bon cœur et des femmes qui n'étaient guère mieux que des esclaves. Dans ces conditions, il n'est pas étonnant que le catholicisme ait eu à prendre une position très ferme pour intégrer le monde artistique et intellectuel. Le protestantisme a essayé d'inverser le processus. Savez-vous ce que j'aimerais, Corniche ?

— Une nouvelle révélation ?

— Elle en découlerait, bien sûr. J'aimerais qu'il y ait une conférence à laquelle le Christ emmènerait tous ses saints et le diable, tous ses érudits et ses artistes, et que tout ce beau monde s'explique.

— Qui serait juge de l'issue de cette confrontation ?

— C'est ça, le hic. Ça ne pourrait être Dieu puisqu'il est le père des deux chefs. »

Saraceni loua effectivement *Drollig Hansel,* comme Francis et lui appelaient maintenant le tableau. Il fit même plus. Sans jamais dire un mot à ce sujet, il associa Francis plus étroitement à son travail et, tandis qu'ils peignaient, Saraceni parlait inlassablement de ce qu'il croyait être la philosophie de l'art. C'était une philosophie déformée par ce mal fatal aux philosophes : l'expérience personnelle.

La comtesse, elle aussi, se montra plus cordiale envers Francis. Non pas qu'elle l'eût jamais traité autrement qu'avec la plus grande courtoisie, mais à présent elle parlait plus librement du travail qu'ils faisaient, Saraceni et lui, et ils se réunissaient plus souvent qu'avant dans son salon privé, une fois qu'Amalie et miss Nibsmith s'étaient retirées. La comtesse désirait améliorer le produit qu'elle exportait. Si un original comme *Drollig Hansel* avait autant de succès, Saraceni ne pouvait-il pas opérer des changements plus importants dans quelques-uns des vieux tableaux sur lesquels il travaillait ?

« Êtes-vous en train de m'inciter à faire des faux, comtesse ?

— Absolument pas. Tout ce que je vous demande, c'est un peu plus de hardiesse, Meister. »

Ces conversations révélèrent à Francis certains détails qui lui donnèrent une idée plus précise de ce qu'impliquait cette supercherie élaborée — car, malgré lui, c'était ainsi qu'il continuait à considérer cette affaire. Pour les tableaux qu'ils envoyaient, la comtesse et Saraceni recevaient un quart entier de ce qu'arrivaient à toucher les marchands pour les œuvres italiennes offertes en échange par les musées allemands ; et le montant de ces sommes lui fit écarquiller les yeux. Où allait cet argent ? En tout cas, pas à Düsterstein : rien d'aussi direct ou dangereux. Non, il partait dans des banques suisses et certainement pas sur un seul compte.

« Un quart, ce n'est pas excessif, dit la comtesse. Après tout, c'est ce que prend Bernard Berenson quand il écrit une simple lettre d'authentification pour Duveen. Nous fournissons effectivement des œuvres d'art et toute l'authentification dont celles-ci ont besoin, c'est l'approbation des grands experts allemands qui les achètent. Or, il nous faut supposer qu'ils savent ce qu'ils font.

— Parfois, je me demande s'ils n'en savent pas plus qu'ils ne disent, observa Saraceni.

— Ils travaillent sous la stricte surveillance du Reichsmarschall, dit la comtesse, et ce dernier s'attend à ce qu'on lui livre la marchandise. On dit d'ailleurs que quelques-unes des plus belles pièces aboutissent dans sa collection privée qui est importante et de qualité.

— Toute cette affaire me semble aussi tordue que la patte de derrière d'un chien, déclara Francis, retombant dans le langage imagé de Blairlogie.

— Si c'est vrai, ce que je me refuse à admettre, nous ne sommes pas responsables de la tromperie, affirma la comtesse.

— Vous ne considérez pas cette activité comme malhonnête ?

— S'il s'agissait d'une simple opération commerciale, je dirais que oui, répondit la comtesse, mais les choses sont beaucoup plus compliquées que cela. Je vois ce que nous faisons comme une affaire de justice naturelle. Ma famille a tout perdu — enfin... pas tout, mais presque — pendant la guerre et elle l'a perdu volontiers pour l'Allemagne. Mais depuis 1932, mon Allemagne à moi s'est effritée au point que je ne la reconnais plus et la tâche que je me suis fixée, celle de rétablir la fortune des Ingelheim, m'a été rendue incroyablement difficile. Et pourquoi ? Parce que je suis la mauvaise sorte d'aristocrate, c'est-à-dire quelqu'un de beaucoup plus semblable à une démocrate que ne le peut supporter le national-socialisme. Savez-vous ce qu'est un, ou une, aristocrate, monsieur Cornish ?

— J'en connais le concept, évidemment.

— Moi, j'en connais la réalité. À l'époque où ma famille parvint à son rang éminent, un aristocrate était quelqu'un qui acquérait le pouvoir et la richesse grâce à ses aptitudes, et cela voulait dire oser, prendre des risques et non pas naviguer avec prudence dans un labyrinthe de règles qui avaient été établies dans leur propre intérêt par des gens sans audace ni aptitudes. Vous connaissez la devise de ma famille ? Vous l'avez vue assez souvent.

— *Du sollst sterben, ehe ich sterbe,* dit Francis.

— Oui, et qu'est-ce que cela signifie ? Ce n'est pas là une de vos devises bourgeoises du XIXe siècle — une affirmation suffisante de l'idée qu'un commerçant se fait de la réussite. Cela veut dire : « Tu périras avant que moi-même je ne périsse. » Et moi, je n'ai nullement l'intention de périr. C'est pourquoi j'agis comme je fais. »

« La comtesse semble avoir décidé de marcher sous la bannière du diable, dit Francis au Meister.

— Nous rencontrons tous le diable sous différentes formes. La comtesse est sûre de l'avoir trouvé en la personne du Führer.

— C'est une conclusion dangereuse pour une citoyenne allemande.

— La comtesse serait surprise si elle vous entendait l'appeler citoyenne. Elle vous a dit ce qu'elle était : une aristocrate, c'est-à-dire une femme audacieuse et tenace, une survivante, et sûrement pas une de ces excentriques bavardes telles que les présente P. G. Wodehouse.

— Mais si Hitler avait raison ? Si jamais le Reich durait mille ans ?

— Étant italien, je doute qu'on puisse durer mille ans selon un plan quelconque. L'Italie a duré bien plus longtemps que ça dans un état d'anarchie et combien glorieusement ! Évidemment, nous aussi nous avons notre bouffon maintenant, mais l'Italie en a vu apparaître et disparaître bien d'autres.

— Je suppose qu'on m'invite à me ranger sous la bannière de la comtesse ? Celle du diable.

— Vous pouvez faire ça, Corniche, ou bien vous pouvez retourner dans votre pays gelé, avec son art gelé, et peindre des lacs gelés et des pins secoués par le vent d'hiver, motifs auxquels le diable ne s'intéresse pas, comme on peut le comprendre.

— Que voulez-vous dire par là ? Qu'ainsi je raterais ma chance ?

— Il est certain qu'ainsi vous rateriez la chance d'apprendre ce que je peux vous enseigner.

— Vraiment ? Vous oubliez qu'à présent je sais mélanger les couleurs et préparer les fonds selon les meilleurs principes et que j'ai peint un tableau qui a l'air d'avoir remporté pas mal de succès. »

Saraceni posa son pinceau et applaudit doucement.

« Voilà ce que j'attendais depuis un bon bout de temps. Un peu de fougue. Un peu de véritable fierté d'artiste. Avez-vous lu et relu *Vies des plus excellents peintres*, de Vasari, comme je vous l'avais recommandé ?

— Vous savez bien que oui.

— Oui, mais lu avec attention ? Si vous l'avez fait, vous avez dû être frappé par la fougue que montrent ces hommes. Des lions, tous autant qu'ils étaient, même le doux Raphaël. À des moments de cafard, ils ont peut-être douté de leurs œuvres, mais ils n'ont jamais permis à un autre de les critiquer. Lorsqu'un mécène doutait d'eux, ils changeaient de mécène parce qu'ils savaient qu'ils possédaient quelque chose que personne ne pouvait leur ordonner de modifier : un talent extrêmement personnel. Vous n'avez cessé de manœuvrer et de me faire des appels du pied pour que je vous dise que *Drollig Hansel* est un bon tableau. Et je me suis exécuté. Après tout, cela fait — quoi ? — dix-neuf ans que vous dessinez et peignez. Vous avez eu de bons maîtres. *Drollig Hansel* fera l'affaire pour le moment. C'est un très bon tableau. Il montre que, même gelé par le climat glacial de votre pays natal et étouffé par l'ingénieux ergotage d'Oxford comme vous l'avez été, vous avez enfin commencé à vous connaître et à respecter ce que vous voyez. Vous n'êtes pas la première personne à vous épanouir sur le tard. Mais si vous pensez avoir appris tout ce que je peux vous enseigner, vous vous trompez. De la technique ? Oui, vous en avez. Mais vous manquez encore de certitude intérieure. Cependant, vous êtes maintenant dans un état d'esprit où nous pouvons aborder cette étape indispensable de votre développement. »

Cela avait l'air très intéressant, mais Francis avait appris à se méfier des promesses de Saraceni. Non seulement l'Italien imitait fidèlement les techniques picturales du passé, mais aussi l'attitude implacable d'un maître de la Renaissance envers son apprenti. Quelle nouvelle épreuve avait-il bien pu inventer ?

« Que voyez-vous ici ? »

Debout à trois mètres de lui, le Meister lui montrait un morceau de papier, de toute évidence ancien, qu'il venait de dérouler.

« Ça m'a l'air d'être un dessin très minutieux à la plume d'une tête de Christ sur la Croix.

— Oui, Et maintenant, approchez-vous. Vous voyez comment c'est fait ? C'est de la calligraphie. Une image rendue dans une minuscule et exquise écriture gothique de façon à dépeindre l'agonie du Christ tout en copiant chaque mot — et pas un de plus — de la Passion telle qu'elle est rapportée dans l'Évangile de saint Jean, chapitres dix-sept et dix-neuf. Qu'en pensez-vous ?

— C'est une intéressante curiosité.

— C'est une œuvre d'art, de dévotion, un chef-d'œuvre artisanal. Fait, je suppose, au XVIIe siècle par un aumônier ou un précepteur des Ingelheim. Prenez ce dessin et étudiez-le attentivement. Ensuite, je veux que vous fassiez quelque chose dans la même manière, mais votre texte à vous sera la Nativité de Notre Seigneur telle qu'elle figure dans l'Évangile de saint Luc, chapitre premier et chapitre deux jusqu'au verset trente-deux. Je veux une Nativité en calligraphie et je ne ferai qu'une concession à votre faiblesse : vous pouvez la dessiner en italique plutôt qu'en gothique. Il ne vous reste plus qu'à tailler vos plumes d'oie, à faire cuire un peu d'encre de suie et de noix de galle et à vous mettre au boulot. »

Ce fut un travail de mesures et de calculs minutieux qui aurait désespéré un Isaac Newton, mais, finalement, Francis réussit à faire un plan et commença son dessin. Mais en quoi celui-ci pouvait-il inspirer de la certitude intérieure ? Il s'agissait d'une besogne laborieuse et pédante, d'un simple truc. Et le flot incessant de réflexions et de commentaires émis par Saraceni, qui était en train de retoucher une série

de natures mortes très conventionnelles du XVIIe siècle —
fleurs d'une invraisemblable opulence, poissons et légumes
sur une table de cuisine, bouteilles de vin et lièvres morts
dont les yeux grands ouverts étaient recouverts d'une
pruine glauque — l'empêchait de se concentrer.

« Je sens que vous me haïssez, Corniche. Allez-y,
haïssez-moi très fort. C'est bon pour votre travail. Cela fait
monter votre taux d'adrénaline. Mais dites-vous bien ceci :
ce que je vous demande de faire n'est rien de plus que ce
que je faisais dans ma jeunesse. C'est ainsi que j'ai atteint
une maîtrise unique au monde. Une maîtrise de quoi ? Des
techniques des grands peintres qui ont vécu avant 1700. Je
ne cherche pas à être peintre moi-même. Personne ne
voudrait d'un tableau fait aujourd'hui dans le style de...
disons Govaert Flinck, le meilleur élève de Rembrandt.
Pourtant, c'est cela que je ressens vraiment. C'est le seul
style dans lequel je sois honnête. Je ne veux pas peindre
comme les modernes.

— Vous réservez votre haine aux modernes comme moi
je réserve la mienne à votre personne ?

— Pas du tout. Je ne les hais pas. Les meilleurs d'entre
eux font ce que les peintres honnêtes ont toujours fait,
c'est-à-dire peindre leur vision intérieure ou projeter celle-
ci sur un sujet extérieur. Mais, autrefois, la vision intérieure se présentait dans un langage cohérent de termes
mythologiques ou religieux et, maintenant, la mythologie
comme la religion n'ont plus le pouvoir d'inspirer l'esprit
moderne. La recherche de la vision intérieure doit donc se
faire directement. L'artiste sollicite, voire mendie, quelque
chose du domaine de ce que les psychanalystes — les grands
magiciens de notre temps — appellent l'inconscient quoiqu'il soit en fait le plus conscient. Et la prise qu'ils ramènent
— les choses que l'inconscient accroche à l'hameçon que les
artistes descendent dans le puits profond où l'art prend sa
source — peut être très belle, mais ils l'expriment dans un
langage plus ou moins personnel. Ce n'est pas le langage de
la mythologie ou de la religion. Et le grand danger, c'est
qu'un tel langage personnel est dangereusement facile à
contrefaire. Beaucoup plus facilement que le langage bien
compris du passé. Je ne veux pas vous tourner la tête avec

des flatteries, mais votre *Drollig Hansel* répercutait un écho de ce puits très sombre et très profond.

— Mais ne devrait-on pas peindre dans le style de son temps ?

— Je refuse pareille nécessité. Si la vie est un rêve comme le prétendent certains philosophes, alors une grande œuvre d'art est un tableau qui symbolise avec force l'insaisissable réalité qui se trouve derrière ce rêve. Si moi, j'exprime mieux cela au moyen de mythologie ou de religion, et vous pareillement, pourquoi nous en priverions-nous ?

— Parce que c'est une sorte de contrefaçon, ou un recul délibéré, comme c'est le cas pour les préraphaélites. Même si vous êtes croyant, vous ne pouvez pas croire de la même façon que le faisaient les grands hommes du passé.

— Très bien, alors vivez dans l'esprit de votre temps et dans cet esprit-là seulement. Mais un tel recours exclusif à la réalité contemporaine conduit certains artistes au désespoir. Dépourvus de religion ou de mythologie, les hommes d'aujourd'hui font appel à l'inconscient et, généralement, celui-ci se tait. Alors, ils inventent quelque chose, et je n'ai pas besoin de vous expliquer la différence qui existe entre invention et inspiration. Offrez de telles inventions au public et vous pouvez en arriver à mépriser ceux qui vous admirent et à vous moquer d'eux. Était-ce là l'esprit de Giotto, de Titien, de Rembrandt ? Bien entendu, vous pouvez aussi devenir quelque chose comme un photographe, mais rappelez-vous ce qu'a dit Matisse : « L'exactitude, ce n'est pas la vérité. »

— N'est-ce pas pour obtenir l'exactitude que vous me faites trimer comme un malheureux sur ce foutu dessin à base de calligraphie ?

— Ce n'est qu'un moyen de vous entraîner pour qu'un jour vous soyez capable de donner forme, aussi bien que vous le pourrez, à ce que l'inconscient choisira d'accrocher à votre hameçon et de l'offrir à ceux qui ont des yeux pour voir.

— Vous m'apprenez à peindre si minutieusement la réalité que cela pourrait être trompeur — comme cet artiste romain qui peignait des fleurs, ou un pot de miel d'une façon si ressemblante que des abeilles se posaient sur ses tableaux. Comment pouvez-vous mettre cela sur le même pied que la sorte de réalité dont vous parlez — la réalité qui sort du puits sombre ?

— Ne méprisez pas les *choses*. Toute *chose* a une âme qui parle à notre âme et peut l'inciter à aimer. Le véritable matérialisme, c'est de comprendre cela. Les gens disent que notre époque est matérialiste, mais ils ont tort. Les hommes d'aujourd'hui ne croient pas plus en la matière qu'ils ne croient en Dieu : les scientifiques leur ont appris à ne croire en rien. Les hommes du Moyen Âge et la majorité de ceux de la Renaissance croyaient en Dieu et aux *choses* que Dieu avait créées, et ils étaient plus heureux et plus complets que nous. Écoutez-moi, Corniche : l'homme moderne veut désespérément croire en quelque chose pour posséder quelque valeur inébranlable. Le pays dans lequel nous vivons en ce moment nous prouve d'une façon effrayante ce que l'humanité est capable de faire pour avoir quelque chose sur quoi fixer son désir de croyance, de certitude, de réalité.

— Cela me déplaît, tout comme à vous. Et à la comtesse.

— Mais nous ne pouvons pas nier ou changer ce fait. Au moins, ces nazis fanatiques sont pittoresques, c'est une petite consolation. »

Francis pensa aux trains à destination des camps de concentration, dans les collines, et il ne les trouva pas pittoresques. Mais il se tut.

Saraceni poursuivit, serein :

« La passion moderne pour les œuvres d'art du passé fait partie de ce terrible désir de certitude. Au moins, le passé est terminé et tout ce que nous pouvons en récupérer, c'est du solide. Pourquoi de riches Américains paient-ils des sommes fabuleuses pour des tableaux de maîtres anciens qu'ils comprennent ou non, qu'ils aiment ou non, si ce n'est pour importer dans leur pays la certitude dont je vous parle ? Leur vie publique est un cirque, mais la National Gallery de Washington recèle peut-être une parcelle du divin, une parcelle du confort de la splendeur divine. Ce musée est une grande cathédrale. Et les nazis sont prêts à troquer de magnifiques maîtres italiens pour des kilomètres de tableaux allemands afin de témoigner sur les murs de leur Führermuseum du passé de leur race et ainsi d'étayer l'existence présente de leur race et s'assurer de son avenir. C'est fou, mais que peut-on attendre d'autre d'un monde aussi fou ?

— Ce qu'on peut attendre, c'est qu'un jour je terminerai ce travail idiot, ou bien alors je deviendrai fou et vous tuerai.

— Pas du tout, Corniche. Ce qu'on peut attendre, c'est qu'une fois terminé ce travail idiot, vous pourrez écrire d'une aussi belle écriture que le célèbre cardinal Bembo. Et, ce faisant, peut-être réussirez-vous à avoir une vision du monde similaire à celle qu'avait ce grand lettré, car la main parle au cerveau exactement comme le cerveau parle à la main. Vous ne me tuerez pas. Vous m'aimez. Je suis votre Meister. Vous m'adorez. »

Francis lança une bouteille d'encre à Saraceni. Celle-ci était vide et il avait pris soin de rater sa cible. Alors tous deux éclatèrent de rire.

Ainsi passèrent des semaines, puis des mois. Cela faisait bientôt trois ans que Francis était à Düsterstein, trois ans pendant lesquels il avait trimé sans interruption comme esclave, puis collègue et, finalement, comme ami de Saraceni. Certes, il était retourné deux fois en Angleterre, chaque fois pour une semaine. Il y avait rencontré le colonel et, pour les apparences, rendu visite à Williams-Owen. Cependant, ces courts voyages ne pouvaient être appelés des vacances. Il avait des rapports plus faciles avec la comtesse, quoique personne ne se sentît jamais tout à fait à l'aise avec elle. Amalie avait trouvé sa langue et perdu son amour pour Francis. Ce dernier lui enseignait un peu de trigonométrie (sujet pour lequel Ruth Nibsmith était nulle), les règles fondamentales du dessin et beaucoup de choses sur le gin-rummy et le bridge. Amalie était en train de devenir une grande beauté et, bien qu'on n'en parlât pas, il était clair que le règne de miss Nibsmith devait bientôt céder la place à une éducation plus étendue, probablement en France.

« Cela t'est égal, je suppose, dit Francis à Ruth, lors de l'une des promenades qu'ils faisaient l'après-midi. Tu n'es pas une vraie gouvernante, — une de ces gouvernantes du XIXe siècle qu'on trouve dans les romans de Brontë. Tu as sûrement envie de faire autre chose.

— Et je ferai autre chose, mais je resterai ici aussi longtemps qu'il y aura du travail à faire pour moi. Tout comme toi.

— Eh bien, j'apprends mon métier, tu vois.

— Tout en pratiquant ton autre métier. Comme moi.

— Que veux-tu dire ?

— Allons, Frank, tu es dans le Service, n'est-ce pas ?

— Je suis un peintre professionnel.

— Ne me raconte pas d'histoires ! Tu es un espion, tout comme moi. Le *Service* !

— Je ne comprends pas.

— Écoute, Frank, personne n'est bête à Düsterstein. La comtesse t'a percé à jour, et Saraceni aussi. Quant à moi, j'ai compris dès le premier soir quand je t'ai vu regarder par ta fenêtre ouverte et compter les voitures du Bummelzug. J'étais dans le parc, au-dessous, faisant exactement la même chose, juste pour m'amuser. Tu es un drôle d'espion ! Rester debout à une fenêtre avec une lumière derrière soi !

— O.K., inspecteur, bien joué. Je me rends. Alors, comme ça, tu es dans le Service, toi aussi ?

— Presque depuis ma naissance. Mon père y était jusqu'à ce qu'il meure dans l'exercice de ses fonctions. Il a probablement été tué, personne ne le sait vraiment.

— Et que fais-tu ici ?

— Ce n'est pas une question qu'un pro pose à un autre pro. Je ne fais qu'ouvrir l'œil. Je surveille votre travail, à Saraceni et à toi, et ce que la comtesse et le prince Max en font.

— Mais tu n'es jamais venue dans l'atelier aux coquillages.

— Ce n'est pas nécessaire. J'écris les lettres de la

comtesse et je sais ce qui se passe, même si elle prétend qu'il s'agit d'autre chose.

— Et toi, la comtesse ne t'a pas percée à jour ?

— J'espère que non. Ça doit être affreux de penser qu'on a deux espions dans sa propre maison. Je n'ai pas une fonction très importante, tu sais. J'écris une lettre de temps en temps à ma mère qui, en tant que veuve d'un pro, sait comment les lire et ce qu'il faut communiquer aux gros bonnets.

— Je sais que c'est indiscret de te demander ça, mais es-tu payée ?

— Ha, ha ! Le Service dépend dans une mesure qu'on peut considérer comme dangereuse d'un personnel non rémunéré. Ce qui prévaut, c'est la vieille idée anglaise qu'une personne véritablement de valeur ne travaille pas pour de l'argent. Non, je bosse pour des prunes, étant entendu que si je fais des progrès on pensera un jour à moi pour un boulot payé. Les femmes n'avancent pas très vite dans cette carrière, à moins d'être d'élégantes maîtresses, mais, dans ce cas, elles ne font pas long feu. Je ne me plains pas, remarque. J'apprends des choses utiles comme le dialecte rural bavarois et je commence à connaître comme ma poche la région limitrophe entre le Reich et l'Autriche.

— Tu ne fais pas d'horoscopes ?

— Si, beaucoup, mais principalement de gens morts depuis longtemps. Pourquoi ?

— Parce que quelqu'un m'a dit que le prince Max aimerait que tu établisses le sien.

— Oh, je sais, mais je ne marcherai pas. De toute façon, ça le rendrait odieux : Max va en effet devenir assez célèbre.

— En faisant quoi ?

— Même si je le savais exactement, je ne te le dirais pas.

— Je vois. Tu dois être la figure iconologique de la Prudence.

— Pardon ?

— Le Meister m'oblige à étudier cette sorte de choses. Pour que je puisse lire des tableaux anciens. Toutes ces femmes symboliques : la Vérité avec son miroir, la Charité allaitant son enfant, la Justice avec son glaive et sa balance, la Tempérance avec sa coupe et sa jarre. Il y en a des douzaines. Elles sont le langage par signes d'une certaine forme d'art.

— Eh bien, pourquoi pas? As-tu mieux à faire?

— J'ai un blocage mental à l'égard de ça. Pour moi, tout ce truc de la Renaissance et de la pré-Renaissance qui consiste à représenter les personnages du Temps et de sa fille la Vérité, la Luxure et la Tromperie, et toutes ces autres créatures, réduit un beau tableau à une leçon de morale, sinon à l'anecdote. Un grand peintre comme Bronzino pouvait-il vraiment avoir été un tel moraliste?

— Quel mal y aurait-il à cela? L'idée que les peintres ont toujours été des noceurs et des coureurs de jupons est d'un romantisme stupide. La plupart d'entre eux trimaient comme des malheureux dans leurs ateliers pour pouvoir se payer une vie de bourgeois.

— Peut-être... En tout cas, l'étude de l'iconologie est très ennuyeuse et je commence à souhaiter qu'il se passe quelque chose d'intéressant.

— Ça va arriver, et très bientôt encore. Juste un peu de patience. Un jour tu seras réellement célèbre, Francis.

— Es-tu en train de faire ta voyante?

— Moi? Qui t'a mis cette idée dans la tête?

— Saraceni. Il dit que tu as des dons psychiques très développés.

— Saraceni est un épouvantable vieux farceur.

— Pire que ça. Parfois, quand je l'écoute discourir sur l'affaire d'import-export de tableaux qu'il a montée avec la comtesse, j'ai l'impression d'être Faust qui écoute Méphistophélès.

— Tu as de la chance. Quelqu'un aurait-il jamais entendu parler de Faust si ça n'avait été à cause de Méphistophélès?

— Je te l'accorde. Mais il possède au plus haut degré l'art de te faire prendre la pire cause pour la meilleure. Et il prétend que c'est parce que la morale conventionnelle ne tient aucun compte de l'art.

— Je croyais qu'il avait dit que l'art était la morale suprême.

— Tu commences à parler comme lui. Écoute, Ruth,

est-ce qu'on ne pourrait pas refaire l'amour un de ces jours ?

— Pas la moindre chance, à moins que la comtesse ne reparte pour une de ses virées et emmène Amalie. Dans la maison de la comtesse et en sa présence, je joue le jeu selon ses règles. Je ne peux pas coucher avec toi alors que je suis censée veiller sur la précieuse virginité de sa petite-fille. J'aime l'honnêteté et ce genre de liaison ressemblerait un peu trop, à mon goût, à l'une de ces intrigues aristocratiques libertines du XVIIIe siècle.

— Bon, mais je me suis dit que je pouvais toujours demander. « Plus tard, dans un monde meilleur que celui-ci… »

— « Je voudrais t'aimer et te connaître davantage. » Je veillerai à ce que tu n'oublies pas cette promesse.

— Et moi, à ce que tu ne l'oublies pas non plus. »

« Corniche ! Je veux que vous alliez aux Pays-Bas, tuer quelqu'un.

— À vos ordres, Meister. Devrai-je employer mon poignard ou recourir à une coupe empoisonnée ?

— Vous emploierez des mots empoisonnés. Ce sera le seul moyen efficace.

— Alors, dites-moi le nom de la victime.

— Malheureusement pour lui, cet homme s'appelle Jean-Paul Letztpfennig. Je crois à l'influence des noms sur le destin et Letztpfennig n'est pas un nom heureux. Pas plus que son possesseur n'est heureux. Il voulait faire une carrière de peintre, mais ses tableaux sont ennuyeux, sans originalité. C'est un raté, en fait. En ce moment, toutefois, il suscite beaucoup d'intérêt.

— Ah oui ? Je n'ai jamais entendu parler de lui.

— Bien que les journaux allemands ne le mentionnent pas, l'Allemagne s'intéresse beaucoup à lui. Le Reichsmarschall Göring a posé sur lui un œil vitreux. Letztpfennig veut en effet lui vendre un ridicule faux.

— Si c'est un ridicule faux, comment se fait-il que le Reichsmarschall le convoite ?

— Parce que Letztpfennig — qui est probablement l'homme le plus malchanceux et le plus maladroit qui existe aujourd'hui dans le monde de l'art — essaie un peu partout de le fourguer. Or, si ce n'était pas un faux, ce serait la plus grande trouvaille du siècle. Rien de moins qu'une œuvre très importante de Hubert Van Eyck.

— Hubert ou Jan Van Eyck ?

— Non, Hubert, un frère de Jan qui mourut assez jeune, en 1426. Mais c'était un très grand peintre. C'est lui qui a conçu et peint une grande partie du magnifique *Agneau mystique* qui se trouve à Gand. Jan l'a terminé. Il y a très peu de tableaux de Hubert et l'apparition d'une de ses œuvres aujourd'hui fait nécessairement sensation. Seulement c'est un faux.

— Comment le savez-vous ?

— Je le sais parce que je le sens physiquement. C'est cette capacité particulière qui m'élève au-dessus de la majorité des experts en tableaux. Nous avons tous ce genre d'intuitions, bien sûr. Mais comme je suis peintre moi-même, j'en sais plus sur les méthodes de travail des grands artistes du passé que même quelqu'un comme Berenson, car Berenson n'est pas peintre et sa soi-disant intuition ne cesse de changer d'avis. Au cours des vingt dernières années, il a attribué un certain nombre d'œuvres remarquables jusqu'à trois artistes différents, à la consternation de leurs propriétaires, évidemment. Quand moi je sais une chose, je la sais pour toujours. Or le Van Eyck de Letztpfennig est un faux.

— Vous l'avez vu ?

— Je n'ai pas besoin de le voir. Si Letztpfennig garantit son authenticité, ça ne peut être qu'un faux. Il s'est fait une petite réputation parmi des gens crédules, mais moi je le connais comme ma poche. C'est la pire des fripouilles — une fripouille maladroite et malchanceuse. Il faut le détruire.

— Meister...

— Oui ?

— Je ne vous en ai jamais parlé jusqu'ici, parce que cela me semblait peu délicat, mais on m'a dit que vous aviez le mauvais œil. Pourquoi ne le détruisez-vous pas vous-même ?

— Oh, dans quel monde affreux nous vivons ! Les gens sont si méchants ! Le mauvais œil ! Bien entendu, je sais que certains imbéciles disent ça simplement parce que deux ou trois personnes que je ne pouvais souffrir ont eu de regrettables accidents. Mais seulement un os cassé ou une perte de la vue, ou quelque chose de ce genre. Jamais rien de fatal. Je reste catholique, vous savez. Je répugnerais à tuer un rival.

— Mais ne m'avez-vous pas chargé de tuer Letztpfennig ?

— J'ai exagéré pour faire plus d'effet. Je voulais capter toute votre attention. Je ne veux le tuer que sur le plan professionnel.

— Ah, je vois. Rien de sérieux.

— S'il en meurt de chagrin, c'est qu'il est hypersensible. Ce sera sa propre faute. Un suicide psychologique. Cela arrive assez fréquemment.

— Est-ce juste une affaire de rivalité professionnelle ?

— Croyez-vous que j'élèverais un idiot comme Letztpfennig au rang de rival ? De *mon* rival ! Vous devez penser que je sous-estime grandement mes capacités. Non, il doit disparaître parce qu'il est dangereux.

— Vous voulez dire qu'il menace votre petite affaire, celle qui consiste à vendre des tableaux douteux au Reich ?

— Comme vous jugez grossièrement ces choses ! C'est votre côté luthérien : une conception perverse, autodestructrice de la morale. Vous refusez de voir les choses telles qu'elles sont. Moi et plusieurs autres personnes — vous connaissez deux d'entre elles — essayons d'obtenir du Reich quelques œuvres d'art italiennes en échange de tableaux que ces gens-là préfèrent. Et pas un de ces tableaux n'est un faux — seulement une toile qu'on a aidée à se présenter sous son meilleur jour. Notre façon de procéder est très soigneusement étudiée. Tout passe par des gens qui ont des références ordinaires et nous restons toujours raisonnables : nous n'offrons ni Dürer ni Cranach. Mais voilà que ce bouffon flamand apparaît maintenant sur la scène avec un faux Hubert Van Eyck. Il en demande des sommes fabuleuses soit en liquide soit en tableaux dont le Reich pense pouvoir se séparer. De plus, il a le culot de marchander : il se targue d'avoir un éventuel client américain pour son tableau. Résultat : le gouvernement hollandais a fini par intervenir dans cette affaire et Dieu seul sait combien de secrets risquent d'être découverts.

— Pourriez-vous me donner quelques faits ? À présent, je connais l'objet de votre colère, mais ce que j'aimerais savoir, c'est ce que Letztpfennig a fait et ce que vous voulez que moi je fasse.

— J'aime votre façon de garder les pieds sur terre, Corniche. Vous venez d'une famille de banquiers, n'est-ce pas ? Non pas qu'en ce qui concerne la probité, je place les banquiers au-dessus des marchands de tableaux, mais ils parviennent à avoir l'air extrêmement dignes de confiance, même quand ils ne le sont pas. Eh bien, toute cette histoire a commencé il y a deux ans quand Jean-Paul Letztpfennig a fait savoir au monde que, durant un petit voyage en Belgique, il avait trouvé un tableau dans une vieille maison de campagne et qu'il l'avait acheté parce qu'il avait besoin d'une vieille toile. Quel idiot ! Qui veut une vieille toile si ce n'est pour peindre un faux dessus ? Bref, il dit qu'il a nettoyé le tableau et a découvert que c'était *La Délivrance des âmes de l'enfer*. Vous connaissez ce sujet ?

— Je sais de quoi il s'agit. Je ne l'ai jamais vu représenté en peinture.

— Il l'est fort rarement. Il a souvent été traité dans les enluminures et, parfois, dans les vitraux, mais il n'a jamais beaucoup attiré les peintres. C'est le Christ qui fait sortir les âmes de l'élite païenne de l'enfer où elles avaient probablement langui jusqu'à Sa mort sur la Croix. Bon, si c'était un tableau authentique, et non pas une œuvre que Letztpfennig a barbouillée lui-même, il serait intéressant. De plus, s'il était dans le style gothique, il serait normal qu'il aille au Führermuseum, en supposant que les experts allemands l'authentifient. Car, jusqu'à présent, ces hommes ont eu la grande sagesse de ne traiter qu'avec des gens dignes de confiance comme le groupe auquel vous et moi sommes associés, depuis que *Drollig Hansel* a été si bien accueilli. Cependant, bête comme il l'est, Letztpfennig affirme que le tableau comporte une signature — ce par quoi il veut dire un monogramme — qui prouve que c'est une œuvre de Hubert Van Eyck. Quand cela s'est su, cela a provoqué une sensation et une demande immédiate de renseignements. Un collectionneur américain a fait une offre. C'est l'un des plus gros du monde et si je vous dis que son agent et expert est Addison Thresher, vous saurez de qui il s'agit. Alors les choses se sont compliquées. Étant lui-même un collectionneur passionné, le Reichsmarschall a voulu l'acquérir. En le payant, inutile de vous le préciser, avec des tableaux se trouvant dans des musées allemands. Dans ce genre de négociations, les grands de ce monde ne s'arrêtent pas aux détails mesquins. Il a offert, ou ses agents ont offert de sa part, plusieurs magnifiques œuvres italiennes et Letztpfennig en a perdu le peu d'esprit qu'il possède à essayer de décider s'il devait sauter sur les dollars américains ou sur les tableaux italiens afin de les revendre ensuite aux États-Unis. C'est à ce moment-là que le gouvernement des Pays-Bas est intervenu. Vous savez combien les Hollandais aiment le Reich. Leur ministre des Beaux-Arts dit qu'un chef-d'œuvre de Hubert Van Eyck est un trésor national et ne peut pas quitter le pays. Vous pourriez croire que les Belges se seraient manifestés pour dire qu'après tout le tableau avait été trouvé en Belgique. Mais pas un mot de la Belgique. C'est ce qui a rendu Addison Thresher méfiant : il soupçonne cette toile de n'avoir jamais été en Belgique et d'être probablement un faux. Je n'entrerai pas dans les détails, mais sachez que le tableau est maintenant sous la protection du ministre hollandais des Beaux-Arts. Toutes sortes de personnes sont allées le voir pour essayer de décider si c'était une œuvre authentique ou non. Medland et Horsburgh, du British Museum et de la National Gallery, ne peuvent donner leur avis avant qu'on ne leur ait permis d'utiliser des rayons X et des tests chimiques — ce que les Hollandais ont jusqu'ici refusé de faire. Lemaire et Bastogne de Paris et Baudoin de Bruxelles sont perplexes. Deux experts hollandais, les docteurs Schlichte-Martin et Hausche-Kuypers se disputent férocement. À présent, Addison Thresher est sur le point de rompre les négociations, disant que le tableau est un faux. Quant aux experts allemands, Frisch et Belmann, ils sont indignés, l'Américain ayant insinué qu'ils avaient peur d'exprimer leur opinion de crainte de se tromper. Ils commencent à manquer d'experts. Évidemment, ils ne peuvent appeler Berenson, officiellement parce qu'il est spécialisé dans l'art italien, mais en fait parce qu'il est juif et que le Reichsmarschall serait outré. Duveen ne peut pas s'approcher de la toile ni déléguer quelqu'un pour exactement la même raison. C'est la vieille querelle entre les tests scientifiques et la sensibilité esthétique. Huygens, le juge chargé de cette affaire, en a assez et voudrait que quelqu'un lui dise si le tableau est authentique ou s'il est douteux, auquel cas il faudrait le soumettre aux tests scientifiques. Il m'a donc fait appeler. Mais je n'irai pas.

— Pourquoi ?

— À cause de la situation délicate dans laquelle se trouve notre groupe. Il ne faut pas qu'on puisse croire un seul instant que nous voulons détruire Letztpfennig, mais Letztpfennig doit être détruit sinon les Allemands peuvent devenir plus méfiants qu'ils ne le sont de nature et à juste titre, d'ailleurs. Il faut éviter à tout prix que n'importe quel imbécile muni d'un tableau vienne foutre en l'air le travail que nous faisons. J'ai donc écrit au juge Huygens pour lui dire que j'étais souffrant, mais que j'envoyais mon assistant, en qui j'avais toute confiance, à son secours et que, si c'était absolument nécessaire, je viendrais moi-même à La Haye. C'est vous qui irez.

— Pour quoi faire ?

— Pour décider si *La Délivrance des âmes de l'enfer* est de Hubert Van Eyck ou non. Pour montrer, si vous le pouvez, que Letztpfennig l'a peint lui-même sur une vieille toile ou, du moins, a peint par-dessus un tableau existant et y a placé le monogramme de Van Eyck. Vous tenez là votre chance de vous faire un nom comme expert en tableaux, comprenez-vous, Corniche ? Et c'est moi qui vous l'offre.

— Mais en quoi est-ce que je ferai mes preuves ? Vous m'envoyez là-bas avec l'ordre de déclarer que le tableau est un faux et pour discréditer un rival. Ce n'est pas de la critique d'art, à mes yeux.

— Cela fait partie de la critique d'art, Corniche. Votre

innocence d'Américain, pour employer un terme extrêmement gentil, doit accepter le monde dans lequel vous avez
choisi d'inscrire votre vie. C'est un monde cruel, à la
morale compliquée. Si je pensais un instant que ce tableau,
à La Haye, était un authentique Hubert Van Eyck, je me
prosternerais devant lui, mais les chances sont à dix mille
contre une, et les faux doivent être dénoncés. L'art
représente beaucoup d'argent de nos jours grâce aux
extraordinaires efforts déployés par certains génies dont
Duveen est incontestablement le plus grand. On ne peut
tolérer des faux. Le bon art doit chasser le mauvais.

— Mais la morale de tout ceci — que je comprends — ne
cadre pas avec ce que nous avons fait ici !

— Cadrer vient de *quadrus*. Or, la morale du monde de
l'art n'est absolument pas carrée, mon cher élève et
collègue : c'est un polyèdre. Ce n'en est pas moins une
morale pour autant. Allez gagner vos galons !

— Et si je ne les gagne pas ?

— Alors je viendrai personnellement et accomplirai
l'acte que vous n'avez pas réussi à faire. Je parviendrai à
mes fins d'une manière ou d'une autre, peut-être même par
le mauvais œil, si quelqu'un est assez bête pour y croire, ce
qui n'est pas mon cas, comme je vous l'ai expliqué. Mais si,
après cela, vous et moi continuons à avoir des relations, ce
sera simplement comme maître et éternel apprenti. Vous
aurez échoué et il faudra que je me trouve un autre
successeur. Dans cette affaire, vous êtes mis à l'épreuve
tout autant que Letztpfennig. »

Le ministre hollandais des Beaux-Arts traitait fort bien —
princièrement même — ses invités. Quand Francis arriva à
La Haye, on l'installa à l'hôtel des Indes. Il y fit un très bon
repas d'où il bannit le moindre morceau de veau. Le
lendemain matin, il alla se présenter au juge Huygens.
Après un bref échange de politesses, celui-ci, qui correspondait exactement à l'idée qu'on se fait d'un juge,
emmena Francis dans une belle salle où le tableau contesté
était exposé sur un chevalet. Francis se mit au travail. Il se

rendit bientôt compte que le juge avait l'intention de rester dans la pièce aussi longtemps qu'il y serait. Un gardien en uniforme de taille imposante se tenait également devant la porte.

Beaucoup plus grand que Francis ne l'avait imaginé, *La Délivrance des âmes de l'enfer* était un tableau impressionnant qui avait manifestement été peint pour une église. Les couleurs avaient cette extraordinaire luminosité et cette transparence que les frères Van Eyck étaient censés avoir perfectionnées et apportées au monde de la peinture à l'huile. La couleur la plus intense avait été utilisée sur un fond clair, conférant ainsi un éclat magique même à la teinte la plus foncée. Au milieu du tableau, on voyait le Christ qui brandissait triomphalement l'emblème de la Résurrection de la main gauche, tandis que, de la droite, il faisait signe à Adam et à Ève, aux prophètes Énoch et Élie, aux personnages d'Isaïe, de Siméon et de Dismas, le Voleur Repentant. Il leur demandait de sortir à Sa suite par les portes de l'enfer ouvertes derrière Lui. À Sa gauche, on apercevait Satan et ses démons ; détournant la figure devant Sa gloire, ils courbaient peureusement l'échine, grinçaient des dents et cherchaient à s'enfuir. Au fond, il y avait un vrai ciel hollandais parsemé de nuages délicats, au-dessous duquel des fragments d'un paysage typiquement hollandais s'étendaient au-delà des portes de l'enfer, fabriquées, de toute évidence, par un génial forgeron.

Francis étudia le tableau pendant une demi-heure environ. Si c'était un faux, c'était un faux magnifique, exécuté par un peintre d'un enviable talent. Mais il y avait eu beaucoup de magnifiques faux dans l'histoire de l'art. Cela suffira pour le jugement esthétique, pensa Francis ; maintenant, passons à l'examen proprement technique. Il avait apporté, dans une serviette, ce qu'il appelait mentalement sa « petite trousse de campagne Bernard Berenson ». Celle-ci consistait en une paire de jumelles, une grande loupe et un pinceau de taille moyenne. Il regarda le tableau à la jumelle du plus loin qu'il put, puis il le regarda par le mauvais bout. Ni l'agrandissement ni la réduction ne révéla quoi que ce fût de bizarre au sujet de la composition. Il regarda la toile centimètre par centimètre avec sa loupe, puis, à sa demande, le grand gardien mit le tableau à l'envers, et Francis l'examina alors sous cet aspect-là. Adressant un signe de tête rassurant au juge, il passa son pinceau souple ici et là sur la toile. Il examina l'envers du tableau, tapota le tissu, inspecta la façon dont avait été fabriqué le châssis. À la surprise de Huygens et du gardien, il chiffonna son mouchoir, le chauffa avec un briquet et l'appuya contre la toile pendant environ une minute et demie. Il renifla bruyamment l'endroit chauffé. Non, pas la moindre odeur de formaldéhyde. Puis il se rassit et contempla le tableau pendant une autre heure, se détournant de temps en temps, puis se retournant brusquement comme si la toile pouvait avoir perdu un peu de sa totale « van eyckicité » pendant qu'il avait le dos tourné. Il passa pas mal de temps à regarder le monogramme qui, bien que petit, était assez facile à discerner quand on savait où le chercher : caché dans les plis de la robe d'Isaïe. Il aurait pu signifier bien des choses : Hubert de Gand ? De toute façon, les signatures n'avaient pas d'importance ; la véritable signature, c'était la qualité du tableau ; or, malgré ses efforts, Francis n'arrivait pas à lui trouver quoi que ce fût de suspect.

Les faux, comme il le savait, tendent à se révéler comme tels une génération ou deux après qu'ils ont fait leur apparition et ont été acceptés comme des originaux. La Vérité, fille du Temps, dévoile des détails d'une autre époque, d'un autre tempérament et d'un autre goût dans un tableau peint bien après la période à laquelle on l'a attribué. La peinture vieillit autrement que prévu. La représentation des visages change et ce changement peut devenir visible lorsque le goût pour une certaine physionomie est passé. Mais Francis ne pouvait pas attendre cinquante ans. Il avait pour tâche de déclarer que ce tableau était un faux et cela le plus rapidement possible.

Quand il dit enfin à Huygens qu'il avait assez regardé la toile, la réponse du juge lui donna un choc :

« Plusieurs de vos collègues experts sont dans cette ville maintenant. Ils sont impatients d'entendre votre opinion, tout comme je le suis moi-même. Nous savons que vous parlez avec l'autorité et la probité de Tancrède Saraceni et nous sommes tombés d'accord pour dire que votre avis aura un très grand poids, qu'en fait il sera décisif. Nous vous donnons rendez-vous ici, demain à onze heures. Le peintre sera là lui aussi. Il attend évidemment une confirmation triomphale.

— Et vous, *Edelachtbare Heer* ?

— Moi ? Oh, mon opinion est sans importance. Je ne fais que diriger cette enquête. En fait, il n'eût pas été correct de charger de cette tâche quelqu'un qui aurait eu des opinions très arrêtées sur la question. Je représente en effet le gouvernement néerlandais. »

Francis était en train de déguster, aux frais de ses hôtes, un excellent déjeuner exempt de veau lorsqu'un Américain souriant se joignit à lui.

« Vous permettez que je m'assoie ? Addison Thresher, du Metropolitan Museum de New York. Je représente également un ou deux clients privés qui s'intéressent au fameux tableau. Nous pourrions bavarder un peu ? Huygens m'a dit que nous en avions parfaitement le droit. Alors, qu'en pensez-vous ? »

Addison Thresher était vêtu avec une luxueuse élégance classique et un goût qui sortait de l'ordinaire. Il portait des lunettes cerclées d'argent et avait ces dents américaines, si déconcertantes pour les Européens, qui semblent toujours avoir été furieusement brossées moins d'une heure auparavant. Il avait des manières exquises et sentait une coûteuse eau de toilette. Ses yeux, cependant, avaient une lueur métallique.

Avec prudence, Francis lui communiqua son opinion ou, plus exactement, son absence d'opinion.

« Je sais, dit Thresher, c'est bien ça, l'ennui, n'est-ce pas ? Pas un seul détail douteux dans tout le tableau. La signature est fausse, bien sûr, mais ça, c'est sans importance. Toute cette affaire néanmoins me paraît louche. Vous aviez déjà vu cette composition ailleurs ? »

Ayant la bouche pleine, Francis secoua la tête.

« Avez-vous jamais regardé ce manuscrit de la fin du

Moyen Âge, *La Pièce des cuisiniers et des taverniers*? On y trouve une miniature très évocatrice de la *Délivrance*. Van Eyck pouvait-il l'avoir vue? C'est pratiquement impossible. Mais un faussaire pourrait la connaître. Le tableau ne présente aucune ressemblance avec la *Délivrance* de Fra Angelico ou de Bronzino : ç'aurait d'ailleurs été une grosse erreur, Hubert Van Eyck n'ayant pu voir ni l'un ni l'autre. Mais il rappelle beaucoup cette grande fresque du mont Athos et ça, ça serait curieux, non? Deux esprits qui conçoivent la même idée avec Dieu sait combien de siècles entre eux? Les influences, si ce sont des influences, sont tellement érudites. Rien dans l'œuvre de l'un ou de l'autre des Van Eyck ne suggère qu'ils avaient ce genre de savoir. En ce temps-là, les peintres ne l'avaient pas, tout simplement.

— Oui, je vois ce que vous voulez dire, répondit Francis en essayant de cacher le fait qu'il apprenait vite. Néanmoins, il n'y a pas la moindre preuve que ça soit un faux.

— C'est ce que disent les Allemands. Et aussi les Hollandais. Ces derniers voudraient bien que le tableau soit authentique, bien sûr : cela serait une merveilleuse acquisition pour un musée hollandais. Le conservateur du Mauritshuis, en particulier, se montre extrêmement intéressé. Si le tableau se révèle être un trésor national, les Hollandais ne le laisseront jamais sortir du pays. Ils adoreraient contrarier Göring. Ils se disputent à propos de détails, mais ils sont bien d'accord là-dessus. Ils paieront un bon prix à Letztpfennig, mais pas les énormes sommes qu'il toucherait des États-Unis ou s'il vendait les superbes toiles qu'il pourrait recevoir des Allemands.

— Que savez-vous sur Letztpfennig?

— Rien qui puisse nuire à sa réputation. En fait, c'est plutôt un personnage impressionnant. Il donne des conférences fort savantes sur l'art néerlandais et il est probablement le meilleur restaurateur d'Europe — après Saraceni, bien sûr. Il en connaît peut-être un peu trop sur les techniques picturales des anciens maîtres pour être tout à fait digne de confiance dans une situation comme celle-ci. Mais je ne dois pas me laisser envahir par le soupçon. Toutefois, j'ai l'intuition qu'il y a quelque chose de louche et tant que les Anglais, partisans de tests scientifiques, sont tenus en échec, je suis bien obligé d'écouter mon intuition.

— Comme Berenson.

— Oui, l'intuition de Berenson est très fine. Cependant, quand Joe Duveen vous paie vingt-cinq pour cent du prix de vente d'un tableau pour un simple certificat d'authenticité, le bruit de la caisse enregistreuse doit parfois couvrir sa voix. Pour vivre comme Berenson, il faut beaucoup d'argent. Bien entendu, pour moi, tout cela est purement théorique : quoi qu'il arrive, je n'achèterai jamais ce tableau. Mais je déteste les faussaires. C'est mauvais pour les affaires. »

Addison Thresher avait vraiment des manières parfaites. Il ne s'attarda pas à la table de Francis, mais se retira, disant qu'ils se reverraient le lendemain. Et qu'allait faire Francis ? Visiter le Mauritshuis ? Il y était déjà allé et en avait assez de regarder des tableaux. Animé par son bon déjeuner, il se rendit au Wassenaar et passa l'après-midi au zoo.

La main de Jean-Paul Letztpfennig était désagréablement humide et, après l'avoir serrée, Francis se hâta de sortir son mouchoir et d'essuyer la sienne. Il le fit d'une manière un peu trop voyante et quelques-unes des autres personnes réunies dans la pièce le remarquèrent aussitôt. Le professeur Baudoin, que Francis avait déjà classé comme un ennemi, marqua sa surprise et sa désapprobation en aspirant l'air avec bruit. C'était toutefois mieux que lorsqu'il vous soufflait son haleine au visage — chose qu'il faisait généreusement au cours d'une conversation — car celle-ci semblait indiquer qu'il se décomposait de l'intérieur et n'était plus très loin de la fin. Il offrait un contraste frappant avec Addison Thresher dont l'haleine sentait le meilleur dentifrice au fluor. Ce matin-là, l'Américain portait des vêtements très différents de ceux de la veille : un costume très strict qui évoquait de grosses affaires.

En fait, il s'agissait bien de cela. Il régnait dans la pièce une atmosphère d'attente fébrile qui ne devait pas échapper à la fine intuition des experts. Le gros docteur Schlichte-Martin au visage rougeaud et le jeune et joyeux docteur Hausche-Kuypers étaient pareils à deux personnes en train de jouer au jeu de l'oie : si le Van Eyck était authentique, le vieil homme obèse avançait et le jeune homme jovial devait retourner en arrière ; mais, dans le cas contraire, la jeunesse exultait et la vieillesse se désolait. Frisch et Belmann, les Allemands, arboraient des costumes gris fer et des expressions de la même teinte car ils seraient perdants quoi qu'il arrivât. Ils espéraient plutôt que Letztpfennig serait anéanti et regrettaient de s'être enthousiasmés pour la trouvaille du peintre. Lemaire, Bastogne et Baudoin se montraient philosophes. Les deux Français auraient bien voulu que le tableau fût authentique, mais doutait qu'il le fût ; quant au Belge, il souhaitait que ce fût un faux car il aimait les choses négatives. Chacun formulait son avis avec cette prudence qui caractérise les experts du monde entier.

« Tout le monde se connaît ici, n'est-ce pas ? Alors, passons tout de suite à notre affaire qui, d'ailleurs, sera peut-être réglée rapidement. Monsieur Cornish, voulez-vous nous faire part de votre opinion ? »

Le juge était de loin la personne la plus calme de l'assistance. Le juge, ainsi que le grand gardien à la porte.

Francis s'apprêta à accomplir sa tâche avec répugnance, mais sous des dehors sereins. Letztpfennig lui était plutôt sympathique quoiqu'il eût bien voulu laver la sueur cadavérique que le peintre avait laissée sur sa main droite. Letztpfennig n'était en rien le personnage ridicule que lui avait dépeint Saraceni. C'était un homme d'un certain âge, aux épaisses lunettes, qui avait l'air d'un grand intellectuel. Sa tignasse grise aurait pu évoquer un artiste si son possesseur n'avait pas été si clairement coulé dans le moule d'un professeur. Letztpfennig était vêtu avec soin ; un mouchoir blanc dépassait juste du nombre de centimètres qu'il fallait de sa poche de poitrine. Ses chaussures avaient été amoureusement cirées. Son apparence calme ne trompait personne.

Eh bien, on y va, se dit Francis. Dieu merci, je peux être dur et, à la fois, honnête.

« Je crains que ce tableau ne puisse être considéré comme authentique, déclara-t-il.

— C'est donc votre opinion ? fit Huygens.

— C'est plus qu'une simple opinion, *Edelachtbare*, répondit Francis, jugeant que l'occasion méritait une certaine solennité. Il se peut fort bien que ce tableau soit ancien. Il est superbe et son style rappelle fortement les Van Eyck. N'importe quel artiste de n'importe quelle époque peut être fier de l'avoir peint. Mais vous ne pouvez même pas l'attribuer à un *alunno di* ou à un *amico di* Van Eyck. Il a probablement été exécuté un siècle après la mort de ces peintres.

— Vous parlez avec beaucoup d'assurance, dit le professeur Baudoin avec une joie mauvaise non dissimulée. Mais vous êtes — permettez-moi de vous le dire — un tout jeune homme et la certitude de la jeunesse n'est pas toujours appropriée dans des affaires de ce genre. Vous nous donnerez vos raisons, évidemment. »

En effet, pensa Francis. Vous pensez que Letztpfennig est virtuellement détruit et à présent vous voulez me détruire moi parce que je suis jeune. Eh bien, vous allez voir, espèce d'hyène à l'haleine puante.

« Je suis certain que votre collègue va s'expliquer, intervint Huygens d'un ton apaisant. Si ses arguments sont vraiment convaincants, nous rappellerons les experts anglais et procéderons à des tests scientifiques.

— Je ne pense pas que cela sera nécessaire, dit Francis. Ce tableau a été présenté comme un Van Eyck, or il n'est certainement pas de cet artiste, que ce soit Hubert ou Jan. L'un d'entre vous a-t-il été au zoo récemment ? »

Qu'est-ce que c'était que cette histoire de zoo ? Ce jeune homme se moquait-il d'eux ?

« Un détail de ce tableau nous dit tout ce que nous avons besoin de savoir, poursuivit Francis. Regardez le singe qui pend par la queue aux barreaux de la porte de l'enfer, dans le coin supérieur gauche de la toile. Que fait-il là ?

— C'est un détail iconographique qui est parfaitement à sa place dans un tableau de ce genre, expliqua Letztpfennig avec une certaine condescendance envers le jeune homme et tout heureux de défendre la toile. Le singe enchaîné est un vieux symbole de l'humanité déchue qui précède la venue du Christ. Des âmes en enfer, en fait. Cet animal va de pair avec les démons vaincus.

— Mais il pend par la queue.

— Et depuis quand les singes ne le font-ils pas ?

— Ils ne le faisaient pas à Gand, à l'époque des Van Eyck. Ce singe-là est un *Cebus capucinus,* un singe du Nouveau Monde. Le singe enchaîné iconographique, c'est le *Macacus rhesus,* le singe de l'Ancien Monde. Un singe comme celui-ci, à la queue préhensile, était inconnu en Europe jusqu'au XVIe siècle. Or, je n'ai pas besoin de vous rappeler que Hubert Van Eyck mourut en 1426. Le peintre, quel qu'il soit, ou fût, voulait compléter sa composition par un personnage qui n'occuperait pas une place trop importante à cet endroit-là ; ainsi, il a été obligé de faire pendre le singe par la queue. Il y a plusieurs spécimens de *Cebus capucinus* et de *Macacus rhesus* — leurs noms sont clairement indiqués sur les cages — dans votre excellent zoo local. C'est pourquoi j'ai mentionné la chose. »

Dans les mélodrames du XIXe siècle, on trouve fréquemment des indications scéniques telles que *Sensation ! Surprise !* Le jugement de Francis produisit exactement cet effet. Aucun des experts n'essaya de prétendre qu'il s'y connaissait en matière de singes, mais mis devant l'évidence, ils s'empressèrent de déclarer qu'effectivement, c'était évident. C'est là une des choses que les experts sont souvent obligés de faire.

Tandis qu'ils bavardaient doctement, s'assurant l'un l'autre que ce singe les avait toujours gênés, Letztpfennig, comme on peut le comprendre, donnait des signes d'un grand malaise. Le grand gardien lui apporta une chaise. Letztpfennig s'assit, le souffle court. Mais bientôt il se ressaisit, se leva et frappa dans ses mains avec autorité comme un professeur rappelant sa classe à l'ordre.

« Messieurs, dit-il, je vous annonce que j'ai peint ce tableau moi-même. Pourquoi l'ai-je fait ? En partie pour protester contre l'adoration fanatique qu'on a pour nos maîtres flamands d'autrefois, adoration qui va si souvent de pair avec un dénigrement des peintres modernes. Qu'on ne puisse rien louer sans déprécier autre chose est un mauvais principe. Personne de nos jours n'est capable de peindre comme les maîtres anciens ! C'est faux. Moi, je l'ai fait et je sais que beaucoup d'autres artistes pourraient en faire autant. Bien entendu, ce n'est pas recommandable car c'est une sorte de déguisement artistique, un mensonge, une imitation du style d'un autre. Je suis tout à fait d'accord pour dire qu'un peintre doit travailler — plus ou moins — dans le style de son temps, mais non pas en tant que style dégénéré qu'il adopte parce qu'il ne sait pas peindre aussi bien que ses grands prédécesseurs. Bon, écoutez-moi patiemment, je vous prie. Vous avez tous loué ce tableau pour l'habileté de sa composition et de ses couleurs et pour le pouvoir qu'il a d'élever le cœur comme seule peut le faire une grande œuvre. À un moment ou à un autre, vous en avez tous dit le plus grand bien et plusieurs d'entre vous avez même déclaré qu'il vous enchantait. Qu'est-ce qui vous enchantait ? La magie d'un nom célèbre ? La magie du passé ? Ou le tableau que vous aviez sous les yeux ? Même vous, monsieur Thresher, avant de décider qu'en aucun cas vous ne pouviez l'acheter pour votre célèbre client, vous m'en avez parlé en des termes qui m'ont rempli de joie et de fierté. Même s'il n'est pas certain que ce soit un Van Eyck, avez-vous dit, c'est l'œuvre d'un très grand maître. Eh bien, le très grand maître, c'est moi. Reprenez-vous tout ce que vous avez dit ? »

Thresher ne répondit pas et aucun des autres experts n'avait envie de parler, à part Baudoin qui glissa à l'oreille de Belmann qu'il avait toujours trouvé les craquelures suspectes.

Ce fut le juge qui rompit le silence. Il s'exprima conformément à sa fonction.

« Ce que nous ne devons pas oublier, Mynheer Letztpfennig, c'est que vous avez tenté de vendre ce tableau comme un authentique Van Eyck, donnant sur son origine des explications que maintenant nous savons être fausses. Vous ne pouvez pas dire que cette façon d'agir fait partie d'une tactique destinée à démontrer l'habileté des peintres modernes.

— Mais de quelle autre manière aurais-je pu attirer

l'attention sur mon tableau ? De quelle autre manière aurais-je pu faire la preuve de ce que j'avançais ? Si j'avais fait savoir que Jean-Paul Letztpfennig, professeur des beaux-arts, restaurateur de maîtres anciens et connu comme un peintre condamné à la médiocrité par ceux qui prétendent classer les artistes comme si c'étaient des écoliers, avait peint un beau tableau dans le style ancien, combien d'entre vous se seraient dérangés pour venir le regarder ? Pas un seul d'entre vous ! Pas un seul ! Mais de cette façon vous avez employé des mots tels que « chef-d'œuvre » et « beauté exaltante ». Que qualifiaient-ils ? Ce que vous voyiez ou simplement ce que vous croyiez voir ?

— Monsieur le juge a raison, déclara Addison Thresher. Vous demandiez un prix extrêmement élevé pour votre tableau, non seulement en raison de sa beauté — que je ne peux nier — mais aussi en raison de l'attrait de son ancienneté et de la renommée de son présumé auteur. Et nous avons marché ! C'est une belle peinture, mais où pouvez-vous la vendre ? Bon, les choses s'arrêtent là, je suppose. En tout cas, en ce qui me concerne, le problème est réglé. »

Bien entendu, les choses ne s'arrêtèrent pas là : la presse internationale transforma l'incident en une affaire sensationnelle. Comment les journalistes en eurent-ils vent ? Lorsque onze hommes se trouvent dans une pièce et qu'il se passe quelque chose de particulièrement intéressant, l'un d'eux, au moins, risque de lâcher des bribes d'information. La presse s'en empara et la chasse commença. On soupçonna Sluyters, le gardien, d'être responsable de ces fuites. Cet homme était loin d'être aussi impassible qu'il en avait l'air et aurait été très content de dire ce qu'il savait contre une petite rémunération. Mais fut-il le seul à être indiscret ? Francis ne souffla mot de cette histoire jusqu'à son retour à Düsterstein, mais qui pouvait répondre d'Addison Thresher ? Le juge l'avait-il racontée à sa femme qui, ensuite, l'avait transmise à une amie sous le sceau du secret ? Quand ils firent leur rapport à leurs supérieurs et, à travers eux, au Reichsmarschall, les Allemands ne passèrent sûrement pas ces faits-là sous silence. Or, Göring avait la réputation d'être plutôt bavard. Les deux Français et le Belge n'avaient aucune raison de se taire. Sans avoir risqué grand-chose, ils tiraient de cette affaire de gros avantages : ils avaient en effet contribué à démasquer un faussaire, événement dont le monde de l'art international allait parler pendant des mois.

« Un faussaire trahi par son singe », tel était le titre qu'on retrouvait sous une forme ou sous une autre dans tous les journaux et l'un d'eux publia une caricature, basée sur le célèbre *Jésus enfant enseignant au temple,* où l'on voyait Francis éclairer les experts.

« Je vois que l'affaire Letztpfennig est maintenant classée, dit Saraceni en levant les yeux du *Völkischer Beobachter* qu'il était en train de lire dans l'atelier aux coquillages.

— A-t-on laissé tomber les poursuites ?

— De toute façon, il est hors d'atteinte maintenant. Letztpfennig est mort.

— Oh, mon Dieu ! Le pauvre homme !

— Ne vous faites pas de reproche, Corniche. C'est moi qui vous ai dit de le tuer. À ma demande, vous l'avez anéanti sur le plan professionnel et maintenant il a lui-même mis fin à ses jours. D'une façon intéressante, d'ailleurs. Il vivait à Amsterdam, dans une de ces superbes maisons au bord du canal. Vous avez sans doute remarqué que chacune d'elles a une poutrelle avec palan qui s'avance au-dessus de la berge. Dans l'ancien temps, celles-ci servaient à hisser les marchandises au grenier. De pittoresques vieux objets. Il semblerait que Letztpfennig se soit pendu à l'une d'elles, juste au-dessus de l'eau. En le décrochant, la police a trouvé un mot épinglé sur son manteau. Chose curieuse, il avait gardé son manteau et son chapeau pour mourir. Sur ce mot, on lisait : « Qu'ils disent ce qu'ils veulent maintenant. Au début, ils trouvaient que c'était un tableau remarquable. » Qu'avez-vous, mon cher, vous vous sentez mal ? Vous devriez peut-être prendre un jour de congé. Vous en avez assez fait pour l'art dans l'immédiat. »

« Et c'est cet incident qui lança Francis, dit le démon Maimas.

— Tes méthodes sont assez brutales, mon frère, répliqua le petit Zadkiel.

— Pas toujours. Je suis souvent subtil. C'est moi, évidemment, qui ai poussé Francis à se rendre au zoo et veillé à ce qu'il regarde attentivement les singes.

— Un sale moment pour Letztpfennig.

— Je n'étais pas responsable de lui. Et je trouve qu'il n'est pas tellement à plaindre. Il voulait être célèbre et reconnu en tant que peintre. Ses deux souhaits se sont réalisés — d'une façon posthume. Sa mort a donné une touche pathétique à ce qui était après tout une carrière remarquable. Ce fut le reste de l'humanité qui sentit ce côté émouvant, comme c'est généralement le cas dans les destins tragiques. Tout compte fait, Letztpfennig ne s'en sort pas trop mal. Il constitue une note en bas de page dans l'histoire de l'art. Et, d'un seul et unique coup, Francis s'est fait une bonne petite réputation.

— Est-ce là la célébrité que Ruth lui avait prédite ? demanda le petit Zadkiel.

— Pas du tout ! Je peux faire mieux que ça ! » s'indigna Maimas.

La chute de Letztpfennig suscita quelque intérêt dans le monde, comme la chute de quelqu'un le fait toujours, mais à l'automne 1938, peu après le vingt-neuvième anniversaire de Francis, la crise de Munich éclipsait un peu toutes les autres nouvelles. L'apparent triomphe de Neville Chamberlain qui réussit à signer un traité avec le Führer remplit de joie des millions de naïfs pacifistes prêts à croire n'importe quoi qui semblât promettre la paix. Mais tous ne croyaient pas à ce pacte : Saraceni et la comtesse étaient de ceux-là. Il y avait un malaise et des changements à Düsterstein. Amalie avait été envoyée dans un pensionnat chic, en Suisse, et bien qu'elle restât au château en tant que secrétaire de la comtesse, Ruth Nibsmith savait qu'elle ne garderait pas longtemps ce travail. Avant Noël, elle prit affectueusement congé et rentra en Angleterre. Saraceni, lui aussi, se trouva d'importantes affaires à régler à Rome. Il ne pouvait dire combien de temps durerait son absence, mais il assura à la comtesse qu'il reviendrait. Quant à la comtesse, elle annonça qu'elle devait se rendre d'urgence à Munich où l'attendait un travail lié à la vente de ses produits fermiers et qui la retiendrait dans cette ville plusieurs semaines, voire des mois.

Au cours de l'année écoulée, Saraceni et Francis avaient, à eux deux, accompli beaucoup de travail dont une partie était fort ambitieuse. Des tableaux de plus en plus grands firent route vers la cave du marchand de vins — des tableaux si énormes que les toiles devaient être enlevées du châssis et rangées tout autour des parois intérieures des fûts, soigneusement emballées pour les protéger du vin. Les châssis et les vieux clous qui appartenaient aux tableaux voyageaient dans deux grands sacs de clubs de golf que le prince Max ajoutait à ses bagages. Il s'agissait de vastes scènes de bataille et d'un certain nombre de portraits de personnages historiques mineurs, tous grandement améliorés par Saraceni et aussi par Francis auquel le Meister confiait du travail de plus en plus important. Qu'allait devenir Francis pendant sa longue absence ? La veille de son départ, Saraceni le lui dit.

« Vous avez fait de grands progrès, Corniche, et cela beaucoup plus vite que je ne l'avais escompté. L'anéantissement de Letztpfennig vous a donné une certaine réputation, modeste, mais néanmoins valable. Cependant, avant que vous ne soyez prêt à apparaître devant le monde comme l'*amico di Saraceni* plutôt que comme l'*alunno di Saraceni,* ce qui est tout de même moins bien, je voudrais que vous acceptiez de passer une importante épreuve. C'est très simple : êtes-vous capable de peindre aussi bien que Letztpfennig ? Dans ce domaine mineur de l'art, c'était un maître, vous savez. Maintenant que vous l'avez supprimé, je peux en convenir. Bien entendu, je ne parle pas de faire des faux, ce qui est méprisable. Je parle de la capacité de travailler véritablement avec les méthodes et aussi dans l'esprit du passé. Tant que vous ne m'aurez pas prouvé que vous pouvez le faire, il me restera un doute à votre sujet. *Drollig Hansel* était bon. Tout ce que vous avez fait durant cette année est bon. Mais lorsque je ne suis pas auprès de vous, vous conseillant et vous critiquant impitoyablement — je sais que je suis une vieille vache, mais tous les grands maîtres le sont — est-ce que vous pouvez vraiment vous en sortir ? Alors, pendant mon absence, je veux que vous peigniez un grand tableau — grand non seulement par ses dimensions, mais aussi par l'ampleur de sa conception — et je veux que vous le fassiez sans imiter personne, comme vous l'exécuteriez vous-même si vous viviez au XVᵉ ou au XVIᵉ siècle. Inventez votre propre sujet. Fabriquez vos couleurs. Je vous ai déjà trouvé un support. Regardez : c'est un triptyque, un retable d'assez grande taille qui pendait ici, dans la chapelle, avant que celle-ci ne fût refaite dans le style baroque. Il est en piteux état, évidemment. Il traîne depuis au moins deux siècles dans l'un des innombrables couloirs de service de ce château, ces sortes de débarras dont nous avons déjà tiré tant d'autres tableaux. Celui-ci n'a jamais été très bon, et maintenant il ne vaut vraiment plus rien. Nettoyez-le jusqu'au bois et mettez-vous au boulot. J'attends une œuvre qui me donnera exactement la mesure de votre talent quand vous travaillez seul. Vous aurez beaucoup de temps. Je reviendrai au printemps, peut-être même plus tard. Mais je reviendrai certainement. »

C'est ainsi que, peu avant Noël 1938, Francis se trouva virtuellement maître de Düsterstein. Les draps qui recouvraient les meubles et les housses de mousseline qui entouraient les chandeliers transformaient les appartements privés et les grands salons d'apparat en habitations pour fantômes. On avait laissé à Francis une petite pièce. Là, il pouvait s'asseoir et prendre ses repas quand il ne travaillait pas à l'atelier aux coquillages. Il se promenait dans le parc, enfonçant dans la mousse humide des allées, sous les arbres dégoulinants de pluie. Quelqu'un d'autre aurait pu trouver cela mélancolique, mais pas Francis :

pour lui, cette grisaille et cette solitude étaient les bienvenues car, entièrement centré sur lui-même, il ne voulait ni distraction ni sollicitations de l'extérieur. Il cherchait un sujet pour son tableau.

La philosophie de Saraceni, abstraction faite de l'avarice et de l'opportunisme du maître, n'était pas une chose qu'il avait apprise comme Amalie apprenait ses leçons. Il l'avait absorbée et complètement faite sienne. Les aspects si nettement méprisables du Meister ne lui causaient que de l'amusement. Il n'avait pas la stupidité de penser que les grands hommes sont exempts de faiblesses et que de tels défauts peuvent ne pas être graves. Il avait consommé le grain et rejeté l'ivraie ; le blé, à présent, constituait la matière de sa moelle. C'était ce qu'il croyait, non pas ce qu'il avait appris.

Et que croyait-il maintenant, à la fin d'un apprentissage laborieux et parfois humiliant ? Qu'un bon tableau doit être solidement fondé sur un mythe et que celui-ci ne peut être exprimé en peinture que par un artiste doté d'une vocation intense. Il avait appris à accepter et à chérir cette vocation qui, bien qu'atteinte par un chemin tortueux, n'en était pas moins réelle. Il avait travaillé dans la grotte aux coquillages en tant que subordonné, mais maintenant, il serait son propre maître, même s'il devait s'exprimer dans un style pictural révolu. Mais ce tableau, ce chef-d'œuvre qui couronnerait son apprentissage, quel serait-il ?

Il plongerait ses racines dans un mythe, mais lequel ? Dans le fouillis des mythologies classiques, dans la comédie de boulevard et les vulgaires querelles de famille des dieux de l'Olympe ou de leurs effigies amoindries telles que les concevaient les Romains ? Jamais ! Dans le mythe plus raffiné du monde chrétien tel qu'il apparaît sous des milliers de formes à l'âge de la foi ? Il connaissait bien le catholicisme, mais c'était encore le catholicisme sucré de Mary-Ben plutôt que celui des rigoureux Pères de l'Église. Dans le mythe de la grandeur de l'homme comme le professait la Renaissance ou le mythe de l'homme diminué et enchaîné tel qu'il apparut à l'âge de la raison ? Et qu'en était-il de celui du romantisme, du mythe de l'homme intérieur qui dégénéra très vite en mythe de l'égotisme ? Il y avait même le mythe XIXe siècle du matérialisme, l'exaltation du monde de l'objet qui avait inspiré tant de chefs-d'œuvre aux impressionnistes. Mais ces derniers devaient être tout de suite rejetés car même s'il les avait trouvés attirants (ce qui n'était pas le cas) il avait reçu l'ordre — et il devait encore obéir — de peindre un tableau à la manière des maîtres anciens, un tableau qui, d'un point de vue technique, pourrait apprendre quelque chose même à quelqu'un comme l'ingénieux Letztpfennig.

Seul et à peine conscient qu'à sa porte, ou presque, l'Europe s'acheminait furieusement vers une guerre d'une horreur sans pareille, Francis trouva la solution. L'unique, l'inéluctable solution : il peindrait le mythe de Francis Cornish.

Comment ? Il n'était pas libre de peindre comme un artiste qui n'aurait pas cherché à progresser du rang d'*alunno* à celui d'*amico* à la dure école de Saraceni. Dans la mesure où son talent le permettait, il lui était impossible de descendre au royaume des Mères et d'en revenir avec un tableau dont le sens échapperait même au plus intuitif et au plus empathique des spectateurs, mais qui, vingt ans plus tard, se révélerait être une prophétie ou un cri de désespoir. Il devait avoir un sujet identifiable comme l'étaient ceux des maîtres anciens, quelle que fût la réalité exprimée en plus du thème majeur. Il fit, et détruisit, d'innombrables esquisses, mais, même quand il les rejetait, il sentait qu'il approchait du but. Enfin un thème commença à apparaître, puis à s'imposer, un thème capable de donner forme au mythe de Francis Cornish. Ce fut à ce stade qu'il se mit à faire des études préparatoires et des dessins à la manière ancienne sur du papier traité et à la pointe d'argent ; des études, qui, un jour, dans un lointain avenir, déconcerteraient peut-être des experts. Son sujet, son mythe, serait traité dans un triptyque représentant *Les Noces de Cana*.

Ce n'était pas là un des thèmes favoris des artistes d'avant la Haute Renaissance, des maîtres qui peignirent dans le style antérieur à la représentation luxuriante de cette noce, tellement contraire à l'histoire de la Bible et qui est, en fait, une glorification des fastes et splendeurs de l'époque. Francis, lui, devait travailler à la manière austère sinon pauvre du déclin du monde gothique. Tandis qu'il faisait ses études préliminaires, il découvrit que ce style-là lui convenait parfaitement : le mythe de Francis Cornish n'était pas un mythe de la Renaissance, un mythe de la raison ou de l'égotisme satisfait, ou le mythe du monde des choses. S'il ne pouvait parler avec la voix de son siècle, il le ferait avec les derniers accents du gothique. Ainsi il travailla, non pas furieusement, mais avec beaucoup de concentration et de ferveur. Enfin, quand ses esquisses furent prêtes, quand il eut gratté du triptyque l'ancien tableau complètement détérioré, qu'il eut choisi et préparé ses couleurs, sans oublier de moudre le lapis-lazuli qu'il avait si commodément sous la main, il commença à peindre.

Quand Saraceni revint, on était déjà au milieu de l'été et Francis devenait de plus en plus nerveux. À la fin de juin, il avait reçu de Owen Williams-Owen la lettre suivante :

Le rapport que vous m'avez envoyé sur le fonctionnement de votre cœur pendant ces derniers mois me cause quelque inquiétude et je pense qu'il serait sage de vous examiner de nouveau. Je vous conseille donc de revenir en Angleterre dès que vous le pourrez pour que je puisse juger de votre état. Votre parrain, que j'ai rencontré l'autre jour, vous envoie ses amitiés.

C'était là un message facile à interpréter, même par un peintre qui ne pensait qu'à son travail et n'avait pas prêté grande attention aux nouvelles du monde. Cependant, avant de quitter Düsterstein, Francis devait absolument voir le Meister. À la fin de juillet, Saraceni était avec lui dans l'atelier aux coquillages et ce ne fut pas sans un certain sens de la mise en scène que Francis dévoila *Les Noces de Cana*, cuit au four et plein de poussière d'Augsbourg dans ses craquelures.

Le Meister procéda comme à l'ordinaire. Il regarda le tableau pendant un quart d'heure sans prononcer un mot.

Puis il l'examina avec les jumelles et la grande loupe, tapota le dos de la toile, flaira la peinture et frotta un coin du tableau avec un doigt mouillé — en un mot, se livra à la cérémonie complète de l'expertise. Mais ensuite, il fit quelque chose d'inhabituel : il s'assit et contempla le tableau pendant un bon moment en grognant de temps à autre. Francis espéra que c'était de satisfaction.

« Eh bien, Corniche, dit-il enfin, j'attendais de vous quelque chose de bon, mais là, je dois dire que vous m'étonnez. Vous savez ce que vous avez fait, n'est-ce pas ?

— Je pense que oui, mais j'aimerais que vous me rassuriez.

— Je comprends votre trouble. Ce tableau n'est en rien un exercice dans le style ancien, chose qui trahit toujours un manque de réelle énergie, alors que cette œuvre-ci en est pleine et donne l'impression indéniable d'une réalité immédiate. Elle vient incontestablement du royaume des Mères. Il s'agit d'une réelle création artistique, en fait. Vous avez donné naissance à une réalité qui n'appartient pas au présent chronologique. Elle n'est pas de notre temps. Vous ne semblez pas être prisonnier du monde psychologique d'aujourd'hui, comme la plupart d'entre nous. Je déteste ce genre de propos philosophiques pompeux, mais votre immanence n'est pas corrompue par le calendrier. On ne peut jamais être sûr de rien, mais je pense que ce tableau vieillira bien, à la différence des faux trop élaborés à la Letztpfennig.

— Mon apprentissage est donc terminé ?

— Si l'on s'en tient à ce tableau, il l'est certainement. Que vous soyez capable, ou que vous vouliez, continuer dans cette voie reste à voir. Moi, j'ai l'impression que si vous peignez d'autres toiles dans ce style, vous êtes fichu. Les critiques du monde entier vous fondront dessus comme des faucons attaquant... quoi ? Un phénix ? Un oiseau rare, en tout cas.

— Qu'est-ce que je fais, alors ?

— Ça, c'est une question à laquelle je peux répondre sans hésiter. Vous rentrez en Angleterre dès que vous le pourrez. Moi, je repars demain pour l'Italie. L'atmosphère, ici, devient de plus en plus lourde, si vous avez remarqué.

— Et le tableau?

— Si cela m'est possible, je vous le ferai envoyer. Mais il est trop grand et trop rigide pour être mis dans un fût. Son expédition peut poser des problèmes. Il devra sans doute rester pour quelque temps ici, dans l'un de ces sombres couloirs de service.

— Ce n'était pas ce que je voulais dire. Vous savez en quelle estime je vous tiens, Meister. Vous ai-je donné satisfaction? C'est cela qui me tracasse.

— Si vous m'avez donné satisfaction? Pour moi, c'est là une chose difficile à dire parce que la satisfaction ne fait pas partie de mon métier, et que je me cantonne presque toujours dans ce domaine. Cependant, dans le cas présent, je n'ai pas le choix et le temps presse. Pour l'heure, donc, je vous dis *a riverderci* — Meister. »

SIXIÈME PARTIE

Les guerres sont des désastres nationaux et internatio-naux, mais au sein d'une nation belligérante chaque individu fait sa propre guerre, et parfois on ne saurait dire s'il a gagné ou perdu. Celle de Francis Cornish s'avéra longue et pénible, bien qu'il ne fût pas soldat.

Ne pas combattre était justement l'un de ses problèmes, un problème mineur quoique évident. Le fait qu'il fût un homme robuste, dans la trentaine, sans occupation sérieuse apparente, demandait de fréquentes explications, suscitait antipathie et méfiance. Bien entendu, il avait la lettre de sir Owen Williams-Owen certifiant qu'il était cardiaque et réformé, mais il ne pouvait pas la porter épinglée au revers de son pardessus. De la part de l'oncle Jack, pour qui il travaillait de longues heures, il n'avait aucun papier : il était en effet impensable que, si jamais il était blessé ou contrôlé, on pût l'identifier comme un membre de ce qu'il n'appelait plus le Service maintenant, mais franchement MI5.

Dès son retour en Angleterre, à la fin de juillet 1939, Francis devint officiellement — en ce sens qu'il touchait un maigre salaire — un agent du contre-espionnage. Sa tâche consistait à découvrir ce qu'il pouvait au sujet de gens se présentant comme des réfugiés de pays européens et qui étaient en fait des agents allemands. Ce n'était pas du service secret dans le style romantique : le jour, Francis travaillait dans une organisation d'aide aux réfugiés et, la nuit, il se postait dans des portes cochères pour observer les allées et venues des gens dans certains immeubles mis sous surveillance. Ensuite, aussi discrètement que possible, il apportait ses rapports, essentiellement des horaires, au petit bureau que l'oncle Jack occupait sur le derrière d'une maison de Queen Anne's Gate.

C'était un travail fastidieux, mais il parvint à lui donner une touche personnelle, bénissant pour cela le nom de Harry Furniss et les longues heures qu'il avait passées à Blairlogie à dessiner tout le monde et n'importe quoi, mort ou vivant. Une fois qu'il avait vu un homme ou une femme, il était capable d'en faire un utile portrait, et il ne se laissait pas tromper par un déguisement. Peu de gens savent se déguiser : ils comptent trop sur les cheveux teints, d'autres vêtements, une façon particulière de marcher ; ils se déguisent à l'avant, mais omettent de se déguiser à l'arrière. Or, Francis, qui avait appris cela chez Saraceni, pouvait identifier une personne de dos même si le visage de celle-ci l'avait rendu perplexe. Il s'amusait donc à orner ses rapports de petits croquis. Ceux-ci étaient certainement plus utiles qu'on ne le lui disait : réservé comme d'habitude, l'oncle Jack ne lui faisait jamais de compliments. Francis n'avait pas le droit de se servir d'une machine à écrire car le bruit, tard le soir, aurait pu éveiller les soupçons d'une logeuse. Aussi ses rapports, écrits dans une exquise écriture italique et agrémentés de dessins, étaient-ils de petites œuvres d'art. Cependant, insensible à l'esthétique, l'oncle Jack les classait sans faire de commentaires sur leur présentation.

Désagréable pendant les premiers mois de la guerre, le travail de Francis devint carrément pénible et dangereux lorsque commencèrent les raids aériens sur Londres, diurnes et nocturnes en automne 1940, puis uniquement nocturnes jusqu'en mai 1941. Ce fut pendant le grand bombardement du 29 décembre que Francis perdit ce qui était devenu pour lui son principal réconfort.

Il avait retrouvé Ruth Nibsmith, rencontrée par hasard, dans un restaurant Lyons, un soir où il y mangeait avant d'entamer sa longue veille sur le trottoir opposé d'un immeuble suspect.

« Le Beau Ténébreux ! Quel coup de chance ! Que deviens-tu ? En fait, je n'ai même pas besoin de te le demander : tu as l'air du parfait espion. Qui espionnes-tu ?

— J'ai l'air du parfait espion, moi ?

— Écoute : le chapeau mou taché, l'imperméable crasseux, le carnet de notes qui fait une bosse dans la poche... C'est évident !

— Tu ne dis cela que parce que tu as des dons de voyance. Mon déguisement est impénétrable. Je suis ce Civil Inconnu qui en bave tellement ces jours-ci.

— Il en bavera encore deux fois plus avant la fin de l'année, foi de voyante.

— Tu as raison, bien sûr : je fais de l'investigation confidentielle. Et toi ?

— Pareil. »

Mais après avoir parlé un peu plus, il apparut que Ruth était au service du chiffre.

« J'ai la sorte de cerveau qui aime résoudre les énigmes, dit-elle. Je crois qu'ils m'ont engagée parce que je sais faire les mots croisés du *Times* en une demi-heure. Mais avoir des dons psychiques ne gâte rien. Bon, assez parlé de ça. »

Elle leva les yeux vers l'affiche fixée au mur : un dessin de Fougasse sur lequel on voyait Hitler avec une immense oreille dressée au-dessus d'une légende qui disait : « L'indiscrétion coûte des vies. »

Dans la mesure où les curieuses missions de Francis et les services de nuit occasionnels de Ruth le permettaient, ils renouèrent leurs relations amicales et recommencèrent à passer d'agréables moments au lit ensemble. Ruth vivait dans un minuscule appartement dans Mecklenburg Street. Sa logeuse étant soit indulgente, soit indifférente, ils parvenaient, peut-être une fois par semaine, à faire l'amour pendant environ une heure. Dans le Londres de la guerre, si gris et oppressant, où les canalisations cassées rendaient le lavage du linge et les bains problématiques, ils éprouvaient un immense bonheur à se déshabiller, à se coucher dans des draps douteux et à se perdre dans une communion où l'on pouvait oublier toutes les règles de sécurité, où seules comptaient la tendresse et la bonté. Le fait qu'ils ne parlaient jamais d'amour ou ne se juraient pas fidélité était peut-être étrange, mais ils ne ressentaient pas le besoin de ce genre de mots. Sans jamais exprimer ces sentiments, ils savaient que le temps leur était compté, que le présent était tout et s'unir au gré des circonstances, un trésor arraché à la destruction.

« Si une bombe nous tuait maintenant, dit Francis, une nuit qu'ils avaient désobéi aux sirènes et étaient restés au lit au lieu de se rendre dans l'abri glacé le plus proche, j'aurais l'impression de mourir à l'apogée de ma vie.

— Ne t'inquiète pas, Frank. Les bombes t'épargneront. Rappelle-toi l'horoscope que je t'ai fait à Düsterstein. Pour toi, mon chéri, ce sera un âge avancé et la célébrité.

— Et pour toi ? »

Elle l'embrassa.

« Ça, c'est classé secret. C'est moi la déchiffreuse, pas toi. »

La nuit du 29 décembre, lors du déluge de bombes incendiaires, Francis surveillait une porte par laquelle personne n'entrait ni ne sortait. Finalement, il dut abandonner son poste et aller dans une station de métro où, avec des centaines d'autres personnes, il s'allongea, mort de peur, sur le dur pavé. Quand les sirènes annoncèrent la fin de l'alerte, il se rendit aussi près qu'il put de l'appartement de Ruth, mais le feu faisait rage dans ce quartier et des rues entières avaient disparu.

Ruth avait été secourue et en moins de temps qu'il n'avait osé l'espérer, Francis la trouva dans un hôpital. Ou, plutôt, il trouva un corps tellement emmailloté de bandages et couvert de compresses qu'on ne voyait qu'une seule main. Il resta assis plusieurs heures à tenir cette main, priant comme il ne l'avait pas fait depuis l'enfance que ce geste pût apporter quelque réconfort. Finalement, une infirmière lui fit signe de s'éloigner du lit.

« Ce n'est plus la peine. Elle est morte. C'était votre femme ? Une amie ?

— Une amie.

— Voulez-vous une tasse de thé ? »

C'était tout ce que l'hôpital avait à offrir. Francis refusa.

C'est ainsi que prit fin le plus grand réconfort qu'il eût jamais connu et qui, calcula-t-il, avait duré un peu moins de dix semaines. Les quarante et un ans de vie qui lui restaient à vivre ne lui apportèrent rien qui eût pu l'égaler.

Un héros de roman aurait peut-être eu ce qu'on appelle

d'une manière imprécise une « dépression nerveuse » ; il aurait peut-être déchiré sa dispense du service militaire et se serait engagé, cherchant la mort ou la vengeance. L'héroïsme de Francis était d'une autre sorte : il s'entoura d'une carapace de stoïcisme, ferma la porte à l'amour et continua à accomplir son ennuyeuse tâche jusqu'au jour où l'oncle Jack, sentant peut-être le changement qui s'était produit en lui ou lui trouvant une nouvelle valeur, le promut à un poste un tout petit peu plus intéressant. Pendant les mois suivants, Francis travailla dans un bureau situé dans un immeuble qui n'évoquait en rien MI5. Il coordonnait des rapports que lui apportaient des observateurs comme lui et essayait de trouver quelque signification à des informations généralement sans intérêt. Pendant toute cette longue période, il n'eut qu'une seule fois la certitude d'avoir contribué à démasquer un agent ennemi.

Mais sa vie n'était pas que solitude et labeur. Au début de 1943, son père apparut soudain. Il était maintenant un agent de liaison officiel de MI5 pour le Canada et un assez gros bonnet car il descendit au Claridge et aurait pu disposer d'une voiture n'eût-il préféré marcher. Le Soldat de Bois était encore plus figé que d'habitude et son monocle, si une telle chose était possible, s'incorporait encore plus à sa figure qu'avant. Il apportait des nouvelles de la famille.

« Ta grand-mère et la tante Mary-Ben n'en ont plus pour très longtemps, je crains. Elles sont vieilles, bien sûr. Grand-mère doit avoir plus de quatre-vingts ans et Tante en a sûrement quatre-vingt-cinq. Mais ce n'est pas de vieillesse qu'elles souffrent : c'est d'avarice et de mauvaise nourriture. Et ce pauvre docteur est encore plus âgé, mais il reste remarquablement vert et maintient les vieilles dames en vie. Il ne m'a jamais été sympathique. Il appartient à la pire espèce d'Irlandais. Ta mère va bien. Elle est aussi belle que le premier jour où je l'ai vue, mais commence à montrer de petites bizarreries : elle a des pertes de mémoire, par exemple. Le plus surprenant de tous, c'est ton jeune frère Arthur. Pas d'études supérieures pour lui. Il dit que toi, tu as été à deux universités et que cela suffit pour une famille. Il a déjà beaucoup travaillé dans notre affaire, et cela d'une manière très efficace. Mais à présent il est dans l'Air Force. Je pense qu'il s'en tirera bien dans la vie. Et toi aussi, tu t'en tires bien, à ce que m'a dit Jack Copplestone.

— J'aimerais qu'il me le dise à *moi* de temps en temps. J'ai parfois l'impression qu'il m'a complètement oublié.

— C'est mal connaître Jack. Mais tu es difficile à caser, Frank. Tu n'es pas un fier-à-bras, Dieu merci. Il fera appel à toi quand un travail adéquat se présentera. N'empêche, je lui en toucherai un mot. Sans lui dire que tu m'en as parlé, bien sûr. Simplement pour te rappeler à son bon souvenir. Tu sais sans doute que les deux garçons O'Gorman sont dans l'armée. Ils sont très jeunes, remarque, mais enthousiastes. Pas très intelligents, malheureusement — pas assez pour le Service, en tout cas — mais pleins de vitalité. Et, bien entendu, leur père est plongé jusqu'au cou dans ce qu'il appelle son Œuvre de guerre : il vend des bons de la Victoire, etc. Il faut bien que quelqu'un le fasse, je suppose. Je crois bien que ce gros lard cherche à obtenir quelque reconnaissance officielle. Il ne s'est jamais remis de son fiasco concernant le titre de chevalier de Saint-Sylvestre. Il veut quelque chose qu'on ne puisse pas lui retirer. »

Il vint à l'esprit de Francis que son père ne devait plus être très jeune. Il avait au moins dix ans de plus que sa mère. Mais n'ayant jamais paru jeune, sir Cornish ne semblait pas avoir vieilli, et s'il était toujours dans le Service, c'était qu'il devait être très compétent, quelle que fût la nature exacte de son travail. Certes, il avait l'air d'un revenant de l'époque édouardienne, mais il avait une démarche légère et était mince sans être décharné.

« Tu sais, Frank, quand je repense au passé et à la branche canadienne de la famille, je m'aperçois que c'était le sénateur que je préférais à tous les autres. S'il en avait eu la chance, il serait peut-être devenu un homme remarquable.

— Moi, je l'ai toujours trouvé remarquable. En tout cas, il est devenu très riche.

— Et a créé la banque. Tu as raison, bien sûr, je pensais à... eh bien, à des avantages d'ordre social. La banque

Cornish — cela m'étonne toujours. Il me considérait comme une potiche, à juste titre, peut-être. Nous vivions dans des mondes différents et c'est bien étrange que ceux-ci se soient recoupés. À l'avantage de tout le monde, d'ailleurs.

— Grand-père avait des sentiments très profonds.

— Ah oui? Peut-être. Personnellement, je n'ai jamais compris grand-chose à cela. Écoute-moi, Frank, il faut vraiment que tu t'achètes des vêtements convenables. Tu as l'air d'un clochard. Il est encore possible de s'habiller comme il faut, tu sais. Tu es riche, non?

— Sans doute, mais je ne pense jamais aux vêtements. Ça semble avoir si peu de rapport avec ce qui se passe.

— C'en a énormément, crois-moi, mon garçon. Même dans le Service, les camouflages ne sont pas tous pareils. Si tu as l'air d'un sous-fifre, on te prendra pour un sous-fifre parce que les gens n'ont pas toujours le temps de découvrir ce que tu es vraiment. Alors, habille-toi un peu. Va voir mon tailleur et demande-lui le meilleur costume qu'il peut te faire pour les tickets que tu as. Tu devrais porter la cravate de ton collège ou de ton université. Supposons que tu te fasses tuer dans un de ces raids. Quand on te retrouvera, comment saura-t-on qui tu étais?

— Est-ce que cela aurait de l'importance?

— Bien sûr que oui! Avoir l'air d'un rustre quand tu n'en es pas un est tout aussi affecté qu'être un dandy. L'affectation dans la mort est aussi ridicule que l'affectation dans la vie. »

Le lendemain, Francis fut traîné à Savile Row et mesuré. On lui promit un costume gris foncé, qui serait suivi par un costume bleu, à la grâce de Dieu et des rations. Ayant dompté son fils, sir Francis poussa son avantage et donna à Francis quelques chaussettes et chemises convenables prélevées sur sa propre garde-robe. Elles étaient plus ou moins à sa taille. Se laisser habiller par son père quand on a trente-trois ans pourrait indiquer une docilité peu commune, mais Francis prit la chose avec humour : depuis quelque temps déjà il se rendait compte que son métier d'espion lui avait donné l'air d'un espion et qu'il devait entreprendre quelque chose à ce sujet. Le major n'avait fait que lui donner l'impulsion nécessaire.

Ce fut donc bien vêtu, quoique encore médiocrement chaussé, qu'il rendit visite à la Signora Saraceni dans sa maison, au sud de Londres. Une lettre du Meister, que quelqu'un avait apportée de Paris, l'en avait prié.

La Signora était très anglaise, mais c'était peut-être d'avoir passé une partie de sa vie en Italie qui lui avait donné ces manières langoureuses, sensuelles, qu'elle devait s'imaginer convenir à la femme d'un artiste.

« Parfois je me demande si, lorsque cette guerre affreuse aura pris fin, Tancrède et moi ne nous remettrons pas en ménage, confia-t-elle à son visiteur. Il faudra que ce soit ici. J'ai gardé mon passeport anglais, vous savez. Je n'ai jamais vraiment aimé Rome. Et cet appartement... c'était quand même un peu exagéré, vous ne trouvez pas ? Je veux dire : quelle vie domestique peut-on avoir dans un cadre aussi bourré d'histoire ? Il n'y avait pas une chaise qui n'eût une généalogie, et se détendre, perché sur une généalogie, est vraiment impossible. Comprenez-moi : j'ai toujours eu de très bons rapports avec Tancrède. La guerre nous sépare, mais, auparavant, il venait me voir tous les ans et nous étions amants. Et avec quelle ardeur ! Je crains cependant que Tancrède ne puisse jamais être heureux dans cette maison, alors que moi je l'adore. Ces chintz, ces merveilleux meubles en bois teinté, ne sont-ils pas divins ? Monsieur Cornish, vous qui êtes un artiste et un ami de Tancrède, vous ne trouvez pas que c'est divin ? Tous ces objets viennent de chez Heal et aucun n'a plus de quelques années. On doit vivre avec son temps, n'est-ce pas ? Je n'en espère pas moins que nous pourrons de nouveau vivre ensemble. »

Son vœu ne fut pas exaucé. Quelques semaines plus tard, une bombe perdue, probablement destinée à la City, anéantit la rue de la Signora, et la Signora avec, et ce fut à Francis qu'incomba la pénible tâche d'en informer le Meister et de trouver un moyen de le joindre.

« Elle était le sang de mon cœur, écrivit Saraceni dans sa réponse quand celle-ci parvint enfin à Francis ; je crois sincèrement qu'elle aurait dit la même chose de moi. Mais l'Art, mon cher Cornish, est une obsession, comme vous risquez de vous en apercevoir un jour. »

Cette lettre arriva peu de temps avant que l'oncle Jack ne convoquât Francis chez lui pour lui faire enfin savoir qu'il ne l'avait jamais réellement oublié. Le colonel Copplestone n'oubliait jamais rien.

« Vous savez que nous allons gagner cette guerre, n'est-ce pas ? Absolument, en dépit des apparences. Cela prendra quelque temps, mais il est tout à fait clair que nous gagnerons, dans la mesure où quelqu'un gagnera. Les Américains et les Russes seront probablement les grands vainqueurs. Cependant, la victoire entraînera quelques problèmes compliqués et nous avons intérêt à les étudier dès maintenant, sinon nous serons pris de court. L'un d'eux concernera l'art. C'est important. D'un point de vue psychologique, s'entend. C'est une sorte de baromètre de la force psychologique et culturelle. Il ne faut pas que les vaincus paraissent s'en tirer avec un gros butin culturel sinon ils auront trop l'air de vainqueurs. Nous devons donc nous apprêter à récupérer beaucoup de choses qui ont été égarées — pillées, pour être franc — pendant le conflit. C'est pourquoi je vous envoie au sud du pays de Galles pour travailler avec un certain nombre de personnes qui ont suivi tout ça de près. Vous avez une certaine réputation, voyez-vous. Avec l'affaire Letztpfennig vous vous êtes fait un nom, mais pas un trop grand nom, et vous devez être prêt à agir quand le moment sera venu. Je suis content de voir que vous avez fait un effort vestimentaire. Je vous conseille de ne pas négliger cet aspect. Vous ne pourrez tout de même pas vous asseoir à des tables de conférences et participer à des commissions en ayant l'air d'un vaincu, n'est-ce pas ? »

Deux semaines plus tard, Francis se trouvait dans un endroit tranquille près de Cardiff où ce qui avait été autrefois un manoir était maintenant devenu, d'une manière assez discrète, le centre de cette curieuse activité de MI5. Là, durant quelques-uns des mois les plus durs de la guerre, il étudia certaines choses en prévision de la victoire

Ce fut ici, si loin de Londres, qu'il se fit une meilleure idée de ce pour quoi il travaillait et avec qui il travaillait. À Londres, il avait été un agent d'une espèce plutôt inférieure, un limier qui battait le bitume de rues obscures, prenant note des allées et venues et des rendez-vous des suspects. Il avait étudié l'art de se rendre invisible. Il avait appris à connaître les risques psychologiques du métier : toute personne que l'on file pendant quelques jours finit par avoir un air furtif. Il avait commencé à se sentir stupide, mais ce n'était pas à lui de poser des questions ; il devait épier sa proie dans des portes cochères et au coin des rues, regarder dans les devantures le reflet du suspect qui passait et prendre soin de ne pas éveiller de soupçons lui-même car quelques-uns des limiers de l'oncle Jack s'étaient rendus ridicules en faisant des rapports sur des collègues inconnus. Durant ses longues heures d'attente, il s'était mis à détester son travail, à détester tout « système », tout nationalisme. À dire vrai, il en était venu à cet état d'esprit qui fragilise un espion, le rend susceptible d'être retourné : il voyait l'attrait d'une vie d'agent double. À quel noble principe un homme peut-il s'accrocher quand il a été amené au vil emploi d'espion, à la faillite personnelle que cela représente ?

À Cardiff, il avait pour tâche de recevoir un grand nombre d'espions, de s'entretenir avec eux et de les soupeser selon les renseignements qu'il possédait et son propre jugement. Certains d'entre eux avaient travaillé pour MI6, la branche d'outre-mer. Sans cesse il entendait dans sa tête la voix de Ruth : elle lui dispensait de sages leçons composées à partir des nombreuses conversations qu'ils avaient eues à ce sujet.

« Certains de nos meilleurs agents sont de très vilains garçons, Frank, et les pires sont souvent des membres de la Homintern — la grande fraternité internationale des homosexuels. Dénoncer quelqu'un avec qui tu as couché, tu te rends compte ! Mais ils le font souvent, les hommes plus que les femmes, je crois. Le Service devrait vraiment recruter plus de femmes : les hommes sont si bêtes ! On peut faire confiance aux femmes — sauf en amour, peut-être — parce qu'elles sont fières de ce qu'elles savent tandis que les hommes sont fiers de ce qu'ils peuvent dire. C'est un monde peu ragoûtant. Toi et moi, nous sommes trop innocents pour jamais y obtenir un poste élevé. »

Et pourtant, il était là, à Cardiff, à un poste qui, loin d'être élevé, n'en semblait pas moins très important. Était-il tombé si bas ? Ou bien Ruth avait-elle simplement parlé du fond de son honnête cœur sans vraiment savoir ce qu'elle disait ?

En plus de son travail, il devait trouver le temps de s'acquitter de certaines obligations et corvées de la vie courante. Roderick Glasson lui écrivait environ une fois par mois, pleurant sur le sort des agriculteurs en temps de guerre et lui faisant clairement comprendre que s'il ne recevait pas plus d'argent, ce qui permettrait d'apporter de réelles améliorations à l'exploitation, tout serait perdu. À cause de sa parcimonie, Francis causerait la ruine de la famille. La tante Prudence écrivait moins souvent, mais peut-être d'une manière plus directe, pour l'informer de la croissance et du développement de la petite Charlie pour laquelle on avait besoin de plus d'argent si l'on voulait qu'elle reçût une éducation digne des Cornish. Elle finit même par déclarer franchement qu'il était temps que l'enfant eût un vrai foyer avec des parents. Francis et Ismay ne pouvaient-ils pas reconsidérer leur position ?

Cette lettre-là fut suivie, quelques jours plus tard, par une autre, écrite par Ismay elle-même et expédiée de Manchester. Il n'y était pas question de la petite Charlie ou d'un vrai foyer. Ismay ne lui disait même pas qu'elle avait obtenu son adresse de sa mère. En revanche, elle lui annonçait sans ambages qu'elle était complètement fauchée. Francis aurait-il la gentillesse de lui donner un coup de main ?

Ainsi, Francis prit quelques jours de congé pour faire le long voyage, doublement difficile en temps de guerre, de Cardiff à Manchester. Là, il revit Ismay, au bout de presque dix ans, lors d'un dîner exécrable dans un bon hôtel.

« À mon avis, cette chose immonde a jadis été une baleine », dit-il en retournant avec sa fourchette la substance posée sur son assiette.

Ismay, elle, se montra moins difficile : elle mangeait avec avidité. Elle était maigre et, tout en gardant une beauté qui lui était particulière, elle était devenue osseuse, presque décharnée, et on aurait dit qu'elle s'était coupé les cheveux elle-même. Elle portait des vêtements sales, de divers coloris foncés. Tout en elle parlait d'une femme dévouée à une cause.

C'était en effet le cas : maintenant, Ismay était une zélatrice à plein temps, sauf qu'il était difficile de dire exactement de quoi. D'après les remarques qu'elle laissa tomber, Francis crut comprendre qu'elle faisait tout ce qu'elle pouvait pour contribuer à provoquer un soulèvement du prolétariat. Une telle insurrection dans tous les pays en guerre ferait nécessairement cesser le conflit en l'espace de quelques semaines et permettrait de mettre en place une Internationale ouvrière qui apporterait l'ordre et la justice à un monde plein d'iniquités.

« Inutile d'entrer dans les détails, dit Francis. Quand je suis passé à Londres, on m'a accordé le grand privilège de regarder la fiche que nous avons sur toi dans nos bureaux. Je me demande pourquoi on ne t'a pas encore mise en prison. Je suppose que tu n'en vaux pas la peine.

— Ne dis pas de conneries ! répliqua Ismay dont le vocabulaire n'avait guère changé depuis ses années estudiantines. Toi et ta bande, vous me laissez en liberté simplement pour que je vous mène à des gens que vous tenez vraiment à attraper. Vous pouvez toujours courir ! termina-t-elle avec rancœur à travers une bouchée de baleine.

— Bon, nous n'avons peut-être pas besoin de parler de ça. Je suppose que tu entretiens une sorte de correspondance avec ta mère. Naturellement, Tante Prudence n'a pas la moindre idée de ce que tu fabriques. Elle pense que nous devrions nous remettre en ménage.

— Elle rêve ou quoi ? Il n'y a pas l'ombre d'une chance.

— Nous sommes bien d'accord là-dessus. Alors, de quoi pouvons-nous parler ?

— D'argent. As-tu l'intention de m'en donner ?

— Pourquoi ?

— Parce que tu en as des masses, voilà pourquoi.

— Charlie aussi en avait. Qu'est-il devenu ?

— Il est mort. En Espagne. Charlie était un imbécile.

— Est-il mort pour les loyalistes ?

— Il est mort parce qu'il n'avait pas réglé des dettes de jeu.

— Cela ne m'étonne pas. Il n'a jamais compris la grammaire de l'argent.

— Pardon ?

— Je suis assez bon en grammaire de l'argent. L'argent est une des valeurs dans la vie auxquelles il faut absolument rester fidèle. On peut pardonner à un homme qui joue avec une cause politique, mais pas à celui qui joue avec votre argent, surtout quand c'est de l'argent que vous devez à la chance. C'est pourquoi je ne me précipite pas pour t'en donner. C'est la chance qui me l'a envoyé et j'ai beaucoup plus de mal à m'en séparer que si je l'avais gagné en travaillant dur.

— Allons, Frank, ta famille est riche.

— Les membres de ma famille sont banquiers. Ils comprennent la haute rhétorique de l'argent. Moi, je ne suis qu'un simple grammairien, comme je l'ai dit.

— Tu veux que je te supplie.

— Écoute, Ismay, si tu veux que je t'aide, réponds franchement aux quelques questions que je vais te poser sans me bassiner avec ta foutue révolution. Qu'est-ce qui te ronge ? Pourquoi tiens-tu à te prolétariser ? Est-ce uniquement pour te venger de tes parents ? Pourquoi me hais-tu ? Je suis tout autant contre la tyrannie que toi, mais je vois beaucoup de tyrannie dans ton camp. Pourquoi une dictature du prolétariat serait-elle meilleure qu'une dictature de ploutocrates ?

— Ce que tu dis est tellement simpliste que je ne veux même pas en discuter. Je ne te hais pas : je ne fais que te mépriser. Tu penses en clichés. Tu ne peux imaginer qu'il puisse exister une grande cause qui n'ait pas sa source dans un grief personnel. Tu es incapable de réfléchir et d'avoir la moindre objectivité. La vérité, c'est que tu es simplement un artiste et que tu te fiches pas mal de qui nous gouverne aussi longtemps que tu peux peindre et t'amuser à enjoliver une société injuste. Bon sang, tu dois tout de même savoir ce que Platon pensait du rôle des artistes dans la société ?

— Ce que je préfère en Platon, c'est son excellent style. Il aimait inventer des systèmes, mais il était un bien trop bon artiste pour se fier complètement à eux. Maintenant, j'en suis venu à haïr tout système. Je hais ton système préféré, je hais le fascisme, je hais tous les systèmes existants. Mais comme il faut bien qu'il y en ait un, je suppose, je prendrai celui qui me laisse travailler en paix. Or ce sera probablement le plus inefficace, le plus précaire et le plus contradictoire des systèmes.

— O.K. Laissons tomber. Mais l'argent ? Je suis encore ta femme légale et les flics le savent. Veux-tu me réduire à faire le trottoir ?

— Ismay, tu m'étonnes ! Crois-tu vraiment pouvoir m'émouvoir avec ce genre de bêtises ? Si tu te prostituais, qu'est-ce que ça pourrait bien me faire ?

— Tu disais m'aimer, autrefois.

— C'était sûrement une illusion bourgeoise.

— Même si c'en avait été une, pour toi, c'était une réalité. Tu te souviens des raisons « artistiques » que tu inventais pour que je me déshabille de manière à ce que tu puisses me regarder pendant des heures sans jamais passer à l'acte ?

— Je m'en souviens fort bien. Quel stupide idéaliste j'ai pu être ! Et toi, tu étais bien la plus insaisissable des petites allumeuses que j'aie jamais rencontrée ! J'imagine que les dieux ont dû se tordre de rire en nous voyant. Mais beaucoup d'eau a coulé sous les ponts depuis.

— Cela veut sans doute dire que tu as trouvé une autre femme.

— Oui, pendant un certain tremps. Une femme infiniment meilleure que toi. Une femme inoubliable.

— Je ne vais pas te supplier, si c'est ça que tu attends.

— Alors que faisons-nous ici ?

— Tu veux que je te supplie, n'est-ce pas ? Espèce de salaud ! Car c'est bien ce que tu es, au fond, comme tous les artistes et les idéalistes. Eh bien, tu en seras pour tes frais.

— De toute façon, cela ne servirait à rien, Ismay. Je ne te donnerai pas un sou. Et ce n'est pas la peine de me menacer de la police parce que c'est toi qui m'as quitté — qui as « mis les bouts » — tu te souviens ? Je continuerai à entretenir la petite Charlie parce que la pauvre gosse n'y est pour rien, mais je ne lui ferai pas une rente de princesse, ce que ta mère a l'air d'attendre. Je continuerai même, pendant quelques années, à mettre de l'argent dans ce foutoir mal géré que ton père appelle un domaine. Mais à toi, je ne donnerai rien.

— Juste par curiosité : m'aurais-tu donné quelque chose si je m'étais aplatie devant toi ?

— Non. Tu as essayé de me prendre par les sentiments et je t'ai envoyée promener. Me lécher les bottes n'aurait pas mieux marché.

— Est-ce que tu commanderais un peu plus de nourriture ? Et à boire ? Je ne m'aplatis pas devant toi, mais, après tout, je suis ton invitée.

— Et nous avons tous deux grandi dans un système où l'invité est sacré. Pour le moment, je le reconnais.

— *Noblesse oblige.* Une devise chère aux bourgeois qui prétendent à l'aristocratie.

— J'en sais un peu plus sur l'aristocratie que lorsque nous nous sommes vus la dernière fois. *Tu périras avant que moi-même je ne périsse.* L'as-tu jamais entendue, celle-là ? Si jamais je me laissais de nouveau séduire par ta beauté — car tu es toujours belle, ma chère femme — ce serait ma perte. Un châtiment mérité pour une telle bêtise. Or je me suis juré une chose : ne pas mourir idiot. »

Finalement, la guerre se termina. La bataille avec feu et explosifs prit fin, remplacée par la bataille diplomatique. La mission spéciale de ce qu'on appelait la victoire, mission à laquelle Francis devait participer, commença à prendre forme. Une sorte de paix devait être rétablie dans le monde de l'art, ce baromètre du bon ou du mauvais temps national, cette indéfinissable capacité d'inspiration culturelle qu'un pays moderne doit posséder pour le bien de son âme. Mais, auparavant, il fallait d'abord régler beaucoup d'autres questions. Francis demanda une permission pour raisons de famille et partit au Canada. En effet, sa grand-mère était morte au début de 1945 et la tante Mary-Ben, privée de son rôle de Valet d'Atout, n'avait pas tardé à la suivre. En fait, comme le dit Mary-Tess avec un certain manque de sensibilité, Grand-mère, à son arrivée au ciel, découvrant qu'elle avait besoin de quelqu'un pour gérer l'éternité, avait sonné Mary-Ben.

Francis ne fut ni surpris ni ennuyé quand la famille le chargea de se rendre à Blairlogie pour y régler toutes les affaires pendantes et, en fait, couper le lien qui avait uni les McRory à cet endroit durant de si nombreuses années. Son frère Arthur et ses cousins Larry et Michael étaient toujours dans l'armée, à l'étranger et, de toute façon, ils étaient trop jeunes pour ce genre de tâche. G. V. O'Gorman (à présent une huile dans le monde de la finance) n'en avait pas le temps et sir Francis était trop distingué pour être envoyé ainsi en mission. De plus, il avait eu une attaque cardiaque et, bien qu'hors de danger, il avait tendance, le soir, à se sentir « patraque » comme l'exprimait sa femme. Après tout, il avait largement dépassé les soixante-dix ans, bien que personne ne précisât jamais de combien.

Quant à Mary-Jim (que, depuis des années, toute la famille appelait Jacko), elle avait maintenant soixante et un ans. Bien qu'elle sût se donner la meilleure apparence possible pour son âge, son discours et son comportement étaient une source de préoccupation. Francis éprouva pour elle de la tendresse et de l'affection, sentiment très différent de l'adoration obligatoire, forcée, qu'il lui vouait depuis l'enfance. Si jamais il voulait lui parler du Fou, c'était le moment ou jamais.

« Dis-moi, maman, je me suis toujours posé des questions au sujet de mon frère aîné, Francis Ier. Personne ne m'a jamais rien dit sur lui. Pourrais-tu m'en parler un peu ?

— Il n'y a rien à en dire, mon chéri. Il n'a jamais été un bébé bien robuste et il est mort très jeune, d'une façon très triste.

— De quoi est-il mort ?

— Oh, de quelque maladie infantile. D'une incapacité à vivre, en fait.

— Souffrait-il de quelque anomalie ?

— Hein ? Oh, non. Il est mort, tout simplement. Il y a très longtemps de ça, tu sais.

— Mais il a dû vivre au moins un an. Comment était-il ?

— Adorable. Pourquoi me demandes-tu ça ?

— Par curiosité, c'est tout. C'est bizarre d'avoir un frère que l'on n'a jamais connu.

— Oui, un enfant adorable. Je suis sûre que s'il avait vécu tu l'aurais beaucoup aimé. Mais voilà, il est mort. »

Francis n'en tira pas davantage de son père.

« Je ne me souviens vraiment pas de lui, Frank. Il est mort si jeune ! Tu as vu sa plaque au cimetière, là-bas.

— Oui, mais cela semble indiquer qu'il est mort catholique. Or vous avez toujours souligné le fait que moi j'étais protestant.

— Bien sûr. Tous les Cornish ont été protestants depuis la Réforme. J'ai oublié les circonstances qui ont fait qu'il a été enterré là. Quelle importance cela peut-il avoir ? De toute façon, il était trop jeune pour être quoi que ce soit. »

Vraiment ? pensa Francis. Qu'est-ce que tu y connais ? Tu ne sais même pas que, d'un point de vue purement théologique, je suis catholique. Ni toi ni maman ne savez absolument rien sur moi et toutes ces belles paroles au sujet de l'amour n'étaient qu'un verbiage creux. Pour ce qui est de mon âme, vous vous en êtes toujours fiché comme de l'an quarante. Seule Mary-Ben s'en est préoccupée. Or, malgré ses manières douces, c'était une féroce bigote. Aucun de vous n'a jamais eu une seule pensée qui ne soit un outrage à ce qu'on peut décemment appeler religion. Pourtant, je suis parvenu par hasard dans un monde où la religion, mais non par l'orthodoxie, est la source de tout ce qui a un sens.

À Blairlogie, où il se rendit une dernière fois, emportant pour son voyage des sandwiches afin de ne pas avoir à manger à l'infecte table de « la vieille dame », il alla aussitôt voir le docteur Joseph Ambrosius Jerome, maintenant nonagénaire. Malgré son corps ratatiné, le médecin avait gardé ses yeux ardents où brillaient toujours une vive intelligence.

« Eh bien, si tu veux absolument le savoir, Francis — et

tu m'as dit un jour que tu connaissais l'existence de ce garçon, au grenier — c'était un idiot. C'est moi qui avais arrangé qu'il vive là-haut. Ton grand-père m'aurait remercié si je l'avais tué, mais pour moi, il n'était pas question de faire une chose pareille. Mon métier n'est pas celui d'assassin.

— Mais il menait une vie affreuse. Est-ce qu'on n'aurait pas pu le faire soigner dans un lieu qui aurait moins ressemblé à une prison ?

— Qu'est-ce qu'on t'a appris à Oxford ? Tu ne te souviens pas de ce que disait Platon ? « Si quelqu'un est fou, ne l'exposez pas aux regards de la cité ; que la famille d'une telle personne veille sur elle à la maison du mieux qu'elle peut ; et, si elle se montre négligente, faites-lui payer une amende. » Eh bien, tes aïeuls ont fait de leur mieux, mais ils ont incontestablement payé une amende. Le secret du grenier minait l'ensemble de Saint-Kilda. À tous, cela leur a coûté très cher en monnaie spirituelle, malgré la passion de ta grand-mère pour le jeu et les occupations que se trouvait ton grand-père pour rester à Ottawa.

— Craignaient-ils que la maladie de cet enfant, quelle qu'elle fût, pût réapparaître en moi ?

— Ils ne m'ont jamais soufflé mot d'une telle idée.

— C'eût été normal. Après tout, j'avais les mêmes parents.

— Ah oui ? »

Le docteur J. A. éclata de rire. Ce n'était pas un gloussement de vieillard, mais un rire sonore, quoique sans gaieté.

« N'était-ce pas le cas ?

— Ce n'est pas moi qui répondrai à cette question. Pose-la à ta mère.

— Qu'insinuez-vous ?

— Je n'insinue rien du tout. Je refuse de parler davantage de ce sujet. Cependant, je te dirai une chose que peu de gens savent. Il paraît que l'enfant qui connaît son père est très sage, mais celui qui connaît sa mère l'est encore infiniment plus. La personnalité d'une mère a des recoins où un fils ne pénètre jamais et fichtrement peu de filles. Ta mère avait une tare. Jusqu'ici elle ne s'est pas manifestée en toi ni en Arthur — quoique Arthur est une telle tête de bois que chez lui une tare risquerait de passer inaperçue — mais cela pourrait encore venir. Tu atteindras peut-être un âge aussi avancé que le mien ; Dieu fasse que tu y parviennes en bon état. Ce qui a été mis dans la moelle sortira dans la chair : jamais on n'a dit une chose plus vraie. Prends un verre, Frank, et déride-toi. Qu'est donc devenu tout cet excellent whisky que ton grand-père avait caché dans sa cave ?

— Il en reste encore un peu et je dois d'ailleurs m'en débarrasser. Est-ce que je vous le fais porter ?

— Que Dieu te bénisse, mon garçon ! Avec les années, il a dû se transformer en un véritable lait pour vieillards. Et, à mon âge, on a besoin de fréquentes tétées. »

Vider Saint-Kilda ne fut pas un mince travail et Francis, aidé de deux hommes qui venaient chercher les objets accumulés pour les emmener chez le commissaire-priseur ou à la décharge, mit trois semaines pour le terminer. Il lui était impossible de vivre dans la maison, bien qu'Anna Lemenchick y occupât toujours la fonction de gardienne : il n'avait pas le courage de manger l'infecte nourriture de la Polonaise. Il descendit à l'hôtel Blairlogie, un endroit minable mais auquel ne se rattachait aucun souvenir. Il tint à s'occuper en personne du déménagement de chaque pièce : pour le commissaire-priseur, tous les meubles « Louis » ; pour le presbytère, toutes les images pieuses de Tante et la partie de son ameublement qu'il pensait pouvoir servir aux prêtres. Francis laissa les nus dans le carton à dessins, se disant que les ecclésiastiques risquaient de les apprécier. Les livres et d'autres reproductions allèrent à la bibliothèque municipale ainsi que — en désespoir de cause et plutôt contre les désirs du bibliothécaire — les tableaux les moins intéressants. Celui des cardinaux partit chez un marchand d'objets d'art à Montréal où il fut acheté à un assez bon prix. Francis invita Victoria Cameron, maintenant une femme de bien, à choisir ce qu'elle voulait ;

conformément à son caractère, tout ce qu'elle demanda, ce fut un très vieux dessin de Francis représentant Zadok en chapeau haut de forme et cravate blanche sur le siège du corbillard de Devinney. Dans son ancienne chambre, Francis dut jeter certaines choses qui n'auraient attiré l'attention de personne mais qui, pour lui, étaient pleines de signification.

Il y avait une petite collection de vieilles revues de cinéma, maintenant friables et jaunies, dont il s'était autrefois repu les yeux avec l'ignorant désir de l'adolescence. Les reines de beauté d'une autre époque montraient audacieusement leurs genoux et vous lorgnaient de dessous des cheveux ridiculement ondulés. Il y avait quelques images découpées dans des éditions de Noël du *Tatler,* du *Bystander* et de *Holly Leaves* que son grand-père avait apportées en l'honneur de la fête et dans lesquelles on voyait des dessins de coquettes jeunes filles des années vingt en chemise de nuit transparente ou — ça, c'était vraiment osé — en train de jouer avec leur cher toutou dont le corps leur cachait les seins et les Parties, mais pas entièrement. Maintenant, il considérait ces illustrations comme l'expression d'une déviation de l'art, comme les derniers soubresauts de l'école de peinture érotique qui avait fleuri sous Boucher et Fragonard. Du « kitsch », comme l'appelait Saraceni.

Ce qu'il voulait avant tout trouver et détruire, c'était un petit tas de chiffons — divers bouts de soie et de mousseline — avec lesquels, dans son adolescence, il s'était déguisé en fille d'une manière ridicule, dans ce qu'il croyait être le style de Julian Eltinge. À présent, il comprenait, ou croyait comprendre, la signification de ce jeu : celui-ci exprimait la nostalgie d'une compagne, du mystère et de la tendresse qu'il pensait trouver dans une telle créature. Il avait même l'impression qu'il cherchait cette compagne en lui-même. Quelques vers de Browning, écrits quand le poète était encore très jeune, lui revinrent en mémoire :

> *And then I was a young witch, whose blue eyes,*
> *As she stood naked by the river springs,*
> *Drew down a god...*

Puis je fus une jeune sorcière dont les yeux bleus,
Alors qu'elle se tenait nue à la source du fleuve,
Firent descendre un dieu...

Mais même Ruth n'avait pas été cette jeune sorcière et
Ismay, qui avait tellement le physique de l'emploi, était
une parodie grotesque de son esprit. Où était-elle, cette
jeune sorcière ? Viendrait-elle jamais ? C'était moins
comme amante que comme quelque chose de bien plus
proche qu'il la recherchait : comme un complément à sa
personne, une dimension désirée, insaisissable, de son
propre esprit.

C'est ainsi que Francis en vint à se réconcilier, comme il
le croyait, avec son étrange enfance où il y avait eu tant de
belles paroles sur l'amour, mais si peu d'amour pour
réchauffer le cœur. Il ne se sentit pas seul à Blairlogie,
même quand il passait de longues soirées à l'hôtel à relire —
combien de fois n'avait-il pas lu ces pages ! — ses passages
préférés de *Vies des plus excellents peintres, sculpteurs et
architectes* de Vasari. Il ne se sentit pas seul quand il alla au
cimetière catholique et trouva la tombe de Francis Ier, le
Fou, l'ombre de son enfance et, s'il fallait en croire l'oncle
docteur, la bombe encore inexplosée de sa maturité — le
secret, l'élément inadmissible qui, comme il le comprenait
maintenant, avait tant contribué à faire de lui un artiste, si,
en fait, il pouvait se considérer comme tel.

Mais le juge sévère qu'était Saraceni ne l'avait-il pas
appelé Meister, sans la moindre ironie et sans donner
d'explication ?

Il ne pouvait pas se rendre sur la tombe de Zadok. Pas
même Victoria ne connaissait son emplacement ; tout ce
qu'elle savait, c'était qu'elle se trouvait dans la partie du
cimetière protestant qu'avec la brutalité blairlogienne on
appelait le Champ du Potier. Mais n'étant pas, de nature,
un chasseur de tombes, Francis abandonna les recherches.
Il se souvenait de Zadok avec beaucoup de tendresse, et
c'était cela qui importait.

Saint-Kilda fut donc vendu aux enchères, tout comme
Chegwidden Lodge, qui avait été louée pendant plusieurs

années. Un spéculateur local acheta les deux demeures à bas prix et c'est ainsi que se termina la vieille chanson, comme Francis le dit à sa famille, à son retour à Toronto. De la maison de son enfance, il n'emporta rien à part une reproduction qui avait pendu au mur de sa chambre. Non pas la remarquable image du Christ qui ouvrait les yeux quand vous le regardiez, mais *L'Amour exclu.*

Dans le manoir près de Cardiff, il y avait beaucoup à faire en 1946 : de nombreux dossiers à assimiler et à mettre en ordre et des centaines de photos à cataloguer. Francis avait besoin d'un assistant qui fût au courant de ce qui se passait. On lui envoya Alwyn Ross, fraîchement démobilisé de la Canadian Navy.

Alwyn Ross n'était pas du tout le genre de jeune homme que Francis avait appris à associer avec le travail de MI5 ou MI6. Il n'avait rien de l'espion et eut quelque mal à cacher son amusement devant la façon prudente, officielle, avec laquelle Francis lui expliqua en quoi consistait leur travail.

« J'ai pigé, chef, dit-il. Il faut que nous connaissions ces tableaux suffisamment bien pour les reconnaître, même s'ils réapparaissent un peu retouchés pour tromper le monde et, dans la mesure du possible, les restituer aux personnes qui peuvent en revendiquer légitimement la propriété. Je suis très doué pour reconnaître des tableaux, même sur d'aussi mauvaises photos en noir et blanc que celles-ci. Et, s'il y a doute sur leur appartenance, en rafler autant que possible pour les gens qui nous emploient. »

Francis fut choqué. Ce que disait Ross était vrai, bien sûr, mais ce n'était pas là une façon de le formuler. Il protesta.

« Allons, allons, Frank, dit Ross, nous sommes tous deux canadiens. Nous n'avons pas besoin de nous raconter des histoires. Simplifions les choses autant que nous le pouvons. »

Aussi, quand la Commission alliée sur l'art entra enfin en action et qu'une section de cet organisme, à laquelle appartenaient Francis et Ross, se réunit à Munich, c'était effectivement ainsi que les deux hommes travaillaient, et Ross avait si bien réussi à libérer Francis de sa *persona* officielle que celui-ci s'amusa beaucoup.

Tous deux jouaient un rôle important, et dans la magnifique pièce, partie d'un palais, où se tenait la réunion, ils se trouvèrent mêlés à beaucoup de personnages familiers. Il s'agissait d'examiner des tableaux récupérés sur l'ennemi, de les identifier et de les rendre à leurs propriétaires. Francis et Ross n'étaient absolument pas les seuls délégués du Royaume-Uni. Le redoutable Alfred Nightingale, du Fitzwilliam Museum de Cambridge, était là ; Oxford était représenté par le non moins savant John Frewen. Comme on pouvait s'y attendre, la National Gallery et le Tate avaient envoyé Catchpoole et Seddon. Mais Francis et Ross étaient les spécialistes des tableaux qui s'étaient égarés durant les années de guerre et de ceux qui avaient pu disparaître, sans doute à jamais, dans le Nouveau Monde.

Saraceni était là. Il arborait un brassard noir. Francis se dit qu'il devait porter le deuil de la Signora bien que cela fît au moins trois ans que celle-ci avait été anéantie dans son refuge du sud de Londres rempli de meubles en chêne et de chintz aux couleurs gaies.

« Je ne l'oublierai jamais, dit le Meister. C'était la femme à l'esprit le plus élevé et le plus tendre que j'aie connue, bien que nous ne partagions pas du tout les mêmes goûts. Je continuerai à la pleurer toute ma vie. »

Mais le chagrin n'avait en rien voilé sa redoutable vue — pouvait-il vraiment avoir le mauvais œil ? — ni diminué l'hilarité sarcastique avec laquelle il répondait aux opinions des collègues en désaccord avec lui. Le principal d'entre eux, c'était le professeur Baudoin, de Bruxelles, dont l'haleine était plus fétide que jamais et que les souffrances de la guerre n'avait pas adouci. De la Hollande étaient venus le docteur Schlichte-Martin ainsi que Hausche-Kuypers. Ce dernier avait perdu un bras dans la Résistance, mais était aussi joyeux que jamais. Apercevant Francis, il lui lança :

« Ah, mais voilà le Tueur de Géants ! Ce pauvre Letztpfennig ! Vous l'avez vraiment massacré !

— En effet, je me souviens, dit Baudoin. C'est le jeune homme qui était si versé dans les questions de (reniflement) singes. Nous ouvrirons l'œil pour le cas où se présenterait quelque problème zoologique qui dépasserait les connaissances des simples amateurs que nous sommes.

— Qui est ce vieux con qui pue comme un charnier ? murmura Ross. Il en a après vous, chef. Je le vois dans son regard. »

Frisch et Belmann ne faisaient pas partie de la délégation allemande : leur zèle dans l'affaire du Führermuseum les avait discrédités. À leur place, l'Allemagne avait envoyé les professeurs Knüpfer et Brodersen. La France était représentée par Dupanloup et Rudel, et il y avait des hommes de Norvège, du Luxembourg et d'un certain nombre d'autres pays intéressés. Francis fut heureux de voir Addison Thresher comme délégué des États-Unis. Il ferait certainement entendre la voix de la raison : son pays n'avait perdu aucune œuvre d'art dans le conflit ; et s'il en avait, au contraire, acquis un certain nombre, il n'eût pas été très diplomate de s'en informer.

« Un des problèmes auxquels je me suis trouvé confronté, c'était comment empêcher des officiers de haut rang de l'armée de l'air d'envoyer chez eux des avions remplis de butin artistique. Ils ne connaissent pas grand-chose à l'art, mais ils savent certainement ce qu'ils aiment et ils ont appris que des tableaux à l'huile valaient beaucoup d'argent. Inutile de vous dire que je n'ai pas trouvé de solution. Enfin... piller est le propre du soldat en campagne. »

Thresher était un joyeux cynique.

En tout, quatorze pays étaient représentés, généralement par deux experts et un secrétaire aspirant-expert. Ross était de ceux-là. Un Anglais, le lieutenant-colonel Osmotherley, qui n'était pas un expert en tableaux, mais un fantastique administrateur, faisait office de président.

« Quelle savante assemblée ! dit Ross. Je ne me sens pas à la hauteur.

— Tu n'es *pas* à la hauteur, répliqua Francis. Alors, boucle-la, pendant les séances et partout ailleurs. C'est moi qui me charge de tout.

— N'ai-je même pas le droit d'exprimer une opinion ?

— Pas à haute voix. Contente-toi d'ouvrir l'œil et d'écouter. »

L'idée optimiste que Ross se faisait du travail de la commission montrait une totale ignorance de la manière dont procèdent ces gens-là. Après une guerre pendant laquelle l'art n'avait pas été une préoccupation majeure, les experts étaient bien décidés à affirmer l'importance de celui-ci. Après avoir servi pendant des années de préposés à la défense civile, fait la queue pour du café à base de bulbes de tulipes, regardé, impuissants, les envahisseurs s'emparer de leurs plus précieux trésors, été snobé par les forces d'occupation et, dans la plupart des cas, rendus conscients de leur âge, ils étaient de nouveau des hommes de poids auxquels leurs gouvernements demandaient un conseil avisé. Après des années de mauvaise nourriture, de restrictions de tabac et d'alcool, de chambres glacées et de pénurie d'eau chaude, ils étaient logés dans un hôtel qui, même s'il n'avait pas recouvré son niveau d'avant-guerre, était l'endroit le plus confortable qu'ils eussent connu depuis longtemps. Et, avant toute chose, ils retrouvaient ce monde érudit, spécialisé, ce monde de coupage de cheveux en quatre, de discussions et de disputes dans lequel ils évoluaient comme des rois-magiciens. Allaient-ils se dépêcher, prendre des raccourcis, faire des compromis, bref entreprendre la moindre démarche pour précipiter la venue du triste jour où leur travail serait terminé et où ils devraient rentrer chez eux ? Comme Francis l'expliqua à Ross, seul un Canadien stupide, un marin fraîchement débarqué, pouvait penser une chose aussi absurde.

Bien entendu, Francis avait compris longtemps avant leur voyage à Munich que Ross n'était pas stupide. Il était, au contraire, quelqu'un de très brillant. En regard de son âge et de son expérience, il avait d'extraordinaires connaissances dans le domaine de l'art. Avant tout, il avait du flair. Sa perception était rapide et sûre. Mais ce qui le rendait particulièrement sympathique à Francis, c'est qu'il avait un caractère joyeux ; il pensait que l'art était fait pour le plaisir de l'homme et pour l'ouverture de son esprit, qu'il ne devait pas être un mystère jalousement gardé, un champ de bataille pour experts, un trésor à piller par les manipulateurs du goût, les vendeurs de modes, les marchands d'œuvres d'art.

Autodidacte en matière d'art, Ross était toutefois diplômé d'une université de l'ouest du Canada, puis d'Oxford (il avait eu une sorte de bourse du Commonwealth) où il avait étudié les langues modernes. Comme beaucoup de jeunes gens originaires des prairies, il s'était senti attiré par la marine ; il y avait été assez utile et très décoratif. Ross faisait partie de ces créatures rares que sont les beautés masculines. Il avait des cheveux blonds, mais pas aussi clairs que ceux d'un Scandinave, une peau délicate, des traits fins et un corps agréablement musclé, mais sans exagération. Il n'avait rien d'efféminé : il était tout simplement beau, et il le savait. Parmi les membres de la commission et leurs sérieux secrétaires (dont la plupart étaient déjà touchés par le vieillissement prématuré de l'intellectuel), il donnait l'impression d'être un rosier éclatant dans une forêt de sapins — un rosier qui n'avait pas encore pâti du sol acide des conifères.

« Sans toi, je deviendrais fou, Alwyn, dit Francis, un soir qu'il avait trop bu, dans leur hôtel munichois. Si je dois écouter encore une fois Schlichte-Martin et Dupanloup discuter de la question de savoir si tel tableau est un Rembrandt ou simplement un Govaert Flinck, ou se demander si ce qui ressemble à un Gerard Dou est en réalité un Donner, je me mettrai à hurler et à écumer. Alors il faudra m'emmener d'urgence et me plonger dans de l'eau froide pour me calmer. Qu'est-ce que cela peut bien faire ? Qu'on renvoie ces œuvres à l'endroit d'où elles viennent et qu'on n'en parle plus !

— Tu prends cela beaucoup trop au sérieux, dit Ross.

Fais ton boulot, mais avec plus de détachement. Te rends-tu compte qu'il y avait plus de cinq mille tableaux, dont la plupart ne sont que des croûtes distinguées, dans cette mine de sel d'Alt Ausse où tant d'œuvres du Führermuseum avaient été cachées ? Sans parler de toutes les toiles qu'on a découvertes près de Marburg, ni de l'énorme butin de Göring. Nous devrons les examiner toutes et, si nous en faisions cinquante par jour, combien de jours cela nous prendrait-il ? Alors, je te conseille de te détendre et de cesser d'écouter. Contente-toi de regarder les tableaux. Merveilleux ! Combien de *Tentations de saint Antoine* avons-nous déjà vus ? Et, dans chacun d'eux, un vieux type à moitié mort de faim est tenté par quelques ternes démons, mais surtout par des filles bien en chair qu'il ne serait pas du tout en état de sauter. Si j'étais peintre, je le montrerais devant un plat de homard à la Newburg que quelqu'un est en train de lui présenter. Voilà qui l'aurait tenté ! La tentation agit toujours sur votre côté le plus faible.

— Tu parles avec une sagesse rancie qui n'est pas de ton âge.

— Ç'a toujours été ainsi. Je suis né sage. Ce n'est pas comme toi, Francis. Tu n'es ni sage ni banal. Tu es né écorché. »

Saraceni était loin d'avoir pour Alwyn Ross la même sympathie que Francis.

« Il a du talent, dit l'Italien à Francis un jour qu'ils déjeunaient ensemble, mais, au fond, c'est un arriviste. Pourquoi pas, hein ? Ce n'est pas un artiste. Il ne crée rien et ne conserve rien. Qu'est-ce qu'il a ?

— De la perspicacité, répondit Francis, et il raconta au Meister ce que Ross avait dit au sujet des *Tentations de saint Antoine*.

— C'est assez futé, quoique banal. Mais il faut de l'intelligence pour voir la sagesse dans ce qui est commun. La tentation agit toujours sur votre côté le plus faible. Quel est le vôtre, Corniche ? Prenez garde à ce que ça ne soit pas Alwyn Ross. »

Francis fut offensé. Évidemment, on le voyait souvent en compagnie de la beauté de la commission, et il n'avait pas tout à fait compris que certains de ses collègues, pour des raisons qu'il valait mieux ne pas analyser, interprétaient cette amitié à leur propre manière. En 1947, l'homosexualité était beaucoup moins bien acceptée qu'elle ne l'est de nos jours ; de ce fait, les gens y pensaient beaucoup.

Comme Saraceni restait pour lui le Meister, Francis s'interrogea sur ce qu'il avait dit. Évidemment qu'il aimait Ross. Celui-ci n'était-il pas un compatriote, un compatriote pour lequel il n'avait pas besoin de s'excuser auprès de gens qui prenaient les Canadiens pour une nation d'écorcheurs de castors ? N'était-il pas spirituel et gai dans un groupe où l'on ne se servait de l'esprit que comme d'une arme pour frapper un rival ? N'était-il pas agréable à regarder parmi tous ces gens bedonnants et ridés ? Et — mais Francis n'analysa pas trop honnêtement cet aspect-là de la question — n'était-il pas ce qu'il y avait de plus approchant de ce personnage fuyant, apparemment une fille, dont il avait besoin pour se compléter ? Faire d'Alwyn Ross un ami, un ami très proche et très cher, était la chose la plus naturelle au monde. Dans son association avec lui, Francis ne se sentait pas un élève comme ç'avait toujours été le cas avec Ruth, ni une poire, comme il l'avait été avec la désirable, la fourbe Ismay. C'étaient là des rapports, se disait-il, où le sentiment tenait aussi peu de place que possible et où l'affinité intellectuelle et l'amitié étaient tout.

Il se crut néanmoins obligé de rapporter à Ross ce qu'on racontait sur eux. Ross rit.

« Sauve qui peut ! Pendez le chagrin, le souci a tué un chat, que tous lèvent la queue et un pou sur la tête du bourreau. »

— Qu'est-ce que c'est que ça ?

— Du Ben Jonson, un auteur que j'ai beaucoup étudié autrefois. Il est plein de bon sens et clatronne celui-ci d'une manière fort virile. Cela veut simplement dire : qu'ils aillent se faire foutre ! Que nous importe ce qu'ils pensent ? Nous savons que ce n'est pas vrai, n'est-ce pas ? »

En étaient-ils si sûrs ? Francis l'était, mais la notion qu'il avait du genre de choses dont on les accusait, c'étaient les garçons maquillés, aux yeux hardis, qui rôdaient dans l'ombre des nuits munichoises. D'une sodomie plus subtile, celle de l'âme, il ignorait tout. Quant à Alwyn Ross, il savait seulement qu'il obtenait souvent ce qu'il voulait en charmant ceux dont la vie avait manqué d'enchantements, et il n'y voyait aucun mal. Quel mal, en effet, aurait-il pu y avoir à cela ?

Il eût été absurde que la commission examinât tous les tableaux qui avaient changé de lieu pendant la guerre. Sa tâche consistait à s'occuper des trésors. Dans la liste qu'on leur avait distribuée, Francis reconnut des portraits d'illustres inconnus, œuvres d'auteurs tout aussi inconnus. C'étaient certainement les tableaux sur lesquels il avait travaillé avec Saraceni dans l'atelier de Düsterstein. Ils étaient dans le Führermuseum ; comme personne n'en voulait, on les autorisa à rester sur place. Parce que quelques experts le connaissaient et qu'il avait causé une certaine sensation à Londres, peu avant la guerre, *Drollig Hansel* fut présenté à la commission. On l'admira comme une œuvre mineure agréable, mais comme on ignorait tout de sa provenance et qu'il était clairement marqué de ce qui semblait être le *Firmenzeichen* des Fugger, on estima que le mieux serait de l'envoyer à Augsbourg. Cette décision satisfit Knüpfer et Brodersen et témoigna du désir qu'avait la commission de se montrer équitable.

En apercevant *Drollig Hansel* sur le chevalet, Francis n'éprouva qu'une faible émotion. Il fut néanmoins content que Ross en pensât le plus grand bien.

« Il y a, dans ce tableau, un grotesque bien maîtrisé, dit-il. C'est la première fois que je vois une chose pareille. Il ne s'agit pas des horreurs tapageuses de toutes les *Tentations* de ce pauvre vieux saint Antoine, mais de quelque chose de plus profond et de plus froid. L'artiste qui l'a peint devait être un drôle de type.

— C'est fort probable », dit Francis.

Cependant, il en alla tout autrement quand, un après-midi de novembre, des porteurs apportèrent brusquement *Les Noces de Cana* et le placèrent sur le chevalet.

« Ce tableau est unique en son genre, dit le lieutenant-

colonel Osmotherley. Aucune indication sur son origine. Tout ce que nous savons, c'est qu'il provient de
la collection personnelle de Göring, si on peut appeler
collection ce repaire de brigands. On pense toutefois
que c'est une œuvre importante et vous êtes priés de
prendre une décision à son sujet.

— Le Reichsmarschall savait reconnaître un bon
tableau », déclara Brodersen.

Il était bien placé pour le savoir : le Reichsmarschall
avait en effet pris les meilleures toiles de son musée,
lui donnant cyniquement des reçus qui expliquaient que
les œuvres avaient été déplacées pour assurer leur protection. Brodersen n'avait jamais été nazi et seuls sa
réputation et son « aryanisme » sans tache lui avaient
permis de garder son poste.

C'était effectivement un bon tableau. En le revoyant
presque dix ans plus tard, Francis sut que c'était vrai.
Il ne dit rien et laissa les grands experts donner leur
opinion, ce qu'ils firent si longuement que la nuit
tomba et que le président ajourna la séance jusqu'au
lendemain matin.

Ce que dirent les experts flatta Francis, mais, à la
fois, tracassa le côté calviniste de sa conscience. Ce
tableau pouvait-il être un Mathis Nithart jusque-là
inconnu ? La vigueur et le brillant des couleurs, la
ligne calligraphique, la distortion de certains des personnages et un certain parti pris de grotesque (ce mot,
de nouveau !) étayaient une telle attribution, mais il y
avait des aspects italianisants, maniéristes qui la rendaient improbable — impossible, en fait. Les experts
s'abandonnèrent à une joyeuse débauche, à une suren-
chère d'hypothèses savantes qui durèrent toute la
journée.

Ross fut incapable de tenir sa langue.

« Je sais que je ne devrais pas parler en pareille
compagnie, dit-il en souriant à toutes les célébrités
autour de lui. Mais si vous voulez bien permettre à
l'amateur que je suis d'exprimer une idée, je vous
demanderais si l'un de vous voit dans ce tableau une
qualité qui rappelle le *Drollig Hansel* que nous avons

examiné il y a quelques semaines ? Ce n'est qu'une idée, bien sûr. »

Et Ross se rassit, souriant avec un charme juvénile peut-être légèrement exagéré.

Cette déclaration déclencha une autre dispute. Il y eut ceux qui dirent qu'ils avaient senti une chose de ce genre et avaient eu l'intention de la mentionner avant que le secrétaire de M. Cornish ne les devançât et ceux qui écartèrent cette suggestion en la qualifiant d'absurde. Mais ces tableaux n'avaient-ils pas tous deux un petit air « augsbourgien » ? dirent d'autres qui aimaient pareilles intuitions. Knüpfer et Brodersen ne voulaient pas entendre parler de Mathis le peintre : depuis un certain temps, celui-ci était impopulaire en Allemagne parce que, dans son opéra du même nom, Hindemith en avait fait un personnage inacceptable. De toute façon, certains éléments du tableau excluaient la possibilité d'une telle attribution. Malgré ses efforts, le colonel Osmotherley ne parvenait pas à leur faire prendre une décision.

En fait, qu'étaient-ils en train de regarder ?

C'était un triptyque dont le panneau central mesurait un mètre cinquante sur un mètre cinquante ; les deux volets étaient de la même hauteur, mais n'avaient que quatre-vingt-dix centimètres de largeur. Ce qui vous frappait, tout d'abord, c'était la complexité de sa composition et la richesse chatoyante de ses couleurs destinées à mettre en valeur les trois personnages qui dominaient le panneau central et, en fait, tout le tableau. Deux d'entre eux étaient incontestablement les mariés. Ils portaient de beaux vête-ments, dans le style du début du XVIe siècle et leur expression était sérieuse, voire recueillie. L'homme passait un anneau au doigt de la femme. Leurs visages semblaient être les versions masculine et féminine des mêmes traits : une tête oblongue, un nez proéminent et des yeux clairs qu'on aurait pu estimer en désaccord avec leurs cheveux noirs. La femme souriante qui constituait le troisième personnage de ce groupe principal était sûrement Marie, la mère de Jésus, car elle avait une auréole, la seule de tout le tableau. Elle présentait aux époux une magnifique coupe d'où émergeait de la lumière.

Il n'y avait pas de personnages à la droite de ce groupe, mais, à gauche, se tenait un vieil homme corpulent, d'apparence joviale et bourgeoise, qui semblait croquer la scène sur une tablette d'ivoire. Légèrement derrière lui, mais parfaitement visible, il y avait une femme, souriant comme la Vierge, avec une carte du ciel, à moins que ce ne fût un thème astrologique, à la main. Faisait également partie de ce groupe un homme qui aurait pu être une sorte de valet supérieur ou d'huissier. Il avait un visage aimable et rond, et portait une magnifique livrée. Dans une main, il tenait un fouet de cocher, mais, dans l'autre, un instrument qui ressemblait à un scalpel ou à un petit couteau. Presque cachée derrière son dos, pendait une gourde : de toute évidence, cet invité-là n'avait pas soif. Ce groupe de moindre importance — des convives ? des amis privilégiés ? — était complété par un nain vêtu d'une armure complète de cérémonie, mais qui n'était muni d'aucune arme, à moins que le spectateur ne considérât comme telle la corde qu'il portait enroulée autour de son bras ; sa main gauche tendait au gros artiste un faisceau de ce qui avait l'air d'être des crayons très bien taillés ou des pointes d'argent.

Le personnage le plus frappant de cette composition par ailleurs inspirée, mais non inexplicable, c'était une créature qui flottait tout en haut, à gauche, au-dessus des mariés. Était-ce un ange ? Cependant, il n'avait pas d'ailes et bien que sa figure fût à la fois remplie de béatitude et humaine, elle donnait l'impression d'appartenir à un idiot ; la tête, très petite, se terminait presque en pointe. Des lèvres de cette créature, ou ange, sortait un ruban, ou un parchemin, sur lequel était inscrit en écriture gothique *Tu autem servasti bonum vinum usque adhuc.* De sa main droite, il tenait une couronne au-dessus des nouveaux époux, tandis que, de la gauche, il semblait montrer le couple qui dominait le volet droit du triptyque.

L'arrière-fond de ce panneau central, qu'on retrouvait sous des formes variées dans les deux autres, était occupé par un paysage qui se terminait dans le lointain par une chaîne de montagnes aux cimes ensoleillées.

Comparés à cette impressionnante partie centrale, les volets étaient traités dans des tons neutres allant même parfois jusqu'à la grisaille, quoique agréablement rompus, ici et là, par des touches de couleurs plus vives. À première vue, le panneau de gauche était facile à comprendre : on y voyait le Christ agenouillé au milieu de six jarres de pierre, les mains étendues en un geste de bénédiction. Au premier plan, dans l'ombre, se tenaient trois silhouettes aisément identifiables : Simon le Zélote, un vigoureux homme mûr qui portait une hache de bûcheron à la taille ; saint Jean, reconnaissable à la plume et la corne à encre qui pendaient de sa ceinture et à la beauté juvénile de ses traits ; et — était-ce possible ? — oui, ça devait être Judas, aux cheveux roux, qui serrait dans sa main gauche la bourse de la sainte communauté tandis que, de l'autre, il attirait l'attention de ses frères sur les personnages du panneau central.

Mais avant que l'œil ne suivît ce geste, comment devait-il interpréter les deux femmes qui se trouvaient avec le Christ ? L'une était debout dans une attitude qui pouvait paraître courroucée, une main levée comme si elle était en train de prononcer une condamnation, tandis que l'autre, sortant d'une blouse de servante, désignait les jarres par terre. La deuxième femme, agenouillée, avait presque l'air de protéger son Seigneur. Elle était petite et, sous le curieux bonnet enveloppant qui lui couvrait la tête, son visage exprimait une douce adoration. La tête du Christ était entourée de lumière, mais d'une façon très discrète. Du reste, tout le personnage était ordinaire, presque humble.

Suivant la direction que montrait Judas, le regard se portait ensuite sur le volet de droite. Là, les personnages pouvaient être pris pour des invités. Un chevalier, à l'œil gauche caché par un bandeau, arbore une épée, mais pose un doigt sur ses lèvres comme s'il recommandait le silence ; sa compagne est une dame d'une grande mais froide beauté. Si un amateur d'art tatillon avait voulu tendre une ficelle du doigt pointé de Judas jusqu'à l'extrémité de sa ligne de visée, elle aurait abouti à un riche marchand et à sa femme qui, tous deux, ont l'air de ne s'intéresser qu'à eux-mêmes ; l'homme porte une grosse bourse à sa ceinture. Légèrement en retrait, se tient un médecin, une lancette à la main, comme prêt à saigner n'importe lequel des convives qu'il embrasse tous de son regard vif et pénétrant. Mais si ces personnages sont les invités, les autres, dans le fond, doivent être des mendiants venus à la fête : une foule d'enfants aux visages contractés, laids, avides. Ils ne regardent pas la scène du mariage, mais concentrent leur attention sur l'un d'eux qui est en train d'extirper l'œil d'un chat avec une pierre pointue. L'arrière-plan de ce volet est nettement désolé quand on le compare au paysage des deux autres.

Un étrange tableau que les experts, tout heureux, disséquèrent doctement pour essayer de lui trouver une interprétation ou une origine satisfaisantes.

Ce fut en vain que le colonel Osmotherley leur rappela que ce qu'on leur demandait, c'était de dire ce qu'il fallait faire de ce tableau et non pas de déterminer qui l'avait peint ou ce que son curieux assemblage d'éléments signifiait. Schlichte-Martin déclara qu'à son avis cette œuvre ne pouvait pas avoir été destinée à une église chrétienne : le fait que le Sauveur fût relégué dans un panneau latéral la rendait tout à fait inacceptable. Knüpfer voulut savoir pourquoi le nain était revêtu d'une armure ; bien entendu, tout le monde avait vu des armures d'apparat faites pour des nains, mais pourquoi celui-ci la portait-elle pour présenter des crayons, et quelqu'un avait-il remarqué combien il ressemblait à Drollig Hansel ? (Ici, Ross approuva vigoureusement de la tête.) Tout le monde était intrigué par le fait que la Vierge eût une auréole et pas son Fils. Et ce personnage flottant ? Que fallait-il en penser ?

Comme il était à prévoir, ce fut le professeur Baudoin qui dit les choses désagréables. Tandis que les autres discutaient, il regarda le tableau de très près, joua de la lampe électrique et de la loupe, frotta un centimètre de toile avec sa salive, puis déclara d'une voix forte :

« Je n'aime pas, mais pas du tout ces craquelures. Elles sont bien trop régulières, comme si elles s'étaient formées en même temps. Je pense qu'il faudrait soumettre ce tableau à un examen scientifique. Je vous parie tout ce que vous voulez qu'il se révélera être un faux. »

Cette conclusion provoqua de vives réactions : il y eut des protestations et des objections ; néanmoins, certains experts inclinèrent à approuver le Belge. Malgré le profond malaise qu'il ressentait, Francis ne put s'empêcher de remarquer le regard que Saraceni lança à Baudoin de ses yeux ardents, légèrement bigleux. Cela eut le même impact qu'un coup : Baudoin battit en retraite vers son fauteuil comme s'il avait senti passer sur lui une rafale d'air brûlant.

Quand il eut ramené le calme, le colonel Osmotherley expliqua que la commission n'avait pas reçu d'instructions pour suivre la démarche que suggérait Baudoin. En outre, faire venir des scientifiques, si une telle chose était possible, prendrait beaucoup de temps. Ces messieurs ne pouvaient-ils parvenir à une conclusion en se basant simplement sur ce qu'ils voyaient ? Grâce à leur aptitude universellement reconnue de voir au-delà de ce que voyait le commun des mortels, ajouta le colonel, qui était bon diplomate.

Ce fut à ce moment-là que Francis, tourmenté depuis deux jours et demi par sa conscience et luttant contre une envie malicieuse de laisser les experts continuer et prendre des positions irrévocables, sentit qu'il devait se lever et prononcer un discours à la manière de feu Letztpfennig. « Messieurs, je ne peux pas vous mentir. C'est moi qui ai peint ce tableau. » Et ensuite, quoi ? Il n'allait certainement pas se pendre d'une manière ridicule, en chapeau et caoutchoucs, comme l'avait fait ce pauvre Letztpfennig. Mais quelle marée d'explications, d'excuses et de dénégations déferlerait après une telle déclaration ! La seule personne capable de confirmer ses dires, c'était Saraceni. Or, ferme comme il pouvait l'être pour certaines choses, le Meister s'avérerait peut-être un peu trop souple dans une affaire comme celle-ci.

Il l'avait sous-estimé. L'Italien se leva, détail significatif en lui-même, les experts restant assis quand ils parlaient.

« Monsieur le président, mes chers collègues, commença-t-il avec solennité, permettez-moi de faire remarquer que notre tentative d'expliquer ce tableau en fonction de l'iconographie chrétienne est vouée à l'échec car ce n'est pas seulement — et peut-être même pas essentiellement — un tableau chrétien. Certes, il demande à être intitulé *Les Noces de Cana* à cause des mots qui sortent de ce curieux personnage flottant : « Tu as gardé le bon vin jusqu'à présent. » Dans l'Évangile, c'est un homme appelé « le maître du repas » qui prononce ces paroles ; ici, c'est cette mystérieuse créature et elle semble les adresser aux parents : le chevalier et la dame du volet droit. L'être étrange tient une couronne unificatrice au-dessus des mariés. Qui sont-ils ? Vous aurez certainement remarqué qu'ils ont plus l'air d'être frère et sœur qu'époux. Cette ressemblance physique doit être primordiale pour l'interprétation de cette œuvre. Regardez la figure du Christ. N'est-il pas de la même famille que les mariés ? Regardez le chevalier et sa dame dans le panneau de droite : n'est-il pas évident qu'ils sont les parents à la fois du marié et de la mariée ? Regardez l'artiste : c'est une version empâtée et vieillie du même visage. Impossible de prétendre que ces ressemblances se sont produites parce que le peintre ne savait dessiner qu'une seule figure ; l'homme au fouet, l'astrologue, le nain, la vieille femme au bonnet, Judas, tous montrent à quel point il était un habile portraitiste et révélateur de caractères. Non, messieurs, il n'y a qu'une seule façon d'expliquer ce tableau. Et je me permets de dire, en toute humilité, que je connais la réponse. Rappelez-vous sa provenance. Vous l'ignorez ? C'est vrai : ce tableau était caché. Il vient du château de Düsterstein où, comme vous le savez, il y a une extraordinaire collection de chefs-d'œuvre (ou plutôt, y avait jusqu'à ce que le Reichs-marschall Göring ait pris les meilleurs « sous sa protection »), collection que j'ai passé quelques années à réparer et à restaurer, avant la guerre. Cependant, ce tableau-ci ne faisait pas partie des œuvres accrochées. Il était entreposé, sous des bâches, dans une sorte de remise, tout près de la chapelle où il avait servi de retable jusqu'à ce que la chapelle fût complètement transformée par Johann Lys, dans le premier quart, environ, du XVIIᵉ siècle. Le vieux tableau d'autel fut remplacé par un autre, peint par Lys, ou par l'un de ses élèves : une inoffensive *Madone à l'Enfant entourée de saints*, qui est toujours là. À cette époque, l'ancien retable s'était mis à offenser le goût de la famille Ingelheim. Pourquoi ? Le tableau que nous voyons ici était passé de mode et, pour un œil strictement chrétien, il était également hérétique. Regardez-le : il est plein de fortes allusions alchimiques. Bien entendu, l'alchimie et le christianisme n'ont jamais été incompatibles, mais pour la théologie orthodoxe du XVIIᵉ siècle, qui était celle de la Contre-Réforme, l'alchimie risquait de rivaliser avec la vraie Foi. Je ne sais pas quelles sont vos connaissances en matière d'alchimie, aussi je vous demande de me pardonner si je vous dis des choses qui sont déjà claires dans votre esprit. Mais le tableau que nous avons sous les yeux est une représentation, sous un vernis chrétien, de ce qu'on appelait les Noces Chymiques. C'est-à-dire l'union alchimique des éléments de l'âme. Regardez-le : les mariés se ressemblent comme frère et sœur parce qu'ils sont les éléments masculin et féminin d'une même âme, que l'un des buts suprêmes de l'alchimie était d'unir. Je ne vais pas vous ennuyer avec la théorie alchimique, mais cette union — ce mariage — n'était pas réalisée dans la jeunesse ni sans difficulté. C'est ainsi que le marié, du moins, est déjà un homme presque mûr. Que cette union soit amenée par l'intervention de l'élément le plus élevé et le plus pur de l'âme — ce que, bien entendu, le Christ a longtemps été, ce qu'il était pour le Moyen Âge et est toujours dans un sens quelque peu différent mais non pas méconnaissable — paraît évident. Ici nous voyons le Christ représenter un pouvoir bénéfique. Cependant, dans ce tableau, c'est Sa Sainte Mère — que des penseurs inorthodoxes, mais non hérétiques, appellent parfois Mère nature — qui bénit le mariage de l'âme, la réalisation de l'union spirituelle. Est-ce que je me fais comprendre ?

— Jusqu'à présent, tout à fait, assura le professeur Nightingale. Mais qui sont ces autres personnages ? Cette créature dans le ciel, par exemple ? Quelle vilaine chose ! On dirait un monstre de foire. Qui peut-il bien être ?

— Je l'ignore, mais nous savons tous que dans l'art gothique et de la fin du gothique — et on en trouve encore des éléments dans ce tableau — ce genre de personnage angélique représentait souvent un parent — un frère aîné, peut-être — qui était mort avant que ne s'accomplissent les Noces Chymiques, mais dont le souvenir et l'influence spirituelle ont peut-être contribué à leur réalisation.

— Tout ça, c'est très joli, mais moi je me méfie de ces craquelures, dit le professeur Baudoin.

— Oh, pour l'amour du Ciel, cessez de nous bassiner avec ça ! s'écria John Frewen.

— Excusez-moi, mais je n'en ferai rien, répliqua Baudoin. Et je vous prie, monsieur, de ne pas me parler sur ce ton.

— J'ai toutes les raisons pour cela, maintint Frewen qui, originaire du Yorkshire, avait un tempérament colérique. Croyez-vous que quelqu'un se donnerait la peine d'imiter un tel fatras de vieilles idioties complètement oubliées comme celles-ci ? L'alchimie ! Qu'est-ce que c'est ?

— « L'alchimie est une sorte d'aimable jeu, semblable aux tours de cartes, destiné à tromper un homme en le charmant. »

C'était l'irréductible Alwyn Ross qui avait parlé.

« Non, monsieur Ross, pas du tout ! protesta Saraceni. Certains alchimistes étaient des charlatans, bien sûr, comme le sont certains prêtres de n'importe quelle croyance. Mais d'autres cherchaient sincèrement l'illumination. Allons-nous, nous qui avons tant souffert durant les cinq dernières années de la néfaste alchimie de la science, nous moquer d'une croyance sincère du passé dont le style de pensée et le vocabulaire se sont rouillés ?

— Monsieur Ross, je voudrais vous rappeler que votre position ici ne vous autorise pas à exprimer des opinions, dit le colonel Osmotherley.

— Veuillez m'excuser, répondit Ross. C'était une citation de Ben Jonson. Elle m'a échappée.

— Ben Jonson était un grand cynique, et un grand cynique est un grand imbécile, déclara Saraceni avec une sévérité inaccoutumée. Messieurs, je ne prétends pas expliquer tous les éléments que nous voyons dans ce tableau. Cela occuperait un iconographe pendant plusieurs jours. Je suggère simplement que le triptyque que nous sommes en train de regarder est peut-être une œuvre exécutée pour plaire au Graf Meinhard qui, il y a quatre siècles et demi, avait la réputation d'être lui-même un alchimiste — ainsi que l'ami et le protecteur de Paracelse — et de travailler à Düsterstein dans ce qui était alors la science la plus avancée de son temps. Après tout, sa chapelle n'était pas un lieu de culte public. Il se pourrait qu'il ait commandé ce tableau pour son propre plaisir. »

Vu que ce domaine dépassait leur compétence, et faisant peut-être preuve d'une certaine crédulité, les experts inclinèrent à penser que cela pouvait avoir été le cas. S'ensuivit une longue et fumeuse discussion. Quand il jugea qu'elle avait duré assez longtemps, Saraceni la résuma.

« Puis-je vous suggérer, monsieur le président, mes estimés confrères, que nous décidions tous que ces panneaux, qui viennent certainement de Düsterstein, soient restituées à la grande collection de ce château et que nous attribuions ce tableau, qui, nous sommes tous tombés d'accord là-dessus, est une magnifique œuvre d'art jusqu'ici inconnue et une grande curiosité également, au Maître Alchimique, dont, hélas, nous ne pouvons pas déterminer le nom avec plus d'exactitude ? »

Ainsi en fut-il décidé. Seul le professeur Baudoin s'abstint.

« Vous m'avez sauvé, dit Francis en rattrapant Saraceni sur le grand escalier, après la séance.

— J'avoue que je ne suis pas mécontent de moi, reconnut le Meister. J'espère que vous avez écouté avec attention, Corniche : je n'ai pas prononcé un seul mot qui ne fût vrai, sans pour cela mettre un zèle excessif à dénuder la Vérité, comme tant de peintres l'ont fait. Vous ne saviez pas que j'ai étudié la théologie pendant quelques années dans ma jeunesse ? C'est là une chose que je recommande à tout jeune homme ambitieux.

— Je vous suis à jamais reconnaissant. Je n'avais vraiment pas envie d'avouer. Non pas que j'eusse peur. C'est pour une autre raison que j'ai du mal à définir.

— Une légitime fierté, sans doute. C'est un très beau tableau. Il est tout à fait unique dans sa façon de traiter un sujet biblique, et pourtant c'est un chef-d'œuvre d'art religieux, si l'on entend le mot religion dans son véritable sens. À propos, je vous pardonne d'avoir donné mes traits, sinon mes cheveux, à Judas. Il faut bien que les maîtres trouvent leurs modèles quelque part. Je ne vous ai pas appelé Meister à la légère ou pour me moquer, vous savez. Vous avez assumé votre âme dans ce tableau, Francis, et si je vous baptise Le Maître Alchimique, ce n'est pas par manière de plaisanterie.

— Je ne connais rien à l'alchimie et, dans ce tableau, il y a des choses que je ne saurais même pas expliquer. J'ai peint ce qui demandait à l'être.

— Il se peut que vous ne connaissiez pas l'alchimie à la façon d'un érudit, mais de toute évidence vous l'avez vécue. La transformation d'éléments vils et une sorte d'union d'éléments importants se sont opérées d'une manière alchimique dans votre vie. Mais il est certain que vous savez peindre avec une très grande habileté technique ; or, ce genre de talent suscite des choses merveilleuses chez celui qui le possède. Ce que vous ne comprenez pas dans ce tableau s'expliquera peut-être de lui-même maintenant que vous l'avez fait monter des profondeurs de votre âme. Vous y croyez toujours, à l'âme, n'est-ce pas ?

— J'ai essayé en vain de ne pas y croire. J'ai une âme catholique chargée de chaînes protestantes. Mais je suppose que c'est mieux que le néant.

— Je peux vous l'assurer.

— Meister — je continuerai à vous appeler ainsi bien que vous m'ayez dit que je suis monté du rang d'*alunno* à celui d'*amico di Saraceni* — vous vous êtes montré très bon pour moi sans pour cela épargner la baguette.

— « Qui épargne la baguette hait son fils. » Je suis fier d'être votre père *ès arts*. Alors, faites quelque chose pour moi. Je vous le demande en tant que père : surveillez Ross. »

Leur conversation fut interrompue par un grand vacarme qui éclata sur l'escalier, derrière eux. Ayant raté une marche, le professeur Baudoin était tombé sur le marbre et s'était cassé la hanche.

« C'était sans doute l'œuvre du mauvais œil de Saraceni, dit le Petit Zadkiel.

— Personne ne devient un grand homme comme le Meister sans avoir une extraordinaire énergie spirituelle ; or, celle-ci n'est pas toujours bienveillante, répondit le démon Maimas. Les maîtres et les sibylles apparaissent dans la vie des gens qui ont de la chance, et je suis heureux d'avoir pu en mettre d'aussi bons sur le chemin de Francis.

— Qui ont de la chance ? Oui, probablement. Tout le monde ne trouve pas des maîtres et des sibylles.

— Non, et à notre époque — celle de Francis, bien sûr, car nous, nous n'avons rien à faire avec le Temps, mon frère — bien des gens qui ont la chance de rencontrer un maître ou une sibylle ne pensent qu'à raisonner, à dire leur mot, aussi banal soit-il, et à ergoter, comme si tout savoir était relatif et discutable. Ceux qui trouvent un maître devraient lui céder jusqu'à ce qu'ils l'aient dépassé.

— Si Francis a vraiment « assumé son âme », comme dit Saraceni, qu'est-ce qui l'attend encore ? N'a-t-il pas atteint ce qui constitue la grande fin de la vie ?

— Tu veux me mettre à l'épreuve, mon frère, mais tu ne m'auras pas de cette façon. Ayant amené son âme sous ses yeux, pour ainsi dire, Francis doit maintenant commencer à la comprendre et à en être digne. Cette tâche l'occupera pendant un bon moment encore. Assumer son âme n'est pas une fin : c'est un nouveau départ au milieu d'une vie.

— En effet, cela prendra un bout de temps.

— Tu aimes beaucoup ce stupide mot de « temps ». Dans sa vie extérieure, le temps va s'accélérer maintenant, mais, dans sa vie intérieure, il ralentira. Nous pouvons donc passer le disque, le film, la cassette — ou quel que soit le nom à la mode que les contemporains de Francis donneraient à la chose — beaucoup plus vite car à présent la vie extérieure préoccupe moins mon protégé. La suite, mon frère ! »

Qu'était Francis dans le monde de MI5 à présent ? Pas l'un de ces grands espions qui inspirent à des romanciers des histoires pleines de missions dangereuses, de violence et de morts inexpliquées. Quand les rencontres des divers experts en Europe se conclurent, il continua à travailler pour la Commission alliée sur l'art parce que les décisions des experts en question avaient créé toutes sortes de problèmes qu'il fallut régler d'une manière diplomatique avec force marchandage, apaisement de la fierté nationale blessée et avec quelques arbitrages dans lesquels Francis joua un rôle important sinon capital. Il travaillait en association avec le British Council. Mais seul l'oncle Jack savait qu'il était censé surveiller certaines personnalités du monde de l'art dont les convictions ne collaient pas avec celles de la cause alliée.

C'était cet aspect secret de son travail qui lui donnait un air de fonctionnaire, d'un homme conventionnel, d'un clubman qui pouvait apparaître n'importe où dans le monde de l'art, le monde des châteaux, le monde chic et parfois même dans des milieux proches de la cour. N'importe où, en fait, où il y avait des gens futés qui ne le considéraient pas comme un égal sur le plan intellectuel ou tout à fait comme l'un des leurs — des anciens de Cambridge — et qui, en conséquence, parlaient parfois avec moins de discrétion en sa présence qu'ils ne l'eussent fait autrement. Ils le prenaient pour quelqu'un d'assez terne qui arrivait d'une manière ou d'une autre à s'occuper d'art et à en vivre. Mais c'était aussi un homme utile, en ce sens qu'il arrangeait les choses.

C'est ainsi, par exemple, qu'il décrocha pour Alwyn Ross des faveurs dont celui-ci n'aurait jamais bénéficié autrement. Étant donné sa nature, Ross se montra reconnaissant, mais pas pour longtemps : il considérait les faveurs comme la conséquence normale de ses brillantes facultés. Ce fut grâce à Francis que Ross obtint un très bon poste à l'institut Courtauld et commença sa rapide ascension en tant que critique et créateur du goût.

Saraceni avait dit à Francis de surveiller Ross. Francis suivit son conseil, mais tout ce qu'il voyait, c'était un jeune homme brillant, attirant, qu'on se faisait un plaisir de pousser dans la carrière. Il aurait surveillé Ross de plus près si celui-ci n'avait pas été si occupé par ses propres affaires et légèrement enclin à traiter Francis avec condescendance.

« Je crois vraiment que vous vous trompez sur Ross, dit ce dernier à Saraceni lors d'une de ses visites annuelles à l'appartement encombré de Rome. Il a un succès foudroyant et sera bientôt une personnalité importante du monde de la critique d'art. Pourtant vous avez l'air d'insinuer qu'il a quelque chose de malhonnête.

— Non, non, pas malhonnête. Il est probablement tout ce que vous dites, mais, mon cher Corniche, ce n'est ni un artiste ni un créateur. C'est un politicien de l'art. Il tourne avec le vent comme une girouette, tandis que vous, vous résistez comme un roc dans la tempête, sauf quand cette tempête s'appelle Ross. Vous l'aimez un peu trop et vous ne vous rendez pas compte de quelle façon.

— Si vous voulez dire par là que je suis amoureux de lui, vous vous trompez complètement.

— Vous n'avez peut-être pas envie de coucher avec lui et de lui murmurer des secrets sur l'oreiller — du moins je suppose que vous n'en avez pas envie. Ça, ça serait moins dangereux parce que les amants sont des égotistes et risquent toujours de se disputer. Non, je pense que vous voyez en Ross le beau jeune homme et l'esprit libre que vous n'avez jamais été et le veinard que vous pensez n'avoir jamais été. Vous avez déjà quelques cheveux gris. La jeunesse vous a quitté. N'essayez pas de la retrouver à travers Ross. Ne succombez pas au charme de cette sorte de jeunesse-là. Les gens qui sont jeunes de la manière dont l'est Ross ne vieillissent jamais ; or, ne jamais vieillir est un destin funeste, contrairement aux idées stupides répandues de nos jours. Souvenez-vous de ce que cet ange, ou quelle que soit cette créature, dit dans votre magnifique tableau : « Tu as gardé le bon vin jusqu'à " présent ". Alors, ne répandez pas le bon vin sur l'autel d'Alwyn Ross. »

Un jour d'automne, Ross rencontra Francis dans Pall Mall.

« Tu ressembles à l'Antéchrist avec cet ignoble chapeau », dit-il en guise de salutation.

— Jonson, je suppose. Qu'est-ce qu'il a, mon chapeau ?

— Il résume ce que tu es devenu, Frank. C'est un feutre discret, triste et complètement démodé. Viens avec moi chez Locke. Nous allons te choisir un chapeau convenable, un chapeau qui parlera au monde du Cornish intérieur, le célèbre restaurateur de tableaux.

— Je n'ai pas restauré de tableau depuis des siècles.

— Moi si ! Enfin, d'une certaine façon... Je le restitue à la place qui lui est due dans le monde de l'art. Et c'est un tableau que tu connais. Alors, emmène-moi déjeuner chez Scott et je te raconterai tout. »

Chez Scott, devant une sole Mornay, Ross annonça la nouvelle avec une extraordinaire exubérance, extraordinaire même pour lui.

« Te souviens-tu de ce tableau que nous avons vu à Munich ? *Les Noces de Cana* ? Te souviens-tu de ce qu'il est devenu ?

— Eh bien, il est retourné à Schloss Düsterstein, n'est-ce pas ?

— Oui, mais sans retomber dans l'oubli. Loin de là. J'avais été très impressionné par ce tableau — ou plutôt ce triptyque. Et, te souviens-tu, j'avais parlé d'un lien entre lui et le *Drollig Hansel* que nous avions vu précédemment ? Ce tableau qui indiquait clairement qu'il avait appartenu aux Fugger d'Augsbourg ? Eh bien, j'ai prouvé ce lien.

— Prouvé ?

— Je veux dire, prouvé de la façon dont nous le faisons, dans notre métier, Frank. En examinant avec la plus grande attention la facture, la qualité de la peinture, les couleurs. Et, bien entendu, grâce à un immense flair doublé de connaissances techniques. La méthode Berenson, quoi. Mis à part le fait que je n'ai pas employé l'arsenal scientifique, qui n'est d'ailleurs pas tellement concluant, je l'ai prouvé.

— Ah, bien. Cela fera une jolie note de bas de page.

— Si ce n'était toi qui payais ce déjeuner, je t'étranglerais sur-le-champ. Une note de bas de page ! Cela éclaire toute l'affaire de ce peintre inconnu que Saraceni appelle le

Maître Alchimique. Écoute-moi : de toute évidence, c'est un homme qui adore peindre sous forme de devinettes et de clins d'œil au spectateur. Le petit signe placé dans le coin de *Drollig Hansel* aurait pu être le sceau de la famille Fugger ou bien une potence. Un bourreau, tu vois? Un bourreau nain. Et qui apparaît dans *Les Noces de Cana* si ce n'est le même bourreau nain! Cette fois, il tient sa corde à la main et il est revêtu d'une magnifique armure de cérémonie! Cette énigme m'a tracassé pendant des années. Enfin, j'ai réussi à obtenir une subvention — ne fais jamais rien sans subvention, Frank — pour me rendre à Düsterstein et persuader la vieille comtesse de me montrer les *Noces*. Elle est enchantée de son tableau maintenant. Elle l'a accroché dans sa meilleure salle. Je suis resté trois jours là-bas — elle s'est montrée très hospitalière (je suppose qu'elle s'ennuie, la pauvre vieille dame) — et j'ai déchiffré le code.

— Quel code?

— Celui qui nous révèle le véritable sujet des *Noces*. Le Maître Alchimique l'a complètement enveloppé de mystère alchimique, mais en fait, ce n'est pas un tableau alchimique du tout. C'est un tableau politique.

— Pas possible! Éclaire-moi.

— Que sais-tu de l'intérim d'Augsbourg?

— Absolument rien.

— Évidemment, on n'en parle guère de nos jours, mais c'était très important à l'époque où ce tableau a été peint. C'était un plan établi en 1548 dans le but de réconcilier catholiques et protestants, un compromis qui aboutit au concile de Trente. Les catholiques firent certaines concessions aux protestants, la plus importante étant la communion sous les deux espèces, si tu vois ce que je veux dire.

— Ne m'insulte pas, espèce de protestant de la prairie. Cela veut dire que, lors de la communion, les laïcs reçoivent à la fois du pain et du vin.

— Très bien. Donc, aux noces de Cana, le Christ a dû donner du vin à tout le monde, le meilleur que les invités aient jamais bu. Mais vois un peu qui est le principal personnage du tableau : la Sainte Mère l'Église qui, sous les traits de la Vierge Marie, présente la coupe. Ça, c'est un bon point pour les catholiques vu qu'ils cèdent gracieusement quelque chose de très précieux aux protestants. Les mariés, ce sont les factions catholique et protestante unies par l'amitié.

— Il y a une faiblesse dans ton interprétation. Marie cède peut-être la coupe aux protestants, mais elle ne l'offre pas aux catholiques, et ceux-ci ne l'ont toujours pas.

— J'ai pensé à ça, mais je trouve que ça n'a pas tellement d'importance. Le but avoué du tableau n'est pas de clamer son message à quiconque visite la chapelle de Düsterstein, mais d'offrir un retable représentant les noces de Cana.

— Et qu'en est-il des autres personnages ?

— Certains d'entre eux sont identifiables. Le vieil homme à l'écritoire, c'est de toute évidence Johann Agricola, l'un des rédacteurs de l'intérim d'Augsbourg. Et qui tient le matériel de réserve dont il aura besoin pour écrire ? Nul autre que Drollig Hansel, le bourreau avec sa corde, mais vêtu de son armure de cérémonie pour célébrer l'événement, auquel il contribue en présentant les plumes. Il symbolise l'arrêt des persécutions, tu piges ? Le chevalier et sa dame dans le volet droit sont sûrement le Graf Meinhard et sa femme — les donateurs du tableau. Ils sont placés exactement à l'endroit où tu t'attends à les trouver. Et il y a même Paracelse — le petit bonhomme à l'air sagace qui tient un scalpel.

— Et que fais-tu de tous les autres ?

— Je ne crois pas qu'ils soient réellement importants. Ce qui compte, c'est que ce tableau célèbre l'intérim d'Augsbourg en le reliant aux noces de Cana. Le message de l'ange, au sujet du bon vin, se réfère manifestement à la réconciliation des catholiques et des protestants. Ces femmes qui se disputent au sujet du Christ ? De toute évidence, le prêche protestant contre la foi catholique. Et le Maître Alchimique a présenté toute la querelle de telle façon que, si nécessaire, le tableau puisse être interprété de plusieurs manières.

— Comment la comtesse a-t-elle pris tout ceci ?

— Elle s'est contentée de sourire et m'a dit que je l'étonnais.

— Je vois. Mais écoute, Alwyn : je pense vraiment que

tu devrais être prudent. Ton explication est ingénieuse, mais un historien pourrait sans doute la démolir facilement. Par exemple : pourquoi les Ingelheim auraient-ils voulu un tableau pareil ? Ils n'étaient pas protestants, que je sache !

— Peut-être pas ouvertement. Mais ils étaient — du moins, le comte Meinhard l'était — alchimistes et ils choisirent un peintre qui avait cette évidente vision alchimique. Le Graf Meinhard avait probablement ses raisons cachées, mais ça, ce n'est pas mon affaire. Je me contenterai d'écrire sur ce tableau.

— Écrire sur lui ?

— Oui, je fais un long article pour *Apollo*. Ne le rate pas. »

Bien entendu, Francis le lut. Pendant les semaines qui avaient précédé sa parution, il s'était beaucoup tracassé. Il devait évidemment raconter à Alwyn la véritable histoire des *Noces de Cana*. Pourquoi « évidemment » ? Parce que sa conscience l'exigeait ? Oui, mais si, dans cette affaire, on accordait une importance primordiale à la conscience, Ross aurait le devoir moral de dénoncer Francis comme faussaire car celui-ci avait gardé le silence pendant que les experts de Munich louaient son tableau. Écouter sa conscience compromettrait également la Gräfin qui, même si elle était aussi innocente qu'elle le semblait en ce qui concernait les *Noces*, avait su à quoi s'en tenir pour *Drollig Hansel*. Et si la comtesse était compromise, qu'adviendrait-il de toutes les autres peintures secrètement retouchées par Saraceni et refilées aux collectionneurs du Führermuseum ? Ce n'était pas le moment de révéler que des entrepreneurs anglo-franco-américains s'étaient rendus coupables d'une tromperie dont le résultat avait été de priver l'Allemagne d'authentiques et magnifiques tableaux. En tant que vaincu, l'Allemagne avait tort et, pour apaiser l'indignation publique, elle devait continuer à être vue sous ce jour pendant quelque temps. Francis était enfermé dans un dilemme complexe.

En outre, il y avait le problème de Ross en personne.

Ross comptait sur son article pour l'aider à gravir un échelon de plus dans sa carrière. Francis allait-il l'en empêcher par une confession qui, si elle devait être faite, aurait dû l'être des années plus tôt ?

Finalement, Francis fut obligé de reconnaître qu'il était tout bonnement fier d'avoir réussi une si belle mystification. Ruth Nibsmith ne l'avait-elle pas mise en garde contre un fort élément mercurien dans sa nature ? Mercure, qui apportait tant de choses exaltantes et agréables au monde, était également le dieu des voleurs, des escrocs et des mystificateurs. La frontière entre art, supercherie et — oui, il fallait bien l'admettre — crime était aussi mince qu'une feuille de papier à cigarettes. Bourrelé de remords, d'une part, il ressentait, de l'autre, un grand amusement et une profonde satisfaction. Il n'était pas un Letztpfennig qu'on pouvait détruire avec un singe. Grâce à un jeune expert plein d'avenir, son tableau, tout en restant anonyme, allait bénéficier d'une grande exposition et d'une intéressante réputation dans le monde mercurien de l'art. Francis décida de se taire.

L'article, quand il parut, se révéla être tout ce qu'il aurait pu souhaiter. Il était écrit dans un style sobre, voire élégant, sans la moindre trace de cet enthousiasme juvénile et exalté que Ross avait montré quand il lui avait parlé de son projet. Le ton était modeste : ce très beau tableau, jusque-là inconnu, était enfin apparu au jour ; à part *Drollig Hansel,* c'était le seul exemple qu'on eût de l'œuvre du Maître Alchimique, quel qu'il ait pu être. Les Fugger et le Graf Meinhard devaient avoir connu cet artiste ; ces faits et la qualité de la peinture plaçaient ce tableau parmi les meilleures œuvres du groupe d'Augsbourg dont Holbein avait été le plus grand maître. Le Maître Alchimique avait-il été un élève ou un associé de Holbein ? C'était plus que probable, Holbein ayant beaucoup aimé les tableaux qui communiquaient des messages cachés à ceux qui avaient les connaissances historiques et le flair nécessaires pour les lire. Pour ce qui était de donner des explications plus exhaustives sur les détails iconographiques complexes de ce triptyque, Ross laissait volontiers cette tâche à des érudits plus savants que lui.

C'était un bon article, et il causa une certaine sensation parmi les gens que ce genre de choses intéressait, c'est-à-dire quelques centaines de milliers de critiques professionnels et amateurs d'art, et la masse de personnes qui ne pouvaient espérer jamais posséder une grande œuvre d'art, mais aimaient passionnément la peinture. Le meilleur de toute l'affaire, c'était que l'article s'accompagnait d'une belle reproduction en couleurs de l'ensemble du triptyque ainsi que de chacun de ses panneaux. Maintenant expliqué et daté, *Les Noces de Cana* entrait dans l'histoire de l'art, et Francis (le Francis mercurien et non pas le possesseur d'une conscience catholico-protestante tourmentée) en était fou de joie.

Désormais, la comtesse refusa à quiconque l'autorisation de venir examiner le tableau. Elle était, dit-elle, trop vieille et trop occupée par sa grande exploitation agricole pour faire plaisir aux curieux. Avait-elle flairé quelque chose de louche ? Personne n'en sut jamais rien. *Tu périras avant que moi-même je ne périsse.*

Cet article détruisit à jamais Francis en tant qu'artiste. Il était clair qu'il ne pouvait pas continuer à peindre dans le style qu'il avait, sous la pression de Saraceni, si laborieusement fait sien. C'était trop dangereux. Cependant, avec la perversité de son côté mercurien, il eut de nouveau une forte envie de peindre. Depuis la fin de la guerre, il n'avait fait que quelques dessins à la manière, et avec la technique, des maîtres anciens, simplement pour s'amuser. Après la parution de l'article de Ross, il ajouta de nouvelles esquisses faites dans ce style à l'ensemble de celles qui constituaient des études préliminaires pour *Les Noces de Cana* ; il les créa, pour ainsi dire, *a posteriori*. Il fallait les garder dans un coffre. Maintenant, il voulait peindre. La chose évidente à faire — il avait adopté ce mot d'« évident » cher à Ross — c'était d'apprendre à peindre dans un style contemporain. Dans un magasin de fournitures d'art, il acheta des couleurs et des toiles, neuves et déjà toutes préparées. Puis, se rappelant son enthousiasme d'autrefois pour Picasso, il se mit au travail pour essayer de trouver un genre lié à celui du plus grand des peintres modernes, mais qui serait en fait l'authentique style de Francis Cornish.

Cette tentative, qui n'aurait jamais été facile, devint franchement impossible après que Picasso eut fait à Giovanni Papini la déclaration suivante lors d'une interview publiée en 1952 dans *Libro Nero* :

« La plupart des gens ne cherchent plus dans l'art exaltation et réconfort. Cependant, ceux qui sont raffinés, riches, oisifs, les distilleurs de quintessences, y cherchent ce qui est neuf, étrange, original, extravagant, scandaleux. Depuis le cubisme et avant, j'ai satisfait ces maîtres et critiques avec toutes les idées bizarres et changeantes qui me passaient par la tête et, moins ils me comprenaient, plus ils m'admiraient. En m'amusant à tous ces jeux, toutes ces absurdités, devinettes, rébus et arabesques, je suis devenu célèbre, et cela très vite. Or, pour un peintre, célébrité veut dire ventes, gains, fortune, richesses. Aujourd'hui, comme vous le savez, je suis célèbre et je suis riche. Mais, quand je suis seul avec moi-même, je n'ai pas le courage de penser à moi comme à un artiste dans le noble et vieux sens du terme. Giotto, Titien, Rembrandt étaient de grands peintres. Moi, je ne suis qu'un amuseur public qui a compris son temps et a exploité du mieux qu'il pouvait la stupidité, la vanité et la cupidité de ses contemporains. C'est une confession amère, plus pénible qu'elle ne peut le paraître, mais elle a le mérite d'être sincère. »

Francis parla aussitôt de cette interview à Ross. Il fut obligé de la lui traduire, Ross ne connaissant que quelques bribes d'italien à l'usage du touriste ; il prenait sans cesse la résolution d'apprendre cette langue correctement afin de pouvoir lire des revues comme *Libro Nero,* mais il ne s'y mettait jamais.

« Que penses-tu de cet article ? demanda Francis.

— Je n'en pense rien du tout. Tu sais comment sont les artistes : ils ont des mauvais jours, des crises de découragement et d'auto-accusation quand ils pensent que leur travail ne vaut rien et ils s'abaissent alors devant les artistes du passé. Souvent, ils essaient d'arracher des protestations à leurs interlocuteurs pour regagner leur assurance. Je suppose que ce Papini est tombé sur un des mauvais jours de Pablo et a pris toutes ces sottises pour argent comptant.

— Papini est un philosophe et un critique très considéré. Il n'a pas l'habitude d'écrire des articles à sensation. De plus, je suis certain qu'il a demandé à Picasso de relire une déclaration comme celle-ci et d'y réfléchir avant qu'elle ne soit publiée. Tu ne peux pas la réduire à un commentaire passager fait pendant un moment de dépression.

— Bien sûr que je peux. Et je le fais. Écoute-moi, Frank : quand tu veux une opinion sur l'œuvre d'un artiste, tu ne la demandes pas à son auteur. Tu la demandes à quelqu'un qui s'y connaît en art. À un critique, pour tout dire.

— Allons, allons, tu crois vraiment que les artistes sont des idiots inspirés qui ne savent pas ce qu'ils font ?

— Les artistes ont des œillères. Ils voient ce qu'ils sont en train de faire eux-mêmes et sont tourmentés par toutes sortes de doutes et d'inquiétudes. Seul le critique peut prendre du recul et voir qui se passe réellement. Seul le critique est à même de porter un jugement réfléchi et, parfois, définitif.

— À ton avis, donc, Picasso ne sait pas de quoi il parle quand il parle de Picasso.

— Exactement. Car il parle de l'homme Picasso, un homme préoccupé, influencé par les hauts et les bas de sa santé, de sa vie amoureuse, de son compte en banque, de ses sentiments à l'égard de l'Espagne — bref, par tout ce qui fait le bonhomme. Quand moi je parle de Picasso, je parle du génie qui a peint *Les Demoiselles d'Avignon,* le maître de tous les genres, le surréaliste, le visionnaire qui a peint le prophétique *Guernica* — une des plus grandes choses qui soit sortie de cette affreuse période — *Le Charnier* et tant d'autres. Et au sujet de ce Picasso-là, l'homme Picasso ne sait foutre rien parce qu'il est assis à l'intérieur de lui-même et se voit de trop près. J'en sais plus sur l'artiste Picasso que Pablo Picasso lui-même.

— J'envie ton assurance.

— Tu n'es pas critique d'art. Tu n'es même pas un

peintre. Tu es un artisan, une création de cette vieille fripouille de Saraceni. Et tu devrais comprendre ce que je viens de dire, Frank, parce que c'est une partie de la vérité. Une très grosse partie. Trop de choses sont liées à la réputation de Picasso pour permettre à des bêtises comme celles de cette interview de tout fiche en l'air.

— De l'argent, tu veux dire ? Le goût du jour ?

— Ne sois pas cynique au sujet du goût du jour. Entre autres choses, l'art est une affaire très rentable.

— Et non pas quelque chose qui peut apporter exaltation et réconfort, pour citer Picasso ?

— Ça, c'était la mode d'autrefois. C'était sans doute vrai à l'âge de la foi qui a saigné à mort depuis la Renaissance et reçu le coup de grâce avec les révolutions américaine et française. As-tu jamais vu un très grand tableau qui s'inspire du protestantisme ? Mais la fin de l'âge de la foi ne marque pas la mort de l'art. L'art est la seule chose qui soit immortelle, éternelle.

— Mais Picasso a dit explicitement qu'il suivait la mode, flattait la masse, inventait des absurdités et des énigmes.

— Est-ce que tu m'as écouté ? Ce qu'il *dit*, c'est de la foutaise. C'est ce qu'il *fait* qui compte. »

Dans cette discussion, Ross eut donc le dernier mot, mais Francis ne fut pas convaincu pour autant. Et c'est la certitude qu'exaltation et réconfort devaient être le souci principal des artistes qui l'incita à rentrer au Canada où l'art n'était pas encore une grosse affaire, où l'art, en fait, était plutôt mésestimé et où, par conséquent, on pouvait le convaincre de continuer à suivre la voie que Francis considérait comme la seule bonne.

Cependant, il ne put entreprendre ce grand voyage missionnaire, ce retour à ses racines, rapidement et sans difficulté. Tout d'abord, il devait se libérer de MI5 et, à sa surprise, l'oncle Jack n'était pas disposé à le lâcher comme ça.

« Mon cher garçon, vous avez peut-être l'impression que nous vous avons négligé — qu'on ne vous a pas donné l'avancement que vous méritiez. Mais vous devez comprendre la façon dont nous travaillons — sommes obligés de travailler. Nous mettons un homme de confiance, un homme de premier ordre à un poste clé, puis nous l'y laissons. Vous êtes exactement la personne qu'il nous faut dans ces milieux artistiques. Bien informée, respectée, mais pas trop voyante, capable d'aller n'importe où sans trop attirer l'attention. Vous êtes canadien et, par conséquent, considéré comme un peu bête par les gens qui placent un esprit brillant au-dessus de tout. Vous avez assez d'argent pour ne pas m'embêter tout le temps avec des demandes d'augmentation. Je dirais que vous êtes idéal pour le boulot que vous faites. Vous nous avez fourni bien assez de tuyaux utiles sur des gens dangereux pour avoir pleinement justifié votre recrutement. Et maintenant, vous voulez tout laisser tomber !

— C'est très aimable à vous de me dire tout cela, mais où ce boulot me mène-t-il ?

— Il m'est impossible de vous promettre qu'il vous mènera ailleurs qu'à l'endroit où vous êtes déjà. N'est-ce pas suffisant ? Votre père ne se préoccupait jamais de savoir où cela le mènerait.

— Dans son cas, ça l'a mené au titre de chevalier.

— Est-ce cela que vous voulez ? Un titre de chevalier ? Pour quelle raison l'obtiendriez-vous ? La plupart des gens que vous surveillez ne cessent de harceler les services compétents pour obtenir eux-mêmes cette distinction. Si l'on vous anoblissait, n'importe quel gars un peu futé comprendrait que vous êtes plus que ce que vous paraissez être.

— Eh bien, je vous suis reconnaissant pour tout, mais en fait, je suis certain d'être plus que ce que je parais être. Je voudrais donc retourner chez moi et être ce que je suis dans mon propre pays. »

Tout aurait donc été réglé si un autre bouleversement — non pas un malheur, mais un changement troublant de circonstances — n'était pas venu perturber profondément Francis.

Saraceni mourut. Sa femme ayant péri au cours du

blitz et sa fille étant décédée d'une cause moins tragique, Francis se retrouva l'unique héritier du Meister.

De ce fait, il dut se rendre à Rome et passer de longues heures avec des avocats et des fonctionnaires italiens qui lui parlèrent des difficultés que représentait l'héritage d'une grande collection d'art privée — dont toutes les pièces n'étaient peut-être pas de la plus haute qualité, mais incontestablement dignes d'un musée — dans un pays ruiné par une guerre qu'elle n'avait jamais vraiment voulue.

Les avocats italiens se montrèrent compatissants, très courtois, mais fermes : la loi devait être appliquée sous tous ses aspects. Or appliquer la loi en Italie, comme dans tout pays civilisé, revenait extrêmement cher. Heureusement, Saraceni avait laissé bien assez d'argent pour couvrir ces frais sans engloutir tout le magot. Toutefois, les avocats italiens furent incapables, malgré leurs efforts, de contrôler l'argent que Saraceni avait déposé dans divers comptes suisses numérotés.

C'est cela qui choqua Francis : il n'avait jamais pensé que le Meister pût être un homme très riche. Cependant, l'Italien devait avoir fait de remarquables bonnes affaires avec les gens qui le payaient, lui, le prince Max et la comtesse, pour les tableaux de Düsterstein envoyés en Angleterre. Quand il s'était présenté aux hommes discrets des banques et avait établi son droit incontestable à la fortune de Saraceni, Francis n'avait pu en croire ses yeux en voyant le nombre de millions en bonnes et solides devises qui étaient maintenant à lui. Issu d'une famille de banquiers, les grosses sommes d'argent ne l'étonnaient pas, mais, jusqu'ici, ses revenus lui étaient parvenus du Canada sans qu'il eût besoin de penser au capital qui les générait. L'argent, pour lui, c'était cette somme qui apparaissait sur son compte chaque trimestre, dont une portion était affectée au misérable domaine de Cornouailles qui ne tenait jamais les promesses avancées par l'oncle Roderick et une autre, sans cesse croissante, à l'éducation de la petite Charlie. Presque adulte maintenant, celle-ci semblait manger l'argent, tant étaient grandes les demandes que la tante Prudence faisait en son nom. Francis, qui se trouvait « prudent », soupirait et jurait chaque fois qu'il signait ces chèques et, bien qu'il ne dépensât jamais le reste de ses revenus, il considérait qu'il vivait dans la gêne.

Il mit deux ans à se libérer de MI5 et à disposer au mieux de l'héritage qu'il avait reçu de Saraceni. Enfin, tout fut réglé et il retourna dans son pays natal.

Depuis l'époque où Francis l'avait quitté pour aller étudier à Oxford, son pays natal avait bien changé. La guerre lui avait appris quelque chose sur sa place dans le monde et sur la façon dont les grands États exploitaient les petits (petits par leur population et leur influence, même s'ils étaient immenses géographiquement). Le Canada, ce garçon de ferme aux grands yeux innocents, était en train de devenir un citadin déluré. Un grand nombre d'immigrants venus de tous les coins d'Europe voyaient un avenir pour eux au Canada et, naturellement, leur attitude, orientée vers l'exploitation, était légèrement condescendante. Cependant, ils ne pouvaient pas se défaire complètement de la sorte d'intelligence acquise à leur naissance, en Europe, et, par certains côtés, les apparences proprement canadiennes devinrent nettement plus raffinées. Mais le changement le plus significatif, à long terme, ce fut peut-être celui dont Ruth Nibsmith — avec son intuition coutumière — avait parlé à Düsterstein : le petit pays au grand corps qui avait toujours été introverti — introversion qui s'était manifestée par le préjugé loyaliste, c'est-à-dire le refus de se faire libérer par la force militaire de son puissant voisin de ce que ce dernier jugeait être un intolérable joug colonial — s'efforçait maintenant d'adopter l'extraversion dudit voisin. Parce que le Canada ne pouvait pas vraiment comprendre l'extraversion américaine, il en imitait les éléments les plus voyants, et le résultat était souvent d'un goût très douteux. Le Canada avait perdu son caractère propre, avait souffert de ce que les anthropologues appellent une perte de l'âme. Mais lorsque cette âme est une entité terriblement hésitante et timorée, qui regretterait sa perte alors que cela peut rapporter des avantages importants et immédiats ?

Francis retourna donc dans une patrie qu'il ne connaissait pas. Sa vraie patrie, qui se composait des meilleures qualités de Victoria Cameron et de Zadok Hoyle, du généreux esprit d'aventure de son grand-père et de la bonté sentimentale de la tante Mary-Ben, était impossible à trouver dans la ville de Toronto. Comme beaucoup de ses semblables, Francis pensait que sa patrie, c'était le monde de son enfance, et celui-ci s'était enfui à jamais.

En revanche, il trouva à Toronto une nouvelle version des familles Cornish et McRory. Gerald Vincent O'Gorman était devenu un gros bonnet dans les milieux financiers et une personnalité dont l'influence, quoique mal définie, jouait un grand rôle dans le parti conservateur. Si les conservateurs arrivaient jamais au pouvoir, Gerry pouvait être certain d'avoir un siège au Sénat, charge plus sûre et plus rentable qu'un titre de chevalier de Saint-Sylvestre ; à ses yeux et à ceux de sa femme, elle ferait de lui l'incontestable successeur de Grand-père. Gerry était maintenant le président-directeur général de la banque de gestion Cornish, devenue une très grosse affaire ; le directeur général qui succédait à sir Francis (mort pendant que Francis était plongé dans ses affaires financières, à Rome, ce qui l'empêcha de rentrer au Canada) était un sénateur conservateur d'une irréprochable respectabilité et d'une grande lourdeur d'esprit ; il ne posait aucun problème à Gerry. Larry et Michael, les fils de Gerry, occupaient des postes très élevés à la banque ; ils traitèrent Francis aussi amicalement que celui-ci le leur permit. Mais Francis regrettait son frère cadet, Arthur : lui et sa femme avaient péri dans un accident de voiture, laissant leur fils Arthur aux soins des O'Gorman. Ces derniers faisaient ce qu'ils pouvaient, mais l'enfant était le plus souvent confié à des administrateurs de la société. Francis ne voulait aucune aide pour investir son capital. La fortune qu'il avait héritée de Saraceni était le premier argent qu'il possédait — mis à part le misérable traitement alloué par MI5 — qui ne fût pas contrôlé et géré par sa famille, et il était bien résolu à ne pas en révéler le montant ni à laisser une main étrangère en administrer la moindre partie.

« Frank, fais ce que bon te semble, mais pour l'amour du Ciel, ne te fais pas plumer, dit Larry.

— Ne t'inquiète pas. J'ai été assez plumé dans ma vie pour avoir appris à me défendre. »

Dès que cela fut possible, il assigna une modeste somme — vu sa richesse, elle était même d'une mesquinerie dérisoire — à la petite Charlie et informa l'oncle Roderick et la tante Prudence que la jeune fille devrait vivre des intérêts de ce capital jusqu'à vingt-cinq ans, âge où elle pourrait en disposer à sa guise. Il leur apprit également qu'en raison de la nouvelle situation dans laquelle il se trouvait — il ne donna pas de détails là-dessus — il ne pouvait plus verser qu'une très petite annuité pour l'entretien du domaine. Il ne répondit jamais aux lettres implorantes qui suivirent. Il jugeait qu'il était bien bon de donner quoi que ce fût à cette famille.

Puis il s'attela à la tâche de consacrer ses importants revenus (car il ne songea jamais à toucher au capital correspondant) à l'encouragement des arts au Canada, et cette expérience fut pareille à celle d'un homme qui mord dans une pêche et se casse une dent sur le noyau.

Non pas que les peintres canadiens avec lesquels il n'avait pas tardé à se mettre en rapport se fussent montrés désagréables : simplement, ils étaient indépendants. Ou, plus exactement, les bons peintres l'étaient ; ceux qui sautaient sur l'occasion d'avoir un éventuel mécène ne valaient rien. Il essaya de rassembler certains artistes pour leur faire produire une peinture qui réconfortât et exaltât, mais ses paroles tombèrent dans les oreilles de gens poliment sourds.

« J'ai l'impression que vous voulez recréer une sorte de mouvement préraphaélite, dit l'un des meilleurs d'entre eux, un homme imposant d'origine ukrainienne nommé George Bogdanovitch. Vous n'y arriverez pas. Achetez quelques tableaux. Nous serons évidemment ravis de vous en vendre. Mais n'essayez pas de jouer les conseillers. Fichez-nous la paix. Nous savons ce que nous faisons. »

Ce qu'ils faisaient était respectable, mais ne plaisait pas à Francis. Ils étaient profondément amoureux du paysage canadien et essayaient de le traiter dans toutes sortes de manières différentes dont certaines, Francis le reconnaissait, étaient admirables et une poignée, magnifiques.

« Pourquoi n'y a-t-il jamais de personnages dans vos tableaux ? ne cessait de demander Francis.

— On n'en veut pas, répondit Bogdanovitch au nom de tous les autres. Les êtres humains sont dégueulasses. La plupart d'entre eux, en tout cas. Nous peignons la nature, et peut-être, dans quelque temps, à force de regarder nos tableaux, les gens apprendront quelque chose sur la nature et seront un peu moins dégueulasses. Il faut que nous commencions avec la nature. C'est ça qui procure exaltation et réconfort. Il faut que nous fassions les choses à notre manière. »

C'était là un argument irréfutable. Bien entendu, il y avait d'autres peintres qui suivaient les tendances à la mode. On n'avait pas besoin de les pousser pour qu'ils vous expliquent qu'ils puisaient au fond de leur inconscient — un mot qui, dans ce contexte, était nouveau pour Francis. Les conceptions qu'ils en tiraient s'exprimaient en des tableaux qui pouvaient être des schémas aux couleurs criardes et assez malpropres de ce qu'ils voyaient ou sentaient ; certains présentaient des arrangements de couleurs soigneusement travaillés et généralement sales. Ces messages étaient censés être infiniment précieux et suggérer aux spectateurs sensibles un inconscient plus profond que ce qu'ils pourraient jamais explorer sans aide. Cela n'impressionnait pas Francis. Qu'avait dit Ruth ? « Vous ne pouvez pas parler aux Mères en les appelant par téléphone. Leur numéro ne figure pas dans l'annuaire. » De toute évidence, ces exhumeurs ne l'avaient pas découvert. Ce furent ces producteurs de fausses visions intérieures chthoniennes que Francis se mit à détester le plus.

Il devait donc se contenter d'acheter des tableaux qu'il trouvait bons, mais n'aimait que moyennement. Sans très bien savoir comment cela avait commencé, il se trouva prendre des toiles de peintres qui habitaient des lieux inaccessibles et les garder dans son logement de Toronto où, de temps en temps, il arrivait à en vendre une et à remettre l'argent à l'artiste. Il ne prenait pas de commission, mais, dans un sens, c'était un marchand de tableaux.

Le monde des collectionneurs, qui était assez restreint au Canada, comprit qu'il savait reconnaître une bonne peinture et sa recommandation était une garantie de qualité. Mais tout ceci ne le satisfaisait guère, même si cela l'occupait beaucoup par moments.

Sa satisfaction, il la tirait des tableaux qui avaient fait partie de la collection de Saraceni. Il avait réussi à introduire ceux-ci au Canada par des moyens pas tout à fait irréprochables et à les entreposer dans son quartier général de Toronto.

Celui-ci se trouvait au dernier étage d'un immeuble d'habitations qu'il possédait dans un quartier convenable, quoique non à la mode, de la ville. Il l'avait acheté des années auparavant, quand son cousin Larry lui avait conseillé de diversifier ses investissements et d'acquérir quelques solides biens immobiliers. Il y avait trois appartements au sommet de ce bâtiment terne, fruit d'une période architecturale trop sage. Francis dispersa ses possessions dans tous les trois. Au début, cet étage ressemblait à un vaste appartement unique richement — sinon bizarrement — meublé, mais, peu à peu, les pièces devinrent de plus en plus encombrées et l'espace dans lequel vivait Francis ne cessa de rétrécir.

« Quel nid de pie ! s'écria Alwyn Ross, la première fois qu'il lui rendit visite. « L'aveugle Fortune continue à combler de ses dons ceux qui n'en ont usage. » C'est de Jonson, pas de moi, mais approprié, tu en conviendras. D'où diable sort tout ce bazar ?

— Je l'ai hérité.

— De Saraceni, je parie.

— En partie. Mais j'ai aussi acheté beaucoup de choses.

— Avec le fantôme de Saraceni qui regardait par-dessus ton épaule. Frank, comment peux-tu supporter ce fouillis ? »

Francis le supportait parce qu'il était persuadé que c'était là une situation provisoire. Il avait la ferme intention de trier ses biens, d'en entreposer quelques-uns ailleurs, d'en vendre éventuellement certains autres et de parvenir finalement à un espace d'habitation encombré de meubles et d'objets d'art, mais tout de même reconnaissable comme une demeure humaine. Entre-temps, il vivait dans un lieu qui ressemblait à la réserve d'un antiquaire à laquelle il ajoutait sans cesse le contenu d'autres caisses, cartons et paquets. Heureusement, l'immeuble avait un monte-charge en plus de la cage de bronze trépidante et chuintante qui amenait les visiteurs à ce que Ross surnommait le « magasin de brocante ».

Ross venait souvent : il avait en effet pris l'habitude de retourner au Canada plusieurs fois par an pour faire une conférence ici, conseiller un musée municipal ou provincial là-bas, écrire des articles pour des revues canadiennes sur l'état des arts et sur l'ascension vertigineuse des prix des objets d'art dans les salles des ventes internationales. Il rapportait à Francis les ragots du monde de l'art — le genre de choses qu'on ne pouvait publier — et des histoires sur ses principales figures dont quelques-unes faisaient partie des personnes que Francis avait surveillées pour le compte de l'oncle Jack. Non pas que Francis mentionnât jamais à Ross le véritable travail qu'il avait effectué à Londres. Il était aussi discret que d'habitude à ce sujet et savait éluder les questions habiles par lesquelles on cherchait à mesurer l'étendue de sa fortune. Cependant, il ne pouvait cacher qu'il était riche, très riche même, car ses excentricités croissantes nécessitaient énormément d'argent. Il achetait des tableaux chez Christie et Sotheby à des prix très élevés et, bien qu'il le fît par l'intermédiaire d'un agent, Ross était le genre d'homme qui pouvait découvrir le nom de l'acquéreur réel. Cependant, ce que Ross ignorait, c'était que ces coûteux achats étaient pour Francis un moyen d'apaiser le terrible désir qu'il avait de peindre lui-même. À plusieurs reprises, il essaya de trouver un nouveau style, mais chaque fois, il abandonna, dégoûté. Les Mères ne voulaient pas lui parler dans une langue contemporaine.

L'intérêt que Ross manifestait pour le monde de l'art canadien, et qui aurait pu surprendre une personne moins perspicace, ne présentait aucun mystère pour Francis. Ross voulait devenir conservateur de la National Gallery d'Ottawa ; or, pour obtenir une telle nomination, il fallait préparer son coup plusieurs années à l'avance.

« En réalité, je suis canadien, tu sais, disait-il. Canadien jusqu'à la moelle des os. C'est pourquoi je voudrais réaliser quelque chose d'important ici. Je veux élever la Gallery à un niveau international, et elle en est loin. Certes, elle possède quelques belles pièces. Sa collection de dessins du XVIIIe est enviable et il y a d'autres bons spécimens individuels. Mais pas assez. Dans l'ensemble, les acquisitions ont été médiocres et en rapport avec un budget tout bonnement dérisoire. Par ailleurs, il y a infiniment trop de tableaux qui ont été simplement donnés ; or, nous savons ce que cela veut dire dans un pays qui compte peu de véritables amateurs d'art. C'est très difficile de refuser des donations ou de les fourrer à la cave quand vous les recevez. Cela froisserait trop de susceptibilités. Il faudra pourtant s'y résoudre. Le musée a besoin d'un tri sévère et d'acquisitions importantes. Écoute, Frank, qu'as-tu l'intention de faire de tes meilleures pièces ?

— Je n'y ai encore jamais pensé, répondit Francis, ce qui était un mensonge.

— Eh bien, mon cher, pourquoi ne pas le faire maintenant ? »

Et c'est ainsi qu'après de longs débats concernant le choix, Francis céda ses six meilleurs tableaux canadiens à la Gallery. Ross s'arrangea pour faire savoir aux instances appropriées que c'était lui qui avait obtenu ce don et de quel mécène, malgré tous les efforts que fit Francis pour garder l'anonymat.

« Si jamais cela se sait, j'aurai tous les musées du pays à mes trousses, dit-il.

— C'est normal, non ? Allons, un peu de lucidité, Frank. Si tu n'es pas un bienfaiteur, alors à quoi sers-tu ? Quand vas-tu donner à la Gallery quelques-uns de ces beaux tableaux italiens ?

— Les donner ? Mais pourquoi ? Au nom de quoi quelqu'un qui possède de beaux objets d'art devrait-il s'en séparer ? »

Finalement, et en assez peu de temps, relativement, le directeur de la National Gallery dut être remplacé et quel candidat pouvait être plus indiqué pour ce poste qu'Alwyn Ross ?

Dans le plus pur style canadien, la commission habilitée

à recommander un successeur au ministre compétent s'agita et se tourmenta avant de le faire. Ross, qui jouissait maintenant d'une vaste et brillante réputation, envisagerait-il d'accepter un tel poste ? Ne devrait-on pas désigner à sa place quelque érudit relativement inconnu d'une université canadienne qui, pour des raisons assez vagues, était jugé mériter une récompense de son pays ? Ne couraient-ils pas certains bruits fâcheux sur la vie privée de Ross ? Ross exigerait-il un traitement supérieur à celui qui était actuellement fixé ? Francis avait la possibilité d'influencer certains membres de la commission, et c'est ce qu'il fit, mais avec beaucoup de prudence de crainte que les autres membres, qui le haïssaient pour son savoir et sa richesse, ne découvrissent qu'il était intervenu. Finalement, quand cet organisme eut suffisamment joui des voluptés de son calvaire, il adressa sa recommandation au ministre. Celui-ci écrivit à Ross qui demanda un mois de réflexion pour voir s'il pouvait se résoudre à faire l'inévitable sacrifice de sa carrière de critique international. Pour finir, il accepta de le faire — contre des appointements nettement plus élevés.

Le ministre annonça la nomination, et il se trouva que c'était la dernière qu'il annonçait car le gouvernement dont il faisait partie tomba. Après le tohu-bohu qui accompagne toujours des élections générales, un nouveau cabinet fut formé et le ministre dont relevait Ross s'avéra être une femme. N'était-ce pas parfait ? Un grand nombre de Canadiens supposaient que les femmes étaient douées pour l'art et pour la culture. Après tout, à l'époque des pionniers, ce genre de choses, représentées principalement par des courtepointes et des tapis crochetés, avaient dépendu entièrement d'elles ; or, la mentalité pionnière, maintenant fossilisée, était encore très répandue dans le monde politique.

Ne se considérant pas comme un homme politique, Ross n'avait pas prêté grande attention aux élections. Il n'avait pas remarqué, à supposer même qu'il les eût entendues, les véhémentes promesses faites par le parti politique qui constituait la majorité de diminuer les dépenses, de crever l'abcès d'un service public pléthorique et, surtout, d'éliminer tout ce que les politiciens décrivaient à leurs électeurs comme le « superflu ». Cependant, les dépenses, surtout si une grande partie de celles-ci représentent les allocations sociales, les remboursements de soins médicaux ou les pensions de vieillesse et d'invalidité, sont difficiles à réduire. En fait, les revendications des personnes méritantes et des nécessiteux ne cessent de croître. Pas plus qu'il n'est vraiment possible de limiter les emplois dans l'administration sans offenser une multitude d'électeurs : tous les fonctionnaires, en effet, surtout ceux des échelons inférieurs, ne viennent pas de familles mais de véritables tribus pleines d'une farouche fidélité tribale. On ne peut donc se rattraper que sur les choses inessentielles. Or, quand un pays a un grand musée déjà plein de tableaux, comme peut le constater tout imbécile qui va le visiter un jour de pluie, l'achat de toiles supplémentaires n'est-il pas à ranger sous la rubrique « superflu » — un superflu particulièrement élitiste et dépassé ?

Rien de tout cela ne parvint à la conscience d'Alwyn Ross qui se baladait d'un côté à l'autre du Canada, et retournait par un autre chemin encore, expliquant à des groupes intéressés qu'il était temps que le Canada eût une National Gallery digne de lui, que, dans son état présent, elle n'était même pas de deuxième ordre, qu'il fallait entreprendre quelque chose de décisif, et cela immédiatement. Son éloquence suscitait l'admiration. Nous ne pouvons pas figurer dans le monde comme une nation de millions de spectateurs de hockey et d'une centaine de joueurs de hockey, disait-il. Il citait Ben Jonson : « Quiconque n'aime pas la peinture offense la vérité et toute la sagesse de la poésie. La peinture est l'invention des Cieux, la plus ancienne et la plus semblable à la Nature. » (Il ne continuait pas car, dans ce qui suivait, Jonson déclare carrément que la peinture est inférieure à la poésie ; l'art de citer, c'est savoir où s'arrêter.) Sa superbe voix, à l'accent canadien adouci, mais néanmoins présent, était en elle-même un gage de sincérité. Sa belle mine charmait les femmes et plus qu'un petit nombre d'hommes. Il avait un genre canadien dont ils n'avaient pas l'habitude. Et la façon dont il savait plaisanter, boire et raconter de bonnes histoires sur le monde de l'art aux réceptions qui suivaient ses discours! Sa popularité grandit comme une citrouille dont elle avait l'éclat et le brillant. Quand il eut terminé sa tournée, date à laquelle le nouveau ministre était bien en selle, Ross fit éclater son feu d'artifice.

Cependant, un feu d'artifice qui rate peut être aussi dangereux qu'une bombe. Dans une conférence de presse, Ross fit imprudemment savoir qu'il était en son pouvoir, d'un seul coup, d'élever considérablement le niveau de la National Gallery et de mettre ce musée sur la voie de la renommée en tant que collection d'importance mondiale. Par de longues négociations et un voyage éclair en Europe, il avait réussi à engager toute l'allocation attribuée à la Gallery pour ses acquisitions de l'année suivante et, en plus, une somme qui l'engloutirait pour les six ans à venir. Il avait accepté d'acheter six tableaux, six tableaux d'une importance mondiale, provenant d'une très grande collection privée européenne. Il les avait obtenus à un excellent prix au bout de longues heures de difficiles négociations et, comme il le laissa entendre à mots couverts, grâce à son charme personnel.

Qui en était le propriétaire? Ross finit par lâcher que c'était Amalie von Ingelheim qui venait d'hériter de la collection de sa grand-mère. Vu que la Gräfin — comme Ross l'appelait avec solennité mais à tort — avait besoin d'argent (son mari, le prince Max, achetait une grande société de cosmétiques dont le siège social se trouvait à New York), elle laissait une partie de ses trésors privés sortir dans le monde où personne ne les avait encore jamais vus. Pour quelques malheureux millions, le Canada pouvait s'inscrire sur la mappemonde comme un pays possédant une collection nationale remarquable.

Relativement peu de gens savent ce qu'est réellement un million de dollars. Pour la plupart d'entre eux, c'est un concept gazeux qui grossit ou décroît selon les circonstances. Dans la tête des hommes politiques, peut-être plus que partout ailleurs, la notion de un million de dollars a cette faculté de s'étendre ou de se contracter comme un accordéon; s'ils en disposent, c'est une somme agréable qui les met eux-mêmes en valeur; si quelqu'un d'autre la veut, elle devient un chiffre démesuré qui ne peut être conçu par un esprit rationnel. Quand les politiciens apprirent que l'un de leurs fonctionnaires, un sous-fifre qui occupait un poste mineur dans un *cul de sac*[1], avait promis plusieurs millions payables à l'étranger pour acquérir des tableaux — *des tableaux*, non, mais vous vous rendez compte ! — ils laissèrent éclater leur indignation et les plus indignés étaient ceux, maintenant membres de la Loyale Opposition à Sa Majesté, qui avaient nommé Ross quand ils étaient au pouvoir.

Le ministre de la Culture se trouva dans une position difficile. Elle n'aimait pas Ross qu'elle avait rencontré deux ou trois fois, et son sous-ministre adjoint, qui avait directement affaire à Ross, était une autre femme qui l'aimait encore moins. Il lui avait cité du Jonson. Croyant qu'il parlait de Samuel Johnson, elle s'était rendue ridicule (du moins c'est ce qu'il lui sembla ; en fait, Ross était tellement habitué à cette méprise qu'il l'avait à peine remarquée). Féministe, le sous-ministre adjoint était persuadée que le respect que Ross témoignait aux femmes était ironique. Elle le soupçonnait d'être homosexuel — si bel homme et célibataire — et elle chargea un séide (un des eunuques du palais de son département) de compromettre Ross s'il pouvait, et cela par tous les moyens à part lui faire des propositions dans les toilettes du parlement. Dans ses rapports avec cette dame, Ross se montrait incontestablement maladroit. Selon les termes de son auteur favori, il « souffrait d'une lèpre prurigineuse de l'esprit », maladie qu'il était incapable de dissimuler quand il discutait avec des hommes politiques et des fonctionnaires.

Le ministre s'appuya sur le conseil de son sous-ministre, qui s'appuya sur celui de son adjoint (un homme qui n'était pas exactement son amant, mais qui l'aurait été s'ils avaient eu moins de travail et avaient été moins fatigués) et la marche à suivre devint claire. Un fonctionnaire de son ministère avait pris d'inexcusables libertés en concluant des marchés avec de l'argent qui n'avait pas encore été alloué et sans en référer à elle. Dans une déclaration à la Chambre des communes, elle le désavoua. Elle condamna ses achats

1. En français dans le texte.

et assura à ses honorés collègues que personne ne cherchait plus qu'elle à réduire les dépenses injustifiées. Elle déclara pieusement ne le céder à personne en amour de l'art sous toutes ses formes, mais il y avait des moments où même elle devait considérer l'art comme du superflu. Lorsque le pays était confronté à de graves problèmes économiques, elle savait où se trouvaient les priorités les plus pressantes. Elle s'arrêta là, mais tout le monde supposa qu'elle parlait des Maritimes ou des Prairies qui souffraient d'une crise endémique.

Comme il n'y avait pas d'élections en perspective, la presse avait besoin d'un souffre-douleur politique et Ross en fit office pendant au moins deux semaines. Les journaux les plus conservateurs demandèrent qu'il fût rabaissé, qu'on lui fît comprendre les réalités de la vie canadienne, qu'on lui administrât une dure leçon ; les plus extrémistes exigèrent son renvoi et insinuèrent qu'il devait retourner en Europe, où était manifestement sa place, après avoir compris que des gens comme il faut ne tenaient pas des propos blasphématoires sur le hockey.

Cette vertueuse indignation s'était presque calmée quand Ross apparut un soir dans le « vieux magasin de brocante ». Le voyant ainsi humilié et accablé, Francis comprit qu'il l'aimait. Mais que pouvait-il lui dire ?

« L'Arche d'Alliance du Seigneur semble être tombée entre les mains des Philistins », furent les mots qu'il trouva.

— C'est la première fois que pareille chose m'arrive. Ils me haïssent. Ils aimeraient me voir mort.

— Penses-tu ! Les hommes politiques en voient de bien pires que toi. Tout cela se tassera.

— Oui, mais j'aurai perdu tout crédit auprès de mon personnel et je serai constamment supervisé par le ministre qui, dorénavant, va compter chaque penny qu'elle donne à la Gallery. J'en serai réduit au simple rôle de gardien d'une collection hétéroclite de peu de valeur, sans avoir le moindre espoir de l'améliorer.

— Écoute, Alwyn, je ne voudrais pas jouer les moralistes, mais tu n'aurais pas dû dépenser de l'argent dont tu ne disposais pas. Et le ministre — tu comprends bien qu'en tant que femme elle doit se montrer plus dure que n'importe lequel des hommes ; elle ne peut se permettre la moindre petite faiblesse féminine. Celles-là, le Premier ministre se les réserve toutes.

— Elle a décidé d'avoir ma peau, tu sais. Elle veut prouver que je suis pédé.

— Et alors, l'es-tu ? Moi, je n'en sais rien.

— Pas plus que la plupart des hommes, je suppose. J'ai eu des liaisons avec des femmes.

— Eh bien, tu n'as qu'à peloter un peu Madame le ministre. Voilà qui la fixera sur tes goûts sexuels.

— Ta suggestion est grotesque ! Elle sent le parfum bon marché et les bonbons à l'eucalyptus ! Non, il n'y a qu'une seule chose qui puisse rétablir ma situation.

— À savoir... ?

— Si seulement je pouvais obtenir un de ces tableaux pour le musée. Un seul d'entre eux suffirait à susciter assez d'intérêt dans le monde international de l'art pour montrer au ministre que je n'étais pas complètement idiot.

— Oui, mais comment pourrais-tu faire ça ? »

Alors qu'il parlait encore, Francis sut quelle était la réponse à sa question.

« Si je pouvais trouver un mécène privé qui m'en donnerait un pour la Gallery, cela arrangerait grandement mes affaires et, finalement, me sortirait du pétrin. Si je peux obtenir celui que je veux, s'entend.

— Les mécènes sont des gens assez insaisissables.

— Oui, mais ils existent. Frank... tu le ferais ?...

— Ferais quoi ?

— Tu le sais très bien ! Financer l'achat d'un de ces tableaux ?

— Au prix actuel des objets d'art ? Tu me flattes !

— Pas du tout. Je sais ce que tu as dépensé à Londres au cours des deux ou trois dernières années. Tu en as les moyens.

— Même si c'était vrai, ce dont je doute, pour quelle raison le ferais-je ?

— N'as-tu aucun patriotisme ?

« — Cela dépend. Je me découvre au passage de notre drapeau, bien que d'un point de vue héraldique, ce soit une horreur.

— Au nom de l'amitié ?

— D'après mon expérience, la pire des choses qui puisse arriver à une amitié, c'est d'y mettre un prix.

— Frank, veux-tu m'obliger à te supplier ? Bon, que le diable m'emporte ! Je t'en supplie : veux-tu acheter ce tableau ? »

Jamais encore de toute sa vie, pourtant pleine de moments difficiles, Francis n'avait été aussi acculé. Ross avait l'air si malheureux, si vaincu, et si beau dans son désespoir qu'il sentit ses entrailles s'émouvoir, comme on dit dans la Bible. Mais un autre sentiment se mêlait à sa compassion. Plus il avait d'argent, plus il aimait l'argent. Et — chose qu'il ne pouvait expliquer, mais sentait — comme il avait abandonné son ambition de peintre, une partie de ce qui constituait sa nature la plus profonde se passionnait maintenant pour les biens matériels, et partant, pour l'argent. Donner un tableau au pays, c'était facile à dire, mais très dangereux à faire. Révélez-vous être un mécène, et tout le monde vous demandera quelque chose, souvent pour soutenir la médiocrité. Pourtant, voilà que Ross, son dernier amour, était là, tout malheureux, devant ses yeux. Il avait aimé Ismay de tout son c — et comme un imbécile. Il avait aimé Ruth comme un homme, et Ruth était morte avec des centaines de milliers d'autres personnes, victime de la cruelle stupidité du monde. Il aimait Ross, non pas parce qu'il le désirait physiquement, mais pour son intrépide jeunesse que les ans n'avaient pas entamée, pour le défi qu'il opposait à des conventions auxquelles Francis se savait enchaîné, des conventions qui lui avaient fait mettre de l'argent dans une exploitation agricole non rentable, entretenir un enfant qui n'était pas le sien et refuser de revendiquer la paternité d'un très beau tableau. Oui, il devait céder, même si cela faisait très mal à son portefeuille qui maintenant était presque devenu son âme. Presque, mais tout de même pas entièrement.

Francis était donc sur le point d'acquiescer et il l'aurait

sûrement fait si Ross avait pu tenir sa langue. En effet, son fatal besoin de parler vint s'opposer à son succès.

« Le don pourrait être anonyme, tu sais.

— Bien sûr. Ce serait d'ailleurs une de mes conditions.

— Tu es d'accord, alors ? Oh, Frank, je t'adore ! »

Francis sursauta comme s'il venait de recevoir un coup. Oh, mon Dieu, si ce n'était pas là mettre l'amitié à prix, alors qu'était-ce ?

« Je n'ai pas encore dit oui.

— Mais si, mais si, tu l'as dit ! Frank, cet achat va tout arranger ! Bon, en ce qui concerne le prix, je me mettrai en rapport avec le prince Max dès demain.

— Le prince Max ?

— Oui, même un buveur de bibine comme toi doit avoir entendu parler du prince Max, directeur d'une grosse affaire d'importation de vins, la société Maximilian de New York ? Il vend des tableaux pour le compte de sa femme. Elle, c'est Amalie von Ingelheim. Elle a hérité de toute la collection de la vieille Gräfin.

— Amalie von Ingelheim. J'ignorais qu'elle avait épousé Max ! Je la connais — ou du moins, la connaissais.

— Oui, elle se souvient de toi. Elle t'appelle le Beau Ténébreux. Il paraît que tu lui as appris à jouer au skat quand elle était petite.

— Pourquoi vend-elle ces tableaux ?

— Parce qu'elle a la tête sur les épaules. Max et elle sont des aristocrates débrouillards et tenaces, de prospères survivants. Ils se ressemblent, même, quoiqu'il doive être beaucoup plus âgé qu'elle. Amalie von Ingelheim a déjà fait une belle carrière de mannequin, mais ce genre de succès ne dure jamais beaucoup plus que dix-huit mois. Elle a fait la couverture des deux plus grandes revues de mode et, dans ce domaine, elle ne peut guère aller plus loin. Son mari et elle achètent une affaire de cosmétiques — une affaire de renom. Cette jeune femme deviendra une beauté internationale immensément riche.

— Et les tableaux ?

— Elle dit qu'ils ne l'ont jamais intéressée.

— Ah non ? La petite Amalie a sûrement grandi — dans un sens.

— Oui, mais elle n'est pas insensible. Elle écoutera la voix de la raison. Et si je lui dis que c'est toi, l'acheteur, tout ira bien. C'est-à-dire que le prix sera aussi bas que celui qu'on peut attendre d'aristocrates durs à cuire. Le tableau pourrait être ici et dans la Gallery avant Noël. Quel cadeau au pays !

— Il y en a six, je crois. Je n'ai jamais vu aucun article qui en donnait le détail. Mais je peux deviner quels sont ceux qui peuvent atteindre un prix élevé sur le marché. Est-ce le petit Raphaël ?

— Non, ce n'est pas celui-là.

— Le portrait de Bronzino ?

— Non plus. Ni le Grünewald. Depuis le scandale qu'il y a eu ici, d'autres acheteurs sont apparus et cinq de ces tableaux ont été vendus. Mais Amalie von Ingelheim retient celui que je veux. »

Ruth avait dit à Francis qu'il avait beaucoup d'intuition. Celle-ci était en train de travailler furieusement.

« Lequel ?

— Il n'est pas d'un peintre tellement célèbre, mais c'est exactement le tableau qu'il nous faut parce qu'il a du mystère, tu vois, et de l'importance historique. De plus, il est pratiquement unique parce qu'on ne connaît qu'une seule autre œuvre de cet artiste. C'est une toile qui m'est très chère : elle a contribué plus que toute autre chose à établir ma réputation d'expert. Tu l'as vue ! Un joyau ! *Les Noces de Cana,* par le soi-disant Maître Alchimique.

— Pourquoi l'a-t-elle gardé ? Alwyn, lui as-tu dit que tu pouvais peut-être encore t'arranger pour l'acheter ?

— Il se peut que j'aie fait une allusion à Max. Tu sais comment se passe ce genre de négociations.

— Lui as-tu laissé entendre que je pourrais fournir les fonds ?

— En tout cas, ton nom a été mentionné. Et, comme tu es un vieil ami, ils ont accepté de me garder le tableau un mois ou deux.

— En d'autres termes, tu as de nouveau dépensé de l'argent que tu n'étais pas certain d'obtenir. Mon argent.

— Écoute, Frank, tu connais ce genre de situations. Ne parle pas comme un banquier.

— Je ne l'achèterai pas.

— Écoute... J'étais obligé de le faire. Acheter des tableaux à ce niveau est une affaire extrêmement délicate. Une fois que Max et Amalie étaient dans l'humeur propice, j'ai dû agir très vite. Demain, tu verras tout ça d'un autre œil.

— Non. Je n'achèterai jamais ce tableau.

— Mais pourquoi ? À cause de l'argent ? Oh, Frank, ne me dis pas que c'est à cause de l'argent !

— Non, je te donne ma parole que ce n'est pas à cause de ça.

— Pourquoi, alors ?

— J'ai des raisons personnelles que je ne peux t'expliquer. Le Raphaël, le Bronzino, deux ou trois autres — oui, j'aurais fait cela pour toi, mais pas *Les Noces de Cana*.

— Pourquoi, pourquoi, pourquoi ? Il faut que tu me le dises. Tu me dois bien ça !

— Tout ce que je te devais, Alwyn, je l'ai payé intégralement avec six excellentes toiles modernes. Je n'achèterai pas ce tableau, un point c'est tout.

— Tu es un vrai salaud, Frank !

— J'aurais cru qu'en ces circonstances tu aurais pu trouver mieux : une citation de Ben Jonson, par exemple.

— D'accord ! « Un étron entre tes dents ! »

— Ce n'est pas mal. C'est tout ?

— « Que des chiens souillent tes murs, que des guêpes et des frelons fassent leurs nids sous ton toit, ce siège du mensonge, cet antre de fourberie ! »

Là-dessus, Ross se précipita hors de la pièce. Francis eut l'impression qu'il riait de sa fine citation, mais en fait, il pleurait. Finalement, ces deux grimaces se ressemblent assez.

Francis se lava les mains et se retira dans l'étroit espace qu'il avait gardé pour y loger son lit. Avant de se coucher, il regarda longuement une image qui intriguait les amis qui l'avaient vue, et qui pendait toujours à la tête de son lit. Ce n'était pas un tableau de valeur, mais simplement une reproduction bon marché de *L'Amour exclu*. À ce moment, celle-ci le toucha plus que ne l'aurait fait n'importe lequel des chefs-d'œuvre entassés chez lui.

« Bien entendu, Francis n'avait pas le choix. À aucun prix, il n'aurait pu laisser cet ami cher s'enticher d'un tableau qu'il savait être un faux, un faux fabriqué par lui en outre, et l'exposer dans le plus grand musée du pays auquel tous deux devaient fidélité en priorité, dit le Petit Zadkiel.

— Je ne suis absolument pas d'accord, protesta le démon Maimas. Il aurait pu le faire, et ce qu'il appelait son influence mercurienne — moi, en fait — le poussait dans ce sens. Je lui ai rappelé les paroles de Letztpfennig : Que vend-on, un très bon tableau ou la magie du passé ? Qu'acquiert-on, une œuvre d'une grave beauté ou une œuvre à laquelle le sceau de quatre siècles donne sa véritable valeur ? J'étais furieux contre Francis. En fait, j'ai failli l'abandonner à ce moment-là.

— Peux-tu faire une chose pareille ?

— Tu sais bien que oui. Et lorsqu'un homme est abandonné par son démon, il est fichu. Souviens-toi : quand Marc Antoine faisait l'imbécile avec cette Égyptienne, son démon le quitta, dégoûté. Là aussi, il s'agissait d'un amour stupide.

— L'amour que Francis éprouve pour Ross n'est pas stupide, mon frère. Je trouve même qu'il a quelque chose de noble car il ne demande rien.

— Il lui a fait trahir la meilleure partie de lui-même.

— C'est discutable, mon frère. L'amour ou la satisfaction mondaine ? L'amour ou la vanité ? L'amour ou un tour ironique joué au monde de l'art qui semblait ne pas avoir de place pour lui ? Si ce pauvre Darcourt qui meurt d'envie de connaître la vérité au sujet de Francis savait ce que nous savons, il placerait Francis très haut dans son estime.

— Darcourt est un prêtre chrétien ; or, le christianisme a coûté très cher à Francis. Il lui a donné cette double conscience qui, comme nous l'avons vu, l'a tourmenté toute sa vie. Darcourt aurait dit qu'il avait agi correctement. Moi, je ne suis pas de cet avis.

— Finalement, tu ne l'as pas rejeté.

— J'étais furieux contre lui, mais je déteste laisser un

travail inachevé. On m'avait ordonné de faire un grand homme de Francis et lui, il est allé à l'encontre de mes recommandations.

— Peut-être était-il vraiment un grand homme.

— Mais pas celui que j'aurais formé moi.

— Tu n'es pas le juge suprême, mon frère.

— Et je n'ai pas complètement perdu la partie non plus. On peut atteindre la grandeur de plusieurs façons. Regarde la suite. »

Dans le grand public, le suicide d'Alwyn Ross suscita la curiosité habituelle, le flot de pitié facile et la satisfaction d'avoir été un témoin indirect de ce que les journaux appellent une tragédie. Le monde des amateurs d'art le pleura comme un grand talent arrivé prématurément à sa fin. Au Canada, on supposa qu'il n'avait pu supporter sa disgrâce publique. On exprima des paroles de regret où se mêlaient un sentiment de culpabilité et un mépris caché envers un homme qui avait craqué au lieu d'avaler sa pilule comme un brave petit soldat. Selon une psychologie facile, on se demanda s'il ne s'était pas tué pour faire honte à ses ennemis et à ses détracteurs ; cependant, si certains d'entre eux se sentaient effectivement gênés, ils étaient également furieux contre eux-mêmes pour s'être laissé manipuler de la sorte. Au Parlement, le ministre de la Culture parla brièvement de Ross : ç'avait été un homme plein de bonnes intentions, mais qui n'avait pas su se montrer réaliste dans le domaine des affaires publiques ; cependant, les honorables membres de la Chambre devaient penser à lui comme à un grand Canadien. Habitués à ce genre de tâche, les honorables membres s'excusèrent durant toute une minute. On organisa un service commémoratif à la National Gallery. Là, l'éminent érudit mort reçut les honneurs publics habituels : on récita de la poésie, on joua du Bach et le sous-ministre adjoint lut un hommage dont les termes soigneusement choisis avaient été écrits par un poète mineur du pool gouvernemental de rédacteurs de discours. Dans ce bel éloge, toutefois, le sous-ministre resta fermement sur ses positions. Elle exhorta le personnel de la National Gallery et le pays tout entier à ne jamais oublier Alwyn Ross dans leur ascension vers une sage grandeur économique.

Quant à Francis, qui n'avait pas eu de dépression nerveuse à la mort de Ruth, il se permit à présent ce genre d'effondrement moral. Il endura son épreuve tout seul dans son antre de fourberie, se nourrissant de bière et de conserves de haricots à la tomate qu'il mangeait froids. Et c'est probablement parce qu'il n'alla pas chercher de l'aide professionnelle pour soulager sa souffrance que, quelques semaines plus tard, il fut de nouveau autant lui-même qu'il le serait jamais.

À leur manière, les dernières années de Francis furent productives et lui apportèrent des satisfactions. À cette époque, il était de bon ton de dire qu'on était au siècle de l'Homme Ordinaire. Francis, cependant, doutait qu'il en fût ainsi et, se souvenant de ses années passées à Carlyle Rural avec l'Enfant Ordinaire, il n'en éprouvait ni surprise ni regret. Les gens qui le connaissaient peu le prenaient pour un misanthrope, mais il avait des amis, principalement dans le milieu universitaire. Les connaissances étendues et la curiosité qu'il avait de la vie européenne durant les quelques siècles qui l'attiraient le plus créèrent des liens entre lui et le professeur Clement Hollier : celui-ci cherchait des vérités historiques dans ce que beaucoup d'historiens préféraient laisser de côté. Le professeur-révérend Simon Darcourt (la splendeur de ce titre amusait Francis) devint l'un de ses grands amis : tous deux étaient de fervents amateurs de livres rares, de manuscrits, de vieille calligraphie, de caricatures et d'une demi-douzaine d'autres choses hétéroclites que Francis connaissait assez mal mais ramenait dans les filets de sa collection grandissante. Ce fut Darcourt qui réveilla l'ancien amour de Francis pour la musique — une musique bien meilleure que tout ce qu'avait jamais connu Mary-Ben — et les deux amis étaient souvent vus au concert ensemble.

Certains soirs, les compères se réunissaient dans le « vieux magasin de brocante » et pendant que Hollier restait assis sans pratiquement ouvrir la bouche, Francis écoutait Darcourt tenir des propos animés, enjoués, aussi pétillants que le vin qui sortait des bouteilles qu'il ne manquait jamais d'apporter car Francis n'était pas un hôte très généreux. Francis constatait, amusé, que Darcourt, qui se disait connaisseur en la matière, aimait les crus qui portaient l'élégante étiquette des produits du prince Max. Sur celle-ci, la devise *Tu périras avant que moi-même je ne périsse* était évidemment censée se rapporter au vin.

Le professeur McVarish était un autre ami, moins intime que les deux autres, mais très apprécié. Ce que Francis lui trouvait d'attirant (McVarish ne s'en serait jamais douté), c'était une certaine dose de cet esprit mercurien qu'il sentait si fort en lui-même. Mais tandis qu'il le cachait soigneusement, McVarish le montrait sans vergogne : il se vantait, mentait et trichait avec une énergie qui amusait Francis et, dans un certain sens, lui faisait du bien. Ce fut Darcourt qui persuada Francis de lire les œuvres de Ben Jonson dans une belle édition originale et, à cause de cela, Francis s'adressait souvent à McVarish sous le nom de sir Epicure Mammon — référence que McVarish ne se donna jamais la peine de vérifier et qu'il prenait pour un compliment. Dans Jonson, Francis découvrit en fait un esprit très différent de ce que lui avaient fait supposer les citations soigneusement choisies d'Alwyn Ross : un esprit qui, sous des apparences dures, cachait une grande tendresse, c'est-à-dire très semblable au sien.

McVarish avait un autre trait mercurien : il volait. Il avait une méthode éprouvée qui consistait à emprunter quelque chose et à « oublier » de le rendre. Après la disparition d'un vieux disque auquel il tenait beaucoup — *Stop Your Tickling, Jock* chanté par sir Harry Lauder — Francis dut veiller à ce que seuls des objets de moindre valeur tombassent entre les mains du joyeux et amoral Écossais. McVarish n'éprouvait jamais le besoin de faire quoi que ce soit en échange de ce qu'il retirait de son amitié avec Francis. Ce furent Hollier et Darcourt qui s'arrangèrent pour faire élire Francis membre honoraire du salon des professeurs au collège de Saint John and the Holy Ghost, à l'université de Toronto — l'ancien collège de Francis, affectueusement surnommé Spook. Pour cette raison-là, Francis réserva à Spook un legs important dans son testament — un testament qu'il se plaisait à réviser et à surcharger de codicilles.

Ce testament lui coûta beaucoup de réflexion et un peu d'anxiété. Il avait en sa possession un document qui reconnaissait qu'il avait fait pour la petite Charlie tout ce que celle-ci pouvait attendre de lui. Cependant, par prudence, quoique ce ne fût pas très agréable, il chargea ses avocats de Londres d'obtenir d'Ismay — qui luttait toujours pour la cause du prolétariat dans les Midlands — un papier certifiant qu'il n'était pas le père de l'enfant et que ni Ismay ni la petite Charlie ne pouvaient prétendre aux biens qu'il laisserait en héritage. Cela posait des problèmes parce que, légalement, Ismay était toujours sa femme, mais Francis donna à ses avocats les noms de deux ou trois membres du Service qui savaient pas mal de choses sur Ismay et pouvaient lui créer des ennuis si elle ne se tenait pas tranquille.

Il était encore suffisamment un McRory pour sentir qu'il devait se souvenir des membres de sa famille dans son testament. Il fit donc des legs — très mesquins vu sa grande richesse — à Larry et à Michael. Il laissa quelque chose de mieux, mais certainement pas de somptueux, à son neveu Arthur, le fils de son frère Arthur. De temps en temps, Francis avait un sentiment de culpabilité envers cet enfant, comme un vague mais faible instinct paternel. Mais qu'est-ce qu'un homme dans la soixantaine pouvait dire à un garçon ? Francis avait cette notion canadienne rétrograde qu'un oncle devait apprendre à un gamin à tirer au fusil, à pêcher ou à fabriquer un wigwam avec des écorces de bouleau ; or, une telle perspective l'effarait. L'idée que le garçon pouvait s'intéresser à l'art ne lui vint jamais à l'esprit. Aussi, pour Arthur, il resta un vieux bonhomme taciturne, plutôt malodorant, très différent des autres Cornish, qui apparaissait de temps en temps à des réunions de famille et qui, à Noël ou pour son anniversaire, lui faisait cadeau d'une belle somme d'argent. Mais, bien que

Francis fût persuadé qu'un garçon ne s'intéressait nécessairement qu'à certaines choses bien spécifiques, la lueur qu'il voyait briller dans les yeux d'Arthur l'incita, à mesure que passaient les années et que le garçon devenait un membre innovateur et plein d'imagination de la banque Cornish, de faire de ce neveu son exécuteur testamentaire. En même temps que ses trois amis, évidemment. Ceux-ci devaient conseiller le jeune homme, soi-disant ignorant en la matière, pour la répartition de son encombrant accumulation d'objets d'art. Car on ne pouvait plus appeler cela une collection.

Une fois par semaine, quand il y pensait, Francis allait rendre visite à sa mère. Maintenant octogénaire, celle-ci était belle et fragile et, quand elle décidait de s'en servir, encore pourvue de toutes ses facultés. Ils étaient tous les deux des personnes âgées à présent. Cela permit à Francis d'admettre qu'il n'avait jamais été très proche de sa mère, mais maintenant qu'il n'était plus question pour lui de l'amour inconditionnel, obligatoire, qu'on avait exigé de lui dans sa jeunesse, il avait pour elle beaucoup d'affection. Autrefois, quand il l'avait interrogée sur Francis Ier, qui pour lui restait le Fou, elle s'était réfugiée dans son imprécision habituelle, mais il se dit qu'il aimerait la faire parler de ses relations amoureuses, ces flirts qui l'avaient tant embarrassé dans son adolescence et que son père avait jugés anodins.

« Maman, tu ne m'as jamais rien raconté sur ta jeunesse. Est-ce que papa et toi vous étiez très amoureux l'un de l'autre ?

— Quelle curieuse question, Frank ! Non, je ne crois pas, mais nous nous comprenions merveilleusement bien et nous étions de grands amis.

— N'as-tu jamais été amoureuse ?

— Oh, des dizaines de fois. Mais je n'ai jamais pris cela très au sérieux, tu comprends. S'abandonner à ce genre de sentiment est beaucoup trop perturbant. J'ai connu beaucoup d'hommes, mais je n'ai jamais donné à ton père le moindre sujet d'inquiétude. Il est toujours resté le plus important dans ma vie, et il le savait. C'était un homme curieux, tu sais. Il n'avait pas de grandes exigences.

— Je suis très heureux de l'apprendre.

— Une fois, avant que je ne rencontre ton père, je suis tombée follement amoureuse, comme le font les adolescentes. C'était le plus bel homme que j'aie jamais vu. La beauté est quelque chose de si troublant, tu ne trouves pas ? J'étais très jeune, lui, c'était un acteur, et je ne l'ai jamais rencontré. Je ne l'ai vu que sur une scène, mais ça, c'était vraiment un amour douloureux.

— Il y avait beaucoup de beaux acteurs à l'époque. C'était la mode. Te rappelles-tu lequel c'était ?

— Évidemment ! Je crois même que j'ai encore une carte postale le représentant dans une pièce intitulée *Monsieur Beaucaire*. Il s'appelait Lewis Waller. Un dieu ! »

Eh bien, voilà pour le docteur J. A. et sa méchante insinuation pseudo-scientifique concernant quelque vague tare ! Cette femme froidement flirteuse avait un jour aimé quelqu'un de tout son être et le fruit de cette passion, c'était le Fou !

Quel châtiment ! Quelle gifle pour une jeune fille catholique de la part du Dieu qu'on lui avait appris à adorer ! Pas étonnant qu'elle ait ensuite banni toute passion et fût devenue, comme la Vénus dans l'*Allégorie* de Bronzino, une personne pour laquelle l'amour était un jeu. Francis réfléchit beaucoup à tout cela et parvint à quelques conclusions hautement philosophiques. Elles étaient complètement fausses, bien sûr, car il ignorait tout des manœuvres bien intentionnées de la mère pleine de sollicitude qu'avait été Marie-Louise. Personne ne connaît jamais tous les aspects d'une histoire. Cependant, si Francis avait été au courant, il aurait certainement étendu à sa grand-mère la compassion qu'il éprouvait maintenant plus fort que jamais pour sa mère, Zadok Hoyle et le malheureux Fou.

C'est ainsi que, à l'heure de sa mort, Francis avait plus ou moins réglé ses comptes avec les principaux personnages de sa vie et, bien qu'aux yeux du monde, et même à ceux de ses quelques amis, il ait pu passer pour un esprit excentrique et chagrin, il avait une qualité de plénitude qui lui attachait davantage ces amis que ne l'eussent fait une gentillesse aveugle et une compréhension facile.

La fin de sa vie, sinon de sa célébrité, arriva une nuit de septembre, au soir d'un dimanche qui avait été étouffant et humide comme l'est souvent Toronto en cette saison. Comme c'était son anniversaire, il se força à dîner en ville, bien qu'il n'eût pas faim, et, à son retour, s'étendit sur un canapé du « magasin de brocante », espérant qu'une brise entrerait par la fenêtre et lui permettrait de respirer plus aisément. Le canapé avait appartenu à Saraceni. Il était beau, mais pas très confortable : il était fait pour quelque belle femme du XIXᵉ siècle qui se prenait pour Mme Récamier. Cependant, Francis n'avait pas l'énergie d'aller au lit. Aussi, quand il sentit la première attaque de la mort, il était complètement habillé et dans une position mi-assise, mi-couchée. Et, après ce choc, il comprit qu'il ne pourrait plus bouger.

En fait, il comprit qu'il ne bougerait plus jamais.

C'était donc ça ? La Mort qu'il avait vue si souvent représentée dans l'art, généralement comme un personnage cruel et menaçant, était là, dans le « magasin de brocante », et Francis fut surpris de constater qu'il n'avait pas peur, quoique sa respiration fût maintenant devenue laborieuse et empirât sans cesse. Enfin... tout le monde savait qu'il devait y avoir une certaine lutte.

Sa vue se voilait, mais son esprit restait clair, étonnamment clair. Une pensée traversa sa conscience : ceci était très différent de ce que Ross devait avoir éprouvé en mourant d'une dose excessive de barbituriques avalés avec du gin. Était-ce très différent de ce qu'avait éprouvé Ruth ? Qui pouvait dire ce qui demeurait, dans ce corps brûlé, d'un esprit actif, incontestablement courageux et sage ? Mais la mort, bien que les gens débitent toutes sortes de balivernes à son sujet, est sans aucun doute vécue individuellement.

Sa perception faiblissait, remplacée par une autre sorte de sensation. Était-ce là le fameux cliché selon lequel un homme en train de se noyer revoit toute sa vie défiler devant ses yeux ? Non, ce n'était pas toute sa vie. C'était plutôt une impression de complétude et la découverte —

on, ça, c'était de la chance ! ça, c'était une bénédiction ! — que sa vie n'avait pas été tout à fait aussi embrouillée, aussi informe, aussi curieuse qu'il en était venu à le penser. Il reconnut humblement qu'il ne s'en était pas trop mal tiré et que même des événements qu'il avait souvent déplorés — comme la destruction de ce pauvre Letztpfennig — faisaient partie d'une volonté indépendante de la sienne, de l'accomplissement d'un destin qui était sûrement autant celui de Letztpfennig que le sien. Et même le fait d'avoir renié Ross, acte que, par la suite, il avait si souvent considéré comme un reniement de l'amour lui-même — cette mort de l'âme ! — était autant lié à Ross qu'à une quelconque faute de sa part. Ross lui était cher, tout comme l'avait été Ruth, d'une autre manière, mais quelque chose d'autre lui était encore plus cher et devait être protégé. C'était son seul chef-d'œuvre, *Les Noces de Cana,* qui occupait maintenant une place d'honneur dans un grand musée des États-Unis, regardé par des amoureux de la peinture et d'innombrables étudiants des Beaux-Arts dont les diplômes garantissaient l'infaillibilité de leur savoir et de leur goût. Si jamais cette bombe explosait, elle ne le ferait pas au Canada et ne coulerait pas un ami.

Non, ça, c'était de l'hypocrisie, et il n'avait plus le temps pour ce genre de choses. La Mort l'avait sûrement averti de Sa venue une semaine plus tôt quand il avait soigneusement emballé ses études préliminaires, et les esquisses faites après coup, pour *Les Noces de Cana,* et, de sa belle écriture italique, avait inscrit sur l'étiquette : « Mes dessins faits dans le style des maîtres anciens : pour la National Gallery. » Un jour, quelqu'un tomberait dessus.

Et découvrirait l'identité du Maître Alchimique — c'était là une chose certaine qui fournirait aux experts ample matière à discussion et à analyse ; ils en feraient des articles et même des livres. On écrirait des vies du Maître Alchimique, mais celles-ci approcheraient-elles jamais de la vérité, voire des faits ? Dans le tableau où, selon Saraceni, il avait assumé son âme, à la fois telle que celle-ci avait été et telle qu'elle était encore appelée à se révéler, l'Amour était sans conteste représenté par les deux personnages au centre, mais il figurait l'amour d'une plénitude idéale de l'être et non pas les vraies amours qu'il avait eues dans sa vie. Liraient-ils son allégorie comme il avait jadis lue celle de Bronzino ? Dans ce tableau qu'il aimait tant, le Temps et sa fille la Vérité dévoilaient le spectacle de ce qu'était l'amour, tout comme un jour ils dévoileraient *Les Noces de Cana*. Et quand ce jour viendrait, on parlerait d'abord très durement de duperie et de falsification. Mais Bronzino n'avait-il pas dit beaucoup de choses pertinentes à ce sujet dans son personnage, magnifiquement peint, de la Tromperie, à la fois jeune fille au doux visage qui offre un rayon de miel et scorpion dont la partie inférieure est pourvue des griffes du dragon chthonien et de la queue cinglante du serpent ? Cette Tromperie ne figurait pas simplement le mensonge et l'escroquerie : c'était une figure surgie du plus profond du royaume des Mères d'où venait toute beauté, mais aussi tout ce qui effrayait les âmes timorées seulement préoccupées de lumière et certaines que l'Amour ne pouvait être que lumière. Quelle chance il avait eue d'avoir connu la Tromperie et d'avoir vu d'autres horizons grâce à son baiser empoisonné ! Avait-il, finalement, trouvé l'allégorie de sa propre vie ? Oh, que fût béni l'ange des *Noces de Cana* qui prononçait ces paroles mystérieuses : « Tu as gardé le meilleur vin jusqu'à présent. »

Francis riait à présent, mais rire représentait un tel effort qu'il ressentit un autre choc et s'enfonça encore davantage dans le gouffre qui l'engloutissait.

Qu'était donc ce lieu ? Inconnu et pourtant familier, il semblait être la véritable demeure de son esprit ; un endroit qu'il n'avait jamais visité mais d'où lui étaient parvenus des signes, dons les plus précieux qu'il avait reçus dans sa vie.

Cela devait être — c'était — le royaume des Mères. Quelle chance il avait, pour finir, de goûter ce vin grisant !

Après cela, plus rien, car à tout observateur extérieur il aurait semblé que Francis s'était tenu pendant quelque temps sur le seuil de la mort et qu'il venait maintenant de le franchir.

« *Tu es donc resté auprès de lui jusqu'à la fin, mon frère,* dit le petit Zadkiel.

— *Ce n'est pas encore la fin. Bien que Francis m'ait parfois bravé, je continue à suivre les ordres,* répondit le démon Maimas.

— *Ces ordres, c'était d'en faire un grand homme, ou du moins, un homme remarquable ?*

— *Oui, et d'une façon posthume, il sera considéré à la fois comme grand et remarquable. Oh oui, c'était un grand homme, mon Francis. Il n'est pas mort idiot.*

— *Cela t'a donné beaucoup de travail.*

— *C'est toujours comme ça. Les hommes sont tellement enclins à intervenir et à tout gâcher ! Le père Devlin et la tante Mary-Ben avec leur aspersion d'eau bénite et leur compassion à œillères ! Victoria Cameron avec son terrible stoïcisme déguisé en religion. Le médecin avec son manque de savoir. Tous ces ignorants, convaincus que leurs idées étaient des absolus.*

— *Pourtant, ils avaient été mis dans sa moelle, n'est-ce pas ?*

— *Eux ! Comment peux-tu dire une chose pareille, mon frère ? Bien entendu, nous savons, toi et moi, que tout cela est pure métaphore. En fait, nous sommes nous-mêmes des métaphores. Cependant, celles qui modelèrent la vie de Francis furent Saturne, le résolu, et Mercure, celui qui façonne les choses, le farceur, l'escroc. Ma tâche, c'était de veiller à ce que ces deux Grands-là fussent incorporés à sa moelle et sortissent dans sa chair. Or, elle n'est pas encore terminée. »*

« J'ai réfléchi. »

Arthur était rentré de son voyage de deux jours et après avoir mangé un pamplemousse, du porridge avec de la crème, et des œufs au bacon, avait maintenant attaqué la dernière partie de son petit déjeuner habituel : des toasts et de la confiture d'oranges.

« Cela ne m'étonne pas. Tu réfléchis assez souvent. Alors ?

— Eh bien, cette biographie de l'oncle Frank. J'ai eu tort. Nous devrions dire à Simon de continuer.

— Tu as cessé de te tracasser au sujet d'un éventuel scandale ?

— Oui. Supposons qu'à la National Gallery apparaissent quelques dessins qui ont l'air d'être de maîtres anciens, mais sont en fait de l'oncle Frank. Cela n'en fait pas encore un faussaire. Mon oncle a étudié aux Beaux-Arts à une époque où beaucoup d'élèves copiaient les artistes du passé et, parfois, dessinaient eux-mêmes dans ce style juste pour découvrir en quoi il consistait. Rien à voir avec des faux. Les responsables du musée les repéreront tout de suite, quoique Darcourt risque de ne pas en faire autant, bien sûr. Cela n'aura aucune conséquence, tu peux me croire. Simon est un littéraire, et pas un critique d'art. Alors, donnons-lui le feu vert et attelons-nous à la véritable tâche de la fondation. Nous ne devrions pas tarder à recevoir des demandes envoyées par des génies fauchés.

— Il y en a déjà quelques-unes sur mon bureau.

— Appelle Simon, chérie, et dis-lui que je m'excuse de m'être montré injuste. Pourrait-il venir ce soir ? Nous pourrions lire tes lettres et entamer notre vrai travail. Celui de mécènes.

— Serons-nous des Médicis modernes ?

— Un peu plus de modestie, je te prie. En tout cas, cela devrait être divertissant.

— Alors, frappe les trois coups, Arthur, et que le divertissement commence ! »

BUSSIÈRE CAMEDAN IMPRIMERIES À SAINT-AMAND (CHER)
DÉPÔT LÉGAL : OCT. 1997. N° 32680 (1/2528)

Collection Points

DERNIERS TITRES PARUS

P310. In extremis *suivi de* La Condition, *par Henri James*
P311. Héros et Tombes, *par Ernesto Sábato*
P312. L'Ange des ténèbres, *par Ernesto Sábato*
P313. Acid Test, *par Tom Wolfe*
P314. Un plat de porc aux bananes vertes
       par Simone et André Schwarz-Bart
P315. Prends soin de moi, *par Jean-Paul Dubois*
P316. La Puissance des mouches, *par Lydie Salvayre*
P317. Le Tiers Livre, *par François Rabelais*
P318. Le Quart Livre, *par François Rabelais*
P319. Un enfant de la balle, *par John Irving*
P320. À la merci d'un courant violent, *par Henry Roth*
P321. Tony et Susan, *par Austin Wright*
P322. La Foi du charbonnier, *par Marguerite Gentzbittel*
P323. Les Armes de la nuit *et* La Puissance du jour
       par Vercors
P324. Voltaire le conquérant, *par Pierre Lepape*
P325. Frère François, *par Julien Green*
P326. Manhattan terminus, *par Michel Rio*
P327. En Russie, *par Olivier Rolin*
P328. Tonkinoise…, *par Morgan Sportès*
P329. Peau de lapin, *par Nicolas Kieffer*
P330. Notre jeu, *par John le Carré*
P331. Brésil, *par John Updike*
P332. Fantômes et Cie, *par Robertson Davies*
P333. Sofka, *par Anita Brookner*
P334. Chienne d'année, *par Françoise Giroud*
P335. Nos hommes, *par Denise Bombardier*
P336. Parlez-moi de la France, *par Michel Winock*
P337. Apolline, *par Dan Franck*
P338. Le Lien, *par Patrick Grainville*
P339. Moi, Franco, *par Manuel Vázquez Montalbán*
P340. Ida, *par Gertrude Stein*
P341. Papillon blanc, *par Walter Mosley*
P342. Le Bonheur d'apprendre, *par François de Closets*
P343. Les Écailles du ciel, *par Tierno Monénembo*
P344. Une tempête, *par Aimé Césaire*
P345. Kamouraska, *par Anne Hébert*
P346. La Journée d'un scrutateur, *par Italo Calvino*
P347. Le Tambour, *par Günter Grass*
P348. La Minute nécessaire de monsieur Cyclopède
       par Pierre Desproges

P349. Fort Saganne, *par Louis Gardel*
P350. Un secret sans importance, *par Agnès Desarthe*
P351. Les Millions d'arlequin, *par Bohumil Hrabal*
P352. La Mort du lion, *par Henry James*
P353. Une sage femme, *par Kaye Gibbons*
P354. Dans un jardin anglais, *par Anne Fine*
P355. Les Oiseaux du ciel, *par Alice Thomas Ellis*
P356. L'Ange traqué, *par Robert Crais*
P357. L'Homme symbiotique, *par Joël de Rosnay*
P358. Moha le fou, Moha le sage, *par Tahar Ben Jelloun*
P359. Les Yeux baissés, *par Tahar Ben Jelloun*
P360. L'Arbre d'amour et de sagesse, *par Henri Gougaud*
P361. L'Arbre aux trésors, *par Henri Gougaud*
P362. Le Vertige, *par Evguénia S. Guinzbourg*
P363. Le Ciel de la Kolyma (Le Vertige, II)
       par Evguénia S. Guinzbourg
P364. Les hommes cruels ne courent pas les rues
       par Katherine Pancol
P365. Le Pain nu, *par Mohamed Choukri*
P366. Les Lapins du commandant, *par Nedim Gürsel*
P367. Provence toujours, *par Peter Mayle*
P368. La Promeneuse d'oiseaux, *par Didier Decoin*
P369. Un hiver en Bretagne, *par Michel Le Bris*
P370. L'Héritage Windsmith, *par Thierry Gandillot*
P371. Dolly, *par Anita Brookner*
P372. Autobiographie d'un cheval, *par John Hawkes*
P373. Châteaux de la colère, *par Alessandro Baricco*
P374. L'Amant du volcan, *par Susan Sontag*
P375. Chroniques de la haine ordinaire, *par Pierre Desproges*
P376. La Prière de l'absent, *par Tahar Ben Jelloun*
P377. La Plus Haute des solitudes, *par Tahar Ben Jelloun*
P378. Scarlett, si possible, *par Katherine Pancol*
P379. Journal, *par Jean-René Huguenin*
P380. Le Polygone étoilé, *par Kateb Yacine*
P381. La Chasse au lézard, *par William Boyd*
P382. Texas (tome 1), *par James A. Michener*
P383. Texas (tome 2), *par James A. Michener*
P384. Vivons heureux en attendant la mort, *par Pierre Desproges*
P385. Le Fils de l'ogre, *par Henri Gougaud*
P386. La neige tombait sur les cèdres, *par David Guterson*
P387. Les Seigneurs du thé, *par Hella S. Haasse*
P388. La Fille aux yeux de Botticelli, *par Herbert Lieberman*
P389. Tous les hommes morts, *par Lawrence Block*
P390. La Blonde en béton, *par Michael Connelly*
P391. Palomar, *par Italo Calvino*
P392. Sous le soleil jaguar, *par Italo Calvino*
P393. Félidés, *par Akif Pirinçci*

P394. Trois Heures du matin à New York, *par Herbert Lieberman*
P395. La Maison près du marais, *par Herbert Lieberman*
P396. Le Médecin de Cordoue, *par Herbert Le Porrier*
P397. La Porte de Brandebourg, *par Anita Brookner*
P398. Hôtel du Lac, *par Anita Brookner*
P399. Replay, *par Ken Grimwood*
P400. Chesapeake, *par James A. Michener*
P401. Manuel de savoir-vivre à l'usage des rustres et des malpolis
par Pierre Desproges
P402. Le Rêve de Lucy
par Pierre Pelot et Yves Coppens (dessins de Liberatore)
P403. Dictionnaire superflu à l'usage de l'élite et des bien nantis
par Pierre Desproges
P404. La Mamelouka, *par Robert Solé*
P405. Province, *par Jacques-Pierre Amette*
P406. L'Arbre de vies, *par Bernard Chambaz*
P407. La Vie privée du désert, *par Michel Chaillou*
P408. Trop sensibles, *par Marie Desplechin*
P409. Kennedy et moi, *par Jean-Paul Dubois*
P410. Le Cinquième Livre, *par François Rabelais*
P411. La Petite Amie imaginaire, *par John Irving*
P412. La Vie des insectes, *par Viktor Pelevine*
P413. La Décennie Mitterrand, 3. Les Défis
par Pierre Favier et Michel Martin-Roland
P414. La Grimace, *par Heinrich Böll*
P415. La Famille de Pascal Duarte, *par Camilo José Cela*
P416. Cosmicomics, *par Italo Calvino*
P417. Le Chat et la Souris, *par Günter Grass*
P418. Le Turbot, *par Günter Grass*
P419. Les Années de chien, *par Günter Grass*
P420. L'Atelier du peintre, *par Patrick Grainville*
P421. L'Orgie, la Neige, *par Patrick Grainville*
P422. Topkapi, *par Eric Ambler*
P423. Le Nouveau Désordre amoureux
par Pascal Bruckner et Alain Finkielkraut
P424. Un homme remarquable, *par Robertson Davies*
P425. Le Maître de chasse, *par Mohammed Dib*
P426. El Guanaco, *par Francisco Coloane*
P427. La Grande Bonace des Antilles, *par Italo Calvino*
P428. L'Écrivain public, *par Tahar Ben Jelloun*
P429. Indépendance, *par Richard Ford*
P430. Les Trafiquants d'armes, *par Eric Ambler*
P431. La Sentinelle du rêve, *par René de Ceccatty*
P432. Tuons et créons, c'est l'heure, *par Lawrence Block*
P434. François Mitterrand, *par Franz-Olivier Giesbert*
P445. Tu vois, je n'ai pas oublié
par Hervé Hamon et Patrick Rotman